이노센트

THE INNOCENT
by Taylor Stevens

인
노
센
트
INNOCENT
납치된 딸을 구출하라
테일러 스티븐스 지음
허진 옮김
21세기북스

살아남지 못한 이들에게
삶에서 누리지 못한 평화를
영원한 안식 속에서 발견하기를

그녀는 칼을 입에 물고 사지를 바닥에 대고 엎드린 채 움직였다. 그런 다음 잠시 멈춰서 고개를 들고 귀를 기울인 후 덤불을 헤치며 시체를 지나 맨발로 계속 전진했다.

정글 바닥에서는 그림자와 그림자가 겹쳐지면서 빛과 함께 장난을 쳤고, 머리 위 빽빽한 나뭇가지들 속에서 윙윙거리며 재잘거리던 소리는 사라지고 부자연스러운 정적이 밀려왔다. 대자연이 숨을 죽이고 폭력 사태를 지켜보는 것 같았다.

공기가 뒤쪽에서 뭔가가 움직이고 있다고 속삭이며 경고하자 그녀는 움직임을 멈추었다. 그들은 이렇게 소리도 없이 쫓아올 만큼 똑똑했다. 그녀는 몸을 움직여 그들과 싸울 준비를 했다. 그들은 반드시 올 것이다. 이 사실을 깨닫자 아드레날린이 치솟았다. 그리고 희열이 뒤따랐다.

운동화를 신고 조악한 위장복을 걸친 남자 두 명이 초목을 헤치며 나타났다. 칼만 들었을 뿐 총은 없었다. 그들은 거리를 좁히며 쫓아왔다. 피에 대한 갈망으로 눈이 번득이고 으르렁거리듯이 입술이 뒤집혔다.

이들은 그녀를 죽이고 싶어 한다. 그러니 죽여야 한다.

그녀는 심호흡을 하고 정신을 집중하며 이들이 얼마나 위협적인지 가늠해보았다. 깨달음이 파도처럼 밀려왔다. 아주 미묘한 차이에도 레이더처럼 분명히 응수하는 야생적 본능이었다. 그들의 약점을 파악한 그녀는 선수를 치려고 나섰다. 시작이다. 비명 소리가 정적을 깨뜨렸다.

첫 번째 남자가 공격을 하다가 균형을 잃고 비틀거리자, 그녀는 물 흐르듯 자연스럽게 몸을 비튼 다음 그를 밀면서 반동을 이용해 두 번째 남자에게 달려들었다.

남자가 충돌을 피하려고 몸을 비틀자 목이 꺾이면서 그녀가 뻗은 칼에 닿았다. 남자는 쓰러졌다.

그녀는 몸을 웅크려 착지한 다음 첫 번째 남자에게 곧장 돌아갔다. 손으로 머리를 잡고 칼은 목에 댄 다음 재빠른 동작으로 힘줄과 근육을 잘랐다.

싸움은 몇 초밖에 걸리지 않았다. 이제 살인은 끝나고 침묵이 흘렀다. 그녀는 시체를 내려다보며 섰다. 심장이 뛰는 소리가 귓가에서 크게 울렸다. 그녀는 잠시 머뭇거리다가 욕설을 내뱉었다. 아주 빨랐다. 정말 쉬웠다.

그녀의 목숨을 살린 재주, 싸움에서 이기게 한 재주, 피치 못할 죽음을 불러온 재주가 가증스러워서 가슴이 들썩거렸다.

그녀는 털썩 무릎을 꿇고 앉아서 가까이 있던 추격자의 얼굴을 처음으로 보았다. 그가 누구인지 알아보는 순간 심장이 조여들었다. 그녀는 시체 위로 쓰러졌다.

감지도 못한 눈은 초록색이었다. 머리카락은 금발이었고, 얼굴은 그리울 정도로 익숙했다.

그녀의 영혼이 리듬에 따라 두근거렸다. 제발 그가 아니기를. 그가 아니길, 그가 아니기를.

죽은 그의 눈에는 맹렬한 비난이 서려 있었다. 그녀는 말없는 공포를 느끼며, 그의 목에서부터 흘러나와 그녀의 살갗을 붉게 물들인 생명수를 보면서 입을 쩍 벌렸다.

숨을 쉴 수가 없었다. 어지러웠다. 숨이 막혔다. 구역질이 났다.

그녀는 공기를 들이마셨다. 무너져 내리던 폐 속으로 공기가 타는 듯이 뜨겁게 밀려 들어왔고 그녀의 영혼 깊은 곳에서 시작된 비명 소리가 성대를 찢고 나와 정적을 깨뜨렸다. 머리 위 빽빽한 나무들 속에서 새들이 날개를 파닥거렸다.

그녀는 고개를 쳐들고 분노와 고통이 서린 원시적인 비명 소리를 높이다가 눈을 떴다.

그녀의 시선이 닿은 곳은 정글 지붕이 아니라 그녀의 집 침실 천장이었다. 무늬를 새기고 백도제를 바른 천장은 창문을 통해서 들어온 새벽빛으로 물들어 있었다.

바네사 먼로는 숨을 헐떡였다. 커튼이 살랑거렸다. 도시 저편 회교 사원에서 기도 시간을 알리는 소리가 들렸다. 그녀의 손은 킹사이즈 매트리스 옆자리에 꽂아 넣은 칼 손잡이를 아직도 쥐고 있었다.

정신이 돌아오자 먼로는 손을 데기라도 한 것처럼 칼을 얼른 놓고 몸을 굴려 단번에 침대에서 빠져나왔다.

그녀는 물끄러미 바라보았다.

딱 두 번 휘두른 칼은 점점 잔인해지는 악몽의 말없는 목격자가 되어 그 자리에 꽂혀 있었다. 시트는 땀으로 흠뻑 젖었다. 먼로는 입고 있는 탱크톱과 반바지를 흘깃 보았다. 흠뻑 젖어 있었다. 이렇게 아침 일찍 출근하지 않았다면 노아는 칼에 찔려 죽었을 것이다.

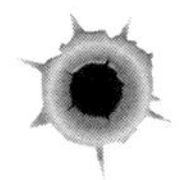

모로코, 카사블랑카

드디어 사람들이 움직였다. 그는 더플백을 들어 어깨에 걸친 다음 고통과 구역질을 느끼면서 한발 한발 차례로 조심스럽게 내딛으며 대서양을 건너 감금에서 탈출하는 무리에 섞여 들었다. 복도를 지나 비행기 배 속에서 나온 다음 제트웨이를 건너서 태양이 빛나는 무함마드 5세 국제공항 터미널에 도착했다.

사흘간의 불면이 그를 이곳으로 데려다 주었다. 꼭두새벽에 불쑥 걸려온 전화를 통해 오랫동안 기다리던 소식을 전해 들은 뒤로 사흘, 아니 세 번의 일생을 지나 여기에 도착했다. 그때 그는 어둠 속에서 침대 모서리에 걸터앉아 딱딱하게 굳은 채로 여러 가지 가능성 중에서 길을 찾다가 진정한 선택지는 하나밖에 없다고 확신하며 수화기를 다시 들었다. 모로코로 전화를 걸었다.

"도움이 필요해."

그 말뿐이었다. 인사도 설명도 없이 갑작스런 부탁뿐이었다.

"말해봐." 그녀가 말했다.

"내가 갈게."

그게 다였다. 작별인사도 없었다. 그의 말 속에 숨겨진 차마 말하지 못한 두려움이 밤을 향해 속삭여지고 전선을 통해 전달되었다. 그는 수화기를 내려놓은 다음 땀으로 축축해진 손바닥과 떨리는 손으로 컴퓨터 앞에 앉아서 비행기 표를 구입했다.

그는 도움이 필요했으므로 그 도움을 구하려고 지구 반 바퀴를 날아왔다.

그는 아무 생각 없이 사람들과 같이 움직이고 있었지만 머릿속에서는 전화를 받은 이후로 한 번도 멈추지 않은 끝없는 순환 고리가 반복되면서 그녀에게 간청할 말이 떠올랐다가 사라지고, 되감겼다가 다시 시작되고, 앞으로 갔다 뒤로 갔다가, 끝에서 다시 처음으로 이어졌다.

그는 걸음을 늦추고 통유리창 앞에 섰다. 벌거벗은 활주로를 내다보는 동안 뒷사람들이 걸음을 재촉하며 그를 지나쳤다.

아무리 애를 써도 그는 청소년기에 지나친 공항과 기차역이 정확히 몇 개나 되는지 셀 수가 없었다. 종교 단체에 소속된 부모를 따라 일곱 남매와 함께 이코노미석을 타고 방랑하는 어중이떠중이들과 함께 온 세상을 돌아다닌 그의 삶을 정의하는 것은 수많은 비자 도장과 끝없는 이주였다.

그는 유리에 대고 자신에게도 낯선 자기 이름을 속삭였다. 그 소리는 그를 여기까지 데려온 과거, 아무리 오랫동안 자꾸자꾸 묻어도 절대 사라지지 않는 과거를 기리며 낮고 조용한 소리가 되어 맴돌았다.

세레뱌 가스펠 로건. 그의 이름은 로건이었다. 그냥 로건, 항상 로건이었다. 그의 본명을 전부 아는 몇 안 되는 사람들에게 로건은 마약과 히피 탓이라고 말했다. 대부분의 사람들이 절대 이해하지 못하는 것을 설명하려 애쓰는 것보다 그게 훨씬 쉬웠다.

절망이 그를 여기까지 몰고 왔다. 그를 유일하게 이해하는 사람, 과거를 영원히 묻어버릴 수 있는 사람에게. 그녀가 그러겠다고 선택한다면 말이다. 로건은 그녀의 도움이 필요했다. 그녀가 그렇게 하겠다고 말해야 했다. 하지만 그는 맞바꿀 것을 가지고 오는 대신 거지처럼 빈손으로 굽실거리면서 왔다. 그에게는 두 사람이 공유하는 유대감과 그녀가 싫다고 말하면 어떡하나 하는 비밀스러운 두려움밖에 없었다.

짐가방을 끌고 공항을 가로지르는 항공사 직원과 승객들의 행렬이 점점 가늘어지는 끝부분을 좇다가 로건도 마침내 그 뒤를 다시 따랐다.

기계적으로 세관과 입국 검사대를 지나 마침내 입국장에 들어선 로건은 인파 속에서 그녀를 발견했다. 그는 한 번, 두 번 지나친 다음 마침내 그녀를 발견했다. 그녀는 팔짱을 끼고 기둥에 기대서서 한참 전부터 그를 보고 있었다고 말하는 미소를 짓고 있었다.

바네사 마이클 먼로. 제일 친한 친구. 대리 가족. 개인적인 구원자.

먼로는 어디를 봐도 8개월 전 아프리카 서해안에서 돌아온, 싸움으로 단련된 여자 같지 않았다. 하늘하늘한 바지와 우아한 머릿수건 차림이라서 알아보기도 힘들었다. 그녀는 부드럽고 여성스러웠으며 그가 예상한 모습과 정반대였다. 하지만 로건은 먼로를 보자 다시 희망을 가질 수 있었다.

로건은 가만히 서 있었고 먼로가 기둥에서 몸을 떼고 잊을 수 없는 웃음을 지으면서 고양이처럼 날렵하게 군중을 헤치고 그를 향해 다가왔다. 그녀는 로건에게서 회색 눈을 단 한 번도 떼지 않고 다가와서 팔하나 거리를 두고 섰다.

그런 다음, 다른 사람이 그랬다면 코를 부러뜨렸겠지만, 먼로는 손을 뻗어서 그의 금발머리를 헝클어뜨리며 특유의 깊고 즐거운 듯한 소리를 내며 웃었다. 로건을 만나서 정말로 기쁘다는 것을 말해주는 웃음소리였다.

지난 며칠 동안 계속 되풀이되면서 그를 지치게 했던 머릿속 리허설과 스트레스는 희망찬 가능성으로 변했다. 로건이 그녀를 단단히 끌어안자 먼로는 그의 품에서 빠져나오려고 애를 쓰는 척했다. 그는 그녀를 안고 한 바퀴 빙글 돈 다음 놔주었고 어색한 침묵의 순간이 지나가자 먼로가 다시 그의 머리카락을 헝클어뜨렸다.

"세상에, 로건. 표정만 보면 나한테 청혼하러 온 것 같아."

로건은 손으로 머리카락을 쓸어 헝클어진 머리를 가다듬은 다음 귀에 걸리는 웃음을 억누르지 못하고 이렇게 말했다. "언젠간 그럴지도."

"그렇게는 안 될걸." 먼로가 건조하게 말한 다음 가방을 메고 있던 그의 어깨를 툭 쳤다. "이게 다야?"

그가 고개를 끄덕였다. 얼굴에는 아직 멍청한 미소가 걸려 있었다.

먼로가 미소를 지으며 키가 비슷한 로건의 어깨에 팔을 걸친 다음 사람들을 헤치고 길을 안내하면서 말했다. "다시 만나니 정말 좋다."

로건은 먼로의 경쾌한 목소리와 그녀답지 않게 열정적인 손길 때문에 주춤했지만 팔짱을 낀 채 걸어가면서 고개를 돌려 그녀의 눈을 보았다. 먼로는 빙그레 웃으면서 장난꾸러기처럼 그의 알통을 꽉 쥔 다음 어깨에 머리를 기댔다.

"배 안 고파?" 그녀가 물었다. "지금부터 먼 길을 떠날 거거든."

"비행기에서 먹었어." 로건이 이렇게 대답한 다음 혼란스러워서 머뭇거렸다. "카사블랑카까지 얼마나 걸리는데?"

"카사블랑카가 아니야. 탕헤르야."

로건이 모로코 지도를 마지막으로 봤을 때만 해도 탕헤르는 동북쪽으로 거의 320킬로미터나 떨어진 곳이었다. 그는 이유를 알아내려고 했다.

"노아랑 깨졌어?" 로건이 물었다.

먼로는 어깨를 으쓱하더니 몸을 살짝 돌려 뒷걸음질하면서 말을 했다. 그녀가 다시 한 번 그를 향해 미소를 보내자 기이하고 비밀을 알려주는 듯한 멍한 표정이 살짝 엿보였다. 5년이 지나도록 그녀의 얼굴에서 사라지지 않은 표정이었다.

"절대 온전해질 수 없는 걸 깨졌다고 말하긴 힘들지." 먼로가 말했다. "하지만 아니야, 변한 건 없어. 우리는 아직 같이 지내."

그녀가 한 번 더 미소를 짓더니 다시 로건의 옆에 서서 걷기 시작했다. 마지막 미소 때문에 로건이 그녀와 함께 짊어지려던 짐이 더욱 무거워졌다.

로건은 그 표정에서 먼로가 말로 표현하지 않은 것을 깨닫고 평정을 잃지 않으려고, 무슨 일인지 알겠다는 충격이 표정으로 새어나가지 않게 하려고 애썼다. 그는 먼로와 나란히 서서 발을 맞추며 잘 닦인 바닥을 지나 도시로 가는 기차를 타기 위해 아래층으로 내려갔다.

로건이 물었다. "왜 탕헤르로 옮겼어?"

“거기가 좋아.” 그녀가 말했다.

먼로의 말은 너무나 공허하고 감정이 없었다. 유머도, 진지함도 없었다. 이것은 그녀가 너랑은 상관없는 일이라고 간접적으로 말하는 방법이었기 때문에 로건은 지금 당장은 아무 말 하지 않기로 했다. 그는 미소 뒤에 얼마나 심한 상처가 숨어 있는지 알아볼 다른 방법을 생각해내서 다른 방향에서 접근할 것이다. 로건은 친구로서도, 부탁을 하러 온 사람으로서도 어느 정도까지 밀어붙여도 되는지, 그녀의 껍데기가 얼마나 단단한지, 그녀가 얼마나 망가져 있는지 알아야 했다.

두 사람은 카사 부아야죄 기차역에 도착했다. 돔이 높다랗고 시원한 터미널이었다. 먼로는 로건을 데리고 매표소로 가서 아랍어로 뭐라고 말했다.

로건이 지갑을 내밀자 먼로가 도로 밀어내며 말했다. “나도 있어. 이 정도로 파산하는 것도 아닌데 뭐.”

먼로는 한 손에 표를 들고 다른 손으로 로건의 손을 잡은 다음 깨끗하고 단정한 건물 내부를 지나 바깥으로 나가서 터널과 복잡한 철로 쪽으로 걸어가서 그들을 북쪽으로 데려다 줄 기차에 탔다. 두 사람이 아직 일등석 칸에 도착하기도 전에 차체가 기울어지더니 기차가 천천히 역을 벗어나기 시작했다.

로건은 잠깐 걸음을 멈추고 서서 지난 몇 년 동안 너무나 여러 번 그랬던 것처럼 저 멀리 움츠러드는 승강장을 바라보았다. 그는 선로와 벽과 도시 구조물들이 흐릿해지기 시작한 다음에야 먼로가 먼저 들어간 아무도 없는 6인용 칸을 향해 돌아섰다.

먼로는 창가에 앉아서 고개를 젖히고 눈을 감고 있었기 때문에 로건은 자기 자리에 가방을 털썩 내려놓고 그녀의 맞은편에 앉았다. 먼로는 실눈을 뜨고 몸을 쭉 펴서 좌석 사이 통로를 지나 그의 다리 사이로 발을 뻗었다.

로건이 말했다. "내가 비행기를 타고 탕헤르에 바로 가도 되는 거였는데. 그럼 네가 여기까지 왔다 갔다 할 필요 없잖아."

먼로가 고개를 끄덕였다. "너랑 단둘이 보낼 시간이 필요했어." 그녀가 말했다.

로건이 머뭇거렸다. 입 밖에 내지 못한 '왜'라는 질문이 공중에 떠다녔다.

먼로는 로건에게 틈을, 그가 대서양까지 건너와서 그녀에게 하려는 말이 무엇인지 직접 털어놓고 마음의 짐을 내려놓을 기회를 준 것이지만 로건은 말할 수 없었다. 지금은 아니다. 이런 그녀에게는 아니었다. 로건은 생각할 시간이 필요했다.

먼로가 머뭇거렸다. 아주 잠깐 망설인 것뿐이었지만 로건은 그녀가 눈치챘음을 충분히 알 수 있었다. 먼로는 그가 말 꺼낼 기회를 미루려는 것을 알고 기꺼이 장단을 맞추려 했다.

"지금 노아가 거기 있어." 그녀가 말을 이었다. "초조하게 질투를 하면서 말이지." 먼로가 다시 시선을 돌려 그를 마주 보았다. "네가 도착하자마자 그런 상황에 맞닥뜨리게 만들긴 싫었어."

"그 사람 내가 게이인 거 몰라?"

그녀가 짐짓 웃으면서 코를 찡그렸다. "알아. 하지만 내가 널 사랑하는 것도 알거든."

"그러면 내가 위협적인 사람이 되는 거야?"

로건이 말했다. 먼로가 고개를 끄덕였다. 로건이 한숨을 쉬었다.

그의 도착이 위협으로 느껴진다는 것은 뭔가 잘못됐다는 뜻이다. 이상적인 상황이었다면 로건은 더 자세히 물어보았을 것이고 먼로는 대답해주었을 것이다. 그런 다음 둘도 없는 친구 사이답게 두 사람이 함께한 세월을 잘 보여주는 친밀한 대화가 이어졌을 것이다. 하지만 지금은 이상적인 상황이 아니었다, 전혀 비슷하지도 않았다.

두 사람은 다시 소소한 대화를 나누다가 점점 말이 없어졌다. 로건은 먼로가 바로 옆에 있다는 평화로움과 바퀴와 선로가 맞물리는 규칙적인 리듬, 잠을 이루지 못한 사흘을 자장가 삼아 망각의 꿈속으로 떠내려갔다.

로건을 서서히 깨운 것은 금속과 금속이 부딪치는 작은 소리였다. 태양의 궤도를 따라서 몇 시간이 흐른 후였다.

그는 자신이 어디 있는지 얼른 떠오르지 않아서 잠시 멍하니 있다가 먼로를 향해 고개를 돌렸다. 그녀는 다시 그 미소를, 비밀을 알려주려는 듯한 익숙한 미소를 짓고 있었다. 먼로가 손바닥에 쥐고 있던 접이식 칼을 펴더니 그의 눈에서 시선을 떼지 않은 채 손가락으로 칼날을 가지고 장난을 쳤다.

로건은 나지막이 욕을 내뱉은 다음 애써 칼에서 시선을 피하면서 말했다. "그거 안 가지고 다닌 지 좀 됐잖아."

먼로는 여전히 그의 눈을 보면서, 여전히 싱긋 웃으면서 고개를 끄덕였지만 쇠붙이는 계속 움직였다.

로건이 머리를 뒤로 기대고 눈을 감았다. 먼로의 이런 모습을 보는 고통을 차단해버리는 그의 방법이었다. 칼과 그것이 상징하는 모든 것들은 그녀가 얼마나 황폐해졌는지 큰 소리로 말하고 있었다.

두 사람이 모로코에서 유럽으로 이어지는 관문 탕헤르에 도착했을 때 하늘은 어두웠다. 탕헤르 빌 역은 노선의 종점이었고, 깨끗하고 잘 닦인 역사를 나서니 아프리카 북부 해안의 습한 공기에 생명과 활기를 내뿜는 밤거리가 나왔다.

그들의 목적지인 말라바타 동쪽 교외 지역은 걸어가도 될 만큼 가까웠지만 먼로는 로건의 예상대로 작은 택시를 세웠다. 그녀는 터미널의 형광등 불빛 아래에서 택시 기사와 요금을 흥정했고, 로건은 서두르는 그녀에게서 불안을 감지했다.

택시는 몇 분 만에 바다를 마주 보고 있는 삼층 건물 앞에 멈췄다. 아파트 건물은 로건이 오는 길에 본 건물들 대부분과 마찬가지로 크고 흰색이었고 평평한 옥상이 있었는데, 그가 알기로 옥상은 실내만큼이나 자주 사용하는 생활공간이었다.

로건은 택시에서 내려 소금기 묻은 산들바람을 들이마셨다.

건물 입구에서 멀지 않은 도로가에 검은색 BMW가 한 대 서 있었다. 먼로가 그 차를 보더니 작은 소리로 욕설을 내뱉었다.

"벌써 왔네." 그녀가 말했다.

로건이 가방을 들어 어깨에 걸쳤다. "어쨌든 만나고 싶었어." 그가 말했다.

먼로가 자동차를 물끄러미 바라보며 한참을 서 있다가 현관문으로 걸어 들어가자 로건이 바로 뒤를 따라갔다.

입구 계단을 올라가자 타일이 깔린 중이층이 나왔는데 타일 때문에 발소리가 더욱 크게 들렸다. 두 사람은 반 층 더 올라간 다음 그 층에 하나밖에 없는 문 앞에 멈춰 섰다. 먼로가 열쇠를 넣어 돌린 다음 커다란 문을 활짝 열자 깊숙하고 가구가 널찍하게 배치된 거실이 나왔다.

"우리 집이야." 먼로가 과장된 몸짓을 하며 말하자 로건은 싱긋 웃었다. 먼로는 모로코에서 겨우 6개월 살았지만 벌써 여러 도시를 옮겨 다녔다. 그녀에게 '우리 집'이라고 말할 만큼 영구적인 곳은 절대 없었다.

아파트는 조용하고 어두침침했다. 높은 천장과 무늬가 새겨진 바닥, 열린 창으로 들어와서 얇은 커튼을 흩날리며 굽이치는 가벼운 공기 때문에 침묵은 더욱 커졌다. 복도에서 울리는 발소리를 듣고 로건이 돌아서자 노아가 거실로 들어왔다.

모로코 사람의 손에서 자란 미국인 노아 존슨은 먼로가 지난번 일을 하다가 우연히 만난 사람이었는데, 이 만남으로 인해 그녀는 결국 얼마 전에, 그리고 아마도 마지막으로 미국을 떠났다.

로건은 사진을 보고 이야기를 들어서 이 남자를 어느 정도 알고 있었지만 직접 만난 것은 처음이었다. 먼로가 이 남자를 왜 그렇게 좋아하는지 분명히 알 수 있었다. 그는 183센티미터가 너끈히 넘는 키에 검은 머리카락, 밝은 피부, 암벽 등반가 같은 몸을 가지고 있었다.

노아는 먼로가 자신의 것이라는 듯이 부드러운 몸짓으로 그녀를 끌어당겨 이마에 입을 맞추고 로건에게 손을 내밀며 인사를 건넸다.

먼로가 노아의 서툰 영어와 로건의 엉망진창 프랑스어 사이에서 통역을 해주었는데, 로건은 두 사람이 가볍게 주고받는 말을 들으며 얼마나 친밀한 사이인지 어느 정도 느낄 수 있었다. 로건은 거기 서서 먼로의 통역을 통해 담소를 나누면서 자신이 저 남자라면, 사랑하는 여자가 감정적으로 무너지는 모습을 무력하게 보고만 있다면, 그녀가 금방이라도 사라질까 봐 두려워하면서 그 원인이 될지도 모르는 남자에게 우호적으로 손을 내밀고 있다면 어떤 기분일까 생각했다.

먼로도 노아에게 입맞춤한 다음 부드럽게 말했다. "로건한테 집 구경 좀 시켜줄게. 이십 분이면 될 거야." 그런 다음 로건의 손을 잡고 복도로 이끌었다.

널찍한 단층 아파트는 침실이 세 개, 욕실이 두 개였고 부엌 뒤 좁은 계단은 옥상 세탁실과 작업장으로 이어졌다. 로건이 한때 살았던 여러 저개발국의 수많은 아파트가 그랬던 것처럼 가구도 별로 없이 소박했고 부엌과 욕실에는 최소한의 물건만 갖추어져 있었다. 미국에서는 저소득층 가정에도 갖추어져 있을 평범한 설비 대부분이 여기에는 없었다.

손님용 침실에 도착하자 짧은 집 구경이 끝났다. 먼로는 로건이 꼭 알아야 할 최소한의 정보를 알려준 다음 옷을 갈아입으러 갔다.

로건은 불을 끈 다음 어둠 속에서 의자에 가방을 털썩 내려놓았다.

방은 밤의 고요에 둘러 싸였다. 고요함 속에는 어떤 평화가 있었다. 여기서, 이 어두침침한 곳에서 로건은 혼자 생각에 잠길 수 있었다. 생각을 정리하고, 계획을 세우고, 모든 상황이 분명해지면서 순식간에 두 배로 커져버린 난관에서 빠져나갈 방법을 찾으려 애쓸 수 있었다. 그는 모로코에 오는 길에 먼로에게 어떻게 도움을 간청해야 할까, 좋다고 할까 싫다고 할까, 라는 생각만 했는데 막상 여기서 대답을 얻기 위해 넘어야 하는 복잡한 시련을 맞닥뜨려 곤혹스러웠다.

로건은 침대에 앉아 팔꿈치를 무릎에 대고 복도 저편에서 희미하게 들려오는 수돗물 소리와 거리에서 새어 들어오는 불빛 속에서 애써 평정을 유지하며 기다렸다.

침실 문 아래로 비치는 빛이 달라졌기 때문에 발소리가 들리기도 전에 먼로가 다가오고 있음을 알 수 있었다. 로건은 머리 뒤로 양손을 깍지 끼고 침대에 누워 노크 소리가 들리기를 기다렸다.

실루엣만 봐도 먼로는 정말 근사했다. 아까 입고 있던 넉넉하고 수수한 옷은 몸에 꼭 맞는 아주 짧은 드레스로 바뀌어 있었다. 남자 같기도 하고 여자 같기도 한 몸을 강조하는 아주 관능적인 옷이었다. 먼로는 굽 높은 구두를 신으면 노아보다 최소 3센티미터는 컸다. 두 사람이 같이 서 있으면 보기만 해도 주눅 드는 한 쌍이 될 것이다.

먼로는 로건을 끌어안은 다음 손에 집 열쇠를 쥐어주고 나갔다.

현관문이 쾅 울리자 로건은 침대에서 일어나 창가로 가서 BMW가 멀어지는 모습을 지켜보았다. 그는 두 사람이 놓고 간 물건을 가지러 돌아오지 않을 것이 확실해질 때까지 기다린 다음 아까 전화기를 봤던 거실로 향했다.

이곳 시간이 밤 10시라는 것은 댈러스는 늦은 오후이며, 대부분의 사무실이 아직 근무 중이라는 뜻이었다. 캡스톤 컨설팅이라면 보통 근무 시간인 오전 9시에서 오후 5시를 지나도 전화를 받을 것이라 예상했지만 말이다.

로건은 수화기를 집어 들고 숨을 내쉰 다음 전화를 걸었다. 자신이 전화를 걸게 되리라고는 꿈에도 생각하지 못했다.

캡스톤 컨설팅을 소유, 운영하는 사람은 특수부대원에서 개인 사업자로 변신한 마일스 브래드퍼드였는데 그는 얼마 전 세상이 뒤집히는 일이 일어났을 때도 먼로의 편을 든 사람이었다. 먼로가 현재 어떤 상태인지 알고 싶은 사람, 그녀가 관련되었다는 이유만으로 악몽처럼 힘든 일에 기꺼이 뛰어들려는 사람이 있다면 바로 브래드퍼드였다.

허무하게도 전화는 바로 연결되지 않았다. 로건은 실망했지만 전화가 연결되기를 기다리는 동안 거실을 돌아다니며 겉으로 드러난 부분과 열려 있는 서랍들을 꼼꼼하게 살폈고, 수화기를 귀에 대고 음악 소리를 들으면서 자신이 발견한 상태 그대로 되돌려놓으려고 주의를 기울었다. 소파 밑을 살펴보고 있을 때 베토벤 9번 교향곡이 끊어지고 딸깍 소리가 나더니 경쾌한 목소리가 캡스톤이라고 안내했다. 로건이 아는 피와 총알로 얼룩진 무기 회사가 아니라 뉴욕의 커다란 마케팅 회사라도 되는 듯한 목소리였다.

접수원은 브래드퍼드가 미국에 없다고 말했다.

"연락을 취할 방법이 있는 거 알아요." 로건이 말했다. "브래드퍼드에게 마이클이 곤경에 처했다고, 나와 통화하고 싶으면 앞으로 서너 시간까지만 이 번호로 통화할 수 있다고 전해줘요."

그는 아파트 전화번호를 다시 알려준 다음 꼭 연락하겠다는 확답을 받고 나서 전화를 끊고 빈약한 식품 저장소로 갔다.

로건은 먼로의 공간과 사생활을 침해하고 있었지만 가벼운 행동이 아니라 근처 어딘가에 틀림없이 숨겨져 있는 무언가를 찾기 위해서였다. 그는 의심을 확인할 시각적 증거가 아니라 그녀가 얼마나 망가진 상태인지 알아볼 수 있는 구체적인 물증을 원했다.

로건이 먼로의 욕실에 들어가 있을 때 전화가 울렸다. 그는 당황했지만 곧 마음을 진정시켰다. 전화를 건 지 30분이 지나 있었다. 전화를 거는 데 걸린 시간으로 브래드퍼드가 얼마나 걱정하고 있는지 가늠할 수 있다면, 이 정도면 나쁘지 않았다.

잡음이 생겨서 몇 초간 통화가 지연되었지만 로건은 그 사이에도 브래드퍼드의 초조하면서 또박또박한 목소리를 들을 수 있었다.

"방금 메시지 받았습니다." 브래드퍼드가 말했다. "마이클이 무슨 위험에 처했단 거죠?"

로건은 신중하게 준비한 말을 했다. "자기가 자초한 거지만 죽을지도 몰라요."

의미심장한 침묵이 흐르고 마침내 브래드퍼드가 말했다. "자살?"

로건이 눈을 감고 천천히 숨을 내쉬었다. "아뇨, 멀쩡하게 살아 있어요. 하지만 약을 먹고 있어요. 칼도 다시 들고 다니기 시작했고요."

침묵이 흐른 다음 브래드퍼드가 다시 물었다. "얼마나 됐죠?"

"전혀 모르겠어요. 비행기로 오늘 아침에 모로코에 도착했는데 마이클이 공항으로 마중을 나왔거든요. 표시가 다 나더군요. 숨기려고 하지도 않았으니까. 오히려 보란 듯이 굴던데요. 나한테 알려주고 싶은 것처럼 쿡쿡 찔러댔죠. 추측이긴 하지만 몇 주밖에 안 된 것 같아요. 얼마 전에 탕헤르로 이사를 했는데, 그것도 관계 있을지도 몰라요."

"무슨 약을 먹는지 압니까?"

"확실치 않아요." 로건이 말했다. "알아내려고 애쓰는 중이죠. 마이클이 이렇게 멍청한 짓을 다시 시작하는 날이 올 줄은 꿈에도 생각 못 했는데. 지난 일을 근거로 앞으로의 일을 판단할 수 있다면 아마 합법적인 약이고 가짜 처방전도 있을 거예요."

로건이 침대 맡 탁자 서랍을 뒤졌다. "어쨌든, 마이클은 지금 노아랑 나갔어요. 그래서 아파트를 뒤지는 중이죠."

브래드퍼드가 낮게 휘파람을 불었다.

"마이클은 눈치 못 챌 거예요." 로건이 말했다. "예전에도 다 해봤어요. 안 들켜요."

또다시 침묵이 흐르더니 브래드퍼드가 말했다. "로건, 나는 지금 아프가니스탄인데 다음 주까지는 빠져나갈 수가 없어요. 그때까지는 내가 무얼 할 수 있을지 모르겠군요."

로건이 무릎을 꿇고 침대 밑을 살피면서 말했다. "그건 나도 잘 모르겠네요. 그냥 당신이 알고 싶을 거 같아서 연락했어요. 당신은 선택받은 파트너니까. 그러니까 내 말은, 당신도 거기 있었으니까 마이클이 왜 이러는지 누구보다 잘 알 거 아니에요. 마일스, 마이클에 대해서 나만큼 신경을 쓰는 사람은 당신밖에 없잖아요."

커다란 이동식 옷장 문을 연 로건은 옷더미에 깔려서 거의 눈에 띄지 않는 작은 상자를 쏘아보며 말했다. "찾은 것 같아요."

로건은 상자 안에서 더 작은 상자를 꺼내서 뚜껑을 열고 시럽 한 병을 꺼낸 다음 병에 붙은 딱지를 읽었다. "페너간 VC."

"코데인이 든 건가요?" 브래드퍼드가 말했다.

로건이 입술을 꽉 물고 딱지를 살폈다. 브래드퍼드는 약을 잘 알았다. "맞아요, 코데인." 그가 말했다. "열두 병들이 상잔데 두 병 없네요."

"우리가 운이 좋다면, 그게 첫 번째 상자일 겁니다." 브래드퍼드가 이렇게 말한 다음 잠시 주저했다. "알았어요, 로건, 당신이 왜 전화했는지 압니다. 고마워요. 여기서 최대한 빨리 빠져나가도 다음 주 목요일이에요. 무슨 핑계를 대서든 마이클을 미국으로 데려올 수 있겠어요?"

"마이클이 미국으로 돌아가는 걸 어떻게 생각하는지 알잖아요."

"내가 모로코로 갈 수도 있어요." 브래드퍼드가 말했다. "하지만 그게 좋은 생각 같지는 않군요." 긴 침묵이 흘렀다. 브래드퍼드는 그 이유를 절대 입 밖에 내지 않았지만 로건도 알고 있었다. 먼로의 주변에 노아와 브래드퍼드가 동시에 있다가는 충돌을 일으킬 가능성이 지나치게 높았다.

"제일 좋은 방법은 마이클을 미국으로 데려오는 거예요. 아니면 아무튼 모로코만 빼고 어디든지요."

로건도 동의한다는 뜻으로 빈 방을 향해 고개를 끄덕였다. "어떻게든 수를 내보고 상황을 알려드리죠." 사실 자신을 위해서도 그녀를 데려가야 했지만, 로건은 일단 이렇게만 말했다.

"전화번호를 하나 알려드리죠. 하지만 계속 돌아다니는 중이라 별 도움은 안 될 겁니다. 사무실로 전화를 하면 직원들이 나한테 연락할 수 있을 거예요. 마이클을 데려오지 못하면 내가 당신이 있는 데로 가지요. 그런데 적어도 일주일은 필요해요."

통화는 끝났다. 로건은 옷장 안의 상자를 물끄러미 바라보면서 그것이 의미하는 바를 따져보았다. 코데인이 먼로가 지금까지 먹은 약 중에서 제일 독한 것도 아니고 남용할 경우 제일 나쁜 약도 아니었다. 문제는 먼로가 스스로 약을 먹고 있다는 점이었다.

로건은 마음의 짐을 안고 느릿느릿 병을 제자리에 돌려놓은 다음 옷을 다시 정리했다.

그가 해결할 수 있었다. 브래드퍼드를 끌어들인 것은 분명한 진전이었는데, 그를 끌어들이기는 어렵지 않았다.

로건은 가슴을 찌르는 죄책감을 모른 척했다.

그는 먼로의 도움이 필요 없는 상황이었더라도 브래드퍼드에게 전화를 했을 것이고, 그 사람 역시 하기 싫은 일을 억지로 하겠다는 것도 아니었다.

침실로 돌아오자 사흘간의 여행이 그의 눈꺼풀을 묵직하게 짓눌렀다. 로건은 몇 시가 됐든 먼로가 돌아올 때까지 깨어 있으려고 애쓰다가 잠깐 눈을 감았다. 눈을 떠보니 커튼 사이로 눈부신 햇살이 들어오고 있었다.

로건은 벌떡 일어났다. 잠이 든 기억도, 먼로가 돌아온 기억도, 몇 시간이 흘렀다는 감각도 없었다. 그는 더듬거리며 손목시계를 찾았다.

이곳 시간으로 아침 7시였다.

세상에, 정말 피곤했나 보다.

로건은 침대 가장자리로 다리를 내리고 앉아서 귀를 기울이다가 머릿속 자욱한 안개를 떨쳐내려고 고개를 흔들었다. 아파트 안에서 어떤 움직임이나 소리도 느껴지지 않았기 때문에 그는 침대에서 일어나서 살금살금 걸어 창가로 갔다. 도로변에 차가 몇 대 세워져 있었지만 BMW는 없었다.

로건은 침실 문을 열고서 부엌으로 몰래 쿠키를 가지러 가는 아이처럼 살그머니 복도를 내다보았다. 먼로의 침실 문은 약간 열려 있었다. 확실히 그가 어젯밤에 닫아둔 대로는 아니었다. 로건은 맨발로 타일 바닥을 걸어서 그녀의 침실로 갔다. 안에서 아무 소리도 들리지 않았기 때문에 손바닥으로 문을 밀어 보았다.

먼로는 혼자였다. 그녀는 매트리스 위에 널브러진 채 베개에 얼굴을 묻고 있었고 몸을 감은 시트는 바닥까지 내려와 있었다. 칼은 침대 맡탁자에 놓여 있었고 침대 다리 근처에는 그녀가 벗어둔 옷이 있었다. 옷장 문은 약간 열려 있었다. 먼로가 약을 한 병을 마시고 뻗어서 죽은 사람처럼 세상모르고 누워 있다는 뚜렷한 표시는 없었지만 로건은 분명히 그럴 거라고 생각했다.

그는 먼로의 방에서 나와 손님용 침실로 돌아왔다. 짜증과 분노가 밀려왔다. 로건은 지금 당장 먼로가 필요했다. 그가 원한 것은 제정신에 똑똑하고 의식이 있는 먼로였지 지금처럼 머리도 감정도 마비되어서 반쯤 죽은 그녀는 아니었다. 무슨 이유인지는 모르지만 먼로가 지금 저러고 있는 건 뛰어난 재능을 낭비하는 일이었다.

로건은 욕실로 가서 샤워기를 틀었다. 소리를 죽일 이유가 없었다. 먼로는 잠을 잘 못 잤기 때문에 보통 죽은 듯이 자다가도 속삭임보다 작은 소리에 벌떡 일어나 전투태세를 취했는데, 지금은 의식을 잃을 정도로 약을 먹은 것이다.

복도에서 가벼운 발소리가 울린 것은 오후가 되어서였다. 로건은 발소리가 지나갈 때까지 기다린 다음 먼로를 찾으러 나왔다가 부엌에서 커피포트에 물을 채우고 있는 그녀를 발견했다. 탱크톱과 짧은 반바지 차림에 이제 막 일어난 참이라서 머리카락이 심하게 헝클어져 있었다. 이런 상황만 아니었다면 로건은 웃음을 터뜨렸을 것이다. 칼은 보이지 않았다. 하지만 생각해보면 먼로가 사람을 죽일 때 꼭 칼이 필요한 건 아니었고, 사람을 죽이려고 칼을 가지고 다니는 것도 아니었다.

"커피 마실래?" 그녀가 물었다.

"좋지. 노아는?"

먼로가 하품을 하면서 뒷목을 긁었다. "별장에 갔어. 지금 몇 시야?"

"3시쯤 됐을 거야." 로건이 말했다.

먼로는 스토브에 주전자를 올리고 불을 켠 다음 식탁에 앉아서 고개를 기울이고 미소를 지었다. 진짜 미소. 로건은 그러고 싶지 않았지만, 실망과 분노를 느끼고 있었지만, 같이 미소를 지었다.

"잠을 좀 자야 했어." 그녀가 말했다. "너도 좀 자야 될 거라고 생각했지, 시차도 있고 긴 여행이었잖아. 다시는 이렇게 기다리게 안 할게."

먼로가 설명을 했지만 로건은 이것도 다 계산된 것임을 알았다. 늦게까지 자면서 그를 기다리게 만든 것은 기차에서 칼을 보여준 것과 마찬가지로 그에게 보이기 위한 고의적인 행동이었다. 먼로는 로건이 무슨 부탁을 하든 그녀가 지금 어떤 상태인지 알고 그것을 계산에 넣기 바랐다.

로건은 아무 말도 하지 않았고 먼로는 다시 미소를, 예의 그 살인자의 미소를 지었다.

"앉아." 그녀가 말했다. "점심 만들어줄게."

로건이 고갯짓으로 빈 찬장을 가리키며 말했다. "뭐로 만들 건데?"

그녀가 정색을 하고 말했다. "커피로 만들지."

아주 잠깐 침묵이 흐른 다음 두 사람이 동시에 웃음을 터뜨리자 고맙게도 팽팽한 긴장감이 사라졌다.

로건은 웃을 수밖에 없었다. 먼로가 이렇게 또렷한 모습을 보자, 그녀를, 진짜 그녀를, 자신이 알고 사랑했던 먼로를 다시 보자 아주 좋았다. 로건은 오래가지는 않으리라는 사실을 알았기 때문에 이 순간을 마음껏 음미했다.

먼로가 그의 마음을 읽은 것처럼 말했다. "왜 왔는지 말해봐. 뭐가 필요한데?"

로건은 얼어붙은 듯 멈췄다.

스토브에서 물이 끓었지만 먼로는 주전자를 가지러 가지 않았다. 그녀는 고갯짓으로 맞은편 의자를 가리켰다. 그건 초대가 아니라 명령이었다. 반항해봐야 소용없을 것이므로 로건은 그녀가 가리킨 자리에 앉았다. 그가 식탁 위에 팔을 올리고 몸을 숙인 다음 말을 하려고 입을 여는데 먼로가 그의 손목에 자기 손을 얹었다.

"잠깐 기다려봐." 먼로는 자리에서 일어나서 스토브로 가더니 불을 껐다.

그녀는 로건의 무장을 너무나도 완벽하게 해제시켰다. 그는 부엌에서 움직이는 먼로를 지켜보았다. 물 흐르듯 자연스러웠다. 꼼꼼하지만 서두르지도 멈추지도 않는 것이 꼭 잘 훈련된 무용수 같았다. 먼로가 돌아서서 그의 눈을 마주 보고 공모자 같은 미소를 지으며 머그잔에 담긴 커피를 식탁에 내려놓았다.

그녀는 잔 하나를 로건 앞에 놓고 잔 하나는 자기 손에 들고서 꼿꼿한 자세와 느긋한 얼굴로 자리에 앉았다. "계속해." 먼로가 커피 잔을 입술 가까이 대고 김을 후후 불면서 말했다.

로건은 지갑으로 손을 뻗어 아름다움과 비극, 기억과 상심이 담긴 빛바랜 사진을 꺼내서 식탁 건너편으로 밀었다. 먼로가 잠깐 멈추고 사진을 보았다.

"채리티의 딸이야?"

로건이 고개를 끄덕였다.

채리티. 로건이 그 어떤 존재보다도 오래, 진실하게 사랑했던 사람. 그와 함께 어린 시절을 살아낸 채리티. 그녀는 로건과 같은 삶을 살았고 고통과 트라우마를 그보다 잘 알았으며 짐을 나누었다. 거짓말과 비밀, 상처.

로건은 금발 곱슬머리에 밝은 초록색 눈을 가진 소녀의 사진을 지긋

이 내려다보며 가장자리를 따라 손가락을 미끄러뜨리다가 멈추었다. 지난 사흘 동안 머릿속을 맴돌던 모든 이유와 논리, 말이 전부 사라져버리고 아무것도 남지 않았다. 그는 고개를 들어 면로의 눈을 물끄러미보면서 이렇게만 말했다. "애를 찾았어."

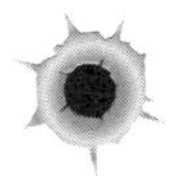

로건은 더는 말할 필요가 없었다. 설명하지 않아도 먼로는 그가 왜 왔는지 알았다. 자세한 내용은 모를지라도 적어도 로건이 무엇을 원하는지 그 본질을 이해했다.

먼로가 식탁 너머로 손을 뻗어 그의 손 위에 자기 손을 포갰다.

로건은 아무 말도 하지 않았지만 열심히 변명을 하고 이유를 대면서 설득하고 싶었다. 하지만 그는 침묵을 지켰다.

먼로는 어떤 대가를 치러야 하는지, 그게 무슨 뜻인지 잘 알았다. 로건은 그녀의 눈에 떠오르는 계산이 보였다. 마침내 먼로가 창문으로 시선을 돌렸다.

"모르겠어, 로건." 그녀가 말했다. "정말 모르겠어."

로건은 잠시 머뭇거리면서 정적이 두 사람을 삼키기를 기다렸다가 목구멍에서 뭔가가 울컥 치밀어 올라 이렇게 말했다. "우리가 무얼 알아냈는지 들어볼래? 자세한 내용을 말이야. 우리 이야기를 좀 들어주지 않겠어?"

먼로는 아무 반응이 없었다.

"나랑 같이 가자." 그가 말했다. "딱 일주일만. 그냥 친구들만 만나줘."

"미국으로 돌아가자고?" 먼로가 말했다.

"그 사람들이 여기로 올 순 없어. 돈도 정말 많이 들고 시간도 없어. 그렇지만 꼭 네 고향으로 돌아가야 하는 건 아니야. 어디든 괜찮아. 뉴욕, 그래 뉴욕은 어때? 일주일 동안 괜찮은 호텔에서 지내면서 재밌는 사람들이랑 이야기를 나누는 거야. 충분히 이야기를 하고 나서 천천히 시간을 두고 생각한 다음 결정하면 돼."

먼로는 자리에서 일어나 머그잔을 다시 채운 다음 멍하니 서 있었다.

"제발." 로건이 속삭였다. "날 봐서 말이야."

침묵이 흐르고 열린 창을 통해서 자동차가 지나가는 소리와 이따금 거리를 지나는 사람들이 잡담을 나누는 소리가 들어왔다. 그녀는 꼼짝도 않고 서서 공허하고 읽을 수 없는 눈으로 먼 곳을 응시하고 있었다. 마침내 먼로가 로건을 향해 돌아섰다.

"갈게." 그녀가 말했다. "널 봐서."

로건은 그제야 자신이 숨을 참고 있었다는 사실을 깨달으며 숨을 내쉬었다.

"로건, 약속은 못 해. 나는 미국으로 갈 거고, 얘기도 들을 거야. 하지만 아무런 약속도 못 하고, 계속 거기 머물지도 않을 거야, 알았지?"

로건이 고개를 끄덕였다. 그 정도 제안이면 충분했다. 거기서부터 시작이었다.

여전히 부엌의 스토브 앞에 서 있던 먼로가 말했다. "떠나기 전에 시간이 좀 필요해."

"노아 때문에?" 로건이 용감하게 물었다.

먼로가 고개를 끄덕였다. 그녀는 로건이 그녀의 얼굴에서 빤히 읽을 수 있는 것을 굳이 핑계를 대면서 숨기려고 하지 않았다. 이 가혹한 순간, 로건은 어쩔 수 없는 결말에 슬픔을 느꼈고 그녀가 같이 미국으로 가자는 부탁을 거절하지 않은 이유를 이해했다. 먼로는 이별을 증오하고 상처를 받고 무력함을 느끼면서도 이별을 준비하고 있었다.

로건이 말했다. "노아는 자기 탓이라고 생각하고 있구나. 아니면 나 때문이든지. 그 사람은 아무것도 몰라, 맞지?"

그녀는 고개를 끄덕이고 살짝 돌아서서 보이지 않는 어딘가를 다시 물끄러미 보았다. "설명하려고 했어. 하지만 그 사람이 어떻게 이해할 수 있겠어?"

노아는 먼로를 잘 안다고 생각하겠지만 그가 절대 이해할 수 없는 것들, 자연스러운 순리처럼 그녀를 멀리 끌고 가며 고통과 혼란을 안겨주는 저류들이 너무나 많았다. 로건이 왔든 오지 않았든 상관없는 일이었다. 노아는 먼로에게 웃음과 행복을 주었다. 그 때문만이라도 로건은 다 잘될 거라고 안심시켜 줄 수 있다면 좋겠다고 생각했다. 하지만 전혀 괜찮지 않았고 앞으로도 절대 잘되지 않을 것이다.

"이러는 게 더 나아." 로건이 말했다.

먼로가 다시 시선을 돌려 그를 오랫동안 나른하게 바라보다가 마침내 속삭였다. "나도 알아."

그녀의 말에 담긴 고통 때문에 로건은 아무 말도 하지 못했다. 먼로는 희미한 틈을 잠깐 드러냈다. 로건은 먼로의 눈을 넘고 영혼을 지나서 그녀만의 지옥 같은 고통을 엿볼 수 있었다. 그런 다음 아무 경고도 없이 스위치가 바뀌더니 먼로의 표정이 싹 변했다. 어렴풋이 엿보는 것도 끝났다. 먼로가 말했다. "내일 수영 경주하자." 로건은 여전히 할 말을 찾으려 애쓰면서 지친 미소로 대답했다.

먼로는 로건의 시간과 자기 시간을 맞바꾸었다. 탕헤르에서 일주일과 뉴욕에서 일주일. 노아의 행동에서 긴장된 감정이 드러나긴 했지만 웃고 즐기는 가운데 시간은 순식간에 흘러갔다. 쾌활한 분위기는 미국으로 돌아오는 비행기에서도 계속되었다. 먼로가 그동안 약을 먹었는지는 몰랐지만 그랬다 해도 잘 숨겼다. 하지만 로건은 밤에 복도를 지나가는 그녀의 발소리에 종종 잠에서 깼기 때문에 그녀가 잠을 별로 못 잔다는 사실을 알고 있었다.

두 사람은 JFK 공항에 내려서 택시를 타고 맨해튼의 팰리스 호텔로 갔다. 먼로가 3층짜리 스위트룸 하나를 예약해두었다. 로건은 유명한 레이서였지만 호텔 요금을 나눠 낼 만한 돈은 없었기 때문에 먼로가 돈을 낼 때 같이 내겠다고 우기지 않았다.

타워 꼭대기에 있는 3층짜리 스위트룸은 침실이 세 개에 총 면적이 460제곱미터에 달했다. 먼로가 지난 몇 년 동안 살았던 검소한 집들과는 달리 아주 화려한 곳이었다. 그녀는 2층으로 올라가서 침실 문을 열고 들어가 킹사이즈 침대에 양팔을 벌리고 털썩 눕더니 천장을 보면서 웃었다.

먼로가 로건에게 말했다. "마음에 들어?"

그는 입이 귀에 걸릴 정도로 싱긋 웃으면서 지평선을 내다보았다. "미쳤구나." 로건이 말했다.

"여기가 네 방이야." 먼로가 말했다. "친구들이 오면 공간이 필요할 거 아냐. 위층까지 쓰고 대접도 잘해, 내가 내는 거야. 나는 아래층을 쓸게."

먼로의 미소가 오랫동안 머릿속을 떠나지 않았다. 그렇게 즐거운 순간에 말은 필요 없었다. 분명히 이것은 폭풍 직전의 고요였기 때문이다.

새벽 1시쯤 먼로는 거실 창밖을 내다보며 서 있었다. 로건은 벌써 한 시간 전에 자러 들어갔고 그녀는 도시의 거리를 관찰하고 스위트룸의 고동 소리에 귀를 기울이면서 밤이 길어지기를 기다렸다. 먼로는 로건이 잠들었다는 확신이 들 때까지 오랫동안 서성였다.

그녀의 휴식, 그녀의 잠은 한참 후에나 찾아올 것이다. 오긴 온다면 말이다. 어둠이 이 세상을 가리고 있는 아름다움이라는 가면을 벗길 때 깨어 있는 것이야말로 진정 살아 있는 것이었다.

먼로는 창가에서, 창에 비친 자신의 유령 같은 모습에서 몸을 돌려 방으로 들어갔다가 밖으로 나갔다. 그녀는 엘리베이터를 타고 낮 동안 차오른 습기를 놓아주지 않는 한밤의 공기 속으로, 문명과 아스팔트, 매연과 쓰레기, 대도시의 열기만이 만들어낼 수 있는 갖가지 냄새 속으로, 한여름의 뉴욕으로 들어갔다.

먼로는 걸어 다니면서 장시간 비행으로 뻐근해진 몸을 풀고 바람도 쐬려고 호텔을 나섰다. 그녀는 특별한 목적지 없이 서쪽을 향해서 빠른 속도로 걸어갔다.

직원용 출입구 앞을 지나갈 때 가냘픈 소리가 들려서 먼로가 고개를 돌렸다. 그 소리는 자동차와 트럭들이 세워진 깊숙하고 어두운 곳까지 그녀를 인도했다. 이 도시의 밤에 어울리지 않는 길 잃은 고양이의 울음소리. 먼로의 눈이 어둠에 익숙해지자 모든 것이 분명해졌다. 그것은 두 남자에 의해 땅에 단단히 결박된 소녀가 지르는 공포에 질린 절박한 비명 소리였다.

소녀는 아무리 많아도 열여덟 살 정도로밖에 안 보였고 아직 어린 애 티가 남아 있었다. 더 나은 삶을 찾아서 대도시로 흘러들어왔다가 몰렉*의 불에 희생되는 순수하고 희망차고 순진한 존재의 완벽한 표본이었다.

남자들은 소녀 위에서 점점 더 위협적이고 기세 좋게, 적대적으로 움직였다. 말소리가 정확하게 들리지는 않았지만 강렬하고 노골적인 협박만은 잠잠한 공기를 통해 뚜렷이 실려 왔다. 소녀는 저항을 포기하고 굳어버린 것 같았다. 그녀는 기름으로 얼룩지고 쓰레기가 흩어진 이곳까지 자기의지로 온 것이 아니었다. 아마 끌려왔을 것이다. 신발은 어디론가 가버렸고 옷은 찢겨지고 허리까지 끌어올려져 있었다. 소리 없는 울음 때문에 가슴이 오르락내리락했다.

먼로는 걸음을 멈추고 지켜보았다. 짧은 순간이었지만 천년처럼 느껴졌다. 그녀는 이 사악한 현장으로 이끌려온 것이 놀랍지도 무섭지도 않았다. 다만 순수를 해치는 폭력을 대면하자 억누를 수 없을 정도로 불타오르는 분노가, 마음속 깊은 곳부터 머리를 향해서 치솟아 오르는 고삐 풀린 분노가 보복과 파멸의 리듬으로 고동치는 것이 느껴질 뿐이었다. 전투를 알리는 북소리가 너무나 강렬했기 때문에 먼로는 돌아서고 싶어도 돌아설 수 없었을 것이다.

그녀가 한발 한발 다가가는 동안 시선은 한순간도 방황하지 않았다.

---

* 고대 셈 족이 섬기던 불의 신. 어린아이를 불 속에 던져 제사를 지냈다.

발걸음은 느리지만 분명하고 신중했다. 마침내 먼로의 발가락이 뭔가 부드럽고 유연한 것에 부딪혔다.

그녀는 걸음을 멈추고 아래를 내려다보았다.

소녀의 손가방과 흩어진 물건들이었다.

먼로는 다시 눈을 들고 소리도 모습도 들키지 않고 다가가서 남자들과 1미터 정도 떨어진 곳에 도착했다. 남자들은 이제야 누군가가 왔음을 눈치채고 망설였다.

두 사람 중에 덩치가 크고 대장인 듯한 남자가 일어서서 먼로를 마주 보았다.

시간과 공간이 천천히 움직이더니 초점이 뚜렷해졌다. 새까만 어둠 속에서 회색 그림자처럼 보이는 그 남자가 목표물로 정해졌다. 먼로는 양손의 긴장을 푼 채로 느슨하게 늘어뜨리고 있었고 몸은 냉정할 만큼 차분했지만 눈은 좁은 공간을 재빨리 움직이며 거리와 주변 지형, 무기를 가늠했다.

남자가 가까이 다가와 먼로의 공간을 침해했다.

그는 지독한 입구린내와 벌렁거리는 코였고 앞을 보지 못하는 눈, 산소 없는 공기였다. 남자는 먼로를 내려다보면서 숨을 들이마시고 그녀의 머리 주변을 빙 돌며 킁킁 냄새를 맡았다.

먼로의 중심부에서 북소리가 더 세게, 더 크게 울렸다. 몸속 모든 세포에 진군 명령이 떨어졌다.

"여기 뭐가 왔나 좀 봐." 남자가 이렇게 말하자 파트너가 희생자를 땅에 단단히 고정시킨 채 신경질적으로 킬킬거렸다.

덩치 큰 남자가 먼로의 머리카락을 따라 손가락 끝을 미끄러뜨렸다.

“건드리지 마.” 그녀가 말했다. “살고 싶으면 말이야.”

먼로의 목소리는 낮고 단조로웠다. 남자는 그것이 곧 다가올 파멸을 알리는 소리임을 알지 못했지만 파트너는 위협을 알아차리고 연대를 하듯 나서서 대장 옆에 섰다.

바닥에 누워 있던 소녀가 엉금엉금 일어났다가 두 남자가 등을 돌리고 서 있는 모습을 보고 그쪽을 흘깃 보더니 뒤쪽 거리로 쏜살같이 도망쳤다.

세 사람은 침묵 속에서 달려가는 소녀를 지켜보았다. 작은 형체가 어둠 속으로 사라지자 대장이 먼로를 향해 돌아섰다.

“네가 뭔 짓을 했는지 알겠지.” 그가 말했다.

남자는 깨끗하고 하얀 이를 드러내며 미소를 짓고 있었다.

먼로는 꼼짝도 않고 서서 다시 그에게 시선을 돌린 채 아무 말도 하지 않았다.

“너 때문에 못 했으니까 책임을 져야지.” 남자가 말했다.

미소는 사라지고 없었다.

“도망가라고 충고하고 싶은데.” 먼로가 말했다. “날 건드리면 넌 죽어.”

그는 웃었다. 심하게 웃었다. 양쪽에 솟아오른 벽에 웃음소리가 커다랗게 울리다가 딱 멈췄다.

싸움을 피할 수 없다. 이 사실을 깨닫자마자 흥분이 몰려왔다. 먼로는 흥분을 전부 들이마신 다음 눈을 천천히, 길게 깜빡였다.

예리한 사람이었다면 그녀의 손이 실룩거리는 것을 알아차리고 왜 무서워하지 않을까 의아하게 여기면서 만만한 상대로 봐도 될까 조심했을 것이다. 하지만 두 남자는 지나친 자신감 때문에 많은 것을 놓쳤다.

침묵의 순간, 신중하게 평가하는 순간이 찾아왔다. 하지만 이 남자와 파트너는 자신들의 광기보다 훨씬 큰 광기를 알아보고 물러설 만큼 똑똑하지 않았다.

두 사람은 멍청했다.

덩치 큰 남자가 먼로의 머리카락을 움켜쥐고 홱 잡아당겨서 무릎을 꿇렸다.

"닥쳐, 개년아." 그가 씩씩거리며 말했다.

먼로는 눈이 욱신거리는 것을 느끼고 입꼬리를 살짝 올리며 웃었다.

시간은 100만 분의 1초 단위로 흘렀고 움직임은 수억 개로 분절되었으며 모든 것이 아주 또렷했다. 협곡을 지나며 갑작스럽게 불어난 물처럼 그녀의 핏속에서 급류가 소용돌이쳤다.

남자의 왼손은 아직도 먼로의 머리카락을 움켜쥐고 있었다. 그가 그녀를 때리려고 오른팔을 한껏 뒤로 당기는 순간 미소를 짓는 이 남자, 크게 웃는 남자, 숨을 쉬는 이 남자는 반드시 없애야 할 적이 되었다. 여기는 이제 무더운 도시 한복판이 아니었다. 날것의 흙냄새가 진동하는 뜨거운 정글 속이었다.

먼로는 손을 늘어뜨린 채로 정강이 밑에 숨겨둔 칼을 향해 손가락을 뻗었다. 손끝에 금속이 닿았다. 본능이 뒤따랐다. 마음속 북소리가 절정을 향해 치달으며 살아남으라고, 이기라고, 복수하라고 명령했다. 살인 명령이 떨어졌다.

침대 맡 시계는 아침 8시를 가리키고 있었다. 로건은 시계의 디지털

글자판을 흘깃 본 다음 숨을 내쉬기도 전에 자신을 잠에서 깨운 두려움이 무엇인지 깨달았다.

그는 시트를 젖히고 먼로의 이름을 부르면서 거의 달리다시피 계단을 내려가 1층 침실 앞에 멈춰 섰다.

문은 살짝 열려 있었다. 탕헤르에서 첫날 아침에 그랬던 것처럼 손바닥을 대자 문이 안쪽으로 스르르 열렸다.

로건은 기시감을 느끼며 깜짝 놀라서 입을 떡 벌리고 바라보았다.

먼로는 침대에 드러누워 세상모르고 자고 있었고 침대 맡 탁자에는 칼 몇 자루가 놓여 있었다. 실망과 분노를 억누르며 잠시 서 있다가 뒤돌아 나가려는 순간 침침한 방에 적응된 눈이 무언가를 알아보는 바람에 로건은 딱 멈춰 섰다.

심장이 두근거리고 속이 메슥거렸지만 로건은 침대에, 먼로에게 가까이 다가갔다. 그리고 먼로를 건드리지 않으려고 애쓰면서 굳은 핏자국을 따라가다가 피가 얼룩진 팔을 보았다.

그는 먼로가 스위트룸에서 나가는 소리를 전혀 듣지 못했고 개인용 엘리베이터가 오가는 소리도 못 들었다. 로건은 조용히 숨을 들이마시고 주먹을 꽉 쥐었다. 몇 시간만 있으면 친구들이 슬슬 도착할 것이다. 친구들이 와서 먼로가 들어야 할 지난 8년 동안의 이야기를 토막토막 들려줄 것이다. 그런데 바로 그녀가, 그 이야기를 행복한 결말로 바꿔줄 수 있는 유일한 사람이 약으로 빚어낸 몽롱함 속에 늘어져 있는 것이다.

로건은 그녀를 깨우고 싶었다. 어젯밤에 도대체 무슨 일이 있었는지, 먼로가 도대체 무슨 짓을 했는지 알아내고 싶었다. 소리를 지르고 때려서 정신을 차리게 만들고 싶었다. 하지만 로건은 그렇게 멍청하지 않았다. 그래서 그는 부엌으로 가서 다시 메슥거리기 시작한 배 속을 가라앉혀줄 것을 찾았다.

아침이 지나고 오후로 접어들면서 친구들이 도착하기 시작했다. 로건은 먼로의 상태에 대해 점점 커지는 걱정을 억누르며 손님들을 맞이했다.

그는 친구들이 값비싼 호텔방을 보고 놀라는 것을 즐기며 손님들 사이사이를 돌아다니면서 무슨 돈으로 이 스위트룸을 빌렸느냐는 질문에 대답했다.

어딘가 기묘한 가지각색의 사람들이 옥상 테라스에 모여 앉았다. 연철 가구와 목재 화분들은 조용한 유럽풍 분위기를 내면서 저 아래 혼돈스러운 도시와 대조를 이루었다.

여기 모인 사람들은 낯선 이들을 무작위로 모아둔 것처럼 표정과 취향, 스타일, 삶의 방향이 서로 많이 달랐지만 이들을 하나로 묶어주는 어린 시절이라는 공통분모는 그 어떤 차이보다 강력했다. 이들이 전쟁이라는 외상을 통해 이어진 군인들처럼 끈끈한 동지애를 나누며 편하게 대화를 하고 있는데 테라스로 이어지는 유리문이 열리더니 먼로가 밖으로 나왔다.

말끔한 모습이었다. 핏자국은 사라지고 플랫 슈즈에 소녀 같은 옷을 입고 문간에 선 먼로는 얌전하고 천진난만해 보였다.

로건이 그녀를 보자 먼로도 마주 보았다. 그녀의 눈에 장난기가 어려 있었다. 로건이 한숨을 쉬었다.

먼로는 다른 건 몰라도 순진하고 순수한 사람은 절대 아니었다. 그녀는 일부러 이런 모습으로, 모르는 사람의 눈에는 얌전하고 수줍음 많은 사람처럼 보이도록 꾸미고 나온 것이다. 먼로의 눈빛에 드러나 있듯이 로건을 괴롭히려는 생각이었다.

로건이 시선을 돌리자 그녀의 미소가 번졌다. 그래 로건, 네가 무슨 짓을 꾸미고 있는지 나도 잘 알아, 라고 말하는 것 같았다.

로건의 심장이 고통스럽게 뛰었다.

언제나 그렇듯이 먼로를 과소평가하는 것은 실수였다. 로건이 그녀에게 거짓말을 하거나 일부러 오해를 일으키지는 않았지만 말하지 않은 것이 많았다.

로건은 먼로의 소녀 같은 옷을 다시 흘깃 보고 잠시 망설이다가 친구들에게 그녀를 소개했다.

"마이클이야. 내가 전에 말한 사람."

로건을 빼면 탁자에 둘러앉은 사람은 총 6명이었다. 그들은 각각 부동산 중개인, 변호사, 프로젝트 관리자, IT 업체 중역, 사진사, 의대생으로 전부 이십대 후반에서 삼십대 초반이었다. 이들은 현재의 위치를 차지하기 위해 너무나 개인적인 대가와 희생을 치르며 싸워왔기 때문에 배우자도 자세한 사정은 잘 몰랐다.

먼로가 한 자리를 차지하고 앉자 한 명씩 자기소개를 했다. 가벼운 이야기는 어느 정도 오갔지만 잡담을 하는 사람은 별로 없었다. 여기 모인 각자의 사연은 똑같은 이야기의 다양한 버전이었다. 태어나면서부터 통제되고 만들어진 삶, 하나님과 예언자에게 봉헌된 삶, 가난, 노예 상태, 최후의 도박. 즉, 여기 모인 사람들은 '공백Void'이라고 불리는 바깥세상에 다른 삶이, 더 나은 삶이 있을 거라는 희망에 가족과 자신이 속해 있던 사회와 자신이 아는 모든 세상을 걸었다.

로건에게는 친구들이 신중하게 고른 말 뒤에 숨어 있는 절망이 들렸다. 다른 친구들에게도 그것이 들릴까 궁금했다. 친구들은 이게 얼마나 중대한 문제인지 먼로가 이해할 수 있을지 확신을 하지 못하고 그녀를 가늠하면서, 이 순진한 '소녀'가 어떻게 문제를 바로잡을 수 있을까 궁금하게 여기고 있었다. 그들의 얼굴에 의심이 빤히 드러났다.

지금 보니 먼로를 아주 잘 아는 로건조차도 저렇게 순수해 보이는 사람이 그토록 커다란 정의를 실현시킬 수 있다고 상상하기 어려웠다. 로건은 친구들이 못 믿는 것은 이해했지만 자신의 의심은 치워버렸다. 그에게는 먼로의 도움이 간절히 필요했다.

아르헨티나, 부에노스아이레스

나무와 건물, 세워져 있는 자동차들이 창밖으로 휙휙 지나갔다. 해나는 밴 차창을 멍하니 응시했지만 정말로 뭔가를 보고 있는 건 아니었다. 하지만 귀는 확실히 쫑긋 세우고 있었다.

해나는 자기가 왜 여기 있는 건지 정말 궁금했지만 물어보면 안 된다는 것을 잘 알았기 때문에 제일 뒷줄에 말없이 앉아서 앞자리에 앉은 두 어른의 대화에서 단서를 찾으려고 애썼다.

정말 궁금해서 속이 메스꺼웠다. 적어도 무슨 일인지라도 알면 아무리 나쁜 일이라 해도 대비를 할 수 있었다. 아무것도 모르는 것보다 나쁜 일이 생길 거라는 사실을 아는 게 나았다. 하지만 지금 해나는 아무것도 몰랐다.

두 사람이 다른 아이들은 빼놓고 해나만 데려온 건 정말 이상했다. 그녀가 벌을 받을 것 같지는 않았지만 가끔은 판단하기가 힘들었다. 벌이라는 것은 원래 뒤통수를 한 대 맞을 때처럼 갑자기 툭 튀어 나오기 때문이었다.

좋은 일이든 나쁜 일이든 사실을 알기 전까지는 메슥거림이 가라앉지 않겠지만 지금 당장 벌을 받지 않으려면 조용히 하는 것이 제일 좋았다. 해나가 조용히 하면 어른들이 그녀의 존재를 잊어버릴 것이다. 그러면 적어도 한동안 해나를 가만히 놔둘 것이고 그녀는 이야기를 엿들을 수 있다.

앞좌석에 앉은 어른들, 즉 재닥 삼촌과 선샤인 이모는 매우 심각한 표정으로 '황금의 노래' 기도문을 외며 우리를 보호하고 인도하시며 지혜를 달라고 간청하고 있었다. 해나에게 앞줄로 와서 같이 기도를 드리자고 하지 않을 걸 보면 그 문제 역시 '비밀'이었나 보다.

재닥은 눈을 뜨고 있었는데, 운전 중이니까 그럴 수밖에 없었다. 선샤인은 눈을 감은 채 입을 움직였다. 해나는 그녀가 성령 기도를 하고 있음을 알았다. 성령 기도는 정말 지루했기 때문에 해나는 반은 듣고 반을 흘렸다.

돌보는 사람 아무도 없이 밴 뒷좌석을 혼자 차지하는 건 정말 놀라운 경험이었다. 지난번 생일에 진짜 선물을 받았을 때만큼이나 좋았다. 재닥과 선샤인은 다른 일에 정신이 팔려서 해나를 게으르다고 혼낼 겨를이 없었기 때문에 해나는 이렇게 훔친 시간을 창밖을 보면서 보냈다. 생각은 저 멀리, 시간이 쏜살같이 흘러가게 해주고 뭐든 더 나아지게 해주는 금지된 몽상을 향해 흘러갔다. 그러다가 밴이 크게 회전하는 바람에 해나는 정신을 차렸다.

해나는 시간이 얼마나 지났는지, 혹은 자신이 얼마나 오랫동안 공상에 빠져 있었는지 알 수 없었기 때문에 무서워서 속이 뒤집혔다. 이런 반항을 하다니, 틀림없이 벌이 그녀를 기다리고 있을 것이다.

하지만 재닥 삼촌과 선샤인 이모는 해나가 공상에 빠져 있었다는 사실을 눈치채지 못한 것 같았으므로 해나는 마음을 가라앉혔다. 아는 건물이 하나 보여서 해나는 여기가 항구에서 그리 멀지 않은 사무실 지역이라는 것을 깨달았다. 가끔 사무실에 돈을 구걸하러 온 적이 있었다.

선샤인이 다시 눈을 떴다. 긴장이 조금 풀린 것 같았다. 이건 좋은 징조였다. 어른들이 긴장이 풀렸다는 것은 기분이 더 좋다는 뜻이며, 따라서 벌을 받을 가능성이 더 적다는 뜻이었다. 어쩌면 성령께서 좋은 일이 일어날 거라고 말씀하신 건지도 몰랐다. 해나가 보기에 성령 말씀은 항상 모호했고 어른들은 항상 예언이 이루어지지 않는 이유를 믿을 준비가 되어 있는 것 같았다. 죽은 사람들이 하는 말을 믿을 수 없다면 죽은 사람이 말한들 무슨 소용이람?

선샤인이 다시 재닥에게 뭐라고 말을 했다. 성령의 말씀이 아니라 진짜 말이었다. 그래서 해나는 무릎에 놓인 '교훈집'으로 시선을 돌리고 앞좌석에 귀를 기울였다. 단편적으로밖에 들리지 않았다. 주님의 뜻. 작은 선물. 미국. 예언자 님이 기뻐하실 거야. 일 년에 몇 번만.

전부 확실한 뜻은 없었지만 해나는 추측해볼 수 있었다. 이게 바로 어른들이 아이의 존재를 까먹고 있을 때 말없이 귀를 기울이면 좋은 점이었다. 뭔가를 알 수 있다.

지난 늦여름에 선샤인 이모가 이 주일 동안 어디를 다녀오기 전에도 오늘과 똑같은 특별 외출이 있었다. 그때 선샤인은 레이철을 시내로 데려갔기 때문에 해나는 레이철의 일을 대신 해야 했다. 해나는 선택을 받은 레이철이 특별해 보였고, 잘못인 건 알았지만 약간 질투도 났다.

그날도 꼭 오늘처럼 전부 비밀이라며 쉬쉬했다. 평소보다 그랬다. 그러니 아마 오늘도 비슷한 일이 생길 것이다. 그래서 해나는 기분이 좋았다. 어쩌면 해나도 특별하다는 뜻일지도 몰랐으니까.

밴이 멈췄지만 재닥은 내리지 않고 선샤인만 차에서 내렸다. 재닥이 차에 남아 있을 거라는 뜻일지도 몰랐는데, 흔치 않은 일이었다.

선샤인이 손짓을 하자 안쪽에 앉아 있던 해나는 문밖으로 나가서 인도에 내려섰다.

두 사람은 5층 건물 앞에 서 있었다. 오래되고 무척 비싸 보이는 건물이었기 때문에 해나는 입고 있던 옷이 훨씬 어색하고 당황스럽게 느껴졌다. 빌린 옷이었는데 약간 작고 소녀답고 예쁜 옷이라서 불편했다. 선샤인 이모가 해나에게 그 옷을 입으라고 했고 말대꾸를 할 수도 없었기 때문에 그걸로 끝이었다. 적어도 새 옷처럼 보였고 해나가 원래 입는 물려받은 옷처럼 낡지도 않았다.

선샤인이 손을 잡아끌자 해나는 더욱 불편해졌지만 꼼지락거렸다가는 어떻게 될지 잘 알았기 때문에 나쁜 기분을 떨치면서 꾹 참았다.

선샤인 이모가 말했다. "아가, 주님을 섬기고 예수님을 위한 작은 병사가 되고 싶지?"

해나는 작다는 말과 그 속에 담긴 뜻이 전부 싫었고 선샤인 이모가 두 살짜리 아기한테처럼 말하는 게 싫었지만 고개를 끄덕였다.

"좋아. 그래야 하나님께서 축복해주시지. 하나님께서는 우리가 하나님과 예언자 님께 복종해야만 우리에게 축복을 주시니까, 그렇지?"

해나는 점점 불편해져서 말하기도 힘들 정도였기 때문에 다시 고개를 끄덕였다.

"여기 오는 건 아주 특별한 특권이야. 예언자 님께서는 네가 복종하고 너 자신을 봉헌하기를 바라신단다." 선샤인 이모가 말했다. "그분은 네가 너 자신을 완전히 맡기기를, 비밀이 되기를 바라서. 오늘 일에 대해서 말하는 건 복종하지 않는다는 뜻이야, 내 말 알겠니?"

해나가 다시 고개를 끄덕였다. 이번에는 진지했다.

선샤인 이모의 목소리는, 그게 가능하다면 말이지만, 더욱 엄격해졌다. "우리가 주님과 예언자 님께 복종하지 않으면 어떻게 되지?"

"하나님께서 우리를 축복하거나 보호해주시지 않아요." 해나가 쉰 목소리로 속삭였다.

선샤인은 만족한 듯이 고개를 끄덕였다. 선샤인 이모가 기분 좋은 것을 보고 해나는 마음이 놓여야 했지만 실제로는 전혀 그렇지 않았다. 대신 기분이 더욱 나빠졌다. 선샤인 이모의 행동을 보면 해나가 잘못을 저질렀다거나 혼날 것 같지는 않았기 때문에 왜 기분이 점점 나빠지는지 알 수가 없었다.

단지 무언가가 잘못된 것 같았다. 그래서 해나는 아주 불편했고, 불편함은 더 심해졌다. 그 메슥거림, 배 속 깊은 곳에서 시작되어 스멀스멀 기어 나와서 모든 것이 짜증나고 생각하거나 숨쉬기 어렵게 만드는 메슥거림이었다. 해나가 아는 한 이런 상황에 대처하는 유일한 방법은 어른들의 말에 복종하면서 무슨 일이든 헤쳐 나가는 것이다. 일분일초 모든 일이 끝나서 불편함이 사라질 때까지 말이다.

건물에 다다르자 선샤인이 정문을 열었다. 두 사람이 안으로 들어설 때 선샤인 이모가 해나를 내려다보았다. 엄격하고 무자비한 표정이었다. 해나는 굳이 애쓰지 않아도 그 표정이 무슨 뜻인지 알았다. '얌전하

게 시키는 대로 해. 그렇지 않으면 선샤인 이모가 아주 혼내줄 거야.'

계단을 통해서 2층으로 올라가자 계단 끝에서부터 양쪽으로 복도가 이어졌고 견고한 문이 여러 개 늘어서 있었는데, 문마다 황동 명패에 회사 이름이 적혀 있었다.

선샤인은 아직도 해나의 손을 꽉 잡고 있었다. 손이 뜨겁고 땀이 났기 때문에 해나는 비명을 지르거나 손을 빼고 싶었지만 조용히 참았다.

선샤인 이모는 제일 안쪽 문으로 걸어갔는데, 거기는 명패에 이름이 없었다. 문을 열자 블라인드를 내린 창 근처에 책상이 놓인 접수대 같은 방이 나왔지만 책상에는 아무도 없었다.

해나가 보기에 이곳의 가구와 램프, 벽지는 지금까지 본 어떤 사무실보다도 부유해 보였다. 방 양쪽에도 문이 있었지만 둘 다 닫혀 있었고 방 전체가 아주 조용했다.

선샤인 이모가 소파를 가리키며 말했다. "저기 앉아 있어, 아무것도 건드리지 말고." 그런 다음 그녀는 오른쪽으로 가서 문을 두드렸다. 목소리가 들리자 선샤인이 문을 열고 안으로 들어가더니 잠시 후 남자 두 명과 같이 나왔다. 한 사람은 선샤인처럼 나이가 많았고 한 사람은 '안식처'에 같이 사는 다른 어른들처럼 젊었다.

선샤인 이모는 젊은 남자 옆에 나란히 섰고 나이 많은 남자가 해나에게 다가와서 무릎을 꿇고 눈높이를 맞췄다. 그 사람은 별로 퉁명스럽지 않은 목소리로 해나의 이름을 물었다. 그녀가 대답하자 남자는 해나의 손을 잡고 부드럽게 들었다. 해나가 그래도 되는지 확인하려고 선샤인 이모를 보자 그녀는 고개를 끄덕였다. 해나가 남자의 의도를 알아차리고 일어섰다.

남자는 해나를 머리끝부터 발끝까지 훑어보더니 다시 시선을 들었다. 그는 해나의 머리카락을 건드려 귓가의 몇 가닥을 톡 치더니 선샤인을 향해 돌아섰다.

"훨씬 낫군." 그가 말했다.

선샤인이 말했다. "해나, 나는 심부름을 좀 해야 돼. 너는 여기 카르칸이랑 잠깐 기다리렴. 금방 올게."

해나는 대못처럼 내리치는 무서움을 느꼈다. 이 남자가 무서워서도 아니고 선샤인 이모와 떨어지는 것이 싫어서는 더욱 아니었다, 확실히 아니었다. '공백'의 외부인과 단둘이 남겨져서 그런 것도 아니었다. 하지만 이건 규칙을 어기는 일이었다. '공백'에 나가면 누구든지 언제 어디서든 동료와 함께 다녔다. 그것은 예언자 님이 만든 복종의 원칙 중 하나였고, 그 규칙을 어긴다는 것은 하나님의 보호를 받지 못한다는 뜻이었다.

선샤인 이모가 그러라고 말했기 때문에 해나는 시키는 대로 할 수밖에 없었다.

선샤인이 가자 남자가 말했다. "아이스크림 먹을래?"

해나가 고개를 끄덕이자 남자가 우스꽝스럽게 눈을 굴리며 말했다. "가자. 내 사무실에 냉장고가 있단다."

해나는 남자를 따라 방으로 들어갔다. 그곳을 사무실이라고 부를 만한 유일한 이유는 커다란 책상이 있기 때문이었다. 책상만 빼면 거실이라는 말이 더 어울렸다. 전화가 울리자 남자가 작은 냉장고를 열면서 전화를 받았다. 그는 냉장고 안에서 아이스크림 바를 하나 꺼내서 해나에게 주고 앉으라고 손짓한 다음 상대방의 말에 고개를 끄덕이더니 껄껄 웃었다.

"그럼, 물론이지. 그 사람들은 아주 단순하고 순진해서 잘 몰라. 그 사람들은 하나님께 무척 가깝잖아. 나는 하나님을 내 편으로 두고 싶거든."

그는 해나가 알아듣든 말든 상관하지 않는 척했지만 스페인어로 바꿔서 말했다. 굳이 목소리를 낮추거나 밖으로 나가지 않는 것을 보니 해나가 스페인어를 못 알아듣는다고 생각하는 것 같았다.

그는 통화를 하면서 또 웃더니 이렇게 말했다. "그것도 그렇지만, 이건 전용 목사를 가지고 있는 거나 마찬가지거든. 그러니 내가 좋아하지 않을 수가 없지. 종교에 섹스, 멍청한 운반책까지, 이보다 좋을 순 없지."

해나는 그의 말을 이해할 수 없었지만 재닥이나 선샤인의 말을 들을 때처럼 아무것도 모르는 척, 신경 쓰지 않는 척하는 게 제일 좋은 방법이었다.

해나는 벽을 마주 보고서 긴 의자에 앉아 아이스크림 바에 완전히 집중하면서 이 드문 호사를 최대한 오래 누리려고 천천히 먹었다. 그러다가 문득 방이 조용해졌음을 깨달았다. 얼마나 오랫동안 조용했던 건지 기억이 나지 않았다. 해나가 고개를 돌렸다.

남자는 전화를 끊고 책상 끝에 걸터앉아서 해나를 관찰하면서 엄지손가락을 다리 사이에 대고 위아래로 천천히 문지르고 있었다. 불편함과 벌을 받을 거라는 느낌, 아이스크림을 먹는 동안 잠깐 사라졌던 꼭 집어 말할 수 없는 불안함이 더 강렬하게 돌아왔다. 배 속이 꽉 막힌 것 같아 더는 먹을 수가 없었다.

해나는 토할 것만 같고 어떻게 해야 할지를 몰라서 아이스크림을 그냥 들고만 있었다.

남자는 해나를 계속 빤히 보면서 하던 일을 계속 했다. 마침내 아이스크림이 녹아서 뚝뚝 떨어지기 시작하자 남자가 일어나서 엉망이 된 아이스크림을 가져가더니 이렇게 말했다. "옷 벗어라."

얼굴을 한 대 때리는 듯한 말이었다. 벌이다, 아주 심한 벌. 이제 불편함이 극도에 달해서 해나는 움직일 수가 없었다.

"예언자 님을 사랑하니?" 남자가 말했다.

해나가 고개를 끄덕였다.

"그리고 네 이모 말이야. 이모가 복종하라고 했잖아, 맞지?"

해나는 다시 고개를 끄덕였다.

"그러면 예언자 님의 뜻대로 해라. 복종해야지." 남자가 말했다.

맞는 말이었지만 '공백'의 외부인이 이런 말을 하자 아주 혼란스러웠고 이젠 몸도 마음도 전부 불편했다. 무서운 건 아니었다. 아니 맞다, 무서움이었다. 해나는 이 남자가 시키는 대로 해야 했다, 복종해야 했다. 남자가 해나를 때릴지도 몰랐다. 아니, 더 심하면 선샤인 이모에게 일러바칠지도 몰랐다. 해나는 움직일 수 없었다.

남자가 아이스크림을 쓰레기통에 던지고 바지에 손가락을 닦았다. 그가 손을 내밀고 옆방에서보다 거칠게 해나의 손을 잡아 일으키며 말했다.

"이리 와. 내가 도와주지."

그의 손이 해나를 성급하게 돌려 세웠다. 이것이 처음 겪는 일은 아니었지만 '안식처'가 아닌 곳에서, 이 남자와는 처음이었다. 남자가 지퍼를 잡아당기자 해나는 눈을 감았다. 눈꺼풀 뒤에서 눈물이 뜨겁게 불타올랐지만 절대로 흘리지 않을 것이다.

해나는 천천히 길게 숨을 쉬면서 마음을 멀리멀리 금지되고 숨겨진 공상의 나라로 흘려보냈다. 그곳은 나쁜 일은 하나도 일어나지 않고 어떤 벌도 받지 않는 곳, 해나가 특별한 존재이고 누군가가 해나를 원하는 곳, 항상, 항상 안전한 곳이었다.

　로건이 지갑에서 사진을 꺼내 탁자 위에 올려놓았다. 해나가 다섯 살 때 찍은 사진이었다. 이 사진을 찍고 사흘 뒤에 해나는 교실에서 나와 복도를 지나서 학교 정문을 나갔고, 나중에 밝혀진 바에 따르면 자동차를 타고 국경을 넘어 멕시코로 갔다.

　탁자 건너편에 앉아 있던 IT 업체 중역 기디언이 컴퓨터 가방에서 스캔해서 출력한 사진을 한 장 꺼내더니 해나 사진 옆에 놓았다. 낡은 사진이었고, 사진이 대부분 그렇듯 옛날 모습이었다. 머리 모양과 복장, 이상한 색감을 보면 알 수 있었다.

　"데이비드 로." 그가 말했다.

　산들바람이 종이 모서리를 살짝 들추자 기디언이 자기 잔을 얹어 종이를 고정시켰다.

　먼로가 눈에 생기를 띠더니 손을 뻗어서 그 종이를, 데이비드 로의 사진을 집었다. 로건은 그녀가 테라스로 나온 이후 처음으로 희망을 느꼈다.

　먼로는 지금까지 해나의 사진을 세 번 보았지만 데이비드 로의 사진을 본 건 처음이었다. 이 광경을 아무 생각 없이 지켜보던 사람이라 해도 사진을 보고 먼로의 눈에 떠오른 강렬한 감정을 알아차렸을 것이다.

먼로는 데이비드와 로건을 번갈아가며 보았다. 두 사람은 놀랄 만큼 닮았다. 금발 머리, 초록색 눈, 비슷한 골격.

"데이비드와 나는 친척이 아니야." 로건이 묻지도 않은 그녀의 질문에 답했다. "적어도 내가 알기론 그래. 데이비드는 당시 채리티의 남자친구였어. 우리처럼 그 안에서 태어났지. 그자가 해나를 납치해서 다시 거기로 데려갔어."

"채리티는 어디 있어?" 먼로가 물었다. "왜 안 왔어?"

"채리티도 오고 싶어 했어." 로건이 말했다. "그런데 올 수 없는 일이 생겨서 나한테 대신 말해달라고 했어. 참, 너한테도 안부 전해달래."

먼로가 고개를 끄덕였다.

로건은 잠시 말을 멈추고 머릿속으로 자초지종을 떠올리면서 어디서부터 이야기를 이어나가야 할까 생각했다. 지난 몇 년 동안 먼로는 단편적으로 이야기를 들었고, 두 번인가 채리티를 우연히 만난 적도 있었다. 먼로는 해나가 납치된 사건의 전말을 대충 알았는데, 드물게도 로건이 언젠가 절망감을 터뜨리며 이 모든 일이 정말 부당하다며 불평을 퍼부었기 때문이다. 하지만 그때를 제외하면 로건은 먼로에게 거의 아무 말도 하지 않았다.

"내가 채리티를 구슬려서 빼내는 데 사 년이 걸렸어." 로건이 자기 머리를 톡톡 치면서 말을 이었다. "우리 대부분의 경우, 제일 두꺼운 창살은 이 안에 있어. 통제당하는 삶이 심어놓은 두려움과 죄책감을 극복하려면 시간이 걸리지. 태어나서 줄곧 바깥세상을 두려워하는 것만 배웠다면 더욱 그래. 아무튼 나는 아파트도 구해놓고 채리티가 다닐 직장과 해나가 다닐 보육원도 알아봤어. 마침내 채리티가 빠져나왔을 때 데이비드도 따라왔어. 하지만 자리를 잡고 5개월 뒤에 데이비드가 해나를 데리고 가버렸지."

"무슨 뜻이야, 따라왔다'니?"

"데이비드는 채리티의 남자친구였지만 해나의 아빠는 아니었어." 로건이 말했다. "데이비드와 채리티가 같이 지낸 시간이 길지도 않았어. 다 합쳐도 일 년 정도일 거야. 그러니까 말하자면, 데이비드는 무임승차를 한 거지."

"해나가 데이비드의 딸이 아닌 게 확실해? 가능성이 전혀 없어?"

"채리티의 말에 따르면 그래."

"그럼 데이비드는 왜 해나를 데려갈 권리가 있다고 생각한 거야?"

"전혀 모르겠어." 로건이 말했다. "데이비드한테 그런 권리 같은 건 없었으니까. 데이비드는 해나의 여권을 손에 넣고 위임장을 위조한 다음 해나를 데리고 국경을 넘어서 남아메리카로 갔어."

"그러니깐 이건 양육권 문제나 누가 아이를 데려가느냐를 놓고 싸우는 부부의 문제가 아니라는 거지?"

"전혀 아니야. 이건 명백한 유아 납치 사건이야." 로건은 잠깐 머뭇거리면서 적당한 말을 찾으려고 애썼다. "일단 바깥세상으로 나오면 설 자리를 찾기가 어려워. 삶은 아주 빨리 다가오고, 준비되지 않은 게 너무 많고, 가끔은 숨을 쉬기 위해서 매일매일 껍데기를 새로 깨야 하는 기분이야. 하지만 내가 채리티를 위해서 여러 가지를 미리 준비해두었기 때문에 데이비드는 그런 문제가 없었어. 정말로 바깥세상에서 어떻게

든 살아나가고 싶었다면 데이비드는 누구보다도 기회가 많았어, 비교해 보면 아주 쉬운데……."

기디언 옆에 앉아 있던 프로젝트 관리자 하이디가 끼어들었다. "그런데 사실 데이비드는 사람들이랑 못 어울렸어요."

먼로가 말했다. "그 사람 알아요?"

하이디가 고개를 끄덕였다. "데이비드는 별로 신경도 쓰지 않는 것 같았고, 뭐라도 해보려는 노력도 하지 않았어요. 채리티만 이용했죠. 거기서 나온 사람이 다 바깥세상에서 잘 사는 건 아니에요. 돌아가는 사람들도 있죠. 애초에 거길 나온 이유가 크게 좌우해요."

"우리는 데이비드가 나온 이유를 몰라. 왜 채리티랑 같이 나왔는지 말이야." 로건이 말했다. "그녀를 정말 사랑했을 수도 있고, 호기심 때문이었을 수도 있고, 어쩌면 매일 명령을 받는 게 싫었을지도 몰라……."

"좋은 이유는 절대 아니죠." 하이디가 말했다.

"아니면 채리티랑 같이 나갔다가 해나를 데리고 다시 들어오라는 명령을 받았을 수도 있어."

"지도자들이 그런 명령도 해?" 먼로가 물었다. "기회를 틈타서 아이를 데리고 돌아오라고 명령한단 말이야?"

로건이 어깨를 으쓱했다. "그 사람들은 이 사회의 법률이 자기들한테 적용된다고 생각하지 않아."

하이디가 말했다. "그곳 사람들이 단체 안에서 태어난 아이들을 대하는 태도는, 뭐랄까, 자기 소유의 재산을 대하는 태도에 더 가까워요. 지도자들이 명령을 하지 않았고 데이비드 혼자 생각해서 계획을 세웠다 해도—우리는 그럴 가능성이 별로 없다고 생각하지만—아무튼 그 사

람들은 그때부터 데이비드를 잘 보호하고 숨겨줬어요. 그래서 해나를
찾는 데 이렇게 오래 걸린 거예요."

"이제 찾았잖아요?"

"당신이 그 아이를 데려와주면 좋겠어요."

먼로는 사진을 탁자에 내려놓고 기디언의 잔을 천천히 다시 올렸다.
그녀는 등을 기대고 앉은 다음 싱긋 웃었다. "당신들은 내가 그 애를 납
치하길 원하는군요."

먼로의 말은 질문이 아니라 진술이었다. 로건은 그것이 다른 누구도
아니라 그에게 하는 말임을 분명히 알 수 있었다. 먼로다웠다. 그녀는
'너 정말 곰곰이 생각해본 거야?'라고 묻고 있었다.

탁자 주위에 침묵이 흘렀다.

먼로가 말했다. "이제 애가 어디 있는지 알았으니 법적 절차를 밟으
면 되는 거 아닌가요?"

"그렇게 간단하지가 않아." 로건이 말했다.

의대생 엘리가 말했다. "법적인 조치는 벌써 취해놨어요. 데이비드는
미국으로 돌아오는 순간 체포될 거예요. 인터폴에서도 데이비드를 찾
는 중이고. 데이비드가 미개발국에서, 기술이 발달하지 않아서 사람을
찾기 어려운 나라에서만 지내는 것도 그래서겠죠. 하지만 해나를 진짜
되찾으려면 법적 조치 같은 건 아무 소용이 없어요."

"우리는 해나를 찾으면서 부수적인 피해는 최소한으로 줄이고 싶어."
로건이 덧붙였다.

먼로가 말했다. "부수적인 피해라니?"

"우리는 해나가 어디 있는지, 어느 나라 어느 도시에 있는지 알지만

구체적으로 어느 공동체인지는 몰라. 그 지역에 공동체가 적어도 세 개는 있는데, 경찰을 끌어들이면 경찰은 해나를 찾으려고 세 공동체를 모두 습격하겠지. 그러면 아이들은 전부 보호 기관에 맡겨질 거고, 일은 걷잡을 수 없이 흘러갈 거야. 그런 혼돈 속에서 해나를 다시 잃을 가능성도 상당히 커. 해나의 서류를 다른 이름으로 위조했다면 더욱 그렇고."

"오해하진 말아요." 하이디가 말했다. "우리는 그곳이 정말 나쁜 환경이라고 생각하고, 다른 아이들을 신경 쓰지 않는 것도 아니에요. 아이들을 자기들이 아는 유일한 세상에서 빼내서 남아메리카 청소년 센터에 집어넣는 건 해결책이 아니잖아요."

먼로가 잠자코 있다가 말했다. "전에도 그런 일이 있었나 보군요?"

"맞아." 로건이 말했다. "몇 번 있었지. 우리가 '선택받은 자녀들'이라는 단체나 지도자들, 일부 사람들을 어떻게 생각하든 그 아이들은 우리의 형제자매나 사촌들이야. 지금 중요한 건 해나야. 채리티는 법적 양육권을 가지고 있고 데이비드의 체포 영장도 있어. 중요한 건 가까이 접근하는 거야. 제일 깔끔한 방법은 정문으로 당당하게 들어가는 거지."

"우리는 들어갈 수가 없죠." 기디언이 말했다. "그 사람들은 우리를 아니까. 우리가 접근하면 그 사람들이 계획을 바로 눈치채고 해나를 다른 곳으로 또 옮겨버릴 겁니다."

"그러니까 당신들 말은, 해나를 빼내려면 내가 들어가야 한다는 거군요."

"그런 거죠."

먼로가 잠시 침묵을 지켰다. 로건은 먼로의 얼굴을 보고 그녀가 열심히 분석 중임을 알 수 있었다.

"8년 전이지." 먼로가 말했다. "그럼 해나가 지금 몇 살이야? 열두 살? 열세 살?"

"열세 살." 로건이 말했다.

"미국에서 아동 여권은 유효 기간이 5년밖에 안 돼. 여권을 갱신하려면 부모가 출석해야 되지. 해나의 경우처럼 외국에서 갱신하려면 부모가 아니라 보호자만 한 명 있으면 되지만, 어쨌거나 갱신을 받으려면 심각한 문제가 생겼을 거야. 당신들 말처럼 수배가 내려져 있다면 해나 여권이 만료돼서 갱신하러 갔을 때 영사관이나 대사관에서 해나를 빼앗았을 거 아냐?"

"전에도 다른 가족에게 그런 일이 있었어요." 하이디가 말했다. "이제 지도자들도 그런 절차를 알게 됐으니까 다시는 그런 소동을 일으키지 않을 거예요. 해나는 아마 미국 여권을 쓰지 않을 거예요. 어느 나라 여권을 가지고 있는지는 확실하지 않지만요."

"그러니까 당신들 말은, 사실상 해나가 어떤 나라에 살고 있든 미국 시민은 아니라는 거군요." 먼로는 이렇게 말한 다음 최대의 효과를 끌어내려고 잠깐 멈추었다가 다시 말을 이었다. "그러니까 기본적으로 당신들 말은 미국인인 날더러 외국으로 가서 그 나라 시민일 가능성이 있는 아이를 납치한 다음 미국으로 데려오라는 건가요?"

"그렇게 노골적으로 표현하고 싶다면 그렇죠, 맞아요." 부동산 중개업자 베서니가 비꼬듯이 말했다. "우리는 내부로 침투할 만큼 행동력 있고, 그걸 견딜 만한 인내심이 있고, 해나를 데려올 만큼 능력이 있는 사람을 찾고 있는 거예요."

"좋아요, 봐요." 먼로가 말했다. "내가 그럴 능력이 있고, 하고 싶다고 쳐요. 로건이 왜 이 일에 매달리는지는 알겠어요. 채리티는 로건의 어린 시절 친구고, 오랫동안 해나를 같이 찾아왔으니까. 하지만 당신들은 왜죠? 어떤 열세 살짜리 여자아이와 막연한 관계가 있다는 이유만으로 전국 각지에서 비행기를 타고 여기까지 와서 돈까지 내려는 건 아니겠죠? 다들 채리티나 해나, 로건이랑 친척 관계예요? 뭔가가 있을 거예요."

"엘리는 채리티의 이복동생이야." 로건이 말했다. "물론 여기 있는 사람들 모두 각자 개인적인 이유가 있어. 분명히 우리 자신들도, 또 지난 과거와 지난 일에 책임이 있는 사람들과 우리 사이의 문제도 이 일의 일부야. 제일 중요한 건 해나야."

먼로가 말했다. "혹은 복수라든지?"

로건이 말했다. "미묘한 문제는 제쳐두고 간단하게 정의하고 싶다면, 그래 그거야."

먼로가 자리에서 일어나 로건에게 말했다. "생각을 좀 해봐야겠어."

먼로가 자리를 뜬 뒤 잠시 침묵이 흘렀다. 그러다가 한 사람씩 두 사람씩 의견과 평가를 쏟아내기 시작하더니 서로 동의하기도 하고 반박하기도 하면서 소리가 점점 커졌다.

"제기랄, 로건." 기디언이 말했다. "네가 저 여자나 이번 계획에 대해서 설명할 때는 그럴듯한 줄 알았는데, 이게 지금 뭐야? 우리가 마이클을 이 일에 끌어들일 수도 있겠지. 그런데 도대체 저 여자가 해나를 데려오기는커녕 자기 혼자선들 거기서 빠져나올 수 있겠어?”

“마이클은 할 수 있어.” 로건이 말했다.

“네가 저 여자를 좋아하고 믿는다고 해서 우리도 꼭 그런 건 아니야. 마이클이 이 일을 맡겠다고 해도—뭐, 안 맡을 수도 있겠지만—꼭 저 여자한테 맡겨야 하는 건 아니잖아. 기회는 한 번밖에 없어. 저 여자가 일을 망치면 끝장이라고.”

“마이클은 할 수 있다니까.”

“해나만이 문제가 아니야.” 하이디가 말했다. “이번 일이 잘못되면 우리도 피해를 입을 거야, 너도 알잖아.”

로건이 손바닥 사이에서 물병을 굴리다가 탁자 위에 내려놓고 일어섰다. “엘리, 얼마나 낼 거야?”

“삼천 정도.”

“루스는?”

“오천.”

베서니가 손가락 두 개를 들어 보이자 다른 사람들도 그녀처럼 손가락으로 말을 대신했고 로건이 차례차례 확인했다.

“그럼 얼마야? 우리가 이 일에 낼 수 있는 돈이 총 2만 5000인 거지? 마이클이 지난번 계약으로 얼마나 받았는지 맞춰볼 사람?”

기디언이 말했다. “글쎄, 5만?”

로건이 말을 멈추고 잠깐 기다렸다가 다시 말했다. “500만 달러야.”

모두 조용해졌다.

“그래, 마이클은 내 친구야.” 로건이 왔다갔다 서성이며 말했다. “마이클이 이 일을 생각이라도 해보는 유일한 이유는 내 친구이기 때문이야.

이런 일에서 이만 오천이면 비용도 안 돼. 마이클은 정신 나간 일을 찾아다니는 게 아니야. 내가 와달라고 부탁했기 때문에 여기 온 거라고. 마이클이 만약 이 일을 맡는다면 나를 봐서일 거야. 우리 멋대로 그럴싸하게 포장할 수도 있겠지만, 마이클은 바보가 아니야. 전에도 이런 일을 해봤어. 들어갈 때는 아무리 깔끔해도 나올 때는 복잡해질 거라는 것쯤은 마이클도 알아."

"스페인어는 어느 정도 해?" 베서니가 물었다.

"지난번에 세어봤을 때 마이클은 22개 언어를 했어." 로건이 자리에 앉아서 팔꿈치를 무릎에 올리고 몸을 숙였다. "지금은 더 늘었을지도 모르지. 아무튼, 아주 유창해."

베서니가 말을 계속했다. "그러면, 마이클이 거기 들어가서 해나의 위치를 파악했다고 치고, 해나를 공동체에서 빼내 올 수 있다고 치자. 부패한 관리를 상대하는 법은 알아? 일이 잘못돼서 밀입국이라도 해야 하면? 할 수 있겠어?"

"이렇게 설명할게." 로건이 말했다. "해나를 보호하고 안전하게 데려오기 위해서 방아쇠를 당겨야 한다면 마이클은 주저하지 않을 거야." 그는 말을 멈추고 잠깐 기다리라는 듯 두 손을 들었다. "마이클이 마구잡이로 총을 쏘고 다닐 거라는 말은 아니야. 필요하다면 그럴 능력이 있다는 거지. 게다가 마이클은 독재자가 통치하는 부패한 나라들을 여기 있는 그 누구보다도 많이, 오랫동안 돌아다녔어. 기디언보다도 말이야."

"그건 좀 믿기 힘든데." 기디언이 말했다.

"좋아, 믿지 마." 로건이 말했다. "바로 아래층에 마이클이 있어. 한 번 해봐. 내려가서 싸움을 걸어봐. 아니, 그럴 필요도 없어. 그녀한테 손가락 하나만 대봐. 어깨를 만지든 허리를 감싸든 해보라고."

"나는 저 여자가 마음에 들어." 루스가 팽팽한 긴장을 누그러뜨리며 말했다. 변호사인 루스는 지금까지 아무 말도 하지 않았다. "저 여자는 똑똑해, 아주 똑똑하지. 그리고 이 일에 대해서도 잘 파악하고 있는 것 같아."

"내 생각도 그래." 하이디가 말했다. "잘 파악하고 있지. 하지만 해낼 수 있을까?"

"질문이 틀렸어. 마이클이 할 수 있느냐가 아니야." 로건이 대답했다. "해줄까라고 물어야지."

먼로는 얼굴을 가린 모자를 더 깊숙이 눌러 쓰고 카고 바지 주머니에 손을 넣은 채 어깨 너머로 길 건너편을 슬쩍 보았다.

어떤 사람들에게는 하루의 마무리를, 어떤 사람들에게는 하루의 시작을 의미하는 서늘한 새벽이었지만 도시는 타는 듯이 뜨겁고 끈적끈적한, 친숙한 열기에 휩싸여 있었다. 먼로는 문명의 향기를 들이마시고 5번가를 따라 센트럴 파크 쪽으로 걸어가면서 아무 일도 일어나지 않기를 희망했다. 불행한 사건, 어젯밤 같은.

무죄라고 주장하는 것이, 잘못된 시간에 잘못된 장소에 있었을 뿐이라고, 자기방어였다고 말하는 게 더 쉬우리라. 하지만 핑계를 대는 건 겁쟁이나 하는 짓이었다. 핑계를 대봤자 죽은 사람이 살아나지도 않고, 순간적인 충동으로 입힌 피해를 되돌리지도 못한다. 어떤 이유로 흘렸든 피는 피였다.

먼로는 이런 생각들을 밀어냈다. 그 일은 이미 끝났고 되돌릴 수 없었다.

그녀는 한발 한발 차례로 내딛으며 여기가 어딘지, 또 어디로 가고 있는지 전혀 신경 쓰지 않으며 빛이 환히 밝혀진 길을 따라 성큼성큼 걸어서 공원 동남쪽 모퉁이에 도착했다. 먼로는 여기에서 이미 일어난 일보다 이제 어디로 가야 할지 생각하는 것에 집중했다.

먼로는 로건의 친구들을 만나서 이야기를 들은 것만으로도 뉴욕에 오길 잘했다고 생각했다. 그들의 이야기를 종합해보면 로건의 과거를 더 뚜렷하게 들여다볼 수 있었다. 사실 먼로는 로건의 과거를 그가 생각하는 것보다 훨씬 잘 알았다.

어떻게 모를 수 있을까? 로건이 지난 몇 년 동안 '깜빡 잊고' 말하지 않은 게 뭐였든 그는 제일 친한 친구였고 먼로처럼 상처로 점철된 어린 시절을 가지고 있었다. 먼로는 로건이 털어놓은 단편적인 이야기와 가끔씩 엿보인 과거를 토대로 훌륭한 인포메이셔니스트(정보수집가)라면 누구나 했을 일을 했다. 즉 조사해본 것이다.

로건과 친구들은 1960년대 말에 널리 퍼졌던 '하나님의 선택받은 자녀들'이라는 종교 단체 안에서 태어났다. 이 집단의 지도자이며 '현대의 모세'라는 예언자는 자기 민족을 이끌고 이집트에서 탈출하겠다고 약속했던 모세처럼 수천 명의 십대와 젊은이를 이끌고 이 사회, 즉 '공백'을 떠났다.

신도들은 가족과 친구들과 연을 끊고 같은 믿음을 공유하지 않는 모든 사람들과 관계를 끊고 예언자에 대한 충성심으로 하나가 되어 새로운 가족 집단을 만들었다.

'선택받은 자녀들'은 전 세계에 '안식처'라는 공동체를 만들었고, 로건의 부모와 같은 수천 명의 젊은이는 더 많은 아이를 낳아 외부 세계와 단절되어 예언자를 따르는 삶을 살게 했다. 그들은 아이들이 다른 길을 원할지도 모른다는 생각도, 자신들이 살아 있는 동안 이 세상이 끝나지 않을지도 모른다는 생각도 하지 않았다. 로건처럼 자라서 공동체를 떠나려는 아이들은 악마 취급을 받으며 소외되었고 바깥세상으로 내쫓겨서 제대로 알지도 못하는 세상에서 자기 자신을 보호해야 했다.

로건의 사연은 그의 수많은 친구의 사연과 비슷했다. 그들은 그런 아이들이 존재한다는 사실조차 모르는 사회의 틈바구니에 떨어져서 어린 시절 친구들이 약을 남용하거나 자살하는 모습을 지켜보고, 불안 장애와 스트레스 장애를 겪고, 사회적 관습과 관례를 전혀 몰라서 늘 실수를 하고, 항상 따라다니는 사회적 편견과 낙인에 맞서 싸우고, 하루하루 힘겹게 싸우면서 더 높은 곳을 향해 올라갔다.

이 사람들의 이야기는 아무리 다르게 이야기하고 아무리 가볍게 이야기해도 다 똑같았다. 누군가가 끼어들지 않는다면 어린 해나도 10년 뒤에 똑같은 이야기를 하고 있을 것이다. 그때까지 살아남는다면 말이다.

먼로는 갈림길에 도착하자 머릿속으로 동전을 던진 다음 환한 빛과 오솔길을 뒤로하고 어둠과 고독을 약속하는 곳으로 향했다. 산들바람이 나무 꼭대기를 훑고 지나갔고 그 위에서 무르익은 달이 길을 밝혔다.

먼로는 밤의 아이였다. 밤에 돌아다니는 것이 더 익숙했고 카타르시스도 느껴졌다. 방 안에 갇혀서 잠도 못 이루면서 파도처럼 몰아치는 꿈을 막으려고 또다시 신경을 곤두세우는 것보다 훨씬 나았다.

먼로가 공원으로 빠져나온 것은 이런저런 생각을 하고 로건과 친구들에게서 벗어나 고독을 즐기기 위해서만은 아니었다. 먼로가 오늘 밤 여기까지 온 것은 어젯밤 호텔을 나섰을 때도 그랬던 것처럼 그녀에게 미행이 붙어 있기 때문이었다.

평소의 먼로였다면 이것을 게임 삼아 즐겼을 것이다. 그럴 능력이 된다는 이유만으로 최대한 오랫동안 모르는 척했을 것이다. 오늘 밤은 게임을 하고 싶지 않았다. 그녀는 생각을 정리할 필요가 있었다.

먼로는 벤치에 도착하자 걸음을 멈추고 어둠 속에 귀를 기울이며 기다렸다. 그가 거기 있다는 확신이 들자 그녀는 벤치에 앉은 다음 잠시 후 그림자를 향해서 말했다.

"이리 와서 앉아." 먼로가 말했다. "스토킹당하는 것도 이제 지겨워."

모습이 보이기 전에 다가오는 소리가 먼저 들렸다. 그가 점점 가까워지면서 어둠 속에서 커다란 윤곽이 나타났다. 어깨가 떡 벌어진 그는 여름 재킷의 주머니에 편안하게 손을 넣고 스스럼없이 걸어왔다. 그는 먼로에게서 30센티미터쯤 떨어진 곳에 멈춰 서서 흐릿한 선웃음을 지으며 내려다보았고 그녀도 미소를 지었다.

먼로가 고개를 기울여 그를 보며 말했다. "안녕, 마일스."

브래드퍼드도 고개를 끄덕이고 미소를 지으면서 팔짱을 끼고 잠시 서 있더니 그녀의 옆자리에 앉았다.

침묵.

"언제부터 알았어?" 마침내 브래드퍼드가 말했다.

"공항에서 봤어." 먼로가 대답하자 그가 투덜거렸다.

완연한 달빛 밑에서 그녀는 몇 개월의 시간이 그에게 어떤 흔적을 남겼는지 살펴보았다. 눈가에 주름이 조금 더 늘었고 귀 밑에서 턱까지 7센티미터 정도 되는 흉터가 생겼다. 먼로는 브래드퍼드의 얼굴을 가볍게 잡고서 더 자세히 보려고 조금 기울였다.

"유산탄 파편을 맞았어." 그가 말했다. "흉터 하나 더 따라잡았지." 더욱 긴 침묵이 흐른 다음 브래드퍼드가 말했다. "일찌감치 말을 걸지 그랬어? 그러면 이런 감시자 놀이는 안 해도 됐을 텐데."

"그렇게 해서 자기가……." 먼로가 허공에 따옴표를 그리며 말했다. "'중재'하고 있다는 로건의 환상을 망치라는 거야?"

"로건은 걱정이 돼서 그러는 거야. 당신, 요즘 약 먹는다면서."

"응. 하지만 로건이 생각하는 이유 때문은 아니야."

"내가 걱정해야 되나?" 브래드퍼드가 말했다.

먼로가 팔꿈치를 무릎에 올리고 어둠을 마주 보면서 몸을 숙였다. "어쩌면." 이어진 침묵 속에서 그녀는 꿈속 세상이 진짜 악몽으로 변했다는 것을 설명할 적절한 말을 찾으려고 애썼다.

"아프리카에서의 일이랑 상관있는 거야?" 그가 물었다.

먼로가 브래드퍼드를 흘끔 보며 말했다. "그거야 모르지. 뭐, 도움이 안 되는 건 확실해." 그녀는 다시 고개를 돌려 어둠을 마주 보면서 눈을 반쯤 감고 말했다. "그 일에 대해서는 마음의 평화를 찾았어, 마일스. 내가 아무리 원해도 과거를 다시 쓸 수는 없잖아. 내가 할 수 있는 게 있었다 해도 아무것도 바뀌지 않았을 거야."

먼로는 한동안 아무 말도 하지 않았다. 브래드퍼드 역시 그녀를 재촉하고 싶었다 해도 드러내지 않았다.

"한 달 반쯤 전부터야." 먼로가 말했다. "가끔 꾸는 정말 나쁜 꿈처럼 시작했는데 진짜 싸움으로 변했어. 자는 동안에는 무슨 일이 일어나고 있는지 전혀 의식이 없고, 잠에서 깨면 내가 만든 파괴의 현장이 보여." 먼로는 잠깐 말을 멈추고 다시 그를 향해 고개를 돌렸다. "깨어 있을 때 내 손에 묻어 있는 죽음의 흔적을 보는 것만으로도 충분히 괴로워. 그런데 이젠 꿈속에서도 그런 일이 일어날 수 있는 거야. 나 자신을 믿을 수가 없고 통제할 방법도 없어. 그래서 아예 약을 먹고 정신을 잃는 거야." 먼로가 다시 고개를 돌려 어둠을 물끄러미 바라보았다. "며칠 동안 잠을 안 자면 힘이 빠지기 시작해. 자도 문제, 안 자도 문제야."

"의사한테는 가봤어? 적어도 처방전은 있는 거지?"

먼로가 고개를 홱 돌려 그를 보았다. "그 얘긴 벌써 했잖아."

두 사람이 처음 만났을 때였다. 먼로는 브래드퍼드가 그녀의 의뢰인을 위해 자신의 과거를 조사했다는 사실을 알고 나서 정신 감정에 대해서 토론을 벌였다.

그녀는 잠시 침묵을 지키면서 자기 말을 강조하고 나서 다시 말했다. "로건이 나한테 무슨 부탁을 했는지 말했어? 왜 나를 뉴욕으로 데려왔는지?"

"아니. 당신을 위해서 데려온 줄 알았지."

"로건은 내가 남아메리카로 가길 원해. 나쁜 놈들 소굴에 침입해서 자기 소꿉친구의 딸을 데려오래."

브래드퍼드는 아무 말도 하지 않았고 먼로도 침묵을 지키며 그가 로건의 '이타주의'의 실체를 깨달을 시간을 주었다. 브래드퍼드는 뚜렷하게 들릴 정도로 크게 한숨을 쉬고 그녀를 보호하려는 듯이 날을 세우며 말했다. "남미 어디? 마약 카르텔이랑 관련 있는 일이야?"

"아르헨티나." 먼로가 말했다. "약이 아니라 종교랑 관계가 있어. 납치 사건인데, 좀 복잡해. 하지만 아마 옳은 일일 거야. 사실 논리적으로는 그럴듯하지만 아주 위험한 도박이야. 로건이 아니라 다른 사람의 부탁이었다면 벌써 거절했을 거야."

"그걸 알면서 뉴욕엔 왜 왔어?"

"나름의 이유가 있지."

"노아 때문이야?"

사실 노아는 이유의 일부일 뿐이었지만 먼로는 고개를 끄덕였다.

"모로코로 돌아갈 거야?" 브래드퍼드가 물었다.

"모르겠어." 그녀가 말했다.

그는 말이 없었다. 먼로는 브래드퍼드가 사실을 캐묻고 싶지만 동시에 캐묻고 싶어 하지 않는다는 사실을 알았다. 어쩌면, 시간이 지나면 언젠가 먼로가 자신의 영혼을 드러내 고통을 보여주면서 브래드퍼드가 이미 본능적으로 알고 있는 사실을 말로 표현할 수 있을지도 몰랐다. 하지만 지금은 아니었다.

잠시 침묵이 흐른 다음 브래드퍼드가 말했다. "정말 어떻게 지내? 수면 부족이랑 약 문제는 빼고."

먼로가 어깨를 으쓱했다. "늘 그렇듯이 머릿속이 엉망진창이야. 어젯밤에 무슨 일이 있었는지 당신도 봤겠지."

"일부는." 그가 말했다. "길모퉁이 근처에서 당신을 놓쳤는데, 다시 찾았을 때는 발치에 죽은 남자가 하나 누워 있고 한 남자는 절뚝거리면서 달아나고 있더군."

"순식간에 일어났어." 그녀가 말했다. "가학적이고 멍청한 짓이지."

"자신을 방어한다고 해서 머릿속이 엉망이라는 뜻은 아니지." 그가 말했다.

먼로가 고개를 돌려 브래드퍼드를 보았다. "아니라고? 아무도 나보고 새벽 2시에 돌아다니라고 안 했어. 어두운 뒷골목이나 외딴 오솔길로 숨어들어야 할 이유도 없지. 나는 문제에 휘말리고 싶어서 기다리고 있었던 거야." 그녀는 두 사람이 걸어온 길을 바라보며 말했다. "뭐가 달라? 피해자를 찾아다니는 거나 나쁜 놈한테 붙잡힐 걸 뻔히 알면서 피해자인 척하는 거나."

"아주 큰 차이가 있지."

먼로가 무슨 말인가 하려고 입을 열다가 멈췄다. 그것은 다음에 이야기할 다른 문제였다. "언제 왔어?" 먼로가 물었다.

"글쎄." 브래드퍼드가 말했다. "당신 언제 왔는데?"

먼로가 마지못해 웃었다. "설마 진심은 아니지. 로건이 당신한테 돈이라도 주는 거야?"

"말도 안 되는 소리 하지 마. 아니, 로건한테 돈을 받는 건 아냐."

"그럼 뭐야?"

그의 얼굴에 고통스러운 표정이 스쳤다. "꼭 물어봐야 돼?"

먼로가 한숨을 쉬더니 천천히 등을 쭉 펴고 하늘을 올려다보았다. "미안해." 그녀가 말했다. "나 때문에 여기 와서 손해가 얼마나 큰지 알아." 먼로는 브래드퍼드 쪽을 보았다가 다시 어둠을 향해 고개를 돌렸다. "정말 고마워. 당신이 생각하는 것보다 훨씬. 다만 그래봤자 크게 도움이 되지 않을 거라고 생각하는 것뿐이야."

"될 수도 있고, 안 될 수도 있지." 그가 잠깐 머뭇거리다가 다시 말했다. "내가 당신을 진심으로 존중하는 거 알지?"

먼로가 고개를 끄덕였다.

"좋아." 브래드퍼드가 말했다. "제정신도 아니면서 그렇게 칼을 가지고 다니는 건 미친 짓이야. 당신은 의식적으로 약을 먹으면서 통제하려고 애쓰고 있지만, 음주 운전이나 마찬가지라고. 당신은 통제하고 있다고 생각하겠지만 그렇지 않아. 당신은 무기가 없어도 충분히 위험해.”

“미친놈처럼 약에 취해서 한바탕 즐기러 나가는 건 아니야.” 먼로가 말했다.

“그건 나도 알아.” 브래드퍼드가 말했다. “당신이 자기방어를 위해서 칼을 가지고 다니는 게 아니라는 건 우리 둘 다 알지. 칼은 필요 없으니까. 어쩌다가 무기 없이 사람을 죽이면 평생 감옥에서 썩지 않을 가능성도 있어. 하지만 칼을 들고 있다간 끝장이야, 당신도 알잖아. 왜 그런 위험을 감수하는 거야?”

위험. 진짜 위험이 어떤 건지 전혀 모르는 사람들이 너무나 쉽게 퍼뜨리는 말. 다른 사람이 이런 말을 했다면 진부하다고 무시했겠지만 이 남자는 그녀의 목숨을 구해준 사람이었고 모든 것을 거는 게 뭔지 그 진정한 뜻을 알았다.

또다시 침묵이 흐른 다음 먼로는 숨겨두었던 칼 세 자루를 꺼내더니 요란스럽게 굴지도 않고 그의 무릎에 놓았다. 브래드퍼드가 손을 뻗어 칼을 쥐었다. “약도 가져가도 돼?” 그가 물었다.

“악몽까지 같이 가져갈 수 있으면.”

브래드퍼드는 아무런 대답도 하지 않았고 먼로는 그가 침묵을 지키게 놔두었다. 어쩌면, 시간이 지나면, 브래드퍼드도 이해할 것이다. 그녀는 고개를 약간 돌려 동쪽을 보았다. 하늘이 자줏빛으로 변하고 있었다. 먼로가 일어섰다.

“호텔로 돌아가야겠다.” 그녀가 말했다. “같이 걸을래? 스위트룸에서 같이 지내도 돼. 거리에서 밤새 지켜보는 것보다 편할 거야.”

"당신 방은 벌써 다 찬 거 아니야?" 그가 물었다.

"크니까 괜찮아." 먼로가 말했다. "아무튼 나랑 같이 지내자."

브래드퍼드가 눈썹을 찡그렸다. 먼로는 그가 혼란스러워하는 이유를 알고 그의 팔짱을 낀 다음 끌고 갔다. "나는 노력하고 있어, 마일스." 그녀가 말했다. "정말 열심히 노력하고 있어. 당신이 나를 돕고 싶다면 기꺼이 받아들일게, 그럴 거면 제대로 하자. 나랑 같이 지내."

두 사람이 호텔에 도착할 때쯤 마침내 해가 떴다. 먼로가 문을 열자 로건이 성큼성큼 걸어오고 있었다. 고뇌와 안도가 뒤섞인 표정이었다. 먼로가 돌아오기를 기다리며 불안하게 서성이면서 절대 오지 않을 거라고 생각한 것 같았다. 로건이 브래드퍼드를 보았다.

그의 얼굴이 창백해지더니 걸음이 뚝 멈췄다. 다른 표정은 모두 사라지고 충격이 떠올랐다.

브래드퍼드는 고개를 끄덕여 인사했고 로건은 한순간 얼어붙었다가, 말없이 텔레비전으로 시선을 돌렸다가, 먼로를 다시 봤다가, 다시 텔레비전을 보고, 또 먼로를 봤다.

로건의 우유부단한 태도에 지쳐서 먼로가 말했다. "왜 그래, 로건?"

로건이 멈칫멈칫 텔레비전을 가리켰다. 음을 소거한 상태라 소리는 들리지 않고 화면에는 지역 뉴스가 나오고 있었다. "뉴욕 경찰관이 이틀 전에 살해됐어." 로건이 말했다. "오늘 아침에 누가 쓰레기통에서 시체를 찾아냈대."

로건이 이미 한참 전에 깨끗이 씻은 먼로의 손과 팔을 물끄러미 보면서 속삭였다. "네가 한 거야?"

머릿속 가득 불협화음이 울렸다. 로건의 말과 그녀가 저지른 일은 어딘가 아귀가 안 맞았다. 경찰관이라니. 먼로는 말없이 로건에게 등을 돌리고 벌써 텔레비전 앞에 가서 서 있던 브래드퍼드의 옆으로 갔다. 세상이 천천히 움직였다.

소리는 여전히 꺼져 있었지만 반복되는 영상 아래쪽에 속보 자막이 계속 흘러나왔다. 먼로는 말없이 읽었다. 잠시 후 로건이 다시 물었는데, 이번에는 질문이라기보다 씩씩거리는 비난에 가까웠다. 먼로는 평평한 화면에서 고개를 돌려 로건을 마주 보더니 당황하고 공포에 질린 그를 그대로 놔둔 채 말 한마디 없이 뒤로 돌아 침실로 성큼성큼 들어가서 문을 닫았다.

그녀는 창가에 서 있었다. 아침 햇살이 손을 비추자 먼로는 그 손에 남겨진 보이지 않는 죽음의 반점을 물끄러미 바라보았다. 조용히 문 두드리는 소리가 나더니 곧 문이 열렸다. 브래드퍼드가 방 안으로 고개를 내밀고 대답을 기다리지도 않고 쑥 들어오더니 문을 닫고 창밖의 도시를 내다보면서 먼로를 향해 걸어왔다.

"증거 남겼어?" 그가 물었다.

먼로가 그를 향해 천천히 시선을 돌린 다음 말했다. "아니. 내가 아는 한은 아니야."

브래드퍼드가 손을 뻗어 엄지손가락을 그녀의 턱에 대고 말했다. "어쩌면 이 일을 맡는 게 좋을지도 몰라."

먼로가 그의 손에 얼굴을 기댔다. "그 남자들이 정말 경찰이었다면 마땅한 결론이 나겠지. 내가 저지른 실수를 피해서 도망가지 않을 거야."

"그 문제는 그냥 부수적인 보너스고." 브래드퍼드가 말했다. "당신은 정말로 휴식이 필요했어. 지금까지 계속 바빴잖아. 정말 오래 쉰 게 문제일지도 모른다는 생각은 해봤어?"

먼로가 창문을 향해서, 저 아래 거리를 기어 다니는 개미와 장난감들을 향해서 돌아섰다. 확실히 그녀는 일을 해야 했다. 몽고모에 갔다 온 지 거의 8개월이 지나면서 내면의 압박이 점점 더 커지고 있었다. 일에 완전히 집중해야만 그 폭력적인 긴장감을 완화시킬 수 있었다. 로건이 부탁한 일을 맡으라고? 그것은 미친 짓이나 다름없었다.

"죽음이 날 따라다녀." 먼로가 말했다. "그 아이를 빼내올 수는 있지만 아무도 죽지 않을 거라고 보장할 순 없어. 하지만 다들 어떻게든 로건과 연관된 사람들이야." 그녀는 창문과 도시의 거리를 향해서 다시 돌아섰다. "로건은 간절한 소망과 절박한 필요성 때문에 눈이 멀어서 여러 가지 가능성을 무시하고 있어." 그녀의 시선이 브래드퍼드의 눈을 찾았다. "끔찍한 일이 생길지도 모른다는 가능성 말이야."

"로건이 나에게 말하지 않은 게 있어." 먼로가 말했다. "걘 지금 아주 간절해서 현실이 나한테 설명한 것처럼 단순하기를 바라는 거야."

"그래도 가."

먼로가 고개를 끄덕였다. "이번 일이랑 그 여러 가지 영향에 대해 준비하고 있었어." 문 너머에서 숨죽인 웃음소리가 들리자 두 사람이 뒤로 돌았다. "손님들이 깼나 봐." 그녀가 말했다. "이제 게임을 할 시간이야."

"잠깐만." 먼로는 옷장에서 발목까지 내려오는 긴 원피스를 꺼내면서 말했다. 그런 다음 브래드퍼드가 시선을 피하는지 마는지 신경 쓰지도 않으면서 옷을 벗었다. 그가 보고 싶지만 시선을 피하리라는 사실을 그녀는 잘 알았다.

밤의 피로를 떨치고 천진하고 얌전한 사람으로 돌아온 먼로가 문손잡이에 손을 얹고 잠깐 멈췄다.

"갈까?" 그녀가 말했다.

브래드퍼드가 먼로의 옷차림을 보고 한쪽 눈썹을 치켜 올리자 그녀는 대답으로 씩 웃어 보인 다음 눈을 감았다. 먼로가 새로운 모습으로 변신하는 짧은 순간이었다. 다시 눈을 뜬 먼로는 소녀가 되어 문밖으로 걸어 나갔다.

호텔에서 밤을 보낸 네 사람이 로건과 거실에 있었다. 먼로에게 들리는 대로라면 그들은 지금까지 먹어본 여러 가지 아침식사에 대해서 활발하게 토론을 하고 있었다. 텔레비전은 꺼져 있었다. 로건은 거의 말이 없었지만 조금 전까지만 해도 그의 얼굴에 드러나 있던 긴장을 잘 숨기고 있었다.

먼로는 브래드퍼드와 나란히 거실로 들어갔다. 어제도 그랬지만 낯선 사람이 등장하면 이들의 대화는 딸꾹질을 하는 것처럼 멈췄다. 자기들끼리 뭉치려고 그러는 것보다는 새로운 사람이 자기들의 대화를 듣고 오해할지도 모른다고 염려했기 때문이다.

먼로가 장난스럽게 웃으며 브래드퍼드를 소개했다. "용병이에요." 그녀가 말했다. "무기도 빌려주고 가끔은 제 경호원 역할도 하죠."

사람들이 악수를 하면서 인사를 나누었다. 기디언이 먼로에게 말했다. "로건 말이 맞는다면 당신은 경호원이 필요 없을 텐데요."

가볍게 던진 이 말에는 도전이 숨어 있었지만 먼로는 방어하거나 설명할 필요를 느끼지 못했기 때문에 그냥 돌아섰다. 그녀가 손님들을 위해 룸서비스를 시키려고 전화기에 손을 뻗었을 때 기디언이 그녀의 어깨에 손을 얹었다.

서른다섯 살의 기디언은 백병전에서 살아남은 남자답게 자신감이 넘쳤다. 그는 키가 193센티미터, 몸무게 109킬로그램으로 먼로보다 15센티미터 크고 45킬로그램 더 나갔다. 그의 태도를 보니 가볍고 날씬하고 순진한 이십대 후반의 먼로에게 자기가 한 수 가르쳐줄 수 있다고 생각하는 것 같았다.

먼로는 그 자리에서 얼어붙었다. 거실이 쥐죽은 듯 조용해졌다. 시야가 흐릿해지고 세상이 회색으로 변하면서 머리는 재빨리 계산을 했다. 시간이 정지된 이 순간에 먼로는 카타르시스를, 고통에서 해방되는 순간의 편안함을, 피를 뿌릴 때의 황홀함을 간절히 원했다.

로건이 기디언에게 경고를 했어야 했다, 기디언은 알고 있었어야 했다.

먼로는 더 큰 남자들과도 싸워봤고 아무것도 두렵지 않았다. 공격은 본능, 제이의 본능이었다. 그녀는 무시무시한 속도로 움직일 수 있었고 진짜 광기와 아주 비슷한 무서운 감각을 가지고 있었으며 '충격과 공포'가 아니라 '충격 후 죽음'이 되었다. 잔인한 칼에 베일 때마다 그녀의 정신에 새겨진 살인 충동이었다.

먼로는 아직 기디언에게 등을 돌린 채로 꼿꼿하게 서서 낮고 단조로운 목소리로 말했다. "손 치우시지."

그녀는 초음파를 탐지하는 동물처럼 세밀하게 계산하면서 방 안에 있는 사람들의 위치를 파악하고 다가올 일에 대비했다. 브래드퍼드가 소파에서 일어나려다가 멈췄다. 로건은 가만히 앉아 있었다. 두 사람 다 폭력적인 반응을 자극할까 봐 감히 움직이려 하지 않았다. 다른 사람들은 자리에 가만히 앉아 있었고 기디언의 손은 아직도 그녀의 어깨를 누르고 있었다.

먼로는 일격을 가하고 싶다는 충동을 억누르고 돌아서서 말했다. "당신을 해치고 싶지 않아."

기디언이 손가락에 힘을 주고 먼로를 잡아당기며 말했다. "지금 당신한테 얘기하고 있는 건데."

어둠이 내려오고 시간이 멈췄다. 움직임이 흐릿해졌다. 아무 생각 없는 본능이 휩쓸고 지나가고 나자 기디언은 무릎을 꿇고 목을 부여잡고서 숨을 헐떡이고 있었고 먼로는 다시 공격할 태세를 갖추고서 그를 내려다보고 있었다.

먼로의 시선이 로건을 향했지만 예상과 달리 로건은 공포를 드러내는 대신 싱글싱글 웃고 있었다.

이제야 먼로는 로건의 계략이었음을 깨달았다. 로건다웠다. 증명할 필요가 없는 것을 증명하는 멍청하고 위험한 게임들. 그녀는 똑바로 서서 기디언에게 한 손을 내밀어 일으켜준 다음 팔을 툭 치면서 말했다.

"몇 분만 기다리면 괜찮아질 거예요."

서서히 사람들의 대화가 다시 시작되었고 그 순간은 아무 일도 없었던 것처럼 지나갔다. 아침식사가 올라왔을 때 사람들은 다시 해나를 데려오는 문제에 대해 이야기를 나누고 있었다. 로건은 거의 말을 하지 않았지만 그의 시선은 종종 확실한 대답을 애원하는 듯이 먼로의 눈을 급히 찾았다. 그녀는 미소만 지을 뿐이었다. 이 상황에서 미소는 로건의 혼란을 더욱 가중시켰을 것이다.

먼로는 '선택받은 자녀들'에서 자란 아이들 이야기를 듣고 그들의 고통이 얼마나 진실한지 보면서 이 일을 수락하는 것이 얼마나 정신 나간 짓인지 깨달았지만 동시에 꼭 맡아야 하는 이유도 이해했다. 논리도, 찬반 근거도 없었다. 지금까지 먼로는 면밀한 정확성과 계산을 바탕으로 경력을 쌓았지만 이것은 그런 계산을 넘어서는 일이었다. 받아들이고 싶다는 생각이 마음속 깊은 곳에서부터 차올랐다. 아주 오랜 옛날 어느 아이의 순수한 갈망. 결코 응답받지 못했던 구원의 기도.

브래드퍼드가 질문을 하고 사람들이 대답을 하는 동안 먼로는 가만히 물러나서 그들의 몸짓과 표정을 관찰했다. 어제와 마찬가지로 다들 못 믿겠다는 분위기였다. 그럴 만도 했다.

먼로의 고객들은 보통 비싼 양복을 입고 초연하고 사업적인 태도로 결론을 내리며 마음대로 쓸 수 있는 투자액을 수백만 달러씩 가지고 이 사회 몰래 음모를 꾸미는 사람들이었고 명성을 통해서 먼로를 알았다. 하지만 이번 일은 무척 개인적이고 아주 적은 돈으로 운영되었다. 낯선 사람의 능력과 헌신에 모든 것이 달려 있었다.

대화를 나누는 목소리들이 점점 높아지고 무언의 전선戰線이 그어지자 먼로는 재밌어하며 지켜보았다. 브래드퍼드의 질문은 직선적이고 철저했고, 감정과 느낌보다는 실행 계획에 대한 것이었다. 그는 감정을 무시하고 위험을 계산하는 군인이었다. 브래드퍼드의 임무는 전혀 개인적이지 않았고 이건 일종의 전쟁이었다. 탁자에 둘러앉은 사람들 중에 이 사실을 이해하는 사람은 군인이었던 기디언과 로건밖에 없는 듯했다.

먼로가 자리에서 일어섰다. 그녀가 의자를 뒤로 완전히 밀면서 천천히 일어나자 대화가 뚝 멈췄다. 그녀는 탁자에 양 손바닥을 대고 몸을 숙이면서 말했다. "당신들만 준비됐으면 나도 준비됐어요."

아르헨티나, 부에노스아이레스

해나는 계단을 몰래 내려간 다음 부엌을 향해서 발끝으로 살금살금 걸어갔다. 이렇게 늦은 시간에 침대에서 빠져나오는 건 정말 반항적인 행동이었지만 꼭 봐야 했다. 알아내기 전까지는 잠을 잘 수 없었다. 게다가 해나는 최근에 아무 벌도 받지 않았기 때문에 걸려도 큰 문제가 될 것 같지 않았다.

해나의 방은 사람이 많고 절대 조용할 날이 없었지만 집은 매우 어둡고 황량했고 일정표도 얼핏 보면 그냥 복도 벽에 생긴 얼룩 같았다. 해나는 일정표 앞에 서서 눈을 가늘게 뜨고 마커로 쓴 자기 이름을 찾다가 부엌 담당이라는 걸 발견했다.

해나는 신음 소리를 냈다.

평소에는 부엌일이 좋았다. 길거리나 사무실, 가게를 돌아다니면서 돈을 모으는 것보다 조금 나았고, 바닥을 문질러 닦거나 화장실 청소를 하는 것보다는 훨씬 나았다. 해나가 부엌일을 배정받으면 레이철을 혼자 찾아가기가 아주 어려워질 것이다. 해나는 여러 분야를 돌아다니면서 일손이 필요한 곳을 채웠지만 레이철은 전담하는 일이 있었기 때문이다. 해나보다 딱 한 살 많은 레이철은 하루 종일 자기가 맡은 어린애들을 돌봤고, 물론 밤에도 돌봤다. 일요일만 빼면 늘 똑같았다.

해나가 부엌일을 담당하게 되면 정말 좋은 핑계가 있어야만 아장아장 걷는 아기들 구역으로 가서 레이철과 이야기를 할 수 있었다. 그러니 내일은 차라리 화장실 청소를 하는 게 좋았을 것이다.

무슨 일이 있었는지 말하는 것은 불복종이었지만 선샤인 이모는 물어보는 것도 안 된다는 말은 하지 않았다. 어제 해나에게 일어난 일을 레이철도 겪었다면 두 사람 모두 이미 알고 있으니 아무 말도 안 한 셈이고, 그러면 불복종인지 아닌지 모호해진다. 어쩌면. 해나가 찾아갈 수 있는 사람, 이 일을 이해해줄 사람은 레이철밖에 없었다.

해나는 한번 해보기로 했다. 가끔 다 잊어버리는 것도 통하지 않을 때 기분이 나아지는 방법은 그 일이 얼마나 괴로운지 아는 사람에게 이야기를 하는 것밖에 없으니까.

어제 선샤인 이모는 꼬박 세 시간이 지난 다음에야 돌아왔다. 시간이 지날수록 남자는 더욱 못되게 굴었고, 마음속으로 멀리멀리 떠나서 눈물을 참는 것이 점점 힘들어졌다. 하지만 해나는 꾹 참았다.

게다가 카르칸은 선샤인 이모가 언제 오는지 정확히 아는 것 같았다. 그가 옷을 입고 접수실로 나가라고 해서 해나가 밖으로 나가 혼자 있으니 그제야 선샤인 이모가 문을 열고 들어왔기 때문이다.

선샤인 이모가 해나를 밴으로 다시 데려갔을 때 재닥 삼촌은 아직 거기서 기다리고 있었다. 두 사람 다 아무 말도 하지 않았다. 어쩌다가

'공백'의 누군가와 단둘이 있기라도 하면 어른들은 항상 무슨 일이 있었고 무슨 이야기를 했는지 전부 다 알고 싶어 했다. 영적으로 나쁜 물이 들지는 않았는지, 혹은 부적절한 사람에게 뭔가 비밀을 말하지 않았는지 확인하려고 말이다. 하지만 이번만큼은 어른들이 전혀 신경을 쓰지 않는 것 같았다. 해나는 부끄럽고 당황스러웠으며 어른들에게 정말로 말하고 싶지 않았기 때문에 이게 더 나은지도 몰랐다. 해나는 잊고 싶었다.

선샤인 이모는 이 일이 비밀이라고, 이것에 대해서 이야기하는 건 불복종이라고 했지만 사실 그런 말을 할 필요가 없었다. 해나는 다른 어른에게 이 일에 대해 한마디도 하지 않을 것이다. 선샤인 이모가 경고하지 않아도 해나도 그 정도는 알았다. 대표 어른들 중 누구든 이 사실을 알면 해나를 나무랄 것이다. 작년에 칠레에서 해나가 게이브리얼 삼촌에 대해서 이야기하자 어른들이 해나가, 해나에게 깃든 악마들이 게이브리얼 삼촌을 유혹한 거라고 말했던 것처럼 말이다. '안식처'의 모든 사람들 앞에서 수치를 당하고 그 뒤에도 더 많은 벌을 받은 사람은 게이브리얼 삼촌이 아니라 해나였다.

해나는 일정표 앞에서 돌아섰다. 다시 발끝으로 살금살금 복도를 지나 몰래 계단을 올라가서 침대로 들어갔다. 침대로 돌아가는 내내 레이철에게 뭐라고 말을 걸까 궁리했다. 레이철은 얼마 전만 해도 친한 친구였지만 '안식처' 지도자들이 두 사람의 접촉을 금지했다.

원래 그런 거다. 친구는 될 수는 있지만 아주 가까워져서 단짝 친구가 되면 안 된다. 단짝 친구들은 결혼한 부부처럼 주님이나 예언자 님이나 '안식처'보다 상대방을 중요하게 여길 수 있고 비밀을 털어놓고 싶어질 수도 있다. 가끔 그냥 친구인데도 '안식처' 지도자들에게는 단짝 친구처럼 보일 수 있다. 변명은 금지되어 있기 때문에 미리 조심해야 하는데 해나와 레이철은 그러지를 못했다.

요즘은 좀 나아졌다. 적어도 이야기는 나눌 수는 있었다. 하지만 지도자들이 아직 두 사람을 지켜보고 있었다. 레이철은 아기들 방으로 옮겨져 아기들을 담당하게 되었고 이제는 만날 기회가 별로 없었다.

아침 예배에서 해나는 최대한 조용히 앉아서 책을 빤히 보고 있었지만 읽지는 않았다. 양심이 그녀를 꾸짖었지만 해나는 집중하려는 노력을 포기했다. 아무리 열심히 노력해도 말씀은 그냥 흘러 들어왔다가 흘러나갈 뿐이었고, 자신이 한 단어도 읽지 않았다는 걸 깨닫기도 전에 페이지가 그냥 넘어가버렸기 때문이다.

예언자 님의 말씀인 '교훈집'은 정신 건강에 무척 중요했고 사탄과 악마들을 멀리하기 위해서 꼭 필요했지만 해나의 마음은 자꾸만 달아났다. 해나는 초조해하지 않으려고, 시계를 보지 않으려고 노력했고 마침내 두 시간이 지나 거실은 텅 비었다.

열두 명 정도가 오늘의 일을 알아보려고 일정표 앞으로 갔다. 어른도 있었지만 대부분은 해나처럼 여러 분야를 돌아다니며 일하는 아이들이었다. 해나는 자기가 맡은 일이 뭔지 이미 알고 있었지만 어쨌든 사람들을 따라가서 일정표를 보는 척한 다음 부엌으로 갔다. 곧 점심 준비로 바빠질 것이었다.

오후에 부엌 지도자 헤저카이어가 저녁 준비를 시작하기 전에 15분 휴식 시간을 주었기 때문에 잠깐 짬이 났다. 해나는 헤즈 삼촌이 좋았다. 헤즈 삼촌은 규칙에 대해서 관대하고 대부분의 어른들과 달리 진지하거나 엄격하지 않았기 때문이다. 일을 열심히 하고 무례하게 굴지만 않으면 헤즈 삼촌은 별로 신경 쓰지 않았고 가끔 농담도 했다.

해나는 오늘 일정을 알았으므로 레이철이 아기들과 바깥에 있으리라는 것도 알았는데, 그건 아기들 방에 있는 것보다 나빴다. 방에 있었다면 누군가 지나가다가 두 사람이 이야기하는 모습을 볼 위험이 없을 것이다. 하지만 해나에게는 지금 이게 최선이었다. 누가 특별히 흥미를 갖지 않는 이상, 해나나 레이철이 지도자에게 이 문제를 말하지 않는 이상 아무 문제도 없을 것이다.

레이철은 대충 만든 벤치에 앉아 있고 주변에서 아기들 여섯이 놀고 있었으며 열한 살짜리 조수 머시가 서서 아기들을 보고 있었다.

해나가 다가가자 레이철은 얼른 옆으로 비켜 자리를 만들어주었지만 아무 말도 하지 않았다. 문제가 생겨서 멀어지면 이렇게 되는 거다. 다시 시작하는 방법을 알기가 어렵다.

해나가 옆자리에 앉았지만 레이철이 아무 말도 하지 않았기 때문에 해나는 머시가 아기 두 명과 노는 모습을 지켜보았다. 열 살부터 열두 살까지는 열세 살 이상보다 편했다. 열두 살 밑으로는 반나절만 일했고 저녁식사 후에 부모님도 만날 수 있었으며 무엇보다도 학교에 몇 시간은 갈 수 있었다. 해나는 학교가 그리웠고 무엇보다도 분수 계산법을 배울 기회가 없다는 사실이 아쉬웠다.

머시가 벤치로 조금 다가왔다. 해나가 왜 왔나 궁금해하는 얼굴이었다. 해나는 아주 조심스럽게 말하겠지만 그래도 머시가 두 사람의 대화가 들릴 정도로 가까이 오는 게 싫었기 때문에 얼른 레이철에게 조용히 말했다. "그 사람이 언니한테도 나쁜 짓을 했어?"

레이철은 고개를 들지 않았지만 잠깐 가만히 있다가 고개를 끄덕였다. 해나는 엄밀히 말해서 규칙을 어기지 않고도 사실을 알게 되었고 구체적으로 말하지 않았지만 두 사람 모두 무슨 말인지 알았다는 점은 다행이었다.

하지만 레이철이 도와주지 않는 한 이 이상 말하는 건 정말 위험했다. 해나는 가만히 기다렸지만 레이철은 계속 말이 없었다. 곧 머시가 엿듣기 좋아하는 참견쟁이처럼 벤치 바로 옆까지 다가와서 두 사람의 대화를 들으려고 기다렸다.

휴식 시간이 끝났다. 해나 혼자가 아니라는 사실을 알게 됐다는 점만 빼면 시간 낭비였다. 하지만 레이철은 너무나 말이 없었기 때문에 해나는 레이철이 지도자들에게 무슨 말을 하는 게 아닐까 조금 걱정됐다. 해나는 속이 메슥거리기 시작하는 것을 느끼면서 부엌으로 돌아갔다. 깊이 생각하지 않아도 손은 놀릴 수 있었고 헤즈 삼촌은 해나가 속도를 유지하는 한 아무 말도 하지 않았으므로 해나는 오후 내내 거의 딴생각만 했다.

일라이저 삼촌이 해나를 찾아온 것은 그날 저녁이었다.

그는 여자아이들 방에 머리를 쏙 들이밀고 해나에게 잠깐 나오라고 했다. 할 말이 있다고 했다. 해나는 그 말만 들어도 토가 나올 것 같았다. 일라이저 삼촌이 이야기 좀 해야겠다고 했을 때 좋은 일이 생긴 적은 한 번도 없었다.

해나는 아주 조심했고 엄밀히 말하면 어떤 규칙도 어기지 않았지만 결국 아무 소용도 없었다. 레이철이 해나에 대해서 일러바친 것이 분명했다. 레이철이 진실을 말했는지 거짓을 말했는지는 알 수가 없었다.

일라이저는 해나를 좁은 사무실로 데려가서 손잡이에 표지판을 내걸고 문을 닫았다. 이건 더 나빴다. 일라이저는 '안식처'의 주요 지도자였다. 그가 들어오지 말라고 말하면 아무도 들어오지 않을 것이고, 그것은 무슨 일이든 일어날 수 있다는 뜻이었다.

일라이저 삼촌은 해나에게 접의자에 앉으라고 말했다. 해나가 시키는 대로 하자 그는 맞은편에 앉았다. 일라이저 삼촌은 1분 정도 아무 말 없이 해나를 물끄러미 바라보았다. 해나는 마주 보고 싶어도 볼 수가 없었다. 몸 안팎이 다 떨렸다. 해나가 할 수 있는 최선은 무서울 때마다 흐르는 눈물을 꾹 참는 것이었다.

"주님께서 네가 복종하지 않았다고 알려주셨다." 일라이저가 말했다. "우리는 그걸 용납할 수가 없어. 그건 악마가 우리 안으로 들어오는 출입문이 되는 거야."

일라이저는 해나가 무슨 잘못을 저질렀는지 말하지 않았다. 지도자들은 절대 말해주지 않았다. 게다가 일라이저 삼촌이 모르는 사실을 털어놓으면 상황이 더 나빠질 테니 해나는 물어보기가 무서웠다. 사실 해나는 오늘 아무런 반항도 하지 않았지만 변명은 금지되어 있었기 때문에 일라이저 삼촌이 무슨 벌을 내리든 받아야 했다.

절대로 변명을 할 수 없다는 것, 적어도 딱 한 번 상황을 바꿀 기회도 없이 벌을 받아들이는 것은 정말 괴로웠다.

"2주 동안 너를 감시할 거야." 일라이저가 말했다. "모닝스타에게 2주 동안 네 파수꾼 역할을 해달라고 부탁했다. 그리고 네 마음이 다시 주님께 어울린다고 내가 판단할 때까지는 아무 말도 하면 안 된다."

해나는 고개를 끄덕였다. 눈물을 흘리지 않으려고 애를 썼지만 어쩔 수 없었다. 무서움, 시내로 갔을 때 일어난 일, 자신을 일러바친 레이철, 일라이저 삼촌이 주신 벌, 이 모든 것이 아주 심했고 빨리 일어났다. 충격을 최소화할 틈도, 생각을 정리해서 치워버릴 시간도 없었다.

하지만 한편으로는 마음이 놓였다. 모닝스타에게 2주 내내 감시당하면서 다른 사람들과 말을 하면 안 되는 벌은 그렇게 나쁘지 않았다. '안식처'의 모든 사람 앞에서 자비를 베풀어달라고 애원할 때까지 맞는 것보다 훨씬 나았다.

그렇지만 눈물이 흘렀다. 눈물은 한 번 흐르기 시작하면 멈추지 않았다. 약간만 흘리는 건 괜찮지만, 약간만 울면 해나가 뉘우치고 있다는 뜻이었지만, 정말 많이 울면 큰 문제가 생길 수 있었다. 하지만 해나는 눈물을 멈출 수 없었다. 해나가 계속해서 큰 소리로 울자 일라이자 삼촌이 해나의 손을 잡아 자기 무릎으로 끌어당겼다.

"내가 너에게 정말 가혹하게 굴었는지도 모르겠구나." 그가 말했다. "예언자 님께서는 사랑이 없는 처벌은 하나님의 율법에 어긋난다고, 하나님께서 얼마나 사랑하는지 네가 깨닫는 것이 중요하다고 가르치셨지."

일라이저의 손이 해나의 잠옷 안으로 들어와 헤매다가 맨다리 위에 놓였다. 그의 손이 닿자 해나는 더욱 불편해졌다. 일라이저 삼촌이 할 말이 있다고 할 때는 뭔가 나쁜 일이 생긴다는 사실을 알면서 이 방에 같이 들어올 때보다 속이 안 좋았다.

일라이저가 말했다. "어쩌면 문제는…… 어쩌면 네가 반항한 건 하나님의 사랑을 충분히 받지 못해서일지도 몰라."

해나는 울음을 멈추려고 애썼다. 그녀는 지금부터 무슨 일이 일어날

지 알았기 때문에 도망가고 싶었다. 하지만 눈물이 멈출 때까지는 구실이 없었다. 일라이저가 해나를 자기 무릎에 앉혔기 때문에 여기서 일어나버리면 훨씬 더 많은 문제가 생길 것이었다.

"야단을 맞는 건 주님께서 너에 대한 사랑을 보여주시는 거란다, 아가. 네가 착하게 행동하는 법을 배울 수 있도록 하나님은 가끔씩 너를 혼내서야만 해. 하지만 그래, 내가 심했을지도 모르지. 너한테 필요한 건 다정함인데 말이야."

해나는 일라이저의 무릎에서 내려오고 싶었다. 예수님께서 화를 내신다고 해도 해나는 이런 사랑을 원하지 않았다. 해나는 눈물을 참으려고 정말 노력했지만 눈물은 멈추지 않았다. 이제 해나는 다른 곳으로 가는 수밖에, 마음이 다시 멀리멀리 도망치게 하는 수밖에 없었다. 그러면 더이상 이 남자와 이 방에 있는 것이 아니었고 사랑의 축복과 관련된 모든 것에서 멀어질 수 있었다.

뉴욕, 존 F. 케네디 국제공항

작업 규정과 생존 규정에 어긋나는 일이었지만 먼로는 세 사람과 함께 부에노스아이레스행 비행기에 올랐다. 그녀가 로건과 친구들을 초대하지는 않았지만 그들이 따라가겠다고 고집하자 거절하느라 에너지를 낭비하지는 않았다. 적당한 때에 적당한 조건에 맞춰 자기 방식대로 해결할 것이다.

먼로는 혼자 일했다. 정보를 캐는 것은 혼자 하는 일이었다. 그녀는 그림자이자 유령이었고 자연스럽게 녹아들어 임무를 완수하기 위해 필요하면 어떤 모습으로로든 변신했다. 먼로는 일을 망칠지도 모르는 파트너나 부하, 친구를 견디지 못했고 자기 자신 외에는 그 누구에게도, 그 무엇에도 의지하지 않았고 걱정하지도 않았다. 이 규칙 덕분에 먼로는 눈에 띄지 않게 일하면서 살아남을 수 있었다.

마일스 브래드퍼드와 아프리카에서 함께 일했던 것을 제외하면 먼로에게 파트너에 가장 가까웠던 사람은 로건이었다. 그는 멀리서 그녀의 뒤를 봐주었다. 먼로에게 도움이 필요하면 로건이 반대편에서 일을 해결했다. 그는 공급책이자 기둥이었고, 깊은 도랑에 빠진 그녀에게 호스를 통해서 먹을 것을 제공해주는 사람이었다.

그랬던 로건이 순식간에 쓸모 있는 사람에서 짐으로 변해버렸다.

먼로는 이 일을 맡으면 로건이 진정될 거라고, 그녀를 그토록 잘 아는 로건이니 한숨 돌리면서 전문가에게 일을 맡기고 그녀가 제일 잘하는 일을 하게 놔둘 거라고 생각했다. 하지만 로건은 그러는 대신 주위를 맴돌면서 세세한 부분까지 참견하며 절대 물러서지 않았고 진행 사항이나 의견, 정보를 계속 끈질기게 알아내려 했다.

로건 외에도 두 사람이 이 서커스에 동참하겠다고 나섰다. 먼로는 로건의 뒤를 따라 건조한 비행기 내부 이코노미석으로 들어갔다. 그녀는 습관대로 비행기에 탄 사람들의 얼굴을 훑어보고 모든 좌석의 뒷면을 만지고 지나가면서 제일 가까운 비상구에서 몇 줄 떨어져 있는지 소리 없이 셌다. 뒤에서 하이디와 기디언이 알에서 막 깨어나 부모를 뒤따라가는 새끼처럼 아장아장 따라왔다.

뉴욕에서 부에노스아이레스까지 직항이라는 말은 열한 시간 동안 비행기를 타야 한다는 뜻이었는데, 비행기 표를 급히 샀기 때문에 각각 두 명씩 열네 줄 떨어진 자리밖에 구하지 못했다.

객실을 반 정도 지나자 로건이 멈춰 섰다. 그는 여행 가방을 집어 들어 머리 위 짐칸에 넣으려 했지만 먼로가 그를 막더니 손에서 탑승권을 빼앗았다.

먼로는 지금까지 계속 로건의 비위를 맞추면서 끊임없는 참견과 질문을 최대한 참았다. 하지만 로건이 밤새도록 먼로 옆에 앉아 있다가는 다음날 살해당한 시체로 발견될 것이다.

"하이디랑 앉을 거야." 먼로가 말했다.

말없는 혼란 속에서 하이디가 괜찮겠느냐고 묻듯이 로건을 보았다. 그는 머뭇거리다가 입술을 꽉 물고 고개를 끄덕였다. 먼로가 화를 풀어주려는 듯이 로건의 어깨를 장난스럽게 때리자 그는 고맙다는 시선을 보냈다.

먼로가 한 걸음 물러서자 하이디가 창가 자리로 들어갔다. 먼로는 로건이 지나가도록 통로에서 비켜섰다. 남자들은 비행기 뒤쪽으로 걸어갔는데 두 사람의 모습을 지켜보자 로건이 뭔가를 숨기고 있다는 의심은 확신으로 바뀌었다.

먼로는 수하물과 소지품을 올린 다음 펼쳐져 있는 트레이에 두꺼운 서류철을 탁 내려놓았다. 밤새 다 읽어야 한다.

하이디가 말했다. "잠 별로 안 자죠?"

먼로가 서류철을 열고 비행기에 타기 직전에 로건이 준 각종 문서들을 보면서 말했다. "눈치챘군요."

하이디가 따스함을 발산하며 미소를 지었다. "눈치 못 채기가 힘들죠. 게다가 뛰어난 사람들은 전부 잠을 잘 안 자는 것 같아요. 8시간은 꼭 자야 하는 사람들 중 하나로 하루에 몇 시간씩 더 쓸 수 있는 당신이 부럽네요."

하이디는 168센티미터 정도의 키에 갈색 머리와 연한 파란색 눈을 가지고 있었고 평균보다 조금 통통했으며 지난 36년의 삶과는 어울리지 않는, 사람을 끌어당기는 성격을 가지고 있었다. 그녀는 또한 복잡한 생각을 간결하고 단순하게 표현하는 능력이 있었다. 물론 분명 이런 능력 때문에 뛰어난 프로젝트 매니저가 되었겠지만 먼로에게 이런 능력은 두드려야 할 문, '선택받은 자녀들' 안에서 아이로 산다는 게 어떤 건지 엿볼 수 있는 창이었다.

먼로는 이 미묘한 칭찬에 잠깐 행동을 멈추고 환심을 사려고 그러는 건지 생각해봤지만 진심임을 느끼고 이렇게 말했다. "그렇게 부러워할 거 없어요. 가끔은 훨씬 큰 대가를 치러야 하니까."

하이디가 작은 가방에서 책을 꺼내서 펼쳤다. "로건이 그러던데, 부모님이 선교사였다면서요? 우리랑 비슷하네요."

먼로가 고개를 끄덕이며 말했다. "서아프리카 카메룬에서 태어났어요."

"그래서 남자 이름인 거예요?"

"그런 셈이죠." 먼로가 말했다. "열일곱 살 때 뇌물을 주고 유럽행 화물선에 몰래 탔거든요. 여자 같아 보이면 문제가 생길 테니 머리를 밀고 가슴에 붕대를 감고 남자 옷을 입었더니 그런 모습에 어울리는 이름이 필요했어요. 그렇게 해서 마이클이 태어난 거죠."

"통했어요?"

"이름요?"

"겉모습이요."

먼로가 하이디를 곁눈질하며 말했다. "지금 당장 내가 그 모습을 하면 당신도 내가 남잔 줄 알걸요."

하이디가 말도 안 된다는 듯이 눈썹을 찌푸렸지만 먼로의 말을 못 믿는다고 탓할 수는 없었다. 직접 봐야 아는 법이다.

"왜 마이클이라는 이름을 골랐어요?" 하이디가 말했다.

먼로가 대답했다. "적절해 보였거든요. 『성경』을 보면 그녀는 다윗 왕의 아내였는데* 아이를 낳지 못했어요."

하이디가 싱글싱글 웃었다. 『성경』이라면 익숙했다. "철자가 다르잖아요."

먼로가 고개를 끄덕였다. "그리고 그녀는 여자 옷을 입었죠."

"당신도 그렇잖아요." 하이디가 말했다. "그런데 왜 남자 이름을 써요?"

"나는 여자 옷을 입을 때보다 안 입을 때가 많거든요." 먼로가 말했다. "일을 하다 보면 꽤 거친 델 가야 하는데, 화물선에 탈 때나 마찬가지로 남자가 돼야 더 쉬워요. 고객들도 내가 여자일 거라고 생각하지 않으니 이 이름이 적당했고, 그렇게 굳어버린 거죠."

"진짜 이름은 뭐예요?"

먼로가 씨익 웃으면서 말했다. "바네사요."

하이디가 비밀을 털어놓듯이 가까이 다가왔다. "제 진짜 이름은 뱃시버**예요." 그녀가 속삭였다. "그 이름이 정말 싫어서 '선택받은 자녀들'에서 나온 다음에 바꿨죠. 중간 이름을 써요."

"마이클과 뱃시버라." 먼로가 말했다. "우리의 다윗 왕을 찾아야겠군요."

하이디가 웃으면서 읽고 있던 책으로 돌아가자 먼로도 들고 있던 문서로 시선을 돌렸다. 그녀는 클립을 빼고 페이지를 넘긴 다음 집중했다.

정보의 세계에서는 정확성이 생명이었다. 추측과 익숙한 것은 믿을 수 없다. 침투와 납치라는 절벽에 서자 맥주를 마시고 당구를 치면서

---

* 사울의 막내딸로 다윗의 아내가 된 미갈Michal을 말한다.
** 다윗 왕이 부하 우리야에게서 빼앗아 결혼한 아내이자 솔로몬의 어머니인 밧세바.

단편적으로 엿볼 때와는 전혀 다른 관점에서 로건의 인생이 보였다.

먼로가 이번 일에 섞여드는 과정에서 제일 큰 문제는 편견 없이 받아들이는 것, 스스로 안다고 생각하는 모든 것을 정말 알아야 할 것으로 바꾸는 것이었다. 예언자와 '선택받은 자녀들'을 이해하기 위해서는 이 서류들이, 그들에 대한 배경지식이 반드시 필요했다.

먼로는 형광펜을 들고 공책을 옆에 놓았다. 이륙할 때는 좌석을 똑바로 세워야 했지만 먼로는 집중을 하느라 거의 신경 쓰지 않았다. 시간이 지난 다음 먼로는 몸을 쭉 펴면서 뒤로 기대다가 하이디가 자신을 물끄러미 바라보고 있음을 깨달았다.

먼로는 노골적인 관심을 무시하고 인쇄된 종이에 동그라미를 치거나 표를 그리다가 마침내 펜을 내려놓았다. 하이디가 말했다. "봐야 할 내용이 많죠. 빨리 읽네요."

"우선 훑어보는 거예요." 먼로가 대답했다. "길을 닦고 뼈대를 세우는 거죠. 목적지로 가는 길에 급하게 읽다 보면 중요한 부분을 놓치기가 쉬워요. 그래서 당신 옆에 앉으려고 했던 거예요. 당신 마음속에는 이런 종이에 절대 나오지 않는 이야기가 많을 테니까요."

예상대로 하이디는 긴장을 풀었다. 먼로가 말했다. "당신도 이랬어요? 학교를 5학년인지 6학년까지밖에 못 다녔어요?"

"거의 그런 셈이죠."

"처음 봤을 때는 교육을 많이 받은 줄 알았어요. 학교를 그것밖에 못 다녔는데 어떻게 해서 이렇게 성공했어요?"

"지식이나 동기는 교육과 다른 거니까요." 하이디는 이렇게 말한 다음 다시 미소를 지었다. 아주 달콤하고 유혹적이었지만 너무나 미묘했기 때문에 다른 사람들은 대부분 눈치채지 못했을 것이고, 아마 자신도 몰랐을 것이다. 하이디의 타고난 매력이었다. 먼로는 하이디와 로건이 아주 비슷하다는 것을 알았다.

하이디가 말했다. "그 당시에 일부 아이들은 지식을 너무나 간절히 원해서 몰래 읽을거리를 구했어요. 사전들이었죠. 아주 가끔 백과사전을 한 권씩 구할 때도 있었고. '안식처'에도 가끔 백과사전이 있었지만 읽는 건 금물이었거든요. 그래서 몰래 구해서 읽었죠."

"걸린 적 있어요?"

하이디는 그 시절이 그립기라도 한 것처럼 한숨을 쉬었다. "네. 사흘 동안 옷장에 갇혀서 굶은 적도 있어요. 어른들은 악마 때문에 '공백'의 지식을 그토록 갈망하게 된 거라면서 악마를 쫓으려고 기도를 했죠." 그녀가 웃으며 말했다. "기도가 별로 효력이 없었나 봐요."

먼로는 마지막 장을 넘긴 다음 처음으로 돌아와서 자신이 메모한 내용을 끝까지 훑어보고 다시 돌아와서 아직 완전해지지 않은 질문의 대답을 찾았다. 먼로가 직접 알아보는 것이 가장 좋았겠지만 이번 일은 아주 급하게 진행되고 있었기 때문에 자세한 내용을 로건에게서 입수해야 했다. 로건은 그녀가 어떤 배경지식을 원하는지 잘 알았기 때문에 두툼한 복사물과 내부 문건들, 신문 스크랩, 책 발췌문, 인터넷 출력물을 건네주었다. 이 정도면 일을 시작하기에 충분해 보였지만 먼로는 궁지에 빠졌다.

그녀가 하이디에게 말했다. "이걸 보면 예언자가 인터폴에 쫓겨 도망 다니면서 산다는 게 말이 안 돼요. 법을 어기지만 않으면 사람들과 다르다는 이유로 체포되지는 않잖아요."

하이디가 코에 주름을 만들었다. 그녀는 자신에게 그 질문을 던져보는 것처럼 고개를 갸웃하더니 잠시 후 서류를 가리키며 말했다. "내가 좀 봐도 될까요?"

먼로가 서류를 건네자 하이디는 호기심 어린 눈으로 훑어보고 나서 말했다. "빠진 내용이 많아요."

"왜죠?"

하이디가 어깨를 으쓱했다. "로건한테 물어봐야겠죠. 하지만 잊기 쉬운 건 아닌데." 그런 다음 대답을 기다리지도 않고 화제를 바꿔 지난 며칠간 그녀를 괴롭힌 것이 분명한 질문들을 쏟아냈다.

"마이클, 왜 이 일을 맡았어요?" 하이디는 잠깐 머뭇거리다가 다시 천천히, 어떻게 말해야 할까 고민하듯이, 오해를 살까 봐 두려운 것처럼 말을 이었다. "왜 이 일을 하기로 한 거예요? 돈 때문은 아니죠, 그건 틀림없어요. 게다가 대의를 위해서도 아니에요. 그럼 왜죠? 로건이 친구라서? 그게 충분한 이유가 돼요?"

먼로가 몸을 뒤로 기댔다. 서류에서 빠진 부분 문제는 일단 제쳐두었다. 그녀도 이해할 수 없는 일을 어떻게 설명해야 할까? 먼로가 말했다. "나는 독특한 능력이 있어요, 하이디. 내가 이 일을 하는 건, 할 수 있기 때문이에요."

입국장 문이 열리자 깜짝 놀랄 정도의 추위가 밀려왔다. 먼로가 일행을 따라 터미널을 벗어난 다음 아르헨티나에서 제일 큰 에세이사 공항에서 나오자 잔뜩 흐린 늦은 오전의 공기가 기다리고 있었다.

비행기는 먼로 일행을 축축하고 뜨거운 뉴욕에서 한거울의 부에노스아이레스로 데려왔다. 먼로가 심호흡을 하면서 디젤 가스와 매연, 추위, 안개비가 뒤섞인 공기를 들이마시자 공항의 향기, 먼로가 일을 시작할 때마다 맡는 각종 냄새가 느껴졌다. 할당된 일의 냄새, 집중과 전념의 향기였다.

로건과 기디언이 비행기를 타고 오는 동안 일정을 세워두었다가 착륙하고 나자 공동으로 일행을 이끌었다. 하이디는 두 사람이 앞장서는 것에 불만이 없는 것 같았으므로 먼로도 좋다는 듯이 고개를 끄덕인 다음 거의 아무 말도 하지 않았다.

먼로는 이해할 수가 없었다. 먼로에게 그녀만 한 지식이나 경험이 전혀 없는 다른 사람의 명령을 들으라고 하다니, 로건은 그런 식으로 해서 먼로가 능력을 최대한으로 발휘할 수 있다고 생각하는 걸까? 졸개 노릇을 하면서 다른 사람의 방식에 따라 일을 진행하는 것도 마찬가지였다. 먼로는 어린 소녀를 집으로 데려오는 일에 동참했다. 그녀는 다른 누구도 못 하는 일을 할 수 있었기 때문에 그녀의 전문적인 능력이 필요했다. 지금은 먼로가 순순히 따르는 것처럼 보이겠지만 일시적인 것에 불과했고 진심도 아니었다.

먼로를 제외한 사람들이 택시 트렁크에 짐을 실은 다음 몸집이 큰 기디언이 조수석에 타고 나머지 세 명이 뒷좌석에 탔다.

다른 사람들은 이런 여행에 적당하다 싶을 만큼 짐을 싸왔지만 먼로가 가져온 것은 갈아입을 옷 한 벌과 살을 에는 듯한 추위를 막기도 힘든 재킷 하나밖에 없었다. 그녀는 작은 배낭에 짐을 넣어 와서 택시에도 배낭을 들고 탔다.

이 일을 시작하고 몇 년이 지나자 무거운 짐 없이 여행하는 버릇이 자연스럽게 생겼다. 짐이 있으면 그걸 들고 다니면서 걱정하고 소란을 피워야 했고 이동 속도까지 느려지기 때문에 결국 어떤 식으로든 버리게 됐다. 그래서 먼로는 필요한 것은 이동하면서 구해서 쓰고 버렸고 일을 마치는 데 필요한 것들만 끝까지 들고 다녔다.

택시가 출발하여 달리는 자동차들 사이로 들어갔다. 기사는 속력을 높여서 가미카제처럼 공격적으로 공항 출구를 향하더니 곧 고속도로를 타고 아르헨티나 수도의 중심부를 향해 달렸다.

먼로는 창밖으로 섬광처럼 지나가는 도시 풍경을 바라보았다. 네모난 아파트와 주택 지구가 사라지고 쇼핑센터들과 몇 층 높이의 광고판이 등장했다가 사라졌다. 교외를 뺀 도시 지역은 전체 48개 구획으로 이루어져서 300만 명이 살고 있었지만 사실 수도권은 교외 지역까지 뻗어서 1000만 명을 하나로 묶었다.

넓게 펼쳐진 이 도시에 아르헨티나 인구의 절반이 살고 있었다. 이 일은 건초 더미에서 바늘 찾기와 같았는데 부에노스아이레스는 남아메리카에서, 혹은 전 세계에서 큰 도시에 속했다. 저기 어딘가 수백만 명 가운데 한 아이가 있고 저 수많은 집과 높이 솟은 아파트 건물들 사이에 그 아이를 숨긴 '안식처'가 있었다.

도시로 들어가자 배경이 다시 바뀌었다. 부에노스아이레스가 남아메리카의 파리라고 불리는 데에는 이유가 있었다. 구세계의 영향을 받은 건물들, 나무가 늘어선 거리, 매끈하고 현대적인 디자인은 이 도시가 무척 세련될 뿐만 아니라 유럽 역사에 흠뻑 젖은 문화를 가지고 있음을 말해주었다.

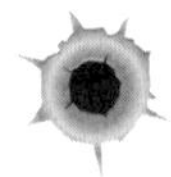

부에노스아이레스, 산텔모

먼로 일행의 숙소는 호텔보다 호스텔에 가까운 작은 단층 건물이었다. 다인실과 개인실들, 공용 부엌 하나, 작은 거실 하나를 갖춘 이 건물은 도시 중심지 남쪽의 오래된 마을에 있었다. 이 지역은 식민지 시대 건물들과 자갈길, 카페, 밀롱가*들로 이루어져 있었고 생생한 색감과 생동감이 넘쳤다. 그들은 먼로가 이 일에 무엇이 필요하고 일을 끝낼 때까지 시간이 얼마나 걸릴지 파악하는 동안 여기서 지내기로 했다.

로건은 먼로와 마찬가지로 일이 끝날 때까지 있을 예정이었지만 기디언은 2주밖에 시간이 없었고 하이디는 3주 후에 돌아가야 했다. 세 사람은 먼로에게 물어보지도 않고 일의 진행 속도를 마음대로 예상했다. 먼로는 세 사람과 관련된 모든 일에서 그런 것처럼 이번에도 그들과 그들의 예상을 무시했다.

---

* 원래는 춤의 이름이지만 댄스홀을 가리키기도 한다.

먼로 일행은 나란히 붙은 방 두 칸을 빌렸다. 남자들이 세운 기본 계획과 적은 예산 때문에 먼로는 하이디와 방을 함께 써야 했다. 벽이 얇긴 했지만 비행기 안에서 다행히도 열네 줄 떨어져 앉았던 것처럼 로건을 차단하는 일종의 장벽이었다. 기디언이나 로건과 좁은 곳에 갇히는 것보다는 하이디와 같이 지내는 편이 나았지만 방을 같이 써야 했기 때문에 먼로는 그토록 간절히 원하던 고독을 누릴 수 없었다.

먼로는 잠이 정말로 필요했다. 브래드퍼드에게 약을 먹지 않고 잠들도록 노력하겠다고 약속했지만 다른 사람과 공간을 나눠 쓰는 이상 그것은 불가능했다.

기디언은 좀 씻고 쉬면서 자리를 잡은 다음 몇 시간 뒤 늦은 오후에 다시 만나자고 했다. 먼로는 침대에 누워서 몰래 빠져나가고 싶은 충동과 싸우면서 하이디가 규칙적인 숨소리를 내며 잠들 때까지 기다렸다가 침대에서 빠져나와 문밖으로 나갔다.

거리로 이어지는 복도를 반쯤 지났을 때 예상했던 것처럼 뒤따라오는 발소리가 들렸다. 먼로는 예상이 어긋나지 않은 것에 만족하면서 돌아보지 않고 계속 걸어갔다.

로건이 거의 화를 내면서 방백 같은 혼잣말을 했다. "마이클, 제발. 좀 기다려."

먼로가 속도를 늦추자 로건은 계속 따라왔고 호스텔 앞 좁은 골목으로 들어갈 때쯤에는 그녀를 거의 따라 잡았다. 로건은 말이 없었지만 아주 바짝 붙어 있었기 때문에 밀어버리고 싶을 정도였다.

오후 2시, 도시 전체가 일을 멈추고 점심을 먹을 때가 거의 다 되었다. 먼로는 근처 어딘가 사람들이 붐비는 카페를, 웅웅거리는 대화를 들으면서 적당한 곳을 찾았다. 먼로는 이 지역 방언에 푹 빠지고 싶었다. 어조와 억양, 강세, 은어, 포르테뇨스 사투리가 필요했다. 포르테뇨스는 항구 사람들이라는 뜻으로, 부에노스아이레스 사람들을 가리키는 말이었다.

먼로는 호스텔에서 5분 거리의 혼잡한 모퉁이에서 원하던 카페를 찾았다. 사람들로 붐볐기 때문에 대화도 충분히 많았고 별로 넓지 않아서 엿듣기도 쉬웠다.

먼로가 김이 나는 컵을 들고 자리에 앉자 로건이 맞은편에 앉았다. 그녀는 방 안을 가득 채운 분위기에 빠져들었다. 쏟아진 말들이 그녀의 위로, 그녀를 통과해서 지나갔고 그녀는 흘끔거리면서 이 지역의 문화를 빨아들였다. 먼로는 어린 시절부터 항상 언어를 설명할 수 없는 방법으로 흡수하고 이해하는 능력을 가지고 있었다. 창조적이면서도 파괴적인 독과 같은 재능이었고 그 덕분에 그녀는 어디에든 섞여 들어 누구에게 무엇이든 될 수 있었다.

로건과의 대화는 느릿느릿 뚝뚝 끊기면서 흘러갔다. 카페에 앉아 있던 사람들이 하나둘씩 빠져나가고 나서야 먼로는 로건에게 주의를 집중했다. "하이디 말로는 네가 준 서류에 빠진 게 있다던데?"

로건은 잠시 씩씩거리며 아무 말도 하지 않았다. 마음에 들지 않는 화제를 피하는 전형적인 태도였다. "여행 가방에 몇 가지 더 있어. 방에 돌아가자마자 줄게."

"왜 숨겼어?"

그가 어깨를 으쓱했다. "다른 걸 먼저 읽으면 좋겠다고 생각했을 뿐이야."

먼로는 오랫동안 아무 말도 하지 않았다. 짜증이 났다. 믿을 수 있어야 할 사람이 진실을 회피하고 왜곡하는 것이야말로 지금 그녀가 절대 원하지 않는 것이었다. 먼로가 몸을 숙이고 생각을 드러내는 모스부호처럼 손가락으로 탁자를 톡톡 치면서 말했다. "그거 말고 또 숨기는 게 뭐야?"

그는 고개를 저으면서 아무것도 없다고 천천히 말한 다음 눈을 마주쳤다.

"내가 누군지 까먹은 모양인데." 먼로가 목소리를 낮추고 단조로운 어조로 말했다. "내 직업이 뭔지 까먹었나 봐. 내가 눈먼 바보가 된 줄 아는구나."

먼로는 의자 깊숙이 앉아서 팔짱을 끼고 분노나 악의가 아니라 중립적으로 분석하는 시선으로 그를 빤히 바라보면서 말했다. "나는 널 위해서 이 일을 맡았어. 그 바탕은 우리가 우정을 나눈 세월이야. 정직과 신뢰를 바탕으로 하는 우정 말이야." 그녀가 효과를 노리고 잠시 멈췄다가 다시 말을 이었다. "솔직하지 않으면 신뢰가 생길 수 없고, 신뢰가 없으면 우정도 없어. 넌 뭔가를 숨기고 있어. 깨끗하게 털어놓지 않으면 난 의자에서 일어나서 저 문으로 나가버릴 거야. 너도 잘 알겠지만 그렇게 되면 내가 원하지 않는 한 넌 절대 날 찾아낼 수 없어."

먼로가 잠깐 사이를 두고 다시 말했다. "난 진실을 원해, 로건."

두 사람 사이에 침묵이 흘렀다. 길고 맥없는 정적이 흐르면서 주변에서 들리는 마지막 대화는 평탄한 소음으로 변했다. 로건은 탁자를 물끄러미 보고 있었다. 먼로는 그가 입을 열기를 바라면서 기다렸다.

그녀는 먼저 침묵을 깨뜨리지 않을 것이고 그럴 수도 없었다. 먼로는 사랑을 위해서도, 우정을 위해서도, 그 어떤 유대를 위해서도 그럴 수 없었다. 이번만큼은 그러지 않을 것이다. 그녀는 로건이 숨기고 있는 비밀을 지키는 것보다 신뢰와 우정이 중요해야만 이 일을 할 수 있었다.

침묵이 점점 더 커졌다. 먼로는 로건이 결정을 내렸음을 알고 나가려고 일어섰다. 하지만 그녀가 일어서기 전에 로건이 손을 뻗어 그녀를 잡았다. 그는 탁자 너머로 간절하게 먼로의 손을 잡았다.

"제발 가지 마." 그가 말했다.

"네가 선택의 여지를 안 주잖아."

"말할게." 로건이 말했다. "잠깐 생각을 정리할 시간을 줘, 응?"

먼로는 자리에 도로 앉아서 아무 말 없이 기다렸다.

로건이 마침내 입을 열어 거친 목소리로 띄엄띄엄 속삭였다.

"해나는 내 딸이야."

먼로는 성인이 된 직후부터 로건을 알았고, 어린 시절 친구들은 알지 못하는 그를 알았다. 하지만 그 세월 동안 로건이 방금 한 말이 진실이라고 말해줄 힌트나 소문은 전혀 없었다.

먼로가 그 가능성을 보지 못한 것은 로건의 인생에 들락날락하던 남자친구들 때문일 수도 있고, 두 사람은 모든 걸 공유했으므로 그들의 믿음에 이런 비밀이 숨어 있으리라 예상하지 못했기 때문일 수도 있었다. 어쨌든 먼로는 이 사실을 간파했어야 했지만 그러지 못했다.

로건의 말은 현실과 너무나 동떨어진 것 같았지만 모든 면에서 이치에 맞았다. 로건은 해나를 찾는 일에 무척 집착했고 로건과 채리티의 관계는 그가 다른 사람들에게 이야기한 것보다 훨씬 깊었다. 그리고 무엇보다도 로건은 해나를 되찾는 일에 먼로를 끌어들이려고 무척 맹목적이고 간절하게 굴었다.

먼로의 머릿속에 수백 가지 생각이 떠오르고 시냅시스가 연결되더니 세부 사항이 빠른 속도로 떠올랐다가 대체되면서 과거에 있었던 일에 새로운 의미를 부여했다. 하지만 딱 한 가지 들어맞지 않는 부분이 있었기 때문에 먼로가 간단하게 말했다. "로건, 너 게이잖아."

"게이들도 애를 낳아." 그가 말했다. "흔한 일이야. 커밍아웃을 하지 않고 계속 숨기다가 이성애자인 척하려고 결혼을 하고 아버지가 되지." 로건이 지갑을 열어 항상 가지고 다니던 사진을 꺼냈다. "마이클, 이 애를 봐. 한 번 보라고." 그는 사진을 자기 얼굴 옆에 나란히 들었다. 확실히 닮았다. 탕헤르에서 사진을 처음 봤을 때 왜 알아차리지 못했을까?

"혼란스러운 시기였어." 로건이 말했다. "스무 살도 안 됐을 때야. 난 동성애 공포증에 걸린 종교 집단에서 나와서 동성애 공포증이 넘치는 군대에 들어갔어. 내가 어떤 사람인지, 삶에서 무엇을 원하는지 아직 알아내는 중이었지. 피비린내 나는 해외 근무에서 막 돌아왔을 때였는데……." 그가 잠시 말을 멈추었다.

"난 정말 끔찍한 것들을 봤어. 내 얼굴에도 죽음이 묻어 있었지. 위로를 받고 싶었고 제정신을 되찾고 싶었어. 갑자기 모든 것에 의문을 품게 된 나는 익숙한 것으로 돌아가고 싶었어. 가족들이 멕시코로 이동한 뒤라서 난 우리 가족이 살고 있는 '안식처'로 찾아갔어.

'안식처' 지도자들이 가족을 만나게 해줄지는 잘 몰랐어. 내가 '공백'에 동화되었다며 들여보내지 않을 가능성도 있었지. 그래서 속죄의 대가로, 뉘우치고 있다는 표시로 5개월치 월급을 가지고 갔어. 그랬더니 사흘간 머물게 해주더라. 그때 채리티가 거기 있었어. 우리는 그전에도 몇 년 동안 친한 친구로 지냈어. 내가 여자에게 육체적으로 끌린 적이 있었다면 아마 채리티에게였을 거야. 난 채리티를 사랑했어. 내가 감정적 사랑과 육체적 사랑을 혼동했을지도 모르지만, 아무튼 이런저런 일이 차례대로 일어났지.

채리티는 임신을 했어. 내 아이라는 걸 누가 알기라도 하면 채리티는 끔찍한 일을 당했을 거야. 난 외부인, 악인, 회의자였으니까. 아무도 그 사실을 몰랐고 알 수도 없었지. 나도 해나가 태어난 뒤에야 알았어. 채리티가 나한테 보내는 편지는 검열당했고 전화 통화도 감시당했기 때문에 나한테도 얘기할 수가 없었어. 그다음에 '안식처'에 가서야 사실을 알게 됐어.

난 최대한 자주 찾아갔어. 버는 돈은 전부 '안식처'로 들어갔고 규칙을 어기는 일이었지만 채리티한테도 몰래 돈을 줬어. 아기한테 쓸 물건도 사고 조금이라도 잘 먹을 수 있게 말이야. 난 회개하는 척했어. 군인이었으니까 아직 '공백'을 떠나 돌아올 수 없다는 좋은 핑곗거리도 있었지. 난 신앙심이 있는 척했고 돈을 아주 많이 줬기 때문에 '안식처' 지도자들은 수많은 규칙을 눈감아줬어.

너도 잘 알겠지만 종교 집단과 군대는 크게 다를 게 없어. 난 명령에 따르는 법을 알고 있었고 언제 입을 닫고 있어야 하는지, 어떻게 하면 눈에 띄지 않는지도 잘 알았어. 다른 사람이 시키는 대로 따를 수도 있었어. 그래서 난 군대와 '안식처' 양쪽에서 조용히 지냈어. 제대군인의 보조 혜택을 누리면서 내 인생을 내 마음대로 살아가려고 두 세계 사이에서 줄타기를 한 거지.

제대를 하고 나서는 '안식처'에 갈 수 없었어. 그때부터 채리티를 빼낼 계획을 세우기 시작했지. 너랑 같이 지낼 때니까 그 부분은 너도 알 거야. 채리티를 보호하기 위해서 우리는 모든 일을 비밀에 부쳤어. 채리티가 댈러스에 도착했을 때 데이비드도 있었어. 해나는 데이비드를 아빠 같은 사람으로 생각하고 있었기 때문에 우리는 사실을 천천히 알려주려고 했지. 그런데 그때 데이비드가 해나를 납치한 거야. 해나는 순식간에 사라져버렸어."

로건은 목이 메었지만 평정을 되찾으려고 애를 썼다. 그는 꽉 막힌 목으로 말을 이었다. "우리는 데이비드가 해나를 '선택받은 자녀들' 안으로 다시 데려갔다는 사실을 파악했어. 난 돈을 써서 벗어나는 데 성공했으니까 그 방법이 제일 좋겠다고 생각했지. 채리티가 법정과 언론매체로 뛰어다니면서 '선택받은 자녀들'한테 이목이 쏠리게 해서 그들이 채리티를 싫어하게 만드는 동안 난 반대로 일을 꾸며서 여기저기 연락을 하면서 정보를 캐냈어. 채리티와 내가 어떤 관계인지, 내 진심이 뭔지는 아무도 몰라." 로건이 잠시 멈췄다가 다시 말했다.

"우리가 왜 말 못했는지 알겠지? 왜 사실을 비밀에 부쳤는지 말이야. 그 빌어먹을 놈들은 8년 동안 내 딸을 숨기고 썩어빠진 범죄자인 채리티의 옛날 애인을 보호했어. 지금까지 그들은 해나와 데이비드를 여기저기 시골 지역으로 자꾸 이동시키면서 우리를 계속 앞질렀는데 마침내 우리가 해나의 위치를 알아낸 거야."

"제발." 로건이 애원하는 눈으로 말했다. "마이클, 난 네가 필요해."

먼로는 고개를 끄덕이면서 괜찮다고, 알았다는 뜻으로 그의 손을 꽉 쥐었다. 이제 그녀의 짐은 더욱 무거워졌다. 지금까지 실패가 괜찮은 선택지인 적은 한 번도 없었지만 이번 일에서 실패하면 제일 값비싼 대가를 치러야 할 것이다. 먼로는 로건의 고통을, 말하지 못하고 묻어둔 이 집념이 이토록 오랫동안 로건을 몰아 부친 이유를 이해했다. 이제 그 짐이 먼로의 것이 되었다. 아이는 이제 모르는 소녀가 아니었다. 그 아이는 로건의 심장이 뛰는 이유였다.

먼로가 의자를 밀면서 일어섰다. "이제 가야 돼. 다들 일어나서 기다리고 있을 거야."

로건이 고개를 끄덕이고 같이 일어섰다. 두 사람은 손을 잡고 아무 말 없이 호스텔로 돌아왔다.

먼로가 방문 앞에 섰을 때 로건이 말했다. "잠깐만 기다려."

먼로가 걸음을 멈추자 로건이 방으로 들어가서 잠시 후 다른 폴더를 들고 나왔다.

그는 폴더를 꼭 쥐고 서류를 내려다보면서 말했다. "내가 이걸 숨긴 건, 보통 사람들이 이걸 읽고 나면 다른 건 전부 무시하기 때문이야." 로건이 잠시 멈췄다가 말을 이었다. "네 말이 맞아. 네가 누군지 잊고 있었나 봐. 해나를 찾아야 한다는 생각에 휩쓸려서 그런 건 아니었어. 10년 가까이 된 두려움과 혐오감, 좌절에 압도당한 거야." 로건이 폴더를 보면서 고개를 끄덕였다. "내가 사실을 숨긴 건, 지금까지 우리가 겪은 고통이 기괴한 쇼로 둔갑하고 흥미 위주로 보도된 건 바로 이런 내용 때문이야. 정말로 신경 쓰는 사람은 아무도 없어. '선택받은 자녀들'은 우리를 학대했고, 미디어는 우릴 이용했고, 경찰은 우릴 실망시켰고, 법정에서는 완전 광대극이었지. 난 두려워." 로건이 말했다. "너도 다르지 않을까 봐 말이야." 로건이 폴더에서 시선을 들어 먼로의 눈을 보더니 눈물이 차오르는 눈으로 폴더를 건네주었다.

“미안해.” 로건이 말했다.

먼로가 팔을 뻗어 그를 꽉 안고 말했다. “내가 해나를 데려올게, 로건. 이게 내 마지막 일이 되는 한이 있어도 꼭 데려올 거야. 약속해.”

해나의 행방에 대한 정보의 출처는 아직 ‘선택받은 자녀들’ 안에 살고 있는 채리티의 여동생 매기였다. 매기는 규칙을 깨뜨리고 조심스럽게 고백했지만 해나가 어느 도시에 있는지만 알려주었을 뿐 해나가 숨겨진 ‘안식처’ 문 앞까지 안내해줄 자세한 정보는 주지 않았다.

건초 더미에서 바늘을 찾는 방법은 네 가지였다. 우연한 행운에 기대든지, 건초를 하나씩 치우든지, 자석을 이용하든지, 건초 더미를 완전히 태우는 것이다. 이번 일에서 행운에 기대하는 것은 불가능했고 시간이 아주 부족했으며 파괴는 선택지가 아니었다.

그러므로 기디언과 하이디가 먼로의 자석이 될 것이다.

두 사람은 서로 다른 시기에 부에노스아이레스나 근교의 ‘안식처’에서 살았다. 하지만 정확히 어디 살았는지 또렷하게 기억한다 해도, 혹은 주소를 가지고 있다고 해도 그 정보는 쓸모없을 것이다.

예언자는 ‘선택받은 자녀들’이 부동산을 소유하면 ‘공백’에 매인다고 믿었다. 따라서 ‘안식처’는 일시적이고 자주 옮겨 다닌다. 집주인은 집을 빌려주면서 임대 계약에 서명한 부부가 다음날이면 그곳에 공동체를 만들리라고는 꿈도 꾸지 못한다. 한 장소에 아주 오래 체재하면, 즉 이웃들이 불평을 하기 시작하거나 많은 신도가 살아서 지나친 관심을 끌기 시작하면 그곳은 폐쇄되고 ‘선택받은 자녀들’은 흩어진다.

‘안식처’의 규모는 다양했다. 30명 정도밖에 안 되는 곳이 있는가 하면 200명이나 되는 곳도 있었다. 하지만 한 가지 변함없는 사실은 그 많은 사람에게 옷과 음식을 제공해야 한다는 것이다. '안식처'를 운영하려면 돈이 필요했다.

예언자는 또한 '공백'에서 일해 돈을 번다는 것은 사탄을 섬기는 것이나 마찬가지라고 믿었기 때문에 '선택받은 자녀들'은 자신들을 이 세상의 노예로 만드는 모든 형태의 고용 노동을 거부했다. '안식처'는 산업이나 사회에 서비스를 제공해서가 아니라 구걸을 하거나 마음씨 좋은 사람들에게 인도적 사업이라는 명목하에 작은 장신구를 지나치게 비싸게 팔아서, 혹은 기부를 받아서 수입을 얻었다.

그러나 구걸은 시간이 많이 드는 데 비해서 별로 큰돈이 되지 못했고 이렇게 많은 사람을 먹이고 재우려면 훨씬 많은 자원이 필요했다. 이러한 수요와 공급의 격차를 해결하는 방법은 물건이나 옷, 신발, 먹을 것을 기부받는 것이었다. 주로 오래되거나 흠이 많아서 팔 수 없는 신선식품들, 유통기한이 가깝거나 지난 깡통과 우유들이었다. 쓰레기와 먹을 수 있는 것의 경계는 아주 미세했고 '선택받은 자녀들'은 그것을 잘 구분했다.

어떤 '안식처'가 일단 기부자를 확보하면 좋은 관계를 유지해서 오래오래 기부를 받으려고 애썼다. 늘 그렇듯이 기부자들은 '선택받은 자녀들'에 대해서 잘 몰랐고 자신의 기부가 그들에게 어떤 의미인지 모르는 경우가 많았다. 하지만 매주 자기에게 미소를 지으며 인사하는 얼굴들과 가끔 노래를 불러주러 오는 아이들은 알았다. 그런 사람들은 자신의 작은 기부가 이 세상을 더 나은 곳으로 만들고 있다고 진심으로 믿었다.

아이들에게 기부자를 만나러 가는 것은 특별한 일이었다. 그것은 '안식처'라는 창살 뒤의 세상을 엿본다는 뜻이었다. 이처럼 특별한 일은 뚜렷한 기억을 남겼다.

기디언은 자신이 부에노스아이레스에 살 때 '선택받은 자녀들'에 기부를 하던 사람들 중에서 적어도 일부는 아직까지 후원을 하고 있을 거라고 생각했다. 먼로는 기부자들만 알아내면 '안식처'로 가는 지도를 그릴 수 있다고 믿었다. 그들이 바로 자석이었다.

먼로 일행은 차 대신 택시를 빌렸다. 운전할 사람이 있으니 더 편리한 데다가 운전기사가 거리와 유명한 건물을 잘 알고 정확한 주소나 방향을 알려주지 않아도 '선택받은 자녀들'의 아이들이 갈 만한 곳을 대충 설명하면 어디로 가야 할지 잘 안다는 장점이 있었다.

먼로 일행은 황혼 녘을 한참 지나 초저녁이 될 때까지 도시의 여러 구역을 차례로 돌아다니면서 근처 유명한 건물에서 얼마나 떨어져 있는지 파악하고 의견을 교환하고 슈퍼마켓, 빵집, 중간 규모의 식료품 가게 순서로 확인했다. 택시가 시동을 켠 채 서 있고 택시기사가 기다리는 동안 기디언은 식료품 가게에 대해서 아는 얼마 안 되는 정보를 이야기하더니 차에서 내리려는 듯이 문으로 손을 뻗었다.

먼로가 기디언을 말렸다. "접촉은 하지 않는 게 좋겠어요."

"이 집주인이 기억나요." 기디언이 대답했다. "그 사람이 날 기억할지는 모르겠지만, 그들이 아직도 물건을 얻으러 온다면 아마 알 거예요. 주인이 없어도 직원들이 알겠죠."

"물론 그럴 거예요." 먼로가 말했다. "하지만 여긴 건너뛰도록 해요."

기디언이 의아한 듯이 보자 먼로가 말했다. "당신들이 이 일을 하라고 날 고용했잖아요. 그러니 이 일은 내가 하게 놔둬요."

　기디언은 보일락 말락 고개를 끄덕이는 것으로 대답하고 문에서 손을 뗐다. 먼로는 다행이라고 생각했다. 질서를 세우기 위해서 기디언과 다시 부딪쳐야 했다면 기꺼이 그랬을 테지만 이 시점에서 대립하는 것은 시간과 에너지의 낭비일 뿐이다.

　먼로는 원하던 것을 얻었다.

부두에는 아무도 없었다. 먼로는 밤을 틈타 천천히 움직이며 검문소를 지나서 그림자 속으로 들어간 다음 이제 집이 되어버린 피난처로 향했다.

부두에는 중장비와 컨베이어 기계가 항구에 정박 중인 세 척의 배를 향해서 거대한 수갑처럼 뻗어 있었다. 강렬한 불빛이 해안을 밝히며 맞은편의 이층, 삼층짜리 건물들 사이에 더욱 기다란 어둠을 만들어내고 있었다.

공격은 그림자 속에서 경고도 없이 시작되었다. 칼을 휘두르는 남자는 먼로가 이곳을 지나가리라는 사실을 미리 알고 오랫동안 참을성 있게 기다린 것 같았다.

남자는 강했다. 그가 뒤에서 먼로의 머리를 잡아 홱 젖힌 다음 바닥에 쓰러뜨렸다. 빛이 남자의 얼굴 위로 지나가자 먼로는 조선소에서 그를 본 기억이 났다. 거친 피부와 상처 때문에 나이가 들어 보였지만 먼로는 그렇지 않음을 알았다. 매일 육체노동을 하기 때문에 몸은 건장하고 근육질이었다.

남자는 먼로의 목을 더욱 세게 잡으면서 칼을 대고 있었고 그녀는 순식간에 계산을 끝냈다. 시야가 회색으로 흐려졌다. 아드레날린이 솟구치고 날카로운 욕망이 그녀의 영혼을 향해 스멀스멀 기어왔다.

먼로는 소매 안쪽 주머니에 넣어둔 칼을 손바닥으로 떨어뜨렸다. 그리고 미소를 지으며 긴장을 풀었다. 남자는 무의식적으로 손에서 힘을 약간 뺐다. 그가 실수를 하는 찰나 먼로는 그의 손목을 그었다. 그는 상스러운 욕을 외치면서 손을 떼고 물러서더니 어둠 속으로 사라졌다.

먼로는 눈을 감았다. 시각이 가르쳐주지 못하는 것을 다른 감각들이 알려주었다.

뭔가가 스치는 소리. 공기 중에서 움직이는 소리. 남자가 돌진했다.

먼로는 옆으로 비켜섰고 남자가 휘두른 칼은 크게 빗나갔다.

그녀는 허리춤에서 다른 칼을 꺼내서 폈다.

남자는 숨을 몰아쉬었다. 먼로는 양손에 칼을 들고 헐떡이는 소리를 따라 조심스럽게 빙빙 돌았다. 피를 보고 싶다는 갈망이 솟구쳤다. 그녀는 피에 대한 갈망이 내면에서 부풀어 올라 머리와 가슴속에서 고동치는 것을 느낄 수 있었다. 저항할 수 없는 살인 충동이었다.

먼로는 충동과 싸웠다.

그녀는 살인자가, 짐승이, 약탈자가 아니었다. 먼로는 이런 충동에서 벗어나려고, 그것을 버리려고 도망쳐 왔다.

"이럴 필요 없어." 그녀가 밤의 어둠을 향해서 말했다. "당신이 무기를 버리면 나도 버릴게. 그냥 각자 갈 길을 가면 돼."

공격자는 상스러운 욕을 퍼부었다. 먼로는 남자가 원하는 것은 자신의 육체이며, 필요하다면 죽여서라도 가질 작정임을 그제야 깨달았다.

남자의 비웃음 소리가 들리는 것과 동시에 어둠이 그녀를 덮쳤다. 남자의 역한 땀 냄새가 나고 그녀를 비웃는 거슬리는 목소리가 들리더니 칼이 다가왔다. 심장이 미친 듯이 뛰고 근육이 딱딱하게 굳으면서 본능이 밀려왔다.

살아남아야 해.

죽여야 해.

불빛이 칼날에 반사되었다.

먼로는 오른쪽으로 몸을 굴렸다.

본능.

속도.

먼로가 돌아서서 밑에서부터 공격했다. 칼을 위로 휘두르며 그의 턱 밑에서부터 깊이 찔러 넣었다. 환희가 넘쳐흘렀다.

남자가 눈을 크게 뜬 채 털썩 무릎을 꿇었다.

초록색 눈.

먼로의 배 속이 격렬하게 뒤틀리며 반응했다.

그의 얼굴. 부드럽다. 익숙하다. 그녀는 엄청난 충격을 느끼며 남자가 누군지 깨달았다.

먼로는 숨을 헐떡였다. 몸을 푹 숙였다가 고개를 쳐들고 분노와 고통이 담긴 원시적인 비명을 지르는 순간 눈이 떠졌다.

눈앞에 보이는 것은 한밤중의 하늘이 아니라 호텔 방의 희끄무레한 천장이었다.

먼로는 두근거리는 가슴으로 다리를 침대 옆으로 미끄러뜨리며 일어서서 잠의 여파를 내려다보았다. 시트와 옷은 흠뻑 젖었고 옆에 있던 베개는 갈가리 찢어졌다. 먼로는 손가락을 비비면서 마찰로 따끔거리는 곳을 부드럽게 만졌다. 그녀는 지난 48시간 중에서 딱 3시간 잠을 잤다. 너무 적게 쉬면 문제가 생긴다. 잠이 절실히 필요했지만 지금처럼 동요한 상태에서는 자연스럽게 잠들 수 없었다.

먼로는 가방을 뒤져서 약병을 하나 꺼낸 다음 내용물을 입안에 털어넣었다.

아침 9시가 거의 다 되었다. 어제 로건이 먼로를 따라왔던 길모퉁이 카페는 아침 손님들로 가득했다. 로건은 카페 제일 안쪽 자리에 벽을 등지고 앉아서 반밖에 이해하지 못하는 언어에 귀를 기울이면서 부산하게 움직이는 사람들을 관찰하고 가게 앞 유리창을 통해 지나가는 사람들을 보았다. 탁자 건너편에는 기디언이 졸린 눈으로 멍하니 앉아 있었다. 커피향이 달콤한 파이 냄새와 섞여서 둘 사이의 빈 공간을 채웠다.

대화는 띄엄띄엄 이어졌고 그저 시간을 때우기 위한 것일 뿐이었다. 어젯밤에 계획을 세우고 선택할 수 있는 방법들을 다시 생각해보느라 많은 시간을 보냈기 때문에 두 사람 모두 피곤했다. 여기서 먼로와 하이디를 만나서 아침을 먹기로 약속하지 않았다면 로건은 이불 안에서 행복한 시간을 한두 시간 더 보냈을 것이다.

그는 다시 손목시계를 흘끔 보고 커피를 한 모금 마셨다. 약속 시간에서 10분이 지났지만 여자들은 오지 않았다. 로건은 하이디의 행동 방식에 익숙하지 않기 때문에 그녀가 몇 분이나 지나야 늦었다고 생각할지 몰랐지만 먼로는 잘 알았다. 그녀는 제멋대로였고 자기 시간표대로 움직였지만 몇 시에 어디에 오겠다고 약속을 하면 항상 제 시간에 나타났다.

로건은 커피를 한 모금 더 마신 다음 손목시계를 흘끔 봤다. 기디언이 그의 행동을 보고 낄낄 웃었다. 로건이 그를 무시하고 창문을 향해 고개를 들자 길 건너편에서 다가오는 하이디가 보였다. 그녀는 카페로 들어서서 내부를 살피다가 로건을 발견하고 다가왔다.

"마이클은 어디 있어?" 로건이 말했다.

하이디가 강아지처럼 고개를 흔들었다. "너랑 같이 있는 줄 알았는데." 그런 다음 로건의 무표정한 얼굴을 보고 말했다. "늦잠 잤어. 알람 소리를 못 들었거든. 그래서 마이클은 먼저 간 줄 알았지."

로건의 얼굴이 창백해졌다. 심장이 묵직하고 빠르게 뛰어서 말을 할 수가 없었다. 하이디와 기디언에게는 먼로가 오지 않았다는 사실이 별 의미가 없을지도 모른다. 이 근처를 배회하거나 단서를 확인하러 간 것처럼 보일지도 모른다. 때가 되면 돌아온다고 생각할 것이다. 하지만 로건은 먼로를 잘 알았다.

해나를 데려오겠다는 먼로의 약속이 다시 떠올랐다. 그것은 공황 상태를 진정시키는 주문이었다. 먼로가 약속했어, 직접 약속을 했어. 하지만 요즘 그녀는 약을 먹고 있으니 그 말이 별 의미가 없을지도 모른다.

"하이디, 열쇠 좀 줘봐." 로건이 말했다. 하이디는 이상하다는 듯이 그를 보았지만 로건은 손을 내민 채 아무 말도 하지 않았다. 잠시 후 그녀가 작은 가방에서 열쇠를 꺼내서 그에게 건넸다.

"여기 가만히 있어." 그가 말했다. "30분 안에 올게."

로건은 거의 달리다시피 호스텔로 향했다.

방은 그의 예상대로였다. 한쪽에는 하이디의 짐이 있었고 반대쪽에는 얼마 안 되는 먼로의 짐이 거의 그대로 있었다. 침대 옆 탁자에는 로건이 준 서류가 깔끔하게 쌓여 있었다. 로건은 물건이 정리되어 있는 상태를 보고 하이디가 왜 먼로가 먼저 갔다고 생각했는지 알았다.

로건은 두근거리는 가슴으로 서류 더미를 끝까지 살펴본 다음 자신이 숨겼던 것들, 어제 뒤늦게 건네준 서류들이 없다는 것을 알았다. 그렇다면 희망이 있었다.

로건은 실망 때문에 토할 것 같은 기분으로 방에서 나와 공중전화를 찾았다. 그는 무엇을 기대해야 할지, 전화를 걸어서 뭘 얻으려는 건지도 몰랐지만 전화해야 한다는 것, 먼로가 무슨 일을 꾸미는지 아는 사람이 있다면 마일스 브래드퍼드밖에 없다는 것만은 알았다. 그는 전화 카드를 넣고 캡스톤 컨설팅에 전화를 걸었다.

로건이 브래드퍼드를 부탁하자 안내원이 잠깐 기다리라고 말한 다음 곧장 마일스가 연결되었다. 중간 과정은 없었다. 지연되지도 않았고 기다릴 필요도 없었으며 음성 메시지나 외국에 있다는 안내가 흘러나오지도 않고 마일스가 바로 연결되었다. 로건이 전화를 건 이유를 초조하게 설명하자 마일스는 말없이 들었다.

로건이 모든 감정을 쏟아낸 다음 말을 멈추자 침묵이 흘렀다. 브래드퍼드가 아직 듣고 있나 싶어서 무슨 말을 하려고 할 때 브래드퍼드가 침묵을 깨뜨렸다.

"마이클이 당신한테 메시지를 남겼어요." 브래드퍼드가 말했다.

로건은 깜짝 놀라 대답을 하지 못했다. 먼로는 로건이 브래드퍼드에게 연락할 것을 알고 미리 준비해놓은 것이다. 로건은 브래드퍼드가 대답을 기다린다는 사실을 퍼뜩 깨닫고 이렇게 말했다. "듣고 있어요."

"마이클은 당신한테 약속을 했습니다." 그가 말했다. "그리고 그 약속을 지킬 생각이죠. 하지만 당신들 셋이 주변을 맴도는 상태로는 일을 할 수가 없어요. 당신들은 마이클이 자기 일을 잘 안다고 믿고 그녀에게 방해가 되지 않도록 한발 물러서 있도록 해요."

로건이 가만히 있다가 말했다. "그게 답니까?"

"당신들이 부에노스아이레스에 남아 있으면 좋겠다는군요." 브래드퍼드가 말했다. "언젠가 필요할지도 모르니까요. 그러니까 마이클이 쉽게 연락할 수 있는 곳에서 지내는 게 좋을 거예요. 이 일과 관련해서 아무 데도 접근하지 마세요. 알겠어요, 로건?" 브래드퍼드가 잠깐 멈췄다가 다시 말했다. "아무 데도 말입니다."

로건이 텅 빈 공간을 향해 고개를 끄덕였다. "좋아요. 마이클이 원한다면 그러죠."

먼로는 약 덕분에 잠을 잘 수 있었다. 이런 식으로 잘 때는 산 자와 죽은 자에서 벗어나 평화를 누릴 수 있었다. 그녀는 해 뜰 때부터 새벽 3시까지 달콤한 망각에 푹 빠져 있다가 잠에서 깨자 시간과 날짜를 확인하고 정신을 좀 차린 다음 8시에 알람을 맞췄다.

시간이 흐르고 알람이 울리자 손이 정지 버튼을 누르기도 전에 발이 땅에 닿았다. 약을 먹은 효과가 있었다. 카레이서를 향해 체크무늬 깃발을 흔든 것처럼 먼로는 출발 신호가 떨어지자마자 일을 시작했다. 오늘 그녀는 해나를 되찾아올 방법을 찾기 시작할 것이다.

먼로는 샤워를 하고 호텔을 나서서 일찍 문을 연 미용실을 찾았다.

모든 일이 그렇듯 이 일에서도 그녀가 해야 할 역할이 있었는데, 모든 역할에서는 환상이 제일 중요했다. 인간의 무의식은 익숙한 것을 걸러 낸다. 그러므로 작은 일에서 아주 미묘한 실수를 저지르면 현실과 어긋 나면서 역할이 위험에 빠진다.

이곳 사람들 중 하나가 되어 자연스럽게 섞이려면 언어를 이해하거 나 말과 버릇, 걸음걸이와 옷차림을 따라하는 것만으로는 충분하지 않 았다. 이들 중 하나가 된다는 것은 완전히 융합한다는 뜻이었다. 그러 므로 환상을 만들어내려면 머리 모양에서부터 신발, 심지어는 수입품까 지 전부 이곳에서 구해야 했다.

먼로는 중성적으로 보이도록 머리를 짧게 자른 다음 택시를 타고 부 에노스아이레스의 고급 쇼핑몰 중 하나인 파세오 알코르타로 갔다. 그 녀는 경험에서 얻은 능률과 속도로 여러 가게와 부티크를 돌아다녔다. 스타일, 색깔, 무게, 질감은 나라마다 달랐지만 섞여든다는 개념은 같았 다. 여행 가방, 옷, 신발, 배낭, 재킷. 먼로는 중성적인 사람에게 어울리 는 물건들을 전부 자기 돈으로 사들였다.

로건과 친구들이 준 돈은 그들 기준에서는 아주 큰돈이겠지만 이런 일에서는 비용에도 못 미쳤다. 그들은 절대 모르겠지만 먼로는 이 일에 그들이 낸 돈을 전부 합친 것보다 많은 액수를 내고 있었다.

쇼핑이 끝나자 먼로는 호텔로 돌아가서 수확품을 내려놓고 곧장 택 시를 타고 공항으로 갔다. 그녀는 택시 기사에게 잠시 기다리라고 말한 다음 마일스 브래드퍼드를 찾으러 입국장으로 갔다. 지금쯤이면 세관 을 통과했을 것이다.

저 멀리 팔짱을 끼고 한쪽 발을 들어 벽에 대고 기대 서 있는 브래드퍼드가 보였다. 이 세상 모든 것을 알아낼 시간이 있지만 그럴 생각은 없는 사람 같았다. 옆에 놓인 공항용 캐리어에는 트렁크를 대신하는 특대형 상자 두 개와 특대형 수화물 하나, 컴퓨터 가방이 실려 있었다. 브래드퍼드는 특유의 무관심한 표정으로 주변을 둘러보았지만 사실은 모든 것을 무척 주의 깊게 관찰하고 있었으므로 그 표정은 완벽한 거짓이었다.

먼로가 브래드퍼드를 발견함과 동시에 그 역시 그녀와 눈이 마주쳤고 아름다운 미소가 떠오르면서 얼굴이 확 바뀌었다. 브래드퍼드는 먼로를 끌어안고 이마에 입을 맞추어 인사했다.

"괜찮아?" 그가 말했다.

아주 단순한 질문이었지만 진심이, 너무나 복잡한 의미들이 담겨 있었기 때문에 먼로는 그저 고개만 끄덕이고 똑같이 미소를 지었다.

"여행은 어땠어?" 그녀가 물었다. "피곤해?"

"푹 잤어." 그가 말했다. "행동 개시할 준비됐어."

"목록 받았어?"

"못 가져온 건 여기서 구할 수 있어." 브래드퍼드가 말했다. "여기 아는 사람들이 좀 있거든. 나한테 빚이 있는 사람들이라 벌써 몇 가지를 부탁해놨어."

먼로는 고개를 끄덕인 다음 그의 팔짱을 끼고 택시가 기다리는 출구를 향해 걸어갔다. 브래드퍼드와 파트너가 되어 현장에서 일하는 것은 좀 이상했지만 그가 자신의 뒤를 봐주고 있다는 건 기분 좋은 일이었다.

택시 안에서 브래드퍼드는 로건과 통화한 내용을 간단하게 말해주었고 먼로는 '안식처'에 대해서 아는 것을 알려주었다. 이제 두 사람 사이에는 먼로가 잠을 잤느냐 말았느냐는, 입 밖에 내지 않은 문제만이 남아 있었다.

브래드퍼드가 컴퓨터 가방에서 봉투를 하나 꺼내서 그녀에게 건네며 말했다. "뉴욕 사건에 대해서 내가 알아낸 전부야. 별거 없지만 그쪽 동향을 계속 살피고 있으니까 결국 다 알게 될 거야."

먼로는 고개를 정면으로 향하고 도로를 보고 있었고 얇은 봉투가 그녀의 무릎에 힘없이 놓였다.

브래드퍼드가 부드럽고 조심스럽게 그녀의 손에 자기 손을 얹었다. 그가 말했다. "정당한 일이었어, 마이클. 당신은 해야 할 일을 했을 뿐이야. 그만 잊어버려."

하지만 그것은 다음에 논의할 또 다른 문제였다. 먼로가 좌석에 머리를 묻고 고개를 돌리자 시야 가득 브래드퍼드의 얼굴 반쪽이 들어왔다. 그녀는 지나가는 차들을 바라보는 브래드퍼드를 관찰했다. 관심과 존중, 애정과 대등함이 섞인 그의 말투는 무척 드문 것이었고, 그녀의 진정한 모습을 이해하고 완전히 받아들이는 것을 바탕으로 한 친밀함에서 나오는 것이었다.

택시는 공항을 벗어나 부유한 레콜레타 지구 뒤 동북쪽의 생기 넘치는 팔레르모로 그들을 데려갔다. 먼로는 원래 로건과 우연히 마주칠 가능성을 줄이기 위해서 멀리 떨어진 이곳으로 왔지만 총 9층에 객실 30개를 갖춘 이 호텔은 이 지역에서는 꽤 컸고 레스토랑과 무선 인터넷까지 갖추고 있었기 때문에 먼로가 이번 구출 작전, 혹은 관점에 따라서는 납치 작전 본부에 필요한 것이 전부 다 있었다.

방은 4층이었다. 두 사람이 함께 짐을 방 안으로 옮겼다. 부에노스아이레스의 건물 내부 장식은 유럽에서 본 장식들만큼이나 선이 깔끔하고 규격화되어 있어서, 그렇지 않았다면 전 세계 어디에서나 볼 수 있는 평범한 호텔방이었을 이 방에 생기를 더했다. 침대 두 개, 욕실, 창이 달린 발코니, 구석에 놓인 의자 몇 개, 텔레비전, 벽에 붙여둔 책상 하나가 갖춰져 있었다.

발코니 창으로 오후 햇살이 들어왔고 난방 장치가 방의 한기를 앗아갔다. 먼로와 브래드퍼드는 가구를 옮겨서 빈 벽을 만든 다음 화이트보드를 대신할 커다란 종이 한 장을 테이프로 붙였다.

먼로와 브래드퍼드는 간단한 질문을 하거나 이따금 한숨을 내쉬거나 감탄사를 내뱉을 때만 제외하면 아무 말 없이 옷가지 사이에서 물건을 꺼내고 하나씩 조립해서 일터를 꾸몄다. 마침내 작은 책상에 기계들이 채워지고 전선이 바닥까지 흘러넘쳤다.

먼로는 자신이 할 수 있는 일을 전부 한 다음 이제 자신의 도움이 오히려 불편한 단계가 되었음을 알고 브래드퍼드를 남겨둔 채 문 쪽으로 걸어갔다.

"어두워질 때쯤 돌아올 거야." 그녀가 말했다.

먼로는 혼자 일하는 것을 좋아했기 때문에 다른 사람의 도움이 이 정도로 필요한 경우는 거의 없었다. 하지만 다른 일을 할 때는 항상 시간이 충분했지만 이번 일에서는 부족했다. 해나의 위치에 대한 정보가 들어온 지 2주 이상 지났고 '선택받은 자녀들', 특히 해나는 자주 이동했기 때문에 먼로는 해나를 찾아내기도 전에 다시 잃어버리는 위험을 감수하고 싶지 않았다.

먼로는 최대한 빨리, 많은 정보가 필요했다. 부에노스아이레스는 큰 도시이긴 했지만 '선택받은 자녀들'에게 들키지 않으면서 정보를 얻으려면 전자 기기와 지갑에 의존해야 했다.

먼로는 복도로 나가서 문손잡이에 '방해하지 마시오'라는 푯말을 걸어 놓고 프런트로 내려가서 청소는 필요 없다고 말했다. 호기심 어린 눈과 전자 기기에 특별한 관심을 가질지도 모르는 원치 않는 방문자들을 쫓기 위해서였다.

낮이 점점 물러가고 있었다. 먼로는 도시 남쪽 누에바 폼페야로 다시 갔다. 어제 기디언이 주인과 이야기를 나누려고 했던 중간 규모의 식료품점이 있는 곳이었다.

가게는 좁은 거리에 있었고 길 건너편과 양 옆에는 부부가 경영하는 소규모의 다양한 가게들이 있었다. 완벽했다. 먼로는 골목 끝에서 택시를 세우고 내린 다음 추위를 막으려 재킷 지퍼를 올리고 주변을 살피거나 어제 처음 지나갈 때 파악한 것들을 확인하면서 식료품 가게를 향해 걸어갔다.

가게 전면은 로건이 준 비망록과 서류들 사이에 있던 사진 두 장의 흐릿한 배경과 비슷했다.

기디언의 말이 맞았다. '선택받은 자녀들'과 가깝게 지내는 가게 주인이 아직도 가게를 운영하고 있을 것이다. 하지만 경험이 없는 사람들에게는 정보원에게 접근하겠다는 기디언의 충동이 그럴 듯하게 느껴지겠지만 직접적으로 접근하면 일을 망치기 쉬웠다.

점선을 잇듯이 사진들을 살펴보면 누구를 피해야 할지 알 수 있었다.

먼로가 목표물보다 빨리 움직일 수 없을 때 지나치게 가까이 접근하면 '선택받은 자녀들'이 놀라서 흩어질 수도 있었는데, 해나가 어디 있는지 확신이 서기 전까지 그녀는 목표물보다 빨리 움직일 수가 없었다.

먼로는 주머니에 양손을 찔러 넣고 길을 건너 식료품 가게 바로 건너편 가게로 들어갔다. 얼핏 보기에는 신발을 파는 그 가게가 적당해 보였지만 안으로 들어가니 흘끔흘끔 보는 시선 때문에 먼로는 생각을 바꿨다. 먼로는 주인에게 고개를 끄덕여 인사한 다음 밖으로 나와서 바로 옆 옷 가게로 들어갔다.

카운터 뒤에 앉은 여자를 빼면 아무도 없었다. 파는 물건을 보니 이렇게 비는 일이 많을 것 같았다. 십대 후반이나 이십대 정도 되어 보이는 점원은 무관심하고 지루하게 앉아 있었고 시선은 손 쪽에 고정되어 있었다. 아마 휴대전화를 보고 있겠지. 점원이 앉아 있는 카운터 뒷자리에서는 진열창과 길 건너편이 완벽할 정도로 잘 보였다.

먼로는 가게를 살펴본 다음 점원을 다시 흘깃 보았다. 여자로서도 원하는 것을 얻을 수 있겠지만 본능은 여점원이 남자 손님을 더 열심히 도와줄 것이라고 말했다. 먼로는 경험을 통해서 배운 대로 한쪽 성별의 역할을 확실하게 해야 할 때가 아니면 지금처럼 민낯에 중성적인 머리 모양을 하고 중성적인 옷을 입었다. 사람들은 이런 모습에 자신이 가장 편안하게 느끼는 것을 투사하는 법이다.

대부분의 사람들은 잘 몰랐지만 사실 여성성과 남성성은 겉모습보다 태도와 관련이 많았다. 먼로는 지금까지 어떤 역할을 만들어내고 남자와 여자를 오가는 것을 작업 수단으로 이용해 왔기 때문에 이제는 눈을 깜빡이는 것만큼이나 쉬웠다.

먼로는 아무렇지도 않게 가게 안을 천천히 돌아다니면서 가끔 옷을 살펴보면서 아무리 봐도 전혀 모르겠다는 듯이 행동했다. 그녀는 적당히 어슬렁거린 다음 서츠 두 개를 나란히 들고 한 옥타브 낮춘 목소리로 그녀가 여기 있다는 사실을 거의 잊고 있던 점원에게 충고를 구했다.

"제 여동생한테 어떤 서츠가 어울릴까요?" 먼로가 말했다. "생일 선물을 사야 하는데 어디서부터 시작해야 할지 모르겠군요."

점원이 카운터에 휴대전화를 내려놓고 거울 뒤 작은 공간으로 다가왔다. 먼로는 수줍은 듯 미소를 지었고 여자는 웃음으로 대답했다.

"전 마이클이라고 해요." 먼로가 말했다. "고마워요."

"비앙카예요." 여자가 말했다. "여동생이 몇 살이죠?"

두 사람의 대화는 격의 없고 다정했다. 무엇을 골라야 좋을지 사이좋게 의견을 교환하고 추파라고는 할 수 없지만 다정하고 개인적인 이야기를 나누었다. 잠시 후 먼로는 결정을 내리고 카운터에 서서 창밖을 보았다. 그리고 하루 종일 여기 앉아서 오가는 사람들을 내다보고 있으면 정말 지루하겠다고 소리를 내서 혼잣말을 했다. 비앙카가 한숨을 쉬고 고개를 끄덕였다.

"아, 그럼 밴도 봤겠네요." 먼로가 말했다. "아이들이 탄 밴 말이에요."

"아이들이 매주 오는 건 아니에요." 비앙카가 대답했다.

"하지만 밴은 매주 오잖아요." 먼로가 몸을 기울이고 목소리를 낮춰 속삭였다. "매주 같은 날에."

서류 중간중간에 등장하는 사진들을 보면 '선택받은 자녀들'이 다인승 자동차를 자주 이용하는 것은 분명했지만 그 외에는 순전히 먼로의 추측이었다. 맞든 틀리든 상관없었다. 비앙카는 본능에 따라서 먼로의 말이 틀리면 고쳐줄 것이고 맞으면 빠진 내용을 보충해줄 것이다.

때맞춰 비앙카가 덧붙였다. "항상 같은 시간에 말이죠."

“회색이었죠. 아닌가?”

“흰색이에요.” 비앙카가 말했다.

“맞아요, 흰색.” 먼로가 빙긋 웃었다. 이번에는 그녀에게 무척 관심이 있다는 듯이 말했다. “그렇다고 제가 색맹은 아니랍니다.”

비앙카는 얼굴을 붉히더니 갑작스러운 관심에 당황해서인지 대화를 길게 끌고 싶어서인지 이야기를 늘어놓았다. 그녀는 남 이야기를 좋아하는 수다쟁이였고 먼로도 흥미를 보이면서 숫기 없는 미소를 짓거나 더욱 개인적인 관심을 드러내며 중간중간 질문을 던졌다.

밴은 매주 목요일 정오 즈음에 왔고 거의 항상 같은 사람이 운전을 했다. 그 남자와 동행인(주로 여자였다)은 가게로 들어가서 20~30분 정도 있다가 가득 찬 상자 몇 개를 들고 나왔다. 비앙카는 빠른 말투로 그 밖에 다른 이야기도 늘어놓았지만 이 시점에서는 필요 없는 내용이었다. 먼로는 시간을 확인하더니 이제 가봐야겠다며 손을 흔들어 작별 인사를 하고 나와서 호텔로 돌아왔다.

‘안식처’ 한 군데의 위치를 파악한다는 것은 시간과 인내심만 있으면 부에노스아이레스에 있는 ‘안식처’ 세 곳의 위치를 전부 알아낼 수 있다는 뜻이었다. 내일이면 먼로는 준비를 마칠 것이다.

먼로는 바닥에 두 뭉치의 서류를 놓고 벽을 등진 채 침대 옆에 앉아 있었다. 자정은 이미 지났고 창가 침대를 차지한 브래드퍼드는 벌써 잠들었다. 나직하게 코 고는 소리로 보아 그는 잠을 자고 있든지 자는 연기를 완벽하게 하고 있었다.

먼로는 방이 밝아지지 않도록 책상 위 램프를 숙여서 벽과 침대 사이의 공간에 고정시켰다. 로건이 준 서류 중에서 다 읽지 못한 마지막 뭉치가 뉴욕 살인 사건에 대한 정보가 담긴 봉투 옆에 놓여 있었다.

먼로는 서류 뭉치와 봉투 사이로 손가락을 미끄러뜨리면서 마음속으로 기나긴 말싸움을 하며 반복적인 무늬를 그렸다. 마침내 서류가 곧은 타일 선을 따라 나누어졌다. 그녀는 느릿느릿 양 손바닥을 들어 얼굴 앞으로 올리고 거기에 묻은 보이지 않는 핏자국을 응시했다. 먼로는 핏자국이 사라지기를 바랐지만 지울 수 없다는 사실을 아주 잘 알았다.

그녀는 약탈자이자 사냥꾼이었다. 겉모습 속에 숨은 피에 대한 갈망이 증오스러웠고 살인이 정말로 쉽다는 것이, 사람을 죽이면 기분이 좋다는 사실이 역겨웠다.

자기방어를 위해서 사람을 죽였다거나 그녀가 죽인 사람들은 전부 나쁜 놈이었다는 사실이 정말 중요할까? 죽임을 당한 사람들은 모두 누군가의 아들이자 형제이고 아버지이며 연인이었다. 죽음은 죽음이었고, 살인은 살인이었으며, 피에 대한 갈망과 살인이 끝난 후의 만족감은 그 어떤 중독만큼이나 강렬했다. 그러므로 먼로는 죄책감에 시달리거나 악몽을 꾼다고 해서 불만을 품지 않았다. 죄책감과 악몽은 그녀가 살인에서 강렬한 즐거움을 느끼지만 아직 양심을 가지고 있다는, 여전히 인간이라는, 아직 살아 있다는 일종의 증거였다.

로건이 맡긴 일 때문에 더 많은 사람을 죽여야 할지도 모른다는 걱정은 '선택받은 자녀들'이 대부분 평화주의자라는 사실을 깨닫고 상당히 줄어들었다. '선택받은 자녀들'은 900명 넘는 신도가 집단 자살한 존스타운 사건과 달리 대량 살상을 거부했고, FBI와 대치했던 다윗교와 달리 심판의 날에 대비해 무기를 저장하지도 않았다. 그들 역시 종말이 다가오고 있다고 믿기는 했지만 엑스맨 같은 초능력을 얻을 것이라고 생각했다.

물리적 위협을 가하는 쪽은 '선택받은 자녀들'이 아니라 후원자들, '선택받은 자녀들'이 보호와 재정적 이득을 위해 찾아가 비위를 맞추며 관계를 맺은 군인이나 경찰, 힘 있는 지역 가문이었다. 후원자들의 성격은 나라마다, 도시마다, 때로는 같은 도시 내의 '안식처'마다 달랐기 때문에 정확한 위치를 확인하기 전까지는 고민할 필요가 없었다.

당장의 걱정은 폭력 사태가 아니라 '선택받은 자녀들'이 눈치를 채서 손가락 사이로 빠져나가는 안개처럼 '안식처'들이 해체되고 해나가 다시 사라지는 것을 무력하게 바라보는 것이었다.

먼로는 뉴욕 사건 봉투를 치웠다. 브래드퍼드가 옳았다. 그녀는 할 수 있는 유일한 방법으로 행동했다. 이제 와서 그 일에 대해서 골똘히 생각해봤자 로건의 딸을 데려오는 일에 방해만 될 것이다. 이곳 부에노스아이레스에서 그녀가 대적해야 하는 것은 초자연적인 존재의 폭력이므로 괜찮을 것이다.

먼로는 로건이 준 폴더를 집어 들고 서류들을 꺼냈다. 기록을 읽어감에 따라 피가 아니면 꺼뜨릴 수 없는 불처럼 분노가 배 속에서 천천히 타오르기 시작했다.

자세한 사실을 알게 되었기 때문만이 아니라, 이런 내용이 공개되고 널리 알려지고 기록되었지만 아무런 처벌도 받지 않았기 때문이다. 예언자는 성스러운 깨달음을 얻어 성경의 율법에서 자유로워졌다고 주장하면서 순수한 사람에게는 모든 것이 순수하다고 주장했다. 그는 '선택받은 자녀들'에게는 단 한 가지 규칙만이 중요하다고, 즉 사랑 안에서 행해진 행동은 무엇이든 허용된다고 말했다. 예언자는 나이나 가족 관계, 결혼 여부가 아니라 사랑이 유일한 기준이라고 되풀이해 주장했다. 금기는 사라지고 보호 장치는 무력해지고 아이들의 육체와 순결은 더럽혀졌으며 그러한 범죄는 아주 생생하고 자세하게 세상에 알려지고 기록되었다.

예언자는 '사랑하라 그리고 하고 싶은 대로 하라'는 성 아우구스티누스의 금언, '자신이 하고 싶은 대로 하는 것이 바로 율법이다'는 영국 신비주의자 알레이스터 크로울리의 격언, '모든 것이 내게 가하다'는 성 바오로의 말씀을 교리로 삼았다. 예언자는 사랑으로 말미암은 것이라면 아이들이 적극적으로 성적 행위에 참여하는 주체가 되지 못할 이유가 없다고 말했다.

아이들은 비명을 지르거나 항의하지 않았다. 굴복하고 순종하며 절대 의문을 제기하지 말라고 배웠기 때문이다. 아이들은 아무 힘도 없고 기댈 곳도 없었으므로 시키는 대로 할 수밖에 없었다. 소아성애자가 말을 걸며 다가올 때 아이들이 어디에 기댈 수 있었을까? 아이들 앞에서 위험을 가로막고 서 있어야 할 부모는 예언자를 따르며 '선택받은 자녀들'로 남기 위해 의무를 저버렸고, 순수한 아이들을 대상으로 저질러진 행위들은 아무리 극단적이라 해도 결국 사랑 안에서 이루어진 행동이었다.

먼로는 기록을 반밖에 읽지 않았지만 서류철을 치워버렸다. 숨을 쉬기 위해서, 냉정과 침착함을 유지하기 위해서 멈춰야 했다. 더 자세한 내용을 계속 읽어봐야 의미가 없다. 그녀는 요점을 파악했다. 기록을 읽으면서 몰려온 감정 때문에 과거의 기억이 그 어느 때보다도 고통스러울 만큼 생생하게 떠올랐다.

먼로는 하이디가 왜 빠진 부분이 잊기 어렵다고 말했는지, 그리고 언론이 아이들의 고통을 기괴한 쇼로 만들었다는 로건의 말이 무슨 뜻인지 깨달았다. 그의 말이 맞았다. 자세한 이야기를 읽고 나자 더 중요한 사실을 간과하기 쉬웠다. 아이들의 고통이 얼마나 깊은지, 그리고 아이들의 삶 전체가 그들의 순수함을 소중히 여기고 보호하며 존중해야 할 어른들의 태만과 눈먼 정의로 얼룩져 있음을 잊기 쉬웠다.

먼로는 남은 기록을 마저 읽지 않아도 알았다. 로건에게도 들었고 뉴욕에서 그의 친구들이 나누는 이야기를 들으며 어렴풋이 이해했다. 학대가 서서히 드러나고 정부 조사가 시작되자 '선택받은 자녀들'이 한때 공개적으로 따르던 교리는 비밀이 되었다. 예언자와 대표자들은 교단의 역사를 다시 쓰고 '교훈집'을 불태웠으며 법정과 대중 앞에서는 부인하고 부정하는 한편 내부에서는 자기들의 신앙이 성스럽다고 옹호했다. 예언자의 대변인들은 증거가 드러난 다음에야 일부 사실이라고 마지못해 인정했지만 예언자나 그가 주장하는 교리에는 조금도 책임이 없다고 부인하면서 난폭한 제자들의 탓으로 돌렸고, 이제 완전히 달라졌다고 주장했다.

먼로는 가만히 앉아서 한동안 생각에 잠겼다. 어떤 사람들을 이해하고 그 속에 섞여들려면 편견 없는 것이 중요했지만 이번 일의 배경을 생각하면 객관적으로 되기가 점점 어려워지고 있었다.

터질 듯한 화가 가라앉고 분노가 잠시 멈추자 먼로는 자리에서 일어났다. 그녀는 천천히, 소리를 내거나 브래드퍼드를 깨우지 않으려는 듯이 방을 가로질러 책상 위 노트북을 가지고 벽과 침대 사이 좁은 공간으로 돌아왔다. 먼로는 노트북 전원을 켠 다음 책상 위 램프를 껐다.

현재 접근 가능한 정보의 혈관에서 생명의 피와 같은 정보를 빨아들일 시간이 이른 아침까지 있었다. 로건이 준 서류철은 빠진 것 없이 역사와 사실, 진실을 모두 알려주었다. 이제 먼로는 관련된 사람들의 마음속으로 살금살금 들어가서 '선택받은 자녀들'의 사고방식을 이해하고 가능하다면 아르헨티나의 신도들을 익히고 싶었다. 먼로는 역사와 데이터가 아닌 블로그와 덧글에서, 광활한 인터넷에 떠도는 이야기와 증언에서 그들의 꿈과 열망, 두려움과 동기를 알아낼 것이다.

작업을 시작한 뒤에는 완전히 집중했기 때문에 먼로는 브래드퍼드가 방을 반쯤 가로질러 다가올 때까지 그가 잠에서 깬 것도 몰랐다. 그녀는 글을 읽다가 멈추고 짤막하게 인사한 다음 모니터로 다시 시선을 돌렸다.

"어이." 브래드퍼드가 먼로의 침대 끄트머리에 앉아서 고개를 숙이고 그녀를 마주 보았다. "잘 계획은 없어?"

먼로가 고개를 들지도 않고 말했다. "좋은 생각은 아니지."

"뭐라고?" 그가 놀렸다. "당신 몽유병 정도는 내가 눈 감고도 감당할 수 있을 거라고 생각 안 해?"

먼로가 말했다. "지저분해질 텐데."

"쉬고 싶으면 말해." 브래드퍼드가 말했다. "지켜봐줄게." 장난기가 사라진 목소리에 부드럽고 진지한 말투였다.

먼로는 하던 일을 멈추고 시선을 들어 바로 몇 센티미터 앞에 있는 브래드퍼드의 눈을 마주 보았다.

"고마워." 먼로가 말했다. 진심이었다. "그럴게. 하지만 오늘 밤엔 조사를 좀 해야 돼." 그녀가 시계를 확인했다. 새벽 4시였다. "몸은 좀 어때?" 먼로가 물었다.

"상황에 따라 다르지." 브레드퍼드가 말했다. "7시부터 시작하기로 한 계획은 그대로야?"

먼로가 고개를 끄덕였다.

"그럼 세 시간 더 잘 수 있겠군." 브래드퍼드는 이렇게 말하고 특유의 매력적인 윙크를 하면서 침대에서 일어났다.

먼로는 꼿꼿하게 앉아서 브래드퍼드가 자기 자리로 돌아가는 모습을 좇았다. 끈으로 조이는 바지가 허리에 느슨하게 걸쳐져 있었고 조각 같은 상체는 어두운 조명 때문에 두 가지 색조로 보였다. 브래드퍼드는 먼로가 지켜보고 있음을 알고 뒤로 돌아 그녀의 눈을 마주 보았다. 그 러자 먼로는 터져 나오는 웃음을 꾹 참으며 그가 다시 자리를 잡을 때 까지 계속 지켜보았다.

아프리카에서 둘 사이에 이글거렸던 화학작용은 시간이 지나도 사그 라지지 않았지만 불꽃을 되살리려면 부채질해야 하는 쪽은 먼로일 것 이다. 브래드퍼드는 이미 오래전부터 그녀를 원하는 것이 분명했고 그 마음에 부족함은 없었지만 먼로의 영역과 두 사람이 공유하는 과거를 존중했기 때문이다.

갑자기 노아가 떠올랐고, 최근 그를 생각하면 항상 그렇듯이 강렬한 고통이 뒤따랐다. 먼로는 생각을 몰아내고 컴퓨터와 계속 이어지는 블 로그 링크들에 집중하면서 이제 거의 가득 찬 공책에 메모를 덧붙였다.

두 사람은 7시 반에 호텔을 나섰다. 브래드퍼드는 감시원 겸 또 하나 의 눈으로 동행했다. 먼로는 밴이 10시에서 11시 사이에 식료품점에 도 착할 것이며 제일 쉽게 접근할 수 있는 쪽으로 올 것이라고 예상했지만 추측이 빗나가서 일주일을 허비할 위험을 무릅쓰기는 싫었기 때문에 모든 각도를 살펴보려고 했다.

8시가 되었다. 거리는 아직 잠에서 깨어나는 중이었고 이 동네는 교 통량이 별로 많지 않았다. 브래드퍼드는 가게에서 몇 백 미터 떨어진 곳에서 택시에서 내려 길모퉁이 카페로 들어간 다음 거리가 잘 보이는 창가에 자리를 잡았다.

먼로의 귀에 꽂힌 장치가 찍찍 소리를 냈다. 브래드퍼드가 신호 강도 를 시험하고 있었다. 그녀는 그가 서툰 스페인어로 진땀을 빼면서 웨이트리스와 나누는 대화를 엿들으며 싱글싱글 웃었다. 먼로는 브래드퍼드가 자리 잡은 것을 확인한 다음 조금 더 가서 밴이 모습을 드러내리라고 예상되는 부근에 택시를 세웠다.

먼로는 택시를 전세 냈을 뿐 아니라 라울의 기사 제복까지 빌렸다. 지난 며칠 동안 그녀가 팁을 듬뿍 주었기 때문에 라울은 검정색과 노란색이 섞인 자동차를 먼로에게 몇 시간 동안 기꺼이 빌려주고 길모퉁이에서 어슬렁거리는 것으로 만족했다.

먼로는 길가에 차를 대고 시동을 켜둔 채 대기했다. 몇몇 사람이 손을 들어 택시를 잡았지만 그녀는 손님이 잠깐 어디 가서 기다리는 중이라고 말했다. 그런 다음 먼로는 한참 동안 브래드퍼드와 이야기를 나누었다. 두 사람의 대화는 추상적이고 시간을 때우는 이야기, 파트너끼리 나누는 두서없는 이야기들이었다. 브래드퍼드는 재치 넘치는 대꾸로 그녀를 웃겼다. 그는 먼로만큼이나 머리 회전이 빨랐다. 별 알맹이도 없고 사소한 이야기를 나누고 있는데 마침내 '안식처'의 밴이 도로로 접어들었다.

브래드퍼드가 목표물이 접근 중이라고 알려줌과 거의 동시에 먼로도 룸 미러에 비친 밴을 발견했다. 다가오는 자동차 유리창 너머로 한 쌍의 남녀와 뒷좌석에 앉은 작은 얼굴 몇 개가 분명히 보였다.

먼로는 지나가는 자동차 대수를 세고 속도를 재면서 기다리다가 브래드퍼드의 사인에 맞춰 기어를 넣고 택시를 출발시켜 자동차들 사이로 섞여 들어갔다. 계획대로 밴은 그녀가 비운 공간을 차지했다.

먼로는 길모퉁이를 돌아서 라울에게 차를 돌려주고 재킷을 바꿔 입은 다음 비앙카의 눈에 띄어서 쓸데없는 일이 일어나지 않도록 모자와 선글라스를 썼다.

그녀는 빠른 걸음으로 왔던 길을 되돌아갔다. 귓가에서 들리는 브래드퍼드의 목소리가 시간과 목표물의 움직임을 계속 알려주었다. 브래드퍼드는 먼로가 실패할 경우를 대비해서 카페에서 나와 밴을 향해 천천히 걸어왔다.

먼로는 밴 옆을 지나치면서 아무도 없음을 확인한 다음 밴 뒤에 무릎을 꿇고 신발 끈을 묶었다. 브래드퍼드가 아무도 없다는 사인을 보내자 그녀는 깔끔하고 매끄러운 동작으로 새시 밑으로 손을 미끄러뜨려 동그란 자석을 붙였다. 먼로는 그대로 무릎을 꿇은 채 신발 끈을 묶으면서 기다렸고 마침내 브래드퍼드가 다시 사인을 보냈다.

그녀는 밴을 한 바퀴 빙 돌아 운전석으로 가서 얼굴이 옷가게 쪽을 향하지 않도록 등을 돌리고서 자신만만하고 능숙하게 문을 열었다. 누가 봐도 놓고 간 물건을 가지러 돌아온 자동차 주인처럼 보였다. 먼로는 어지러운 콘솔에 펜을 넣은 다음 계기반 밑에 증폭기를 붙이고 얼른 물러서서 문을 잠갔다. 그런 다음 뒤로 돌아 온 길로 돌아갔다.

도청 장치는 배터리 지속 시간이 짧기 때문에 운이 좋으면 12시간에서 14시간 정도밖에 안 가겠지만 위치 추적 장치는 떼어낼 때까지 계속 작동할 것이다.

먼로는 브래드퍼드가 따라잡도록 속도를 늦추면서 걷다가 몇 블록 지난 다음 길을 건너 그와 합류했다. 두 사람은 길모퉁이를 돌아 기다리고 있던 라울에게 고개를 끄덕인 다음 택시에 올랐다.

여기서 할 일은 이제 끝났다. 두 사람이 도시를 누비며 밴을 쫓아가는 대신 GPS 추적 장치가 그 일을 할 것이다. 밴이 도로를 지날 때마다, 길을 꺾을 때마다, 잠시 멈출 때마다 본부의 장치로 정보가 송신되어 기록되고 분석된다.

밴이 기디언과 하이디의 생각과 같은 역할을 한다면 오늘이 끝날 때쯤 '안식처' 세 군데의 위치가 전부 나올 것이다. 그렇지 않더라도 시간이 지나면 다른 '안식처'들도 분명히 발견될 것이다. 하지만 먼로에게 유일하게 부족한 것은 시간이었다.

밴이 목적지를 다 돌려면 적어도 세 시간은 걸릴 것이라고 예상했기 때문에 먼로와 브래드퍼드는 호텔로 돌아갔다. 브래드퍼드는 컴퓨터 앞에 앉아서 GPS 정보를 지도와 비교했고 먼로는 기다리는 것밖에 할 일이 없었기 때문에 침대에 누웠다. 피로가 몰려와 눈꺼풀이 저절로 감겼다. 먼로는 또 한 번의 악몽과 꿈이 불러올 소동이 두려웠지만 잠에 사로잡혔다.

그녀는 텅 빈 도로가에서 무용지물이 된 듀카티 오토바이 옆에 서서 착한 사마리아인이 차를 세우는 것을 보았다.

그는 에스컬레이드 뒤편에서 여분의 휘발유 깡통을 가지고 나왔다.

광대한 서부 텍사스의 황폐하고 끝없는 평원이 사방으로 뻗어 지평선으로 녹아들었다. 먼로는 엔진이 비명을 지르는 오토바이를 타고 자살이나 다름없는 전속력으로 아무 길이나 따라 달렸다. 하지만 뜻밖에도 마지막으로 지나친 주유소는 문을 닫은 데다가 마을 사이의 거리를 잘못 계산하는 바람에 결국 오도 가도 못 하게 되었다.

착한 사마리아인이 다가왔다. 그가 손을 들어 인사하자 그녀는 고개를 끄덕여 대답했다. 먼로는 남자의 질문에 사소한 이야기로 대답하면서 오토바이 연료 탱크 뚜껑을 열었다.

남자가 먼로에게 깡통을 내밀었다.

그의 미소는 뭔가 이상했고 몸짓은 어딘가 그녀의 신경을 곤두서게 만드는 구석이 있었다.

먼로는 주저했다.

그녀에게는 연료가 필요했고 문명이 있는 마을까지는 일 갤런만 있어도 충분했다. 필요가 본능을 이겼다. 먼로는 깡통을 향해 손을 뻗었다.

그녀의 손이 깡통 손잡이를 쥐려는 순간 총구가 얼굴을 정면으로 겨누었다.

먼로는 꼼짝도 하지 않고 시선을 들어 그의 눈을 보았다.

미소는 사라지고 없었고 총은 안전장치가 풀려 있었다. 남자가 자기 차를 향해 고갯짓을 했다.

그녀는 한숨을 쉬었다. 제기랄, 또야.

먼로는 단념하고 어깨를 축 늘어뜨린 채 남자가 시키는 대로 했다.

그는 뒤에서 먼로를 쿡쿡 찌르며 자동차 뒤로 데려갔다.

그녀를 죽이고 싶었다면 벌써 총을 쐈을 것이다. 그래서 그녀는 남자가 차를 세우고 얻으려던 것을 손에 넣을 때까지는 총을 쏘지 않으리라 자신하면서 앞으로 걸어갔다.

먼로는 에스컬레이드에 도착할 때까지 기다렸다가 선팅한 차창을 거울 삼아 공격을 시작했다. 재빠른 공격에 무기는 날아가버렸다.

먼로는 남자의 얼굴에 한 방 먹인 다음 사타구니를 걷어찼다. 말이 안 되는 일이었지만 그가 반격을 했다. 연이은 타격과 연이은 방어, 이해할 수 없지만 그녀와 맞먹는 속도의 공격이 계속되더니 마침내 어이 없게도 먼로가 바닥으로 쓰러지고 팔은 가슴 위에 고정되어 움직일 수 없었다.

분노가 이글이글 불타고 좌절감이 엄습했지만 먼로는 그를 이길 수 없었다. 남자가 주먹을 들어 먼로의 얼굴을 때렸다. 한 대 얻어맞자 정신이 멍해졌다. 그녀는 고개를 돌려 남자의 얼굴을 마주 보고 열심히 초점을 맞추며 그의 눈을 들여다보았다.

먼로를 보며 눈을 깜빡인 사람은 마일스 브래드퍼드였다.

심장이 쿵쿵 뛰고 머리가 지끈거렸다. 그녀는 브래드퍼드 밑에 깔린 채 숨을 고르려고 애썼다. "난 괜찮아." 먼로가 말했다. "괜찮아. 비켜."

브래드퍼드가 즉시 그녀를 놓고 물러났다. 먼로는 자리에 일어나 앉아 무릎을 가슴에 꼭 붙이고 끌어안았다. 의식적으로 천천히 심호흡을 하자 두근거리던 심장이 가라앉았다.

브래드퍼드는 여전히 무릎을 꿇은 채 아무 말 없이 물끄러미 바라보고 있었다. "때려서 미안해." 그가 말했다.

먼로는 다시 한 번 공기를 천천히 들이마신 다음 고개를 저었다. 브래드퍼드가 사과할 이유는 없다. 또 한 번의 살인을 다시 경험하지 않게 해주었으니 맞은 것은 괜찮았다.

그녀는 몸을 숙여 태아 같은 자세로 브래드퍼드의 무릎을 베고 누웠다. 그가 먼로의 머리카락 사이로 손가락을 미끄러뜨린 다음 턱 선을 훑었다.

"얼마나 오래 잤어?" 그녀가 말했다.

"5시간쯤."

그의 손길은 위안과 위로를 주었다. 먼로는 그것을 느끼며 그저 가만히 누워 있었다. "밴은 멈췄어?" 그녀가 말했다.

"30분쯤 전에."

"어디로 갔어?"

"'안식처'일 가능성이 있는 곳이 적어도 두 군데는 되는 것 같아." 그가 말했다. "마지막으로 멈춘 곳이랑 한 군데 더. 하지만 당신이 다음 단계를 진행할 수 있는 상태인지 확신이 안 서는군."

먼로가 자리에 일어나 앉아 꼼짝도 하지 않고 그의 얼굴을 들여다보더니 오랜 침묵 끝에 말했다. "그래 절대 아니지."

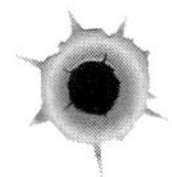

먼로는 침대에서 일어나 욕실로 들어가서 샤워를 했다. 물을 맞으면 머리가 맑아지고 잠의 흔적도 어느 정도 없어질 것이다. 그녀는 시간이 가는 줄도 모르고 떨어지는 물속에 서 있었다. 물은 겨우 데지 않을 정도로 뜨거웠고 그 열기 덕분에 잠시나마 모든 일을 잊을 수 있었다. 먼로는 영원처럼 느껴지는 오랜 시간 동안 머리 위에서 떨어져 하수구로 흘러가는 물을 바라보며 서 있다가 수도꼭지를 잠갔다.

생각했던 만큼 말끔하고 또렷해진 먼로는 책상 앞에 앉아 있는 브래드퍼드에게 갔다.

먼로가 다가오자 그는 몸을 약간 움직여서 공간을 만들어주었고 아무 일도 없었던 것처럼 굴었다. 브래드퍼드는 꼬치꼬치 캐묻고 싶었을지도 모르지만—먼로는 분명히 그럴 것이라고 생각했다—티를 내지는 않았다. 그는 먼로를 알았다. 그녀에게 여유를 주고 기다리면 시간이 언젠가는 자신이 원하는 것을 가져다줄 것임을 잘 알았다.

브래드퍼드는 얼핏 웃음을 지으며 먼로에게 헤드셋을 건네고 도청장치로 녹음된 내용을 들을 수 있도록 자리를 비켰다.

도청기는 배터리를 아끼기 위해 음성이 들릴 때만 작동하는 유형으로, 먼로가 잠든 다섯 시간 사이에 한 시간 약간 넘는 분량이 녹음되어 있었다. 지난 한 시간 동안 새로운 데이터가 송신되지 않았다는 사실과 밴의 현재 위치로 보아 먼로가 슬쩍 넣어놓은 펜에서 얻을 수 있는 것은 이제 끝인 것 같았다.

먼로는 녹음된 내용을 들으면서 이따금 뭔가를 적었고, 잠시 후 헤드셋을 벗어서 치워놓았다. 대화는 대부분 쓸모없는 내용이었다. 그녀가 브래드퍼드에게 가까이 오라고 손짓했다. 그는 펜을 멈추고 공책을 한쪽으로 치운 다음 먼로의 옆에 앉았다. 아주 가까워서 피부에 그의 온기가 느껴질 정도였다. 그녀는 브래드퍼드의 손길이 주는 차분함에 대한 갈망을 애써 무시하고 눈앞에 놓인 정보에 완전히 집중했다. 두 사람은 추적 장치가 보내온 데이터를 꼼꼼히 살폈다.

밴은 도시를 빙 돌았고 브래드퍼드는 그중에서 '안식처'일 가능성이 가장 많은 곳 두 군데를 뽑아냈다. 양쪽 다 상당히 고립된 주거 지역이었다. 밴은 두 군데 중 규모가 더 작고 이웃집들과도 가까운 곳에 멈춰 섰다.

위성사진은 동네 분위기를 짐작할 수 있을 만큼 자세했다. 먼로는 '안식처'에 들어갔다가 나올 경로를 각각 정했다. 그녀는 작업을 마친 다음 자리에서 일어나 기지개를 켜고 움직이면서 뻐근한 어깨를 풀었다.

"예행연습을 해야겠어." 먼로가 말했다. "같이 갈래?"

브래드퍼드가 자리에서 일어나 외투를 집어 들었다.

먼로가 그에게 같이 가자고 한 것은 도움이 필요해서가 아니라 같이 있으면 안정감이 들기 때문이었다. 게다가 브래드퍼드는 먼로가 자기

한 몸쯤은 돌볼 줄 안다고 믿었지만 그의 안에 있는 보호 본능 강한 군인은 그녀의 안전을 확신하기 전까지 긴장을 풀지 못할 것이기 때문이었다. 브래드퍼드와 떨어지지 않는 것이 두 사람 모두에게 좋은 전략이었다.

호텔을 나서자 해가 지고 있었다. 먼로는 손을 들어 택시를 잡았다. 기사는 길을 잘 알았고 모르는 부분은 GPS 정보에 따라 먼로가 알려주었다.

그들은 먼저 우아한 식민지 시대 건물과 나무가 늘어선 도심의 넓은 도로에서 벗어나 멀리 떨어진 외곽 지역으로 갔다. 이곳에는 아직도 비포장도로가 있었고 건물들은 수수하고 간소했다. 밴이 여기에서 마지막으로 멈춘 것은 아니었지만 이렇게 외딴 지역에 사십오 분 동안 정차했다는 것은 이웃 '안식처'를 찾아온 것이라고밖에 볼 수 없었다.

목장 같은 이 '안식처'는 커다란 이층집과 작은 단층 부속 건물 하나, 뒤쪽 멀리 자리한 헛간 또는 커다란 광 같은 건물로 구성되어 있었다. 외곽 고속도로와는 멀었고 주요 도로까지는 비포장도로로 이어졌다. 여기서 차를 멈추면 분명히 시선을 끌 테니 먼로와 브래드퍼드는 목장 앞을 두 번 지나가면서 희미한 빛 속에서 사진을 최대한 많이 찍은 다음 목적지로 이동했다.

밴이 마지막으로 멈춘 곳은 도시에 더 가까운 교외 지역이었다. 집들은 높은 담장으로 둘러싸여 있고 출입구는 판금으로 된 정문밖에 없었다. 중간중간에 부부가 운영하는 작은 가게들과 소규모 산업체들이 흩어져 있었다. '안식처' 앞을 처음 지나칠 때 위성사진에서 본 것처럼 삼층짜리 건물과 고용인 숙소로 지어진 듯한 작은 건물로 이루어져 있음을 확인할 수 있었다. 건물은 벽과 떨어져 있었기 때문에 커다란 뒷마당이 있었다.

먼로는 '안식처'를 한참 지나친 다음에 택시비를 내고 브래드퍼드와 함께 내려 지나가는 사람들 속으로 섞여 들었다. 첫 번째 '안식처'는 확실히 접근하기 힘들어 보였으므로 먼로는 두 번째 '안식처'에 집을 지키는 개나 야간 경비원이 없는지 파악하고 또 담을 넘어 제일 쉽게 접근할 수 있는 경로를 확인하고 싶었다.

먼로와 브래드퍼드는 팔짱을 끼고 아무렇지도 않은 척 어슬렁거리면서 '안식처' 전체를 빙 돌았고 그녀는 원하던 것을 모두 확인했다.

"침실이 몇 개야?" 먼로가 물었다.

브래드퍼드가 어깨 너머를 흘긋 본 다음 인도로 시선을 돌렸고 두 사람은 계속 걸었다. "모르겠어." 그가 말했다. "대여섯 개?"

먼로가 고개를 끄덕였다. "내 생각도 그래. 아마 최소 45명은 살고 있을걸."

"무슨 근거로?" 브래드퍼드가 말했다. "배짱 좋은 감?"

"내가 읽은 기록." 그녀가 말했다. "그리고 몇 년 동안 로건한테 들은 이야기가 근거야."

"최소 삼분의 이는 아이들일 거야." 먼로가 덧붙였다.

브래드퍼드가 걸음을 멈추었다. 먼로는 그가 계산을 하고 있음을 알았다. 마침내 브래드퍼드가 고갯짓으로 '안식처'를 가리키며 말했다. "저 안에 애들이 서른 명이나 있다고?"

"적어도. 아마 더 많을걸."

브래드퍼드가 잠시 말이 없다가 무표정하게 말했다. "빨랫감이 엄청

나겠군.”

새벽 1시면 부에노스아이레스의 중심부는 북적이기 시작하는 시각이었다. 시내에서는 12시쯤 되어야 진정한 밤이 시작되었고 4시가 지나야 조용해졌다. 하지만 교외의 밤은 달랐다. 여기서는 가끔 밤늦게 이야기를 나누며 걸어 다니는 사람들 외에는 거리가 대부분 조용했고, 침묵을 깨뜨리는 것은 이따금씩 지나가는 자동차 소리나 개 짖는 소리, 발정 난 고양이가 울부짖는 소리밖에 없었다.

먼로는 아무렇지도 않게 한쪽 발을 벽에 대고 기대어 서서 거리를 살피며 행동을 시작할 적절한 때를 말없이 기다렸다. 그녀는 라울이 내려주곤 하던 샛길을 따라 뒤에서부터 접근했다. 아무도 보이지 않자 먼로는 겉에 입은 티셔츠를 벗어 둥글게 뭉쳐서 조끼 주머니에 쑤셔 넣었다. 그런 다음 복면을 쓰고 완전히 새까만 차림으로 그녀를 부르는 밤 깊은 곳으로 들어가 어둠의 유령처럼 그림자에서 그림자로 이동하여 마침내 ‘안식처’ 담장의 가장 외딴 곳에 도착했다.

먼로는 되감을 수 있는 갈고리를 담장 너머로 던져 담 위로 올라갔다. 마당은 밝았다. 아까 확인을 하러 왔을 때 보이지는 않았지만 개 몇 마리가 있다는 사실을 파악해두었다.

먼로는 담장 위 그림자 속에 납작 엎드려 왼쪽 다리를 뻗어서 균형을 잡았다. 그런 다음 조끼 주머니에서 고기가 든 지퍼 백을 꺼내서 훈련관처럼 휘파람을 불어 개들을 불렀다. 그녀는 오랜 관습에 따라 약을 섞은 고깃덩이 몇 개를 마당으로 떨어뜨린 다음 개들이 어느 정도 마취되자 주머니에서 필요한 장비를 꺼내기 시작했다.

먼저 감시 카메라를 조립해서 설치한 다음 무선 장거리 송신기를 설치했다. 위치가 위치이니 만큼 이 장비들이 발견된다 해도 아주 오랜 시간이 걸릴 것이다. 먼로는 귓가에 들리는 브래드퍼드의 지시에 따라서 장치를 세심하게 조정했다. 그런 다음 그녀는 레이저 탐지기를 설치해서 아래층의 가장 큰 창을 비추도록 조정했다.

이제 개들은 꾸벅꾸벅 졸고 있었다. 완전히 잠들지는 않았지만 침입자를 향해 짖을 정도는 아니었다. 먼로는 몸을 웅크리고 평균대 같은 담 위를 재빨리 움직이다가 적당해 보이는 곳에서 멈췄다. 레이저 마이크는 세심하게 설치해야 했는데 기회는 오늘 밤밖에 없었다.

먼로가 나비 모양 나사를 비틀어서 수신기를 레이저 쪽으로 약간 더 구부리자 귓가에서 브래드퍼드가 됐다고 말했다.

브래드퍼드의 소리 분석에 따르면 적어도 네 명이 아직 집 안에서 움직이고 있었다. 이 시간쯤이면 다들 잠들었으리라 생각했는데 누군가가 깨어 있어서 실망스러웠지만 음성을 확인한 것은 예상치 못한 수확이었다.

카메라와 오디오는 안전하게 설치되었다. 이제 여기 온 목표를 달성했으니 이성은 그만 돌아가라고 말했다. 하지만 조명이 밝혀진 잔디밭 건너 15미터 정도 떨어져 있는 주차장이 열려 있었고 자동차 세 대가 그녀를 부르고 있었다.

먼로는 망설였다.

한쪽 창만 감시해도 분명히 수확이 있을 것이다. 그러나 확실히 이 집에서 제일 큰 방이긴 했지만 방 하나에서 일어나는 일은 뻔했다. 먼로는 더 많은 것을 원했다. '안식처'를 드나드는 사람들과 차량의 영상을 얻을 수 있다는 유혹은 그렇다 쳐도 또 다른 차에 추적 장치를 달 수 있다는 유혹은 거부할 수 없었다.

먼로는 시계를 확인했다. 원래 이렇게 오래 머물 계획이 아니었고 개한테 약을 너무 많이 먹였다가 '안식처' 사람들에게 들켜서는 안 됐기 때문에 고기에 약을 많이 넣지 않았다. 시간이 별로 없다. 곧 개들이 다시 으르렁거리기 시작할 것이다. 먼로는 돌아다니는 사람이 없는지 창문을 훑어보고 아무런 움직임이 없음을 확인한 다음 복면을 벗었다.

먼로는 담장을 타고 넘어 마당 안으로 내려갔다. 브래드퍼드가 날카롭게 숨을 들이마시는 소리가 들려서 보니 카메라 시계 안이었다. 먼로는 브래드퍼드를 무시하고 일어나 밤공기를 쐬러 나온 이곳 사람인 것처럼 아무렇지도 않게 마당을 가로질렀다.

귓가에서 브래드퍼드가 낮고 사업적인 목소리로 속삭였다. 누군가가 방에서 나와 집 안을 돌아다니는 소리가 들린다고 했다. 먼로는 차고 끄트머리에 도착했다. 그림자 덕분에 그녀는 밤을 틈타 숨어들 수 있었다. 먼로는 잠깐 멈추고 귀를 기울인 다음 차고 안으로 들어갔다.

가로세로 두 칸씩 총 네 칸의 주차장에 자동차 세 대가 주차되어 있었고 네 번째 자리에는 차 대신 냉장고 몇 대와 상자형 냉장고 한 대, 늘어진 호스와 전선으로 보건대 아마도 망가진 세탁기 같은 것 두 대가 놓여 있었다. 먼로는 문 쪽을 계속 신경 쓰면서 제일 멀리 떨어진 냉장고 뒤쪽 구석에 설치하는 것이 좋겠다고 결정했다.

그녀는 자동차들 사이로 미끄러져 들어가서 무릎을 꿇고 추적 장치를 설치한 다음 천천히 세탁기로 다가가서 냉장고 위로 올라갔다. 먼로는 어둠 속에서 두 번째 카메라와 증폭기를 조립한 다음 접착제로 고정시켰다. 그녀가 전원을 켜자 브래드퍼드가 영상을 확인하면서 어떻게 조정해야 할지 알려주었다.

손끝으로 카메라를 기울여 마무리하던 먼로는 그 자리에 얼어붙었다. 브래드퍼드 역시 집에서 불빛이 새어나오는 것을 보고 귓가에서 새된 목소리로 경고했다. 차고로 이어지는 문이 열리더니 열여섯 살쯤 되는 남자아이가 나왔다.

어둠 속에 있다 보니 안에서 새어나오는 불빛은 눈이 멀 정도로 밝았다. 조금 전까지만 해도 먼로는 그림자 속에 잘 감춰져 있었지만 이제는 소년의 머리 위에 악마처럼 웅크리고 있는 실루엣으로 보일 것이 틀림없었다. 소년이 걸음을 멈추고 고개를 들었다면 먼로와 눈이 마주쳤을 것이다.

하지만 소년은 멈추지 않았다. 아이는 먼로의 존재를 까맣게 모른 채 물건을 뒤적거리다가 찾던 것을 발견한 다음 집으로 들어가서 문을 닫았다. 차고는 다시 한 번 어둠에 휩싸였다.

'이상 없음'이라는 신호처럼 자물쇠가 흔들렸다. 먼로는 냉장고에서 미끄러져 내려와서 왔던 길로 돌아갔다.

아까와 마찬가지로 그녀와 담장 사이에는 15미터의 거리가 있었고 담장 저 멀리에서 개들이 비틀비틀 움직이기 시작하고 있었다. 먼로는 가능성을 걸고 도박을 했지만 자신이 졌음을 깨달았다. 개들은 아직 비틀거렸지만 시간을 끌수록 더욱 위험해질 것이다. 먼로는 잠깐 멈추고 신경을 가다듬으면서 개들보다 빨리 담장에 도달하는 것에만 정신을 집중한 다음 최고 속도로 잔디를 가로질러 달렸다.

대장견이 먼로를 향해 고개를 돌리고 컹컹 짖더니 잠시 비틀거린 다음 곧장 쫓아왔다. 나머지 개들도 뒤를 따라 총 네 마리가 점점 속력을 높이며 기다란 풀밭을 껑충껑충 달렸다. 먼로는 비스듬한 각도로 벽을 향해 달렸다. 대장견이 간격을 좁혀 왔다. 먼로는 힘껏 달려 갈고리 끄트머리를 잡은 다음 반동을 이용해서 기어오르는 것보다 빨리 담 위로 올라갔다. 바로 뒤에서 개 이빨이 부딪히는 것이 느껴졌다.

먼로는 담에 올라서자마자 갈고리 장치를 놓고 끌어올린 다음 몸을 웅크려 6미터 아래로 뛰어내렸다. 그녀는 양손으로 무릎을 짚고 등을 벽에 대고 지탱하면서 타는 듯한 목으로 숨을 몰아쉬었다. 잠시 후 일어서던 먼로는 다리에 찌르는 고통을 느꼈다. 그녀는 욕을 내뱉은 다음 도로 끝 라울의 택시에서 내린 지점을 향해 절뚝절뚝 걸어가기 시작했다.

두려움을 숨긴 채 침착하고 차분한 브래드퍼드의 목소리가 귓가에 다시 들렸다.

"난 괜찮아." 그녀가 말했다. "뛰어내리다가 발목을 삐었어. 라울한테 전화해. 내려준 데로 오라고 해."

먼로는 800미터를 천천히 걸어갔다. 택시를 더 가까운 데로 부르고 싶다는 유혹이 머리를 떠나지 않았지만 먼로는 애써 밀어냈다. 이번 일에서 제일 조심해야 할 것은 라울 같은 조연이 지나친 욕심을 부려서 돈을 이중으로 받으려고 '안식처' 사람들에게 접근하는 것이었다. 라울과는 거리를 두는 편이 좋다. 그러므로 이번 일에서 라울이 필요할 때는 항상 그렇듯이 오늘도 그와 거리를 둘 것이다.

먼로는 주머니에서 티셔츠를 꺼내서 펼친 다음 머리 위로 뒤집어써서 다시 입었다.

택시 기사가 호텔 정문에 내려주자 먼로는 엘리베이터를 타고 위층으로 올라갔다. 방 앞에 도착하기도 전에 문이 활짝 열리더니 브래드퍼드가 문틀을 가로막고 섰다. 그의 얼굴은 평온했지만 눈가에 읽을 수 없는 미묘한 주름이 잡혀 있었다. 브래드퍼드는 먼로가 들어올 수 있도록 한 걸음 물러난 다음 그녀가 지나가자 움직이지 않으면서 시선으로 그녀를 쫓았다.

먼로는 뒤로 돌아서 눈을 굴리며 말했다. "걱정하지 마. 그냥 삔 거야."

브래드퍼드는 고개를 끄덕이고 방문을 닫은 다음 문에 기대어 서서 자연스럽고 침착한 분위기를 풍기며 진심을 아주 능숙하게 숨겼다.

먼로는 돌아서서 확인하지 않아도 그가 지켜보고 있음을 알았기 때문에 야간 작업복을 보란 듯이 느릿느릿 벗었다. 그녀는 조끼의 벨크로를 떼고 주머니를 하나씩 비워서 내용물을 침대 발치에 쌓은 다음 어깨 너머를 흘깃 보았다.

브래드퍼드는 팔짱을 끼고 고개를 젖힌 채 문에 기대서서 시선을 그
녀에게 고정시키고 있었다. 먼로도 시선을 떼지 않은 채 침대에 앉아서
부츠 끈을 풀고 역시나 느릿느릿 조심스럽게 벗었다.

브래드퍼드는 아무 말도 하지 않았고 긴장감이 바닥에서 피어오르는
연기처럼 방 안을 채웠다. 마침내 그가 아무 말 없이 손잡이로 손을 뻗
어 문을 열더니 밖으로 나갔다.

문 닫는 소리와 함께 긴장도 사라졌다. 먼로는 한숨을 쉬었다. 그녀
는 브래드퍼드를 밀어내고, 그의 근심을 조롱하고, 걱정을 한다는 이유
로 놀린 것이다. 먼로는 자리에서 일어나 샤워실로 가서 옷을 벗고 물
을 틀었다. 열기와 함께 후회가 밀려왔고 먼로는 마침내 뜨거운 물줄기
속에서 시간을 잊었다. 그녀의 행동에 이유가 있었다면 느낌이 달랐을
테지만 사실 아무 이유도 없었다. 먼로는 아무런 목적도 없이 잔인하게
굴었다.

방으로 돌아가자 브래드퍼드가 양손을 베고 침대에 누워 천장을 바
라보고 있었다. 그가 몸을 돌리지도, 아는 척을 하지도 않았기 때문에
먼로는 로건이 준 마지막 폴더를 집어 들고 침대 위에 양반다리를 하고
앉아 서류를 앞에 놓은 다음 말했다. "괜찮아?"

브래드퍼드가 몸을 굴려 그녀를 마주 보더니 한 손으로 머리를 받치
고 말했다. "노아 얘기 좀 해봐."

먼로가 고개를 돌려 그를 보았다. "뭐가 궁금한데?"

"왜 헤어졌어?" 브래드퍼드가 물었다. "로건이나 일 때문이라고, 악몽
때문이라고 말하지는 마. 그것도 전부 이유긴 하지만 진짜 이유는 아니
잖아."

먼로는 잠시 침묵을 지키다가 마침내 속삭이듯 말했다. "노아는 날 몰랐어. 알 수가 없었지." 그녀가 말을 멈추었지만 브래드퍼드는 침묵을 깨려는 어떤 시도도 하지 않았다.

"한동안 난 노아가 생각하는 모습에 들어맞았어. 내가 하는 말이나 행동이 자신이 생각하는 이미지에 들어맞는 한 노아는 행복했지." 먼로가 슬픈 듯 고개를 살짝 저었다. "하지만 내가 아무리 노력하고 본성을 아무리 억누르고 싶어도 결국에는 떠오를 수밖에 없어. 난 나야, 마일스. 내가 노아에게 살짝 보여준 본 모습은 그가 원했던 이미지와 충돌했어. 노아가 내 본 모습을 아무리 바꾸려 해도, 아니면 나를 있는 그대로 받아들이려고 노력해도, 그는 날 받아들일 수 없고 난 그의 이미지에 맞출 수 없어. 그러니 이편이 나아."

먼로가 허공을 바라보았다. "난 이미 이 세상에 너무나 많은 고통을 줬으니 그 사람에게까지 그런 고통을 주고 싶지는 않았어. 우린 즐거운 시절을 보냈어. 난 그 사람을 사랑했지. 지금도 사랑하고, 항상 사랑할 거야." 그녀가 서류철 꼭대기에 새겨진 불규칙적인 무늬를 손가락으로 따라 그리며 말했다. "가끔은 사랑 그 자체가 보상이야, 마일스. 거기서 그 이상 무언가를 얻으려고 애쓰는 건 사랑을 서서히 죽이는 거야."

"일이 끝난 다음에 돌아가도 되잖아." 브래드퍼드가 말했다.

"그래." 먼로가 말했다. "노아는 날 반기지 않겠지만. 그가 고통스러울 만큼 확실하게 알려줬어. 난 그 사람을 절대 원망하지 않아. 내가 왜 노아를 떠나야 했는지는 중요하지 않아. 남자의 자존심으로는 그게 한계야."

먼로가 잠시 멈추었다가 다시 말을 이었다. "아, 그런 생각도 해봤어.

환영받지 못해도 돌아갈까 하고 말이야."

"안 돌아갈 거야?"

"응." 먼로가 시선을 들어 브래드퍼드의 눈을 보며 말했다. "내가 떠날 수밖에 없었던 이유는 언제까지나 사라지지 않을 거고, 그 사람한테 줄 수 있는 건 가슴 아픈 일들밖에 없어. 노아가 날 미워해도 상관없어, 원한다면 경멸해도 좋아. 난 우리가 함께 나눈 시간을 소중히 간직하기로 했어. 아무리 끝이 좋지 않아도 말이야." 먼로가 말을 멈추고 다시 브래드퍼드의 눈을 보았다. "그래, 맞아. 끝났어. 당신이 알고 싶었던 게 그거지?"

아침 9시에 먼로는 호텔 입구 홀에 서서 라울을 기다리고 있었다. 브래드퍼드가 놀랄까 봐 텔레비전에 메모를 붙여놓고 나왔다. 그는 먼로가 살금살금 문밖으로 나가는 순간 벌떡 일어났을 텐데, 그녀가 재빨리 휘갈겨 쓴 메모를 보면 적어도 마음을 놓고 몇 시간 동안 쉴 수 있을 것이다.

다음 단계는 오후에 시작하기로 했고 브래드퍼드는 5시가 넘어서 잠들었으니 먼로가 돌아올 때까지 깨지 않을 것이다.

먼로는 먼저 로건의 호텔에 들렀다. 이주치 요금을 미리 낸 것은 세 사람이 그녀가 돌아왔을 때 이곳에 확실히 머물고 있게 하려고 든 보험이었다. 먼로는 호스텔에 미리 전화를 걸어서 로건과 기디언이 없다는 것을 확인했지만 언제 돌아올지 가늠할 수는 없었다.

먼로는 라울과 약속 시간을 정한 다음 좁은 마당을 지나 기디언과 로건의 방으로 가서 비어 있음을 다시 확인하고 곁쇠로 문을 따고 들어갔다. 그녀는 이 방에 숨어들었다가 일어날 수 있는 문제들 중에서 로건에게 들키는 것은 확률이 제일 낮다고 생각했지만 그와 마주치고 싶지 않았기 때문에 최대한 빨리 빠져나오려고 부지런히 움직였다.

먼로는 두 침대 사이에 서서 중간 탁자를 옮기고 벽에 붙은 콘센트 뚜껑을 제거한 다음 능숙하게 도청기를 달았다. 방을 가로질러 반대편에도 설치했다. 로건을 믿지 못한다기보다 머리를 좀 쓰는 것뿐이었다. 기디언은 또 다른 문제지만 말이다. 로건은 먼로를 잘 아니까 이 정도는 예상하고 있을 것이다.

먼로는 호스텔에 온 목적을 달성하고 빠져나가다가 하이디가 다가오는 것을 보고 들키지 않으려고 벽감에 잠시 몸을 숨겼다. 그녀는 남자들도 곧 뒤따라 들어올 것이라 짐작하고 얼른 정문으로 나갔다. 택시는 30초 뒤에 도착했다. 먼로는 뒷좌석에 올라타면서 시계를 확인했다. 다음 단계를 시작하기 전까지 준비 시간이 두 시간 있었다.

먼로는 급히 물건을 사러 파세오 알코르타로 가서 이번에는 아주 여성적인 옷을 사려고 고급 부티크와 디자이너 브랜드만 돌아다녔다. 이번 쇼핑은 물품 획득만을 위한 임무였고, 다른 상황이었다면 시간 제약 없이 즐길 수 있었겠지만 오늘은 아니었다.

먼로가 호텔로 돌아왔을 때 브래드퍼드는 여전히 베개에 얼굴을 묻고 있었고 문을 닫을 때도 꼼짝도 하지 않았다. 완벽한 연기였다. 그는 신경을 곤두세우고 있다는 사실을 아주 능숙하게 숨기고 자는 척을 했다. 먼로는 이 상황이 재미있어 침대에 쇼핑백들을 툭 떨어뜨리고 컴퓨터로 다가갔다.

'안식처'에 설치된 카메라가 보내온 영상을 빨리 감기로 보고 있는데 브래드퍼드가 말을 걸었다. "몇 시야?"

먼로가 고개를 돌리지도 않고 말했다. "1시 다 됐어." 잠시 후 다시 말했다. "이거 봤어?"

브래드퍼드가 침대 옆으로 다리를 미끄러뜨리고 일어나서 욕실로 걸어갔다. "아침부터는 안 봤어." 그가 말했다. "추적 장치는 10시 넘어서 움직이기 시작했어."

먼로는 컴퓨터를 조작하여 영상을 훑어보다가 화면에 얼굴들이 비치자 정지시켰다. '안식처'에 사는 아이들 여섯 명이었다. 아이들은 정오가 지나자마자 마당으로 나왔고, 담장에 설치된 카메라가 아이들이 노는 장면을 찍었다. 먼로는 컴퓨터로 영상을 확대해서 디지털 정보를 편집할 수 있었고 브래드퍼드가 샤워를 마치고 나올 때쯤에는 아이들 얼굴을 전부 손에 넣었다.

"쓸 만한 거 있어?" 그가 물었다.

"아직. 애들은 전부 아홉 살에서 열 살 정돈 거 같아. 다른 애들은 아직 안 나왔어."

"다른 카메라는?"

"밴 몇 대가 나가긴 했는데 전부 어른들이고 데이비드 로 같은 사람은 안 보여."

"좀 잘래?"

먼로는 컴퓨터에서 눈을 떼고 말없이 그를 보았다.

"좀 자도 될 거 같은데." 브래드퍼드가 말했다. "한 시간 정도만 자면 피곤도 좀 풀릴 거고 꿈도 안 꿀 거야."

먼로는 아무 말도 하지 않았다.

브래드퍼드가 말을 멈추고 어깨를 으쓱했다. "뭐, 안 자도 돼." 그가 말했다. "당신이 쉬고 싶으면 지금 그 일은 내가 해도 돼."

먼로가 컴퓨터를 밀면서 일어났다.

"딱 한 시간이야." 그녀가 말했다.

한 시간 이상 자면 일이 또 생길 수 있을 뿐 아니라 오후 계획도 늦어진다.

먼로는 브래드퍼드에게 컴퓨터 앞자리를 비켜주고 어깨 너머로 흘깃 본 다음 돌아서서 침대에 누웠다. 브래드퍼드는 의자에 등을 기대고 앉아서 그녀를 아주 열심히 관찰하는 시늉을 했다. 그녀는 싱긋 웃고 눈을 감은 다음 망각으로 빠져들었다.

브래드퍼드의 손가락이 뺨에 닿자 먼로는 잠에서 깼다. 그녀는 자신이 어디 있는지 몰라서 잠시 어리둥절하다가 그를 보았다.

"어이." 브래드퍼드가 속삭였다. 먼로가 싱긋 웃으려고 애쓰자 그가 말했다. "괴물이라도 나왔어?"

"아니." 그녀가 말했다. "괴물은 안 나왔어. 얼마나 잤어?"

브래드퍼드가 시계를 흘깃 보았다. "한 시간 삼 분. 몸은 좀 어때?"

"약간 어지러워." 먼로가 일어나 앉은 다음 바닥에 발을 딛고 일어섰다. "추적 장치에 뭐 나왔어?"

그가 과장된 미소를 지었다. "세 번째 '안식처'를 찾은 것 같아."

먼로는 같이 미소를 지으려고 애쓰면서 좋은 소식에 엄지손가락을 들어 보인 다음 샤워를 하러 갔다. 얼른 말끔히 깨고 싶었다. 그녀는 한 시간 뒤에 최대의 능력을 발휘해야 했는데, 한 시간 삼 분의 수면이 머릿속에 안개가 낀 것처럼 멍한 정신 상태를 감수할 가치가 있었는지는 아직 판단이 서지 않았다.

방으로 돌아오자 브래드퍼드는 벌써 나가고 없었다. 먼로는 옷을 입고 좀더 여성적으로 보이려고 마음껏 화장을 했다. 화장을 끝낸 뒤에도 브래드퍼드가 돌아오지 않았기 때문에 그녀는 다시 컴퓨터 앞으로 갔다.

데이터에 따르면 그녀가 짧은 쇼핑을 마치고 돌아온 다음부터 몇 시간 동안 밴이 간 곳은 한 군데밖에 없었다. 먼로는 브래드퍼드가 만들어둔 지도에서 장소를 확인한 다음 그가 미소를 지은 이유를 알았다. 세 번째 '안식처'는 두 사람이 숨어 있는 이 호텔에서 자동차로 10분도 걸리지 않았다. 먼로는 예행연습을 생략하고 오늘 밤에 바로 감시 장치를 달기로 했다.

조각이 맞춰지고 있었다.

로건이 준 정보가 정확하다면, 해나가 정말 부에노스아이레스의 '안식처' 중 한 곳에 있다면, 해나를 곧 찾을 것이다.

먼로는 차고 영상을 다시 보면서 밴이 떠난 시간과 탑승자를 확인하고 여기에는 해나도 데이비드 로도 살지 않는다고 확신하면서 레이저 마이크에 녹음된 내용으로 넘어갔다. 겨우 5분 분량을 확인했을 때 브래드퍼드에게서 전화가 왔다.

먼로는 장비를 치운 다음 커다란 핸드백을 들고 브래드퍼드가 기다리는 로비로 갔다. 먼로가 다가가자 그는 그녀의 모습을 감상하며 싱긋 웃더니 먼로의 팔짱을 끼고 최신 모델 푸조 세단으로 데려갔다. 그녀는 잠깐 멈춰 서서 차를 살펴본 다음 좋다는 뜻으로 고개를 끄덕였다. 브래드퍼드가 지인에게 부탁해서 준비한 차였는데 먼로의 예상보다 훨씬 좋았다.

"깨끗해?" 그녀가 말했다.

"레콜레타에서 가져온 거야."

레콜레타는 대저택이 가득하고 비싼 아파트 건물이 모여 있고 부에노스아이레스에서 제일 돈 많은 사람이 사는 곳이었다.

두 사람은 자동차를 타고 팔레르모 거리를 지나 파스쿠알 팔라초로 갔다. 도시에서 빠져나가는 고속도로로 이어지는 길이었다. 어젯밤에 라울의 택시를 탔을 때와는 다른 경로였지만 목적지는 같았다.

브래드퍼드를 알게 된 후 그에게 운전대를 맡긴 것은 이번이 처음이었다. 먼로는 옷을 말끔하게 차려입고 도로를 정복하는 그를 흘깃 보았다. 그녀는 청바지와 티셔츠만 입던 브래드퍼드가 세련된 복장으로 갈아입은 모습을 보면서 내가 어떤 역할에서 다른 역할로 넘어갈 때 주변 사람들도 이런 느낌이겠지, 라고 생각했다. 두렵지만 좋은 기분이었다.

두 사람이 점점 줄어드는 차들 사이로 한 시간 넘게 달린 후 목장 '안식처'로 이어지는 시골 도로로 들어섰다. 여기서 브래드퍼드는 목장으로 이어지는 자갈길로 꺾었다.

자동차가 속력을 늦추었다. 브래드퍼드는 확실히 목장으로 들어가는 것을 미루고 있었다.

"준비됐어?" 그가 말했다.

먼로가 고개를 끄덕이며 말했다. "완벽해."

브래드퍼드가 차를 세우자 먼로는 차에서 내렸고 그는 따뜻한 차 안에서 기다렸다. 그녀는 쇠사슬이 채워진 정문 앞에 서서 주머니에 손을 넣고 초인종을, 혹은 여기 사는 사람들에게 손님이 왔음을 알려줄 장치를 찾았다. 개 몇 마리가 다가왔다. 아무 장치도 없으니 개들이 짖는 소리가 그녀의 존재를 알려줄 것이라고 생각했지만 잠시 후 문 오른쪽 멀리 떨어진 기둥에서 단추를 발견했다. 먼로는 단추를 몇 번 누른 다음 차로 돌아가서 기다렸다.

"들여보내줄 거라고 아직도 믿어?" 브래드퍼드가 물었다.

"거의 확실해." 먼로가 말했다. "현관홀에 있는 신발 마흔 켤레를 숨길 시간만 주면 돼."

때마침 기다란 형체가 현관문을 나오더니 그들을 향해 먼 거리를 한참 걸어왔다. 20대 후반으로 보이는 남자로, 낡은 외투에 낡은 신발을 신고 있었다. 먼로는 예전에 로건에게서 들은 이야기와 얼마 전에 하이디에게서 들은 이야기를 떠올리면서 여기 사는 대부분의 사람들은 그렇지 않겠지만 이 남자는 아르헨티나인일 거라고 생각했다.

남자가 다가오자 먼로는 브래드퍼드를 향해 고개를 돌리고 "시작한다"고 말한 다음 환한 미소를 지으며 차에서 내려 정문으로 걸어갔다.

바람이 불어 전형적인 겨울 추위는 더욱 혹독했고 나뭇잎이 떨어진 너른 마당은 더욱 황량했다. 먼로는 소매에 인조털이 달린 재킷을 여미면서 안에서 나온 남자와 거의 동시에 정문에 도착했다.

그녀는 확신이 없다는 표정, 순진하고 호기심 어린 표정을 짓고 있었다. "세 엔쿠엔트라 엘 두에뇨 데 카사(집주인 계신가요)?" 그녀가 말했다.

"레 푸에도 아유다르 시 퀴에레스(무슨 일입니까)?" 그가 말했다.

먼로는 발을 동동거리면서 초조하다는 듯이 어깨 너머로 운전석에서 기다리고 있는 브래드퍼드를 본 다음 다시 남자를 향해 돌아섰다. "전 '하나님의 사람들'을 찾고 있어요." 그녀가 잠시 멈췄다가 다시 급하게 말을 이었다. "미친 소리 같죠. 저보다 당신 귀에는 미친 소리 같겠죠. 어젯밤에 하나님께서 제 기도에 응답해주시면서 여기 와서 하나님을 따르는 사람들에 대해 물어보라고 하셨어요. '하나님의 사람들'이 해답을 가지고 있을 거라고, 제 도움이 필요하다고 말이에요." 먼로가 잠시 멈췄다가 다시 말했다. "제가 제대로 찾아왔나요?"

남자는 망설였다. 그가 정문에서 기다리고 있을 것이라 예상했던 모든 상황 중에서 이것은 가장 가능성은 낮은 일이었다. 먼로는 그의 얼굴과 몸짓을 살피며 힌트를 찾은 다음 침묵을 선택했다. 이 남자는 고위층이 아니었다.

그는 먼로를 보고, 차를 보고, 차창 너머 브래드퍼드를 본 다음 마침내 말했다. "아마 제대로 오셨을 겁니다."

좋아, 문을 쾅 닫는 것보다 훨씬 낫지. 먼로는 남자에게 보여주려고 일부러 눈에 띄게 안도하며 얼굴을 밝혔고, 그의 망설임을 호감으로 바꾸려고 외투에서 봉투를 꺼내 그에게 내밀었다. "하나님께서 당신 자녀들에게 이게 필요하다고 하셨어요. 당신들이 정말로 제가 환상에서 본 사람들이라면, 해답을 가지고 있는 사람들이라면, 이걸 받으세요."

남자는 봉투를 향해 손을 내밀었지만 받기 전에 이렇게 말했다. "어떤 해답을 찾으시나요?"

"전 평화와 삶의 의미를, 삶이 끝나면 무엇이 오는지 알고 싶어요." 먼로는 이렇게 말한 다음 비슷한 말을 빠르게 반복하며 흥분해서 떠들었다. 말은 많았지만 내용은 별로 없었다.

잠시 후 남자는 봉투를 받고서 그녀의 말을 중단시키며 말했.

"잠시만 기다리시겠어요?"

"물론이죠, 당연하죠." 그녀가 말했다.

남자는 뒤로 돌더니 올 때보다 빠른 속도로 집을 향해 걸어갔다.

그가 반 정도 갔을 때 먼로는 따뜻한 차 안으로 돌아왔다.

"믿어?" 브래드퍼드가 물었다.

"우린 10분 뒤면 저 안에 있을 거야." 그녀가 말했다.

"뭐 줬어?"

"100달러짜리 깨끗한 새 지폐로 1000달러."

"쉽게 먹히네."

"그들의 기도에 대한 응답이지."

"흠, 당신이 정보를 수집하는 비밀이 그거야? 금칠한 봉투?"

브래드퍼드가 놀리자 먼로는 싱긋 웃었다. 로건이 먼로를 찾아온 것은 그녀가 뇌물도 잘 먹이고 뭐든지 마구 때려 부술 수 있는 절친한 친구이기 때문이 아니라는 사실을 브래드퍼드도 그녀만큼이나 잘 알았다. 로건은 먼로가 '선택받은 자녀들' 내부에 침투하기를 원했기 때문에 그녀를 찾는 돈 많고 높은 사람들이 원하는 것과 똑같은 능력을 보고 찾아왔다. 그것은 바로 사람들을 읽어내서 마음대로 그들이 원하는 사람이 되어 그들이 믿고 싶은 대로 믿게 만드는 능력이었다.

두 사람이 안으로 들어간 다음 일이 어떻게 진행되느냐에 따라 그녀가 침투할 수 있을지 없을지 결정될 것이다. 먼로는 무릎에 손을 올리고 씩 웃으며 고개를 돌려 그를 보았다.

"내가 제대로 분석했다면, 저 사람들은 기꺼이 팔을 벌려 환영할 거야."

"당신이 제대로 분석하지 않았다면?"

먼로가 그를 노려보며 말했다. "날 믿으라고."

먼로의 예상은 딱 2분 어긋났다. 브래드퍼드의 시계에 따르면 남자는 8분 뒤에 돌아왔다. 나중에 알게 되었지만 그의 이름은 에스테반이었다. 에스테반은 정문 사슬에 달린 커다란 자물쇠를 연 다음 들어오라고 손짓했다. 이곳은 나무가 줄지어 늘어서 있지만 황폐하게 느껴졌는데,

날씨 탓일 수도 있지만 아닐 수도 있었다.

브래드퍼드가 에스테반의 손짓에 따라 주 건물 옆으로 차를 몰고 가자 차 네다섯 대를 댈 수 있는 공간이 있고 밴 두 대가 세워져 있었다. 밴은 비교적 상태가 좋았고 먼로가 영상 기록에서 보거나 직접 본 낡고 오래된 밴들보다 훨씬 새 거였다.

개들이 푸조 주위를 맴돌면서 타이어 냄새를 맡았다. 브래드퍼드가 엔진을 껐다. 먼로가 사이드미러를 보면서 말했다. "혹시라도 말을 해야 할 상황이 되면 아랍어로 말해. 이 사람들이 모르고 우리 둘 다 아는 건 아랍어밖에 없으니까."

"아랍어?" 브래드퍼드가 말했다. "의심받지 않을까?"

"그 방법밖에 없어." 먼로가 말했다. "당신이 귀머거리에 벙어리인 척하지 않는다면 말이야." 그런 다음 뒤늦게 떠올랐다는 듯이 말했다. "마일스, 당신이 전문가인 건 알지만 말이야, 영어가 들려도 절대 알아들은 티를 내면 안 돼, 알지?"

"라카드 파힘트(잘 알겠습니다)." 그가 말했다. 먼로는 브래드퍼드의 대답을 듣고 미소를 짓지 않을 수 없었다. 그는 그녀만큼이나 억양이 깔끔했다.

에스테반이 다가오자 두 사람 다 차에서 내렸다. 먼로가 대화를 시작하자 브래드퍼드는 신중하게 거리를 두었다. 어색한 분위기가 어느 정도 녹자 먼로는 브래드퍼드를 불러서 애인이라고 소개했다. 스페인어도 서툴고 주변을 경계하느라 신경이 곤두선 그가 자기 말을 못 알아듣기를 바랐다. 먼로는 어느새 단순하고 마음씨 후한 사람으로 변신해서 눈을 커다랗게 뜨고 기대에 넘친 표정을 지었고 말없는 브래드퍼드가 의심을 사지 않도록 진실을 이야기했다. 그는 이곳 출신도 아니고 스페인어도 못 한다고 말이다.

에스테반이 두 사람을 주 건물 안으로 안내했다. 집 안으로 들어가니 널따란 현관홀은 더욱 넓은 복도로 이어졌고 복도는 반으로 나뉘어서 한쪽은 구불구불한 계단으로, 나머지 좁은 공간은 뒷문으로 연결되었다. 오른쪽에는 거실이 있었는데 여기 딸린 가구들은 먼로의 예상보다 상태도 좋고 비교적 새 것이었다. 건물 크기로 보아 1층에는 이보다 많은 공간이 있을 것 같았지만 구조 탓에 더는 보이지 않았다.

보이는 것으로만 판단하자면 사람들의 흔적이 사방에 있었다. 복도 끝에는 다섯 단이나 되는 벽감이 있었고 거실에는 소파가 지나치게 많았으며 바닥은 걸레질이 되어 있고 유리창도 잘 닦여 있었지만 벽에 손자국이 너무 많았다.

집은 기괴할 만큼 조용했다. 아이들이 깔깔거리며 웃는 소리도, 작은 발이 다다다다 달리거나 쿵 떨어지는 소리도 없었다. 들려오는 목소리는 무언가에 가려진 듯 모두 숨죽인 소리였다. 이 모든 것이 '안식처'에 잘 모르는 손님이 오면 다들 숨어야 한다는 로건의 설명과 너무나 비슷했다.

에스테반은 거실에 딸린 방으로 먼로와 브래드퍼드를 안내했다. 아주 작은 공간이었고 깨끗한 벽과 최소화된 장식으로 보아 거의 사용하지 않는 것 같았다. 적어도 이 집의 다른 부분들보다는 훨씬 덜 이용되는 공간 같았다. 세 사람이 자리에 앉고 나서 먼로는 대화를 하려고 했다. 에스테반은 격의 없고 친절하게 이야기하긴 했지만 몸짓을 보니 점점 불편해하는 것이 분명했다. 잠시 후 또 다른 남자가 다가와서 인사하자 먼로는 그 이유를 깨달았다.

새로 온 사람은 머리가 벗겨져가는 50대 남자로 이름은 일라이저라고 했다. 먼로는 그가 인사말을 건네자마자 미국 서해안 출신임을 파악했다. 일라이저는 맨 처음에 영어로 인사를 했지만 먼로가 고개를 저으며 영어로 대답하기를 꺼리자 스페인어로 말했다. 그의 스페인어는 유창하지는 않았지만 효율적이었고 억양과 사용하는 단어로 보아 스페인어를 사용하는 다른 나라에서 배웠음을 알 수 있었다.

일라이저는 기부금에 대해서 아낌없이 감사를 표한 다음 가끔 에스테반에게 통역을 부탁하면서 어떻게 여기 오게 되었으며 자기들을 어떻게 아느냐고 물었다.

아프리카 심장부에서 선교사 부부의 아이로 자란 것이 국제 스파이 겸 암살자가 된 것과는 논리적으로 자연스럽게 연결되지 않겠지만 여기서는 먼로의 어린 시절이 완벽하게 들어맞았다. 그녀는 질문이 끝나기 전에 벌써 답을 알고서 처음 정문에서 했던 얘기에 맞춰 과거를 거슬러 오르며 설명했다.

먼로는 자세한 사실은 대충 얼버무리고 감정은 상세하게 설명하면서 행복을 찾아 떠돌다가 일과 돈에, 마침내는 약에 빠졌다고 이야기했다. 그녀는 삶을 끝내고 싶었는데 환영 속에서 '안식처'로 가는 길을 보았다.

이번 '안식처' 침입에서 먼로가 불안하게 생각하는 부분이 있다면 거짓말을 해야 한다는 사실이었다. 그녀는 다섯 대륙을 오가면서 일을 했고 다양한 역할과 이야기를 꾸며내며 정보를 수집했지만 일을 할 때마다 양심은 더욱 거리낌 없어졌다. 하지만 다른 사람의 신앙에 대해서 직접적으로 사기를 친 적은 단 한 번도 없었다.

성스러운 곳에 너무나 쉽게 들어오자 거룩한 것을 침해하는 기분이 들었다. 그래서 머릿속으로 로건이 보여준 기록, 진정한 침해를 보여주는 사진과 이미지들, 빼앗긴 믿음과 순수함, 부모에게서 납치된 어린 딸을 열심히 떠올렸다. 그러자 맨 처음에 먼로를 사로잡았던 구역질 나는 분노가 다시 불붙으면서 이 순간에 집중할 수 있었다.

성공적인 속임수의 핵심은 믿고 싶다는 생각이었는데, 일라이저는 정말 믿고 싶어 했다. 그가 의심을 품었다 하더라도 순진한 척하는 먼로의 연기와 정문에서 건넨 천 달러 때문에 의심이 누그러진 것 같았다. 일라이저는 마침내 진정한 신도를 찾았다는 듯이 먼로와 이야기를 나누면서 그녀의 질문에 대답하고 걱정에서 벗어나는 방법을 알려주었고 자기 신앙의 토대를 가르쳐주었다.

창밖에서 회색이던 하늘이 검게 변했다. 에스테반은 가끔 영어를 스페인어로 통역해주었는데 맞는 것만큼 틀릴 때도 많았다. 브래드퍼드는 활발한 대화가 오가는 동안 말없이 앉아 있다가 끼어들었지만 먼로의 귀에 귓속말을 하는 척했다. 먼로는 아랍어를 스페인어로 통역하여 그가 화장실에 가고 싶어 한다고 말했다.

잠시 침묵이 흐르고 일라이저가 곤란한 표정을 지었다. 낯선 사람을 혼자 보내면 자기들의 집을 마음대로 돌아다닐지도 몰랐지만, 반대로 다른 사람을 딸려 보내면 하나님께 자기 자신과 자기 재산을 기꺼이 바치려는 젊은 귀의자가 겁을 먹고 도망갈 수도 있었다. 어색한 침묵이 흐른 뒤 결국 그는 위치를 설명해주었다. 먼로는 일라이저와 에스테반이 브래드퍼드의 아랍어를 못 알아들었음을 확신하고 브래드퍼드에게 통역해준 다음 덧붙였다.

"안 헤매게 조심해." 그녀가 말했다. "당신이 낯선 곳에서 어떤지 우리 둘 다 잘 알잖아."

"노력하지." 그가 말했다.

먼로는 브래드퍼드가 방을 나서자마자 일라이저를 향해 고개를 돌리고 빠른 속도로 대화를 계속했다. 브래드퍼드가 없다는 사실을 잊게 만들려는 의도였지만 효과는 별로 없었다. 일라이저는 계속 말을 뚝뚝 멈추다가 마침내 이렇게 말했다. "아랍어를 하세요?"

"아 네." 먼로가 대답했다. "다른 언어도 몇 가지 해요. 유서 깊은 집안도 아니고 친척들이 전 세계에 흩어져 있으면 이렇게 되는 거죠."

"애인도 아랍어를 해요?"

먼로는 일라이저가 농담이라도 하고 있다는 듯이 웃었다. 어두운 금발머리에 회색빛이 도는 초록색 눈을 가지고 있으며 아랍어를 하는 사람이 도대체 어느 지역 출신인지 생각하려면 골치 꽤나 썩을 것이다. 먼로는 심각한 표정을 지었다. 일라이저가 불안해하면서 마음속으로 갈등하고 있는 것이 빤히 보였지만 먼로는 그가 무시하지 못할 질문으로 밀고 나갔다.

기나긴 10분이 지난 후 브래드퍼드가 돌아오자 먼로는 교리와 관련된 이야기를 15분간 더 나눈 다음 미안하지만 선약이 있어서 가봐야겠다고 말했다. 일라이저는 몇 분만 더 있다 가라고 간청하면서 먼로가 자리에서 일어섰는데도 자기 아내를 불렀다. 그의 아내는 미소 띤 아이들까지 몇 명 데려왔다.

먼로는 이 사람들에 대해서, 이들이 그녀와의 만남에서 뭘 바라는지 아주 잘 알고 있지만 이 사람들은 그녀에 대해서 아무것도 몰랐기 때문에 사기를 치는 기분이 들었다. 하지만 기꺼이 장단을 맞추며 아이들과 포옹을 나누었다. 그녀는 다시 오겠다고, 가능하면 내일이라도 오겠다고 약속했다.

'안식처'를 나선 것은 거의 4시간이 지난 뒤였다. 브래드퍼드가 10분 만에 끝낸 작업을 위해서 4시간을 보낸 셈이었지만, 그가 방을 나갈 때까지의 긴 기다림 중 불필요한 순간은 없었다.

"네 개 설치했어." 브래드퍼드가 말했다. "부엌, 계단 밑, 거실." 그가 어깨를 으쓱하며 덧붙였다. "그리고 화장실." 먼로가 말도 안 된다는 시늉을 하자 그가 말했다. "어이, 우습게 보지 말라고. 10대 남자애들이 화장실에서 하는 얘기가 아마 최고의 단서일걸."

먼로가 낄낄거리며 물었다. "카메라는?"

"못 달았어." 그가 말했다.

그녀가 고개를 끄덕였다. 표정이 심각해졌다. "해나라고 불리지 않을 수도 있어, 그럴 가능성이 아주 높아. '선택받은 자녀들'은 도망 다니지 않을 때도 이름을 자주 바꾸니까 그 애는 벌써 이름이 몇 번이나 바뀌었을 거야."

브래드퍼드가 고개를 끄덕였다. 두 사람 모두 생각에 잠겨 말이 없어졌다. 호텔까지 반 정도 왔을 때 브래드퍼드가 다시 입을 열었다.

"그래서." 그가 말했다. "정확히 언제부터 내가 당신 애인이었지?"

먼로가 싱긋 웃으며 말했다. "인간이 화성에서 살았을 때부터."

브래드퍼드가 싱글싱글 웃으며 말했다. "나도 그런 줄 알았는데. 그런데 아까 거기선 내가 그동안 잘못 생각한 줄 알았지."

먼로는 아무 말 없이 계속 미소만 짓다가 창문으로 고개를 돌렸다.

다시 브래드퍼드 쪽으로 고개를 돌리자 그가 그녀를 보고 있었다. 이번에는 먼로가 윙크를 했다.

정지 신호가 파란불로 바뀌자 브래드퍼드는 도로로 시선을 옮겼지만 여전히 싱글싱글 웃고 있었다. "날 유혹하는 건 아니었지?" 그가 말했다.

먼로가 창문으로 다시 시선을 돌렸다. "어쩌면 그럴지도 모르지." 그녀가 말했다. "알아내는 건 당신한테 맡길게."

호텔에 도착하자 두 사람은 친밀한 사이에서 기능적인 사업적 파트너로 변했다. 세 번째 '안식처'에 침투하기 전에 준비를 해야 했다.

컴퓨터 앞을 비운 6시간 동안 영상과 녹음 데이터가 잔뜩 쌓였기 때문에, 브래드퍼드가 침대에 앉아서 장비를 제자리에 놓고 작은 부품들로 오늘 밤에 설치할 장비를 조립하는 동안 먼로는 데이터를 보고 들으면서 해나의 흔적을 찾았다.

브래드퍼드는 할 일을 끝내고 장비를 늘어놓은 다음 침대에 몸을 쭉 펴고 눕더니 전투에서 단련되어 틈날 때마다 휴식을 취하는 법을 배운 전형적인 군인답게 순식간에 잠들었다.

먼로는 한 번도 쉬지 않고 데이터를 전부 다 살펴봤다. 몇 시간 동안 책상 앞에 앉아 있었는지 전혀 몰랐지만 근육이 뭉치고 방이 조용해진 것을 보아 오래됐다고 짐작만 할 뿐이었다.

컴퓨터에 아주 많은 정보가 쌓였지만 그녀가 침투한 '안식처' 두 곳 중 한 군데에서 해나가 살고 있다는 증거는 없었다. 실망한 먼로는 화가 치밀어서 자리에서 일어나며 헤드셋을 집어 던졌다. 컴퓨터가 덜컹거리자 브래드퍼드가 양손을 머리 뒤로 깍지 끼고 누워 눈을 감은 채로 말했다.

"아무것도 없어?"

"방금 첫 번째 '안식처'에 사는 애들은 전부 다 확인했어." 먼로가 말했다. "해나가 밖에 나가도 좋다는 허락을 못 받았든지 아파서 누워 있는 게 아니면 거기 없는 거야. 목장 '안식처' 도청 내역에도 아무것도 없어. 하지만 납치에 대해 대놓고 이야기하지는 않을 테니 추측일 뿐이지."

브래드퍼드가 침대에 다리를 꼬고 앉았다. "세 번째 '안식처'가 있잖아." 그가 말했다.

먼로가 고개를 끄덕였다. "오늘 밤에 어떤 데이터가 들어올지 보자. 내 감으로는 해나가 부에노스아이레스에 있다면 목장에 있을 것 같은데."

그가 더 자세히 말해보라는 듯이 눈살을 찌푸렸다.

"더 크잖아." 먼로가 말했다. "사람도 더 많고. 첫 번째 '안식처'에서는 아홉 살, 열 살 넘는 애를 한 번도 못 봤어. 그 나이 정도 되는 아이들을 한곳에 모아둔다면 목장일 거야."

브래드퍼드가 말했다. "거기 다시 들어갈 거야?"

"물론이지." 먼로가 말했다. "카메라를 설치하고 싶어. 게다가 또 오라고 공개적으로 초대받았잖아. 개 떼한테 엉덩이를 물리는 것보다야 그게 낫지."

먼로가 말을 멈추고 책상 앞으로 돌아가서 다시 말했다. "난 이 일에 필요한 시간을 전부 투자할 생각이지만 유령을 쫓으면서 시간을 낭비하고 싶지는 않아. 지금 해나가 부에노스아이레스에 있다는 근거는 채리티 동생의 말밖에 없잖아. 로건이랑 친구들을 기분 나쁘게 하려는 건 아니지만, 그 말을 정말 믿는 것 같아. 해나를 빼낼 계획을 세우기 전에 우선 그 애가 여기 있다는 확신이 필요해.”

“당신이 목장에 다시 들어가는 게 별로 마음에 들지 않아.” 브래드퍼드가 말했다.

먼로가 돌아서서 브래드퍼드의 침대로 다가가더니 사악한 미소를 지으며 침대에 무릎을 꿇고 그를 향해 천천히 기어가는 시늉을 했다. 그녀는 계속 다가가서 브래드퍼드의 얼굴을 마주 보더니 손을 뻗어 그의 뺨을 톡톡 두드렸다. 때리는 것이라기에는 부드러웠지만 신경이 거슬려 몸을 움츠릴 정도로는 셌다.

“난 어른이야.” 먼로가 말했다. “나 하나쯤은 돌볼 수 있어.”

“그냥 알아두라고.” 브래드퍼드가 말했다. “당신이 위협을 받거나 육체적이든 아니든 위험에 처했다는 생각이 들면 당신 일이고 여자애고 상관없이 내가 직접 들어갈 거야. 필요하다면 무력을 쓸 준비도 돼 있어.”

먼로는 미소를 띤 채 침대에서 물러났다. “그래 당신은 내 후위내니까.” 그녀는 이렇게 말하고 몸을 일으켜 그에게서 시선을 떼지 않은 채 그날 밤 작업복인 검정색 네오프렌을 잡아당겼다.

먼로는 자정이 조금 넘어 호텔 방을 나섰다. 브래드퍼드는 전날 밤에 그랬던 것처럼 떠나는 그녀를 지켜보았고 문이 닫힌 뒤에도 계속 그쪽을 바라보았다.

위성사진 상으로는 '안식처' 세 군데 중에서 그들이 세 번째로 지목한 집이 제일 작았다. 이미 '안식처' 두 군데에 침투한 먼로는 예행연습으로 시간을 낭비할 필요가 없다고 생각했다.

브래드퍼드는 발코니 문을 열고 밖으로 나간 다음 혹시 먼로가 돌아봐도 눈에 띄지 않도록 모서리에 붙어 서서 그녀가 택시에 오르는 모습을 지켜보았다. 본능은 예행연습을 생략하는 게 옳다고, 두 사람의 역할이 바뀌었다면 자신도 그렇게 했을 것이라고 말했다. 하지만 자신이 하는 게 아니면 사정이 달라졌다. 브래드퍼드는 원래 지휘하는 것에 익숙했고 선두에 서서 뒤따르는 부하들이 갈 길을 만들어주었다. 한쪽으로 비켜서서 기다리자니 불안하고 초조했다.

하지만 적어도 세 번째 '안식처'는 여기서 가까웠기 때문에 비상 사태가 일어나면 먼로를 데리러 갈 수 있었다.

택시가 출발하자 브래드퍼드는 장비들이 복잡하게 얽혀 있는 책상으로 돌아갔다. 그는 먼로가 가져간 추적 장치 중 하나를 작동시켰다. 화면으로 진행 상황을 지켜보는 것은 현장에 있는 것에 한참 못 미쳤지만 현재로서는 자동차들 사이를 누비며 이동하는 그녀를 전자 장비를 이용해서 지켜보는 것이 최선이었다. 먼로는 판단이 빨랐으므로 그가 왜, 어떤 행동을 할지 짐작할 것이고, 아마 잔소리하는 척할 것이다.

추적 장치가 켜졌다. 브래드퍼드는 좌표에 나타난 신호를 쫓으면서 휴대전화를 들었다. 먼로가 목적지에 도착할 때까지는 몇 분밖에 안 남았지만 그는 통화를 할 수 있는 지금 얼른 전화해야 했다.

브래드퍼드가 로건과 연락한 지 사흘이 지났다. 도청기를 심어놨기 때문에 로건이 호스텔로 돌아왔다는 것을 알았지만 그게 없었다 해도 브래드퍼드는 로건이 저녁 시간을 어떻게 보낼지 쉽게 상상할 수 있었다. 꼼짝 않고 앉아서 전화가 오기를 바라며 초조하게 기다리겠지. 브래드퍼드가 로건이었다면 아마 기다리다가 미쳐버렸을 것이다. 그는 지시가 있든 없든 충동적으로 행동을 개시했을 것이다. 브래드퍼드는 로건처럼 저렇게 한발 물러서서 기다리는 것이 얼마나 답답한지 겪어봐서 알았다. 그렇지만 로건이 고통스러워하고 있다고 생각하자 복수의 달콤함이 느껴졌다.

먼로는 독립적인 사람이므로 자신이 원하지 않았다면 이 일을 맡지 않았겠지만 그건 중요하지 않았다. 자기가 어디로 들어가는 건지 뻔히 알면서 이 일을 맡았다는 사실도 중요하지 않았다. 일이 가져다주는 도전의 전율과 강렬한 집중이야말로 먼로가 제정신을 가지고 살아 있게 만든다는 사실은 더더욱 중요하지 않았다. 그 어떤 사실도 로건이 먼로와 함께한 과거와 우정, 브래드퍼드와 그녀의 인연을 이용해서 두 사람을 이 일에 끌어들였다는 사실을 지우지 못했다.

로건을 빼놓고 일이 진행되는 동안 그는 아무것도 모른 채 좌절 속에서 허우적거리는 것은 정당한 복수 같았다.

브래드퍼드는 다이얼을 돌렸다.

호스텔에는 전화선이 하나밖에 없었기 때문에 로건이 전화를 받으러 오는 동안 기다려야 했다. 로건이 마침내 전화기를 집어 들었고 브래드퍼드의 목소리를 알아듣는 순간 그의 목소리에 안도감이 흘렀다.

"시간이 별로 없지만 마이클이 당신한테 상황을 알려주라더군요." 브래드퍼드는 잠시 말을 멈추었지만 로건이 침묵을 지켰기 때문에 다시 말을 이었다.

"지금까지 마이클은 '안식처' 두 곳과 세 번째로 추정되는 곳을 찾아냈습니다. 한 곳에는 카메라를, 다른 곳에는 도청 장치를 설치했고, 차량 네 대에 추적 장치를 달았어요."

"해나의 흔적이 있던가요?" 로건이 물었다. 차분한 말투였지만 두 손 놓고 앉아서 기다리는 스트레스가 목소리에 묻어났다.

"아직 없어요." 브래드퍼드가 말했다. "하지만 당신 딸이 부에노스아이레스에 있다면 마이클이 찾아낼 겁니다." 로건이 먼로에게 도움을 청한 것은 그녀의 능력을 잘 알았기 때문이었으니 이 말은 불필요할 뿐만 아니라 생색을 내는 말 같았다.

긴 침묵이 흐른 뒤 로건이 말했다. "그 밖에 다른 건요?"

브래드퍼드는 망설였다.

로건이 묻고 있다. 로건. 먼로가 목숨을 걸고 믿는 남자. 하지만 자칫

하면 이 일을 망칠 수도 있었기 때문에 자세한 내용을 알려줄 수 없었다.

"없습니다." 브래드퍼드가 말했다. "지금까지 우리가 얻은 건 그게 전부예요. 진행 상황을 계속 알려드리죠. 그동안 눈에 안 띄게 잘 숨어 있어요, 알겠죠?"

"그게 점점 어려워지고 있어요." 로건이 말했다. "내가 그렇다는 게 아니에요. 물론 직접 움직이지 않는 게 정말 얼마나 괴로운지는 말할 수도 없지만요. 다른 친구들이 직접 나서려는 걸 점점 막기 힘들어지고 있다는 말이에요. 특히 기디언은 이렇게 멀리까지 빌어먹을 휴가를 즐기러 온 게 아니라고 욕을 하면서 계속 뭔가를 하려고 들어요. 나는 기디언의 윗사람이 아니에요, 마일스. 이래라저래라 할 수가 없어요. 내가 가진 패는 채리티가 나를 완전히 믿고 있고 기디언은 채리티가 원하는 대로 한다는 것밖에 없죠. 친구들이 얼마나 더 오랫동안 불만 없이 약속만 믿고 기다릴지 알 수가 없어요."

"마이클한테 얘기해서 생각을 들어보죠. 하지만 로건, 이런 일에서는 원래 필요한 행동을 재빨리 한 다음 오랫동안 기다려야 합니다. 기디언과 당신이야말로 이게 어떤 일인지 누구보다도 잘 알잖아요. 그러니 정신 바짝 차려요. 다음에 또 기회를 봐서 연락하죠."

브래드퍼드는 수화기를 내려놓고 추적 장치를 쫓으면서 의자 뒷다리에 의지하며 뒤로 기댔다. 이번 일은 무척 개인적이었기 때문에 그는 먼로와 로건 사이에 일종의 벽이 생기기를 바랐고, 직접 벽을 세우는 것도 마다하지 않았다. 브래드퍼드가 마음에 들지 않는 점은 무력하게 호텔방에 가만히 앉아서 그녀의 귀에 속삭이는 목소리 역할만 한다는 것이었다.

브래드퍼드는 귀밑에서 뺨까지 이어지는 흉터를 엄지손가락으로 더듬었다. 오래된 상처였지만 분홍빛이 바래서 은색으로 변하려면 오랜 시간이 걸릴 것이다. 그러니 말하지도 보이지도 않는 상처가 나으려면 더욱 오래 걸릴 것이다. 브래드퍼드는 전투에서 좋은 사람을 잃었고 제일 친한 친구의 눈을 앗아간 바로 그 폭발물의 유산탄은 그를 가까스로 비켜갔다. 브래드퍼드가 운이 좋았다고 말하는 사람들도 있었다. 하지만 그들이 전쟁과 죽음에 대해서 뭘 아는가?

추적 장치가 목적지에 도착했다. 먼로는 자원이 바닥나고 있었다. 전장에서 살아 돌아올 줄 아는 사람이 있다면 바로 먼로였다. 하지만 먼로가 아무리 뛰어나다 해도 아무것도 없이 일을 할 수는 없었다. 날카로움을 잃으면 실수가 생기는 법이다. 가장 뛰어난 사람도 시간과 기회가 부족하면 목숨을 잃을 수 있기 때문에 먼로가 자신을 몰아붙이는 모습을 보면 불안했다.

먼로의 목소리가 들리자 브래드퍼드는 생각을 멈추었다. 정적이 사라지고 움직임이 시작되더니 곧 영상이 보였다. 지난번 침입 때처럼 그림자가 먼로의 친구였고 그녀는 그림자 속에서 자기 집이라도 되는 것처럼 편안하게 작업했다. 먼로는 능률적으로 거침없이 움직였다. 그녀가 제일 처음에 설치한 카메라 덕분에 브래드퍼드는 먼로의 능숙한 일솜씨를 제대로 관찰할 수 있었다. 그는 먼로에게 어둠을 헤치고 나아가는 길을 알려주면서, 그녀를 믿으면서, 운명의 엉뚱한 장난을 두려워하면서 그녀와 함께 이 일을 하고 있었다.

실수도 재앙도 일어나지 않았고 장비를 조립해서 설치하기까지 몇 분밖에 걸리지 않았다. 브래드퍼드는 라울에게 전화를 걸어 먼로를 데리러 가라고 지시한 다음 늦어도 15분 후면 그녀가 돌아올 것이라고 계산하고서 귀에 꽂고 있던 수신기 전원을 끄고 책상 위에 던졌다.

오늘 밤 먼로는 잠을 자야 한다. 약을 먹는 한이 있더라도. 그녀는 내일이면 '안식처'에 다시 들어가야 했고 브래드퍼드가 항변했지만 혼자 가겠다고 했다.

30분이 지났지만 먼로는 돌아오지 않았다. 브래드퍼드는 초조하게 서성이기 시작했다. 40분이 지나자 그는 벽에 이마를 대고 있었다. 벽을 한 대 치고 싶었지만 손이나 벽에 눈에 띄는 상처가 남으면 안 되므로 꾹 참았다. 50분 후 수신기로 먼로에게 연락을 취했지만 닿지 않아서 비상 휴대전화로 전화를 걸었지만 곧장 음성 사서함으로 넘어갔다.

브래드퍼드는 초조하게 서성였고 생각은 이성을 잃고 뚝뚝 끊겼다. 시간과 기회. 그는 먼로를 따라가지 않은 자신을 저주했다.

그때 휴대전화가 울리자 브래드퍼드가 달려들었다.

수화기 저편에서 라울이 말했다. "선생님, 여자 분이 안 오는데요."

브래드퍼드의 머릿속에서 두려움이 시간과 기회, 시간과 기회라고 계속 노래를 불렀다.

그는 좌절감을 느끼며 컴퓨터 앞에 앉아서 어디로 가야 할지 생각하려고 애썼다. 추적 장치는 아까 먼로가 '안식처'의 자동차에 붙였기 때문에 그것으로 그녀의 위치를 추적할 수는 없었다. 지금 당장 브래드퍼드가 할 수 있는 최선은 계속 전화를 거는 것뿐이었다. 그는 책상 옆에 앉아서 주먹으로 벽을 쳤다. 손에서 피가 났지만 그는 가만히 앉아서 먼로가 휴대전화를 켜기만을 바랐다.

먼로는 아무도 눈에 띄지 않을 때까지 기다렸다가 건물 벽에서 떨어져 인도 위 그림자 속으로 들어갔다. 온 길을 되짚어 경계 지역 뒤쪽으로 향했다. 거기서 좁은 샛길을 지나 넓은 길로 나가면 라울이 올 것이다.

이 주택지는 팔레르모에서 가장 활기찬 지역과 가까웠다. 늦은 밤 깨끗하고 작은 거리는 집 안에서 흘러나오는 숨죽인 웃음소리와 음악 소리, 아사도*와 담배 냄새로 얼룩져 있었다.

먼로는 일이 착착 진행되고 있으며 해나를 되찾는 것에 한 걸음 더 가까워졌다는 만족감을 느끼면서 밤공기를 들이마셨다. 라울과 만나기로 약속한 장소로 침착하게 걸어가면서 걱정 많은 브래드퍼드에 대해 생각하고 있는데 갈라진 샛길에서 어떤 움직임이 그녀의 시선을 끌었다.

먼로의 시선을 끈 것은 인도에서 흔히 보이지 않는 낯선 장면이었다. 길가에 벤츠가 한 대 세워져 있었는데 시동이 걸려 있고 문 두 개가 열려 있었다. 차 옆에는 남자 두 명이 서 있었는데 상대적 위치로 보아 한 사람은 차 주인이었고 한 사람은 오른쪽에 있는 집의 주인이었다. 두 남자 사이에 아홉 살이나 열 살쯤 되는 아이가 멀뚱히 서 있었다.

집주인이 아이를 끌어당겨 입고 있던 옷을 찢고 살펴보더니 만족스럽다는 듯 차 옆에 서 있는 남자에게 현금 뭉치를 건넸다.

먼로는 걸음을 멈췄다.

자동차 옆에 서 있던 남자가 뒷문을 닫았다.

머릿속에서 로건과 해나에 대한 의무감이 다른 길로 새면 안 된다고 소리치며 저항했지만 먼로는 그림자 속에 숨은 채 발걸음을 돌려 남자

---

* 아르헨티나식 불고기 요리.

들을 향해 다가갔다.

뉴욕의 그날 밤처럼, 살인을 저질렀던 수많은 밤들처럼, 먼로는 다시 악의 소굴로 이끌려가고 있었지만 전혀 놀랍지 않았다. 마음속에서 분노가 타오르며 몰아치고 순수함을 해치는 자들에 대한 억누를 수 없는 화가 끓어오르면서 피가 솟구치는 소리가 점점 커져서 웃음소리와 음악 소리를 삼켜버렸다.

마음속에서 북소리가 울리면서 살인 명령을 내렸다. 피를 보고 정의가 실현되어야만 사그라질 열정이었다.

시간이 점점 느려졌다. 상황이 조각조각 파악되고 머릿속에서 살아 있는 체스판처럼 한수 한수 전략이 떠올랐다. 남자들은 무장을 하고 있겠지만 먼로는 그들의 무기가 두렵지 않았다. 죽음에 대한 두려움도, 고통에 대한 두려움도 없었다. 이 순간 유일한 공포는 실패하는 것, 살아갈 가치가 없는 저 두 사람 중에서 한 사람의 목숨이라도 부심코 허락하는 것이었다.

속도.

남자를 둘 다 처치하려면 빨라야 했다. 두 사람이 점점 멀어져서 안전하게 모습을 감추기 전에, 순수한 아이가 잠긴 문 뒤로 영영 사라지기 전에 끝내야 했다.

먼로는 어둠 속에서 인도 위의 그림자처럼 움직여서 먼저 차 옆에 선 남자에게 다가갔다. 거래를 끝낸 남자는 운전석으로 걸어갔다. 그가 자동차에 한 발을 올리는 순간 먼로가 그를 공격했다. 남자가 자리에 앉으려고 몸을 숙이자 먼로가 두 손으로 그의 머리를 잡았다.

그런 다음 맹렬하게, 인정사정없이 비틀었다. 남자의 목에서 뚝 소리가 나자 중압감이 사라지고 척추가 터지는 듯한 만족감이 느껴졌다. 남자는 순식간에 쓰러졌다. 먼로는 남자와 함께 좌석으로 몸을 숙인 다음 본능에 따라 무기가 있는 곳을 발견했다. 그런 다음 오늘 밤의 작업을 위해 장갑을 끼고 있던 손으로 총을 꺼내 안전장치를 확인하고 뒤춤에 감췄다. 먼로는 자동차 문 뒤에서 나와 계속 움직였다.

두 번째 남자는 차를 등진 채 현관문 아래 계단을 향해 걸어가고 있었다. 남자의 손이 아이의 어깨를 단단히 잡고서 억지로 밀거나 끌었고, 아이는 신발도 신지 않고 거의 벌거벗은 채 추위 속에서 몸부림쳤다.

먼로는 남자가 문을 열 때까지 기다렸다가 뒤에서 습격했다. 남자는 아무 소리도 못 들었지만 아이는 뭔가를 듣고 고개를 아주 살짝 돌려 그녀의 눈을 멍하니 바라보았다.

그러자 남자가 걸음을 멈추고 아이를 따라 시선을 돌렸다. 하지만 그가 반응을 하기도 전에 먼로가 양손으로 그의 머리를 꽉 잡았다. 그녀는 다시 한 번 맹렬하게, 인정사정없이 비틀었고, 뚝 소리가 나자 환희가 밀려오고 혈관에서 짜릿함이 치솟았다.

먼로는 남자를 바닥에 떨어뜨리고 터질 듯이 밀려오는 환희를 느꼈지만 아직 해야 할 일이 있었기에 잠시 미뤄두었다.

아이는 얼어붙은 듯이 서 있었다. 얼굴은 얻어맞아서 부풀어 오르고 오래된 눈물 자국과 때로 얼룩져 있었다. 아이는 눈을 크게 뜨고 입술을 벌린 채 고개를 살짝 움직여 먼로를 본 다음 남자를 보고 다시 먼로를 보았다. 그 작은 머릿속에서 비명을 질러야 할지, 달아나야 할지, 뒤틀린 운명의 새로운 국면에 굴복해야 할지 결정을 내리지 못하는 것 같았다.

먼로는 남자의 몸을 더듬어 무기를 찾아서 빼앗았다.

아이가 움직이기 시작했다. 조심스러운 뒷걸음질이었다.

먼로는 무릎을 꿇고 더는 뒷걸음질을 치지 못하도록 아이의 손을 부드럽게 잡았다. "난 널 도우러 왔어." 그녀가 말했다. "이 나쁜 아저씨는 아주 오랫동안 잠을 잘 거야, 그러니까 걱정하지 마. 춥니?"

아이가 여전히 눈을 크게 뜨고 입술을 떨면서 먼로의 손아귀에서 손을 빼내려고 살짝 애쓰며 고개를 끄덕였다.

"배고파?"

아이가 고개를 끄덕이고 빼려던 손을 멈추었다.

"따뜻하고 안전하고 뭘 좀 먹을 수 있는 데로 데려다 줄게, 알았지?"

아이는 긴장을 풀고 고개를 끄덕였다.

먼로가 몸을 숙여 두 손으로 소녀의 얼굴을 감싼 다음 이마에 입을 맞추었다. "괜찮아질 거야." 그녀가 속삭였다. "약속할게. 하지만 일을 바로 잡으려면 아주, 아주 조용히 해야 돼. 날 위해서 그렇게 해줄 수 있지?"

다시 한 번 끄덕.

먼로는 조용히 하라는 뜻으로 검지를 입술에 댄 다음 아이가 자기 말을 알아들었음을 확인하고 자리에서 일어났다. 그녀는 총을 꺼내 들고 잠금장치가 해제된 문을 열었다.

먼로는 문틈으로 조용한 집 안을 들여다본 다음 문을 살짝 밀고 안으로 들어갔다.

집 안 풍경은 보통 예상하는 이 동네 집들의 것과 정반대였다. 현관 홀과 바로 붙어 있는 앞방 두 개는 텅 비어 있었다. 가구도, 미술품도 없고 엿보는 시선을 피하기 위해 창문을 가린 커튼밖에 없었다. 천장에 느슨하게 매달린 어두운 전구가 역겨운 노란빛으로 복도를 비췄다.

먼로는 아이에게 들어오라고 손짓하고 다시 입술에 손가락을 댄 다음 제일 눈에 띄지 않는 타일 깔린 구석을 가리켰다.

먼로가 속삭였다. "저기 가 있어, 알았지? 안전한지만 확인하고 바로 데리러 올게." 소녀에게는 그렇게 설명했지만 그녀가 집 안으로 들어온 이유는 따로 있었다. 돈을 주고 아이를 사는 오늘 밤의 거래가 일회성일 가능성도 있었지만 먼로는 그렇지 않으리라 생각했다. 한번 시작한 일은 끝내야 한다. 다른 애들은 없는지 확인해야 한다.

아이는 먼로의 말에 고개를 끄덕였다. 그런 다음 이해할 수 없게도 미소를 지었다. 순수함과 믿음을 환히 빛내는 아름다운 미소는 눈물 자국과 땟자국, 초라하고 찢어진 목욕 가운과 생각지도 못한 대조를 이루었다.

먼로는 분노와 피를 잠시 잊었다. 목이 조여들고 눈물이 치솟아 억지로 참았지만 아이가 준 선물 때문에 눈물이 다시 흘러내리려 했다.

먼로는 집 안으로 들어갔다. 그녀는 현관을 통과해서 타일이 깔린 방들이 늘어선 복도를 지나 그 뒤에 숨어 있는 누군가를, 혹은 무언가를 향해 걸어갔다.

부엌에는 식탁과 의자들이 있었고 한 침실에는 매트리스 두 개가 양쪽 벽에 붙어 있었지만 그것만 빼면 침실이 네 개인 집은 텅 비어 있었다. 먼로는 치솟아 오르는 초조함을 느끼면서 집 안을 한 번 더 둘러보았다. 기이할 정도로 텅 빈 이 집에서, 완벽한 침묵 속에서, 그녀는 중요한 단서를 놓치고 있는 것이 분명했다.

먼로는 복도로 나왔다가 등 뒤에서 진동을 느끼고 걸음을 멈추었다. 벽에 손바닥을 대자 반복적으로 쿵쿵거리는 소리가 분명히 느껴졌다. 그녀는 이게 무슨 뜻인지 깨닫고 복도 끝으로 돌아가서 무릎을 꿇고 기다렸다.

30초 후 묵직한 경첩이 움직이면서 문이 열리는 소리가 들리고 벽 일부가 안쪽으로 사라지더니 방금 전까지만 해도 없었던 문틀이 생겨났다. 안에서 어떤 남자가 낮게 고함치는 목소리가 들렸는데, 아마도 사라진 파트너를 부르는 것 같았다.

먼로는 가까이 다가가서 꼼짝도 않고 기다렸다. 쿵쿵거리는 소리가 계속되더니 소리를 치던 남자가 마지막 두 계단을 올라왔다.

남자가 문 밖으로 나왔다. 커다란 남자였는데 키가 큰 게 아니라 뚱뚱했다. 그가 복도까지 나올 기회가 있었다면 아마 허리둘레가 복도의 반을 채웠을 것이다. 남자는 계단을 아주 힘겹게 올라온 것 같았다.

먼로는 총을 겨누었다. 방아쇠를 당겼다. 빠른 연타로 세 발이었다. 총성이 복도를 찢었다. 귀가 멀 것처럼 시끄러운 소리 때문에 남자의 비명과 쿵 떨어지는 소리는 들리지 않았다.

먼로는 쓰러진 남자에게 성큼성큼 다가갔다. 남자는 열심히 기어가면서 몸을 뒤집으려고, 어깨에 아직 메고 있지만 등 밑에 깔린 반자동 총을 잡으려고 애썼다. 총을 맞고 고꾸라지면서 다리가 부러지거나 무릎 관절이 뒤틀린 것 같았다. 옆구리에서 피가 흐르고 있었다. 짙고 강렬한 색이 임박한 죽음을 알려주었다.

남자의 목에 걸린 체인에는 열쇠가 세 개 달려 있었다. 그의 왼쪽 팔은 벽에 생겨난 문 쪽으로 뻗어 있었고 그 아래 좁은 계단은 형광등이 밝혀진 지하실로 이어졌다.

먼로는 장화 신은 발로 그의 총을 꽉 밟았다. 남자가 몸부림을 멈추고 그녀를 멍하니 보았다. 그런 다음 자기 나라 말로 아주 힘들게 속삭였다. "당신 누구야?" 오래전에 맡았던 일 덕분에 익숙한 그 언어로 먼로가 속삭였다. "구원."

다른 사람이 있을지도 몰랐으므로 발소리가 들리거나 움직임이 보이지 않는지 살폈지만 아무 반응이 없었다. 먼로는 남자의 이마에 총구를 대고 방아쇠를 당겼다. 그런 다음 목에서 체인을 잡아채서 지하실로 내려갔다.

지하실에는 좁은 복도와 작은 감방이 세 개 있었다. 콘크리트 바닥은 최근에 물로 씻어낸 것처럼 축축했고 표백제 냄새가 뭔가 썩는 냄새를 억누르고 있었다.

먼로는 열쇠를 찾아서 제일 안쪽 방부터 차례대로 열었다. 마침내 철문이 모두 열렸다. 여러 명을 가둬두려고 만든 것이 분명했지만 먼로가 발견한 것은 단 한 명이었다.

여자아이는 구석에 웅크리고 있었다. 물에 젖어서 아직 축축하고 더러운 옷에 감싸여 두려움에 떨고 있었다. 천장이 낮았기 때문에 먼로는 몸을 굽히고 들어가 게처럼 기어서 다가갔다. "널 해치지 않을 거야. 풀어주려고 왔어. 다쳤니? 일어설 수 있겠어?"

아이는 몸을 둥글게 만 채 아무 말 없이 가만히 있었다. 가까이 다가가 보니 열한 살이나 열두 살쯤 돼 보였다. 먼로가 손을 뻗자 아이가 소리를 질렀다. 무력한 간청, 비명, 동그랗게 몸을 말고 덜덜 떨면서 혼자 남겨진 공포를 드러내는 소리였다.

먼로는 몸을 숙이고 위협적으로 느껴지지 않을 만큼 멀리 떨어져서 가만히 있었다. "여기 널 가둔 남자들이 몇 명이야?" 그녀가 물었다.

여자아이가 움직이지도 않고 시선을 들지도 않은 채 속삭였다. "두 명."

"뚱뚱한 남자랑 작은 남자?"

아이가 고개를 끄덕였다.

"그 사람들은 이제 널 해치지 못해." 먼로가 말했다. "가자, 가서 보자. 둘 다 죽었어."

먼로가 손을 뻗었지만 아이는 꼼짝도 하지 않았고 손을 잡지도 않았다. 그녀가 가까이, 아이에게 닿을 정도까지만 조심스럽게 다가갔다. 아이는 움찔했지만 비명을 지르지는 않았다. 먼로는 최대한 부드럽게 아이를 일으켜 세우고 데리고 나와서 계단을 올라갔다. 두 사람은 피를 흘리며 죽어가고 있는 시체 앞에 섰다. 예상과 달리 아이는 시체를 보자 침착함을 되찾았고 몸의 떨림도 멈추었다. 하지만 이 시체가 먼로에게는 영원토록 악몽이 될 것이다.

첫 번째 소녀는 먼로가 데려다 둔 곳에 그대로 있었다. 먼로는 두 소녀를 부엌으로 데려갔다. "먹을 것 좀 먹어. 난 할 일이 있어. 최대한 빨리 돌아올게."

먼로는 시계를 확인했다. 세 시간은 지난 것 같았지만 10분도 채 되지 않았다. 바깥에는 맨 처음 죽인 남자가 머리를 축 늘어뜨린 채 엔진이 헛도는 자동차 바퀴 뒤에 앉아 있었다. 음악 소리와 웃음소리는 여전히 겨울 공기를 물들이고 있었다. 삶은 죽은 사람들을 알아차리지도 못하고 계속 흘러갔다.

먼로는 자동차에 손을 넣어 시동을 끄고 열쇠를 꺼낸 다음 남자의 주머니를 뒤져서 아이를 팔고 받은 돈을 꺼냈다. 그런 다음 남자를 계단으로 끌고 와서 두 번째 남자와 서로 기댄 자세로 놓자 술에 취해서 수군수군 대화를 나누고 있는 것처럼 보였다.

먼로는 집 안으로 다시 들어갔다. 매트리스가 있는 침실에 돈이 숨겨져 있으리라 짐작하고 뒤졌더니 느슨한 타일 아래 작은 상자에서 돈이 나왔다. 그녀는 아이들을 데리러 부엌으로 돌아갔다. 아이들은 두 남자가 먹으려고 놔둔 것이 틀림없는 음식을 실컷 먹고 난 후였다.

조심스럽게 질문을 던져 아이들에 대해서 알아냈다. 나이가 좀더 많은 아이는 저 멀리 볼리비아 북부에서 가족들과 살다가 팔려왔고 어린 아이는 최근 부모를 잃고 삼촌 손에 팔려왔다.

먼로는 밖으로 나와서 차 뒷문을 열고 아이들을 태웠다. 그런 다음 운전대를 잡고 시동을 켠 후 기어를 넣었다.

분노가 여전히 불타오르고 아드레날린이 치솟았지만 살인 충동은 잠잠해졌다. 먼로는 내비게이션을 조작해서 제일 가까운 수녀원을 찾아 그곳을 향해 달렸다. 그녀는 이 아이들을 남자들이 절대 접근할 수 없는 곳으로 보낼 것이고, 아이들을 사고판 돈은 그들을 구하는 데 쓰일 것이다.

2시간 뒤 먼로는 호텔로 돌아왔다. 책상 앞에 앉아서 허공을 바라보고 있던 브래드퍼드는 먼로가 문을 열자 벌떡 일어나다가 의자를 넘어뜨릴 뻔했다.

그는 방 끝에 서서 아무 말도 하지 않았다. 얼굴에 떠오른 공포가 분노로 바뀌더니 안도감이 떠올랐다.

먼로가 안으로 들어와 문을 닫았다.

"어디 갔다 왔어?" 브래드퍼드가 말했다.

"좀 늦어졌어." 그녀가 말했다.

"그 빌어먹을 휴대전화 좀 켜두면 참 좋았을 텐데 말이야."

먼로는 아랫입술을 깨물었다. 그리고 기다렸다. "시비 걸지 마, 마일스. 지금은 정말 안 좋아."

"라울이 전화해서 당신이 안 나타났다고 했을 때 내 머릿속에 어떤 생각들이 떠올랐는지 알기나 해? 내가 지난 몇 시간 동안 어떤 지옥을 겪었는지 당신이 알아?"

"당신은 내가 지난 몇 시간 동안 무엇을 겪었는지 알아?" 먼로가 말했다.

"당연히 모르지!" 브래드퍼드가 말했다. "당신이 그 빌어먹을 전화를 안 받았으니까!"

먼로는 양손을 늘어뜨린 채 문간에 가만히 서 있었다. 아드레날린이 가라앉고 수면 부족으로 인한 피곤이 밀려오면서 차를 몰고 멀어지는 그녀를 내다보던 두 소녀의 홀린 듯한 얼굴이 떠올랐다. 브래드퍼드와의 맹렬한 말싸움이 강력한 약처럼 효과를 발휘하며 부글부글 끓어오르더니 평소의 먼로라면 절대 흘리지 않는 감정이 가득 실린 눈물이 새어나오기 시작했다.

브래드퍼드는 아까부터 서성이면서 점점 목소리를 높여 설교를 늘어놓았지만 먼로가 눈물을 흘리는 모습을 보고 딱 멈췄다. 그는 영문을 몰라 당황하면서 그 자리에 가만히 서 있어야 할지 다가와서 위로해주어야 할지 결정을 내리지 못하는 것 같았다.

"세상에, 마이클." 그가 속삭였다. "도대체 무슨 일이 있었던 거야?"

"나중에 다 말해줄게." 먼로가 갈라지는 목소리로 말했다. "약속해."

브래드퍼드가 다가오자 먼로는 그에게 기댔다. 그는 먼로의 눈물이 멈출 때까지 그녀를 안아주었다.

"당신은 좀 자야 돼." 브래드퍼드가 말했다.

먼로가 한숨을 쉬었다.

"너무 오래됐어." 그가 말했다. "지쳐서 나가떨어질 때까지 그렇게 당신 자신을 몰아붙여서는 아무도 돕지 못해. 로건을, 해나를 말이야. 당신 자신도 마찬가지고, 나한테도 분명히 도움은 안 되지." 그가 자기 머리를 가리키며 말했다. "여기도 흰머리, 여기도 흰머리잖아. 당신을 만난 후부터 매일 흰머리가 하나씩 늘고 있다고."

브래드퍼드의 농담에 분위기가 누그러졌다. 먼로가 고개를 살짝 들고 그의 눈을 마주 보았다. "악몽을 꾸면 약을 먹을 거야." 그녀가 말했다.

브래드퍼드는 고개를 끄덕인 다음 먼로와 뺨을 마주 대고서 자기가 생각하는 것만큼 자기 얼굴이 우울해 보일까 생각하면서 말했다. "필요하면 먹어."

먼로는 새벽 5시가 넘어서 자리에 누웠고 예상했던 것처럼 몇 초 만에 잠들었다. 이렇게 지쳤으니 자신이 허락하기만 하면 육체가 기능을 멈추는 것은 당연해 보였다. 하지만 브래드퍼드는 피로의 문제가 아니라는 것을 그녀만큼이나 잘 알았다. 악몽은 다시 찾아올 것이다. 다만 언제일지가 문제였다.

브래드퍼드는 먼로에게 이번 일을 맡으라고 권하면서 일을 하면 중압감이 줄어들기를, 다시 바빠지면 마음속 소용돌이가 가라앉고 그녀의 세계가 제자리로 돌아가기를 바랐다. 그렇게 될 가능성이 아직 남아 있긴 했지만 오늘 밤은 분명히 그렇지 않았다. 그는 자기 침대에 앉아서 무릎 위에 공책을 올려놓고 뭔가를 빠르게 휘갈겨 쓰다가 이따금 고개를 들었다. 짧은 밤이 될 것이다. 운이 좋으면 먼로는 잠을 방해받기 전에 몇 시간 푹 잘 수 있을 것이다.

어쨌든 먼로는 지금 자고 있다. 두 가지 문제 중 하나는 해결된 셈이다. 하지만 '안식처'에 다시 가는 것은 분명 더 어려운 문제였다.

브래드퍼드는 먼로의 행동 방식에 익숙했고, 그녀가 일할 때 어떻게 변하는지 최소한 한 번 이상 봤으며, 다른 사람을 속일 때 필요한 역할을 그녀가 얼마나 쉽게 해내는지 알았다. 하지만 일라이저나 에스테반과 대화를 나누면서 '선택받은 자녀들'의 생활 방식에 강한 흥미를 보이고 그들의 믿음에 호의까지 드러낸 것은 지나쳐 보였다.

그는 정말 걱정됐지만 먼로가 '선택받은 자녀들'을 받아들이는 척하는 것이 전부 연기는 아닐지도 모른다는 걱정을 입 밖에 낼 수는 없었다.

브래드퍼드는 다른 사람이 자기 아내나 아이에게서 성적 즐거움을 얻도록 허락하거나 가족을 버리고 다른 가족을 만들라고 명령하는 사람에게 복종할 수 없었다. 예수님과의 섹스라든지 죽은 사람과의 대화, 마법 같은 힘을 믿는 것이 말도 안 된다고 생각했다. 하지만 '선택받은 자녀들'의 수많은 신도가 분명히 보여주듯 예언자가 시키면 수천 명이 그의 말을 따랐다.

브래드퍼드는 자율성을 포기하는 것이 얼마나 솔깃하고 매력적인지 알았다. 권리를 포기한다는 것은 일종의 현실도피였다. 독립성에서 해방되어 예언자를 따르면 개인적 책임감에서 자유로워질 수 있었다.

그는 먼로를 생각하면서 그녀가 얼마나 힘든 싸움을 하고 있는지 절감했다.

정적 속에서 시간이 흘렀다. 그는 긴장을 풀고 잠을 자는 먼로를 옆에 두고 졸린 분위기 속에서 글을 쓰다가 옆을 흘깃 보았다. 공허하고 깜빡이지도 않는 그녀의 눈과 시선이 마주쳤다.

온몸에 충격이 전해지고 심장이 힘차게 뛰었다. 그는 지난번에 먼로가 악몽을 꿀 때 어떻게 변하는지 지켜봐서 알았다. 그는 그녀의 얼굴에 떠오른 표정을 알아보고 앞으로 다가올 사태에 대비했다.

브래드퍼드는 꼼짝도 하지 않고 침실을 살피면서 자신을 공격할 무기가 될 만한 물건이 없는지 확인했다. 그의 시선이 먼로에게서 잠깐 떨어져 방을 둘러보고 다시 돌아오는 동안 펜을 쥔 손은 먼로의 경계심을 자극하지 않도록 아주 천천히 조금씩 베개로 다가가서 그 밑에 펜을 숨겼다.

위험한 야생동물을 우연히 마주친 사람과 같았다.

먼로가 의식이 있는 상태라면 그녀와 싸우는 것이 자살이나 다름없는 도박이겠지만 지금처럼 몽유병과 비슷한 상태일 때는 움직임이 느리고 직관력이 떨어졌기 때문에 브래드퍼드도 애를 쓰면 지난번처럼 그녀를 제압할 수 있었다. 먼로가 정말로 몽유병에 걸린 것은 아니었다. 적어도 임상학적 의미에서는 그렇지 않았다. 자면서 살인을 저지르는 사람들도 꿈을 꾸면서 그러는 것은 아니었다. 하지만 임상학적으로야 어떻든 이 일은 현재 일어나고 있었고, 그녀는 정말 치명적이었다.

먼로와 브래드퍼드의 시선이 얽혔다. 그는 먼로의 머릿속에서 무슨 일이 일어나고 있는지, 그녀가 어떤 경험을 하면서 무엇을 보고 있는지는 몰랐지만 지나치게 폭력적인 성향을 볼 때 먼로는 잠에서 깨거나 브래드퍼드가 죽을 때까지 멈추지 않을 것이다.

먼로는 자리에 일어나 앉아 침대 옆으로 다리를 내렸지만 시선은 그에게서 떼지 않았다. 그녀의 손에 힘이 들어가더니 칼이라도 쥔 듯한 모양이 되었다.

브래드퍼드는 의식이 있고 타이밍을 노릴 수 있다는 이점을 가지고 있었다. 그는 신경을 곤두세우고 마음의 준비를 한 다음 가만히 있었다. 아주 조심하면 브래드퍼드가 무거운 몸으로 먼로를 짓눌러 단번에 끝낼 수도 있었지만, 그러려면 우선 그녀가 등을 돌려야 했다.

먼로의 집중력은 아주 뛰어났다. 브래드퍼드가 각도를 아무리 바꾸어도 그녀의 눈은 깜빡이지도 않고 계속 번득이며 그를 따라다녔다. 먼로가 자리에서 일어나 그를 향해 한 걸음 다가왔다. 브래드퍼드는 기다렸다. 그녀가 한 걸음 더 다가온 순간 공격이 시작되었다. 그는 턱을 찔렸다. 먼로가 정말로 무기를 들고 있었다면 치명상을 입었을 것이다. 브래드퍼드는 몸을 피했고 그녀의 공격은 아슬아슬하게 빗나갔다.

그는 먼로의 균형을 무너뜨리려고 몸을 비틀어 그녀를 따라가다가 팔꿈치에 옆얼굴을 맞았다. 공격이 아주 빨랐기 때문에 막을 새가 없었다. 머릿속을 울리는 충격 때문에 몸이 휘청거렸다.

브래드퍼드는 자세를 바꾸고 먼로의 마지막 공격을 막을 준비를 했지만 공격은 없었다.

그 대신 먼로는 꼼짝 않고 꼿꼿하게 서서 이상하다는 표정으로 그를 빤히 쳐다봤다. 그런 다음 서서히 자기 손을 내려다보더니 의식적으로 손을 폈다.

두 사람 모두 그 자리에 꼼짝 않고 서 있었다. 브래드퍼드가 조심스럽게 그녀를 보았다. 먼로는 그의 무릎 근처 어딘가를 멍하니 보면서 기억을 더듬는 듯 눈을 깜빡였다.

마침내 그녀가 시선을 들고 브래드퍼드를 보면서 부드럽게 말했다. "나 때문에 다쳤어?"

브래드퍼드가 손을 뻗어 먼로의 허리를 잡았다. 그의 손길은 조심스럽고 부드러웠다. "아니." 그가 속삭였다. "난 괜찮아."

먼로의 시선은 그의 움직임을 좇았지만 아무 반응도 하지 않았다.

"나 얼마나 잤어?" 그녀가 말했다.

브래드퍼드가 그녀를 침대로 데려갔다. 먼로는 저항하지 않았지만 그를 흘깃 보았다. "5시간 정도." 그가 말했다.

그녀는 브래드퍼드가 이끄는 대로 침대에 앉은 다음 양손을 베고 누웠다. "아주 푹 잤네." 먼로가 말했다.

브래드퍼드는 옆에 앉아 팔꿈치를 무릎에 괴고 먼로의 얼굴을 바라보며 그녀가 완전히 깼음을 확인한 다음 이렇게 말했다. "더 자고 싶으면 약 갖다 줄게."

먼로가 고개를 저었다. "5시간이면 충분해. 약은 정말 필요할 때를 위해서 아껴둘래."

그녀가 브래드퍼드 쪽으로 고개를 돌리고 손을 뻗어 옆얼굴을 손가락으로 어루만졌다. 그의 뺨은 부드러웠다. 브래드퍼드가 움찔했다. 먼로가 그의 얼굴을 살짝 밀어서 침실 불빛에 옆얼굴을 환히 비춰 보았다.

"미안해." 그녀가 말했다.

브래드퍼드가 싱긋 웃었다. "나도 다 알고 뛰어든 거야."

먼로가 약하게 미소를 짓더니 일어나 앉았다. 그런 다음 스위치가 켜지고 분위기가 확 바뀐 것처럼 그녀가 말했다. "자, 이제 로건을 찾으러 가자." 먼로의 미소가 번졌다. "잘하면 기디언한테도 본때를 보여줄지 몰라."

브래드퍼드는 그녀의 농담에 껄껄 웃었지만 그것이 어디에서 온 것인지 잘 알았다.

로건 삼총사와의 만남은 반갑지 않았지만 꼭 필요했다. 먼로는 해나가 부에노스아이레스에 있는지 없는지 확실한 결론이 날 때까지 이 만남을 미루고 싶었다. 하지만 대결을 미룰 수는 없었다. 먼로는 로건을 잘 알았다. 걷잡을 수 없는 상황이라고 생각하지 않았다면 브래드퍼드에게 기디언 이야기를 하지 않았을 것이다. 세 사람이 한자리에 모이는 것은 로건에게 고개를 끄덕여주기 위해서만은 아니었다. 이것은 일종의 경고사격이자 어리석은 짓을 막기 위한 선제공격이었다.

'선택받은 자녀들'은 지난 몇 년간 해나를 계속 여기저기로 옮겼다. 아이가 정말 부에노스아이레스에 있다 해도 사소한 사건만 일어나도 그들이 해나를 다른 곳으로 이동시킬 것이다. 이제 퍼즐이 제자리를 찾고 데이터가 모이기 시작했다. 먼로는 기디언이나 하이디가 알 수 없는 자신들의 목표를 좇다가 이 일을 망치길 바라지 않았다.

다섯 사람은 로건 일행이 묵는 동네에서 12시에 만나기로 하고 호스텔과 가까운 카페를 약속 장소로 정했다. 그러면 만나자는 이야기를 꺼내자마자 금방 만날 수 있고 먼로도 이동하면서 잠의 흔적을 지우고 맑아진 머리로 그들을 만날 수 있었다.

먼로와 브래드퍼드는 먼저 시내버스를 탄 다음 내려서 걸어갔다. 먼로는 일을 할 때는 항상 대중교통을 더 좋아했다. 여러 사람이 모이는 대중교통을 이용하면 물속에서 공기를 들이마시는 것처럼 그 지역의 정수를 빨아들일 수 있었고 답답한 택시보다 훨씬 나았다. 주변에서 여러 가지 대화가 오가고 라디오가 울려 퍼지고 거리의 온갖 기호가 흐릿하게 휙휙 지나갔다. 도시의 혼돈스러운 향기가 먼로의 감각을 가득 채웠고 그녀는 도시와 하나가 되었다.

먼로와 브래드퍼드가 약속 시간보다 5분 먼저 카페에 도착하자 로건이 창가에 자리 잡고 앉아 기다리고 있었다. 두 사람이 다가가자 로건이 자리에서 일어섰다. 잠을 못 자서 눈가에 둥그렇게 그림자가 져 있었다. 먼로가 다가가서 로건을 끌어안자 바람이 빠지는 것처럼 그의 긴장이 풀렸다.

먼로는 로건의 어깨에 양손을 얹고 한 걸음 물러나 얼굴을 살폈다. "잘 견디고 있어?" 그녀가 물었다. 로건이 고개를 끄덕였다. 두 사람이 의자를 끌어당겨 자리에 앉았지만 로건의 얼굴은 여전히 핏기가 없었다.

"기디언이랑 하이디는?" 먼로가 말했다.

"내가 몇 분만 달라고 했어." 로건은 이렇게 대답한 다음 마찬가지로 예의를 지켜달라고 부탁하듯 브래드퍼드를 보았다.

브래드퍼드는 평온한 얼굴로 팔짱을 낀 채 가만히 앉아 있었다. 먼로는 그 몸짓의 의미를 이해했다. 그녀가 부탁하면 피해주겠지만 부탁하지 않았다. 브래드퍼드를 가까이 두기로 한 것은 사적인 결정이 아니라 전략적 결정이었다. 지금까지는 로건이 먼로의 뒤를 봐주었을지 몰라도 이제는 그녀를 도울 수 없었다. 이제부터 먼로가 하려는 일에는 브래드퍼드가 전적으로 필요했다.

먼로는 로건의 무릎에 한 손을 얹고 최대한 부드럽게 말했다. "우리는 정말 아무것도 알려줄 수가 없어, 로건. 다른 사람들 앞에서는 말할 수 없어."

"그냥 뭔가 조금 더 있으면 좋겠다고 생각한 것뿐이야." 로건이 대답했다. "이렇게 소외되는 건 정말 힘들다."

"우린 최대한 빨리 움직이고 있어." 그녀가 덧붙였다. "그렇게 짧은 시간 내에 세 곳을 모두 알아내서 감시 장치까지 설치한 건 정말 빠르다는 거 너도 나만큼 잘 알잖아."

"고마워." 로건이 말했다. "내가 고마운 줄도 모른다고 생각하지는 마."

먼로가 말했다. "이제 두 사람한테 와도 된다고 신호 보내. 지켜보고 있는 거 다 알아."

로건이 창문을 등진 채 일어서더니 재킷을 벗어서 자기 의자에 올렸다. 로건은 미소를 지으며 자리에 다시 앉았다. "내 생각이 그렇게 훤히 보이는 건 아니지?" 그가 물었다.

"기디언 생각은 다 보여." 먼로는 이렇게 말한 다음 다른 사람들이 이상하게 볼까 봐 얼른 웨이트리스를 불러서 커피와 팍투라*를 주문했다.

1분도 안 돼서 기디언과 하이디가 카페에 도착했다. 앞장서서 들어오던 기디언이 브래드퍼드를 보고 속도를 늦췄다. 그가 미묘하게 움직임을 멈춘다는 것은 좋은 신호였다. 브래드퍼드도 이 일을 같이하고 있다

---

* 카스텔라 모양의 과자.

는 사실을 다른 사람들이 지금까지 몰랐다는 것은 로건이 먼로의 생각을 얼마나 존중하는지 알려주는 지표였다.

브래드퍼드는 기디언과 하이디에 대해 두 사람이 생각하는 것보다 훨씬 더 많은 것을 알았지만, 먼로는 예의를 지키며 브래드퍼드를 다른 사람들에게 다시 소개했다. 담소는 짧게 끝났다. 형식적이었다. 먼로는 이정도까지만 예의를 차리기로 했다.

먼로가 여기까지 온 최우선 목적은 간단했다. 진행 상황을 간단히 알려주고 그것이 얼마나 쉽게 수포로 돌아갈 수 있는지 확실히 이해하게 만든 다음 그녀가 알아서 일을 처리할 수 있도록 세 사람은 한발 물러서서 기다려야 한다고 다시 강조하는 것이었다. 예전에 브래드퍼드에게도 그랬던 것처럼 먼로는 방해가 되지 않을 정도의 정보만 주었다. 그녀는 '안식처'의 위치도 알려주지 않았고 목장 '안식처'에 침투한 자세한 이야기도 하지 않았다.

하이디와 로건은 순순히 받아들이는 것 같았지만 기디언은 공격적이었다. 마침내 그가 팔짱을 풀고 몸을 숙이더니 이렇게 말했다. "당신이 감시 중인 장소들이 정말 '안식처'라고 확신해요?"

먼로가 고개를 끄덕였다. "100퍼센트 확신해요."

"우리도 끼워줘야 해요." 기디언이 말했다. "우리는 내부인들이잖아요. 당신의 추측을 확인해줄 수 있고, 당신이 옳은 방향으로 가고 있는지도 말해줄 수 있어요. 우리는 '선택받은 자녀들'을 알아요. 그들이 어떤 사람들인지, 어떤 식으로 말하는지 안단 말입니다. 우리를 끼워주지 않는 건 지나친 위험을 무릅쓰는 거요."

"그 정도 위험은 기꺼이 감수하겠어요." 먼로가 말했다.

“그건 당신이 결정할 일이 아니지.” 기디언이 말했다. 그의 말투는 침착했지만 몸짓은 분노를 드러내고 있었다. “이건 우리 일입니다. 당신이 우리를 위해서 일하는 거지 우리가 당신을 위해서 일하는 게 아니라고요. 우리가 당신을 고용했고, 돈을 내고 있잖소.”

“아니죠.” 먼로가 말했다. “난 당신을 위해서 일하지 않아요. 당신들이 날 고용한 것도 아니고 돈을 내고 있는 것도 아니에요.”

그녀는 효과를 노리고 잠시 말을 멈춘 다음 기디언이 입을 열기 전에 말을 이었다.

“내가 여기 온 건 로건을 위해서예요. 그것뿐이죠. 당신은 이런 일에 뭐가 필요한지 전혀 모르지만 난 알아요. 이게 내 직업이에요. 의심스러우면 로건한테 물어봐요. 난 이 일에 당신들이 낸 돈을 전부 합친 것보다 많은 돈을 들였어요. 게다가 일이 잘못되면 날아가는 건 내 목이에요.” 그녀가 고갯짓으로 브래드퍼드를 가리키며 말했다. “당신들이 내는 돈은 기껏해야 제 후위 부대 비용 정도밖에 안 돼요. 게다가 당신들을 위해 일해달라고 저 사람을 설득한 것도 행운이죠. 난 당신들한테 대략적인 진행 상황을 알려줬어요. 자세한 내용은 알아야 할 사람한테만 알려주는 건데, 솔직히 당신은 알 필요가 없어요.”

기디언은 얼굴이 벌개졌지만 아무 말도 하지 않았다. 먼로가 그의 얼굴을 조심스럽게 살폈다. 그녀가 기디언을 도발한 것은 서열을 정리하거나 힘을 과시하기 위해서가 아니었다. 그러려면 굳이 힘들게 말을 할 필요가 없었다. 그녀는 이미 알고 있는 사실을 로건에게 보여주기 위해서 밀어붙였다.

기디언은 해나를 찾기 위해 여기 온 것이 아니었다. 그는 그렇다고 주장하겠지만, 해나는 가림막에 불과했다. 해나를 되찾는 것도 막중한 책임이었지만 기디언은 더 많은 것을 원했다. 그것을 얻으려면 '안식처'에 접근할 필요가 있었다. 먼로는 기디언의 목적이 뭔지 꽤 정확하게 짐작할 수 있었다. 기디언은 로건과 마찬가지로, 그리고 아마도 정도는 덜 하겠지만 하이디와 마찬가지로, 자신이 정말 원하는 것을 손에 넣으려고 다른 사람들을 이용하고 있었다.

일이 다 끝나고 나면 편안하게 앉아서 추억거리로 회상할 수 있겠지만 지금 당장은 기디언이 불을 붙이는 존재였다. 그는 이번 일을, 그리고 아마도 먼로를 위험에 빠뜨리고 있었다.

먼로가 탁자 위에 양손을 올리고 몸을 숙인 다음 속삭이듯이 말했다. "이봐요. 우리는 어린 여자아이를 엄마에게 되돌려주려고 여기 왔어요, 맞죠?"

모두들 마지못해 고개를 끄덕였다.

"내가 여기 온 건 해나를 찾기 위해서예요." 그녀가 말했다. "그게 내가 여기까지 온 유일한 이유죠." 먼로가 의자 밑으로 손을 넣어 작은 봉투를 꺼내서 탁자 위에 올려놓고 기디언 쪽으로 밀었다. "이게 나예요." 그녀가 말했다. "지금까지의 경력이에요. 당신이 인터넷을 아무리 뒤져도 찾지 못했을 사실들이에요." 먼로가 잠시 멈췄다가 다시 말을 이었다. "난 정보를 다루는 사람이에요. 이건 내 전문 분야고, 일단 해나를 찾으면 빼내올 지원 인력도 있어요." 먼로가 잠시 멈춘 다음 강렬한 눈으로 기디언을 보면서 말했다. "한창 일을 하는 도중에 해나가 사라지지만 않는다면요."

기디언이 봉투를 주머니에 넣은 다음 자리에서 일어섰다. "기회가 되면 읽어보도록 하죠. 더는 덧붙일 말이 없으면 내 볼일은 이제 끝났어요.”

먼로가 탁자 위에 양손을 놓고 포갰다. “내가 가진 건 그게 전부예요.” 그녀가 말했다.

기디언이 나가면서 먼로 옆을 아주 가까이 스쳐 지났다. 그녀는 순간적으로 계산해서 반응했다. 생각보다 본능이 앞섰다. 기디언이 발걸음을 떼기도 전에 먼로가 벌떡 일어서더니 그의 손목을 잡고 비틀어 제압하면서 새끼손가락이 부러질 정도로 세게 꺾었다. 너무나 갑작스런 움직임이었기 때문에 하이디가 깜짝 놀라 벌떡 일어났다.

먼로가 그들에게만 들릴 정도로 낮은 목소리로 말했다. “당신, 누구를 상대하고 있는지 전혀 모르는군.”

기디언이 입술을 동그랗게 모으더니 고통을 줄이려고 몸을 뒤로 뺐다. 먼로도 같이 몸을 굽히면서 그의 귓가에 입을 대고 기디언에게만 들릴 정도로 낮게 속삭였다. "난 당신을 죽이고 싶지 않아. 당신을 죽이지 않을 거야. 하지만 당신이 계속 나한테 이러면 차라리 죽여주면 좋겠다고 생각하게 될걸."

기디언이 한발 앞서 그녀에게 추적 장치를 설치하려고 했다는 점에서 먼로는 기디언을 조금 더 존경하게 되었다. 그는 빠르고 매끄러웠다. 다른 사람에게였다면 성공했을 것이다. 하지만 먼로는 직업적인 존경심 때문에 자신이 한 수 위임을 보여줄 필요성을 간과하지는 않았다. 기디언은 어디까지나 자기 위치를 절대 잊지 말아야 했다.

로건과 브래드퍼드는 눈을 커다랗게 뜬 채 꼼짝도 않고 앉아 있었다. 먼로가 기디언의 손바닥에서 추적 장치를 빼앗아 탁자 위에 탁 내려놓고 난 뒤에야 세 사람은 단 몇 초 만에 무슨 일이 일어났는지 이해했다.

기디언은 얼굴이 빨개진 채로 입을 꽉 다물고 있었고 먼로는 보복에 대비했다. 하지만 그는 보복을 하는 대신 몸을 똑바로 펴고 돌아서서 카페를 나갔다.

그들은 아무 말 없이 그가 나가는 모습을 보았다.

"우리는 대체로 어떤 형태든 강요된 통제를 잘 못 견뎌요." 하이디가 말했다. "전체주의적으로 살았기 때문에 권위에 거부 반응을 보이게 됐죠." 그녀가 잠시 멈추었다가 다시 말을 이었다. "기디언은 좋은 사람이에요." 그런 다음 덧붙였다. "당신도 알아야 할 것 같아서요."

"난 판단할 입장이 아니에요." 먼로가 말했다. "아마 다른 상황이었다면 우린 잘 지냈겠죠. 하지만 지금 내 세상의 중심은 해나를 데려오는 것, 그 과정을 지키는 것이에요. 내가 일을 하는 방법은 기회를 이용하고 그 기회를 지키는 거예요."

하이디는 고개를 끄덕인 다음 무슨 말인가 하고 싶지만 겁을 먹은 것처럼 느릿느릿 주저하며 움직임을 멈췄다.

하이디의 머릿속에서 꿈틀대는 생각이 무엇인지 모르지만 먼로는 그것을 들어야 했다. 게다가 시간이 아주 귀했기 때문에 빨리 들어야 했다. 먼로는 즉시 역할을 바꿔 태도를 누그러뜨렸다. 그녀는 어깨를 늘어뜨려 자신을 작게 만들고 얼굴 근육을 풀어 생각에 잠긴 듯한 미소를 지었다.

반응은 예상대로였다. 하이디 역시 긴장이 풀렸고 이제는 숨기려 애쓰지도 않았다. "당신이 설치한 감시 장치에 혹시 맬러키라는 사람이 안 나왔나 싶어서요." 그녀가 덧붙였다. "음, 맬러키일 수도 있고, 일라이저일 수도 있어요."

먼로가 말했다. "누구요?"

하이디가 가방에서 오래된 사진을 한 장 꺼내서 탁자에 놓고 먼로 쪽으로 밀었다. "이 남자예요." 그녀가 말했다. "요즘 무슨 이름을 쓰는지 모르겠지만, 내가 마지막으로 봤을 때는 이름을 일라이저로 바꾼 직후였어요."

사진 속에서 금발머리에 턱수염을 기르고 기타를 치고 있는 사람은 더 젊긴 하지만 분명 일라이저였다. 먼로가 바로 어제 목장 '안식처'에서 만나 이야기를 나누었던 그 일라이저였다.

먼로는 사진을 유심히 살펴본 다음 다시 밀었다. "데이터는 아직 들어오는 중이에요. 아직 다 확인할 기회가 없었어요."

먼로의 말은 하이디의 질문에 대한 대답은 아니었을지는 몰라도 적어도 사실이었다.

하이디가 사진을 가방에 도로 넣은 다음 고개를 끄덕였다. 얼굴에 실망의 빛이 떠올랐다. "저희 아버지예요." 그녀가 말했다. "한 6년 정도 소식을 못 들었어요. 난 아버지랑 친했어요. 아버진 제정신이 아니고 우린 오랫동안 떨어져 지냈지만 아버지는 무슨 방법을 써서든 항상 제 편이라고 알려줬어요. 좋은 아빠였죠. 그게 아마 이 일에서 제일 고통스러운 부분일 거예요. 가족과 헤어지는 거요. 아버지만이 아니에요. 난 동생들을 보살폈죠. 아, 이복동생들이에요. 걔들한테는 새엄마보다 내가 엄마에 가까웠어요."

하이디는 잠시 멈추고 탁자를 물끄러미 보더니 목소리를 더욱 낮춰서 말했다. "난 이번 일을 하다가 누군가가 아버지를 찾아낼지도 모른다고, 아버지가 아르헨티나에 있는지 알려줄 수 있을지도 모른다고 생각했나 봐요. 아버지랑 다시 연락하고 동생들도 만나고 싶어요."

"어머니는요?" 먼로가 물었다.

하이디가 어깨를 으쓱했다. "어머닌 좀 달라요."

먼로는 이별의 고통을 알았기 때문에 진심으로 동정하면서 이렇게 말했다. "일이 다 끝나고 나면 가족들이 여기 있는지 알려줄게요."

하이디는 대답 대신 미소를 지었다. 따스함과 믿음이 가득하고 넘치는 지성과는 아주 대조적으로 어린아이 같으면서도 무척 진실한 미소였다. 하이디를 좋아하지 않기는 어려웠다. 해나를 찾다가 얻을 수 있는 부수적인 성과로 하이디의 간단한 소망을 들어줄 수 있다고 생각하니 기분이 좋았다.

"가족들이 당신을 받아들일까요?" 먼로가 물었다.

"모르죠." 하이디가 말했다. "하지만 시도해볼 만은 하잖아요."

먼로가 로건에게 시선을 돌리고 말했다. "잠깐 나랑 같이 걸을래?"

로건이 자리에서 일어나서 외투를 집어 들자 먼로가 브래드퍼드에게 말했다. "10분 안에 돌아올게."

카페를 나서자 하늘은 잔뜩 흐렸고 어제의 축축한 추위는 안개비로 변해서 모든 것을 눈물처럼 얇은 층으로 한 겹 덮었지만 우산을 쓸 정도는 아니었다.

먼로는 로건의 손을 잡고 다른 사람들에게 그들의 모습이 보이지 않을 정도로 입구에서 떨어진 곳으로 데려간 다음 가게 앞 차양 아래에서 벽에 기대어 섰다. 로건도 똑같이 기대섰다. 두 사람은 편안한 침묵 속에서 같이, 지나가는 사람들을 보았다.

마침내 먼로가 말했다. "아직도 기디언이 해나 찾는 걸 도와주러 왔다고 생각해?"

"원하는 게 그것뿐이었다면 네가 네 일을 하도록 가만히 놔두겠지."

로건이 말했다. "게다가 이젠 너한테 그런 능력이 있다는 걸 알았으니까."

"그는 '안식처' 안으로 들어가고 싶어 해." 먼로가 말했다. "기디언이 이탈해서 직접 찾아다니지 않는 유일한 이유는, 그랬다간 채리티를 위한 일을, 해나를 위한 일을 다 망쳐버릴지도 몰라서일 거야. 장담해. 기디언은 정말 간절히 원하고 있어, 로건." 그녀가 잠시 먼 곳을 보다가 다시 로건에게 시선을 돌렸다. "기디언은 채리티와 무슨 관계야?"

"몇 년 전부터 채리티를 사랑했어." 로건이 말했다.

"두 사람 연인 사이야? 사귀는 거야?"

"기디언의 뜻대로 할 수 있었다면 그랬겠지만, 채리티는 기디언에게 그런 감정이 없어."

"기디언은 너랑 채리티에 대해서 몰라?"

"아무도 몰라." 로건이 대답했다. "나랑 채리티, 너." 그가 잠시 멈췄다가 다시 말을 이었다. "음, 그리고 이젠 마일스까지만 빼고."

먼로가 고개를 끄덕였다. "마일스는 내 후위 부대일 뿐이야, 로건. 어떤 식인지 너도 잘 알잖아."

"그래." 로건이 말했다. "어떻게 하는지 알아."

먼로는 기디언이 사라진 방향을 보며 말했다. "로건, 네가 지금 상황을 정확히 깨닫는 게 중요해. 지금 이 순간에 우리가 네 딸을 데려오는 데 가장 큰 위협은 기디언이야. 기디언은 여기에 온 이유가 따로 있는데, 시간이 점점 부족해지고 있어. 그 사람은 자기가 원하는 걸 손에 넣기 전에는 돌아가지 않을 거야. 기디언 때문에 '선택받은 자녀들'이 겁을 먹으면 해나는 다시 사라져버릴 거야. 너도 알지?"

로건이 고개를 끄덕이더니 한쪽 발을 벽에 대고 지탱했다.

"너도 그렇고 다들 다 이 일에 채리티를 끌어들이면 안 된다고 생각하는 건 나도 알아." 먼로가 말했다. "하지만 정말로 이 일이 성공하길 바란다면 나한테 시간을 벌어줘야 돼. 기디언이 채리티의 말은 듣는다면 넌 그녀를 이 일에 끌어들여야 해."

"그건 아무 문제없어." 로건이 말했다. "채리티랑 적어도 하루에 한 번 이상 통화하고 있거든. 지금 채리티는 초조해하고 있어."

"기디언에 대해서 말해봐." 먼로가 말했다. "그 사람 사연은 뭐야?

"나랑 비슷해." 로건이 말했다. "열다섯 살 때 '선택받은 자녀들'에서 쫓겨났지. 미국에는 한 번도 못 가봤고 할아버지나 할머니를 만난 적도 없었는데 어느 날 갑자기 조부모님 집 문 앞에 뚝 떨어진 거지. 학교도 다녀봤지만 또래들보다 공부가 뒤쳐져서 적응을 못 했고, 의논할 사람도 없었지. 그래서 문제를 일으키기 시작했고, 곧 조부모에게 쫓겨났어."

로건이 말을 멈추자 먼로는 계속하라고 손짓했다.

"결국 길거리에 나앉았지." 로건이 킬킬거리며 말했다. "누구 생각나는 사람 없어?"

먼로가 미소를 지었다. 로건은 씩 웃었다.

"난 운이 좋았어. 에릭의 아버지가 나를 거둬주서서 적어도 머리 위에 지붕은 있었잖아. 대단한 건 아니었지만. 하지만 기디언은 그렇게 운이 좋지 않았어. 끊임없이 문제에 휘말렸고 두 번이나 소년원에 갈 뻔했지. 기디언은 군대가 탈출구라고 생각하고 열일곱 살 때 입대하려고 했는데, 후견인 서명을 받을 수가 없었어. 조부모님은 이미 인연을 끊었고 부모님은 기디언을 추방자 취급하면서 서명해주지 않겠다고 했지. 참 대단한 사랑이지? 그 사람들은 예언자의 반정부적인 세계관을 어기기 싫어서 자기 아들이 길거리를 떠돌게 한 거야. 그래서 기디언은 오만 일을 다 하면서 겨우겨우 살다가 해병대에서 복무를 한 다음 제대했어. 간단히 말하면 이 정도야."

"'선택받은 자녀들'에서 살 때는 어땠어?" 먼로가 물었다.

"모르겠어." 로건이 말했다. "난 어렸을 때, 일고여덟 살 때의 기디언밖에 몰라. 십대 때는 따로 살았는데 기디언은 그 시절 얘기를 잘 안 하거든. 그런 식으로 대처하는 사람들도 있어. 알겠어? 그런 일이 아예 없었던 척하는 거지."

"기디언이 특별히 복수하고 싶어 하는 사람은 없어?"

로건이 말을 멈추고 그녀를 똑바로 보았다. "기디언이 침투하려는 게 복수 때문이라고 생각하는 거야?"

"기디언은 자꾸 싸우려고 들잖아." 먼로가 말했다. "누군가에게 뭔가를 증명하려는 거야. 내 보기엔 말로 증명하는 유형 같지는 않거든. 어쩌면 뉴스거리를 만들려는 건지도 몰라."

"내가 좀 알아볼게." 로건이 말했다. "뭐가 나오나 한번 보자고."

로건과 먼로가 카페로 돌아가자 브래드퍼드와 하이디는 이야기를 나누고 있었다. 두 사람의 대화는 친밀한 것 같았고 둘 다 서로를 향해 몸을 기울이고 눈을 계속 마주쳤다. 하이디의 얼굴은 로건과 먼로가 나갈 때는 없었던 홍조가 떠올라 있었다.

하이디를 좋아하지 않기는 어려웠다.

먼로는 걸음을 늦췄다. 얼굴이 불타는 것처럼 뜨거워졌다. 카페 주변이 흐릿해졌다. 이렇게 즉각적인 반응이 나타나다니 놀라웠다. 눈 깜짝

할 사이에 먼로는 브래드퍼드와 하이디를 차례로 살펴보았다. 그런 다음 자기 내면으로 관심을 돌렸다.

일에 감정이 섞이면 누군가가 죽을 수도 있었다. 먼로는 감정을 밀어냈다. 탁자로 다가가는 한 발짝 한 발짝이 그녀의 심장을 거세게 뛰게 만든 강렬한 감정에 대한 의식적 거부였다. 그녀는 한 걸음 한 걸음 옮길 때마다 당장 눈앞의 과제에 초점을 다시 맞추었다. 로건과 함께 탁자에 다시 합류하자 아까 그 순간은 아예 존재하지도 않았던 것 같았다.

작별 인사는 간단했고 약속은 짧았다. 두 사람은 침묵 속에 호텔로 돌아왔다.

먼로에게는 이동 시간이 휴식 시간이자 한 가지 역할에서 다음 역할로 넘어가는 시간이었다. 브래드퍼드는 먼로가 일하는 방식을 알았기 때문에 그녀에게 필요한 여유를 주는 것으로 만족하는 듯했다.

먼로는 늦은 오후에 목장 '안식처'를 방문했다. 하늘은 다시 맑아졌고 흩어진 햇살이 따뜻함이라는 환상을 일으키고 있었다. 그녀는 정문 앞에 푸조를 세우고 밖으로 나와서 초인종을 누른 다음 차로 돌아와서 기다렸다. 이번에는 당연히 곧장 들어갈 수 있을 것이다.

오늘 정문까지 먼 거리를 걸어와서 먼로를 들여보내준 사람은 에스테반이 아니라 어느 십대 소년이었다. 열대여섯 살 정도로 아직 아이와 어른 사이의 어색한 단계에 있었다. 소년은 팔다리가 정상보다 길었고 이상한 곳에 여드름이 있었다.

소년이 정문을 활짝 열자 먼로가 창문을 내리고 차를 조금 전진시켰다.

"난 미키야." 먼로가 말했다.

소년은 아무 대답 없이 고개만 끄덕이며 수줍은 듯 그녀의 눈을 보았다.

"집까지 태워다 줄게." 그녀가 말했다. "추운데 걸어갈 필요 없어."

소년이 고개를 저으며 말했다. "괜찮아요."

아이의 반응은 좋은 척도였다. 이들은 십대 소년을 보낼 만큼은 먼로를 믿었지만 아이가 차를 같이 타고 와도 좋다고 허락할 정도로는 믿지 않았다.

먼로는 지난번에 브래드퍼드가 주차했던 자리에 차를 댔지만 오늘은 다른 차들이 없었다. 먼로는 차에서 내려서 기다리다가 아이가 오자 손을 내밀었다. "네 이름을 못 들었네." 그녀가 말했다.

소년이 잠시 머뭇거리더니 다가와서 악수를 했다. 그의 손길로 보아 악수를 하는 게 흔한 일은 아님을 알 수 있었다. "더스트라고 해요." 그가 말했다. 두 사람은 계속 스페인어로 대화를 했기 때문에 영어 단어는 대조적으로 귀에 거슬렸다.

더스틴을 줄여서 더스트일까, 흙이라는 뜻의 더스트일까? 먼로는 지금까지 만난 '선택받은 자녀들'의 이름을 생각해보면 아마 후자일 것이라고 짐작했다.

"에스테반 있니?" 먼로가 물었다.

더스트는 고개를 저을 뿐 아무 말도 하지 않았다. 먼로는 아이를 불편하게 만들고 싶지 않아서 말없이 아이를 따라 지난번 방문 때 안내받은 방으로 들어갔다.

"일라이저 아저씨가 곧 오신대요." 더스트가 말했다.

지금까지 한 것 중에서 제일 긴 말이었다. 스칸디나비아인 같은 외모였으니 아르헨티나 출신은 분명 아니었지만 억양만은 완벽한 아르헨티나인 같았다. 여기 산 지 한참 됐다는 뜻이다.

더스트가 가진 대조적인 두 가지 특징은 '선택받은 자녀들'의 본질이었다. 아르헨티나인도 아니고 완전한 미국인도 아닌 이 공동체와 사람들 안에는 다양한 인종과 문화가 뒤섞여서 균일화되어 예언자의 문화를 이루었다. 루마니아에서 짐바브웨까지, 칠레에서 핀란드까지 '선택받은 자녀들'은 생김새도 다르고 사는 '안식처'도 달라서 수수께끼 같은 이름하에 점조직처럼 운영되었지만 닫힌 문 뒤의 생활 방식은 똑같았다. 바로 예언자의 문화였다.

더스트가 방에서 나가자 먼로는 혼자 남았기 때문에 여기저기 살펴보기 딱 좋은 기회인 것 같았다. 하지만 본능은 기다리라고 말했기 때문에 먼로는 기다렸다. 마침내 일라이저가 들어왔다. 그는 크리스마스 아침에 부엌으로 들어온 요리사처럼 괴로운 얼굴이었다.

먼로가 인사를 하려고 일어서자 일라이저는 그녀를 꼭 끌어안으며 환영했다.

예상치 못한 신체 접촉에 대한 먼로의 반응은 즉각적이었다. 뿌리치려는 충동이 너무나 강했기 때문에 꼼짝하지 않으려면 정신을 마지막한 자락까지 집중해야 했다. 가슴속에서 폭력성이 쿵쿵 고동쳤기 때문에 먼로는 일라이저를 파멸시키고 싶다는 충동, 머리를 벽에 찧어 부수고 싶다는 충동과 싸우면서 얼어붙은 것처럼 가만히 있었다.

혈관 속에 불길이 꺼지지 않고 남아 있었지만 먼로는 억지로 같이 포옹했다.

이 공동체의 모든 사람에게 친밀한 신체 접촉은 일상생활의 일부였는데 이것이 그녀에게는 위험한 줄타기였다. 먼로가 느끼는 분노는 로건이나 그의 딸 해나, 심지어는 일라이저와도 아무 관계가 없었다. 그것은 먼로 자신의 과거, 그녀가 평생 아주 극소수의 사람들만 가까이 다가올 수 있게 만드는 과거였다. 일라이저는 분명히 그런 극소수에 속하지 않았다. 공격 본능이 지나가려면 시간이 어느 정도 걸리기 때문에 지금 일라이저와 이렇게 가까이 있으려니 수많은 연습으로 체득한 순수한 자기 제어가 필요했다.

"오늘 일손이 모자라서요." 일라이저는 까딱하면 병원 신세를 질 뻔한 것도 모르고 이렇게 말했다. "식당으로 같이 가시죠? 치우면서 이야기를 나누도록 하죠."

먼로는 내면의 중압감과 여전히 싸우면서 아직 입을 열면 안 된다는 것을 느끼고 고개를 끄덕인 다음 그를 따라갔다. 지난번에는 눈치채지 못했지만 일라이저의 옆얼굴과 걸음걸이는 하이디와 비슷했다. 이것을 놓쳤다는 사실이 짜증났다.

두 사람은 반침에서 나와 거실과 계단을 지나서 뒷문으로 나간 다음 바깥의 길을 지나 부속 건물로 갔다. 일라이저는 널따란 유리문을 밀어서 연 다음 예의를 갖춰 옆으로 비켜서서 먼로를 먼저 들여보내는 것이 아니라 자기가 먼저 들어갔다.

문이 열리자 건물의 반을 차지하는 듯한 방이 바로 나왔다. 네온 조명이 밝혀지고 바닥에 흰 타일이 깔린 공간이었는데, 대충 깎은 탁자와 나무로 만든 긴 의자가 줄줄이 늘어서서 공간의 반을 채우고 있었다. 나머지 반은 음식을 나눠주는 공간—널찍한 카운터에 자리 잡은 업소용의 커다란 솥들을 보면 분명했다—이자 조립 라인처럼 기다란 설거지 공간이었다.

여기에는 일라이저와 먼로를 제외하면 아이들밖에 없었다. 열 살에서 열두 살 정도 되어 보이는 여덟 명의 아이들은 분주하게 식탁을 치우거나 바닥을 닦고 있었다. 먼로는 일라이저의 어깨 너머를 흘깃거리면서 금발머리와 초록색 눈을, 그녀가 제대로 찾아왔음을 확인해줄 힌트를 찾아서 아이들의 얼굴을 살피려 했지만 기회가 별로 없었다.

일라이저는 종이와 아무것도 적히지 않은 뒷면이 위로 놓인 서류철들이 쌓여 있는 탁자로 그녀를 안내했다. 먼로의 바람과 달리 일라이저는 방을 등지는 자리에 그녀를 안내하고 자신은 그녀를 마주 보고 앉았다.

이런 작은 세부 사항이 빈틈을 메우면서 공동체 생활이 전부 그려졌다. 먼로가 도착한 것은 늦은 점심인지 이른 저녁식사가 끝난 후였고, 식당을 가득 채웠을 사람들은 청소할 아이들만 남기고 모두 사라졌다. 일라이저는 허둥거리면서 서류 작업을 하는 동시에 아이들에게 지시를 내렸다. 그는 원래 부엌을 담당하는 사람이 오늘 밴을 타고 나갔기 때문에 이 아이들을 감독하는 일을 대신하고 있었다. 이런 광경이 처음 보는 사람한테는 얼마나 이상한지 전혀 모르는 것이 분명한 그는 이야기를 계속 했다.

먼로는 이야기를 듣고 대답을 하면서 현재에 몰입하려고 열심히 애를 썼지만 여러 가지 생각이 머릿속에서 빙글빙글 돌고 있었다. 먼로는 등지고 앉아 있어서 보이지는 않지만 바로 이곳, 그녀와 같은 방에 해나가 있을지도 모르는 생각 때문에 일라이저의 말에 집중하기가 견딜 수 없을 만큼 힘들었다.

먼로는 적당히 기다린 다음, 즉 등 뒤에서 들리는 소리와 제한된 대화가 청소가 끝났음을 알려줄 때까지 기다린 다음, 브래드퍼드가 전날 그랬던 것처럼 화장실에 가고 싶다고 말했다.

일라이저는 손짓으로 여자아이 한 명을 불러서 먼로를 화장실로 안내하라고 영어로 말했다. 그 밖에는 아무 말도 하지 않았다. 먼로를 지켜보라는 말도, 대화를 많이 나누면 안 된다는 경고도, 책임지고 기다리라는 지시도 없었다. 어쩌면 너무나 당연한 일이기 때문에 말할 필요도 없는 것일지 모른다.

먼로는 자리에서 일어나서 뒤로 돌면서 방을 훑어보았다. 아이들의 얼굴을 살펴보았지만 채리티나 로건을 닮은 아이는 없었다.

소녀가 다른 미닫이문 밖으로 나가 먼로를 복도로 안내했다. 복도에는 방 세 개가 붙어 있었는데 각각 문은 없이 문틀만 있었고 삼단 침대가 늘어서 있었다.

대충 만든 화장실은 무척 비좁았다. 시멘트 단에 좁은 합판 칸들이 따닥따닥 늘어서 있었고 개수대는 하나밖에 없었다. 커다란 화장실 내부를 들어내고 다시 수리해서 변기 한 대만 들어가게 설계된 화장실에 변기 여러 대를 밀어 넣은 것 같았다.

먼로는 시간을 끌지 않았다. 도청 장치나 카메라를 달 만한 곳도 없었고, 그녀가 화장실에 온 건 식당에 있던 아이들의 얼굴을 확인하기 위해서였다.

먼로가 화장실에서 나오자 여자아이가 아직 밖에서 기다리고 있었기 때문에 침실을 살펴볼 기회는 사라졌다. 두 사람은 말없이 식당으로 돌아갔다. 아이는 아무 말도 걸지 않았고 먼로는 자신이 이곳을 찾아온 동기가 곡해될까 봐 말을 걸기가 망설였다.

식당으로 돌아가자 아이들은 한 탁자에 말없이 둘러앉아 작은 카드들에 집중하고 있었다. 먼로를 안내해준 소녀는 아이들에게 돌아갔고 일라이저가 자리에서 일어나 손짓으로 먼로를 불렀다.

일라이저는 그녀에게 작은 책을 한 권 건네며 말했다. "이걸 읽어봐요. 난 볼일이 좀 있어서, 다 끝내면 다시 오죠." 그가 열두 살 정도의 남자아이에게 손짓을 했다. "너새니얼이 방으로 돌아가는 길을 안내해줄 겁니다." 일라이저가 말했다.

먼로는 길을 알았다. 고작 한 건물에서 다른 건물로 가는 데는 어린 아이라 할지라도 안내자나 감시자가 필요 없었다. 일라이저도 그녀가 길을 안다는 것쯤은 알았다. 본능은 감시를 거부하며 비명을 질렀지만 일라이저는 그녀가 말없이 따르기를 기대하고 있었다. 이것이 일종의 시험인지 아니면 '선택받은 자녀들'의 생활 방식일 뿐인지 몰랐지만 아무튼 먼로는 자신이 맡은 역할을 벗어날 수 없었다.

그녀는 고맙다고 인사를 하고 너새니얼을 따라 나갔다.

남자아이는 아무 말도 없었기 때문에 먼로 역시 침묵 속에서 걸었다. 거실 옆 반침에 도착하자 너새니얼은 그녀를 두고 나갔다.

먼로는 방을 둘러보고 편안한 자세로 앉아서 기약 없이 기다렸다. 일라이저가 준 책 페이지 수를 보니 몇 시간쯤 걸릴 수도 있을 것 같았다. 먼로는 책을 펴고 그녀의 새로운 영적 지도자 일라이저가 시킨 대로 읽기 시작했다.

마일스 브래드퍼드는 외투를 입었다. 그런 다음 약간 주저하면서 먼로와의 가느다란 연결을 나타내는 책상과 장비와 전선들을 뒤돌아보면서 문밖으로 빠져나갔다.

그는 언제 먼로에게서 연락이 올지, 또 돌아온다면 언제 돌아올지 전혀 몰랐지만 어떤 형태든 그녀가 목장 '안식처' 계단에 설치한 도청 장치를 통해 들리는 소리 이외의 연락을 최대한 오래 기다렸다.

아무것도 모르는 상태에서 밖으로 나가는 것은 위험했다. 책상 앞을 떠나면 감시를 할 수 없으므로 무슨 일이 일어난다면 아주 늦은 뒤에야 알게 될 것이다. 하지만 브래드퍼드는 하이디를 만나고 싶었고, 만나야 했다. 기회는 빠른 속도로 멀어지고 있었다.

브래드퍼드는 하이디와 단둘이 몰래 만나기로 약속하고 시간과 장소를 정했지만 책상 앞을 떠나기가 꺼려져서 오래 기다린 탓에 상당히 늦어버렸다. 하이디가 기다리기만을 바랄 수밖에 없었다. 그는 당장 그녀를 만나야 했다. 다음번 따위가 아니라 오늘 당장. 브래드퍼드는 하이디에게 연락해서 가는 중이라고 알릴 방법이 없었다.

그는 호텔을 나서서 택시를 잡았다. 세멘테리오 데 라 레콜레타에 도착해서 하이디가 출입문 바깥벽에 기대서서 책에 얼굴을 묻고 미약한 햇빛을 받으며 얼굴을 반짝이고 있는 모습을 발견하자 마음이 놓였다. 하이디는 그를 보자 얼굴을 밝히며 추위를 녹이는 미소를 지었다.

브래드퍼드는 불안에 떨면서 서둘러 왔지만 그녀를 보자 똑같은 미소를 짓지 않을 수 없었다.

하이디가 그를 꼭 끌어안고 인사를 한 다음 한 걸음 물러서서 말했다. "자, 말해보세요, 뭐가 그렇게 꼭 필요해서 이렇게까지 하시는지."

브래드퍼드는 다시 미소를 지었다. 그의 입꼬리는 위로 올라갔지만 눈은 그녀의 시선을 피해 길을 살피면서 익숙한 모습이 보이지는 않는지 사람들의 실루엣과 지친 걸음을 쫓았다. 브래드퍼드는 하이디에게 조심하면서 혼자 오라고 주의를 줬지만 로건과 기디언 모두 원한다면 눈에 띄지 않게 쫓아오는 기술을 가지고 있었다. 하지만 지금 하이디에게 두 사람이 쫓아오지 않은 게 확실하냐고 묻는다면 모욕을 주는 것일 뿐이다.

"만나줘서 고마워요." 브래드퍼드가 말했다.

하이디는 고개를 끄덕였다. 그는 그녀의 팔에 팔짱을 끼고 여기저기 묘지가 뻗은 길을 따라서 걸어갔다. 여기서 두 사람은 수많은 사람 속에 섞여들어 상쾌한 오후에 산책을 나온 커플들 중 하나로 보일 것이다. 브래드퍼드가 이 장소를 고른 이유는 그의 호텔에서 멀지 않고 관광객이나 지역 주민 모두가 자주 오는 곳이라 못 찾을 염려가 없으므로 둘 중 한 사람이 길을 잃을 위험이 적었기 때문이다.

브래드퍼드는 여러 번 걸음을 멈추고 대리석과 석재로 된 건축물을 보며 감탄하는 척했지만 그의 시선은 생명이 없는 건물 너머 오가는 사람들을 쫓고 있었다. 기디언의 모습은 보이지 않았고 더욱 다행히도 로건의 흔적 역시 없었지만 확신할 수는 없었다.

브래드퍼드가 걸음을 멈출 때마다 하이디는 점점 더 이상하다는 표정을 지었지만 마침내 후미지고 외딴 공지에 도착해서 브래드퍼드가 먼저 들어갈 때까지 아무 말도 하지 않았다. 이 아늑한 곳을 드나들 수 있는 길은 하나밖에 없었기 때문에 작전 현장에서는 자살이나 마찬가지였지만 지금 상황에는 완벽하게 맞았다. 브래드퍼드는 두 사람이 들어온 길을 마지막으로 한 번 더 흘깃 본 다음 말했다. "저, 당신 도움이 필요해요."

"그럴 거라고는 생각했어요." 하이디가 말했다.

"비공식적으로요, 알겠죠? 로건이 알아도 안 되고, 기디언이 알아도 안 되고, 무엇보다도 마이클이 알면 안 돼요."

하이디가 고개를 끄덕이자 브래드퍼드가 주저하며 말했다. "마이클이 당신을 칭찬하더군요. 당신이 '선택받은 자녀들'이 어떤 사고방식을 가지고 있는지 잘 설명해줬다고 했어요. 그래서 당신이 날 도와줄 수 있지 않을까 생각했습니다."

브래드퍼드가 다시 주저했다. 하이디는 이 세상 모든 시간을 다 가졌다는 듯이, 두 사람이 지금 따뜻한 겨울 하늘이 아니라 활짝 핀 봄꽃 밑에서 기다리고 있다는 듯이 환한 미소를 지었다.

"마이클은 조사를 했지만 난 안 했어요." 그가 말했다. "게다가 로건처럼 여러 해에 걸쳐서 조금씩 정보를 알려준 친구도 없죠. '선택받은 자녀들' 같은 단체에 대한 경험은 순전히 언론을 통해 들은 이야기나 중동에서 만난 극단주의 종파밖에 없어요. 내 머릿속에는 존스타운, 코레쉬*, 천국의 문**, 옴 진리교, 테러리스트, 그러니까 자살 공격과 살인 같은 것들밖에 없어요. 그러니 내가 잘못 생각하고 있어도 이해해줘요, 알겠죠?"

하이디가 계속 말해보라는 듯이 고개를 끄덕이자 브래드퍼드는 다시 말을 멈추었다. 그는 귀중한 시간을 낭비하고 있었고 호텔로 돌아가야 했다. 하지만 먼로가 혼자서 목장 '안식처'에 들어갈 때는 그럴듯하게 느껴지던 생각들이 이제 추상적으로 변해가고 있었다.

브래드퍼드는 한숨을 쉬고 손가락으로 머리카락을 쓸어 넘긴 다음 서성이고 싶은 충동과 싸웠다. "이론적으로 말해서, 우리가 중간에 해나를 낚아챌 수 없는 이상 해나를 데려오려면 마이클이 '안식처' 안으로 들어가야 하겠죠. 마이클을 이 일에 끌어들인 이유 자체가 그것 때문이었어요, 맞죠? 그리고 내가 보기엔 결국 마이클이 들어가게 될 겁니다. 하지만 세뇌를 당하면 어떻게 하죠? 마이클이 그 안으로 들어갈 경우 들어갈 때 모습 그대로 나올 확률이 얼마나 됩니까? 나오기는 한다면 말입니다."

하이디가 어깨에서 힘을 빼고 선웃음 같은 미소를 지으면서 차가운 돌벽에 기댔다. "그래요. 그런 게 바로 잘못된 생각이죠."

긴 침묵이 흘렀다. 하이디는 처음에는 땅을, 나중에는 눈에 보이지 않는 먼 곳을 물끄러미 보았다. 브래드퍼드는 적당한 말을 찾으려 애쓰

---

* 1990년 FBI, 텍사스 방위군 등과 무력 충돌을 일으킨 다윗교의 교주.
** UFO 종교. 1997년 헤일 밥 혜성 뒤에 외계인 우주선이 따라오고 있다고 믿으며 거기 타기 위해 서른아홉 명이 집단 자살을 했다.

는 그 표정을 알았기 때문에 가만히 놔두었지만 시간이 째깍째깍 흐를수록 하이디를 재촉하고 싶은 마음과 싸우기가 더 힘들어졌다.

"세뇌가 뭐라고 생각해요?" 하이디가 마침내 입을 열었다.

브래드퍼드가 어깨를 으쓱하며 대답했다. "글쎄요, 지속적이고 반복적인 심리적 학대로 인해서 정신이 나가는 거겠죠. 이성적인 사람이 다른 사람이 시키는 비이성적인 일을 하기 시작하는 거죠. 예전에는 절대 하지 않았을 일을요."

"그러니까, 다른 사람들의 자유의지를 빼앗고 다른 사람으로 변하게 한다는 말이죠?"

브래드퍼드가 고개를 끄덕였다.

하이디가 말했다. "그렇다면 세뇌된 사람은 논리적으로 생각하는 능력을 잃었거나, 세뇌한 사람이 원하거나 심어둔 것과 어긋나는 개인적인 결정을 내리는 능력을 잃는다는 뜻이겠죠. 세뇌한 사람이 시키면 원하지도 않는 살인이나 자살까지 한다는 뜻 말이에요. 아무 생각 없는 복종이요. 내 말이 맞나요?"

"그런 것 같군요." 브래드퍼드가 말했다.

하이디의 눈이 슬픈 빛을 띠더니 다시 보이지 않는 먼 곳을 헤맸다. "그건 '악마가 시켜서 그랬다'는 말의 또 다른 표현이 아닐까요?"

브래드퍼드는 그녀의 말을 곰곰이 생각해본 다음 물었다. "그런 건 없다는 뜻입니까?"

하이디가 고개를 돌려 그를 보았다. "세뇌가 존재하지 않는다는 말이 아니에요." 그녀가 말했다. "개인적으로는 의심스럽지만, 내가 전문가는 아니니까요. 난 당신이 언급한 단체들 안에서 길러지지는 않았으니까 내가 말할 수 있는 건 '선택받은 자녀들'에 대한 것, 나와 친구들의 어린 시절에 대한 이야기밖에 없어요."

"'선택받은 자녀들'에서는 세뇌를 하지 않습니까? 그러면 사람들이 정말 자기가 원해서, 자유의지로 그런 행동들을 한다는 말인가요?"

하이디가 어깨를 으쓱했다. "그렇기도 하고 아니기도 해요. 세뇌를 어떻게 정의하느냐에 달려 있겠죠. 교리를 주입하고, 심하게 통제하고, '새로운 질서'에 따르며 예언자가 시키는 대로 하라고 강요하죠. 아마 그걸 세뇌라고 생각하는 사람도 많을 거예요. 하지만 자신의 생각이 없는 것과는 달라요. 다들 자유의지를 가지고 있어요. 어른들은 모두 거부할 수 있어요."

"어떻게 말입니까?" 그가 말했다. "그 말이 사실이라면, 사람들이 왜 그런 행동을 하는 겁니까? 왜 거기서 나오지 않습니까?"

하이디가 다시 어깨를 으쓱했다. "순응하지 않으면 하나님의 심판을 받을까 봐 두려워서 그러기도 하고, 하나님께서 자신들에게 그런 것들을 원하신다고 생각하기 때문에 그러기도 해요. 하지만 좀비나 자동 인형 같은 사람은 아무도 없어요." 그녀는 자신이 보기에는 아주 당연한 것을 브래드퍼드가 이해하지 못해서 지치기라도 한 것처럼 잠시 망설였다.

"이런 식으로 생각해봐요, 마일스. '선택받은 자녀들' 신도들은 두 종류가 있어요. 성인으로서, 혹은 거의 성인이 될 때까지 바깥세상에서 살다가 거기에 들어가겠다고 선택한 사람들이 있고, 나나 로건, 기디언처럼 애초에 다른 시작 같은 건 없었던 사람들, 선택을 하지도 교육을 받지도 못하고 텔레비전이나 책을 본 적도 없고 '선택받은 자녀들' 외에는 가족도 없는 사람들, 그곳을 떠나면 어떻게 될지 몰라서 무서워하던 아이들이 있어요. 세뇌당한 사람이 있다면 그건 우리 같은 이세대들이에요. 그렇게 생각하면, 완전히 고립되어서 교리를 주입받은 우리가 세뇌를 당한 거라면, 이렇게 많은 수가 모든 것을 등지고, 때로는 한밤중에 옷가지 몇 개만 들고 나올 수 있을까요? 그들이 만들어둔 세상밖에 모르던 우리가 그곳을 등질 수 있다면, 우리보다 잘 아는 어른들이 세뇌를 당했기 때문에 그런 짓을 했다고 핑계를 댈 수 있을까요?"

브래드퍼드가 말했다. "그러니까 텔레비전에 나와서 세뇌를 당해 종교 집단에 들어갔다거나 자기의지에 반해서 끔찍한 범죄를 저질렀다고, 지도자들이 그렇게 만들었다고 말하는 사람들은 거짓말을 하는 겁니까?"

"인간은 모두 어느 정도는 쉽게 영향을 받아요." 하이디가 말했다. "분명히 다른 사람들보다 영향을 잘 받는 사람들도 있죠. 하지만 그렇다고 해서 자기 생각이 없는 건 아니잖아요. 아이들과 섹스를 하는 사람들, 그건 세뇌를 당해서가 아니에요. 강제적인 것도 아니에요. 아무도 그 사람들 무릎에다가 야구 방망이를 대고서 아이들과 섹스를 하지 않으면 때리겠다고 말하지 않아요. 아이들을 때리고, 굶기고, 벽장에 가두고, 악령에 들렸다고 말하는 사람들, 그건 세뇌가 아니에요. 그렇게 하라고 시키는 사람은 아무도 없어요.

"선택받은 자녀들'에게 제일 큰 벌이 뭔지 알아요?" 하이디가 물었다.

"모르겠는데요." 브래드퍼드가 말했다.

"파문이에요."

"무슨 뜻이죠?"

"'선택받은 자녀들'에서 어떤 남자가 어린 소년들을 성추행했다고 쳐요. 그건 동성애에 해당되니까 '선택받은 자녀들'의 규칙에 어긋나죠. 게다가 범죄예요. 하지만 '선택받은 자녀들'은 그 누구도, 아이의 부모조차도 그 일을 경찰에 알리지 못하게 되어 있어요. 파문은 가끔 몇 달에 불과할 때도 있지만 아주 커다란 일이기 때문에 사람들은 그것만으로도 충분한 벌이라고 생각해요. 그 사람들의 논리에 따르면 범죄자를 '공백'으로 내보내는 것은 최악의 방법이에요. 파문은 신도들이 엇나가지 않도록 그 사람들이 휘두르는 몽둥이 같은 거예요. 신도들은 파문을 당하지 않으려고 무슨 일이든 하겠죠. 하지만 세뇌로 모든 일이 해결된다면 그런 몽둥이가 왜 필요하겠어요? 다들 저절로 복종하고 모든 규칙을 지킬 텐데요. 신도들이 세뇌되었기 때문에 우리가 그런 학대를 받았다고 말하는 건 고통을 겪은 우리를 모욕하는 거예요. 그 사람들이 그렇게 행동한 것은 하나님의 눈으로 보면 그게 옳은 일이라고 예언자가 말했기 때문에, 아이들의 권리보다 빌어먹을 사상을 중요하기 여겼기 때문이에요. 우리를 학대할 때 그 사람들 정신은 멀쩡했어요."

브래드퍼드가 말했다. "그러니까, 마이클 같은 사람이 거기 들어가서 변하거나 밖으로 나오지 않는다면 그 사람들의 말이나 생활 방식에 매력을 느꼈기 때문일 거라는 말이죠?"

"그런 셈이죠." 하이디가 말했다.

"'선택받은 자녀들'이 그런 사람에게 매력적으로 느껴질 수 있을까요? 그러니까……." 브래드퍼드가 머뭇거리다가 다시 말을 이었다. "그러니까, 격렬한 감정 변화를 겪고 있는 사람 말입니다. 그런 사람에게는 좀 다르게 느껴질까요?"

"마이클이 지금 그런 상태예요?"

브래드퍼드가 어깨를 으쓱했다. "다들 나름의 사연과 상처가 있죠. 때로는 문자 그대로의 상처가요. 마이클의 직업은 아주 전문적인 일이에요. 학교에서 배울 수 있는 그런 게 아니라. 그녀를 지금 같은 사람으로 만든 과거는 흔적을 남기죠. 당신이 그런 것처럼, 기디언과 로건이 그런 것처럼요."

하이디가 고개를 끄덕였다. "마이클이 '선택받은 자녀들'에 빠져든다면 내가 생각했던 사람의 반도 안 되는 거예요. 하지만 난 마이클이 내가 엿본 것보다 훨씬 대단한 사람이라고 생각해요."

브래드퍼드는 하이디의 그런 생각을 고맙게 여기며 고개를 끄덕였다. 그가 몸을 곧게 펴고 재킷 주머니에서 손을 꺼낸 다음 이렇게 말했다. "고맙습니다."

"이제 좀 나아졌어요?"

"네. 훨씬 낫군요." 브래드퍼드는 잠시 망설였다. 머릿속 시계가 자꾸만 흘러가면서 얼른 호텔로 돌아가야 한다는 중압감이 강해졌다. 하지만 벽에 기댄 하이디를 보고 있으니 머릿속에서 그녀의 말이 자꾸 맴돌면서 그는 서둘러야 한다는 생각을 잠시 치워두었다.

"거기서 빠져나온 다음에는 어떻게 했어요?" 브래드퍼드가 물었다. "교육도 못 받고 연고도 없이 어떻게 새로운 삶을 시작했죠?"

"옷가지만 짊어지고 배에서 내려 대도시로 가는 이민자나 마찬가지예요." 하이디가 말했다. "그러면 어디서부터 시작해야 할까요? 난 운이 좋았어요. 여동생이 먼저 '선택받은 자녀들'에서 나왔기 때문에 난 적어도 머리를 가릴 지붕은 있었으니까요. 하지만 우리 둘 다 순진했죠. 사람들 눈에 우리가 하는 행동은 어색했어요. 우리는 여기저기서 이용을 당하다가 마침내 이 세상이 어떻게 돌아가는지 알게 됐죠. 그래도 우리 자매한테는 서로가 있었죠. 운이 더 좋은 친구들도 있었어요. 할아버지 할머니나 삼촌, 이모들이 그 아이들을 데려오겠다는 희망을 절대 포기하지 않는 경우, 아이들은 도움을 받아 제 발로 설 수 있었죠. 최악의 경우는 로건이나 기디언처럼 꺼리는 친척들한테 맡겨졌다가 나이가 들어서 세상이 돌아가는 방식을 깨달을 때까지 거리를 전전하는 거예요."

"다른 방법은 없을까요?" 브래드퍼드가 물었다. "사법 체계를 통해서 정의를 실현하거나 이 모든 일을 끝내려고 애 써보지는 않았어요?"

"물론 노력해봤죠." 하이디가 말했다. "우리처럼 거기서 나온 많은 사람들이 시도했어요."

"그런데요?"

"공소시효니, 관할 구역이니, 증거 부족이니, 아주 복잡한 문제예요." 하이디가 고개를 저으며 말했다. "우린 법적인 도움을 받지 못해요. 범죄를 저지른 사람들은 이미지를 갈고 닦았고, 과거에 있었던 사실을 얘기한 우리만 나쁜 사람이 되죠." 그녀가 한숨을 쉬었다. "하지만 우린 우리가 가진 것 안에서 최선을 다하고 있어요. 우리에게 상처를 준 사람들에게 더는 시간을 낭비하지 않고 과거의 경험에서 좋은 걸 끌어내려고 노력해요. 그 사람들은 내 과거를 빼앗았지만 내 미래까지 가질 권리는 없어요."

브래드퍼드가 말했다. "궁금한 게 정말 많지만, 지금도 벌써 늦었네요. 이제 가야겠습니다."

"언제든지 물어보세요." 하이디는 이렇게 말한 다음 팔을 벌려 작별 인사로 그를 끌어안았다.

　브래드퍼드는 길로 나가서 기디언이나 로건을 찾아서 주변을 살피다가 아무도 없음을 확인한 다음 사람들 속으로 섞여들었다. 그는 걸어가면서 어깨 너머를 흘깃 보았다. 하이디는 벽에 기댄 채 그를 바라보며 서 있었다. 그 시선 속에서 브래드퍼드는 그녀의 고통을 느낄 수 있었다.

공동묘지 바깥의 잔디밭 앞. 도로 건너편에서 로건은 눈에 띄지 않도록 어느 문 앞에 바짝 붙어 서 있었다. 이제 40분 동안 기다리면서 지켜본 인내심이 보상받기 시작했다. 저 멀리 왼쪽 오른쪽을 은밀히 살피며 묘지에서 나와 군중들 속으로 섞여 들어가는 사람은 브래드퍼드였다. 그는 눈에 띄지 않을 정도로 빠르고 자연스럽게 움직였지만 로건은 알았다. 브래드퍼드는 다른 사람의 눈에 띌까 봐, 미행을 당할까 봐 경계하고 있었다.

브래드퍼드가 어디서 왔는지, 즉 먼로가 어디에 숨어 있는지 알아내는 것도 유혹적으로 느껴졌다. 하지만 그건 별 의미가 없었다. 로건은 먼로를 찾으려고 하이디를 여기까지 쫓아온 것이 아니었다.

브래드퍼드가 나타난 것은 예상치 못한 반전이었지만 오늘 하이디가 보여준 기이한 행동이 이것으로 설명되었다. 오늘 그녀는 이상하게도 미행을 당할까 봐 경계했다. 보이지 않는 미행자를 따돌리려는 하이디의 시도는 서툴고 어색했지만 말이다.

그러나 브래드퍼드는 로건이 이해하지 못한 의외의 반전이었다. 특히 그가 혼자 판단으로든 먼로가 시켜서든 하이디를 몰래 만났다는 사실이 의외였다. 그 이유를 알아내려면 기다려야 할 것이다. 브래드퍼드를 쫓는 것 역시 이유를 알아내려는 것처럼 에너지 낭비일 뿐이고 더욱 중요한 문제들, 예를 들면 하이디가 돌출 행동을 하지 못하게 막는 것에서 정신을 분산시킬 것이다.

브래드퍼드는 오른쪽을 향하더니 갈색 겨울 잔디를 지나 여름이었다면 커다란 그늘이 졌을 주차장으로 걸어가서 지나가는 사람들 사이로 사라졌다. 잠시 후 다시 나타나 택시를 불렀다. 택시는 차량의 물결 속으로 섞여 들어갔다. 브래드퍼드는 가버렸다.

로건은 지난 30분 동안의 수수께끼는 제쳐두기로 하고 하이디가 곧 나오리라 생각하면서 출입구를 계속 지켜보았다. 시간을 재고 있는데 때마침 그녀가 나왔다.

로건은 나흘 동안 도시를 헤매고 다니는 하이디를 쫓아다녔다. 그가 하이디를 쫓아다닌 것은 그녀를 믿지 않았기 때문이다. 하이디는 겉으로 순진무구하고 천사 같은 미소를 지었지만 아무도 모르게 혼자 돌아다니고 있었다. 그녀는 대놓고 반항적으로 행동하는 기디언과 달리 아주 교묘했기 때문에 로건은 며칠이 지나서야 그녀의 패턴을 알아차렸다. 하이디는 여기서 쇼핑을 하고 저기서 식사를 하는 등 자리를 비울 때 거의 눈에 띄지 않았고 어디를 다녀왔는지 쉽게 설명할 수 있었다. 특히 하이디는 일찍 일어나게 되었고 로건과 기디언은 늦게 자고 늦게 일어났다.

로건은 의심 외에 별다른 증거는 없었지만 하이디가 뭔가를 꾸미고 있다는 것을 직감했다. 정말 그럴듯한 의심이었다. 로건이 그녀를 따라

다니게 만들 만큼 그럴듯했다. 하지만 기디언 문제처럼 먼로를 끌어들일 만큼 그럴듯하지는 않았다. 게다가 하이디 문제라면 먼로가 필요하지 않았다. 로건 혼자서 하이디를 처리할 수 있었다.

지금 로건의 가장 큰 문제는 피로였다. 기디언과 하이디 사이를 오가며 스케줄이 다른 두 사람을 감시하다 보면 지치고 배고팠다.

그는 얼마 전에 먼로가 와서 일의 진척 상황을 알려주고 절대 끼어들지 말라고 경고했으니 하이디가 바뀔 것이라고, 뭘 하고 있든 그 일을 잠깐 멈출 것이라고 생각했다. 기디언이 그런 것처럼 말이다. 하지만 지금까지는 전혀 그렇지 않았다. 돌이킬 수 없는 상황이 되기 전에, 그를 괴롭히는 결과가 되어 돌아오기 전에 하이디를 멈추게 하는 것은 로건에게 달려 있었다. 하지만 그러기 위해서는 증거가 필요했다. 그것이 희망과 재앙을 나누는 미묘한 선이었다.

길 건너편에서 기다리던 로건은 인도로 나와 하이디에게서 시선을 떼지 않은 채로 거리 끝까지 따라간 다음 기다리던 택시 앞에 섰다. 하이디가 택시를 잡을 때 로건도 택시에 탔다. 하이디가 택시에 타자 추적이 다시 시작되었다.

매일매일 하이디를 쫓아다니는 것은 "저 택시를 따라가 주시오!"라고 외치는 영화의 추적 장면처럼 멜로드라마에나 나올 것 같지만 그렇게 가벼운 일이 아니었다. 따뜻하고 섬세한 하이디는 기디언만큼이나 이번 계획을 망칠 가능성을 가지고 있었다. 해나를 찾을 가능성이 이렇게 높아진 상황에서 로건은 절대 그런 일이 일어나게 놔둘 수 없었다.

하이디가 탄 택시가 레콜레타를 지나 시내로 돌아가자 로건은 두 사람이 어디를 향하고 있는지 알았다. 그가 천리안이었기 때문이 아니라 하이디가 카예 플로리다에 가는 것이 지난 나흘 동안 이번이 세 번째였기 때문이다.

쇼핑의 거리가 소비자에게는 천국이었지만 추적자에게는 악몽이었다. 가게, 카페와 식당, 길거리 예술가들, 소리를 지르는 행상인들, 난폭하게 떠밀며 걸어 다니는 사람들이 몇 블록이나 이어졌기 때문에 쫓던 사람을 놓치기 쉬웠다. 그는 하이디가 왜 자꾸 여기로 돌아오는지 본능적으로 알았다. '선택받은 자녀들'이 구걸을 하면서 전단을 나눠줄 장소가 있다면 관광객과 사람들이 빽빽하게 들어찬 카예 플로리다가 안성맞춤이었다.

택시가 플라자 산마르틴 근처에서 하이디를 내려주자 그녀는 거기서부터 남은 거리를 걸어갔다. 로건은 하이디가 아무렇지도 않게 돌아다니면서 가끔 멈춰서거나 쇼윈도를 훑어볼 때도 그녀의 눈에 띄지 않도록 충분한 거리를 두고 뒤에서 따라갔다. 지금까지 며칠 동안 그랬던 것처럼 쇼핑센터 근처의 비교적 한산한 거리에서는 하이디를 쫓기가 쉬웠다. 하지만 일단 카예 플로리다에 들어서면 행인들이 예측할 수 없을 만큼 급격히 줄어들었다 늘어났기 때문에 어떤 계획도 소용없었다.

로건은 하이디에게 조금 더 가까이 다가가면서 그녀가 청색 외투를 입어서 다행이라고 생각했다. 눈에 띄는 청색 덕분에 그녀의 모습을 한참 놓친 후에도 다시 찾을 수 있었다. 하이디가 카예 플로리다에 처음 왔을 때는 구역 전체를 쭉 따라 걷더니 택시를 타고 호스텔로 돌아갔다. 하지만 두 번째와 세 번째 왔을 때는 다른 곳으로 이동했기 때문에 로건은 오늘도 마찬가지일 것이라고 생각했다. 그러므로 가까이 붙어 있어야 했다.

갑자기 하이디가 사라졌다. 그냥 그렇게 없어져버렸다. 사람들이 흩어졌다가 다시 몰려들면서 물결처럼 움직이는 인파가 그의 시야를 잠시 가리더니 그녀가 사라져버렸다.

로건은 발걸음을 재촉하며 빽빽하게 몰려 있던 사람들을 지나 오른쪽, 왼쪽을 살펴봤지만 하이디는 없었다. 그는 천천히 원을 그리며 돌아와 공황 상태에 빠져 그녀가 갈 만한 곳을 생각해내려 애썼다. 자신이 따라온다는 사실을 하이디가 계속 알고 있다가 이제 도망치기로 한 게 아닐까 하는 생각이 들었다. 로건은 하이디가 자신을 떼어놓으려고 일부러 이 거리로 왔을지도 모른다고 생각했다. 하지만 사람들이 흩어지면서 3미터쯤 떨어진 곳에서 하이디가 굳어버린 것처럼 꼼짝도 않고 서서 두 손을 꼭 쥐고 뭔가를 바라보는 모습이 순간적으로 보였다.

그녀의 시선을 따라간 순간 로건 역시 얼어붙었다. 가슴 한가운데에 콘크리트 덩어리가 떨어지고 다리가 굳었다. 모든 근육과 모든 말초 신경이 하이디처럼 하라고, 가만히 서서 저 앞에 가방과 전단을 든 여자아이들을 물끄러미 바라보라고, 얼굴들을 살펴보면서 해나를 찾아보라고 말하고 있었다. 저 아이들이 여기 있다면 해나 역시 가까이 있을 것임을 본능적으로 알았기 때문이다.

하지만 해나를 찾는다 한들 어떻게 해야 할까? 해나를 데리고 달아날까? 어디로? 마이클이 '안식처'에 접근해서 안으로 침투하는 중이었다. 마이클은 로건이, 혹은 그들 중 누구도 할 수 없는 일을 할 수 있었다. 해나를 안전하게 이 나라 밖으로 데려 나가는 것이었다.

로건은 하고 싶은 모든 행동과 모든 본능, 모든 간절한 바람을 뒤로하고 오직 믿음에 의지하면서 고개를 돌려 하이디를 보았다. 좌절감을 하이디에게 집중시키자 감정적인 안개가 걷히고 분노가 그 틈을 채웠다. 바로 지금, 바로 여기서 하이디가 모든 것을 망칠 수 있었다.

이성이 끼어들었다. 로건은 빠른 걸음으로 다가가서 몇 초 만에 하이디의 옆에 섰고 그녀의 귓가에서 식식거리며 말했다. "도대체 여기서 뭘 하는 거야?"

하이디가 깜짝 놀라 뒤로 돌았다. 아무런 표정도 없었다. 분명 충격이 두 배로 커졌을 것이다. 바로 저기에서 '선택받은 자녀들'의 여자아이들을 발견했는데 로건까지 바로 옆으로 다가와 현장에서 그녀를 잡았으니 말이다. 하이디의 입술이 움직였지만 아무 말도 나오지 않았다. 그녀는 물고기처럼 우스꽝스러워 보였다.

하이디가 '선택받은 자녀들' 쪽으로 다시 고개를 돌렸지만 로건이 그녀의 팔을 잡고 시선을 끌지 않기 위해 허리에 팔을 두른 다음 소녀들로부터 등을 돌리게 만들었다.

로건이 하이디의 눈을 마주 보았다. 하이디가 축 늘어지는 것을 보니 그가 느끼는 분노 하나하나가 전부 얼굴에 드러났음이 틀림없다.

로건은 하이디를 데리고 전단지를 나눠주며 동정심을 사려고 눈물 나는 이야기를 외치는 여자아이들로부터 멀어졌다. 표정 없는 얼굴의 인파를 헤치며 한 걸음씩 걸어가는 동안 그의 마음은 주체할 수 없을 정도로 흔들렸다. 로건은 택시를 불러서 하이디와 뒷좌석에 타고 호스텔로 향했다.

하이디는 한동안 아무 말도 하지 않았고 로건도 침묵을 지켰다. 그는 무슨 말을 할지 생각하고 있었다. 두 사람이 마음의 안정을 되찾고 나서 뭐라고 말해야 그녀가 이 고집스런 생각을 영영 포기할까.

하이디가 누구를 봤는지는 의심의 여지가 없이 분명했다. 아무리 멍청해도 알아볼 수 있는 얼굴이 분명히 거기 있었다. 하이디가 이렇게 갑작스럽게 여동생을 보고 얼마나 큰 충격을 받았을지에 대해서는 더욱 의심의 여지가 없었다. 로건이 여기서 해나를 봤다면 그가 어떻게 했을지는 말할 필요도 없었다. 해나가 거기 있었을지도 모른다는 생각을 하면 속이 타들어갔다. 해나가 거기 있었을지도 모른다고, 게다가 '선택받은 자녀들' 중 누군가가 하이디를 알아보는 바람에 하이디를 또다시 영영 잃어버릴 것이라고 생각하면 더욱 속이 탔다. 속이 까맣게 탔다.

로건은 택시를 타는 동안 꾹 참으면서 하이디가 자기 생각에 혼자 잠겨 있게 놔두었다. 택시가 호스텔 앞에 멈추자 로건이 택시비를 냈다. 그는 하이디를 그녀의 방으로 데리고 갔지만 그녀가 로건을 밖에 남겨두고 문을 닫으려고 하자 발로 문을 막았다. 하이디는 한숨을 쉬고 일이 그렇게 쉽게 끝나지 않을 것임을 깨닫고 그를 방으로 들였다.

로건은 화가 나서 속이 탔지만 택시를 타고 오는 동안 안정을 되찾을 수 있었다. 이제 그는 차분하고 평탄한 목소리로 말을 시작했다.

"아까 그건 정말 나쁜 짓이야. 그 사람들이 널 알아보면 어떻게 될지 알기나 해?"

하이디의 입술은 "못 알아봤어"라고 말했지만 그녀의 눈은 '도대체 날 어떻게 찾은 거야?'라고 말하고 있었다.

로건이 검지로 그녀를 가리키며 말했다. "너처럼 똑똑한 사람의 문제는 말이야, 주변 사람들이 자기 속도를 못 따라온다고 생각하는 거야. 그런데 그거 알아? 여기서 지금 네가 상대하고 있는 건 아주 똑똑한 사람들이야, 하이디."

그녀가 고개를 끄덕였다. 풀죽은 얼굴이었다. "미안해." 그녀가 말했다.

"아 그래? '선택받은 자녀들'이 짐을 싸고 해나를 다시 빼돌리면 채리 티랑 나한테, 마이클한테 그렇게 말할 거야? 미안하다고? 참 대단도 하시네."

"그 애들은 날 못 봤어." 하이디가 말했다.

"무슨 근거로 그렇게 생각해?"

"내가 그 애들을 발견할 줄은 정말 몰랐어. 난 그냥 바쁘게 돌아다니면서 시간을 죽이고 있었던 거야."

"이제 그러면 안 돼." 로건이 말했다. "그 사람들이 구걸하는 구역을 찾아서 시내를 돌아다녀도 안 되고 비밀 우편함이나 뭐 그런 걸 찾으려고 해도 안 돼. 가만히 있어. 피해 있으란 말이야. 우리가 부탁받은 건 그거밖에 없어."

하이디는 팔짱을 끼고 말없이 침대 위에 앉아 있었다. 로건은 그녀가 왜 그러는지 정확히 알았다. 하이디의 얼굴을, 저 표정을 보니 그녀를 혼자 처리할 수 있다던 생각이 틀렸을지도 모른다는 생각이 들었다. 로건이 하이디에게 권위적으로 굴면서 이건 해도 되고 저건 하면 안 된다고 말하는 것은 아주 민감한 부분이었다. 하이디는 윗사람이나 남자친구의 말이라면 들을지도 모른다. 낯선 사람의 말이라면 들을지도 모른다. 하지만 두 사람은 과거를 공유하고 있으며 똑같은 환경에서 자랐기 때문에 그녀가 로건이나 누구든 '선택받은 자녀들'과 관련된 사람의 말을 절대 들을 리 없었다. 그는 하이디를 탓하지 않았다. 두 사람의 역할이 바뀌었어도 다르지 않았을 것이다.

사실 지금 당장 하이디가 무모한 행동을 하지 않는 것은 대의를 위해서였다. 즉 '선택받은 자녀들'의 지도자들과 예언자가 사기꾼이라는 것을 이 세상에, 혹은 누구든 듣고자 하는 사람들에게 증명할 방법을 찾기 위해서였다. 이를 위해서는 해나를 빼내 오는 것이 아주 중요했다.

한참 동안 이러지도 저러지도 못하다가 로건이 침묵을 깨뜨렸다. "좋아. 내가 사과할게. 난 너한테 이래라저래라 할 권리도 없고 억지로 시킬 수도 없어."

하이디가 고개를 끄덕이고 팔짱을 풀었다.

"하지만 난 마이클이 어떻게 나올지 예측할 수 있어." 그가 말을 이었다. "이번 일에 그렇게 많은 것을 투자하고 너한테도 이 일에서 빠지라고 그렇게 경고를 했는데 네가 해나를 데려오는 데 방해가 될 행동을 한다면 마이클은 그걸 개인적으로 받아들이고 네가 대가를 치르게 할 거야."

"어떤 대가?" 하이디가 말했다.

로건이 어깨를 으쓱했다. "솔직히 네 경우엔 나도 전혀 모르겠어. 마이클이 동등한 대가라고 생각하는 것이겠지." 그가 말했다. "널 어떤 범죄에 연루시켜서 아르헨티나에서 힘든 재판 과정을 거치고 어쩌면 감옥까지 가는 모습까지 보는 걸지도. 어쨌든 나라면 절대 마이클을 거스르지 않을 거야." 로건은 말을 멈추었다. 하이디의 얼굴에 스쳐가는 그림자를 보고 무슨 말인지 알아들었음을 깨달았기 때문이다.

일라이저는 오지 않았다. 먼로는 기나긴 침묵 속에서 추적을 시작하는 약탈자처럼 신중한 인내심을 가지고 기다렸다. 정보의 세계, 침투와 감시의 세계, 비밀을 사고파는 세계는 끝없는 기다림, 아무것도 하지 않는다는 압박감, 신중한 자기 제어의 세계였고 배움과 연습을 통해서 움직일 때와 멈출 때, 대기 상태를 무한정 유지하는 법을 아는 것이 중요했다. 지금이 바로 대기 상태였다.

어제 브래드퍼드가 이곳을 정찰하고 도청기를 달 시간 10분을 벌기 위해서 이 방에서 4시간을 보냈던 것처럼 기다림은 먼로가 원하는 것을 손에 넣게 해줄 것이다. 일라이저가 책을 주면서 기다려달라고 말하지 않았다면 먼로는 외출했던 밴이 돌아와서 사람들이 이 집을 다시 채울 때까지 시간을 끌 것을 뭐든지 요청했을 것이다. 일라이저는 그녀를 '선택받은 자녀들' 품 안에 끌어들이고 싶었기 때문에 문제를 해결해주었다.

때 맞춰 현관문 너머에서 들리는 발소리와 목소리들이 점점 커지면서 가까워지고 있었다.

먼로는 받침의 불을 끄고 어두운 거실에서 현관문 쪽으로 다가갔다. 그녀는 입구에서 가장 가까운 의자를 골라서 뒷면이 건물 앞쪽을 향하고 현관홀이 바로 보이는 시야는 작은 벽 일부에 가려지게 놓았다. 이렇게 해서 먼로는 어두운 구석에서 지나가는 사람들의 옆모습과 뒷모습을 관찰할 수 있었다. 얼굴이 정확히 보이지는 않았지만 그 대신 위치가 좋았다. 지나가는 사람이 일부러 고개를 돌려서 방 안을 들여다보지 않는 한 먼로는 절대 눈에 띄지 않을 것이다.

현관문을 통해서 들어온 사람은 대부분 십대 아이들이었다. 아이들은 힘든 하루 일을 마치고 지친 몸으로 추운 바깥에서 쿵쾅거리며 들어왔다. 자동차 크기와 아이들 수를 생각했을 때 지금 들어온 것이 밴 한 대에 타고 있던 아이들이라면 안전벨트 수보다 많은 아이를 태우고 나갔다는 것을 알 수 있었다. 아이들은 이야기를 나누고 쾌활하게 서로 밀면서 지나갔고 소리를 죽이려고 애쓰지 않았다. 이제 이 건물은 먼로가 생각하는 자연스러운 상태에 조금 더 가까워졌다.

아이들은 외투와 무거운 가방을 들고 두세 명씩 짝을 지어 지나갔다. 먼로가 이미 알고 있는 정보가 아니었다면 하루 일과의 대부분을 차지하는 길거리 구걸이 아니라 학교에서 돌아오는 아이들처럼 보였을 것이다.

보이지는 않았지만 열려 있는 현관문 뒤에서 어떤 여자가 아이들 몇 명을 부르는 소리가 들렸다. 현관홀을 이미 지나간 십대 아이 세 명이 걸음을 멈추고 뒤돌았다. 세 사람은 먼로가 앉아 있는 곳에서 불과 몇 10센티미터밖에 떨어져 있지 않았기 때문에 복도 조명을 받아 얼굴이 뚜렷하게 보였다.

그 순간 시간이 멈췄다.

심장이 튀어나갈 듯이 세차게 뛰었다. 30센티미터 정도 떨어진 곳에 나이가 어린 소녀이긴 했지만 로건을 거울에 비춰놓은 것 같은 아이가 서 있었다.

먼로는 당장 일어나 아이를 잡아채서 달아나고 싶은 충동과 싸웠지만 문까지의 거리, 근처에 있는 사람 수, 차까지 가는 데 걸리는 시간, 해나를 정신을 잃게 한다고 가정했을 때 축 늘어진 몇 10킬로그램의 무게를 지고 사람들과 싸우면서 나아가는 과정을 1초도 안 돼서 계산한 다음 일단 참기로 했다.

그래서 먼로는 자기 앞에 서 있는 금발머리에 초록색 눈을 가진 어린 로건을 본 충격으로 행동을 움직이고 싶다는 충동을 꾹 누르며 그냥 바라보았다. 그녀는 어느 한쪽으로 치우치지도, 감정적이지도 않은, 일에 대한 완전한 집중력을 서서히 되찾았다. 스톱모션처럼 흘러가는 이 순간에 먼로는 아이가 문 뒤의 보이지 않는 목소리에게 대답한 중요한 말을 놓칠 뻔했다.

엄마.

지난 8년 동안 자신의 진짜 엄마 아빠가 찾아 헤맨 이 아이는 다른 사람을 엄마라 부르고 있었다.

먼로는 긴장을 늦추지 않은 채 엄마라 불린 여자가 지나가기를 간절히 바라면서 기다렸다. 그녀는 이 여자를 알아볼 수 있기를, 누군지 파악할 수 있기를 바랐지만 밴에 타고 온 사람들이 모두 집 안으로 들어온 후에도 다른 낯선 사람들과 다를 것 없는 여자를 한 명 봤을 뿐이다.

입구 홀이 텅 비었다. 먼로는 어두운 구석에 꼼짝도 않고 앉아서 하루 종일 가슴속에서 검은 연기를 내며 타오르던 불을 억누르면서 이 순간을 분석하고 앞으로 계획을 검토했다.

정보가 부족한 상황에서 너무 빨리 일을 시작하면 실수를 할 것이다. 그렇다고 너무 오래 기다리면 날카로운 시선을 받으며 원치 않는 의심을 살 수 있다. 머릿속에 체스판이 펼쳐졌다. 먼로는 한수 한수 움직여 앞으로 일어날 일에 대한 전략을 세웠다. 지금까지 파악된 상황을 바탕으로 확률을 계산하는 동시에 머릿속으로 시간을 재며 다음 밴에 탄 사람들이 현관홀로 들어오기를 기다렸다.

그녀는 10분 후에 두 번째로 도착한 사람들도 똑같이 살펴보았다. 이번 아이들은 열 살에서 열두 살 정도였고 아이들 수만큼의 어른들이 있었다. 곧이어 또 한 무리가 들어와서 앞서 도착한 사람들처럼 복도를 지나 일부는 넓은 계단을 올라가고 나머지는 뒷문을 지나 부속 건물로 갔다.

사람들이 돌아올 때마다 집 안에서 들리는 소리는 점점 커졌다. 계단참은 벌집처럼 활발해졌고 뒷문이 계속 열리고 닫히면서 사람들이 주 건물을 채웠다가 비웠다.

먼로의 계산이 옳다면 아직 밴 두 대가 더 돌아와야 했지만 이제 여기 앉아서 기다리는 것은 의미가 없었다. 그녀는 원하던 것을 보았고 무엇이 필요한지 알았으며 목표는 두 가지로 줄어들었다. 이제 건물 구조를 익히고 해나가 어디서 자는지 알아야 했다.

뒷문이 다시 열리더니 사람들이 나가는 소리가 아니라 한 사람이 빠른 속도로 현관홀로 다가오는 소리가 들렸다. 먼로는 자리에서 일어나 거실을 가로질러 반침으로 돌아가서 불을 켰다. 일라이저가 들어왔을 때 그녀는 책에 코를 박고 있었다.

일라이저의 입은 미소를 짓고 있었지만 눈에는 걱정이 담겨 있었고, 아까의 고민스러운 표정은 지친 표정으로 바뀌어 있었다. 그는 뭔가 다른 문제에 마음을 빼앗겨 큰 스트레스를 받고 있었다. 회의에서 나쁜 소식을 듣고 온 회장의 전형적인 모습이었다.

"어어." 일라이저가 말했다. "책은 어떤가요?"

먼로가 그와는 달리 침착하게 고개를 들었다. 아주 평온한 얼굴이었다. "정말 대단해요." 그녀는 이렇게 말한 다음 뒤늦게 생각났다는 듯 어리둥절하게 덧붙였다. "지금 몇 시죠?"

일라이저가 시계를 흘깃 보았다. 그는 지금이 몇 시인지 정확히 알고 있을 것이 틀림없었으므로, 필요해서라기보다 습관에 가까운 초조한 행동이었다. 일라이저가 몇 시인지 말해주자 먼로는 정말 놀란 척했다. "시간이 정말 빨리 가네요." 그녀가 말했다.

일라이저는 잠깐 머뭇거리다가 한숨 돌렸다. 일이 끝나고 즐길 시간이 된 것처럼 그가 가져온 긴장감이 서서히 사라졌다. 일라이저가 먼로에게 거의 닿을 정도로 가까이 다가앉았다. 사적인 공간을 침해당해서 그녀가 얼마나 불편해하는지도 모르고, 그가 가까이 다가오는 것을 원하지 않는다거나 다시 불붙기 시작하는 분노를 열심히 억누르고 있다는 사실은 더더욱 모르는 듯했다.

일라이저는 책에 대해 물었다. 그는 먼로의 심중을 알아내고 감정적 유대를 쌓으려 했고 먼로도 적당히 맞추면서 대답했다. 그녀는 신중하고 모호한 말로 대답하고 가까이 다가갔다가 밀어내면서 상대방의 관심을 놓치지 않는 바람둥이처럼 그를 가지고 놀았다.

일라이저가 그녀의 무릎에 손을 얹고 말했다. "여기서 저녁식사를 같이하실래요?"

그의 손이 닿자 먼로는 눈앞이 회색으로 변하고 그의 손가락을 부러뜨리고 싶은 욕망과 싸워야 했다. 그녀는 억지 미소를 띠고 신중하게 생각하는 것이라고밖에 해석될 수 없는 긴 침묵 끝에 이렇게 말했다. "그러면 정말 좋겠네요."

일라이저는 여전히 그녀의 허벅지에 손을 얹고 있었기 때문에 먼로는 폭력을 행사하고 싶은 타는 듯한 충동을 꾹 참아야 했다. 갑자기 그가 벌떡 일어섰다.

"잘됐네요." 일라이저가 말했다. 그의 손이 치워지자 유독가스가 가득한 방에 있다가 나와 산소호흡기를 받은 것 같았다. 먼로가 일라이저에게 책을 건넸지만 그가 고개를 저었다.

"가지세요. 아직 더 읽어볼 게 더 많아요. 기회가 되면 책에 대해 이야기를 나누도록 하죠."

"고맙습니다." 먼로가 말했다. 그런 다음 그녀는 또 다른 밴에서 내린 사람들의 발소리를 배경 삼아서 예언자의 말씀을 가슴에 꼭 끌어안고 일라이저를 따라 뒷문으로 나가서 부속 건물로 들어갔다.

주 건물이 조용했다면 식당은 정반대였다. 식탁이 늘어선 식당은 낮에만 해도 텅 비어 있었지만 이제 소음과 활기가 가득했고 아직도 사람들이 계속 들어오는 중이었다. 제일 오른쪽 벽의 미닫이문으로 열서너 살쯤 된 소녀가 아장아장 걷는 아기들 여섯을 데리고 들어와서 각자 다른 식탁에 데려다 준 다음 식당 중앙에 있는 식탁 앞에 앉았다.

각 식탁에 둘러앉은 사람들은 생김새도 인종도 다양했지만 마치 가족끼리 저녁을 먹는 듯한 광경이었다. 먼로는 해나를 찾아서 식당을 둘러보았다. 해나는 몇 테이블 떨어진 곳에 엄마라고 불렀던 여자와 자기보다 어린아이 세 명과 같이 앉아 있었다. 엄마라고 불린 여자는 해나와 비슷한 부분이 하나도 없었다. 그녀는 아주 연한 초록색 눈과 짙은 속눈썹 대신 새까만 머리카락과 햇볕에 완벽하게 그을린 피부를 가지고 있었다. 데이비드 로의 자취는 보이지 않았지만 아직 돌아오지 않은 밴에 타고 있을지도 몰랐다.

일라이저는 낮에 앉았던 구석 식탁으로 먼로를 데리고 갔다. 전에 만났던 아내와 아이들이 식탁 앞에 앉아 있었다. 그 외에도 십대 아이 세 명과 아기를 데리고 있는 젊은 부부도 있었다. 일라이저는 영어로 먼로가 왔다고 설명한 다음 아기를 데리고 있는 젊은 부부를 아들과 며느리, 손자라고 소개했다.

이 사람들이 하이디의 가족이었다. 아들과 십대 여자아이 둘은 하이디의 친형제가 분명했고, 나머지는 이복형제라서 필리핀인 어머니의 특징을 가지고 있었지만 그래도 가족답게 닮은 점이 있었다. 식탁에 둘러앉은 사람들 중에 십대 아이들은 스페인어를 유창하게 했지만 엄마와 어린아이들은 영어만 했다.

먼로는 방 안이 훤히 보이는 자리에 앉아서 대화를 하는 척하면서 모든 것을 자세하게 파악했다. 배식대 가득 대형 솥들이 늘어서 있고 솥 뒤에 선 십대 아이 세 명이 음식을 접시에 담아주었으며 사람들은 카페테리아처럼 줄을 지어 이동했다. 일라이저의 딸들 중 한 명이 음식을 한 접시 가져다주자 먼로는 알아볼 수 없는 수프 같은 내용물을 보면서 고개를 끄덕여 고맙다고 인사했다.

식당으로 들어오는 사람들이 점점 줄어들었다. 먼로가 보니 식당 안에 150명 정도가 있었는데 대부분 어린애나 십대였다. 그녀는 눈으로 식당을 훑으며 아이들의 얼굴을 살폈다. 모두 어리고, 순수하고, 완벽한 아이들이었다. 어떤 아이는 많은 아이에게 나누어지는 제한된 관심을 조금이라도 얻으려고 나름 애를 썼고, 어떤 아이는 일라이저의 자식들처럼 부모에게 전혀 관심 없어 보였다. 어느 쪽이든 지켜보기 고통스러웠지만 먼로는 시선을 돌릴 수 없었다.

다행히도 '선택받은 자녀들'은 무기가 없었다. 무기를 가지고 있었다면 해나를 빼내는 일이 잘못됐을 때 부수적 피해가 용납할 수 없을 만큼 컸을 것이다. 먼로의 시선이 마침내 기타를 멘 이십대 중반의 청년에게 닿았다. 그는 다른 사람의 시선을 전혀 신경 쓰지 않고 자리에서 일어나 기타를 퉁기면서 노래하기 시작했다.

식사와 대화가 멈추고 방 안을 채운 100여 명의 목소리가 하나가 되었다. 노래는 다음 곡으로, 또 다음 곡으로 이어지면서 신앙인 대가족에 속해 있음에 감사하는 노래와 음식에 대한 노래가 거의 10분 동안 계속되었다.

음악이 끝나자 청년은 하나님에 대한 감사의 말을 몇 마디 하고 음식에서 모든 세균을 없애 깨끗하게 해주시기를 기도한 다음 자기 가족의 식탁으로 돌아가 앉았다. 식당은 다시 불협화음으로 가득 찼다. 청년은 먼로가 로건을 떠올릴 만큼 정확한 발음의 영어로 말했다. 억양은 분명 미국식이었지만 서유럽과 라틴아메리카의 흔적이 남아 있었다. 여기 있는 사람들 모두 그런 억양을 가지고 있는 것 같았다.

먼로는 다시 대화를 나누면서 슬쩍슬쩍 식당을 살폈다. 이제 들어오는 사람이 없고 노래도 다 끝났지만 해나가 앉은 자리에 데이비드 로는 아직도 없었다.

데이비드 로는 아이를 납치해서 '선택받은 자녀들'로 다시 데려왔으며 해나에게는 아빠에 가장 가까운 사람이자 진짜 가족과 비슷한 유일한 인물이었다. 하지만 이상하게도 모습이 보이지 않았다. 먼로가 이번 일을 하기 위해서 데이비드 로의 위치를 반드시 알아야 하는 것은 아니었지만 말벌이 방에 들어왔을 때 그런 것처럼 그가 어디 있는지 알면 도움이 될 것이다.

식사가 서서히 끝나가고 여러 가족이 식당에서 빠져나갔지만 일라이저의 가족은 남아 있었고 먼로도 같이 남았다. 그녀는 이 순간에 집중했지만 내면의 긴장은 점점 커지고 있었다. 먼로는 해나를 찾고 싶었다. 돌아다니고 싶었다. 정찰하고 싶었다.

하지만 먼로는 그러는 대신 거기 앉아서 이 공동체에 정말 들어오고 싶은 척, 이들의 믿음에 관심이 있는 척하면서 친근하게 대화를 나누고 질문에 대답했다. 마침내 식당을 치우려고 남아 있던 십대 아이들이 잡다한 일을 마치자 일라이저 가족은 먼로에게 같이 거실로 가자고 했다.

거실로 가자 식당에 있던 150명 모두가 소파와 의자, 바닥을 가득 채우고 있었다. 그들은 다 같이 예언자의 말씀을 낭독하고 노래를 부르며 한 시간을 보냈다. 먼로는 거실에 있는 많은 사람과 마찬가지로 지루함을 꾹 참고 딴생각을 하면서 이 사람들이 정말 그렇게 순진한 것일까, 아무리 의심할 줄 모르는 손님이라 할지라도 오늘 저녁의 쇼가 손님을 위해서 특별히 연출된 것임을 알아차릴 것이라고 생각하지 못하는 걸까, 라고 생각했다.

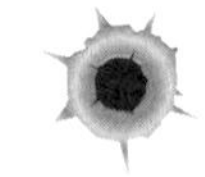

먼로가 '안식처'를 나선 것은 올빼미족의 기준으로는 꽤 이른 시각이었지만, '안식처'는 벌써 문을 닫아 어둡고 조용했다. 다른 부에노스아이레스 사람들과 달리 '선택받은 자녀들'은 일찍 자고 일찍 일어났다.

일라이저와 에스테반은 먼로를 자동차까지 데려다 준 다음 얼른 돌아가지 않고 하나님께 바칠 돈에 대해 그다지 미묘하지 않은 제안을 하면서 어색할 정도로 작별의 시간을 질질 끌었다. 먼로는 돈을 주지 않았고 그들은 직접적으로 요구하지 않았다. 그녀는 노끈으로 고양이를 놀리듯이 돈 문제를 이용해서 다시 초대를 받으려고 애썼다. 먼로의 계산대로 일라이저는 집에 가기 힘들 텐데 오늘 밤을 여기서 지내는 것이 어떠냐고 제안했다.

먼로는 어떻게 할지 생각해보는 척하다가 하룻밤 묵고 싶지만 오늘 밤은 안 되겠다고 했다. 그녀는 가족과 어길 수 없는 선약이 있어서 오늘은 안 되지만 내일은 아무 일도 없으니 내일 다시 오겠다고 말했다. 내일 먼로는 해나를 여기서 빼낼 것이다.

먼로는 다년간의 제3세계 경험에 따라서 기계적으로 신호등과 표지판, 위험한 합류 지점을 지나 호텔로 돌아갔다. 그녀의 마음은 계속 바쁘게 움직이며 저녁 내내 참았던 격렬하고 복잡한 감정을 해체하고 해나를 안전하게 빼내기 위해 따라야 할 절차를 하나씩 이어 맞춰보았다.

먼로가 호텔 방문을 열자 브래드퍼드가 책상 앞에 앉아 있었다. 그는 그녀가 돌아와서 정말 기쁘다는 표정으로 자리에서 일어섰다. 먼로는 그의 환영을 받고 마음이 훈훈해졌지만 옷장 문을 열자 브래드퍼드의 외투에서 하이디의 향수 냄새가 흐릿하게 느껴졌다.

먼로는 이게 무슨 뜻인지 깨닫고 그 자리에 얼어붙었고, 뒤이어 끓어오르는 화를 억누르느라 잠시 가만히 서 있었다. 그녀는 브래드퍼드에게 고개를 끄덕이고 미소를 지어 보인 다음 피곤하고 신경이 곤두선 채로 침대로 가서 옷도 갈아입지 않고 누웠다.

"옆에 가도 돼?" 브래드퍼드가 이렇게 말하자 먼로는 양손을 베고 천장을 응시하면서 몸을 조금 움직여 그가 앉을 자리를 만들어주었다. 브래드퍼드는 침대에 걸터앉아 그녀를 향해 몸을 숙이고 물었다. "저녁은 먹었어?"

"그걸 음식이라고 부를 수 있을지는 모르겠지만." 먼로는 이렇게 말하고 잠시 가만히 있다가 똑바로 일어나 앉았다. "밖으로 나가자. 당신은 하루 종일 호텔에 갇혀 있었잖아. 나도 이 어마어마한 정보를 내 머릿속에서 좀 꺼내서 정리해야겠어. 당신이랑 얘기하고 싶어. 당신도 무슨 일이 있었는지 듣고 싶을 거 아냐."

"사실 그래." 그가 말했다.

먼로는 옷을 벗고 외출복으로 갈아입었다. 호텔을 나선 두 사람은 부에노스아이레스의 수없이 많은 탱고 전용 댄스홀 중에 밀롱가를 한 군데 발견했다. 12시가 다 되었지만 부에노스아이레스의 기준으로는 아직 이른 시각이었고 댄스홀은 아직 가득 차지 않았기 때문에 커플들이 앉는 바깥쪽에서 쉽게 자리를 찾을 수 있었다. 사람들이 많고 연기가 자욱하고 어둡고 음악이 넘치는 이곳에서 두 사람은 방해를 받지 않고 이야기를 나누면서 넓은 중앙 플로어에서 춤 솜씨를 뽐내는 사람들을 볼 수 있었다.

먼로는 가벼운 음식을 먹고 술을 마시면서 브래드퍼드에게 그날 있었던 일을 이야기했다. 그리고 그곳의 일과와 그녀가 지금까지 파악한 건물 구조를 알려주었다. 두 사람은 전략과 선택할 수 있는 방법들에 대해 의논했다. 늦은 밤에 해나를 빼내는 것과 밴을 따라다니다가 아이들이 구걸을 하러 나왔을 때 길거리에서 해나를 데려오는 것을 놓고 논쟁을 벌였다. 어떤 방법을 선택하든 복잡한 문제와 예측할 수 없는 요소들이 있었다. 먼로와 브래드퍼드는 두 가지 방법을 다 준비했다.

브래드퍼드는 필요한 물건을 준비하고 먼로에게 정보를 제공할 것이다. 이것이 그가 아르헨티나에 온 이유였다. 브래드퍼드는 일단 해나를 '안식처'에서 빼낸 다음 안전하게 국경을 넘어가는 절차를 간단하게 알려주었다.

"로건에게 말해줄까 생각 중이야." 먼로가 말했다. "적어도 어디 있는지는 알았다고 말이야."

"아는 사람이 하나 더 생긴다는 건 문제가 발생할 가능성이 하나 더 많아진다는 뜻이야."

먼로는 고개를 끄덕였다. 그의 말에 동의하지는 않더라도 무엇을 걱정하는지 이해한다는 뜻이었다.

브래드퍼드가 말을 이었다. "로건 이야기가 나와서 말인데, 오늘 당신이 돌아오기 전에 잠깐 통화했어. 기디언 문제로 당신한테 할 말이 있다는데."

기디언의 이름이 나오자 다른 문제가 떠올랐다. 해나에게 이렇게 가까이 접근한 상황에서 돌발적으로 기디언이 끼어들면 안 되기 때문에 로건의 정보는 아주 중요했다.

먼로가 시계를 확인했다. "요즘 로건은 어떻게 지내? 아직 깨어 있을 것 같아?"

"자고 있어도 전화하면 돼." 브래드퍼드가 말했다. "내가 휴대전화를 줬어."

먼로가 손가락으로 물잔 테두리를 만지며 말했다. "전화해서 여기로 오라고 해줄래?"

브래드퍼드가 고개를 끄덕이고 일어섰다. "조용한 데를 찾아봐야겠다. 금방 올게."

잠시 후 그가 돌아와서 말했다. "바로 온대. 30분쯤 걸릴 거야." 먼로는 지난 30분 동안 참았던 미소를 지었다.

"여자들이 당신을 흘끔흘끔 보고 있어." 먼로가 놀리며 말했다. "춤이나 한 곡 추지 그래?"

브래드퍼드가 잠시 머뭇거리다가 그녀의 시선을 따라 홀 건너편을 보자 여자 세 명이 앉은 테이블이 있었다. 그가 천천히 선웃음을 짓더니 교활한 표정으로 먼로를 흘깃 보면서 말했다. "그럴까."

먼로는 브래드퍼드가 자신의 도발을 받아들일 거라고 생각하지 않았지만 그는 주저하는 기색도 없이 긴 갈색머리 여자를 바라보면서 이곳 사람들이 춤을 신청할 때 그러는 것처럼 고개를 살짝 들었다. 여자가 미소를 지으며 고개를 끄덕이자 브래드퍼드는 자리에서 일어나 그녀에게 다가갔다.

먼로는 저녁 내내 그 여자를 관찰하면서 그녀가 얼마나 춤을 잘 추는지 봤고, 브래드퍼드도 그랬을 것이라고 확신했다. 그녀는 두 사람이 어떤 식으로 어울릴까, 이제 곧 얼마나 당황스러운 상황이 될까 생각했다. 하지만 그런 생각도 브래드퍼드가 중앙 플로어에 도착할 때까지였다.

먼로는 뜻밖에도 우아한 움직임을 보고 약간이긴 하지만 입이 벌어질 정도로 놀랐다. 브래드퍼드는 확실히 춤을 잘 췄고, 평범하고 자신감 넘치는 군인이라고만 생각했던 그에게서 먼로가 한 번도 보지 못한 아주 세련된 모습을 보여주고 있었다.

춤이 끝난 다음 브래드퍼드는 예의에 어긋나지 않을 정도로 충분한 시간 동안 그녀와 이야기를 나누었다. 서툰 영어와 서툰 스페인어로 이야기를 나누는 고통이 두 사람의 얼굴에 드러나 있었다. 브래드퍼드는 마침내 먼로와 시선이 마주치자 씩 웃으면서 자리로 돌아왔다.

"아." 그가 팔을 쭉 펴고 손가락 관절을 꺾으면서 말했다. "재미 있었어."

"내가 왜 놀랐는지도 모르겠네." 먼로가 말했다.

"당신이 왜 그랬는지는 나도 모르지." 브래드퍼드가 그녀에게 손을 내밀었다. "한 곡 출래?"

먼로가 눈썹을 찡그렸지만 그는 그대로 손을 내밀고 있었다.

"그렇게 멋진 춤 바로 다음에?" 그녀가 말했다.

"당신이 멋져 보이게 해줄게. 약속해." 브래드퍼드는 이렇게 말한 다음 이리 와, 라고 말하듯이 손가락을 구부렸다.

먼로는 여전히 미소를 지으면서 고개를 저었다.

"왜 그래." 그가 구슬리며 부추기는 목소리로 말했다. "아무것도 두려워하지 않는 당신 같은 여자가 고작 나랑 춤추는 걸 망설이는 거야?"

"겁내는 건 아냐." 그녀가 말했다.

"그럼 추자고." 그의 목소리에서 장난기가 사라지고 시선이 그녀에게 고정되었다. 브래드퍼드는 자리에서 일어나 꼼짝도 않고 기다렸다. 먼로가 손을 뻗고 두 사람의 손가락이 닿자 온기와 짜릿함이 피부에서 피부로 전해졌다. 홀 한가운데로 나간 브래드퍼드는 학생을 가르치는 선생님처럼 천천히 리드하다가 그녀가 탱고에 대해서 자신만큼이나 문외한이 아니라는 사실을 깨달았다. 그는 더 활기차고 더 격렬하게 리드했고 춤은 마법으로 변했다. 박자가 점점 강렬해지면서 두 사람의 상체는 팽팽하게 긴장되고 하체는 유연하고 관능적으로 움직였다. 모든 접촉이 생생했고 말보다 훨씬 많은 것을 표현했다. 두 사람은 열기에 휩싸여 땀을 흘리며 맞닿아 있었지만 먼로가 가게 뒤쪽에 서 있는 로건을 보는 순간 주문은 깨졌다.

그녀가 로건을 향해 고개를 끄덕이자 브래드퍼드도 그쪽을 보고 음악이 멈추기를 기다렸다가 먼로를 이끌고 테이블로 돌아왔다.

잠시 후 로건이 두 사람의 자리에 합류했다. 그는 한동안 두 사람을 지켜보고 있었던 것이 분명했다. 그늘진 얼굴에 그렇게 쓰여 있었다. 로건은 오늘 밤의 이런 모습이 먼로가 지금까지 부에노스아이레스에서 어떻게 시간을 보냈는지 알려주기라도 하는 것처럼 굴었다.

먼로가 테이블 위로 손을 뻗어서 남자아이에게 하는 것처럼 뺨을 꼬집었다. 그러자 어색한 분위기가 바로 깨졌고 로건이 그녀의 손을 치웠다. 먼로는 킬킬 웃으며 그의 말없는 비난을 모른 척하고 술과 안티파스티를 주문한 다음 곧장 일 얘기를 꺼냈다.

"네가 기디언에 대해 궁금해하던 정보를 얻었어." 로건이 말했다. "기디언이 여기까지 온 동기를 밝히는 데 도움이 될지도 몰라."

먼로가 고개를 끄덕이고 계속하라고 손짓했다.

"음, 기디언은 열네 살, 열다섯 살 때 분명히 아르헨티나에 살았어. 기디언이 여기 도착한 직후, 그러니까 열네 살이 된 직후에 '안식처'에 어떤 남자가 살고 있었어. 미혼이고 미국인이었는데 이름은 모르겠어." 로건이 숨을 들이마신 다음 한참 동안 가만히 있다가 다시 말을 이었다. "그 남자가 기디언을 강간했어. 꽤 자주 그랬나 봐."

로건의 말이 공기를 갈랐다. 먼로는 오늘 밤 일을, 브래드퍼드와 음악을 모두 잊고 다시 벼랑 끝에 서서 소용돌이치는 용암을 내려다보았다. 맥박이 빨라졌다. 그녀는 테이블에 놓여 있던 손을 끌어당겨 무릎에 얹었다. 그러면 꽉 쥔 주먹에 드러난, 전부 부숴버리고 싶다는 분노를 아무도 보지 못할 것이다. 로건은 이야기를 계속했다. 그의 설명을 들을수록 저 깊은 곳에서 불길이 일었다. 어떤 장면들, 무력함, 증오, 폭력.

오늘이 아니라 아주 오래전의 일들이 떠올랐다.

"1년 정도 계속됐어." 로건이 말했다. "그런 다음 기디언은 다른 '안식처'로 옮겼고, 바로 쫓겨났어."

"왜 쫓아냈어?" 먼로가 물었다. 그녀의 목소리는 차분했다. 공허했다. 그녀의 귓속에 자기가 한 말이 울렸다.

"감정적인 문제가 생기고 행동이 이상해지기 시작했어. 사람들은 기디언에게 악마가 들렸다고 했지."

먼로는 잠시 아무 말도 하지 않고 분노를 억누르며 차분함을 되찾았다. 그녀는 기디언의 분노를, 그를 이끄는 열정을 그리고 그가 먼로나 이 세상을 대할 때 보이는 적대감을 이해했다. 먼로는 그것을 알았다. 느낄 수 있었다. 그녀도 같은 것을 겪었다. 기디언과 먼로 둘 다 인정하고 싶지 않겠지만 두 사람은 무척 비슷했다. 그녀가 로건에게 말했다. "'선택받은 자녀들' 내부에서는 동성애가 금지된 줄 알았는데. 파문당할 수도 있다고 그랬잖아."

"그래, 맞아." 로건이 대답했다. "그렇다고 해서 그런 일이 일어나지 않았다는 뜻은 아니야. 다른 학대 행위처럼 공개적이지 않았을 뿐이야."

"기디언의 행동이 트라우마와 관련이 있을지도 모른다고 생각한 사람이 하나도 없었어?"

"그 사람들은 그런 식으로 생각하지 않아, 마이클. 교리, 지도자, '선택받은 자녀들'은 절대로 문제가 될 수 없어. 외부 원인은 절대로 문제가 아니야. 무슨 일이 있든 그 사람이 문제야. 그런 식으로 그들은 문제를 없애지."

먼로가 고개를 끄덕였다. 그녀는 여러 가지 방법을, 수습할 대책을 생각하고 있었다. 이번 일뿐만이 아니라 질주하는 말처럼 무모하게 돌진하는 그녀의 감정에 대한 대책이었다.

"왜 아르헨티나로 돌아왔을까?" 먼로가 말했다. "몇 년이나 됐지? 17년? 19년? '선택받은 자녀들'은 자주 이동하잖아. 그 남자가 아직 '선택받은 자녀들' 소속이라 해도 그 오랜 세월 내내 여기 있었을 리는 없잖

아. 기디언도 그건 알 거 아냐."

로건이 어깨를 으쓱했다. "그래도 출발점은 있어야 하니까. 아니면 한 바퀴 돌아서 제자리로 왔을지도 모르고. 무슨 소문을, 쫓아가볼 만한 소식을 들은 것 같아. 그 남자가 돌아왔다든지, 뭐 그런 소문."

"넌 누구한테 들었어?" 먼로가 말했다.

"채리티."

"그럼 채리티는 이 모든 사실을 알면서도 너한테 말 안 한 거야?"

"응. 이건 개인적인 이야기야, 마이클. 기디언 같은 남자가 아무한테 나 털어놓을 만한 이야기는 아니지. 채리티가 이 얘길 나한테 한 것도 내가 사실을 털어놓지 않으면 해나를 두 번 다시 못 볼지도 모른다고 채근했기 때문이야."

먼로는 아무 말도 하지 않았다.

"채리티한테 네가 정말 가까이 접근하고 있다고 말했어. 그런데 네가 기디언의 과거를 뒤지고 있다는 걸 그가 알게 되면 네가 일을 그만둘 수밖에 없다고 말이야."

먼로가 로건에게 고맙다는 뜻으로 고개를 끄덕였다. 그는 이 표정을 잘 알았다. 그건 감사가 아니라 존경의 표현이었다. "아주 잘했어, 로 건." 먼로가 말했다. 이제 그녀가 기디언의 위협을 무력화시킬 수 있는 것을 손에 넣었으니 잘한 것 이상이었다.

"음, 할 말이 있어." 먼로가 말했다. "해나가 어디 있는지 알아냈어."

로건은 자기가 제대로 들었는지 모르겠다는 듯이 아무 표정 없이 눈을 깜빡였다. 마침 음악이 끝났기 때문에 세 사람이 앉은 테이블은 뚫고 들어갈 수 없는 침묵에 휩싸였다. 로건이 입을 벌렸지만 머릿속에 떠오른 말을 목까지 전달할 수 없는 것 같았다. 그렇게 조금 더 있다가 마침내 로건이 말했다. "그럼 이제 어떻게 되는 거야?"

"바로 그 문제에 대해서 의논하고 있었어." 먼로가 말했다. "널 이 일에 넣으면 난 정말 꼼짝도 할 수가 없어. 네가 주변에서 압박하면 난 일을 할 수가 없어. 그리고 네가 다칠까 봐 걱정하는 것도 정말 불필요한 일이고. 하지만 너한테 알 권리는 있다고 생각해. 그러니까 넌 멀리, 아주 멀찍이 물러나 있어야 돼, 알겠어?"

로건이 고개를 끄덕였다.

"그리고 오늘 여기서 들은 얘기는 우리 셋만 알고 있는 거야, 알겠지? 기디언과 하이디도 알아야 된다는 생각이 들면 내가 직접 말할게."

먼로는 양손에 칼을 하나씩 들고 벽에 등을 기댄 채 바닥에 앉아 있었다. 빛이라고는 문 밑으로 새어 들어오는 것밖에 없었는데, 문 저편에서 돌아다니는 발그림자 때문에 지난 몇 분 동안 벌써 세 번째로 깜빡거렸다.

그들은 결국 그녀를 잡으러 오겠지만 그녀는 준비가 되어 있을 것이다. 그들이 먼로에게 싸움을 걸어올 방식 중에 그녀가 지금껏 겪어보지 않은 일은 없었다. 그들이 원하는 게 무엇이든 얼마든지 덤벼도 좋다.

먼로는 서두르지 않았다. 그녀가 가진 것은 시간밖에 없었다.

배는 바다의 규칙적인 리듬을 따라 오르락내리락했다. 디젤 엔진의 반향으로 선체가 떨리고 그녀의 두개골 바닥까지 흔들렸다.

문 밑에서 불빛이 다시 어른거리더니 숨죽여 속삭이는 목소리들이 들렸다. 그녀는 문 밖에 네다섯 명 정도 있다고 추측하면서 그들이 들어오기를 기다렸다. 이제 곧 싸움이 시작된다고 생각하니 손이 욱신거리고 아드레날린이 천천히 압박을 더했다. 피가 뿌려지면 아드레날린이 더욱 증폭되어 야만적인 환희로 변할 것이다.

먼로는 칼을 펴서 손가락 사이에 무늬를 그리듯이 움직였다. 칼은 그녀의 친구였다. 먼로는 칼 덕분에 이 조각조각 난 세상에서 확신과 연속성을 느낄 수 있었다.

새어 들어오던 불빛이 사라졌다.

먼로는 매끄러운 동작으로 자리에서 일어나 바짝 긴장을 하며 문 옆에 웅크렸다. 손잡이가 딸깍 소리를 내더니 문이 조금 열렸다. 매트리스를 비추는 펜라이트가 보이기도 전에 먼로는 누군가의 존재를 감지할 수 있었다. 이제 그의 몸이 전부 들어왔다. 그녀는 몸으로 조심스럽게 방문을 밀어 닫고 잠가버렸다.

어둡던 방이 칠흑같이 캄캄해졌다.

남자의 몸은 크고 우람했고 땀과 술 냄새가 났다. 먼로는 본능을 따라 앞으로 돌진하면서 배를 길게 그었다. 워낙 빠르고 갑작스러운 공격이었기 때문에 남자는 비틀거리다가 머리를 벽에 부딪치고 쓰러졌다. 먼로가 오른쪽 무릎으로 그의 복부를 강타했다. 숨이 터져 나오는 소리가 들렸다. 남자가 몸을 일으키기 시작하자 먼로는 그의 가슴을 힘껏 누르고 한 칼로는 목을, 다른 칼로는 사타구니를 찔렀다.

먼로가 지금까지 미처 듣지 못한 세게 두드리는 소리가 들렸다. 문이 안으로 부서지고 빛이 갑자기 밀려들어 눈을 찌르자 아무것도 보이지 않았다. 그녀는 방향 감각을 잃은 채로 다가올 것에 대비했다.

먼로는 숨을 헐떡였다. 등이 아팠다. 그녀는 물속에 갇혀 있다가 빠져나온 사람처럼 공기를 급하게 들이마셨다. 눈을 뜨자 호텔 천장이 보였다. 먼로는 안도감에 웃을 뻔했다.

꿈속의 재연은 짧게 끝났다. 죄책감도 고통도 없었다. 로건은 또다시 그녀의 품에서 죽었다. 브래드퍼드가 그녀를 물끄러미 바라보고 있었다. 그의 눈 속에 걱정이 담겨 있었지만 지난번이나 지지난번 같은 고통은 없었다.

"내가 당신을 죽이려고 했어?" 먼로가 말했다. 귀에 거슬리는 목소리였다. 속삭이는 듯한 목소리가 나오자 그녀가 움찔했다.

"아니." 브래드퍼드가 말했다. "이번엔 안 그랬어."

"안 깨웠네."

"상황을 악화시키고 싶지 않았거든." 그가 말했다. "당신이 누굴 해치는 것도 아니었고."

먼로가 고개를 끄덕이고 눈을 감았다. 심장이 아직도 두 배로 빨리 뛰고 있었다. 아드레날린이 가라앉으려면 시간이 좀 걸릴 것이다.

"누구야?" 브래드퍼드가 말했다. "꿈속에서 보이는 사람."

"내가 죽인 사람들." 그녀가 말했다.

"꿈속에서 똑같은 경험을 다시 겪는 거야?"

"다시, 또다시 겪지. 하지만 마지막에는 늘 내가 사랑하는 사람이 죽어."

"언제부터 그랬어?"

먼로가 잠깐 시간을 두고 대답했다. "몇 달 전부터."

"왜 하필 지금 와서 그러는 거야? 이렇게 오랜 세월이 지났는데."

그녀가 어깨를 으쓱했다.

"아프리카 일 때문인가?"

"정말 모르겠어." 먼로가 말했다.

"그 일이 머릿속을 떠나지 않아?"

“한 번도 떠나지 않아.” 먼로가 고개를 돌리고 그를 관찰했다. “당신은 사람을 죽일 때 어떤 느낌이야?” 그녀가 물었다.

브래드퍼드는 그 말에서 진정한 뜻을 찾거나 숨겨진 메시지를 해독하려는 것처럼 한동안 말없이 그녀를 내려다보다가 말했다. “나는 군인이야, 마이클. 살인은 전쟁의 일부야.”

“머릿속을 떠나지 않아? 당신이 죽인 사람들 말이야.”

“내 머릿속을 떠나지 않는 건 많아.” 브래드퍼드가 말했다. “잔학 행위, 아이들, 여자들, 무구한 사상자들, 말할 수 없는 것들. 내 품에서 피를 흘리며 죽어가는 전우를 안고 있었던 일이나 전우가 숨을 거두는 걸 느꼈던 순간. 왜 내가 아니라 그들이 죽었을까라는 생각. 아직도 기계 돌아가는 소리가 들리고 폭약이 터지는 냄새와 피 냄새, 공포의 악취가 나.”

“하지만 당신이 죽인 사람들은 아니고?”

그의 시선이 저 멀리 떨어진 벽을 배회했다. “얼굴은 전부 기억나. 날 보고 무감각해졌다고 해도 좋아. 난 그 사람들이 불쌍하지 않아. 애초에 그렇게 착한 사람들은 아니었어. 내 머릿속을 떠나지 않는 건 내가 지키지 못한 사람들이야.” 그의 시선이 돌아왔다. 그녀의 눈을 마주 보았다. “자동차 수리공은 차를 고치고 군인은 사람을 죽여. 근사한 일은 아니지만 우리는 사람을 죽이도록 훈련받았어. 그렇다고 해서 내가 비인간적인 사람이 되는 건 아니야.”

먼로가 한숨을 쉬고 천장으로 시선을 돌렸다. “인간성을 지키는 게 그렇게 쉬우면 얼마나 좋을까. 내가 죽인 사람들이 날 갉아먹고 있어. 난 그 사람들의 눈을 보고, 피를 갈망하고, 생명을 빼앗고, 승리의 기쁨을 만끽해."

먼로가 다시 그에게 시선을 돌렸다. 브래드퍼드는 그녀를 빨아들일 것처럼, 비난하지 않고 있는 그대로를 받아들이면서 그녀를 보고 있었다.

"모든 게 끝나고 나면 밝아오는 새벽처럼 현실감각이 스멀스멀 돌아와. 또 살인을 저지른 거야. 불공평하고 불공정한 것 같아. 난 아주 쉽고 빨리 사람들을 죽일 수 있는데 그 사람들은 정말 약해. 연약한 장난감처럼 쓰러져서 피를 흘리고 죽어버려." 먼로가 말했다. "어떻게 그럴 수가 있지? 난 살인을 이렇게 싫어하면서도 간절히 원해. 그게 나한테는 왜 이렇게 자연스러운 걸까?"

"솔직히 말해서 죄 없는 사람을 죽인 적 있어?" 그가 물었다.

"살인한 건 늘 나 자신이나 다른 사람을 지키기 위해서였어." 먼로가 말했다. "맨 처음으로 죽인 사람만 빼고. 하지만 그건 그 남자가 오래전부터 자초한 일이었고 내가 죽이면서 아무 감정도 못 느낀 건 그 사람밖에 없었어."

"어쩌면 그게 당신 문제일지도 몰라." 브래드퍼드가 말했다. "죄책감 말이야."

먼로가 웃음기도 없이 킬킬거렸다. "만화책이나 그래픽 노블에서는 그렇더라." 그녀가 말을 멈추고 침대에 다리를 꼬고 앉아 그를 정면으로 보았다.

"슈퍼 히어로들은 착한 사람을 보호하고 나쁜 사람들을 죽이지." 먼로가 말했다. "그 사람들은 정의를 실현하고 모두가 그들을 보면서 환호해. 살인할 때 어떤 기분인지 말하는 사람은 아무도 없어." 그녀가 손을 들어 손바닥을 물끄러미 보았다. "터질 듯한 즐거움에 대해, 살인 충동이 주는 야만적인 환희에 대해, 사람을 죽이고 난 뒤의 만족감에 대해서는 이야기하지 않아." 먼로는 그의 눈을 보았다. "슈퍼 히어로들은 미화된 연쇄살인범이야, 마일스. 물론 나쁜 놈들만 죽이지. 하지만 도덕성이라는 딱지만 떼면 슈퍼 히어로가 미친놈이랑 다를 게 뭐지?"

"살인이 늘 나쁜 건 아닐지도 모른다고 생각해본 적 없어?" 브래드퍼드가 말했다. "어떤 사람들은 죽어야 하는 건지도 몰라. 그 사람들을 없앰으로써 고통과 아픔의 순환 고리를 깨뜨리는 걸 수도 있잖아."

먼로가 그를 보며 말했다. "난 사람을 죽일 때 터질 듯한 환희를 느낀다고, 마일스! 내가 번디나 게이시, 다머, 아니면 피에터 윌렘처럼 유명한 연쇄살인범들이랑 다를 게 뭐야?"

브래드퍼드는 단어를 신중하게 고르는 듯 한동안 말이 없었다. 먼로는 자신의 첫 번째 피살자였던 피에터 윌렘의 이야기가 나오자 그가 조심스러워하고 있음을 알았다. 피에터 윌렘은 사이코패스 용병으로 지금의 먼로를 만든 장본인이었고, 그녀는 그를 두려워하면서도 냉혹하게 계획을 세워 그를 죽였다.

"당신은 신경을 쓴다는 점이 다르지." 브래드퍼드가 말했다. "그러니까 당신은 달라. 당신은 윌렘이 아니고 절대 그 사람처럼 되지도 않을 거야. 윌렘이 당신을 자기 같은 사람으로 만들려고 아무리 애를 썼다 해도 말이야. 당신은 남은 평생 동안 윌렘의 유령에게서 도망치면서 살 수도 있어. 당신이 그 사람에게서 제일 중오했던 부분을 닮을까 봐 두려워하면서, 당신의 능력에 괴로워하면서 말이야. 하지만 당신의 능력을 있는 그대로 받아들이고 그걸 잘 이용할 수도 있어. 마음속으로 당신 스스로 그렇게 갉아먹지 말고."

"당신이 지금 주장하는 건 자의적인 정의야." 먼로가 말했다. 질문이나 비난이 아니라 단순한 사실 진술이었다.

"그럴지도 몰라." 브래드퍼드가 말했다. "난 지금까지 살면서 수많은 악을 보았기 때문에 가끔은 자기 손으로 정의를 실현하는 방법밖에 없다는 것 정도는 알아. 당신이 사람을 쉽게 죽일 수 있다고 해서 나쁜 놈이 되는 건 아니야. 본능을 따른다고 연쇄살인범이 되는 건 아니야. 당신은 전쟁에 나간 군인이나 마찬가지야. 전쟁에서는 당신이 할 일을 해야 돼." 그는 잠시 멈췄다가 부드럽게 말을 이었다. "당신은 재능이 있어, 마이클. 그리고 심장도 있지. 그 두 가지를 이용하면 돼."

침묵이 흘렀다. 잠시 후 먼로는 브래드퍼드의 눈을 보았다. 그의 눈 속에서 우물처럼 깊은 이해와 인정이 보였기 때문에 먼로는 그 속에 빠져서 행복하게 죽을 수도 있을 것만 같았다. 두 사람은 서로를 향해 몸을 숙이고 눈을 마주 보면서 숨결이 맞닿은 채 얼어붙은 것처럼 가만히 있었다. 책상에서 삑 소리가 나면서 황홀한 순간은 깨졌다.

브래드퍼드가 꼼짝도 하지 않고 말했다. "로건일 거야."

"뭐 기다리는 소식 있어?" 먼로가 물었다.

"어젯밤 이후로 로건이 하루에 두 번씩 전화하고 있어." 그가 말했다.

먼로가 바닥으로 내려와 침대에 눕기 전에 벗었던 옷을 집어 들면서 말했다. "기디언이 다 망치기 전에 찾아서 정리를 해야겠어. 타이밍 한 번 죽이는군. 목장으로 돌아가야 되는데. 하루 늦어지면 그만큼 대가가 따를 거야."

"그렇게 큰 대가는 아닐지도 모르잖아." 브래드퍼드가 말했다. 그는 컴퓨터 앞으로 가서 몇 가지 명령어를 입력한 다음 화면이 바뀌고 지도가 뜨자 그녀를 향해 돌렸다. 먼로가 뭐냐는 듯한 표정을 짓자 브래드퍼드가 씩 웃으며 말했다. "로건 덕분이지. 기디언 신발 밑창에 달았어."

"정말 비열해." 먼로가 이렇게 말하자 그가 자신은 죄가 없다는 듯이 어깨를 으쓱했다. "확실히 시간은 상당히 절약되겠네."

"아직 다른 '안식처'들에서도 데이터가 들어오고 있어." 브래드퍼드가 말했다. "해나가 어디 있는지 알았으니까 카메라를 끌까?"

"아직도 영상 보고 있어?" 먼로가 말했다.

"응. 그냥 평범해. 그런데 뭘 찾아야 하는 건지 모르겠어. 게다가 녹음된 데이터는 거의 알아듣지도 못하고."

"데이비드 로는 나왔어?"

"내가 알기로는 안 나왔어."

"일단 계속 받자." 먼로가 말했다. "필요 없을지도 모르지만 해나를 빼내올 때까지는 데이터를 최대한 많이 받는 게 좋겠어. 오늘 밤에 카메라를 세 대 이상 설치할 거야. 데이터를 다 받을 용량이 있어?"

"응. 괜찮아." 브래드퍼드가 말했다.

먼로는 욕실로 가서 뜨거운 물을 틀어놓고 침실로 돌아와서 시계를 확인했다. 시간은 빨리 흘렀다.

"당신만 괜찮으면 기디언은 내가 처리해도 돼." 브래드퍼드가 말했다.

"물론 당신도 할 수 있지." 먼로가 말했다. "나도 당신한테 맡기고 싶지만 내가 직접 처리해야 할 문제야."

브래드퍼드가 가르쳐주는 대로 가자 30분도 안 돼 기디언을 찾을 수 있었다. 먼로는 기디언이 점심을 먹으려고 공원 옆 카페에 들어갈 때까지 그를 미행했다. 기디언은 햇볕이 내리쬐는 야외 테이블에 자리를 잡았다. 먼로 일행이 부에노스아이레스에 온 이후로 제일 따뜻한 날씨였다. 먼로는 그가 자리를 잡을 때까지 기다린 다음 뒤에서 살금살금 다가가서 반대편 어깨를 톡톡 두드리고 기디언이 그쪽으로 고개를 돌린 사이에 얼른 옆 의자에 앉았다.

"어이." 먼로가 말했다.

기디언이 움찔하더니 먼로를 보고 벌에 손가락을 쏘인 사람처럼 안절부절못했다.

먼로는 이럴 줄 알았기 때문에 얼른 말했다. "당신한테 해줄 이야기가 있어. 일단 가만히 앉아서 내 이야기를 들어줘. 다 듣고 나서 내가 나쁜 놈인지 아닌지, 아니면 내가 당신이 원하는 걸 얻도록 도와줄 수 있는지 판단했으면 좋겠어."

"내가 뭘 원하는지 당신은 아무것도 몰라." 기디언이 말했다. 심술궂은 말투였지만 어깨에서 힘이 빠지고 손도 긴장이 조금 풀렸다.

"내 얘기를 들은 다음에 당신이 판단해."

기디언은 아무 대답도 하지 않았다. 그는 먼로의 이야기를 들을 것이다. 들을 수밖에 없다. 그는 절대 인정하지 않겠지만 먼로가 뭘 알고 있는지 궁금하기 때문이다.

먼로는 몸을 숙여 그에게 얼굴을 가까이 대고 표정을 살피면서 말했다. "옛날 옛적에 어떤 여자아이가 있었는데 그 아이의 엄마 아빠는 하나님을 섬기는 일에 푹 빠져서 예상치 않게 생긴 딸의 부모 노릇 하는 걸 까먹었어."

먼로가 잠깐 멈췄다가 다시 말을 이었다. "얘기하기 편하게 그 여자애를 나라고 할게. 우리 부모님은 무슨 일인지 모르지만 아무튼 자기들 일을 하느라 바빠서 나를 멀리 보내서 열세 살 때부터 혼자 살게 했어.

부모님은 내가 가까운 대도시에서 친한 친구들이랑 살고 있다고 생각했어. 사실 한동안은 그 생각이 맞았지만 우리 부모님은 굳이 확인하지 않았고 신경도 쓰지 않았어. 그래서 난 열네 살 때 떠났어. 난 그 동네의 마음씨 좋은 총기 밀수업자 밑에서 통역사로 일했고 그 사람이 날 자기 집으로 데려갔지. 좋은 시절이었어. 난 중앙아프리카의 밀림을 뛰어다녔지. 시대에 뒤진 것처럼 들리겠지만 난 행복했어. 일은 도전적이고 집중할 수 있었고 일을 끝내고 나면 아주 즐거웠지.

그 사람은 내 친구였어. 나보다 열한 살 많았지만, 그래도 우리는 잘 지냈어. 공생 관계였지. 그 사람은 내가 필요했고, 난 그 사람이 필요했으니까. 난 가정을 찾았다고 생각했어. 1년 반까지는 그랬지. 하지만 1년 반 뒤에 용병 두 명이 우리 팀에 들어오면서 내 인생은 번쩍거리는 싸구려 악몽으로 변했어.”

먼로는 기디언의 반응을 기다렸다. 그는 이야기를 들으려고 몸을 숙이면서 자기도 모르게 관심을 드러냈다. 그녀는 기디언의 몸짓을 읽은 다음 이야기를 계속했다.

“용병 한 명은 남아프리카에서 온 작고 강인한 남자였어. 매력적이었지. 붙임성도 좋고 잘생기고. 머리도 좋았어. 하지만 사악했지. 다른 사람은 몰랐지만 혐오스러울 만큼 잔인했어. 어렸을 때 강아지를 남몰래 괴롭혔을 그런 남자였지.

그는 가학의 대상으로 나를 골랐어. 내가 매일같이, 무슨 일이 있어도 반드시 경험하는 일이 하나 있었지. 바닥에 누워서 내 목에 칼을 들이댄 그 남자에게 강간을 당하는 거였어. 그는 나한테 싸우는 법을 가르쳤어. 그러면 더 도전적이니까. 처음에는 무기 없이 싸웠지만 내가 더 빠르고 똑똑하고 비열해지니까 그는 칼을 쓰기 시작했어. 항상 맞붙어 싸웠지. 아주 가까이에서. 밀접하게. 그 사람은 전율을 느끼려고 싸웠고 난 그를 죽이기 위해 싸웠어. 내 실력이 좋아질수록 그는 나를 더 강하게 몰아붙였지. 그에게 섹스는 보너스에 불과했고 정말 좋아하는 건 내가 피를 흘리게 만드는 거였어.

그는 내가 도망치면 가족을 죽이겠다고 협박했어. 난 가족과 친하지 않았지만 그렇다고 부모님이 그 사람한테 당하게 놔둘 순 없었어. 엄마 아빠는 아무 상관도 없으니까. 날 지켜주는 사람도 하나 없었고 그에게서 벗어날 수도 없었어. 내가 할 수 있는 최선은 빨리, 제대로 배워서 반격하는 것뿐이었지. 보여줄 게 있어.”

먼로는 주위에 다른 사람들이 있다는 걸 뻔히 알면서 자리에서 일어나서 상체가 보일 만큼, 기디언에게 그녀의 몸에 새겨진 상처가 보일 만큼 서츠를 들어올렸다.

기디언이 놀라는 눈치였다.

"그 사람이 준 기념품이지." 먼로가 은밀하게 덧붙였다. "더 있지만 여기서 옷을 벗고 과시해봤자 의미 없으니까."

그녀는 다시 자리에 앉아서 말했다. "2년 동안 안전한 장소란 없었어. 캠핑을 할 때든 본부로 돌아왔을 때든 난 계속 정글로 도망갔고 그는 날 쫓아왔어. 내가 다른 사람들 주변을 맴돌면 그는 기다렸어. 몇 번인가 날 거의 죽일 뻔한 적도 있지만, 마음속에서 난 500번도 더 죽었어."

"그래서 어떻게 됐지?" 기디언이 물었다.

"내가 그 사람을 죽였어." 먼로가 말했다. "그가 약해진 틈을 타서 정글로 따라갔지. 마취 총으로 쓰러뜨렸어. 마취 약 때문에 눈이 풀렸을 때 그 사람 위에 서서 목을 벴어. 그때 난 열일곱 살이었어."

먼로의 독백이 단조롭게 잦아들었고 그녀는 이야기의 여운이 자리 잡기를 기다렸다.

기디언이 몸을 뒤로 쭉 펴고 낮게 휘파람을 불었다. "우와." 그가 말했다.

기디언은 오랫동안 말이 없었다. 먼로는 그의 머릿속이 어떻게 돌아가고 있는지 추측할 뿐이었지만 누구라도 기디언을 보면 무언가와 씨름하고 있음을 알 수 있었을 것이다.

마침내 그가 먼로를 보고 말했다. "진짜 난리도 아니었군." 먼로는 말의 내용은 무시하고 어투만 받아들였는데 그 안에는 먼로가 바라던 변화의 씨앗이 들어 있었다. 먼로는 기디언에게 바라는 것을 줄 수 있음을 증명했고, 이제 이것을 바탕으로 그녀가 원하는 것을 얻을 수 있었다.

"그래서 이런 일을 하게 된 건가?" 그가 물었다.

"부분적으로는." 먼로가 대답했다. "그런 다음 난 미국으로 갔어. 학교에 가서 학위를 따고 회사에 취직을 하려다가 볼썽사납게 실패했지. 사장이 죽기를 바라는 사람은 많지만, 사악한 상사를 죽이고 달아날 수 있는 기술과 사고방식을 가지고 있으면 평범한 직업을 갖기가 얼마나 힘든지 알아?" 그녀는 잠깐 말을 멈추고 선웃음을 지으며 눈을 과장되게 굴렸다. "내가 평범한 건 잘 못 하거든."

기디언이 마지못해 웃더니 진지한 말투로 말했다. "로건 말로는 당신이 꽤 가까이 접근했다던데. 꽤 희망적인 것 같았어."

"맞아." 그녀가 말했다.

"내부로 들어갈 건가?"

"그럴 계획이야."

"많이 변했을지 궁금하군." 기디언이 말했다. "많이 변했다고들 하는데, 진짜 그렇다면 아이들에게는 잘된 일이지만 그래봤자 나한테는 아무 소용없잖아?"

"그렇지." 먼로가 말했다. "그래봤자 당신한테는 전혀 소용없지." 이 순간 두 사람은 서로를 이해했다.

먼로가 기디언을 향해 몸을 기울인 다음 두 손을 모아 탁자에 팔꿈치를 괬다. 기디언은 몸집이 크고 화를 잘 내기 때문에 덩치 큰 망나니라고 치부하기 쉬웠지만, 남을 괴롭히는 힘으로 밑바닥에서부터 지금 같은 위치에 올라 커다란 IT 부서에서 승승장구할 수 있는 것은 아니었다. 기디언은 깊은 우물이었고, 먼로는 그가 자신을 완전히 비우며 이야기를 하게 만들어야 했다. 기디언이 자신을 완전히 털어놓기 전까지는 먼로가 무슨 말을 해도 그를 변화시킬 수 없기 때문이었다.

그래서 먼로는 가만히 앉아서 조용히 기다렸다.

기디언은 몸을 쭉 펴서 다리를 길게 뻗고 한 팔을 의자 뒤에 걸친 다음 기나긴 침묵 속에서 먼로를 보았다.

"대부분의 사람들은 텔레비전에서 본 것밖에 몰라." 마침내 그가 입을 열었다. "그리고 텔레비전 뉴스에 나온 이야기는 대부분 선정적이고 천박한 이야기뿐이야. '선택받은 자녀들'에 대한 프로그램 본 적 있어?"

먼로가 고개를 저었다.

"안 보는 게 나아." 그가 말했다. "하나같이 시청률을 올리려고 우리의 고통을 가져다가 웃음거리로 만들었지. 우리도 한두 번 데고 나면 아무도 신경 쓰지 않는다는 걸 깨달을 것 같지? 하지만 드디어 우리한테 정말로 관심을 갖는 기자를, 우리 이야기를 있는 그대로 전해줄 기자를 만났다고 생각할 때마다 그놈들은 우리를 배신하고 똑같이 야단스러운 오락거리로 만들었어. 그 사람들한테 우리가 뭔지 알아? 그거야, 짭짤한 수입. 그놈들은 돈을 벌고 우리는 엿 먹는 거지. 또다시 말이야.

내 말을 오해하지는 마. 성적인 학대도 물론 있었어. 아주 많았지. 하지만 내 어린 시절을 뷔페라고 하면 그건 수많은 요리 중에 단 하나였을 뿐이야. 딱 하나. 아무도 극단적인 규율에 대해, 또 가족과 떨어져서 교육도 받지 못했다거나, 의료 서비스가 부족했다거나, 무조건 복종해야 했다거나, 평생 세상과 격리되어 살았지만 세상에 버려져서 혼자 살아가야 했다는 문제에 대해서는 보도하지 않아. 그런 건 별로 흥미롭지 않거든. 그러니까 결국에는 '섹스, 기타 등등. 기타 등등, 섹스'가 되고 결국 우리는 사람들의 눈에 괴물로 비치지. 우리를 하자품처럼 보면서 쯧쯧 혀를 찬 다음 그날 저녁 다른 재밌는 이야깃거리로 넘어가는 거야. 하지만 그게 나한테는 평생 어떤 거였는지 알아?"

기디언이 몸을 숙이고 손가락으로 먼로를 가리키며 말했다. "나는 당신처럼 부모가 저지른 실수의 대가를 치러야 했을 뿐 아니라, 그 사람들이 훔쳐간 인간으로서 가능성을 되찾기 위해서 싸워야 했을 뿐 아니라, 과거를 숨기면서 살아야 했어. 과거에 내가 부끄러운 일을 저지른 것처럼, 나한테 일어난 일이 내 잘못인 것처럼 말이야. 왜냐하면 정부도, 학계도, 그 누구도 정말로 무슨 일이 있었는지 이해를 못 했으니까. 내가 누군가에게 과거를 슬쩍 털어놓을 때마다 공통된 반응이 뭔지 알아?"

기디언은 그녀의 대답을 기다리는 듯이 말을 멈추었지만 먼로는 주저했다. 그렇다, 먼로는 알았다. 그녀는 알았다. 먼로가 경계를 늦추고 자신을 드러냈다면 똑같은 반응이 돌아왔을 테니까. 사실 그것은 그녀가 브래드퍼드에게 자신의 과거를 있는 그대로 말했을 때 그가 보인 반응이기도 했다.

먼로가 다시 고개를 저었다.

"누구든지 똑같이 반응해." 그가 말했다. "맹세코 정말이야. 사람들 입에서 제일 먼저 나오는 말은 이거야. '와, 당신이 너무나 정상적이라는 게 충격적이네.' 뭐라고? 내가 어디 하자라도 있어야 내 과거가 말이 된다는 거야? 게다가 도대체 '정상적'인 게 뭐야, 전형적인 미국인이 결정하는 거야?" 기디언이 갑자기 말을 멈추고 팔짱을 꼈다. 말을 많이 해서 후회하는 표정이었다.

먼로는 쿡쿡 찌르고 재촉하지 않아도 기디언이 이야기를 계속하기를 바라면서 그대로 침묵을 지켰다. 하지만 기디언이 이제 끝났다는 듯이 몸을 뒤로 기대자 먼로는 그를 자극하지 않으면 더는 말하지 않을 것임을 깨닫고 이렇게 말했다. "그냥 흘려보낼 순 없어? 앞을 보고 나아갈 순 없어?"

그녀가 이렇게 말하자 기디언의 얼굴이 흐려지고 눈이 번득였다. 그는 한참 동안 침묵을 지키면서 이쑤시개를 씹었다.

먼로가 한 말은 예언자와 그의 대표자들이 몇 년 동안이나 읊은 대사였다. 이런 일들이 정말로 일어났다 해도 증오해봤자 아무 소용없습니다. 용서하고, 잊고, 지나간 일은 흘려보내야 합니다. 상처를 주고서 보상하려는 노력도 전혀 하지 않는 사람들이 용서를 주장하는 것은 정말 짜증나는 일이었지만, 이것이 피해자의 탓으로 돌리는 전형적인 가해자의 태도였고, 당연했다.

기디언은 모욕감을 억누르고 넘기려는 것 같았다. 그가 말했다. "한동안 나는 이런 일에 책임이 있는 사람한테 직접 이야기할 수도 있겠다고, 그 사람들 때문에 우리 삶이 얼마나 힘들었는지 보여주면 그들이 관심을 가질지도 모른다고 생각했지. 잘 모르겠지만 그 사람들이 미안하다고 사과를 하면 그 빌어먹을 일들을 잊는 게 훨씬 쉬울지도 모르겠다고 생각했나 봐. 그 사람들 말처럼 흘려보낼 수 있다고 말이야. 하지만 아무도 직접 책임을 지지 않아. 내 부모도 징징거리면서 변명만 하지. 내 삶이 내가 기억하는 것만큼 나쁘지 않다고 설득하려고 해. 엿이나 먹으라지. 부모라는 작자들은 그때 거기 있지도 않았어. 나한테 무슨 일이 있었는지 하나도 모르지. 난 그저……." 기디언이 말을 멈추고 손가락으로 머리를 쓸어 넘겼다.

"세상에." 기디언이 이렇게 말한 다음 다시 말을 멈추고 하늘을 한번 쳐다본 다음 먼로에게 다시 시선을 돌렸다. "나를 직접 건드리지 않은 사람들도 그 일이 일어나게 만든 체제를 건설했어. 그 사람들도 그런 일이 일어나는 걸 보고만 있었으니 한몫을 한 거야, 전부 다 말이야. 모두 직접적으로든 방관을 했든 가해자가 된 거야. 그 사람들은 규칙과 교리에 따라서 우리를 학대했어. 거리로 내몰아 구걸을 시키고, 교육을 못 받게 하고, 때리고, 굶기고, 퇴마 의식을 치르고, 부모와 떨어뜨려 놓았지. 그 사람들이 우리 가족을 깨뜨리고, 변태들에게 우리를 내주고, 우리의 미래를 훔쳤어. 그래 놓고 이제 와서 우리가 지난 일을 잊고 앞으로 나아가야 한다고 말하는 거야.

우리가 과거를 들추면 그 사람들은 우리가 거짓말쟁이라면서 사실을 부풀리거나 거짓말을 꾸며낸다고 말하겠지. 도대체 왜 그런 엿 같은 일을 꾸며내겠어? 그게 무슨 소용인데? 우리의 삶이 실제 그랬던 것보다 나빴던 것처럼 보이려고? 그러겠다는 건 아니지만, 평범한 사람들에게 우리 삶이 얼마나 비참했는지 이해시키려면 얼마나 과장을 해야 할 것 같아? 그리고 그 사람들은 그중 일부만 인정할 때도 실수가 있었을 뿐이라고 하지. 실수라니!"

기디언이 다시 몸을 숙이고 손가락으로 허공을 찌르며 말했다. "마이클, 그 사람들은 어린애들을 상대로 범죄를 저지르고 있어! 사회에서 그러다가 걸리면 감옥에 갈 일을 말이야, 알아? 그러면서 일반 사람들에게는 늘 그렇듯이 부인하고 또 부인해. 그러면 우리는 그대로 남겨져서 더 많이 강간당하는 거야. 처음에는 그들이 한 짓 때문에 고통을 겪고 나중에는 그들이 있었던 일을 인정하지 않아서 다시 고통을 겪지. 그들은 세상 사람들 앞에서 우리가 적대감에 찬 배교자에다가 거짓말쟁이인 척해. 우리한테 전혀 신경도 안 쓰고, 신경 쓴다 해도 이해하지도 못하는 이 세상을 향해서 말이야."

"난 이해할 수 있어." 먼로가 말하자 기디언이 잠시 말을 멈추었다.

그의 눈에 눈물이 고여 있었다. 기디언이 고개를 젓고 숨을 들이마신 다음 말했다. "당신이 왜 이러는지 모르겠어." 냉소적이고 위협적인 말이었지만 말투는 진실했다. "도대체 왜 신경을 쓰는 거야? 처음에는 당신이 돈 때문에 이 일을 맡으려는 줄 알았고, 로건이 왜 그렇게 당신한테 꼭 맡기려고 집착하는지 몰랐어. 하지만 확실히 돈 때문은 아니더군."

먼로가 테이블 위로 손을 뻗어 기디언의 손에 자기 손을 얹었다. "당신은 비슷한 환경에서 자란 사람들과의 유대감을 느끼니까, 대부분의 사람들은 이해 못 하지만 당신은 이해할 수 있을 거야. 몇 년 동안 나를 진심으로 이해하고 있는 그대로 받아들여준 사람은 로건밖에 없었어. 그렇게 날 받아들여주었으니까 로건은 항상 내 심장의 반을, 내 목숨의 반쪽을 가지고 있을 거야. 내가 항상 로건의 뒤를 지킬 거야."

"그러니까 로건을 위해, 우정 때문에 이 일을 한다는 거야?"

"처음엔 그랬어." 먼로가 말했다. "난 로건을 위해, 해나를 위해 이 일을 시작했지. 그리고 일을 할 필요도 있었고." 그녀가 잠시 멈추었다가 다시 말을 이었다. "당신도 알겠지만, 나도 당신처럼 분노를 억누르지 못하고 자멸을 향해 돌진하고 있어. 이제 그런 상태가 된 지 아주 오래되었지. 난 아주 위험해졌어. 그래서 로건을 위해, 나를 위해, 그리고 내 어린 시절이 생각나는 어린 여자아이를 위해 이 일을 시작했어."

기디언이 눈을 가늘게 뜨고 턱을 내민 채 그녀를 지켜보았다. "시작이 그렇다면 끝은 어떤데?"

먼로는 등을 기대고 앉은 채로 계속 시선을 맞췄다. "끝은 모르겠어." 그녀가 말했다. "이것은 아직 끝나지 않은 이야기야. 난 지금 당신한테 나랑 같이 그 이야기를 쓰자고 말하는 거야. 난 시간이 필요해. 아주 약간만 있으면 돼. 당신이 해나를 찾겠다는 생각만으로 여기까지 온 건 아니라는 걸 나도 알아. 당신이 뭔가, 혹은 누군가를 혼자 찾고 있다는 걸 알아. 하지만 당신은 모든 걸 파괴할지도 몰라. 당신이 한발 물러나서 나한테 시간을 주면 이번 일이 다 끝난 다음 내가 '안식처'에 대해 가진 모든 정보를, 내가 아는 모든 걸 줄게. 그러면 당신도 당신만의 방법으로 정의를 실현시킬 수 있을 거야."

"시간이 얼마나 필요한데?" 기디언이 물었다.

먼로가 어깨를 으쓱하며 말했다. "아마 며칠 정도일 거야. 운이 좋으면."

기디언은 먼 곳으로 시선을 돌렸고 먼로는 다시 몸을 숙이고 탁자에 아까처럼 팔과 팔꿈치를 얹은 다음 손을 모았다. 그녀는 기다렸다.

"당신, 사람 많이 죽였지." 마침내 기디언이 말했다. 하지만 질문이라기보다는 천천히 떠오르는 깨달음을 입으로 말한 것뿐이었다.

"믿기 힘들어?" 그녀가 물었다.

기디언이 먼로를 향해 고개를 돌렸다. 먼로는 아무 말도 하지 않았고 그는 오랫동안 먼로의 얼굴을 살펴봤다. "로건이 당신한테 왜 그렇게 기대는지 알 것 같군." 그가 말했다.

"내가 사람들을 죽여서?"

“아니, 당신이 우리와 같아서.” 로건이 말했다. “당신은 다른 사람들과 달라. 우리의 아픔을 이해하잖아.”

“그리고 당신은 내 아픔을 이해하지.”

“그런 것 같군.” 기디언은 이렇게 말한 다음 오랫동안 침묵을 지킨 후 알겠다는 듯이 고개를 끄덕였다. “당신한테 필요한 시간을 줄게.” 그가 말했다. “당신을 방해하지 않을 거고, 해나를 빼내는 일에 문제가 생길 만한 짓은 아무것도 하지 않을 거야. 내가 여기까지 왔다가 빈손으로 돌아가는 한이 있더라도.”

“당신이 찾고 싶은 게 뭔데?”

기디언이 고개를 저었다. “그건 중요하지 않아.”

“좋아.” 먼로가 말했다. “그럼 미국으로 돌아가야 하는 이유는? 일 때문에? 아니면 돈?”

“둘 다 조금씩.” 기디언이 말했다. “유급휴가는 한정되어 있고, 아르헨티나행 비행기 표는 별로 싸지 않으니까.”

먼로가 고개를 끄덕이며 말했다. “여기 일이 어떻게 되는지 지켜보자고. 모든 일이 다 끝나면 나한테 연락해, 알겠지? 당신을 어떻게 도울 수 있을지 알아볼게.”

“동냥은 필요 없어.” 기디언이 말했다.

“그럼 당신이 투자한 시간과 여행 비용에 대한 변상이라고 생각해.”

기디언의 입꼬리가 수줍은 듯 살짝 올라가더니 눈에 미소가 어렸다. 먼로가 기디언을 만난 이후 처음으로 보는 진실한 미소였다.

커다란 방이 텅 비고 복도와 계단이 발소리와 분주한 움직임으로 가득 찼다. 아침 '교훈집' 낭독이 끝나고 각자 맡은 구역으로 갈 때면 늘 그랬다.

해나는 시선을 내리깔고 사람들을 따라 일정표 쪽으로 걸어갔다. 그녀는 한없이 작아져서 사람들 눈에 보이지 않는 존재가 되면 좋겠다고, 아무도 말을 걸지 않았으면 좋겠다고 생각했다. 침묵의 벌을 받고 있는데, 누가 말을 걸어도 대꾸를 하면 안 되는데, 그건 정말 곤혹스러운 일이기 때문이었다.

일정표에서 다시 부엌에 배정된 것을 보고 해나는 미소를 지을 뻔했다. 문제를 일으키면 돈을 모금하는 날만 빼고 화장실 청소나 바닥 닦기처럼 역겨운 일을 할당받았는데, 보통 한 번에 몇 주씩이나 그런 일을 해야 했다. 하지만 모닝스타가 해나를 하루 종일 지켜보는 파수꾼 역할을 했는데 모닝스타가 그런 하찮은 일을 하면 안 되기 때문에 해나도 보통 일을 할당받은 것 같았다. 다행이었다.

해나는 모닝스타가 기다릴 거라고 생각하면서 부엌문을 열었지만 아직 헤즈 삼촌밖에 없었다.

해나는 고개를 끄덕여 인사했다. 헤즈는 그녀가 침묵 중이라는 것을 이미 알고 있었기 때문에 건물 옆에 지어놓은 식료품실에 가서 채소를 다듬으라고 했다. 채소 다듬기는 부엌일 중에 역겨운 일에 속했다. 썩은 채소나 가끔 구더기와 벌레들이 나오는 채소를 뒤져서 먹을 수 있는 걸 찾아야 하기 때문이었다. 해나가 보기에는 전혀 먹고 싶지 않은 것도 어른들은 먹을 수 있는 것이라고 하는 바람에 구분하기가 조금 힘들었다. 게다가 버리는 양이 많으면 헤즈 삼촌이 화를 냈다.

해나가 걸쭉한 것이 잔뜩 묻은 손으로 토마토 한 박스를 분류하고 있을 때 스크린 도어가 벌컥 열리더니 모닝스타가 식료품실로 들어왔다.

"일라이저가 찾으셔." 모닝스타가 말했다. "사무실로 가봐."

모닝스타에게는 말해도 괜찮았으므로 해나가 물었다. "이걸 먼저 끝내야 할까요?"

"아니." 모닝스타가 괜찮다고 했기 때문에 해나는 양동이를 내려놓고 바깥쪽 싱크대의 물을 틀어서 손을 씻었다.

해나는 고개를 푹 숙이고 부엌을 통과했다. 부엌 작업조가 거기 있었다. 그들은 해나가 벌 받는 중이라는 것을 알고 있는 데다가 또 이야기를 하기 위해 불려가는 중이라는 걸 다들 알고 있었다. 해나는 자기를 빤히 바라보는 시선을 보고 싶지 않았다.

해나는 천천히 뒷문으로 걸어갔다. 배 속이 요동치면서 메슥거림이 목구멍까지 올라왔다. 심장이 꼭 벽을 뚫고 나오려고 부딪치는 것처럼 심하게 두근거렸다. 마음속에 수천 개의 생각이, 해나가 지난 며칠 동안 저질렀을지도 모르는 잘못이 떠올랐다. 해나는 아무와도 말을 하지 않았다. 반항적이지도 않았다. 또 온순하고 겸손한 태도를 보여주었다. 예언자의 말을 진심으로 받아들이고 있다는 것을 보여주기 위해서 '교훈집'에 착하고 솔직한 생각을 적었다. 그리고 해나는 아주 아주 말을 잘 들었다.

하지만 무슨 잘못이든 갖다 붙일 수 있었다. 이야기를 하러 가서 좋은 일이 있었던 적은 한 번도 없었다.

일라이저의 방은 부속 건물의 열 살, 열두 살 아이들의 방에서 모퉁이를 돌면 나왔다. 해나는 방 앞에 도착하자 문을 조용히 두드렸다.

일라이저가 "들어오세요"라고 말해서 해나는 안으로 들어갔다.

방에는 더블베드가 하나 있고 작은 책상이 바로 옆에 있었기 때문에 걸어 다닐 공간도 거의 없었다. 일라이저는 책상 옆 의자에 앉아 있고 선샤인 이모는 침대에 앉아 있었다. 해나는 선샤인이 이 방에 있어서 놀랐다.

선샤인 이모가 침대를 톡톡 두드리며 말했다. "여기 앉으렴, 아가."

해나의 배 속이 다시 요동쳤다. 친절한 말, 혹은 친절한 몸짓에는 종종 문제가 뒤따랐다. 해나는 천천히 앉은 다음 무릎에 손을 가지런히 얹고 누구든 말을 하기를 기다렸다.

"아빠한테서 편지가 왔단다." 일라이저가 말했다.

해나가 고개를 끄덕이고 손을 내밀어서 그가 내민 종이를 받았다. 출력한 이메일이었는데 일라이저 삼촌과 선샤인 이모가 벌써 읽은 게 분명했다. 두 사람이 해나에게 편지만 주려고 여기로 불렀을 리는 없었지만 그래도 아빠한테서 편지가 왔다는 건 기분 좋은 일이었다. 일라이저와 선샤인은 아직 아무 말도 없었기 때문에 해나는 이야기를 시작하기 전에 자기가 편지를 읽기 바란다는 것을 눈치챘다.

이메일은 길지 않았다. 아빠는 정말 바쁘지만 해나가 보고 싶다고, 아빠가 주님의 일을 하게 해준 해나가 정말 자랑스럽다고, 아빠는 해나를 주님의 손에 맡겼으며 해나를 위해 결정을 내려주시는 분들을 믿는다고, 그 사람들이 시키는 대로 하는 것이 최선이라 믿는다는 내용이 두 문단 정도 적혀 있었다.

해나의 아빠가 보내는 편지는 다 이런 식으로 별다른 내용이 없었고 숨어 있는 뜻을 읽으려고 아무리 애를 써도 혹시나 다른 뜻이 있을지도 모른다는 가능성 정도밖에 찾지 못했다. 하지만 아빠의 소식을 들으면 아빠가 자기를 기억하고 있다는 뜻 같아서 좋았다. 그 생각을 하면 해나는 목이 조이고 아팠다.

해나가 편지를 다 읽었다는 표시로 침대에 내려놓자마자 일라이저가 말했다. "아가, 우리는 널 잠시 다른 곳으로 보내려고 한단다."

머릿속에서 수백만 개의 질문이 춤을 췄지만 물어봐도 되는 질문이 거의 없었기 때문에 해나는 아무 말도 하지 않다가 분명히 겸손해 보일 것 같은 자세로 물었다. "제가 죄를 지어서요?"

일라이저가 미소를 지었다. 해나를 비웃는 것처럼 우스운 미소였지만 화를 내는 것보다는 나았다.

"아니란다, 아가. 그래서가 아니야." 일라이저가 말했다. "오래전부터 너를 데려가려고 애쓰던 사악한 적들이 다시 공격을 시작해서 곧 습격을 당할 거야. 널 안전하게 지키고 싶어서 그러는 거란다."

해나는 슬프고 미안했다. 정말 무거운 마음의 짐이었다.

'안식처'와 예언자 님은 해나 때문에, '공백'에 살며 경찰과 반그리스도 정부를 이용해서 '선택받은 자녀들'을 박해하는 사악한 엄마 때문에 너무나 많은 고통을 겪었다. 해나와 아빠는 자주 옮겨 다녀야 했고 '안식처'는 해나를 '공백'에서 안전하게 지키기 위해 온 힘을 다했다. 예언자님까지도 해나의 상황을 알았다. 그렇기 때문에 해나가 벌을 받고 있던 죄는 더욱 무거워졌다. 해나가 자신을 위해 치른 희생을 고맙게 여기지 않는다는 뜻이기 때문이었다.

"또 '공백'에 사는 엄마 짓이에요?" 해나가 물었다.

"이번에는 누군지 확실하지 않구나." 일라이저가 말했다. "하지만 주님과 예언자 님께서 습격이 있을 거라고 알려주셨기 때문에 대비하는 중이야."

"전 어디로 가요?" 해나가 물었다. "아빠 없이 혼자 가요?"

"아빠가 축복을 전해달라고 하셨어." 일라이저가 말했다. "이번에는 아빠가 같이 갈 수 없으니까 넌 '안식처'가 아닐 뿐이지 부에노스아이레스에 그대로 있을 거야. 선샤인이 너랑 같이 갈 거다."

그래서 선샤인 이모가 이 자리에 있는 거였다.

"지금 당장 가요?" 해나가 물었다.

"오늘이나 내일 후원자 분들이 오실 건데, 그분들이 널 안전한 곳으로 데려가주실 거야."

해나는 저번에 선샤인 이모와 후원자들을 찾아갔을 때 겪었던 일이 아직 생생하고 쓰라리게 생각났다. 그 기억이 커다란 손처럼 해나의 목을 붙잡고 공기를 차단했기 때문에 해나는 질식할 것 같았다.

해나는 질문해서는 안 됐지만 어떤 두려움이 다른 두려움을 이겼다. 해나가 아무 생각 없이 불쑥 말했다. "제가 또 주님의 사랑을 나누어야 할까요?"

돌아온 대답은 침묵뿐이었다.

선샤인의 얼굴이 어두워졌다. 해나는 저 표정이 뭔지 알았다. 어른들이 곤란한 상황에서 빠져나갈 방법을 궁리할 때 짓는 표정이었다. 하지만 일라이저의 표정을 보자 해나가 무슨 말을 하는지 전혀 모르겠다는 듯이 어리둥절해 보였기 때문에 진짜 겁이 났다.

이건 두 가지 뜻이었다. 하나는 레이철이 일러바치지 않았을지도 모른다는 것이었다. 어쩌면 해나가 벌을 받은 것은 다른 일 때문이었을지도 모른다. 하지만 더 나쁜 뜻도 있었다. 선샤인 이모가 이 '안식처'에 살고 있지만 일라이저보다 높은 사람이고 그 일이 있었던 것은 예언자 님께서 선샤인에게 직접 시켰기 때문이라는 점이었다. 즉 해나가 선샤인 이모와 함께 이 '안식처'를 떠나면 선샤인이 사실상 해나를 마음대로 할 수 있었다. 누구도 예언자 님과 직접 대화하는 사람을 거스르려 하지 않을 테니까.

해나는 무서웠지만 눈물을 흘리지 않으려고 애썼다. 그녀는 정말로 너무나 무력했다. 해나는 '안식처'를 떠나고 싶지 않았다. 선샤인 이모와 단둘이서는 어디에도 가고 싶지 않았다. 해나는 아빠가 여기 있었다면 이런 일이 절대 일어나지 않았을 것이라고 믿고 싶었다. 적어도 아빠가 여기 있으면 아빠에게 애원할 수 있었다. 선샤인 이모 대신 아빠가 같이 가달라고 간청할 수 있었다. 하지만 엄마한테는 그러지 않을 것이다. 엄마는 그냥 말 잘 듣고 복종하라고만 했다.

이런 생각들은 순식간에 스쳐 지나갔다. 해나는 오늘이나 내일부터 자신의 인생을 마음대로 좌지우지할 선샤인의 기분을 풀어줄 방법을 찾으려고, 그녀의 좋은 점을 알아내려고 필사적으로 애쓰면서 질문을 취소하려고 했지만 선샤인이 먼저 입을 열었다.

"아, 해나야. 그런 거 아니야. 우리는 몇 주 동안 호텔에서 지낼 거야. 주님과 예언자 님께서 우리에게 습격에 대비하라고 하셨기 때문에 너를 눈에 안 띄게 숨겨서 보호하려는 것뿐이란다."

해나는 고개를 끄덕였다. 믿고 싶었다. 선샤인은 거짓말을 하지 않을 거야, 안 그래? '선택받은 자녀들'은 '공백'에서 온 외부인들에게는 거짓말을 할 수 있었지만 서로에게는 거짓말을 하지 않았다. 어른들이 아이들에게 뭔가를 알려주고 싶지 않으면 그냥 물어보지 말라고 혼냈다. 하지만 이번 일은 다를지도 몰라. 어쩌면 일라이저가 있기 때문에, 일라이저가 알아서는 안 되기 때문에 선샤인이 거짓말을 하는 건지도 몰랐다. 어른들끼리도 거짓말을 할까?

일라이저가 헛기침을 했다. 이제 그 이야기는 끝내고 다음 이야기로 넘어가려는 것 같았다. 해나는 긴장했다.

일라이저가 말했다. "해나야, 너도 알지? '안식처' 밖으로 나간다고 해서 네가 배워야 할 교훈이 바뀌는 건 아니라는 걸 말이야, 그렇지? 우린 아직 너의 정신 건강에 대해 무척 걱정하고 있단다. 내가 지난 며칠 동안 받은 보고에 따르면 넌 아직도 악마가 네 맘속에 들어오도록 허락하는 것 같구나."

해나는 아무 말도 하지 않았다. 이번에 또 무슨 잘못을 저질렀는지 몰라도 해나는 전혀 인식하지 못했다. 일라이저 삼촌이 계속 말하는 것을 보니 이런 혼란스러운 마음이, 혹은 아무 죄도 없다는 생각이 표정에 드러난 것 같았다.

“네 표정이 우울한 걸 많은 사람이 봤어. 우리 마음에 주님의 정신이 가득하면 겉으로도 보이는 법인데, 넌 예수님께서 너를 통해 빛나시도록 하고 있지 않구나. 다른 사람들이 네 안에서 예수님을 볼 수 있도록 좀더 웃어야 한다, 해나.”

해나가 고개를 끄덕였다. 최근에는 별로 미소를 지을 일이 없었지만 그렇다고 해서 어두운 표정을 지은 것이 정당화되지는 않았다. 무척 슬퍼도 그것을 드러내면 안 된다. 항상 미소를 지으며 예수님께서 우리를 통해 빛나시도록 하는 것이 중요했다. 지난 며칠 동안 마음속에 많은 일이 일어났기 때문에 해나는 겉으로 보이는 모습에 신경을 쓰지 못했다.

“점심을 먹고 나서 짐을 싸라.” 해나가 다시 고개를 끄덕이자 일라이저가 말했다. “자, 이리 와서 삼촌을 안아주렴. 그리고 네가 주님과 함께한다는 걸 보여줘.”

해나가 일어나서 일라이저를 향해 몸을 숙이고 끌어안았다. 일라이저가 손을 뻗어 해나의 엉덩이를 꽉 쥔 다음 톡톡 두드렸다. 이것 역시 불편한 접촉이었다.

“『성경』에서 ‘주님께서는 사랑하시는 사람을 징계하신다’고 하셨단다.” 일라이저가 말했다. “너한테 벌을 주는 건 우리가 널 사랑하고 예수님을 위해 가장 좋은 사람이 되기를 바라기 때문이야.”

해나는 최대한 천천히 부엌으로 돌아갔다. 그녀를 기다리는 것은 썩은 채소밖에 없었으니 서두를 이유가 없었다. 해나는 일라이저가 불러서 나왔으니까 헤즈 삼촌이 화를 낼 수 없었다. 운이 좋으면 채소가 당장 필요해서 헤즈가 다른 사람한테 채소 다듬기를 시켰을지도 몰랐다.

해나는 일라이저가 한 말을 전부 다시 떠올리면서 이야기를 하자고 불려갈 때나 무슨 소식이든 들을 때 늘 그러듯이 좋은 점을 찾아봤다. 그러면 그 점을 기억하면서 다 잘될 거라고 자신을 이해시킬 수 있었다. 스스로 그렇다고 믿을 수만 있으면 메슥거리는 속을 통제할 수 있었다.

해나는 부엌에 도착했지만 문을 열기 전에 잠깐 멈춰서 표정이 괜찮은지 확인했다. 살짝 미소를 짓는 게 적당하겠지. 아주 활짝 웃으면 가짜 같아서 또 큰 벌을 받을 수도 있으므로 그것도 문제였다.

해나는 문을 밀어서 열었다. 그리고 선샤인 이모의 말이 정말이기를 온몸으로 바라면서 하늘을 향해 몰래 기도를 드렸다.

기디언과 이야기를 하느라 두 시간이 지체되는 바람에 먼로는 오후가 되어서야 푸조를 타고 목장 문 밖에 도착했다. 안으로 들어가는 절차는 처음 온 이후로 늘 똑같았다. 정문에서 기다렸다가 집까지 천천히 차를 몰고 가서 일라이저를 또 기다린다.

하지만 사흘 연속으로 오다 보니 먼로의 방문은 일상적인 일이 되어서 더스트는 현관문까지 태워주겠다는 제안을 받아들였고 처음만큼 과묵하지도 않았다. 더스트를 차에 태우자 먼로는 처음으로 '안식처'의 아이와 단둘이 있게 되었는데, 머릿속에 수많은 질문이 떠올랐지만 차를 타는 시간이 아주 짧았기 때문에 물어볼 수 없었다. 하지만 환심을 사기에는 충분한 시간이었다.

먼로는 순진해 보이면서 아이에게 겁을 주지도 않으려고 시선을 자갈길에 고정시킨 채 말했다. "넌 정말 특별한 아이인가 봐. 아무나 정문을 맡지는 않을 거 아냐?"

더스트가 싱긋 웃는 것이 얼핏 보였다. "전 마중을 맡고 있어요." 그가 말했다. "그렇게 특별한 건 아니에요." 하지만 목소리에는 자부심이 드러났다. 조수에 불과하고 에스테반처럼 낯선 사람들을 맞이하는 게 아니라 '안식처' 사람들이 아는 손님을 맞이할 정도의 신뢰만 받고 있었지만 말이다.

주차 공간은 비어 있어야 했지만 빈자리가 하나도 없었기 때문에 먼로는 그 옆에 차를 세웠다. 밴은 다 나가고 없었지만 그 자리에 최신형 메르세데스 세단 두 대가 세워져 있었다. 유리창에 페인트를 칠한 것처럼 짙은 선팅을 씌운 위압적인 검정색 차였다. 열다섯 명을 눈에 띄지 않게 이동시킬 만한 차가 아니었고 '안식처'의 한정된 예산으로 구입할 수 있는 차도 아니었다.

먼로는 자동차에서 내려 세단 뒤로 걸어간 다음 가만히 서서 물끄러미 보았다. 직접 물어보지 않아도 더스트가 설명을 하게 만들려는 의도적인 행동이었다.

더스트가 뒤돌아보더니 "손님이에요"라고 말한 다음 그녀가 따라오기를 기다렸다.

'안식처'가 돈과 보호를 얻으려고 비위를 맞추는 사람들, 즉 후원자일 가능성이 제일 높았다. 예상치 못한 반전이었다. 후원자들이 누구이며 어떤 연줄을 가지고 있느냐에 따라서 먼로가 세운 등식에 수없이 많은 문제가 생길 수 있었다.

캐묻지 않고도 더스트에게서 얻을 수 있는 정보는 기껏해야 단답형 대답이 다였다. 정보를 입수할 때면 항상 그렇듯이 단편적인 정보를 얻으려고 기회를 망치는 것보다는 큰 수확을 위해서 참는 게 나았다. 더스트가 아무리 침묵을 지켜도 괜찮다. 브래드퍼드에게 차량 번호를 알려주면 손님이 누군지 금방 알 수 있을 것이다.

먼로는 하룻밤 지내려고 짐을 챙겨온 가방을 자동차 뒷좌석에 두고 더스트를 따라 안으로 들어갔다. 아이는 먼로의 예상대로 반침으로 안내하는 대신 계단을 올라가 층계 꼭대기 일부에 칸막이를 세워서 만든 합판으로 된 작은 방으로 데려갔다. 더스트가 문을 두드리자 일라이저가 들어오라고 말했고, 아이가 문 너머를 보았다. 더스트는 먼로에게 들어가라고 손짓한 다음 뒤돌아서 뭔지는 모르겠지만 하루 종일 해야 하는 일을 하러 돌아갔다. 초인종이 울리기를 기다리는 일은 분명히 아니었다.

책꽂이와 온갖 사무용품으로 가득한 이 방은 공동 구역이 분명했다. 일라이저는 임시로 만든 책상 앞 금속 접이 의자에 앉아 있었고, 그의 앞에는 공책이 있고 옆에는 종이 더미가 쌓여 있었다. 먼로가 안으로 들어가자 일라이저가 일어나서 폐쇄공포증이라도 걸릴 것처럼 좁은 방 안으로 더 들어가기 전에 길을 막고 그녀를 포옹했다.

먼로는 청하지도 않은 신체 접촉 때문에 털이 쭈뼛 곤두섰지만 다시 한 번 그를 공격하는 환영을 억누르며 아무렇지도 않은 척 마주 앉았다. 일라이저의 바로 뒤에는 커튼으로 일부 가려진 책꽂이가 세 줄 있었고, 커튼 뒤로 '교훈집'들이 보였다. 그래서 일라이저가 그녀를 막은 것이었다.

일라이저는 어제처럼 딴 일에 정신이 팔려서 지친 표정으로 문 쪽을 가리켰고 두 사람은 그녀가 온 길을 되돌아갔다.

"어젯밤에 꿈을 또 꿨어요." 먼로가 이렇게 말한 다음 일라이저가 뭐라 말하기도 전에 봉투를 건넸다. "하나님께서 이걸 주라고 하셨어요."

일라이저는 적당히 머뭇거리다가 봉투를 흘깃 본 다음 받았다. 그의 시선이 머문 시간은 고마운 마음을 드러낼 만큼은 길었지만 돈에 굶주려 보이지 않을 만큼은 짧았다. 그는 봉투를 열어보지도 않고 "고마워요"라고 말하고 나서 먼로를 데리고 다시 계단을 내려가며 말했다. "오늘 주님을 위해 봉사를 하시는 것도 좋을 것 같군요. 당신만 괜찮으시면, 부엌에 일손이 좀 필요하거든요."

"하고 싶어요." 그녀가 말했다. '선택받은 자녀들'에서는 하고 싶다고 하고 하기 싫다고 안 하는 게 아니었지만 먼로의 이 짧은 대답은 지금까지 그녀가 일라이저에게 한 그 어떤 말보다 많은 진실을 담고 있었다.

부엌은 일층 계단 뒤로 이어지는 복도 끝이었고 닫혀 있는 단단한 문에 의해 다른 공간과 분리되어 있었다.

일라이저가 문을 열자 먼로는 거의 난방이 되지 않은 집보다 훨씬 따뜻한 부엌으로 들어갔다. 사람들이 하던 일을 멈추자 주위의 침묵 때문에 대형 가스스토브 위에서 커다란 솥이 부글부글 끓는 소리가 더 크게 들렸다.

부엌 가운데에는 걸어 다닐 공간도 거의 없고 나무로 대충 만든 아일랜드 식탁이 있었는데 십대 소녀 세 명이 서서 채소를 썰고 있을 만큼 공간이 넉넉했다. 먼 벽 쪽에는 커다란 스테인리스스틸 싱크대 앞에 십대 소년 한 명이 서 있었고 그 옆에 아마도 부엌을 책임지고 지휘하는 듯한 삼십대 초반의 남자가 있었다.

일라이저가 영어로 먼로를 간단하게 소개했다. 삼십대 남자가 자신을 헤즈라고 소개하자, 먼로는 헤저카이어의 애칭일 거라고 추측했다. 조덤이라는 십대 소년은 내내 문 쪽만 보면서 인사를 하더니 바로 뒤돌아서 손을 바삐 놀리며 일을 했다. 소녀들은 수줍게 미소를 지은 다음 조금 더 붙어 서서 먼로가 설 공간을 만들어주었다.

아일랜드 탁자 반대편에는 어젯밤에 소개를 받은 일라이저의 딸 모닝스타와 서래이라는 이름의 처음 보는 소녀 사이에 해나가 서 있었다. 해나는 자신을 페이스라고 소개했다.

먼로가 생각하기에 지금이 바로 도망치기 좋은 순간이었다. 여기가 바로 착한 주인공들이 마침내 목표 대상을 발견하고 총을 꺼내서 휘두르며 아이를 안전하게 빼내는 장면이었다.

엄밀히 말하면 불가능한 일도 아니었다.

얼른 차로 돌아가서 트렁크를 열고 무기를 가지고 돌아오기만 하면 된다. 이런 상황에 대비해서 자동차의 에어백을 제거해놓았기 때문에 정문은 장애물이랄 것도 없었다. 얼마 없는 부엌 사람들이 겁을 먹고 물러나는 대신 맞서 싸우는 것을 선택한다면 해나를 꽉 붙잡고서 나머지 네 명과 싸워야 하겠지만 충분히 가능했다.

하지만 총을 한두 발 정도 쏘아야 할 텐데 후원자들이 있을지도 모른다는 점을 생각하면 현명하지 못한 행동이었다.

게다가 이건 영화가 아니었다.

여기 부엌에 있는 사람들은 진짜 생명을 가진 진짜 사람들이었고, 무엇보다도 그런 폭력 사태를 목격해서 트라우마로 남을 감정적 상처를 입을 필요가 없는 진짜 십대들이었다. 특히나 힘든 일상을 살고 있을 텐데 그런 상처까지 더해줄 필요는 없었다. 이 아이들은 하이디와 로건과 기디언이 그토록 아끼는 형제자매들이었고, 다른 아이를 구하기 위해 이들 중 누구라도 해치는 것은 치료를 한답시고 고통을 주는 것이나 다름없었다.

폭력을 행사해야만 해나를 구출할 수 있다면 먼로는 기꺼이 그렇게 할 것이다. 하지만 다른 방법이, 더 깔끔한 방법이 있었다. 오늘 밤 '안식처' 전체가 잠든 사이에 먼로는 집 구조를 파악하고 브래드퍼드를 불러들여서 같이 해나를 이곳에서 빼낸 다음 영영 떠날 것이다.

그때까지 이 부엌에서 같이 일을 하는 것은 해나뿐 아니라 하이디의 여동생 모닝스타 사이에 친밀감과 믿음, 동료 의식을 발전시킬 완벽한 기회였다. 먼로는 모닝스타한테 더 많은 정보를 캐내서 해나를 성공적으로 빼냈을 때 어느 경로를 통해서 빠져나가는 것이 좋을지 파악할 것이다.

헤즈는 아주 서툴다고 할 수밖에 없는 스페인어로 먼로에게 앞으로 두 시간 동안 부엌에서 해야 할 일을 간단하게 알려주었다. 그녀는 얌전하게 고개를 끄덕이며 듣다가 그가 말을 끝내자 외투를 벗고 어디에 둬야 할지 주변을 살폈다.

그러자 먼로가 바라던 대로 헤즈가 거실에 두고 오라고 말했다. 그래서 먼로는 사람들의 시선 앞에서 천천히 부엌을 나온 다음 문이 닫히자마자 거의 뛰다시피 해서 큰 방으로 갔다. 그녀는 한 의자에 외투를 놓고 다른 의자 밑에 도청기를 설치한 다음 눈에 잘 띄지 않도록 마룻바닥 가까이에 소형 카메라를 달았다.

카메라는 작았고 배터리 지속 시간과 송신 거리가 제한적이었지만 먼로가 가까이 있으므로 손가방 속에 든 수신기가 신호를 받아 강화한 다음 송신할 것이다. 먼로는 렌즈가 현관문을 향하도록 설치했지만 각도를 점검할 시간은 없었다. 나중에 틈이 나면 조정할 것이다.

먼로가 의자 옆에 무릎을 꿇고 "받아 적어. 번호판 좀 조회해봐"라고 말한 다음 조용한 거실에서 기억을 더듬어 검은 세단 두 대에 붙어 있던 숫자를 말했다.

도청기가 작동을 시작했을 때 브래드퍼드가 책상 앞에 앉아 있지 않더라도 목장에서 나오는 데이터는 열심히 확인할 테니 금방 발견할 것이다. 먼로는 이 정도만 해두기로 했다. 브래드퍼드는 조사를 시작하기에 충분한 정보를 가졌으니 급한 일이 생기면 그런 때를 위해서 마련해둔 휴대전화로 전화할 것이다. 하지만 안전을 위해서 정말 위급한 상황이 생기지 않는 이상 먼로가 그에게 전화를 거는 것은 피하는 게 상책이었다.

먼로는 부엌으로 돌아와서 여자아이들과 함께 아일랜드 탁자 앞에 섰다. 모닝스타가 감자 한 그릇을 주고 도마와 칼을 건넸다.

먼로는 소리 없이 한숨을 쉬고 묵직하고 무딘 칼을 받았다. 그녀의 내면에 숨어 있는 약탈자가 이 투박한 부엌칼로 뭘 할 수 있는지 이 부엌에 있는 사람들이 알았다면 이렇게 쾌활하게 일하지는 못했을 것이다. 먼로가 손잡이에 손가락을 감아쥐자 칼과 그녀는 하나가 되고 칼은 팔의 연장선이 되었다. 그녀는 본능적으로 무게와 균형을 파악하고서 그릇에서 감자를 하나 꺼낸 다음 다른 사람이 보여준 본보기대로 육각형으로 썰었다.

부엌의 공통어는 영어였고 대화는 스스럼없었으며 가끔은 부적절하기까지 했다. 이들이 가볍게 주고받는 농담을 들으면서 먼로는 '선택받은 자녀들'과 그들의 생활 방식에 대해 일라이저와 대화를 나눌 때보다 많은 것을 알게 되었다. 먼로는 영어를 못 하는 척했기 때문에 모닝스타는 그녀가 잘 알아듣고 있을 뿐 아니라 녹음까지 되고 있음을 전혀 모르고 가끔 말을 멈추고 스페인어로 몇 문장씩 통역해주었다.

또한 스페인어로 대화를 하면 헤즈와 조덤이 거의 알아듣지 못하며 별로 신경도 쓰지 않는다는 사실이 금방 드러났다.

이 부엌의 역학은 권력이 어떻게 분할되는지 보여주었다. 이곳은 헤즈의 영역이었다. 그는 주어진 재료로 기적을 일으켜야 했고 다른 사람들은 그의 방식에 복종했다. 하지만 그 외의 모든 문제에서는 하이디의 여동생 모닝스타가 지배했다. 모닝스타는 먼로를 맡은 사람이었고, 모두들 대화를 나누거나 생각을 말할 때 그녀의 눈치를 봤으며 낯선 사람인 먼로와 이야기를 나눌 때도 모닝스타를 따랐다.

시간이 지나면서 부엌에서 일하는 사람들은 먼로를 더 편하게 대했다. 먼로는 대화에 끼어들어서 재치 있는 말로 여자아이들을 웃겼고 가끔 질문을 했다. '공백'에서는 일반적인 주제가 여기서는 불편한 화제였으므로 그런 것은 묻지 않았다. 즉 뭘 하고 노는지, 무슨 과목을 제일 좋아하는지 묻거나 이 아이들 스스로 결정을 내릴 수 있다는 듯이 대학이나 직업 선택에 대해 묻는 것은 금물이었다. 먼로는 함정도 덫도 없는 익숙한 분야에 대해서만 이야기하거나 외부인의 눈에 이들의 생활 방식이 더 좋게 비칠 만한 이야기만 조심스럽게 했기 때문에 아이들은 대화를 나눌 때 조심해야 한다는 생각을 덜게 되었다.

세 명의 십대 소녀는 무거운 입으로 비밀을 지키면서 도덕적 우월감을 느끼는 사람처럼 굴었다. 공격에서 방어로 목표를 바꾸고 약한 부분을 쿡쿡 찌르면서 계속 공략하면 장벽이 낮아지고 정보를 얻을 수 있다.

먼로는 '선택받은 자녀들'이 말하는 교회와 주님을 섬기는 기쁨, 희생이라는 축복에 초점을 맞추고 하나님을 섬기기 위해 모든 것을 포기한 사람들의 희생에 대해 말하면서 임기응변으로 이야기를 끌어갔다. 그런 다음 한발 더 나아가서 아이들에게 일세대들은 많은 것을 포기하고 희생하며 여기에 들어왔는데 이 단체 안에서 태어난 축복을 받은 아이들은 어떤 희생을 하느냐고 물었다.

화제가 너무나 미묘하게 바뀌었기 때문에 소녀들은 먼로의 의도를 깨닫지 못했다. 모닝스타와 서래이는 자신들의 삶과 자신들이 치르는 희생에 대해 자유롭게 이야기했고 먼로는 참을성 있게 기다리면서 정보를 흡수했는데, 해나는 이상하게도 침묵을 지켰다.

먼로가 결국 콕 집어서 물었다. "넌 어떠니, 페이스?"

해나는 모닝스타 쪽을 흘깃 보더니 그녀가 괜찮다는 듯이 고개를 살짝 끄덕이자 그제야 말했다. "저는 주님의 일을 위해 아빠를 포기했어요. 우리 아빠는 특별한 방식으로 하나님을 섬기고 있기 때문에 저는 아빠를 만나지 못해요. 벌써 몇 년이나 못 만났어요. 그러니 일세대 어른들이 여기에 들어오면서 가족을 포기한 것처럼 저도 그랬어요. 전 가족을 포기한다는 게 어떤 건지 알아요. 정말 힘들죠. 하지만 주님께서 저를 축복해주실 거예요."

해나의 말을 듣자 데이비드 로의 행방에 대한 먼로의 생각이 확인되었지만, 그 빤한 진실이 확인되는 순간 그녀는 가슴이 아팠다. 먼로는 아일랜드 탁자에 둘러 서 있던 다른 아이들처럼 아무렇지도 않은 표정을 지었지만 마음속에서 가마솥이 다시 부글부글 끓기 시작했다. 데이비드에게 해나는 훔쳐올 만큼, 납치할 만큼, 이 아이에게 온 세상이라도 다 줄 정도로 너무나 사랑하는 부모에게서 떼어놓을 만큼 중요한 아이였지만, 예언자를 섬기는 것만큼 중요하지는 않았던 것이다.

모닝스타가 해나를 보면서 무서운 표정을 짓자 해나가 말을 그쳤다. 먼로는 얼른 구원의 손길을 내밀었다. "그래도 엄마는 있잖아."

해나가 고개를 끄덕였다. "우리 엄마는 주님 안에서의 어머니예요. 양부모님 같은 거죠."

"친엄마는 아빠랑 같이 계시는 거야?"

해나가 고개를 저었다. "그 사람은 '공백'에 있어요, 하나님의 적이에요. 우린 믿지 않는 사람들과 멍에를 함께 메지 않아요."

먼로는 『성경』을 읽었으므로 이 말이 무슨 뜻인지 알았는데, 수백만 가지로 해석될 수 있는 말이었다. 그녀는 제일 부자연스럽지만 '선택받은 자녀들'이 가장 공감할 듯한 길을 선택했다. "최선을 위한 거지." 그런 다음, 의미심장한 침묵이 흐른 뒤에 이렇게 말했다. "너희들 모두 '선택받은 자녀들' 밖에서 살면서 하나님을 믿지 않는 가족이 있니?"

"전부 그런 건 아니에요." 해나가 말했다. "하지만 모닝스타는 있어요."

먼로는 열아홉 살 소녀가 다시 한 번 꾸짖는 표정을 지을 거라고 생각했지만 모닝스타는 한숨을 내쉬고 양파를 다지기 시작했다. 냄새가 워낙 강해서 탁자에 둘러선 네 사람 모두의 눈에 눈물이 고였다. "전 '공백'에 자매가 몇 명 있어요." 그녀가 말했다.

"언니들?"

모닝스타가 고개를 끄덕였다. "하지만 전 언니들이랑 말도 안 해요. 언니들이 믿지 않는 사람이라서가 아니라 거짓말쟁이라서요."

"무슨 거짓말을 하는데?"

"우리 교회에서 일어나지 않은 일을 자꾸 일어났다고 하잖아요." 그녀가 말했다. "우리가 뭘 믿고 뭘 믿지 않는지, 뭐 그런 거요."

"예를 들면 어떤 거?"

먼로는 보통 직접적으로 파고드는 전술은 피했지만 지금 여기서 헤즈와 소년은 관심이 없었고, 여자애들은 눈치채지 못했다.

"언니들은 '선택받은 자녀들' 내에서 아이들이 학대를 받았다고 그래요. 우리는 교육도 못 받고 어른들이 아이들과 섹스를 한다고요." 그녀가 말했다. "절 한번 보세요. 제가 학대받지 않는다는 게 훤히 보이잖아요. 전 개인적으로 이런 생활 자체가 십대가 바라는 최고의 교육이라고 생각해요. 그리고 저랑 섹스를 하는 어른도 없어요."

아일랜드 탁자 건너편에 서 있던 해나가 시선을 피했다. 해나의 시선은 거의 눈에 띄지 않았지만 죄를 지은 사람처럼 무의식이 거짓말에 반박하지만 의식이 얼른 덮어버리는 그런 표정이었다. 먼로는 이것만 봐도 연관성을 찾을 수 있었다. 가슴이 철렁하고 맥박이 빨리 뛰었다. 순식간에 일어난 일이었다. 그녀는 얼른 분노를 가라앉혔다.

먼로는 칼을 내려놓고 끝부분부터 도마 밑으로 밀어 넣었다. 칼을 안 쓸 때는 그렇게 해야 한다고 배웠기 때문이 아니라 피를 흘리지 않으려면 손에서 칼을 내려놓는 것이 제일 가장 빠른 방법이기 때문이었다.

먼로의 심장이 쿵쿵 뛰었다. 머리가 어지러웠지만 고요해지면서 방금 들은 이야기를 분석하기 위해 두 배로 빠르게 돌아갔다. 모닝스타가 계속 이야기를 했지만 먼로는 반밖에 듣지 않았고 뒤이은 침묵 속에서 결과를 생각하지도 않고 불쑥 말했다. "너한테는 그런 일이 없었다 해도 언니들한테는 있었을지도 모르잖아."

모닝스타는 이 순간에 심취해서 먼로가 반발하고 있다는 것도 저의를 품고 있다는 것도 모르고 말했다. "전 친구가 수백 명이나 돼요." 모닝스타는 더 어리고 신랄한 하이디 같았다. "하지만 그 애들 중에서 누구한테도 그런 일은 없었어요. 내 친구들은 아무도 학대받지 않는다고 장담할 수 있어요. 이렇게 모여서 같이 사는데 그런 일이 있으면 모를 리가 없잖아요. 수백 명 중에서 누군가는 저에게 말할 거 아니에요." 모닝스타가 말을 멈추고 곰곰이 생각하다가 말했다. "죄송하지만 그런 얘기가 사실이라는 주장은 받아들일 수가 없어요."

먼로는 고개를 끄덕였다. 그녀는 여기서 어떻게 교육을 하는지 잘 알았다. 모두 읽었다. 이런 반응은 '선택받은 자녀들'의 일반적인 사고방식이었다. 그들은 어느 한 개인의 경험을 내세워 공식적인 입장 이외의 다른 의견은 모두 부인했다. 또 이 아이들이 생각하는 '학대'는 '공백' 사람들이 생각하는 학대와 달랐기 때문에 그 말은 너무나 쉽게 부정되었다. 같은 단어였지만 다른 언어였다. 먼로는 머리가 어지러웠다.

그렇다, 그런 일이 코앞에서 일어나는데도 아무도 모를 수도 있었다. 증거는 바로 여기, 모두의 앞에 있는데 말이다. 금발머리의 순수하고 어린 소녀, 호박에 시선을 고정시키고 묵묵히 썰면서 주님의 안에서 언니인 모닝스타의 말에 전혀 반박하지 않는 저 아이가 바로 증거였다. 진심으로 관심을 가지고 지켜보는 사람의 눈에는 해나의 진실이 너무나 분명히 보였다. 정말 관심이 있는 사람에게는 말이다.

먼로는 머리가 심하게 욱신거렸다. 눈앞에 놓인 칼은 황홀한 구원을 주는 수단이었다. 하지만 그녀는 충동을 애써 눌렀다. 분노와 싸우면서 집중력을 잃지 않으려고 애썼다. "화장실 좀 갔다 올게." 그녀가 말했다.

"복도를 지나서 왼쪽 첫 번째예요." 모닝스타가 말했다. 먼로는 그녀의 말이 끝나기도 전에 벌써 문을 향해 걸어가고 있었다.

화장실로 간 먼로는 벽에 뒷머리를 찧었다. 천장을 보면서 숨을 들이마셨지만 불타는 분노를 가라앉힐 수가 없었다. 순수하고 완전한 살인 충동이 거기 있었다. 복수에 대한 갈망. 절대 일어나지 말았어야 할 잘못된 일을 바로잡고 구원하는 것이다. 먼로는 폭력을 쓰지 않으려고, 밤이 될 때까지 기다렸다가 해나를 조용히 빼내려고 계획을 세웠지만 이제 그럴 수 없었다. 쿵쿵 그녀의 머리가 벽에 조용히 계속 부딪혔다. 그럴 수 없어. 이젠 그럴 수 없어.

불꽃 한 줄기가 통제를 벗어나 불타오르더니 무너져 내리고 순수한 집중력이 피어올랐다. 먼로는 화장실에서 나와서 현관홀로 이어지는 복도를 향했다. 그녀는 무기를 들고 와서 해나를 빼낼 것이다, 그걸로 끝이다. 5분이면 된다. 나머지 사람들은 어떻게든 회복하겠지. 그리고 이 일의 결과에 대해 하이디와 기디언, 로건에게는 미안하지만, 빌어먹을, 먼로는 최선을 다했다.

그녀는 성큼성큼 부엌 앞을 지난 다음 길을 꺾어서 현관홀을 향해 주 복도를 침착하게 걸어가다가 계단 앞에서 딱 멈추었다.

남자 다섯 명과 이 공동체의 여자 세 명이 계단 아래쪽에 서 있거나 계단을 내려오고 있었다. 먼로가 걸음을 멈춘 것은 사람이 많아서도 승산이 없어서도 아니었다. 사상자가 생겨도 상관없다면 그녀는 상대가 아무리 많아도 여기서 빠져나갈 수 있고 해나를 빼낼 수 있었다. 먼로가 걸음을 멈춘 것은 남자들 때문이었다. 그들은 손님들, 바깥에 서 있는 검은 자동차의 주인들이었다.

남자들은 맞춤 양복에 비싼 신발을 신고 있었고 그중 세 명의 재킷은 튀어나올 이유가 없는 부분이 튀어나와 있었다. 먼로가 지금까지 만나본 '선택받은 자녀들' 중에서 제일 좋은 옷을 입고 말쑥하게 차린 세 여자는 가운데 서 있는 두 남자에게 매달려 있었는데, 그들은 기껏해야 사십대 초반 정도 되는 형제 같았다. 미소는 유혹적이고 대화는 가벼웠으며 여덟 명이 모두 계단을 내려올 때까지 먼로가 있다는 걸 알아차리지 못했다.

천천히 모든 것이 명확해지면서 그림이 맞춰졌다. 태도. 위치. 버릇. 분위기. 그렇다, 이들은 사업가였다. 하지만 그뿐만이 아니었다. 먼로는 사회의 음지에서 뇌물을 먹여본 경험이 많았기 때문에 부패한 사람을 보면 바로 알았는데, 저 사람들, 경호원과 '선택받은 자녀들'이 선사한 창녀를 거느린 저 두 사람이 바로 그런 자들이었다. 목장 '안식처'의 비교적 좋은 가구와 새 밴이 어디서 나왔는자 이제 알 수 있었다.

이제 여덟 명의 일행 모두 일층으로 내려와서 먼로와 문 사이에 서 있었는데 별로 서두르지 않았다. 특별히 갈 곳이 없는지도 몰랐다. 그들은 복도에 가만히 서 있었고 대화가 잠시 멈추었다. 먼로는 그들을 지나가려고 오른쪽 벽에 붙어서 걸어갔다.

그녀는 천천히 움직이고 있었지만 사업가 한 사람이 손을 뻗자 딱 멈춰 섰다. 그는 먼로를 만질 권리가 있다는 듯이 장난스럽지만 소유욕을 드러내며 다가왔다. "안녕, 예쁜이." 그는 이렇게 말했다. 가까이 다가오는 사업가의 손을 먼로가 순식간에 내리쳤기 때문에 그와 경호원 한 명 밖에 그 장면을 보지 못했다.

그녀는 감정 때문에 이성과 논리가 흐려져서 생각 없이 움직이고 있었지만 이 충격으로 제정신이 돌아왔다. 다른 사람이 남자가 누구한테 말을 거는지 보려고 고개를 돌렸을 때 먼로는 사태를 수습하려고 얼른 태도를 누그러뜨리고 순식간에 다른 사람이 되었다. 그녀는 이제 눈을 내리깐 채로 남자를 보고 있었는데, 다른 사람들 눈에는 온순해 보였겠지만 먼로는 눈을 이글거리며 어디 한 번 더 해보라는 듯이 그를 보고 있었다.

먼로는 잠깐 가만히 있다가 사람들이 아무 반응도 보이지 않자 지나가려 했지만 그녀의 행동을 본 경호원이 길을 막았다.

다른 때였다면 이런 상황에서 먼로가 다른 행동을 했겠지만 오늘은 전혀 그러고 싶지 않았다. 그녀는 오로지 해나를 빼내는 것에만, 그 아이를 당장 데리고 나가는 것에만 집중했다. 하지만 지금 당장 데리고 나갈 수는 없었다. 이 사람들이 그녀의 길을 막고 있어서가 아니라 무장한 남자들이 근처에 있는 이상 빠르고 깔끔하게 빠져나갈 수 없기 때문이었다. 누군가가 반격으로 총을 쏠 것이고 그러다가 해나가 죽을 수도 있었다.

사업가가 부하 한 명에게 뭐라고 속삭이더니 여자 한 명에게도 속삭였다. 먼로는 그 자리에 가만히 있었다. 경호원이 아직 그녀를 막아서고 있었고 사업가는 먼로가 파티에 나온 음식이라도 되는 것처럼 보고 있었다.

남자들이 뭘 원하는지 깨닫자 여자의 얼굴이 어두워졌고 그의 뜻이 전해지자 경호원이 한 걸음 물러나 먼로가 지나가게 길을 터주었다.

그녀는 차에 도착하자 트렁크로 가서 한참 동안 꼼짝 않고 서서 모든 것을 보는 동시에 아무것도 보지 않았다. 먼로는 복도에서의 일 때문에 이성을 되찾았고, 이성과 함께 체스판과 전략, 미리 세워둔 계획도 돌아왔다. 평정을 잃지 않고 밤이 올 때까지만 참으면 된다.

먼로는 운전석으로 돌아가 차에 타고 문을 잠근 다음 주머니에서 비상 전화를 꺼내 다이얼을 돌렸다.

신호가 한 번 울리자마자 브래드퍼드가 전화를 받았다.

"1분 정도밖에 없어." 그녀가 말했다. "내가 말한 정보 받았어? 알아봤어?"

"응, 지금 막 답이 들어왔어." 그가 말했다. "카르칸 집안 소유 차량이야. 카르칸은 부에노스아이레스의 사업가들로 연줄도 많고, 권력도 있고, 조직범죄와도 관련이 있어. 대부분 돈세탁이지만 훨씬 더 많은 일을 한다고 의심을 받고 있어. 법망을 피해서 일하는 자들이야. 절대 친절하지 않고, 절대 얕잡아볼 상대도 아니야."

브래드퍼드의 미묘한 침묵에는 이 번호판을 어디서 봤는지, 도대체 무슨 일이 일어나고 있는지와 같은 수많은 질문이 담겨 있었다. 하지만 그는 묻지 않았다. "독사 소굴에 들어간 것 같은데." 브래드퍼드가 말했다. "제발 조심해."

먼로는 잠시 말을 멈추었다가 고맙다고 한 다음 전화를 끊었다.

"참 멋지군."

그녀는 현관문을 물끄러미 보았다.

카르칸가의 아들들은 아직 저 안에 있는데, 먼로는 그들이 나갈 때까지 여기 앉아 있고 싶은 생각은 추호도 없었다. 그들이 가기 전까지는 해나를 빼낼 수 없었다. 밤늦게 해나를 빼내는 계획을 포기하고 싶지 않다면 부엌으로 돌아갈 수밖에 없었다.

안으로 들어가자 복도는 비어 있었다. 먼로는 부엌을 향해 한 걸음 한 걸음 결연하게 내딛으며 해나의 비밀을 알고 분노가 치밀기 전의 마음가짐으로 돌아가려고 애썼다.

부엌은 그녀가 나올 때처럼 여전히 분주하고 따뜻했고, 이제 15분 뒤면 음식을 배식대에 내놓아야 했다. 먼로가 들어가자 아이들은 괜찮냐고만 물었고 그녀는 괜찮다고 대답했다. 먼로가 나가기 전과 달라진 것이 없었다.

먼로는 기계적으로 움직이면서 그녀는 평온한 가면으로 마음속에서 부글부글 끓는 소용돌이를 가리고서 부엌일이 바빠져서 일과 관계없는 이야기를 할 시간이 없어서 다행이라고 생각했다. 솥과 접시들이 문밖으로 나갔고, 식당에서 음식을 나눠줄 사람들이 그걸 가지러 왔다. 조금 전만해도 부산하게 움직이던 부엌이 갑자기 조용해졌다.

모닝스타가 과장된 한숨을 쉬면서 먼로를 향해 돌아서서 말했다. "아버지 말씀이 오늘 자고 가실 거라면서요?"

먼로가 여전히 가짜 미소를 떠올린 채 고개를 끄덕였다.

"저녁식사 시간까지 10분 남았어요." 모닝스타가 이렇게 말한 다음 문쪽으로 걸어갔다. "짐 가지러 저랑 같이 가요. 주변을 안내해드리고 오늘 주무실 곳을 알려드릴게요." 모닝스타는 문을 열고 먼로가 따라오기를 기다렸다.

이것은 건물 구조를 파악할 완벽한 기회, 물어보거나 핑계를 댈 필요도 없이 집을 전부 둘러볼 완벽한 기회였으므로 환희의 순간이어야 했다. 하지만 먼로는 해나에게만 감정이 쏠려 있었고, 꼭 필요한 답사 때문이라 해도 해나를 놔두고 나가야 했기 때문에 신경이 더욱 곤두섰다. 먼로는 정말 마지못해서 바닥에 놓인 손가방을 집어 들고 십대 아이들 세 명이 부엌을 치우게 놔두고 부엌을 나섰다.

먼로와 모닝스타는 그녀의 차까지 같이 걸어갔다. 밖으로 나온 먼로는 흐릿한 하늘 아래 아직까지 세워져 있는 세단들 옆에서 뒷좌석을 열고 짐가방을 꺼냈다. 모닝스타는 호기심을 숨기며 지켜보았다. 먼로는 모닝스타의 시선 때문에 잠깐 행동을 멈췄다. 자동차와 가방을 보는 모닝스타의 시선은 지키는 자가 아니라 묻는 자의 시선이었다. 이 차를 처음 보는 것 같았고 이게 먼로의 것이라는 생각을 떠올린 다음 아까 나눴던 희생에 대한 대화를 생각하는 것 같았다.

먼로는 작은 여행 가방을 땅에 놓고 늘어나는 손잡이를 잡아 뺐다.

모닝스타가 가방을 빤히 보았다. 이 작은 가방은 아마도 모닝스타가 한 달 내내 구걸해서 '안식처'에 가지고 오는 돈보다 훨씬 비쌀 것이다.

"마음에 드니?" 먼로가 물었다.

모닝스타는 몰래 훔쳐보다가 들키자 당황해서 얼굴이 어두워졌다. "정말 좋네요." 그녀가 말했다.

"너 가져도 돼." 그녀가 말했다.

모닝스타가 잠깐 머뭇거리다가 말했다. "정말요?"

먼로가 손잡이를 내밀며 말했다. "지금 당장 가져도 돼. 내 짐은 나중에 꺼낼게."

모닝스타는 주저주저하더니 하이디를 꼭 닮은 반짝이는 미소를 지으며 손을 내밀었다.

여행 가방은 먼로가 지금까지 줘본 것 중에 제일 쉬운 뇌물이었다.

주 건물 위층은 네 구역으로 나눠져 있었는데, 하나는 십대 남자애들과 미혼 청년들이 쓰고, 하나는 십대 여자애들과 미혼 여자들이 썼다. 세 번째 구역은 더 어린 아이들이 지내는 방으로 남녀 상관없이 한 방을 썼고, 네 번째 구역은, 모닝스타의 말에 따르면, 부부들을 위해 더 작은 방으로 나눠져 있다고 했다.

위층에 욕실은 두 개밖에 없었고 먼로가 부속 건물에서 본 화장실과 비슷했는데, 마찬가지로 많은 인원을 수용하기 위해 개조된 것이었다.

여자 방은 부속 건물의 침실들과 비슷해서 직접 만든 좁은 삼단 침대들이 줄지어 늘어서 있었고 그 아래 좁은 복도로 사람들이 지나다녔다. 여행 가방은 맨 아래 침대 밑에 보관했고, 한쪽 벽의 붙박이장 한 줄에도 물건을 보관할 수 있었다. 침대는 전부 좁아서 개인 물건을 놓을 수가 없었고 커버는 직접 만든 것이었다. 그 밖에 가구라고는 삼층 침대 두 개 사이에 딱 맞는 커튼으로 가려진 키 크고 좁은 선반밖에 없었다.

먼로는 공간이 너무나도 귀한 이곳에서 자신이 모닝스타에게 준 작은 여행 가방이 얼마나 소중한 것일지 깨달았다. 침대 수로 미루어보건대 가로세로 6미터도 되지 않는 방에서 여자 열다섯 명이 살고 있는 것이다.

모닝스타가 어느 삼층 침대 꼭대기를 가리키며 말했다. "지금 빈 침대는 저거밖에 없어요. 크리스털이 여행 중이거든요. 일어나거나 내려오기 힘드시면 오늘 밤에는 제가 바꿔드릴게요."

먼로가 침대를 흔들어보았다. 이 기괴한 건물의 중력 중심이 어디일지 생각해봤을 때 침대는 충분히 튼튼했다. "한번 써볼게." 먼로가 말했다. 거기서 자고 싶어서가 아니라, 물론 잘 생각도 없었지만, 이 침대 바로 옆에 선반이 있었는데 카메라를 설치하기에 제일 좋은 곳이었기 때문이다.

먼로는 일층과 이층 침대 끝 부분을 사다리 삼아서 평소보다 훨씬 덜 민첩하게 천천히 올라갔다. 그녀가 침대에 앉아서 천장 때문에 고개를 살짝 숙이고 싱긋 웃으면서 말했다. "넌 어디서 자니?"

모닝스타가 반대쪽 가운데 침대를 가리켰다.

"서래이는?"

먼로와 같은 침대의 제일 아래층이었다.

"페이스는?"

모닝스타가 고갯짓으로 하나 건너서 있는 침대의 중간 칸을 가리켰다.

그 모든 것이 이 작은 정보를 얻기 위해, 밤에 해나를 어디서 찾아야 하는지 파악하기 위해서였다. 하지만 정보의 세계는 원래 그랬다. 그리고 상황도 괜찮았다. 먼로는 목표물의 위치와 이층의 구조를 단번에 파악했고 완벽한 접근 수단을 얻었다. 여행용 가방 하나의 대가로 말이다.

오늘 밤 가장 어려운 과제는 아래층 아이들을 깨우지 않고 침대에서 빠져나가는 것이리라. 먼로가 몸을 움직여 침대를 흔들어보자 모닝스타가 미소를 지었다.

"익숙해지겠지." 먼로가 말했다.

모닝스타가 머뭇머뭇 미소를 지으며 말했다. "저 얼른 볼일 좀 보고 올게요." 그런 다음 커튼으로 가려진 선반을 가리켰다. "개인 물건은 크리스털 선반에 두시면 돼요. 이제 자리 정리하셔도 돼요. 전 5분 안에 올 테니까 같이 식당에 내려가요."

먼로는 '선택받은 자녀들'이 자신을, 그들이 아는 한 죄인인 그녀를 자기들의 사적인 공간에 너무나 쉽게 받아들이자 당황하면서 고개를 끄덕였다. 이 사람들은 먼로를 아이들이랑 같이 지내게 할 정도로는 믿었지만 그들이 따르는 '교훈집'을 보여줄 정도로는 믿지 않았다. 우선순위가 좀 잘못된 것 같지만 '선택받은 자녀들'을 알고 보면 그들 나름으로는 말이 되는 행동이었다.

모닝스타가 나가자 방에는 아무도 없었다. 먼로는 선반 꼭대기에 카메라를 설치하기 시작했고 일을 다 끝내자 모닝스타가 돌아왔다.

저녁식사 장면은 어제와 같았다. 150명이 여러 가지 대화를 하면서 내는 소음, 노래, 기도. 그런 다음 다시 불협화음 같은 소음. 먼로는 오늘도 일라이저 가족 식탁에 같이 앉았는데, 해나의 양어머니 매그덜린이 해나보다 어린 세 아이와 저쪽 식탁에 앉아 있었다. 오늘은 해나도 일라이저 가족의 식탁에 앉아 있었다.

해나가 같은 식탁에 있었기 때문에 먼로는 잠시 생각을 멈추고 정신을 가다듬은 다음 그녀의 계획, 주의해야 할 것을 검토한 다음 함정이 아니라고 결론을 내렸다. 이 사람들은 그녀가 여기 온 이유를 전혀 몰랐고 먼로를 앞지를 리는 없었다. 이건 우연일 뿐이었다.

뒤늦게 합류한 일라이저가 맞은편 긴 의자에 앉은 해나 옆자리에 바짝 붙어 앉아서 팔을 두르더니 먼로에게 이렇게 말했다. "제 양딸을 벌써 만나셨군요."

"아직 사람들 가족관계를 다 파악을 못해서요, 애쓰는 중이에요." 먼로가 말했다.

"이 애 아버지는 다른 '안식처'에서 주님을 섬기고 있지요." 그가 말했다. "그래서 페이스는 일주일에 며칠은 우리랑 같이 지내요."

일라이저의 팔은 해나의 어깨 위에 부자연스러울 만큼 더 오래 머물렀다. 해나의 얼굴에 고통스럽고 불편한 표정이 떠오르지 않았다면 먼로는 이것이 '선택받은 자녀들'의 방식이라 생각하고 그냥 넘겼을 것이다.

먼로는 오늘 저 표정을 벌써 두 번째로 봤다. 해나는 이렇게 친밀하게 접촉하는 공동체에서 자랐고 다른 사람들과의 접촉에는 어떤 혐오감도 보이지 않았지만, 지금은 분명히 괴로워하고 있었고 일라이저를 피하고 싶어 했다. 먼로는 일라이저와 해나, 그리고 맞은편에 앉은 모닝스타를 차례로 보았다. 자기 친구들 중에 학대받는 아이는 하나도 없다고 자랑스럽게 선언했던 이 소녀는 자기 가족 내의 역학을, 자기 아버지의 행동을 모르고 있었다.

아까 타올랐던 불의 꺼져가던 불씨가 다시 활활 타올랐다. 욕지기가 밀려오고 따끔거리는 분노 때문에 눈이 따가웠다. 그녀는 계속 생각하면서 분석하고 합리적인 설명을 찾았다. 먼로는 추호의 의심도 없이 해나가 이 '안식처' 내부에서 학대받고 있다고 생각했다. 하지만 일라이저였다니!

먼로라고 해서 늘 옳은 것은 아니었다. 그녀는 사람들의 몸짓을 읽을 줄 알았지만 틀릴 가능성도 있었다. 단정을 지으면 위험하다. 이런 일을 할 때는 그래선 안 된다.

먼로는 자리에 앉아서 심호흡을 했다. 침착하자. 천천히 숨을 쉬는 거야. 식탁에 둘러앉은 사람들은 대화에 빠져 있었다. 시간이 느려졌다. 그녀는 두 사람의 행동을 살펴보았다. 유심히 보았다. 자세히 관찰했다. 그러자 다시 증거가 드러났다. 일라이저가 해나를 만지거나 대화를 하는 방식을 봐도 너무나 명확했고, 해나의 눈에 담긴 혐오와 공포를 봐도 너무나 명확했다.

공동체의 지도자, 해나의 양아버지, 막강한 실력자, 선생님, 주님에게로 이끄는 지도자인 바로 이 남자가 해나를 학대했다. 부모에게서 해나를 훔친 유괴범은 급기야 버렸고 해나는 주인이 계속 바뀌는 애완동물처럼 이 손에서 저 손으로 넘겨졌다. 해나는 이 사람이 그녀에게 하는 짓이 자신의 인격을 침해하는 범죄라는 사실을 설령 알았다 해도 안전하게 기댈 곳이 없었다.

먼로의 마음속 안내자가 비명을 질렀고, 학대받던 어린 시절이 지구의 펄펄 끓는 마그마에서 태어난 원시 생명체처럼 일어났다.

해나가 이 공동체에서 빠져나간다고 해서 끝나는 것은 아니다. 해나를 대신할 다른 순수한 아이가 있을 것이다. 하지만 먼로는 이 모든 것을 끝장낼 수 있다. 오늘 밤 '안식처'를 떠나기 전에 이 남자를 죽이면 순환 고리를 영영 끊을 수 있다. 일분일초 타는 듯한 시간이 지날 때마다 그녀가 자의적으로 정의를 실현해야 하는지 갈등이 깊어만 갔다. 하지만 고리를 하나 끊어도 결국엔 새로운 고리가 생길 뿐이었다.

어두워진 뒷골목에서는 흔한 일이었다. 일라이저는 남편이자 아버지, 할아버지였다. 이 사람은 모닝스타의 아버지, 하이디의 아버지였고, 식탁에 둘러앉은 이 아이들이 또 다른 해나가 되지 않도록 보호해야 할 유일한 사람이었다. 호기심 어린 눈으로 식탁 너머 그녀를 바라보는 이 아이들의 순수한 눈을 보니 그녀가 선택할 행동의 결과가 아주 생생하고 개인적인 것으로 느껴졌다.

통제. 먼로는 마음을 통제하려고 무진 애를 썼다. 숨을 쉬었다. 이야기를 들었다. 말을 했다. 사람들이 그녀에게 말을 걸고 있었다. 묻는 질문에 대답해야 한다.

"괜찮아요." 먼로가 말했다. "부엌이 워낙 더워서 잠깐 현기증이 났나 봐요."

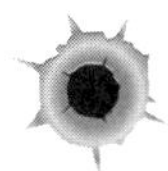

그날 밤 먼로는 모든 일을 얇은 커튼 너머에서 일어나는 것처럼 보고 겪으면서 순전한 의지의 힘으로 기계적으로 행동했고 겉모습 아래 숨겨진 감정의 폭풍을 절대 드러내지 않았다.

어제처럼 저녁식사 후에도 긴 토론이 이어졌고 대화가 길어지자 식탁에 둘러앉은 사람들은 하나둘씩 자리에서 일어났다. 먼로는 절대 방심하지 않고 해나를 지켜보면서 시야에서 놓치고 싶지 않았지만 그럴 수 없다는 사실을 알았다.

사람들은 거실에 다시 모여서 또 한 번 노래하고 용기를 주는 말씀을 읽으며 시간을 보냈다. 또 '선택받은 자녀들'의 연극이었다. 특히 오늘은 여러 사건이 있었기 때문에 먼로는 이 모든 일이 급속도로 지겨워졌다. 그녀는 얼른 끝나기만을 바랐다. 얼른 침대 꼭대기 층으로 도망쳐 어둠 속에서 천장을 바라보면서 아무런 방해도 없이 생각하고 분석하고 밤이 깊어질 때까지 해나를 지켜보고 싶었다.

마지막 노래가 끝나자 사람들이 여러 방향으로 흩어졌고 먼로는 일라이저와 함께 임시 사무실로 걸어갔다. 거기서 그는 다른 책을 꺼내서 주었다. 일라이저는 먼로에게 불이 꺼질 때까지 책을 읽으라고 권했고 먼로는 기꺼이 시키는 대로 했다. 책을 읽고 싶어서가 아니라 여자 방의 침대 꼭대기라는 성역으로 도망칠 수 있었기 때문이다.

낮과 달리 침대가 거의 다 찼다. 여자아이들은 일기를 쓰거나, 책을 읽거나, 옆 침대 친구와 조용히 이야기를 나누었고, 잠자는 곳은 외계 비행선에 달린 개인 용품을 넣는 공간 같았다. 각자의 특징이 천장이나 기둥 여기저기에 붙어 있었다. 이 아이들에게 자기들만의 것은 이 작은 공간밖에 없었고, 이렇게 사람이 많은 이 집에서는 각자의 개인적인 우주의 경계가 딱 침대의 네 모서리까지만 확장되는 것 같았다.

먼로는 이제 '안식처'에서 꽤 여러 시간을 보냈기 때문에 가끔 익숙한 얼굴도 있었지만 이름은 몰랐다. 아이들은 환영하는 표정을 지었고, 누구도 그녀의 존재를 이상하게 여기지 않았기 때문에 먼로는 자신이 누구이고 왜 여기 왔는지 아이들이 아주 대략적으로나마 알고 있을 거라고 추측했다. 이 호기심 많은 십대 소녀들과 인사를 나누고 친밀감을 쌓는 것이 더 좋았겠지만 먼로는 조용함만을 간절히 원했기 때문에 아래층 침대를 디디며 침대로 올라갔다.

모닝스타도 해나도 방에 없었다. 침대 여러 개가 아직 비어 있는 것을 보니 아무 문제없다고 추측하는 것이 맞겠지만 먼로는 두 사람이 보이지 않아서 초조했다. 그녀는 해나가 자기 시야에서 벗어나지 않기를 바랐다.

먼로는 침대에 누워서 눈을 감고 마음을 분산시켜 여러 가지 생각을 하면서 기다렸다. 그녀에게 제일 중요한 것은 해나였지만 이 '안식처'에서 위험에 처한 아이는 해나만이 아니었기 때문에 마음의 짐이, 앙갚음에 대한 갈등이 먼로를 무겁게 짓눌렀다. 오늘 그녀가 어떤 선택을 하든 고통을 피할 수는 없을 것이다. 결심을 깨끗하게 무시하고 운명에 결과를 맡기면 쉽겠지만 운명은 역시 나름의 여파를 남길 것이다.

먼로는 새벽 1시까지 기다렸다가 브래드퍼드에게 연락해서 '안식처' 안으로 들여보낼 계획이었다. 그에게 정문과 개들은 아무 문제도 아닐 것이고 현관문에는 안에서 잠그는 걸쇠밖에 안전장치가 없다. 브래드퍼드가 '안식처'에 들어왔을 때 이미 이 방 여자아이들을 의식을 잃게 만들 어두었을 것이다.

시간이 흘러서 방이 점점 채워지고 모닝스타도 돌아오고 소등 시간이 되었지만 해나는 아직도 돌아오지 않았다. 하루 종일 서서히 끓어오르던 폭력적인 본능, 지금까지 강력한 의지로 통제하면서 꾹 참고 있던 죽음과 복수에 대한 생각이 맹렬하게 끓어오르기 시작했다.

먼로가 침대에서 내려가자 모닝스타가 일어나 앉았다.

"차에 휴대전화를 두고 왔어." 먼로가 말했다. "부모님이 전화하시기로 했는데 깜빡 잊고 있었지 뭐야. 연락이 안 되면 깜짝 놀라서 걱정하실 거야. 차에 좀 갔다 올게."

모닝스타가 침대에서 빠져나왔다. "제가 같이 갈게요." 그녀가 이렇게 말하자 먼로가 고개를 끄덕였다. 이 정도는 예상하고 있었다.

두 사람 사이에는 오후에 먼로가 돈으로 산 호의가 아직 있었다. 먼로는 모닝스타와 함께 걸어가면서 최대한 아무렇지도 않게 말했다. "여자들은 전부 소등 규칙에 따라야 하는 거 아니었니?"

"맞아요." 모닝스타가 말했다. "하지만 차에 뭘 가지러 가는 거면 괜찮을 거예요."

"아, 난 페이스를 생각한 거였어." 먼로가 말했다. "걘 특별한 예외가 봐."

"아, 그거요." 모닝스타가 말했다. 이 두 마디 말에서 먼로는 음울한 질투를 알아차렸다. "페이스는 오늘 밤 여기서 안 자요."

이 간단한 문장이 모든 것을 바꾸었다. 휴대전화가 필요하다는 핑계는 모닝스타와 단둘이 방에서 나오려는 핑계에 불과했다. 하지만 이제는 주머니에 든 전화기가 자신을 쳐달라고 비명을 지르며 불타오르는 것처럼 느껴졌다.

"어디 갔는데?"

먼로는 말을 돌리지도 않고 직접적으로 물었고 아무것도 모르는 척 숨기지도 않았다. 보통 때라면 그 무엇보다도 상대방이 빨리 입을 닫게 만드는 방법으로, 일반적으로 심문을 할 때나 쓰는 전술이었다.

모닝스타가 걸음을 멈추고 오랫동안 망설이다가 말했다. "우리의 친구들이랑 있을 거예요."

바깥으로 나가니 밴 다섯 대가 별들 아래에 세워져 있었고 세단은 두 대 모두 사라지고 없었다. 먼로는 조수석 문을 열었고, 교묘한 솜씨로 글러브박스에서 휴대전화를 꺼내는 척했다. 그런 다음 휴대전화를 켜고 호기심에 가득 차서 지켜보는 모닝스타의 시선을 받으면서 무거운 한숨을 내쉬고 말했다. "세상에, 난 정말 바보 같아. 부재중 전화가 여러 통이네."

먼로는 음성 메시지를 듣는 척했고 곧 얼굴에 걱정스런 표정이 떠올리며 말했다. "여긴 다시 전화해줘야겠다. 남자친군데 급한 일이래."

모닝스타는 혼자 집으로 들어가려고도, 먼로에게 공간을 주거나 사생활을 보호해주려고도 하지 않았다. 그래서 먼로는 모닝스타가 바로 옆에 서서 지켜보며 듣는 앞에서 브래드퍼드에게 전화를 걸었다.

"라 융키누니 안 아타카람 베 후리야." 먼로가 말했다. "문제가 생겼어. 얼른 움직여야 돼. 현관 카메라 영상 받았어?"

"받았어." 브래드퍼드가 말했다. "하지만 엉덩이랑 다리, 발밖에 안 보이는데."

"십대 소녀가 현관문으로 나가는 걸 찾고 있어. 아마 다른 사람이 같이 나갔을 거야."

먼로가 해나를 마지막으로 본 것은 저녁 기도 시간이었다. "8시 30분부터 봐." 그녀가 말했다.

휴대전화 저편엔 침묵이 흐르고 브래드퍼드가 영상을 찾느라 딸깍거리는 소리와 삐 소리를 제외하면 조용했다.

"찾은 것 같아." 그가 말했다. "8시 이후에는 드나드는 사람이 별로 없고 당신 설명에 맞는 건 하나밖에 없는데, 여러 명이야. 여자 다리가 두 쌍인데 한 명은 분명히 애고, 양복을 입은 사람이 몇 명 있어."

할 말이 없었다. 먼로는 멍하니 서서 모닝스타가 어떻게 생각할지 걱정도 하지 않고 조용히 욕설을 내뱉었다. 다 틀렸어. 끝장이야. 대실패였다. 전략도 망하고 뭔가 중요한 걸 놓친 것이다. 다른 건 몰랐지만 두 가지 사실은 분명해졌다.

해나를 먼로에게서 떼어놓으려는 것은 분명 아니었다. 먼로의 가면극은 아직 탄로 나지 않았고 해나가 다른 곳에서 하룻밤 자는 것은 일상적이거나 흔한 일이 분명했다.

먼로는 카르칸가의 두 사업가가 얼마나 소유욕이 강한지 직접 보았고 로건이 준 기록을 통해서 '선택받은 자녀들'이 권력을 가진 사람들에게 자기 여자들을 얼마나 쉽게 내주는지 알았다. 해나는 어리긴 하지만 아름다웠고 어린 여자애를 내주는 것은 공식적으로는 금지되었지만 기디언의 경우에서 보듯이 절대 일어나지 않는 일은 아니었다.

정보를 더 얻기 전까지 그럴듯한 가능성은 두 가지밖에 없었다. 해나가 후원자들에게 노리갯감으로 넘겨졌거나 '선택받은 자녀들'이 해나를 '안식처'에서 빼돌려서 숨기고 있거나 둘 중 하나였다. 후자의 경우라면, 그리고 기디언의 존재를 알아차리고 놀라서 그렇게 된 거라면, 먼로는 빌어먹을 기디언의 목을 부러뜨리고 말 것이다.

"돌아갈게. 오늘 여기서 할 수 있는 일은 없어." 먼로는 이렇게 말한 다음 전화를 끊었다.

그런 다음 모닝스타에게 말했다. "가족한테 급한 일이 생겨서 가야 해."

모닝스타는 어리둥절한 표정을 지으며 말했다. "우리 아빠한테 가서 얘기해보세요."

일라이저는 먼로의 예상대로 혼란스럽고 실망한 것 같았다. 그녀가 지금 일라이저의 곁에 서서 어머니가 병원에 입원했다고 변명하는 수고를 마다하지 않는 유일한 이유는 필요할 경우 '안식처'로 돌아오기 위해서였다.

"어머니 일은 주님 손에 맡기세요." 일라이저가 말했다. "주님의 일이, 당신을 위해 준비하신 주님의 계획이 그 무엇보다도 우선합니다. 주님께서 당신에게 원하시는 것을 당신 자신도 원한다면 그분께서 어머니를 돌봐주실 것입니다."

먼로는 이가 갈렸지만 최대한 침착한 척하려고 애썼다. "제 어머니예요." 먼로가 말했다. "어머니에게는 제가 필요해요. 가족들은 제가 갈 거라고 생각하고 있어요."

　문이 열리고 에스테반이 들어왔다. 이제 먼로 하나에 '안식처' 신자 세 명이 되었다. 위협적인 상황이어야 했다. 이들은 먼로를 여자라고만 생각했으니 어쩌면 위협을 하려는 의도일지도 몰랐다.

　"하나님의 뜻 안에 머물면 오늘 밤 어떤 결과가 나오든 당신은 완벽한 평화를 누릴 수 있습니다." 일라이저가 말했다. "그건 하나님의 계획에 따른 결과니까요. 하나님께서는 당신이 여기에 머물기를 원하십니다. 당신 스스로한테 물어보세요. 누가 당신의 어머니이고 누가 당신의 아버지입니까? 누가 형제자매입니까? 당신의 진정한 가족은 하나님의 뜻을 따르는 사람들입니다. 우리가 당신 가족이에요, 미키. 당신이 속한 곳은 여기입니다."

　먼로가 아주 잘 아는 것이 있다면 그것은 『성경』이었다. 『성경』의 목소리들은 그녀의 의식에 너무나 깊이 낙인 찍혀 있어서 최근까지 일상생활을 할 때에도 그 속삭임이 들렸다. 그녀는 일라이저가 무엇을 중요하게 여기는지 알았기 때문에 그를 잘라내기 전에 마지막 시도를 하는 셈 치고 말했다. "오늘 돌아가실지도 몰라요. 가야 해요."

　일라이저는 공동체의 수장답게 단호한 꾸짖음으로 답했다. "예수님도 한때 같은 문제를 겪으셨습니다. 예수님을 찾아온 청년들 중 한 명은 제자가 되고 싶었지만 당신처럼 아버지 장례를 치를 시간을 조금만 달라고 간청했습니다. 그때 예수님은 이렇게 말씀하셨지요. '죽은 사람의 장례는 죽은 사람들이 치르게 두어라.' 당신은 영적으로 죽은 사람입니까, 미키?"

　"아뇨." 먼로가 말했다. "전 살아 있어요. 하지만 가야 해요."

그녀는 대답을 기다리지 않고 문을 향해 걸어갔다. 모닝스타는 놀라서 입을 벌린 채 서 있었고, 에스테반은 길을 막고 있는 것처럼 보일 정도로 출입구 가까이 서 있었다. 먼로는 그가 움직일 때까지 기다리지 않았다. 그녀는 성큼성큼 걸어서 그를 스치고 지나갔다.

먼로는 밖으로 나간 다음 뒤돌아서 말했다. "전 주님의 사업을 위해서 가진 걸 전부 내놓을 준비가 되어 있어요. 하지만 어머니가 돌아가실 때 제가 병원에도 가지 않는다면 주님께 드릴 것이 하나도 없을 거예요."

이 두 문장의 말이면 이들은 그녀가 무슨 일을 하든 용서할 것이다.

먼로는 여자 방으로 돌아와서 손가방을 챙긴 다음 계단을 내려가 현관 홀로 걸어갔다.

모닝스타가 뒤쫓아 달려왔다. 먼로는 밤 속으로 한 발 들여놓으면서 잠시 멈춰 서서 진심을 담아 모닝스타를 안아주면서 말했다. "여행 가방은 너 가져도 돼. 혹시 내가 돌아오지 않으면 옷도 너 가져." 그런 다음, 다시 한 번 멈춘 다음 말을 이었다. "정문까지 태워줄 테니 문을 열어줘."

모닝스타는 잠시 망설이다가 차에 올라탔고 정문까지 몇 100미터를 가는 동안 두 사람은 아무 말도 하지 않았다.

먼로가 호텔 방문을 열자 브래드퍼드가 서성이고 있었다. 그녀가 방 안으로 들어서자 브래드퍼드는 발걸음을 멈추었지만 방 한가운데 심어진 사람처럼, 전쟁에서 상처를 잔뜩 얻은 동상처럼 가만히 서 있었다. 그의 표정은 딱딱했다. 아주 사업적이었다. 먼로가 외투를 벗어서 침대 위에 던지고 책상으로 성큼성큼 걸어가자 그의 표정이 아주 조금 부드러워졌다.

브래드퍼드가 말했다. "어떻게 된 거야?"

먼로는 책상 위로 몸을 숙이고 영상을 튼 다음 몸을 펴고 흘러나오는 영상을 보았다. 찍힌 시간에 따르면 해나는 먼로가 위층에서 책을 건네받고 있을 때 현관문을 나갔다. 먼로는 그 부분을 재생하고 또 재생했다.

아이를 빼앗긴 악몽 같은 상황이었지만 한 줄기 희망의 빛이 있었다. 먼로는 처음에 해나가 남자들에게 노리갯감으로 넘겨진 게 아닐까 걱정했지만 화면을 보니 어느 정도 마음이 놓였다.

짐을 싸서 갔다는 것은 꽤 오랫동안 돌아오지 않는다는 뜻이었고 낡고 닳은 옷은 낮에 계단에서 본 여자들이 입고 있던 옷이랑 전혀 비슷하지도 않았다. 장담할 수는 없지만 '선택받은 자녀들'이 해나를 단순히 '안식처' 밖으로 이동시키는 것 같았다.

먼로는 영상을 세 번째로 본 다음 브래드퍼드 쪽은 보지도 않고 그의 질문에 대답했다. "어떻게 된 건지 나도 잘 모르겠어. 하지만 내가 틀림없이 알아내고 말거야."

그녀가 화면을 가리키면서 톡톡 치며 말했다. "저 번호판을 봐. 저 번호판을 따라가면 해나가 거기 있을 거야. 아는 대로 다 말해줘." 먼로가 말을 멈추고 브래드퍼드를 보며 물었다. "로건은 비상 전화 아직 가지고 다녀?"

그가 고개를 끄덕였다. 먼로가 자리에서 일어나 팔짱을 꼈다. 머리가 재빠르게 돌아갔다. "약속을 잡아줘. 최대한 빨리, 오늘 밤 당장. 세 명 다 와야 돼. 누군가 나한테 말 안 한 게 있어."

브래드퍼드는 먼로의 말뜻을 완전히 이해할 때까지 꼼짝도 않고 서 있었다. 그녀는 정보가 이끄는 대로 번호판을 쫓겠다고 했지만 그건 미친 짓이고 죽음으로 이어지는 길이었다. 브래드퍼드는 침대 끄트머리에 앉아서 손가락으로 머리카락을 빗어 넘겼지만 먼로의 생각처럼 전화를 걸지는 않았다.

잠시 침묵이 흐른 뒤 먼로가 의자를 돌려 그를 마주 보고 앉아서 특유의 직관적인 행동으로 그가 생각을 그러모을 때까지 같이 침묵을 지켰다.

"마이클." 마침내 브래드퍼드가 말했다. "모두 잠든 공동체에서 해나를 빼내오거나 길거리에서 잡아채는 건 그렇다 쳐. 그런데 이제 카르칸 집안을 쫓겠다고? 이런 작전은 중요도가 완전히 달라. 당신이 한번 시작한 일은 끝내야 한다는 책임감을 느끼는 건 알겠어. 로건에게 약속을 했으니까. 하지만 이걸로 상황이 완전 바뀌었어. 이건 전혀 다른 상황이야. 이젠 목표물도, 위험도도 달라졌어. 자기네 영역에서 무장을 갖추고 연줄도 많은 무자비한 놈들한테 눈을 감고 달려드는 격이야. 우리

둘이서 하루아침에 할 수 있는 일이 아니라고.”

브래드퍼드가 불만을 터뜨린 다음 어떤 반응을 기대했는지는 모르겠지만 그의 위로 다가오는 것은 분명히 아니었을 것이다.

먼로는 조용히 생각에 잠겨서 잠깐 앉아 있다가 의자에서 일어나 침대로 다가갔다. 그녀는 그의 다리 양옆에 무릎을 대고 손으로 그의 얼굴을 잡은 다음 이마에 입을 맞추었다.

“당신이랑 말싸움 하지 않을 거야.” 그녀가 말했다. “당신 말이 맞으니까.”

먼로는 그렇게 브래드퍼드의 머리카락에 뺨을 대고 잠시 가만히 있었다. 그는 눈을 감고 그녀의 체취를 들이마셨다. 행복하면서도 가슴이 아팠다. 브래드퍼드는 그녀를 안고 싶었고, 먼로를 그녀 자신으로부터, 이 세상으로부터 보호하고 싶었다. 하지만 먼로는 브래드퍼드가 보호해야 할 자기 사람이 아니었고 앞으로도 절대 그렇게 되지 않을 것이다.

먼로가 그를 놓고 물러나서 창가로 걸어가더니 밖을 내다보며 말했다. “난 이 일을 끝내야 해. 어떤 방법으로든 끝낼 거야. 나 혼자 가야 한다면 그렇게 할 거야.” 그녀가 돌아서서 말했다. “당신을 위협하는 게 아니야, 마일스. 당신을 조종하려는 것도 절대 아니야. 난 당신을 알아. 내가 간다고 하면 당신도 가야 한다고 생각하는 거 알아. 단지 내 뒤를 봐주기 위해서라도 말이야. 하지만 난 당신이 그러길 바라지 않아. 이 일은 자살이나 마찬가지야. 하지만 내 일이지 당신 일은 아니지. 난 그 사실을 완전히 이해하고 있어.”

“왜?” 브래드퍼드가 말했다. “세상에, 도대체 왜?”

먼로는 그가 했던 말을 그대로 해주었다. “난 재능이 있어. 그래서 그걸 이용하는 거야."

브래드퍼드는 말없이 앉아 있었다. 팀파니 소리 같은 고통이 크레센도로 점점 커졌다. 먼로의 결정은 로건에 대한 것이었다. 항상 로건이었다. 그녀가 이렇게 어긋난 애정을 쏟으며 완고하게 고집을 부리고 그만둬야 할 때를 모르는 척하는 것은 먼로가 자신의 목숨을 다른 사람만큼 중요하게 생각하지 않기 때문이었다. 브래드퍼드는 잠시 가만히 있다가 신중하게 표현을 고르며 말했다.

"로건은 딸을 구하기 위해 당신을 버스 밑으로 던져야 한다면 눈 깜짝할 사이에 던져버릴 거야."

"그래, 알아." 먼로가 말했다. "하지만 해나는 딸이잖아. 부모가 아니면 누가 딸을 돌보겠어?"

"그래, 그렇겠지." 브래드퍼드의 목소리가 약간 높아졌다. "하지만 로건이 당신한테 정말 그 정도로 중요한 사람이라면 그도 당신 뒤를 봐줘야지, 인간 방패처럼 이용하는 게 아니라. 결국 그거야. 당신은 인간 방패가 됐어. 알기나 해?"

먼로는 그런 생각은 할 가치도 없다는 듯이 어깨를 으쓱하며 말했다. "내 몸은 내가 돌볼 수 있어. 날 보호해줄 사람은 필요 없어."

"하지만 당신은 기꺼이 이런 일을 하지. 당신이 로건의 도구라는 걸 알면서 말이야."

먼로는 몸을 약간 돌려 그를 물끄러미 마주 보았다. 빤히 바라보았다. 오랫동안. 강렬하게.

"그래." 그녀가 말했다. "난 기꺼이, 내가 도구라는 걸 알면서 이 일을 할 거야. 내 결정은 보답이랑 아무 상관없으니까. 내가 이 일을 하기로 한 건 나한테 맞기 때문이야. 내가 그리고 싶어서 로건을 돕기로 선택한 거야. 내가 할 수 있으니까 로건의 딸을 구하기로 한 거야. 난 관심을 갖기로 했어. 당신, 그게 무슨 차이인지 알아? 이건 선택이야, 마일스. 의무가 아니라. 짐이 아니야. 감정적인 협박도 아니야. 로건이 바란다는 이유만으로 내가 이 일을 해야 하는 게 아니야. 고맙다는 인사나 보답을 받으려고 이 일을 하는 것도 아니야. 로건이 뭘 하든, 무엇을 느끼든, 어떻게 반응하든 그건 내 결정과 상관없어. 이건 로건이 아니라 내 선택이야."

브래드퍼드는 더는 아무 말도 하지 않았다.

그는 이제야 먼로가 로건에게 왜 애착을 느끼는지, 노아를 왜 계속 사랑하는지, 왜 목숨을 걸고 수많은 결정을 하는지 이해했다. 먼로에게 자기 보호란 본능적이고 야성적이고 길들여지지 않은 본능, 어쩔 수 없이 주변 사람을 죽이게 만들고 그녀의 육체를 조종하고 그녀를 살아 있게 만드는 본능이었다. 먼로는 본능이 자기 영혼을 잠식하는 것을 거부했다. 그녀는 행동하면서 자신이 원하는 사람을 원할 때 원하는 방식으로 사랑했다. 그녀가 나름의 이유로 자기 보호 본능에 어긋나더라도 한 번 결정을 내리면 죽는 한이 있어도 그 결정을 지킬 것이다.

"좋아." 브래드퍼드가 말했다. "당신을 말리거나 가지 말라고 설득하지 않겠어. 내가 가진 정보도 전부 제공하고 필요한 건 뭐든지 제공하겠어."

"고마워." 먼로가 말했다.

"단 하나의 조건이 있어."

그녀가 움직임을 딱 멈추고 브래드퍼드를 날카롭게 보았다.

"나도 같이 가겠어." 아까 먼로가 그의 말을 인용했던 것처럼 브래드퍼드 역시 그녀의 말을 인용했다. "이건 내 선택이야. 짐도 아니고, 의무도 아니고, 감정적인 협박도 아니고, 내가 해야 할 일도 아니야. 내가 선택했기 때문에 이 일을 하는 거야."

그들은 호스텔과 가까운 산텔모의 어느 골목 근처 술집에 모였다. 너비가 5미터 정도밖에 안 되고 창문도 없고 어두침침하며 연기가 자욱하고 바에서부터 벽까지 사람들이 북적거리는 작은 술집이었다. 약속 장소로 이 가게를 고른 것은 브래드퍼드가 전화했을 때 로건과 기디언이 여기 있었기 때문이다. 먼로는 어디서 만나든 상관없었다.

먼로가 시끄러운 소음 속으로 먼저 들어가고 브래드퍼드가 뒤따랐다. 로건과 기디언이 정면 구석에 있었다. 두 사람은 아르헨티나 맥주를 마시고 있었는데 보아하니 꽤 마신 것 같았다. 그들이 분별력 있고 정신이 말짱하면 더 좋았겠지만 먼로는 이 정도로 만족했다.

로건이 두 사람을 발견하고 일어서서 손짓했다. 네 사람은 하이디가 도착할 때까지 몇 분 동안 잡담을 나누었고, 하이디까지 와서 다섯 명이 모두 탁자에 둘러앉자 먼로가 말을 꺼냈다. "당신들 셋 중 한 명이 정말로 멍청한 짓을 했든지, 아니면 나한테 말 안 한 부분이 있어."

충격으로 인한 침묵이 흐르고 기디언이 방어적으로 양손을 들고 말했다. "난 약속했잖아. 당신이 뭘 찾는지 모르겠지만 난 아니야."

"맨 처음부터 얘기해봐." 로건이 말했다. "네가 '알아야 한다'는 걸 우리는 대부분 모르잖아."

브래드퍼드가 긴장했다.

로건은 분명히 브래드퍼드를 겨냥해서 먼로가 이 일에서 자신을 쫓아내고 브래드퍼드가 그 자리를 차지하게 놔둔 것을 비꼬고 있었다. 브래드퍼드가 무슨 말을 하려 했지만 먼로가 탁자 밑으로 그의 무릎을 잡으면서 말렸다.

먼로는 잠시 동안 아무 말도 하지 않았다. 로건이 공격해서가 아니라 지난 며칠 동안 있었던 일을 정리해서 그들이 지금 어떤 상황인지 정확히 요약하기 위해서였다.

"난 사흘 연속으로 '선택받은 자녀들' 내부에 들어갔어." 그녀가 말했다. "환영을 받았고 대략 잘 섞여서 어울렸지. 해나를 낚아채서 정문으로 데리고 나올 수 있을 만큼 가까이 접근했지만 그러지 않았어. 혹시 생길지도 모를 피해를 최소화하기 위해서였어."

먼로는 말을 멈추고 물을 한 모금 마신 뒤 그들 사이에 침묵이 흐르게 놔두었다.

"오늘 밤 작전을 실행할 계획이었어. 깔끔하게 빼내기 위해서 모든 준비가 완료되었지. 하지만 내가 지금 여기 앉아 있고 웃고 있지도 않으니까 일이 계획대로 안 됐다는 것쯤은 확실히 알겠지? 무슨 일이 생긴 건지 한 가지 추측을 말해줄게."

기디언이 하이디를 보았고, 하이디는 로건을 보았다. 세 사람 사이에 당황스럽고 혼란스러운 분위기가 흘렀다. 기디언이 말했다. "그들이 해나를 빼돌린 건가?"

"맞아." 먼로가 말했다. "그 사람들이 해나를 빼돌렸어. 그들이 왜 그랬는지 나한테 말해줄 사람 있어? 난 해나의 바로 옆 침대에서 하룻밤을 보내기로 했으니까 나를 피해서 빼돌린 건 아니라고 생각하는 게 맞겠지. 그 사람들이 왜 해나를 빼내 갔을까? 왜 하필 이제 와서 갑자기 겁을 먹었을까?"

로건과 하이디가 은밀한 시선을 주고받았다. 두 사람만 아는 뭔가가 있는 듯했다. 먼로가 말을 멈추고 물었다. "뭐야? 나한테 말하지 않은 게 뭐지?"

"하이디가 '선택받은 자녀들'이랑 우연히 마주쳤어." 로건이 말했다.

먼로가 화를 꾹 누르고 예상치 못한 이 소식에 대해 곰곰이 생각했다. 뜬금없는 이야기이기는 했지만 그래도 들어맞지 않았기 때문이다.

"왜 말 안 했어요?" 먼로가 마침내 말했다.

"그쪽에서는 날 못 봤어요." 하이디가 말했다.

먼로는 거의 자리에서 일어나다시피 해서 검지로 하이디를 가리키며 말했다. "빠져 있으라고 했잖아요." 그런 다음 로건에게 말했다. "너도 알고 있었어?"

로건이 고개를 끄덕였다. "내가 그 장면을 목격했어."

"언제?"

"어제."

"그 사람들이 하이디를 못 봤다고 한 치의 의심도 없이 말할 수 있어?"

"아니면 바로 전화했을 거야." 로건이 이렇게 말하자 먼로는 평정을 되찾았다. 로건은 딸을 찾으려고 열심이라 사소한 일에도 과민 반응을 보였을 테니 먼로는 그를 완전히 믿었다. 게다가 '선택받은 자녀들'이 어제 하이디를 봤다면 해나는 어젯밤에 바로 사라졌을 것이다.

먼로가 양쪽 팔꿈치를 탁자 위에 올리고 몸을 숙였다. "다시 제자리야." 그녀가 말했다. "하이디를 못 봤는데 왜 갑자기 겁을 먹은 거지?"

술집의 웅성거리는 소리만 들릴 뿐 침묵만 흘렀지만 먼로는 아무 말도 하지 않았다. 그들이 눈앞의 문제에 대한 대답을 고민하면서 신경을 쓰도록 놔두었다. 그들을 빤히 바라보고 있는 그 해답을 말이다. 먼로는 자신이 말하기 전에 세 사람 중에 적어도 한 명이 생각해내기를 바라면서 기다렸다. 만약 이 세 사람과 관계가 없다면 그녀는 감이긴 하지만 해답을 알았다. 하지만 자세한 내용은 몰랐고, 이제부터 어떻게 할지 생각해내려면 자세한 내용을 알아야 했다.

로건이 먼저 입을 열었다. 그는 탁자를 물끄러미 보았다. 그의 마음이 달리고 있는 장애물 코스를 보여주는 표정이었다. "그들은 뭔가에 대비하고 있어." 그가 말했다. "해나를 다른 곳으로 옮길 준비를 하고 있는 거야. 그 사람들은 피신시키고 있지만 그 대상이 너라는 걸 몰라."

먼로는 고개를 끄덕였다. 하지만 아직 로건의 추리를 도와주지는 않을 것이다. 그녀는 세 사람 모두 그들이 얼마나 복잡한 문제를 다루고 있는지 완전히 이해하기를 바랐다.

"왜 하필 지금이지?" 먼로가 말했다.

"우리가 온 걸 안 거야." 로건이 속삭였다. 그는 먼로에게가 아니라 하이디와 기디언에게 말하고 있었고, 사실을 진술한다기보다 불확실한 의문을 제기하는 것 같았다. 하지만 세 사람이 주고받는 시선은 세 사람 모두가 어떤 공포를 깨달았음을 알려주었다.

먼로가 말했다. "자, 내 말을 들어봐. 당신들 세 사람 모두 이 일이 우리가 부에노스아이레스에 온 다음에 일어난 일과 아무 관련이 없다고 확신한다면 내가 해결할 수 있어. 그러니까, 한 치의 오차도 없이, 내가 당신들 다리를 부러뜨릴까 봐 무서워서가 아니라 정말로 확신한다면 말이야. 하지만 만약에 세 사람 중 누군가와 상관이 있다면 지금 당장 털어놔야 해. 그렇지 않으면 우리 모두 죽을 수도 있어.”

“난 전혀 상관없어.” 로건이 말했다. 하이디도 고개를 저어 아니라고 말했고 기디언은 다시 한 번 양손을 들고 말했다. “나도 아니야.”

“좋아.” 먼로는 이렇게 말한 다음 사람들이 지금 얼마나 심각한 상황인지 느낄 수 있도록 한동안 침묵을 지킨 다음 다시 말을 이었다. “당신들 때문이 아니라면 두 가지 가능성을 생각할 수 있어. 둘 중 어느 쪽이든 지금의 나한테는 중요하지 않아. 하지만 당신들은 알면 도움이 될지도 모르지. 첫 번째 가능성. 당신들 세 사람이 이 일을 이야기한 사람, 당신들이 무슨 일을 하고 있는지 잘 아는 친한 사람이 이 사실을 알면 안 되는 누군가에게 하면 안 되는 이야기를 한 거야.”

먼로는 잠시 기다린 다음 손가락 두 개를 들고 말했다. “두 번째 가능성. 그쪽에서 당신들을, 혹은 무언가를 끌어들이기 위해서 해나가 어디 있다는 정보를 일부러 흘린 거야.”

첫 번째 가능성을 이야기하자 다들 한숨을 쉬었다. 그런 재난이 일어났을 가능성이 얼마나 높은지 알려주는 한숨이었다. 두 번째 가능성을 이야기했을 때도 세 사람은 동시에 반응을 나타냈는데, 절대 믿을 수 없다는 즉각적인 반응이었다. 그래서 먼로는 그렇게 생각하지 않는 이유를 캤다.

“해나가 어디 있는지 알려준 사람이 채리티 동생 매기라고 했지.” 먼로가 로건에게 물었다. “채리티한테 연락해서 소식을 전해줬다고?”

로건이 고개를 끄덕였다.

“매기는 부에노스아이레스에 살아?”

“확실히는 모르겠어.” 로건이 말했다. “그러니까, 우린 오랫동안 여러 사람이랑 접촉했는데 매기도 그중 하나였어. 그 사람들이 어디 있는지 항상 아는 건 아니야. 연락 방법만 알지. 이메일이나 네트워크, 친구의 친구들. 그런 거지.”

“하지만 예상하지 못한 연락이었지? 난 ‘선택받은 자녀들’ 안에서 사는 아이들이 공동체를 떠난 형제자매들 이야기에 어떻게 반응하는지 살펴봤어.” 먼로가 하이디를 향해 은밀하게 고개를 끄덕였다. “채리티의 여동생은 정확히 말해서 당신들이 연락하던 사람들 중에 사실을 알려 줄 거라고 크게 기대하던 축에 속하지는 않을 거야, 안 그래?”

“맞아.” 로건이 말했다.

“매기는 어떻게 생겼어? 채리티랑 많이 닮았어?”

로건이 확실히 모르겠다는 듯이 가만히 있었고 기디언이 대신 대답했다. “아니. 아버지가 달라.”

“사진이 있냐고 묻는다면 아주 많은 걸 바라는 거겠지?”

기디언이 잠깐 생각하다가 말했다. “매기는 머리카락이 검고 키가 작고 좀더 아시아 사람처럼 생겼어. 아버지가 일본인 혼혈이었을걸.”

해나의 양어머니였다.

먼로가 조용히 욕설을 내뱉은 다음 말했다. “하지만 눈은 채리티처럼 초록빛이 도는 갈색이군.”

세 사람이 머뭇거렸다. 처음에는 먼로가 어떻게 알았을까 이상하게 생각하는 것 같았지만 곧 이유를 깨달은 것 같았다.

“당신들은 완벽한 도구였어.” 먼로가 말했다. “해나한테 이렇게 가까이 접근할 수 있었던 건 그 사람들이 예상치 못한 행동을 했기 때문이야. 내부로 침투할 방법을 찾았으니까."

로건이 제일 먼저 항변했다. "말이 안 돼. 매기가 거기 있다고 해도 정말로 돕고 싶었을 수도 있잖아? 꼭 함정이라고 할 수만은 없어. 언니를 도와주고 싶었을 수도 있어. 일을 바로 잡고 싶었을지도 모르잖아."

"해나가 오늘 밤에도 '안식처'에 남아 있었다면 그것도 말이 되겠지."

"그 사람들이 이렇게 해서 얻으려는 게 뭐죠?" 하이디가 물었다. "일부러 문제를 끌어들이는 이유가 뭐예요? 상식적으로 전혀 말이 안 돼. 목적 없는 함정이 있을 리가 없잖아요."

먼로가 브래드퍼드에게 말했다. "하이디는 정말 똑똑해, 마일스. 내가 당신처럼 회사를 가지고 있으면 하이디에게 일자리를 제안할 거야." 그런 다음 하이디에게 말했다. "그건 여러분 자신에게 물어야 해요. 예전에 이런 일이 생겼을 때 납치된 아이가 어디 있는지 알아내면 보통 어떻게 했어요?"

"정부가 개입했어요. 보통 경찰이 '안식처'를 습격했죠."

"그런 다음 결국 먼지는 가라앉고 무혐의 처분이 내려지고 아이는 집으로 돌아갔겠죠, 맞죠?"

하이디가 고개를 끄덕였다.

"아이를 되찾으려고 '안식처'에 침투해서 납치한 사람도 있었어요?"

"아뇨."

"그럼 과거를 바탕으로 미래를 예측할 수 있다면, 그 사람들이 습격에 대비해서 해나를 이동시켰다고 생각해도 되지 않을까요? 그들 스스로 자초한 습격에 대비해서 말이에요."

기디언은 "당신 제정신이야?"라고 말했고, 로건과 하이디는 먼로의 머리 한가운데 뿔이라도 솟은 것처럼 그녀를 멍하니 보았다.

먼로가 자리에서 일어나려고 몸을 뒤로 빼면서 말했다. "이봐, 당신들이 저지른 최대의 실수는 적을 과소평가한 거야. 이제 어느 쪽이든 난 상관없어. 하지만 당신들이나 친구들에게는 상관이 있을지도 몰라. 아주 분석적이고 객관적인 관점에서 생각해보면 '선택받은 자녀들'은 해나를 숨기려고 상당한 자원을 투자해놓고 이제 와서 뜬금없이 당신들한테 힌트를 줬어. 아이를 미끼로 내걸고 누가 그 아이를 찾으러 오면 두 손을 탁탁 털고 자기들이 아주 깨끗하다는 것을 증명하고 싶은 것처럼 말이야. 당신들 사이에 무슨 일 있는 거 아니야? 양육권 분쟁이라든지, 텔레비전에 나올 예정이라든지 그런 거. 사실이 밝혀지면 '선택받은 자녀들'의 이미지가 나빠질 만한 일 말이야."

"그럴지도 몰라요." 하이디가 말했다. "구체적으로 진행 중인 일은 없지만 '선택받은 자녀들' 내부 사람한테서 마지막으로 들은 얘기에 따르면 예언자는 이미지를 개선해서 주류로 진입하려고 애쓰고 있대요. 전반적으로 불쾌한 문제들은 덮어버리고 그냥 평범한 교회의 교파처럼 보이려고 하는 거예요. 하지만 채리티 같은 사람들은 사라지지 않으니까 그런 사람들이 계속 언론에 나오는 이상 계속 부정적인 조명을 받게 되겠죠. 예언자와 '선택받은 자녀들', 지역 지도자들은 자기 아이들이었던 우리가 정신이 나갔다는 걸 증명하고 싶은 건지도 몰라요. 습격처럼 아주 화려하고 언론이 주목하지 않을 수 없는 방법으로 말이죠. 우리는 사실을 과장하는 거짓말쟁이들이니까 우리 말을 믿을 수 없다고 주장하려는 거죠. 그러면 자신들이 중상과 박해를 받고 있다고 극적으로 증명할 수도 있을 테니까요."

“그래, 바로 그거예요.” 먼로가 말했다. “동기가 있었군.”

“하지만 그렇다면 왜 해나가 자카르타나 뭄바이, 아순시온에 있다는 거짓 정보를 흘려서 헛수고를 하게 만들지 않은 거죠? 왜 진짜 해나가 있는 곳을 알려줬을까요?”

먼로가 어깨를 으쓱했다. “당신들이 사실은 더 많은 것을 알고 있을지도 모르니 거짓말을 했다가 들통 날 위험을 무릅쓰고 싶지 않았을지도 모르죠. 그러니까, 내가 읽은 바에 따르면 예언자는 정신 나간 나르시시스트예요. 그 사람 논리가 꼭 말이 될 필요가 있나요?”

먼로가 일어서자 브래드퍼드도 같이 일어났고, 그녀는 페소 지폐 한 뭉치를 탁자 위에 놓았다.

하이디가 말했다. “기다려요. 그냥 그렇게 가는 거예요?”

“그건 나랑 관계없는 싸움이에요.” 먼로가 말했다. “난 해나를 쫓아갈 거예요.”

먼로와 브래드퍼드가 바에서 나온 다음 로건이 그녀를 부르며 따라 나왔다. 먼로는 길모퉁이에 멈춰서 로건이 쫓아올 때까지 기다렸다. 먼로를 겨우 따라잡은 로건은 숨을 헐떡이고 다리를 절뚝이며 단도직입적으로 말했다.

"그 사람들이 해나를 어디로 데려갔어?"

"몰라." 먼로가 말했다. "해나가 사라진 걸 깨닫자마자 연락한 거야. 아직 정보를 캘 기회도 없었어. 하지만 누가 해나와 있는지는 알아, 그걸로 해나를 찾을 거야."

"사실대로 말해줘." 그가 말했다. "돌려서 말하지도 말고, 감정이 상할까 봐 걱정하지도 말고, 보호하려고 하지도 말고. 상황이 얼마나 나쁜 거야?"

먼로는 얼굴에 내려와 있지도 않은 머리카락 줄기를 불어 넘기는 시늉을 하더니, 로건이 술집으로 돌아가 자리에 앉아서 설명을 해달라고 했지만 반대했다. 그래봤자 소용없는 일이었다. 먼로에게는 로건에게 겁을 줄 만한 정보밖에 없었다.

“제자리로 돌아왔어.” 그녀가 말했다. “정확히 출발점으로 돌아간 건 아니지만, 아마 서너 번째 지점쯤 되겠지. 그래도 작업할 단서는 있어. 돌려서 말하지 않을게. 우리는 완전히 다른 적을 상대하고 있어. 커다란 이빨이 있는 짐승이지. ‘선택받은 자녀들’은 이상한 사람들의 후원을 받고 있더군.”

로건이 무슨 말인가 하려다가 곧 상황을 정확히 알았다는 것처럼 멈췄다. “누구? 군대? 경찰? 이번이 처음은 아닐 거야.”

“조직범죄단.”

로건의 입술이 팽팽하게 긴장되었고 그는 침착한 척도 하지 않았다. “내가 거들 수 있어.” 그가 말했다. “감시하는 눈이라도 하나 더 있고 달릴 수 있는 발이라도 하나 더 있으면 낫잖아. 나도 도울게.”

“아니.” 먼로가 말했다. 그녀는 팔짱을 꼈다. 말싸움은 없다. 언쟁을 할 여유도, 논쟁을 벌일 여지도 없다. 딱 자르는 거절이었다.

“마이클, 제발.” 로건이 말했다. “난 동기도 충분하고 너랑 이런 일을 열두 번도 더 했잖아. 나 쓸 만해, 너도 알잖아. 내가 이 일에 외부인인 것도 아니고.”

먼로는 팔을 쭉 펴서 로건의 어깨에 손을 얹고 그의 시선을 정면으로 보면서 말했다. “너 아주 쓸 만해. 당연하지. 거기에 대해선 추호의 의심도 없어. 아마 다른 상황이었다면 난 너랑 같이 이 일을 했을 거야. 하지만 이번 일은 안 돼. 그럴 수가 없어. 너한테도 나한테도 아주 개인적인 일이야.” 먼로는 잠시 말을 멈추고 잠을 잘 때마다 그녀를 꿰뚫는 고통의 칼날을 뭐라고 설명해야 좋을까 한참 생각했다.

“난 네가 살아 있었으면 좋겠어.” 먼로가 말했다. “난 널 잃기 싫어. 그리고 무엇보다도 로건, 난 내 손에 네 피를 묻히진 않을 거야."

먼로가 다시 말을 멈춘 다음 거의 속삭이듯 말했다. "그럴 순 없어."

그녀는 말을 멈췄다. 그런 다음 헛기침을 하고 목소리를 높여서 말했다. "네가 이 일에 끼어들면 난 널 지키느라 신경을 쓸 거야. 너 때문에 주의가 흐트러질 거라고. 지금 나한테 무엇보다도 필요한 건 집중력이야. 널 이 일에서 최대한 멀리 떼어놓는 게 널 위해서도, 해나를 위해서도, 날 위해서도 최선이야."

로건이 한발 물러섰다. 그의 얼굴이 분노와 좌절로 구겨졌다. "알았어." 로건은 이렇게 말한 다음 브래드퍼드를 보고 검지로 그를 가리키면서 말했다. "마이클한테 무슨 일 생기면 지금 한 말은 무흅니다. 난 예비군이에요. 무슨 일 있으면 꼭 나한테 전화하는 게 좋을 겁니다."

"걱정 마, 아무 일도 없을 거야." 먼로는 이렇게 말한 다음 최고의 투견 두 마리가 서로를 찢어버리기 전에 브래드퍼드를 데리고 도로변으로 나갔다.

해나를 쫓아가려면 해나가 어디 있는지 찾아야 했고, 해나를 찾아다니다가는 무릎이 부서질 가능성이 있었다. 번호판을 추적하니 주소가 나왔고, 주소를 추적하니 어떤 사람들과 그들이 사는 곳이 나왔다. 이상적으로 생각하면 정보는 강제로 뽑아낼 수도 있는 것이었지만 절대 그렇게 되지는 않는다. 두 번째 계획대로 일이 진행된다면 '안식처'에서 누군가가 무심코 한 발설이 도청기에 수집되어서 먼로와 브래드퍼드에게 옳은 방향을 알려줄 것이다.

하지만 지금까지는 상황이 별로 이상적이지 않았고 정확히 계획대로 진행되지도 않았다.

호텔방으로 돌아온 먼로는 책상으로 다가갔다. 그녀는 피에 굶주려 사냥을 하러 나온 약탈자의 모습으로 변신해서 브래드퍼드에게 등을 돌린 채 말했다. "잠 좀 자. 필요할 거야."

먼로의 태도는 무뚝뚝했고 로건에게 크나큰 애정과 염려를 보여준 후라 상처가 됐지만 브래드퍼드는 이것을 견뎌야 했다. 더 다정하고 부드러운 순간들은 상황이 나아질 때까지 기다려야 할 것이다. 브래드퍼드는 잠을 자라는 먼로의 제안에 반대할 생각은 없었다. 그녀의 말이 맞기도 했지만 그가 당장 할 수 있는 일이 이제 없었기 때문이다. 새벽 2시니까 그와 인맥이 있는 사람들은 전부 자고 있을 것이고, 먼로는 며칠 분량의 자료를 검토할 시간과 조용함이 필요했다.

먼로의 등 뒤에서 담요가 부스럭거리더니 브래드퍼드가 자리를 잡고 나자 조용해졌다. 그가 침대 맡 스탠드를 끄자 방은 컴퓨터 화면에서 새어나오는 빛에 빠져들었다.

정해진 시간은 얼마 없었다. 어둠이 깔려 있는 동안에 먼로는 필요한 것을 찾을 것이다. 찾아야 했다. 그녀는 헤드셋을 쓰고 일에 몰두할 때만 찾아오는 완벽한 집중력을 발휘하며 나머지 세상은 모두 잊었다.

지난 이틀 동안 모인 자료는 28시간 분량의 목소리였고 '안식처' 세 군데에 불규칙하게 나뉘어져 있었다. 추려내기에는 좀 많은 분량이었지만 브래드퍼드가 긴 침묵이나 알아들을 수 없는 부분은 잘라놓았기 때문에 그래도 많이 줄어든 거였다.

목장 '안식처'에서 녹음된 것이 상당 분량을 차지했는데, 먼로가 원하는 정보를 찾을 확률이 높은 셈이니 다행이었지만 그 정보를 찾는 데 걸릴 시간을 생각하면 무시무시했다.

먼로는 제일 가깝고 규모도 작으며 도청기를 하나밖에 설치하지 않은 세 번째 '안식처'에서 녹음된 2시간 분량의 자료부터 시작했다. 정보가 별로 없을 것 같았으므로 나머지 자료를 검토하기 전에 먼저 해치우고 싶었다. 먼로는 소리가 뒤틀리지만 고속으로 들리도록 소프트웨어를 설정한 다음 눈을 감고 재생했다.

도청기는 관음증의 청각적 버전이었다. 시간이 흐르고 도청기에 노출된 사람들의 생활과 부분적인 장면들을 엿보고 나자 그녀의 생각이 옳았음이 확인되었다. 쓸 만한 정보는 하나도 없었다. 남은 26시간 분량 중에서 첫 번째 '안식처'에서 나온 것이 8시간 분량이었다. 먼로는 앞서 2시간 분량을 들을 때처럼 아무 기대 없이 설정했다.

그녀는 기계 앞에서 잠시 멈추고 헤드셋을 벗은 다음 방을 가득 채운 어둠 속에서 잠든 브래드퍼드의 규칙적인 숨소리를 들으며 편안함을 느꼈다. 먼로는 귀를 기울이고 기다리면서 침묵의 고치 속으로 들어가 마음을 완전히 비운 다음 다시 헤드셋을 쓰고 들려오는 목소리에 귀를 기울였다.

목장에서 들어온 자료는 여섯 개로 나뉘어져 있었는데 그녀와 브래드퍼드가 설치한 도청기에서 나온 분량이었다. 먼로는 제일 그럴듯해 보이는 것, 즉 계단에 설치된 도청기부터 시작해서 뜻 모를 말과 여러 사람들이 나누는 이야기에 귀를 기울이면서 영어, 스페인어, 때로는 핀란드어나 독일어로 들려오는 단편적인 대화를 들었다. 시간이 흘렀다.

이제 먼로는 여자들 방에서 녹음된 자료와 거실에서 녹음된 자료를 확인한 다음 분량이 적은 파일을 먼저 해치우고 싶다는 충동을 따르다가 첫 번째 단서를 발견했다. 아이러니하게도 단서는 브래드퍼드가 남자 화장실 콘센트에 설치한 도청기에서 나왔다.

화장실에 볼일을 보러 온 남자들의 목소리가 헤드셋을 채웠다. 화자가 바뀌었음을 알려주는 것은 어조나 억양보다는 사용하는 단어의 차이였고, 누가 하는 말인지 먼로가 알아들을 수 있을 만큼 충분히 달랐다. 그녀는 소프트웨어를 다시 설정한 다음 정상 속도로 재생했다.

복도에서 나누는 대화라서 도청기에 잡히기는 했지만 아주 또렷하지는 않았는데 해나 문제에 대해서 의논하고 있었다. 해나와 보호자 한 명을 정해지지 않은 기간 동안 멀리 보내기로 한 결정에 대해서 다시 이야기하는 것 같았지만, 어디로 가는지는 말하지 않은 채 대화가 끝났다.

그 외에 들어볼 만한 것은 딱 하나 더 있었는데, 먼로가 '안식처'에서 부엌을 잠시 비운 사이에 앞으로 있을 일에 대해 나눈 대화였다. 모닝스타와 해나가 짐 싸는 문제와 다른 곳에서 지내는 일에 대해서 이야기를 나누었는데 해나가 얼마나 오랫동안 가 있어야 하는지 물었지만 대답이 없었다. 모닝스타와 해나는 왜 멀리 가는지는 이야기하지 않았다. 그러고 보면 해나에게는 이유가 상관없었는지도 몰랐다.

먼로는 헤드셋을 책상에 내려놓은 다음에야 방 안의 빛이 바뀌었음을 알아차렸다. 커튼을 뚫고 들어온 작은 광선들이 날이 밝았음을 알려주었다. 먼로가 뒤를 돌아보자 브래드퍼드가 양손을 베고 침대 위에 누워서 그녀를 보고 있었다.

"언제 깼어?" 그녀가 말했다.

"30분 전에."

“배고파?”

“죽을 지경이야.”

두 사람은 길 건너 카페에서 창문으로 들어오는 햇빛을 받으며 편안하고 졸린 따뜻함 속에서 아침으로 커피와 크루아상을 먹었다.

“당신 동료는 얼마나 능력 있어?” 먼로가 말했다.

“동료들이야.” 브래드퍼드가 말했다. “여러 명이라고. 큰일을 같이한 지는 한참 됐지만 옛날에 했던 일을 생각해보면 괜찮아.”

“연줄도 많아?”

“그럴 거야.”

“해나에 대한 단서를 찾았어.” 먼로가 말했다. “많지는 않지만 있긴 있었어. 나라면 거기서 정보를 캐낼 수 있겠지만 틀어박혀서 직접 할 시간이 없어. 당신 동료들도 괜찮으면 그 사람들한테 맡기는 게 더 좋겠어.”

“뭘 찾았는데?”

“호텔이야.”

“호텔?” 브래드퍼드가 물었다.

그녀가 고개를 끄덕였다. “호텔. 아침을 제공하는 민박, 여관, 유스 호스텔. 뭐든 도시 안에 있는 숙박 시설 말이야.”

“그물치고는 너무 성긴데.”

먼로가 어깨를 으쓱했다. “그럴 수도 있고 아닐 수도 있어. 카르칸 집안이 그런 걸 하나만 가지고 있을지도, 30개쯤 가지고 있을지도 모르지. 그래도 도시 전체보다는 낫잖아. 후보지를 줄 세워보고 특별히 겨냥할 곳이 있는지 알아보고 싶어.”

"음, 그쪽으로 알아봐서 나쁠 건 없겠네."

"얼마나 있어야 뭔가 정보가 좀 나올까?"

"그건 모르겠어." 그가 말했다. "하지만 압력을 좀 넣을 순 있지. 넌? 목장에 돌아갈 거야?"

"좀 자야 되겠어." 그녀가 말했다. "자꾸 실수를 하고 날카로운 정신을 잃어버리고 있어. 우리가 맞서야 할 상황이 당신이 말한 것의 반밖에 안 되는 상황이라도 능력을 완전히 회복해야 할 거야. 8시간쯤 뻗을 만큼 약을 먹으면 돼. 그러면 당신도 내 걱정 없이 일을 할 수 있고."

브래드퍼드가 몸을 움츠렸다.

"약 안 먹은 지 벌써 일주일이 넘었어, 마일스. 한번 먹는다고 중독되는 건 아니야. 약을 먹든지, 아니면 당신이 하루 종일 일도 못 하고 내가 또 죽이려고 덤비는 위험을 감수하든지, 둘 중 하나야."

"그 정도 위험은 감수할 수 있는데."

"가서 일해." 먼로가 말했다. "난 잘 거야."

브래드퍼드가 아무 말도 하지 않았기 때문에 그녀는 자리에서 일어났다. 두 사람은 말없이 호텔로 돌아왔고 먼로는 방에 들어서자 침대 발치에 내팽개쳐진 가방으로 다가갔다. 브래드퍼드는 먼로가 없을 때 약병을 전부 버리고 싶었겠지만 그러지 않았을 것이다. 그녀는 약병이 그대로 있을 거라고 생각하면서 가방을 열고 안을 뒤졌다.

먼로가 약병을 꺼내서 봉인을 뜯었다. 그녀는 액체를 자기 입에 흘려 넣은 다음 브래드퍼드의 시선을 마주 보면서 뭔가 반항적인 표정으로 입가에 묻은 시럽을 닦으며 말했다. "딱 하루뿐이야."

목을 간질이며 넘어가는 약은 달콤한 유혹이었다. 코데인은 하이드

338

로코돈이나 모르핀처럼 세거나 중독성이 있는 것은 아니었지만 효과는 있었다. 진정제를 먹자 따뜻해지면서 취한 것처럼 압박감과 고통, 책임 감에서 벗어나 아무것도 느낄 필요가 없었다. 아드레날린과 별로 다르 지 않은 터질 듯한 기분이 몰려들었지만 지금은 정반대로 휴식을 취했 다. 먼로가 이렇게 행복한 상태에서 영원히 살고 싶다는 욕망에 얼마나 열심히 맞서 싸웠는지 알았다면 브래드퍼드는 그녀와 싸우려 들었을 것이고, 무력으로 약병을 빼앗아서 버리려 했을지도 몰랐다. 그랬다면 정말 큰 실수였을 것이다.

하지만 다행히 브래드퍼드는 몰랐다. 그리고 먼로는 약에 취했다. 그 녀는 미소를 띠고 침대에 누워서 눈을 감고서 망각이라는 황홀경에 빠 져들었다.

잠에서 깨자 어깨에 브래드퍼드의 손길이 느껴졌다. 어쩌면 손길이 아닌지도 몰랐다. 한참 동안 그녀를 흔들어 깨운 건지도 몰랐다. 의식 은 몽롱한 상태에서 천천히 돌아왔고, 먼로는 반응을 하고 싶었지만 취 한 듯한 미소를 짓는 것밖에 할 수 없었다. 그녀는 여전히 미소를 지으 면서 여전히 몽롱한 상태로 몸을 굴려 일어났다.

먼로는 브래드퍼드의 얼굴에 떠오른 걱정스러운 표정을 보고 웃으면 서 그의 뺨을 손가락으로 쓸어내렸다. "어떻게 돼가고 있어?"

"당신이 찾던 걸 발견한 것 같아." 그가 말했다.

먼로는 고개를 끄덕이고 터져 나오려는 웃음을 참으면서 입술을 꾹 다물었다.

"커피를 좀 갖다 줄까." 그가 말했다. "든든한 식사랑."

“괜찮아질 거야. 서서히 사라지게 놔둬야 돼. 몇 시간이나 지났어?”

“5시간.”

“약 많이 먹었는데.” 먼로는 눈을 감고 어둠의 거미줄 속으로 다시 떠내려가고 싶은 충동에 저항했다. “뭘 찾았는지 말해봐. 지금 내가 백 퍼센트 기능을 하는 건 아니지만 뇌는 아직 움직이고 있거든. 오히려 유머 감각은 풍부해졌지만 말이야.” 브래드퍼드는 아무 말도 하지 않았지만 먼로는 자기가 한 농담을 다시 중얼거린 다음 킥킥 웃었다.

브래드퍼드가 한숨을 쉬었다. “알았어.” 그가 말했다. “카르칸 가문은 실제로 부에노스아이레스의 여러 호텔 소유권을 가지고 있는데, 대부분은 저렴한 여관보다 조금 나은 중간 규모 호텔이야. 하지만 전부 회사나 조합 소유고 개인 소유는 없어. 다 공개적이고 합법적이야. 하지만 규모가 더 작은 호텔 세 곳은 달라. 아들 한 명이 소유하고 있어. 따로 하는 작은 사업인 셈이지.”

먼로가 아직도 눈을 감은 채 뒷목을 긁으며 말했다. “출발점으로는 괜찮은 것 같은데. 그 호텔들에 감시 장치를 설치해야겠어. 우리가 제대로 된 방향으로 가고 있는지, 해나가 세 군데 중 한 곳에 있는지 확인해야 하니까.”

“일단 더 자.” 브래드퍼드가 말했다. “나한테 몇 가지 생각이 있어. 우리가 할 일은 내가 나중에 알려줄게.”

먼로가 몽롱함에서 깨어났을 때 밖은 이미 어두웠다. 그녀는 아까 잠이 들었고 방금 깼다. 그게 다였다. 불을 껐다가 다시 켠 것 같았다. 브래드퍼드는 아직 돌아오지 않았고 휴대전화도 없었다. 먼로는 그가 휴대전화를 가지고 갔나 보다 생각했다. 손목시계로 손을 뻗었다. 7시. 계산해보니 브래드퍼드가 3시쯤 먼로를 깨운 것 같았다. 그러면 그는 네 시간째 나가 있는 셈이다. 차를 타고 둘러보는 것치고는 조금 긴 시간이었다.

먼로는 침대에서 빠져나와 샤워를 하러 욕실로 가서 아주 차가운 물을 틀었다. 살갗에 느껴지는 충격 덕분에 살아 있는 자들의 나라로 돌아왔고, 약의 마지막 남은 효과도 전부 사라졌다.

샤워를 마치고 방으로 돌아왔지만 브래드퍼드가 돌아온 흔적은 없었다.

먼로는 정찰을 하러 가려고 옷을 입었다. 밤에 뒷골목을 돌아다닐 때의 옷을 입었다. 또 다른 피부처럼 느낌이 좋았다. 담을 기어오르거나 가로대 위를 걸어가거나 좁은 공간으로 미끄러져 들어갈 때 입는 옷으로, 지난 며칠 동안 입은 고급스러운 여성복과는 전혀 달랐다.

아직도 브래드퍼드는 돌아오지 않았다. 먼로는 그가 없어도 다음 단계를 진행할 수 있었다. 그녀가 자는 동안 브래드퍼드가 수집한 정보가 책상 위에 놓여 있었고 알아보기 쉬운 메모는 그 자신뿐 아니라 그녀도 보라고 적어놓은 것이 분명했다. 먼로가 직접 정보를 수집해도 된다. 그러면 기껏해야 브래드퍼드가 애써 수집한 정보와 겹치는 정도일 뿐, 나쁠 건 없었다. 하지만 브래드퍼드가 어디에 있는지, 혹은 호텔에서 나간 다음부터 지금까지 뭘 하고 있는지 모르는 것은 마음이 불편했다.

먼로는 거울 앞에 서서 자기 자신을, 자기 얼굴을, 자기 눈을 마주 보면서 앞으로 어떤 일들이 일어날지 생각했다. 어떻게 해서든 해나를 손에 넣을 것이다. 정찰을 하든 안 하든, 브래드퍼드가 있든 없든, 혼자 가든 같이 가든, 먼로는 소녀를 쫓아갈 것이다. 그녀는 목장으로 다시 돌아간다 해도 손님으로 돌아가지는 않을 생각이었다.

먼로는 짐가방 주머니에서 쇼핑을 즐기면서 산 여러 가지 물건 중 하나를 꺼냈다. 코드를 풀었다. 플라스틱 보호 장치를 끼워 넣은 다음 전원을 켰다. 그녀는 싱크대에 머리를 숙인 다음 자신의 머리카락을 밀어버렸다. 여러 해 동안 해온 일이었기 때문에 거울을 보니 군인처럼 머리를 짧게 깎은 청년이 그녀를 바라보고 있었다. 먼로는 사악한 미소를 지었다.

그녀는 어질러진 것을 치우고 기계를 다시 포장했지만 브래드퍼드는 아직도 오지 않았다.

먼로는 브래드퍼드의 판단을, 그의 생존 본능을 믿었고, 카르칸 가문이 얕잡아볼 상대가 아니라는 말은 그녀뿐 아니라 브래드퍼드 자신에게도 적용되는 경고였을 것이다. 그는 조심할 것이다. 먼로는 손목시계를 확인했다. 브래드퍼드가 말한 것보다는 늦었지만 부에노스아이레스의 기준으로는 아직 이른 시간이었다.

먼로는 한숨을 쉬고 책상 앞으로 돌아갔다. 다른 사람이 그녀의 역할을 하게 놔두는 것은 좀 이상했지만 그녀는 브래드퍼드가 일을 하게 놔둘 것이다. 그가 새벽까지 돌아오지 않으면 전화를 걸어볼 것이고, 그래도 연락이 닿지 않으면 그녀 혼자 갈 것이다. 그때까지는 마지막으로 남은 오디오 트랙을 들으면 된다.

시계가 자정을 지나고 쓸데없는 대화를 나누는 목소리들이 점점 끝나가고 있을 때 마침내 브래드퍼드가 문을 열고 들어왔다.

먼로가 그를 향해 고개를 돌리고 비난의 말이 튀어나오려는 순간 그의 모습이 보였다. 그녀는 하려던 말을 멈추고 웃음을 참았다.

"도대체 어디 갔어?" 먼로는 이렇게 말했지만 미소를 짓고 있었다.

브래드퍼드는 지난 넉 달 동안 히치하이킹으로 대륙을 횡단한 애가 입을 듯한 낡고 초라하게 헤진 옷을 입고 있었다. 부츠는 완전히 후줄근하게 닳아빠졌고 어깨에는 작은 배낭을 메고 있었다. 오후에 호텔에서 나갈 때의 모습이 아니었다.

"허름하고 초라한 애들이랑 좀 어울리다 왔지." 브래드퍼드가 말했다. 그는 어깨를 으쓱하며 배낭을 벗은 다음 더러움도 전염된다는 듯이 멀찍이 들고 바닥에 떨어뜨렸다. "연락할 방법이 없었어. 기다려줘서 다행이다. 나 때문에 걱정한 건 아니지?"

먼로가 그의 옷을 보며 고개를 끄덕이며 말했다. "무슨 일이 있었는지 말해봐."

"성공이야." 브래드퍼드가 말했다.

"해나를 찾았어?"

브래드퍼드는 어깨를 으쓱하며 뽐내는 미소를, 배우 같은 웃음을 지었다. 먼로는 그가 이 순간을 즐기게 놔두었다. 그녀는 의자에서 일어나 침대 모서리로 걸어가서 무대를 보는 관객처럼 그에게 계속하라고 손짓했다.

"우리의 레이더망에 걸린 호텔과 호스텔 세 개 중에서 두 군데는 평범하고 특별할 것 없었어." 그가 말했다. "별다른 일도 없고 조용하고 한산하고 깨끗하더라고. 카르칸의 부하들이 어슬렁거리는 것 같지도 않았고. 자, 내가 카르칸의 거물이고 호의를 베풀어서 해나 같은 아이를 숨겨주려는데 그 친구들이 정확히 무슨 일을 꾸미는지 궁금하다면 아마 그 애를 내가 지켜볼 수 있는 곳에 두겠지. 그래서 세 번째 호스텔로 갔어.

여기는 다르더라고. 좀 거친 동네에 인접한 3층짜리 건물이었는데, 소문에 따르면 손님 대부분이 단기 체류가 아니라더군. 카르칸가에서 그 호스텔을 단기 직원들 숙소로 쓰고 있다는 거였어. 왜, 특별한 일을 잠깐 맡아서 하고 또 다른 도시로 가는 사람들 있잖아? 확실히 우리한테 더 어울리는 데다가 우리가 찾아봐야 한다고 생각한 곳에 더 가까웠어.

하지만 거기가 어떤 호스텔이든 일반 업무도 하고 있었으니까 정문으로 당당하게 들어가는 게 제일 좋은 방법 같았지. 물론 내 차림으로는 안 되겠지만. 그래서 몇 블록 떨어진 데서 만난 애한테 옷이랑 신발을 바꾸자고 하니 좋아하더군. 짐가방은 추가로 돈을 주고 샀어." 그는 과장되게 고개를 저으면서 너덜너덜한 셔츠 목깃을 따라 손가락을 문

질렀다. "그렇게 해서 난 카르칸 가문 호스텔의 스위트룸에 체크인을 했지. 누추했지만 방들은 깨끗하고 문도 잘 잠기더라. 아래층에는 간이식당인 칸티나가 있었어. 철제 탁자, 접의자, 미지근한 커피, 지역 텔레비전 방송. 당신도 절차는 잘 알지. 난 거기서 조금 어슬렁거리다가 마침내 새로운 친구를 몇 명 사귀었지."

먼로가 그래서?라고 묻는 것처럼 눈썹을 올렸다.

"해나는 정말 귀여운 꼬마 숙녀였어." 그가 말했다. "로건의 축소판 같이 생겼더군. 하지만 해나랑 같이 있던 여자는……." 브래드퍼드가 얼굴을 찡그리며 고개를 저었다.

먼로의 얼굴은 여전히 무표정했고 목소리는 단조로웠다. "위치는 파악했어?"

"고마워할 필요는 없어." 브래드퍼드가 말했다. "그래, 확인했어." 그가 머뭇거리다가 말했다. "당신 머리 정말 마음에 드는걸."

먼로는 빙그레 웃으며 그에게서 시선을 떼지 않은 채 일어섰다. 그녀는 천천히, 나른하게 브래드퍼드에게 다가갔다. 그는 꼼짝도 않고 서 있었고, 눈은 가까이 다가오는 먼로를 보고 있었으며, 그녀가 다가옴에 따라 고개가 약간 움직였다. 마침내 그녀가 가까이 다가와 그의 귓가에 입을 가져다 댔다. 입술이 그의 살갗을 스칠 만큼 가까웠다.

"하룻밤 사이에 한 일치고는 나쁘지 않군." 그녀가 속삭였다.

브래드퍼드의 목털이 곤두섰다. 먼로는 그대로 그를 지나쳤고 브래드퍼드는 전조등 불빛을 받아 깜짝 놀란 사슴 같은 눈으로 그녀를 쫓아 몸을 돌렸다.

먼로가 벽에 몸을 기대고 말했다. "거기가 어떤 동네인지 생각하면 여자 둘이서 이렇게 늦은 밤에 낯선 사람과 어울렸다는 게 놀라운데."

"안전하다고 생각할 이유가 있었지."

"당신이 정말 좋은 남자라서 그런 건 아닌 것 같은데."

브래드퍼드가 고개를 저었다.

"자, 설명해봐." 그녀가 말했다.

브래드퍼드는 호스텔에서 많은 시간을 보냈기 때문에 평면도를 그릴 수 있었다. 그는 호스텔 식당에 앉아서 처음에는 이 나라에 대해, 그 다음에는 종교에 대해 이야기했고, 그렇게 해나의 방 번호를 알아냈다.

브래드퍼드는 종이에 접근 가능한 지점과 사각지대들, 골치 아픈 문제들을 표시했다. 해나의 방은 3층이었고 거기 접근하는 방법은 정문으로 들어가서 프런트를 지나 작은 로비 뒤쪽에서부터 건물 중앙을 통해 구불구불 이어지는 계단을 올라가는 것이었다. 승강기도 비상용 계단도 비상구도 없었다. 이런 동네, 이런 건물에 그런 건 없었다.

호스텔 직원들은 얌전한 직원이라기보다는 파수꾼들이었다. 업무 교대할 때 보니 다들 덩치가 크고 프런트 뒤에 무기가 있었으며 조심스럽지도 않았다. 보안 카메라는 없었지만 카르칸가의 부하 두 명이 24시간 내내 어유롭게 서로 위치를 바꿔가면서 복도를 순찰하면서 경비를 섰다. 호스텔과 바로 앞 인도의 상태를 보면 이런 방법으로 동네 부랑자들이 호스텔을 엉망으로 만들지 않게 잘 지키고 있는 것 같았다. 동네에서 어떤 범죄가 일어나든 호스텔에서는 아무런 일도 없었다.

오른쪽과 왼쪽으로 나눠지는 계단을 올라가면 양옆으로 짧은 복도가 뻗은 층이 두 개 있고 한쪽에 문이 네 개씩 있어서 한 층에는 총 열여섯 개의 방이 있었다. 해나의 방은 복도 제일 안쪽이었다. 해나가 묵고 있는 3층은 전부 카르칸가의 일꾼들이 썼지만 브래드퍼드가 파악한 바에 따르면 그들은 해나를 숨겨놨을 뿐 특별히 지키지는 않았다.

프런트를 지나서 들어가는 건 문제가 아니었지만 호스텔 주인과 카르칸 가문의 손님인 십대 소녀에게 약을 먹여서 데리고 나오는 것은 전혀 다른 문제였다. 거기서 해나를 빼내는 것은 다들 잠든 목장에서 빼내는 것만큼 간단하지는 않았지만 인질을 구출하는 것보다는 훨씬 쉬웠다.

먼로와 브래드퍼드가 이렇게 빨리 위치를 파악한 것은 행운이었고 먼로는 더는 기다리고 싶지 않았다. 그렇긴 하지만 그녀가 사는 세계에서는 정보와 첩보, 잠행과 지성이 문을 걷어차거나 총을 들이대는 것보다 훨씬 나았다. 그러므로 시간을 두고 더 많은 사실을 파악해서 그녀가 가고 있는 곳에 대해 직접 감을 잡는 것이 더 현명한 선택이었을 것이다. 브래드퍼드의 눈이 아무리 정확하다 해도 그녀가 직접 보는 것만은 못할 테니까 말이다. 하지만 이제 먼로는 그런 것을 신경 쓰지 않았다.

해나가 이 호스텔에 얼마나 오래 숨어 있을지 예측할 수 없었고, '선택받은 자녀들'이 깜짝 놀라서 경계하는 일이라도 생기면 카르칸가 사람들은 분명히 해나를 숨겨줄 곳이 아주 많을 것이다. 게다가 먼로는 그녀가 '안식처' 복도에서 만난 것 같은 남자들이 해나 같은 어린아이를 손에 넣으면 어떻게 할까 걱정이었는데 해나는 지금 그런 남자들이 한 층 가득한 호스텔에 있었다.

먼로는 이제 좋은 사람인 척할 인내심도 없었고 부수적인 피해를 최대한 피해야 한다는 걱정과 조심스러움도 다 떨어졌다. 이제 원점이었다. 이제는 쳐들어가서 낚아채오는 것이 계획이었다. 호스텔로 들어가서 아이를 데리고 나오는 거다.

라울에게 돈을 넉넉히 주자 기꺼이 남은 밤 시간 동안, 혹은 영원히 자기 택시를 포기했다. 영영 포기할 수도 있었다. 브래드퍼드는 택시를 타고 부에노스아이레스의 혼란스럽고 무모한 자동차들 사이를 이 도시에 사는 사람처럼 능숙하게 누비며 나아갔고 먼로는 푸조를 타고 뒤따랐다.

두 사람은 호스텔에서부터 구부러진 길로 800미터 정도 떨어진 주차장에서 일단 멈췄다. 아직 거리가 환히 밝혀져 있었기 때문에 그들의 희망대로라면 아주 짧은 시간 자리를 비우는 동안에 자동차가 습격당할 염려가 없었다.

먼로는 차에서 내려 어두운 밤으로 들어갔다. 그녀는 조수석에서 거의 텅 빈 더플백을 꺼내서 택시에 던져 넣고 리모컨으로 푸조를 잠근 다음 브래드퍼드의 택시에 탔다. 먼로는 그에게 열쇠를 주었고 두 사람은 말없이 호스텔로 향했다.

호스텔은 다른 건물들 사이에 끼어 있었고 앞에는 2차선 도로가 있었는데, 이 지역은 인도를 지나가는 통행인이 절대 끊이지 않았다. 양쪽에는 거리를 따라서 부부가 운영하는 작은 식당과 양장점, 정비소, 중고 가게들이 있었는데 전부 문을 닫아서 깜깜했다. 수많은 술집에서 거리로 나오는 차들이 원래는 어두웠을 인도에 빛과 소음과 연기를 내뿜었다.

이와 대조적으로 호스텔은 어둑어둑하고 조용했고 이 혼돈의 한가운데에 질서의 신호처럼 우뚝 서 있었다.

브래드퍼드는 호스텔에서 반 블록 떨어진 곳에서 택시를 세웠다. 먼로가 가방을 어깨에 메고 내렸다.

"10분이야." 브래드퍼드가 말하자 그녀는 고개를 끄덕였다.

호스텔로 들어가는 그녀는 칼 두 자루와 브래드퍼드가 마련해온 여러 무기 중에 베르사 선더 9구경 한 자루를 가지고 있었다. 호스텔 경영자와 부하들만 봐도 무장도 없이 들어가는 것은 미친 짓일 터였다. 하지만 두 사람의 계획은 재빨리 움직여서 무엇이든 무기를 써야 하는 상황을 피하는 것이었다.

자그마한 호스텔 로비는 먼로의 예상대로였다. 안으로 들어가자 왼쪽에 칸티타로 이어지는 문이 열려 있었고 몇 걸음 더 들어가면 호스텔 프런트가 있었다. 프런트 뒤의 남자는 키가 193센티미터는 충분히 되어 보였고 허리 두께도 그 반 정도였다. 남자는 공손하고 예의발랐고, 방을 달라고 요청하자 평범한 호스텔 주인처럼 예의를 갖춰서 응대했다. 먼로가 서류를 작성하고 나자 그가 열쇠를 주었다. 10센티미터 정도 되는 나무 조각 끝에 매달린 구식 열쇠였다.

방은 브래드퍼드가 설명한 대로였다. 깨끗하고 간소하고 작았고, 우습게도 3층 해나의 방 바로 아랫방이었다. 먼로는 창가로 뒷골목의 어둠 속에 택시가 보이는지만 얼른 확인했다.

이 건물 3층에서 해나를 빼내려면 그들에게는 없는 물건이 필요했는데, 먼로는 그것을 구할 때까지 기다릴 생각이 없었다. 순식간에 변하고 마지막 순간에 임기응변이 필요한 일들이 대부분 그렇듯이 해나를 빼내는 작전도 임시변통에다가 되는 대로 가지고 있는 것만 이용해서 실행될 것이다.

먼로는 바닥에 가방을 내려놓고 침대를 뒤집어 시트 두 장을 모두 벗긴 다음 매듭을 지어 묶었다. 그리고 인장 강도를 두 번 확인하고 미끄러지는 정도를 확인한 다음 가방에 넣었다. 먼로는 방문을 잠그고 복도 끝까지 걸어가서 브래드퍼드의 방문을 약속한 패턴대로 두드렸다.

그가 문을 열자 먼로가 안으로 들어갔다.

브래드퍼드의 침대도 뒤집혀 있고 시트도 묶여 있었다. 먼로는 그가 만든 매듭을 확인한 다음 "나쁜 뜻은 아니야"라고 말했다. 브래드퍼드는 어깨를 으쓱하고 그녀의 시트 매듭을 확인했다. 먼로는 두 사람의 시트를 연결한 다음 길이를 확인했다. 그들은 재빨리, 완벽하게 움직였다. 작업이 끝난 다음 먼로는 완성된 물건을 가방에 다시 넣었다.

먼로와 브래드퍼드는 같이 방에서 나와서 복도를 돌아다니는 경비원의 발소리에 귀를 기울이며 그가 일층으로 내려갈 때까지 기다렸다. 브래드퍼드가 계단으로 향했고 먼로는 위로 올라갔다.

먼로는 3층에 갈 핑계도, 해나의 문 앞에 서 있을 핑계도 없었기 때문에 브래드퍼드가 서툰 스페인어와 여러 가지 질문으로 시간을 벌어 그녀가 경비원들의 눈에 띄지 않게 해줄 것이다.

방 자물쇠는 간단한 구식이었고 안전 체인이나 걸쇠도 없었기 때문에 잠깐의 조작만으로 캄캄한 방 안으로 들어갈 수 있었다. 먼로는 안에서 다시 문을 잠갔다.

빗장의 딸깍 소리는 미묘했다. 먼로나 브래드퍼드나 로건 같은 사람이 잠을 깨지 않을 정도는 아니었지만 이 방에서 자는 두 사람은 전쟁으로 단련되지도 않았고 새벽 3시는 세상모르고 잠잘 시간이었다.

먼로는 눈이 방 안의 적은 빛에 적응할 때까지 기다린 다음 바닥에 가방을 내려놓고 옆 주머니에서 약병과 천을 꺼냈다.

문과 가까운 침대에는 브래드퍼드가 얼굴을 찡그리며 설명했던 여자가 누워 있었다. 먼로는 이 여자를 '안식처' 식당에서 본 적이 있었다. 아이를 데리고 있지 않은 몇 안 되는 여자들 중 하나였다. 그녀는 50대 초반이나 그보다 젊은 것 같았다. 세월이나 빈한한 삶의 질은 이 여자에게 관대하지 않았다.

먼로는 천에 약을 적신 다음 여자의 코와 입에 댔다. 여자가 눈을 뜨고 공포에 질렸지만 곧 다시 눈을 감았다.

해나는 침대와 창문 사이에 겨우 맞는 접이식 임시 침대에 누워 있었다.

먼로는 순수하고 행복하게 자는 로건의 딸을 잠시 물끄러미 바라보았다. 그런 다음 무릎을 꿇고 아이의 얼굴에 천을 댔다. 해나의 눈이 깜빡이며 떠지고 똑같이 공포에 질리더니 이내 눈을 감았다.

두 사람 모두 의식을 잃자 먼로는 이름 모르는 여자를 침대에서 들어내 바닥에 내려놓았다. 그런 다음 매트리스의 시트를 벗겨 그녀와 브래드퍼드가 아까 만든 시트 밧줄에 연결했다.

해나는 더 가벼웠다. 먼로는 해나를 침대 밖으로 들어내는 대신 몸을 둥글게 웅크리게 한 다음 시트 네 귀퉁이를 잡고 묶어서 포대기처럼 만들었고, 두 번째 시트로도 같은 작업을 반복했다. 첫 번째 시트 매듭이 풀릴 경우를 위한 대비책이었다.

창문은 허리 높이였고 약간만 열려 있었는데, 먼로가 힘껏 잡아당겨도 쉽게 열리지 않더니 마침내 커다란 소리를 내면서 억지로 열렸다. 먼로는 잠깐 동작을 멈추고 밤을 향해 귀를 기울이며 무슨 소리가 들리지 않는지 살폈다. 아무 소리도 들리지 않았다. 저 밑에서 브래드퍼드가 먼로를 향해 재빨리 빛을 비췄다. 이제 준비는 끝났다.

해나를 창가로 옮기는 것은 생각만큼 쉽지 않았다. 해나는 먼로보다 25센티미터는 작았고 키에 비해서 훨씬 말랐지만 그래도 안전하게 들어서 창밖의 건물 벽을 따라서 아래로 내리기에는 꽤 묵직한 무게였다.

브래드퍼드가 힘이 더 세니 이 역할에 더 맞았을 것이다. 하지만 여자 둘이 자는 방에 그를 보내는 것도 위험이 있었다. 그는 필요한 경우에도 여자에게 완력을 사용하는 것을 주저했겠지만 먼로는 그렇지 않았다.

먼로는 바닥에 한쪽 무릎을 꿇고 고치처럼 웅크린 해나의 몸에 딱 붙었다. 그리고 시트를 자기 팔에 감은 다음 몸통에 감았고 남은 부분은 마룻바닥에 늘어뜨렸다. 그러고 나서 먼로는 무릎을 지지대 삼아 해나를 끌어올려서 양손으로 안아들고 무게를 전부 자기 엉덩이에 쏠리게 한 다음 일어섰다.

해나가 누워 있던 자리에서 먼로가 가야 하는 창가까지는 한 걸음밖에 안 됐지만 그 한 걸음을 뗄 때 바로 아랫방 문을 쿵쿵 두드리는 소리가 울렸다. 먼로는 살짝 물러나서 밤을 향해 머리를 기울이고 3미터 아래 창문이 끼익 닫히는 소리를 들었다.

먼로는 머뭇거렸다. 무게 때문에 팔이 떨리기 시작했다. 브래드퍼드가 밑에서 다시 빛을 번쩍이자 먼로는 해나를 다리 쪽부터 창문 밖으로 넘겼다. 포대기처럼 묶은 시트가 들어 올려지더니 팽팽해졌고 먼로는 반대 방향도 창밖으로 넘겼다. 해나의 몸이 전부 창밖으로 넘어가자 단단하게 감긴 시트와 무게 때문에 먼로는 벽 쪽으로 강하게 끌어당겨졌다. 그녀는 무릎을 굽히고 몸을 지탱하면서 뒤로 잡아 당겨서 시트를 조금씩 풀었다. 그러면서 누군지는 모르지만 아랫방에 있는 사람이 이 방문 앞으로 올 때까지 몇 분 정도 남았는지 계산했다.

누군가가 그녀의 방으로 찾아올 만한 이유는 없었다. 제일 좋은 건 통계적으로 흔한 범죄였다. 도둑질, 기물 파손, 심지어는 살인이나 강간을 하려고 침입한 것이라 해도 프런트 직원과 경비원들이 의견을 교환하는 것보다는 가능성이 높았다. 하지만 평범한 범죄자가 하필이면 이런 타이밍에 아래층에 침입했을 확률이 낮으므로 제외한다면, 카르칸의 경비원들이 시트가 없는 침대를 보면 아마 방에 들어갈 때 가졌던 것이 어떤 의심이든 확신으로 변할 것이다.

새벽이 밝기 전 시간에 그녀가 방을 달라고 한 다음 얼마 안 있어서 브래드퍼드가 호스텔로 돌아왔다는 것을 생각하면 둘 사이를 연관 짓는 데 오래 걸리지 않을 것이다. 그러면 그놈들이 이 방으로 오는 건 시간문제일 뿐이다. 먼로와 브래드퍼드가 운이 좋다면 이 건물에 더 중요한 일이나 방이 있을 것이고, 그러면 그곳을 먼저 확인할 것이다.

해나가 1미터 정도 내려가서 땅까지 9미터 정도 남았을 때 처음으로 노크 소리가 났다. 먼로는 무시했다. 방을 등지고 손까지 매여 있었지만 그녀는 불안감을 무시하고 브래드퍼드를 향해 해나가 든 고치를 계속 내려주었다.

노크 소리가 더 커지더니 옆방 사람들까지 일어나게 만들 정도로 쿵쿵거렸다. 브래드퍼드의 불빛이 재빨리 연달아 깜빡거렸다. 그도 저 소리를 들은 것이다. 먼로는 해나를 내리던 속도를 늦추고 입에 물고 있던 플래시를 꺼내서 대답했다.

"누가 왔어."

이제 해나는 3미터 내려갔다. 아직 떨어뜨리기에는 높았다. 먼로는 여전히 방을 등지고 있었고, 청각이 보이지 않는 시각을 대신했다.

방문 손잡이가 흔들렸다. 그런 다음 문을 쿵쿵 치자 조각이 떨어지기 시작했다.

그녀는 계속 해나를 내렸다. 5미터. 이제 반이다.

문을 두드리던 사람들이 멈췄다. 먼로는 보지 않아도 그들이 어떻게 움직이고 있는지 알 수 있었다. 그녀는 몇 년 동안이나 정글에서 밤을 보내면서 어둠 속에서 쫓고 쫓기며 최악의 약탈자를 피해 다녔기 때문에 이런 순간에 잘 대비가 되어 있었다. 먼로는 옷자락이 부스럭거리는 소리와 바닥을 밟고 있는 발의 무게, 부주의한 숨소리만 듣고도 어떤 사람들인지 알 수 있었다.

상대는 두 명이었고, 이 얇은 벽이 총알로부터 보호해줄 것이라는 듯이 문 양쪽에 가만히 서 있었다.

5미터.

창문에서 빛이 들어오고 있었으므로 먼로의 실루엣은 완벽한 과녁이었다. 그녀는 시트를 계속 내렸다. 5.5미터.

침략자 한 명이 문간에 무릎을 꿇고 무기로 먼로를 겨냥했다. 다른 한 명은 방으로 들어와서 바닥에 쓰러져 있는 여자를 발가락으로 건드려보더니 침착하고 낮은 목소리로 먼로에게 양손을 들고 천천히 돌아서라고 명령했다.

먼로는 그들을 무시했다. 5.7미터. 7미터 정도까지만 내려가면 브래드퍼드가 지상에서 받을 수 있을 것이다. 남자가 다시 명령했는데, 이번에는 낮지도 침착하지도 않은 목소리였다.

먼로는 계속 시트를 내리며 거리와 정확도를 계산했다. 4.5미터 뒤에서 쏜 총을 맞으면 평범한 사격 솜씨라 해도 치명적인 상처를 입을 확률이 높았다. 먼로의 인생이 여기서 그런 식으로 끝난다는 것은 정말 비극적이겠지만 그렇게 세상을 떠나게 되어 있다면 그러라지. 먼로는 뒤로 돌지 않았고 해나를 놓지도 않았다.

6미터.

경고사격으로 먼로의 머리 위 유리창이 산산조각 났다. 유리 조각들이 떨어졌다. 밑에서 브래드퍼드가 숨죽여 소리를 질렀다.

“놔.” 그가 말했다. “내가 잡을게. 떨어뜨려!”

6.7미터.

발소리가 방을 가로질렀다. 먼로는 팔에 감은 시트를 풀고 천천히 놓았다. 그녀의 허리에 감겨 있던 해나의 포대기가 천천히 떨어지게 잡아주는 것은 창틀에 버티고 있는 먼로의 무게밖에 없었다.

“계획대로 해.” 먼로가 소리 질렀다.

브래드퍼드의 위로 불빛을 비췄다. 먼로가 창가에서 한발 물러서서 손을 놓았고, 시트가 마구 흔들리며 휙 떨어졌다. 저 아래에서 쿵 소리가 나더니 신음 소리가 들리고 침묵이 흐르다가 문이 쾅 닫히는 소리가 났다.

차가운 금속 느낌의 총구가 먼로의 머리 뒤쪽에 닿았다. 그녀는 한 손을 먼저 들고 한 손을 들어 머리 뒤에서 깍지를 꼈다.

타이어가 끼익 소리를 냈고 먼로는 마음속의 눈으로 급히 출발하는 택시를 보았다.

해나는 갔다. 먼로가 여기 조금이라도 더 있을수록, 조금이라도 더 시간을 벌수록, 해나가 도망치기 더 좋을 것이다. 먼로는 의기양양함과 슬픔이 뒤섞인 기분으로 가득 찼다. 슬픔은 자신이 아니라 브래드퍼드에게 미안해서였다. 먼로는 개인적인 경험에 따라 오늘 밤 무슨 일이 일어나든 브래드퍼드가 괴로워할 것임을 알았기 때문이다. 그는 먼로를 지키지 못했기 때문에, 할 수 있는 것은 지켜보며 기다리는 것밖에 없으므로 무력감을 느낄 것이다. 브래드퍼드는 힘없는 자신을 욕하고 괴롭히면서 자기가 잘못한 것은 없을까 고민할 것이다.

총구는 아직도 먼로의 머리를 누르고 있었다. 먼로는 정면을, 창밖을, 어둠을 내다보았다. 그녀의 얼굴에 슬픈 미소가 떠올랐고 자기 자신을 원망했다.

결국 브래드퍼드는 자신이 달리 할 수 있는 일은 아무것도 없었음을 깨달을 것이다. 먼로는 관 속으로 걸어 들어가는 것이나 마찬가지임을 잘 알면서 이 호스텔로, 여기 3층으로 왔다. 그녀는 의식적으로 그런 선택을 했고, 저항하거나 싸우지 않는 것도 마찬가지였다. 브래드퍼드가 호스텔에서 충분히 멀리 달아날 기회를 주기 위해서였다. 하지만 결국 오늘 밤 어떤 결론이 나든, 그녀의 논리가 무엇이든, 브래드퍼드는 아플 것이다. 먼로는 바로 그 생각 때문에 고통스러웠다.

남자들의 손이 베르사와 칼을 찾아냈다. 빼앗았다. 먼로는 정신을 바짝 차렸다. 기다렸다. 그리고 갑자기 세상이 암흑으로 변했다.

브래드퍼드는 뒷골목을 미끄러지듯 빠져나와 도로로 이어지는 좁은 길을 달렸다. 호스텔에서, 먼로에게서 멀어지며 목표로 이어지는 길이었다.

그는 숨을 거칠게 몰아쉬었다. 힘들었다. 브래드퍼드는 속도를 낮춰야 했다. 생각을 할 수 없었다. 초점을 맞출 수 없었다. 먼로는 자기가 원하는 것을 분명하게 밝혔다. '계획대로 해.' 그래서 브래드퍼드는 그녀의 말에 따라 본능적으로 운전을 하면서 기계적으로 움직였지만, 모든 근육과 신경 하나하나가 반대의 명령을 외치고 있었다. 브래드퍼드는 동지를 놓고 왔다. 그냥 동지가 아니었다. 마이클이었다.

'이건 아니야. 이래서는 안 돼. 틀렸어.' 먼로는 자신을 보호하기를 거부했지만 브래드퍼드가 돌아가 싸우면서 그녀를 보호해야 했다. 중요한 사람은 마이클이지 그녀가 목숨을 바쳐 구하는 이 소녀가 아니었다.

브래드퍼드가 차를 왼쪽으로 꺾어 대로로 이어지는 골목으로 들어가자 택시는 다시 한 번 도시의 늦은 밤 혹은 이른 새벽의 차들 사이로 섞여 들어갔다. 그는 아주 약간이지만 페달에서 발을 뗐다. 일분일초 흐를 때마다 브래드퍼드는 먼로에게서 더 멀어지고 있었다. 그녀가 아직 살아 있다면 말이다.

정신이 돌아왔다. 당연히 먼로는 아직 살아 있다. 그녀는 커다란 개의 소굴로 걸어 들어가서 뼈다귀를 빼앗았다. 이제 개는 뼈다귀가 어디 있는지, 어떻게 하면 되찾을 수 있는지 알고 싶어 할 것이다.

깨달음은 양날의 검이었다. 먼로가 아직 살아 있으며 한동안은 살아 있을 것임을 깨닫자 마음이 놓였지만 동시에 그녀가 아무것도 털어놓지 않으면 어떻게 될지 알았기 때문에 고통스러웠다. 먼로가 말하지도 않겠지만 말할 수도 없기 때문이다.

먼로는 이렇게 될 것을 예견했다. 그래서 해나를 아르헨티나에서 데리고 나가는 자세한 절차는 브래드퍼드에게 맡긴 것이다. 그러므로 먼로는 그가 해나를 어떻게 데리고 나갈지, 우루과이의 몬테비데오에서 어디로 데려갈지 전혀 몰랐다.

게다가 그녀는 게임하는 방법도 알았다. 그들은 먼로에게 자신들이 원하는 것이 있다고 믿는 한 그녀를 꺾으려고 계속 애를 쓸 것이다. 먼로가 더 오래 살아남을수록 그들은 더욱 잘못된 방향으로 갈 것이고 해나는 더욱 안전할 것이다.

브래드퍼드는 주차장으로 들어가서 푸조 옆에 차를 세우고 시동을 껐다. 그는 작은 아이의 몸이 아직도 시트에 싸인 채 놓여 있는 뒷좌석을 향해 몸을 돌려 소녀를 몇 초 동안 물끄러미 본 다음 택시에서 내려 뒷좌석 문을 열었다.

그는 시트 매듭을 풀어 벗겼다. 소녀는 너무나 작고 연약해 보였고 푹 잠들어 있었다. 이 아이는 분명 로건의 딸이었다. 그와 닮은 모습을 보자 분노가 몰려와 고통스러워 참을 수 없었다.

브래드퍼드는 서로 정반대되는 의무 사이에 끼어서 꼼짝도 않고 가만히 있었다.

아이는 규칙적으로 숨을 쉬었다. 그의 머리는 미궁을 빠져나갈 방법을 찾았다. 브래드퍼드는 자신의 의무를 완수하면서도 먼로를 카르칸 가문의 손아귀에 버려두지 않을 방법을 찾을 것이다.

브래드퍼드는 해나를 들어 옆 차로 옮겼다. 트렁크 안의 물건들은 그대로 두었다. 그런 다음 열쇠를 택시 조수석에 던져 넣고 푸조에 올라탔다.

브래드퍼드는 이렇게 할 것이다. 그는 가장 강렬한 본능을 거스르며 그녀의 말처럼 계획대로 할 것이다. 하지만 브래드퍼드는 자신만의 반전을 더할 것이다. 양심에 따라서 그가 전진하면서도 먼로가 원하는 대로 해줄 수 있는 방법은 이것밖에 없다.

이제 로건이 대가를 치를 때였다. 로건을 이 혼돈 속으로 끌어들이는 것은 가볍게 내린 결정도, 감정적인 결정도 아니었다. 물론 감정이 격해지긴 했지만 말이다. 이것이 브래드퍼드의 조건이었다. 그가 다른 사람의 아이를 구하기 위해 먼로를 희생시켜야 한다면 다들 대가를 치러야 한다. 목숨에는 목숨을, 그 목숨에 또 목숨을.

바로 그렇기 때문에 로건을, 그리고 기디언을 싸움에 끌어들이는 것은 위험했다. 물론 두 사람 모두 자기들의 작은 세상에서는 잘나갔지만 벼랑 끝에서 사는 것과는 달랐다. 기술은 녹슬고 근육은 약해졌으며 무엇보다도 그들은 이제 민간인의 삶을 살고 있었다. 먼로가 이 싸움에서 두 사람을 빼고 싶어 했던 것도 다 이유가 있었다. 단지 쓸데없는 걱정을 하지 않기 위해서만이 아니라 두 사람 중 하나가 죽임을 당할 가능성이 높았기 때문이다.

목숨에는 목숨을, 그 목숨에 또 목숨을.

브래드퍼드가 휴대전화를 들고 번호를 눌렀다.

"해나를 데리고 있습니다." 브래드퍼드가 말했다.

수화기 너머에서 안도가 느껴졌다. "어디죠?" 로건이 물었다.

"마이클이 잡혔어요."

침묵.

"난 그녀를 쫓아갈 수가 없습니다." 브래드퍼드가 말했다. "해나를 이 나라 밖으로 안전하게 빼내려면 그럴 수가 없어요. 상황이 아주 급박해요."

계속해서 침묵.

"당신이 마이클을 쫓아가지 않으면 지금 당장 해나를 여기 놔두고 내가 직접 쫓아갈 겁니다." 브래드퍼드는 말을 멈추고 자기 목소리에 실린 악의가 사라지기를 기다렸다.

"그럼 나한테 해나를 넘겨주는 건 어때요?" 로건이 말했다.

"그건 안 됩니다. 양자택일이에요. 우리는 막강한 권력을 가지고 있고 연줄도 많은, 사악한 사람들에게서 방금 해나를 빼냈습니다. 나한테는 당신 딸을 안전하게 이 나라 밖으로 데리고 나갈 수단이 있지만 기회가 점점 줄어들고 있어요. 당신이랑 흥정할 시간이 없습니다. 내가 이 일을 하든지 안 하든지 둘 중 하나밖에 없어요."

로건이 잠시 침묵을 지키다가 다시 말했다. "어디서부터 시작해야 하는지 말해줘요."

브래드퍼드는 로건에게 호스텔의 주소를 가르쳐주고 대략적인 방향을 알려준 다음 택시가 어디에 있고 그 안에 뭐가 있는지 말해주었다. 그리고 호스텔의 구조와 경비를 서는 방법, 그 밖에 예상할 수 있는 것들을 설명했다. 그런 다음 얼른 움직이라고 했다. 지금 먼로는 바로 거기 있지만 거기 얼마나 더 오래 있을지는 알 수 없었다.

"마지막으로 하나 더." 브래드퍼드가 말했다. "기디언한테 전해줘요. 마이클이 기디언에게 알려주기로 한 정보를 얻을 수 있는 방법은 그녀가 살아남아서 그에게 직접 알려주는 길뿐이라고."

브래드퍼드는 대답을 기다리지도 않고 전화를 끊은 다음 좌석에 휴대전화를 던졌고, 주차한 곳에서 빠져나와 몇 안 되는 차들의 행렬 속으로 들어갔다. 기디언은 로건의 뒤를 봐주기 위해서라도 같이 갈지도 모르지만 사실 자기 이익만큼 큰 동기는 없었다.

로건은 충격을 받아서 머릿속이 새하얘진 채로 휴대전화가 독이라도 되는 것처럼 멀찍이 들고 물끄러미 보았다. 그가 8년 동안 기다리던 소식은 믿을 수 없는 고통과 함께 왔다.

로건은 자리에서 일어나서 한 시간 전에 벗은 옷을 다시 입었다. 맞은편 침대에서 기디언이 몸을 뒤척이고 말했다. "마이클이야?"

"아니, 마일스."

똑바로 누워 있던 기디언이 몸을 뒤척여 모로 누웠다. "좋은 소식이야, 나쁜 소식이야?"

로건은 방 안을 부지런히 오가며 물건을 모았다. 허리띠. 신발. 지갑. 손목시계. "둘 다야." 그가 말했다.

기디언이 불을 켰다. "무슨 일인데?"

"마일스가 해나를 데리고 있어." 로건이 말했다. "그게 좋은 소식. 우리가 지금 이렇게 대화를 하는 지금도 해나를 아르헨티나 밖으로 데리고 나가는 중이야."

그는 잠시 말을 멈추고 기디언을 정면으로 보았고, 자기가 지금 하는 말이 무슨 뜻이지 자기도 잘 모르겠다는 듯이 말했다. "해나를 빼내다가 마이클이 잡혔어. '선택받은 자녀들'이 아니라 그들이 해나를 넘겨준 후원자들한테 말이야. 이 지역 거물 범죄단 집안이래."

로건은 가만히 서서 잠시 멍하니 있다가 손목시계를 찼다. "그들이 마이클을 곧장 죽이지 않는다면 아마 정보를 알아내려고 고문할 거야."

"거 참 안됐네." 기디언은 이렇게 말한 다음 로건이 나갈 준비를 하고 있음을 깨닫고 일어나 앉았다. "가는 거야?" 그가 말했다.

"마이클 찾으러."

기디언은 다시 침대에 누워 이불을 턱까지 끌어올렸다. "행운을 빌어줄게."

로건은 잠깐 멈춰서 아까 휴대전화를 보던 시선으로 기디언을 보았다. "참, 마일스가 너한테 남긴 메시지도 있어." 그가 말했다.

기디언이 다시 몸을 굴린 다음 한쪽 눈을 떴다.

로건은 무릎을 꿇고 신발 끈을 묶었다. 촘촘하게. 오래된 습관이었다. "마이클은 부에노스아이레스에 있는 '안식처' 전부의 위치를 알고 있을 뿐만 아니라 며칠 분량의 영상과 녹음, 계급 도표도 있고 아주 많은 이름을 알고 있대. 너랑 무슨 약속을 했는지 모르겠지만 두 사람끼리의 약속이었잖아. 마일스 말로는 네가 마이클이 가지고 있던 것을 손에 넣을 유일한 방법은 그녀에게 직접 받는 것뿐이라더라.”

기디언이 욕설을 내뱉고 담요를 젖히고 일어나며 이건 협박이라고 중얼거렸다. “그래서, 그 여자가 어디 있는지 찾으면 우린 어떻게 해야 돼?” 그가 말했다. “멍청한 표적처럼 그냥 걸어 들어가서 ‘자, 총은 우리한테 쏘고 그 여자는 놔줘’라고 말하기라도 하라는 거야?”

“마일스가 우리한테 선물을 주고 간 것 같아. 자동차 트렁크에 말이지. 가서 찾아봐야 돼.”

로건이 멈췄다. 그가 기디언 앞에 똑바로 서서 움직이지 않자 마침내 기디언이 고개를 들고 말했다. “뭐야?”

“마이클은 나랑 가장 친한 친구야, 기디언. 친구 이상이지. 내게는 유일한 가족이야. 마이클은 내 목숨을 여러 번 구해줬고, 이번에도 내가 도와달라고 부탁했기 때문에 목숨을 걸고 해나를 찾아왔어. 네가 가든 말든 난 마이클을 찾으러 갈 거야. 마이클은 나한테 그 정도는 받을 자격이 있어. 넌 어떻게 할 거야? 그냥 관두든지, 아니면 닥쳐.”

기디언이 한 손을 들고 말했다. “좋아. 가서 본때를 보여주자고.”

두 사람은 브래드퍼드가 말한 곳에서 택시를 발견했지만 주차장은 그의 말처럼 비어 있지는 않았다. 아침이 빠르게 다가오고 있었다. 로건은 좌석 밑에서 열쇠를 꺼낸 다음 트렁크를 열고 호기심에 더플백 지퍼를 열었다.

기나긴 침묵의 순간이 흘렀다. 로건과 기디언은 나란히 서서 입을 떡 벌린 채 그들을 기다리고 있는 물건을 보았다.

로건은 얼른 어깨 너머를 살피면서 주차장에 다른 사람이 없는지 확인한 다음 가방을 끌어내리고 트렁크를 닫았다.

기디언이 말했다. "도대체 이런 건 어디서 구했대? 게다가 이렇게 무기가 많은데 마이클은 어쩌다가 잡힌 거야?"

"마일스는 무기 전문가니까, 뭐." 로건이 말했다. 그는 신음 소리를 내며 가방을 뒷좌석에 싣고 문을 닫았다. 느리지만 확고했다. "마일스는 어딜 가나 아는 사람들이 있어." 로건은 말을 멈추고 생각에 잠겨서 오늘 아침 날이 밝기도 전에 무슨 일이 일어났을지 추측해보았다.

로건은 마일스에 대해서는 많이 알지 못했지만 마이클에 대해서는 세상 누구보다 잘 알았다.

"마이클은 총을 마구 쏘면서 들어가고 싶지 않았을 거야." 로건이 말했다. "해나를 위해서. 마이클은 항상 총보다는 잠행에 뛰어나거든." 그가 고갯짓으로 가방을 가리키며 말했다. "저건 마일스의 작품이야. 마이클은 아마 저게 트렁크에 있는지도 몰랐을 거야."

두 사람은 택시에 올랐다. 로건이 운전석에, 기디언은 조수석에 탔다. 로건은 다시 잠깐 무슨 생각을 하더니 시동을 걸고 점점 수가 늘어나는 자동차들 속으로 들어갔다. 두 사람은 여러 길을 지나서 호스텔을 찾았고, 가는 길에 어떻게 할지 의논했다. 로건은 브래드퍼드가 해준 말을 그대로 반복하여 호스텔과 경비에 대해 아는 것을 전부 기디언에게 가르쳐주었다.

기디언이 조수석에서 뒷좌석으로 넘어갔다. 그는 가방을 바닥으로 밀어 넣은 다음 뒤져서 원하던 것을 찾았고, 로건이 쓸 무기도 대신 찾았다. 가벼운 무기는 대부분 아르헨티나에서 만든 것으로 남아메리카 바깥에서는 별로 유명하지 않지만 괜찮은 9구경 총인 베르사 몇 자루,

스패니시 스타 Z-84 경기관총 한 쌍, 9구경 한 자루 더, 넉넉한 도폭선과 C4 폭탄 한 덩이, 타이머와 리모컨, 연막수류탄, 수류탄, 나이트비전, 적어도 2000발은 되는 탄약도 있었다.

아침이 밝아오고 있었다. 두 사람이 호스텔이 있는 동네에 도착하자 이미 아침이었다. 로건은 차를 잠깐 세우고 가방과 남은 내용물을 트렁크에 넣은 다음 다시 호스텔로 차를 몰고 가서 택시를 정문 바로 앞에 세웠다.

그가 시동을 끄고 기디언을 향해 고개를 끄덕였다. "준비됐어?"

기디언도 고개를 끄덕였다. "가자." 그가 말했다.

두 사람은 택시에서 내려서 동시에 문을 쾅 닫고 딱 두 발짝 만에 호스텔 입구에 도착했고, 안으로 들어가서 흩어졌다. 뭉쳐서 하나의 표적이 되면 좋을 게 없었다.

프런트 직원이 고개를 들더니 얼굴이 흐려졌다. 지난 몇 시간 동안 이 건물에 있었다면 아무리 멍청한 사람이라 해도 정문으로 당당하게 걸어 들어오는 두 남자를 믿지 않을 것이다. 직원이 프런트 아래로 손을 내렸다.

기디언이 그 남자의 가슴에 총을 겨누고 다가갔다. 직원은 얼어붙었다. 하지만 그는 위층 어딘가에서 곧 아래층으로 내려올 지원을 기다리기만 하면 되었다.

기디언은 어린 시절을 남아메리카에서 보냈기 때문에 유창한 스페인어로 남자에게 손을 보이는 곳에 올려놓으라고 말했다. 직원이 순순히 따르자 기디언은 성큼성큼 빠른 걸음으로 로비를 가로질러 프런트 뒤로 돌아갔다. 기디언은 여전히 직원에게 무기를 겨눈 채 그의 뒤쪽 닿지 않는 곳에 섰다.

기디언이 계단 밑에서 기다리던 로건에게 고개를 끄덕였다.

로건은 프런트 뒤로 들어가 밑에 있던 무기들을 전부 꺼내서 기디언에게 넘겨주었다. 로건이 한발 물러나 직원을 감시했고 기디언은 그의 손을 등 뒤로 돌려서 묶었다.

직원을 제압하여 프런트 뒤에 놔둔 다음 로건은 계단 밑으로 돌아가서 최대한 자연스럽게 무기가 눈에 띄지 않는 자세를 하고 기다렸다. 직원의 무장을 해제하고 제압하는 것은 태엽 장치처럼 빠르고 예상보다 괜찮았다. 하지만 다음 단계는 그렇게 수월하지 않을 것이다.

투숙객들이 돌아다니기 시작했다. 로건은 칸티타를 향해서 계단을 내려오는 첫 발소리는 경비원의 것이 아니라고 판단했다. 그가 경비원에 대해서 아는 것이라고는 브래드퍼드한테서 들은 설명밖에 없었고, 이제는 다른 사람이 교대했을지도 모르지만 계단을 내려오는 남자는 뭔가 자세가 달랐다. 로건은 먼로와 마찬가지로 미묘한 얼굴 표정이나 몸짓을 잘 알았다. 항상 제멋대로 변하는 '선택받은 자녀들'의 체제 안에서 벌을 피하려고 여러 해 동안 애쓰면서 얻은 능력이었다.

또 다른 발소리가 계단을 내려왔지만 로건은 이번에도 무시했다. 이 남자는 로비를 가로질러 밖으로 나갔지만 다른 사람들이 더 내려올 것이고 밖으로 나가는 것이 아니라 칸티나로 갈 것이다. 호스텔 투숙객들은 손님이었지만 대부분 카르칸가를 위해 일하는 사람들이어서 위협적이었다. 브래드퍼드는 그 사실을 분명히 알려주었다. 사람들이 아래층으로 더 많이 내려올수록 프런트 직원처럼 제압하기는 어려울 것이다.

로건이 돌아보지도 않고 말했다. "계획 변경이야, 기디언. 한 명이면 충분할 거야. 기회가 있을 때 저 사람이라도 데려가자."

"한 명으로 실패하면 어떻게 하고." 기디언이 말했다. "다시 와서 다른 사람을 잡아갈 수는 없잖아."

"실패 안 해."

로건은 직원을 데리고 빠져나가는 동안 아무도 로비로 내려오지 않겠다는 확신이 들 때까지 기다렸다. 계단참이 조용해지자 기디언에게 이상 없다는 신호를 보냈다.

프런트 뒤에서 기디언이 직원을 떠밀면서 나왔다. 좁은 로비를 반쯤 지나자 직원은 두 사람의 의도를 깨닫고, 파트너가 시간 맞춰서 자신을 구하러 오지 않을 것임을 깨닫고 소리를 지르기 시작했다. 기디언이 직원을 때렸고 로건이 그를 떠미는 바람에 직원이 넘어졌다. 그는 비틀거리며 현관문을 넘다가 발을 헛디뎌 다시 넘어졌다. 직원은 일어나려고, 도망치려고 애를 썼다.

로건과 기디언은 각각 직원의 팔을 잡고 그의 무게 때문에 비틀거리면서 그를 난폭하게 떠밀면서 나갔다. 기디언이 택시 뒷문을 연 다음 로건과 함께 몸부림치며 시끄럽게 소리 지르는 남자를 안으로 밀어 넣었다.

로건이 운전석 쪽으로 달려가면서 소리쳤다. "한 방 쏴버려."

기디언이 몸부림치는 남자의 한쪽 다리에 총구를 가져다 대고 방아쇠를 당겼다.

총성은 남자의 고함 소리와 맞먹었고, 잠시 후 호스텔 정문 쪽에서 대응 사격이 시작되었다. 기디언이 밀었다. 남자가 택시 안으로 쑥 들어갔다. 그러자 기디언은 호텔 직원 위로 올라타고 문을 닫았다.

“운전해.” 그가 외쳤다. “운전해!”

뒤쪽 유리가 깨졌다.

택시는 세 시간도 안 돼서 카르칸 호스텔이 있는 싸구려 동네에서 두 번째로 빠져나갔다.

로건은 미친 듯이 차를 몰았다. 그가 차들 사이로 요리조리 달리고 있을 때 마침내 기디언의 목소리가 들렸다. “제기랄 속도 낮춰. 아무도 안 쫓아와. 그러다 우리 전부 죽겠어!”

억양을 들으니 기디언은 그 말을 주문처럼 한참 동안 반복한 것이 틀림없었다. 로건은 고개를 끄덕이고 속도를 줄였다.

아드레날린은 이런 거였다. 심장이 미친 듯이 뛰었고 오토바이를 타거나 베이스 점프를 할 때 느끼는 희열과는 전혀 달랐다.

침묵이 흐르고 현실 감각을 되찾자 로건과 기디언 모두 웃음을 터뜨렸다. 그들은 미친 듯이 킬킬거렸다. 정신이 나간 것 같은 이 야단법석은 로건이 “사람들이 보잖아. 그 남자한테서 떨어져”라고 말한 뒤에야 가라앉았다.

직원은 좌석에 얼굴을 처박고 손은 등 뒤로 묶인 채 다리가 이상한 각도로 꺾여서 더는 몸부림치지 않았다. 기디언이 자세를 바꾸고 직원이 살아 있는지 확인한 다음 한 손으로 다리를 얼른 살펴보았다. 깨끗한 관통상인 것을 보니 근육 조직과 산탄이 아마 좌석 쿠션 어딘가에 있을 것이다. 피가 났지만 심각할 정도는 아니었다. 이 남자는 죽지 않을 것이다. 어쩌면.

기디언은 남자의 셔츠를 찢어서 다리에 묶어서 지혈해준 다음 앞좌석으로 넘어왔다. 직원이 고개를 돌려 앞을 보았다.

"이제 너희 둘 다 죽었어." 그가 기디언에게 말했다.

기디언이 남자의 머리에 총을 겨누고 말했다. "빵." 그런 다음 직원이 내뱉는 욕을 전부 무시했다.

로건은 주변이 익숙해지자 경로를 바꾸었다. 그들은 도시 밖을 향하고 있었다. 버려지고 조용한 곳. 비명 소리가 들려도 경계할 사람이 없는 곳으로.

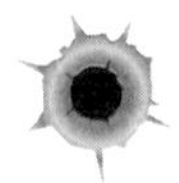

의식이 천천히 돌아왔다. 몽롱한 감각이 돌아오면서 어둠을 헤치고 먼로를 완전히 깨웠다. 그녀는 앉아 있었다. 턱이 가슴에 닿았고, 발은 철제 접의자 다리에 묶여 있었으며, 손은 뒤로 돌려서 고정되어 있었다. 수갑이 아니라 박스 테이프나 전선을 묶는 끈이었다.

머리가 돌아가기 시작했다. 정신을 똑바로 차리려고 애썼다.

밧줄. 가는 밧줄. 수많은 밧줄.

멍청한 것들.

그녀의 눈에 감겨 있는 것은 뭔지 몰라도 단단했고, 빛이 조금도 들어오지 않았다. 왼쪽에서 목소리가 들렸다. 근처 탁자에 앉은 남자들이 쉰 목소리로 대화를 나누고 있었다. 목소리 크기나 하는 말을 들어보니 카드놀이나 다른 오락거리를 즐기고 있는 것 같았다. 이 남자들—어조로 구분해볼 때 네 명이었다—은 그녀에게 관심이 없었다. 그들은 시간을 죽이고 있었다. 기다리고 있었다.

소리 하나하나 냄새 하나하나가 머릿속에서 스냅사진처럼 합쳐져서 먼로가 볼 수 없는 것을 알려주었다. 근처에 지키는 사람이 있다고 말해주는 것은 아무것도 없었다. 초조하게 서성이는 발걸음도, 꼼지락거리는 손가락도 없었고, 옷자락이 부스럭거리는 소리도, 숨소리도 없었다.

공기 중에 담배 연기가 퍼져 있었지만 좁은 공간에서처럼 자욱하지는 않았다. 연기는 목소리처럼 퍼진다. 즉 이곳은 컸다. 동굴 같았다. 먼로는 탁자에 둘러앉은 남자들이 3미터에서 4~5미터 정도 떨어져 있다고 예상했다. 그 이상일 리는 없다. 저 남자들은 먼로의 얼굴이 그들을 향하게 한 채로 한쪽에 치워놓고서 도망칠 염려가 없다고 믿었다.

이런 기본적인 실수를 하는 걸 보면 그렇게 위협적이지는 않다고 추측하기 쉬웠지만 먼로는 이들과 똑같은 실수를 하지 않을 것이다. 이 남자들은 상대를 과소평가하는 것이 죽임을 당하는 제일 빠른 길이라는 사실을 배울 것이다.

먼로는 아직 의식이 없는 것처럼 턱을 가슴에 댄 채 손가락을 움직이면서 손목을 비틀다가 아주 조금 느슨한 부분을 찾아내서 밀어내고 쑤신 끝에 마침내 손이 빠질 만큼 충분한 공간을 확보했다. 뒤쪽 어딘가에서 기름칠이 잘된 바퀴가 트랙을 따라 미끄러지는 소리가 들렸기 때문에 먼로는 탈출 시도를 멈췄다.

그녀는 동작을 멈추고 귀를 기울였다. 문이 열렸다. 이곳은 창고였다.

바깥에서는 아주 희미한 소리만 들어왔고, 자동차나 경적, 걸어 다니는 사람들 소리, 음악 소리도 없었다.

도시 외곽의 창고.

바퀴가 다시 굴러 돌아왔고 잘 만들어진 자동차 엔진이 가르랑거리는 소리가 가까워지더니 뚝 끊겼다. 탁자 주변의 대화가 멈추었다. 의자가 바닥에 끌렸다. 발소리가 났다. 자동차 문이 열렸다. 닫혔다. 문소리가 또 들렸다.

발소리가 탁자에서 멀어져 의자로 다가오더니 손가락, 손이 다가오고 눈가리개가 풀렸다.

먼로는 눈을 깜빡거렸다.

창고 안의 빛은 작업대 옆 산업용 램프에서 흘러나오고 있었다. 번쩍이는 빛은 건물에 쉽게 삼켜졌지만 완전한 어둠 속에 있다가 빛을 보니 눈이 아팠다.

먼로는 앞에 서 있는 남자를 보고 움찔했다.

그녀는 카르칸가의 사람이 올 것이라 생각하고 대비책을 세웠다. 대장이 먼로를 보러 올 때까지는 그녀를 살려둘 것이라는 것을 알았기 때문이었다. 브래드퍼드와 해나뿐 아니라 먼로 자신을 위해서도 시간을 벌어야 했다. 하지만 그녀를 괴롭히러 온 사람이 목장 '안식처'에서 그녀를 더듬던 남자라니, 불행한 반전이었다.

그 남자는 먼로를 물끄러미 보았다. 양쪽에 늘어선 부하들이 아무 말도 하지 않아 길게 이어진 침묵 속에서 남자는 그녀를 내려다보았다. 먼로가 긴장을 풀고 움츠러든 표정을 무표정으로 바꾸었다. 대장이 싱긋 웃었지만 부하들은 여전히 꼼짝하지 않았다. 잠시 후 남자는 뒤로 물러서서 생각에 빠진 척하면서 과장된 동작으로 엄지와 검지를 턱에 가져다 댔다.

대장이 그녀를 향해 손가락을 흔들며 말했다. "본 적 있어."

남자는 슬랙스 바지의 무릎 부분을 잡아당기면서 반쯤 쪼그리고 앉듯이 고개를 숙여 눈을 마주 보았다.

"그래. 널 알아."

먼로는 아무 말도 하지 않았고, 아무것도 모르고 이해도 못 하겠다는 듯이 멍하니 보면서 눈을 게슴츠레 빛냈다. 남자가 일어섰지만 그녀의 눈은 그를 좇지 않았고, 그가 고개를 돌려 뒤에 있던 부하 한 사람에게 뭐라고 속삭일 때도 좇지 않았다. 이제 앞이 보였기 때문에 먼로는 상황을 완전하게 분석할 수 있었다. 카르칸가의 아들인 대장은 이 넓고 텅 빈 공간에서 제일 흥미롭지 않은 대상이었다.

먼로의 시선은 그 대신 탁자에 꽂혔다가 벽들을 따라 위로 올라가서 원을 그리며 달아날 길을 찾으면서 뭐든지 무기가 될 만한 것이 없는지 살폈다. '누가, 무엇을, 언제, 어디서, 어떻게'에 대한 해답을 찾아서 어떻게 살아남을지 즉석에서 평가하는 것이다. '왜'라는 질문에 대한 대답은 이미 알고 있었다.

바닥은 매끄러운 콘크리트, 벽은 콘크리트블록이었으며 15미터 정도 위의 지붕은 피형 강판이었다. 소리가 울리는 방향으로 봐서 창고가 비어 있음을 알 수 있었다. 벽 근처에 놓인 작업대와 주변 조명이 유일한 물건인 듯했다.

탁자 주변에 앉아 있던 네 남자들에다가 대장과 함께 온 남자 두 명이 합류했다. 총 여섯 명이 텅 비고 울퉁불퉁한 반원형을 그리며 대장의 양옆에 서 있었다. 모두 화기를 지니고 있었는데, 대부분은 총집에 들어 있었고 몇몇은 허리춤에 차고 있었다.

남자들은 체육관에서 많은 시간을 보냈는지 굵고 단단한 체격이 비슷했다. 이와 대조적으로 대장은 날씬했는데 그 외에는 비싼 옷과 먼로가 이미 알고 있는, 지나치게 발달한 자아만 빼면 별로 구분이 안 갔다.

먼로는 남자들과 무기의 위치를 파악했다. 자세한 정보가 초음파 탐지처럼 정확하게 그녀의 의식 속으로 들어왔다. 신속하고 본능적인 평가였고, 대장이 돌아서서 말을 시작하기도 전에 벌써 끝났다.

생존 확률을 예측하기는 어려웠다. 먼로는 더 많은 사람을 상대로 싸운 적도 있지만 이렇게 한정된 장소, 이렇게 약해진 상태에서는 아니었다. 속도는 그녀의 친구였다. 매일 밤 추격을 당하면서 살아남기 위해 방어해야 했을 때 살겠다는 의지에서 나온 그 빠른 속도는 항상 먼로의 친구였다. 그녀는 유연했고 상대방의 생각보다 빨리 움직일 수 있었기 때문에 그녀는 훈련된 군인이 아니라 악당이라면 4~5명 정도는 상대할 수 있었다. 하지만 7명은 알 수 없었다.

먼로는 시선을 다시 정면으로 향하여 대장이 아까 고개를 돌리고 속삭이던 보좌관을 보았다. 그 사람이 성큼성큼 그녀에게 다가오고 있었다.

보좌관은 7명 중에 가장 야비해 보이고 키가 작았으며, 망설임 없이 다가왔다. 그의 발이 움직임을 멈추자 팔이 다가왔고 주먹이 먼로의 얼굴을 강타했다. 현기증이 일어날 정도로 강력한 타격이었기 때문에 먼로가 대비를 하지 않았다면, 그리고 의자에 묶여 있지 않았다면 의자에서 넘어졌을 것이다.

먼로는 어지러움을 쫓아내려고 고개를 저었다. 입가에서 뭔가 흐르는 것이 느껴졌고 찌르는 듯한 아픔이 전해지자 그녀는 살짝 미소를 지었다. 이 폭력적인 행위에 맞춰서 그녀의 심장이 뛰기 시작했다. 대장이 다시 다가와 그녀의 부어오른 얼굴을 보고 그녀는 그의 얼굴을 관찰했다. 먼로의 시야가 회색으로 흐려지고 시계는 좁아져 음산하게 초점이 맞춰지면서 피에 대한 굶주림, 복수에 대한 굶주림이 일었지만 몇

년 동안이나 충동을 억누르는 연습을 해왔기 때문에 침착함을 유지할
수 있었다.

브래드퍼드의 말이 머릿속에 떠올랐다.

'살인이 늘 나쁜 건 아닐지도 모른다고 생각해본 적 없어?'

대장이 말했다. "그 애를 어디로 보냈어?"

먼로의 눈이 다시 번득였고 그의 말이 아무 뜻도 아니라는 듯이 멀리
초점을 맞추었다. 대장이 보좌관에게 고개를 끄덕이자, 그가 다시 앞으
로 나서서 먼로를 쳤다. 이번엔 더 셌다. 귀가 울렸다.

'어떤 사람들은 죽어야 하는 건지도 몰라. 그 사람들을 없앰으로써
고통과 아픔의 순환 고리를 깨뜨리는 걸 수도 있잖아.'

먼로의 시선은 계속 정면을 향하면서 보이지 않는 먼 곳에 초점을 맞
추고 있는 것 같았다. 대장이 물러서서 반원 안으로 돌아갔다. 그런 다
음 다시 속삭였다. 세 번째 부하가 기다리고 있던 그의 손에 접이식 칼
을 주었다. 대장은 칼을 펴고 먼로와 시선을 마주치며 다시 쪼그려 앉
았다. 그는 칼날을 들어 그녀의 턱 밑으로 가져와 사람을 죽일 때 다들
좋아하는 그 매혹적인 부분에 가져다 댔다. 대장이 손에 힘을 줬기 때
문에 그녀는 목에 구멍이 뚫리지 않으려면 고개를 들어 최대한 뒤로 젖
혀야 했다. 그녀가 고개를 최대한으로 들어 목 살갗이 완전히 팽팽해지
자 그가 손을 튀겼다.

칼을 슥 그었다. 깊지는 않았지만 감촉을 느끼고 피를 흘리기 충분했
다. "그 여자애 어디로 보냈어?" 그가 다시 물었는데, 이번에는 거의 억
양이 없었다.

"난 그 누구를 어디에도 보내지 않았어." 그녀가 말했다.

대장이 일어서서 뒤에 있던 부하들을 향해 돌아선 다음 피식 웃었다. "영어?" 그는 절대 그럴 리 없다고 생각했던 것이 사실임을 깨닫고 놀란 듯이 이렇게 말했다. 그가 알기로는 영어가 맞았다. 이탈리아어, 독일어, 터키어, 이보어, 혹은 스물 몇 개의 언어 중 무엇을 써도 결과는 똑같았을 것이다.

"하지만 내 친구들 주변에 있을 때는 영어 안 썼잖아."

"무슨 친구들?" 먼로가 말했다.

대장이 고개를 저었다. 초조한 표정, 그녀가 원하던 표정이었다.

그가 손가락을 하나 들자 부하 두 명이 반원을 깨뜨리고 의자로 다가와서 무릎을 꿇고 그녀의 발목에 묶인 끈을 잘랐다. 우람한 손이 그녀의 팔을 꽉 잡았다. 그들은 그녀를 홱 일으켜서 대장 쪽으로 데려갔다. 먼로는 발을 제대로 디디고 서려고 애를 썼다. 그녀의 손은 아직 손바닥끼리 닿아 있었고 밧줄은 여전히 느슨했다.

먼로는 이 남자와 그의 의도적인 폭력의 독특한 냄새를 들이마시고 피에터 윌렘의 기억과 냄새에 섞여들 때까지, 그것이 그녀의 머릿속으로 들어올 때까지 흡수했다.

대장이 먼로의 얼굴 가까이로 칼을 가져오더니 그녀의 시선이 그것을 좇자 미소를 지었다. 그는 칼을 먼로의 가슴을 향해 아래로 겨누었다. 재빠른 움직임으로 그는 셔츠 천을 잘랐다. 속셔츠까지 잘려서 옷이 떨어지고 가슴이 드러났다.

대장이 부하들을 향해 돌아서서 엄지손가락으로 먼로를 가리키며 말했다. "거봐, 내가 여자라고 그랬잖아." 그는 숨결이 그녀의 목에 뜨겁게 닿을 정도로 가까이 다가왔다. 손가락을 그녀의 젖꼭지를 따라 미끄러뜨렸다. 그런 다음 꼬집었다.

"내 말이 맞았어." 그가 속삭였다. "내가 널 안다니까." 그가 칼을 그녀의 살갗에 대고 장난을 쳤다. "이제 넌 그 사람들 손님이 아니라 내 손님이니까 내 마음대로 다뤄주지."

그는 그녀의 상체에 난 흉터를 보고 멈칫하더니 잠시 살펴보았다. 그가 얼굴을 찡그리며 반쯤 씩 웃었다. "내가 처음은 아니군." 그가 말했다. "그 사람이 널 울렸어? 너한테 이런 짓을 한 사람이? 피를 흘리게 했어?"

남자가 더 가까이 다가와서 킁킁거리며 그녀의 목과 머리카락의 냄새를 맡고 그녀를 핥았다. 그의 혀가 먼로의 귀 뒤에서 뺨을 지난 다음 눈 위로 올라갔다. "내가 지금부터 널 아프게 할 것처럼 그 사람도 널 아프게 했어?"

귓가에서 피가 솟구치는 소리가 크게 들렸다. 세상을 물에 빠뜨리고, 그녀의 앞에 선 남자를 제외한 모든 것을 물에 빠뜨리고 죽이라고 외치며 묵직하게 쿵쾅거리는 소리.

본능. 타이밍. 계산.

먼로는 이성을 되찾으려는 마지막 시도를 하면서 그 충동과 맞서 싸웠고 달아날 자격이 없는 자에게 달아날 길을 열어주었다.

"날 당장 놔줘." 그녀가 낮은 목소리로 거의 단조롭게 말했다. "그럼 널 죽이지 않겠어."

대장은 웃음으로 대답했다. 그의 웃음은 크고 감정 없이 껄껄 웃는 비웃음이었다. "제발 그렇게 해줘, 아가씨." 그가 말했다. "마음대로 해, 죽여봐. 아주 재밌는 아침이 되겠군."

먼로는 한숨을 쉬었다. 틀린 대답이었다. 항상, 빌어먹을, 틀린 대답이었다.

그녀가 눈을 감자 온몸에 쾌락이 흘렀다. 이제 돌이킬 수 없었다. 살인하기 전의 이 느낌. 돌이키기란 불가능했다. 먼로는 후회도 없었고, 마음의 평화를 찾았으며, 죽음이 그 결과라면 행복하게 죽을 것이다. 그녀는 순수한 아이와 자신의 목숨을 맞바꿨고, 그건 정당한 거래였다.

"내가 뭘 원하는지 말해주지." 먼로가 말했다.

"그래." 대장이 속삭였다. 그의 시선은 그녀의 살갗을 만지작거리는 칼에 가 있었다. "그렇게 될 거야."

그는 잠시 멈추고 황홀경에서 깨어나 칼을 재킷 주머니에 넣었다. 그런 다음 갑작스럽고 맹렬하게 먼로의 배를 주먹으로 한 대 갈기고 무릎을 꿇렸다. 남자는 그녀 위로 몸을 숙이고 그녀의 턱으로 손가락을 미끄러뜨렸다.

시간이 느려졌다. 움직임은 깜빡거리는 스트로보라이트 같은 속도로 장면 장면으로 분절되었다. 먼로의 손가락이 움직이고 손목이 지나가자 끈이 느슨해졌다. 그녀가 시선을 들었다. 그리고 죽음의 미소를 지었다.

단 한 번의 동작. 확실하고, 유연하고, 빠른. 무릎을 발 위로. 그리고 위로. 이마가 그의 얼굴에 부딪혔다. 그의 코를 부러뜨릴 만큼 빨랐고 머리가 뒤로 핵 넘어갈 만큼 셌다. 먼로가 그의 주머니에 손을 넣었다. 손바닥에 그의 칼이 닿았다. 그의 목에 팔을 감았다. 칼날이 그의 목에 닿았다.

그러는 동안 경호원과 부하들이 무기를 꺼냈다.

대장의 팔이 펄럭거리며 뭔가를 잡으려고, 균형을 잡으려고 했다. 그녀는 반원의 제일 먼 쪽으로 탁자와 그 뒤에 놓인 벽을 향해 그를 끌고 갔다. 그는 강했다. 몸무게가 그녀와 거의 비슷했다. 키도 같았다. 이것이 바로 아드레날린과 그로 인한 터질 듯한 환희의 아름다움이었다. 먼로는 그의 힘을 느끼지도, 그의 무게를 알지도 못하고 헝겊인형처럼 그를 끌고 갔다.

부하들은 총을 쏘려다가 대장을 맞출까 봐 쏘지 못하고 두 사람을 따라갔다. 원이 점점 좁아지고 가까워졌다.

먼로가 대장의 목을 그어 피가 흘렀다.

"물러서." 그녀가 식식거리자 반원을 그린 남자들이 따라오다가 멈추었다.

먼로는 대장이 자신에게 했던 것보다 치명적인 부분을 베었다. 그녀는 둑에 구멍을 뚫듯이 그의 경정맥을 벴다. 아직도 팔을 펄럭거리면서 자신의 운명을 받아들이지 못한 남자는 열심히 몸부림을 칠수록 더 빨리 죽는다는 사실을 모르는 것 같았다. 남자가 그녀의 한쪽 귀를 잡았다. 그런 다음 파고들다가 잡아당기면서 뜯어내려 했다. 먼로가 그의 손을 찔렀다.

남자가 비명을 질렀다.

"지금은 그냥 고통스럽지." 먼로가 말했다. "하지만 부하들이 무기를 내려놓지 않으면 넌 죽을 거야."

그가 쉭쉭거리며 반응했지만 알아들을 수 없었다.

먼로는 탁자로 다가가서 그 뒤로 돌아갔다. 벽은 단단했고 셔츠가 찢어져서 차가웠다. 이러면 아무도 뒤에서 공격하지 못할 것이고, 탁자 때문에 그녀와 부하들 사이에는 최소한 2미터의 공간이 있었다.

먼로가 그녀의 포로에게 속삭였다. "넌 피를 흘리고 있어. 아주 심하게. 이런 속도라면 20분 안에 죽을 거야. 병원으로 가고 싶어, 시체 공시소로 가고 싶어?"

먼로는 그에게 동기를 부여하려고 거짓말을 했다. 이런 속도로 피를 흘리면 운이 좋아도 10분 후면 죽을 것이다.

남자는 발버둥을 멈췄다. 먼로는 그의 몸에서 힘이 빠지는 것을 느낄 수 있었다. 그녀에게 졌기 때문이거나, 단단한 그녀의 팔이 목을 졸라서 그의 머리로 가는 혈액 공급이 늦춰졌기 때문이다. 이유는 별로 중요하지 않았다.

"버려." 남자가 부하들에게 말했다. 그의 목소리는 속삭임에 가까울 만큼 작았다.

"안 들리잖아." 먼로가 말했다.

"무기를 버려." 그가 다시 말했다. 별로 더 크지는 않았지만 이번에는 한 팔을 위아래로 허우적거리며 강조했다.

부하들이 못 알아들었을까 봐 먼로가 그의 명령을 되풀이했고, 부하들이 주저하며 꼼짝도 하지 않자 그녀는 칼끝을 대장의 어깨 관절 중에서 약한 부분을 찌르고 잡아당겼다. 그가 다시 비명을 질렀다. 부하들이 바닥에 무기를 내려놓았다.

"탁자 너머로 차." 먼로가 이렇게 말한 다음 대장의 운전기사에게 덧붙였다. "너. 뚱뚱한 놈. 자동차 열쇠를 탁자 아래로 던져."

부하들이 시키는 대로 하자 먼로는 창고 입구에서 제일 가까운 2명에게 고갯짓을 하며 말했다. "문으로 가."

먼로는 대장을 계속 잡고 있었기 때문에 바닥에 있는 무기에 손을 뻗어서 무기를 모을 수 없었다. 부하들도 알았다. 그녀도 알았다. 그들도 먼로가 알고 있다는 사실을 알았다. 그녀는 두 사람이 미닫이문 쪽을 향해 사라지자 초를 셌다.

지금이 약한 순간이었다. 아직 탁자 건너편에 있는 4명이 가까이 다가올 것이다.

창고 건너편 문 쪽으로 간 두 남자는 느렸다. 게으름을 피웠다. 그들은 시간을 끌면서 퇴로를 차단하고 다른 사람들이 행동을 취하기를 기다렸다. 먼로는 유리한 위치를 잃어가고 있었다. 그녀의 갑작스런 공격으로 겨우 열린 기회의 창이 닫히고 있었다.

탁자 주변의 4명이 부채꼴로 서서 조금씩 다가왔다. 아무리 충성스럽다 해도 무기도 없는 사람치고는 지나치게 자신감이 넘쳤다.

또다시 본능이었다. 생존의 가장 빠른 방법. 먼로는 대장을 놓아주었다. 그냥 손을 놓아 떨어뜨렸다. 대장이 자신의 무게 때문에 무너질 때 그녀도 같이 몸을 숙였다. 그리고 바닥에 놓인 무기 두 개를 집었다. 그냥 손을 뻗어서 잡았다. 살펴볼 시간도 없었기 때문에 아무거나 닿는 대로 집어서 겨누고 방아쇠를 당겼다.

먼로의 손은 그녀가 지난번에 사용한 것과 똑같은 베르사 선더 9구경 두 자루를 들었다. 탄창이 가득 차 있다면, 아마 그럴 텐데, 한 자루당 열일곱 발을 쏠 수 있었다. 이것으로도 필요한 것을 얻지 못하면 먼로는 총에 맞아도 싸다.

그녀는 옆으로 누워서 총을 쏘았다. 탁자 가까이 있는 남자들 앞쪽

바닥을 겨눈 경고사격이었다. 총성이 빈 공간에서 크게 울렸다. 남자들은 펄쩍 뛰고, 웅크리고, 램프가 있는 곳까지만 물러섰다. 시간은 계속 분절되어 천천히 흘렀고, 몸짓은 말이 절대 대신할 수 없는 방식으로 큰 소리로 외치고 있었다. 남자들이 각자 다가오고 있었다.

비상용 무기.

먼로는 쓰러지더라도 혼자 쓰러지지는 않을 것이다. 그녀는 잠시 행동을 멈추었다. 호흡을 가다듬었다. 방아쇠를 두 번 당겼다. 제일 가까이 서 있던 남자가 비명을 질렀다. 쓰러졌다. 부상을 당했지만 살아 있다. 지금 당장은.

대장이 일어나려고 꿈틀거렸다. 먼로가 팔꿈치로 그의 얼굴을 친 다음 칼에 찔린 어깨를 쳤다. 그가 다시 비명을 질렀다.

먼로는 남자를 타고 넘어 총을 가진 부하들과 벽 사이에서 그를 방패로 이용했고, 총 한 자루를 그의 척추에 대고 말했다. "한 번만 더 움직여봐. 평생 불구로 만들어줄 테니까, 알겠어?"

그가 신음 소리를 냈다.

세 남자는 빛의 변방에서 다시 다가오면서 탁자 다리와 의자들 사이에서 대장 너머로 시야를 확보하려고 애썼다. 창고 문은 아직 닫혀 있었다. 먼로가 어둠을 향해 소리쳤다. "1분 내에 문으로 가서 열어. 아니면 한 명 죽일 거야."

이제 총을 든 부하들이 어둠 속으로 완전히 물러났다. 아무도 제일 처음 죽고 싶지는 않았던 것이다. 이따금 발을 끄는 소리, 발가락 끝을 문지르는 소리, 부스럭거리는 소리가 이들의 위치를 알려주었다. 보이지 않을 뿐 가까이 있었다. 거리가 있으니 부하들이 정확하게 조준해서 총을 쏘기 힘들겠지만 눈먼 행운이나 유산탄도 있었다. 게다가 빛 때문에 먼로는 탁자 너머로는 아무것도 보이지 않았고, 그녀는 쉬운 표적이었다.

먼로가 앞으로 나갔다. 총을 겨눴다. 조명을 맞추자 창고는 완전히 캄캄해졌다. 강렬한 램프들의 타는 듯한 잔상 때문에 시야가 아직 뚜렷하지 않았지만, 그녀는 야맹증이 있었지만 어둠 속이 편안했다.

부하들의 눈이 먼저 적응할 것이고, 그러면 용감해질 것이다. 먼로에게 보이는 곳까지 기어 올 정도로 용감해질 것이다. 그녀는 무릎을 꿇었다. 기다렸다. 귀를 기울였다. 그런 다음 몸을 일으켜 웅크린 다음 탁자에 놓인 열쇠를 들고, 탁자와 의자 다리들이 약간 엄호해주는 곳으로 몸을 숙였다.

먼로가 대장에게 속삭였다. "넌 버림받았어." 그런 다음 그의 뒤통수에 총구를 대고 말했다. "일어나."

그는 손과 무릎에 힘을 주고 일어나려고 애썼다. 숨은 느리고 얕았다. 남자는 피를 아주 많이 흘렸다. 오래가지 못할 것이다. 먼로는 이 남자가 죽기 전에 차까지 가야 했다.

로건은 창고에서 몇 십 미터 떨어진 곳에 택시를 세웠다. 못 보고 지나칠 수 없는 건물이었다. 건물이 몇 개 없고 사이사이에 넓은 땅이 있는 이 외딴 산업 지대 중에서도 특히 눈에 잘 띄었고 도로에서 떨어져 있는 다른 건물들보다 1~2층 높이 정도 높았다. 이 정도 거리에서 보니 건물 정면에서 약간 옆쪽에 주차되어 있는 SUV 한 대를 제외하면 건물 전체가 조용하고 텅 빈 것 같았다.

도로변의 다른 건물들과 달리 시동 걸린 채 서 있는 트럭도, 열심히 일하는 노동자들도, 아무런 활동도 없었다. 그리고 로건은 잘못 봤다고 생각했겠지만, 넓은 미닫이문이 환영하듯 바깥세상을 향해 활짝 열려 있었다. "어떻게 생각해?" 로건이 말했다.

기디언은 답을 모르는 수수께끼에 대해 생각하는 것처럼 고개를 저었다. 그는 뒷좌석으로 손을 뻗어서 대시보드 위쪽으로 바깥이 보이도록 프런트 직원의 셔츠를 잡아 당겨서 일으켰다. "여기가 확실해?" 그가 말했다.

입막음을 당하고 여기저기 얼굴이 부어오른 직원이 고개를 끄덕이자 기디언이 말했다. "저 문을 봐. 원래 저렇게 열려 있는 거야?" 직원이 아니라고 고개를 저었다. 기디언은 그를 다시 좌석에 놓았다.

두 사람은 이 남자가 제대로 안내했다고 생각했고, 그의 말도 믿었다. 그가 믿을 만한 안내자이기 때문이 아니라 두 시간 전에 있었던 일 때문이다. 두 사람은 이 남자를 도시 바깥 어두운 벌판으로 데리고 나와서 팔다리를 벌리고 바닥에 엎드리게 한 다음 그의 손에 총구를 대고 그들이 원하는 것을 말할 때까지 한 번에 손가락 하나씩 쏘겠다고 위협했다. 직원이 마음을 바꾼 것은 고통에 대한 두려움 때문이 아니라 풀려날 수 있겠다는 확신 때문이었다. 로건과 기디언은 친구를 찾고 싶었고 그들의 문제는 간단했다. 프런트 직원이 두 사람을 먼로가 끌려간 곳으로 안내하고 두 사람이 그녀의 위치를 확인하면 그를 놓아주기로 했다. 그것뿐이었다. 하지만 알려주지 않으면 손가락, 다음에는 발가락, 그다음에는 원하는 걸 얻기 위해 필요한 것은 무엇이든 쏠 것이라고 했다.

로건은 택시를 타고 몇 십 미터 더 간 다음 차를 완전히 멈추고 엔진을 껐다. 창고에서 그리 멀지 않고 시야가 확보된 이 자리에서 두 사람은 가만히 앉아서 지켜봤다.

무척 조용했고, 자동차들은 느릿느릿 도로를 달렸으며, 아무런 움직임도 없었다. 그렇게 30분이 지나자 로건이 문으로 가서 손잡이에 손을 뻗었다.

"낮 시간을 낭비하고 있잖아." 로건이 말했다. "먼로가 저기 있거나 없거나 둘 중 하나겠지."

기디언이 뒷좌석을 향해 몸을 돌리고 말했다. "우리가 살아야 너도 사는 거야." 호스텔 직원은 고개를 끄덕였다. 로건과 기디언은 자리를 비우면 남자가 탈출을 시도할 것임을 알았다. 제정신이라면 누구나 그럴 것이다. 하지만 탈출 시도는 성공하지 못할 것이다.

로건과 기디언은 트렁크에서 경기관총을 꺼냈다. 재킷 아래에 숨기기에는 총이 컸고 건물은 도로에서 물러나 있었으며 두 사람은 아직 몇 100미터를 더 가야 했다. 하지만 그들은 강력한 무기를 가지고 있어 그어떤 공격도 제압할 수 있다고 생각했다.

기디언은 가방에 손을 넣어서 장전된 탄창을 로건에게 던지고 똑같은 수의 탄창을 허리와 주머니에 어색하게 끼워 넣었다. 더 가져갔다가는 무거워서 뒤처질 것이다.

호스텔 직원은 먼로가 10여 명 정도와 함께 있을 것이라고 말했지만, 그의 짐작이 틀리거나 일부러 거짓말을 했다 해도 저 문 너머에 무기를 잘 갖춘 소규모 군대가 기다리고 있지 않는 한 그들이 지금 가지고 가는 걸로 충분할 것이다.

기디언이 트렁크를 닫았고 로건은 조수석 앞에 멈춰 섰다. 그는 사이드미러를 발로 차서 떨어뜨린 다음 그것을 집어 들었다. 두 사람이 말없이 걸어서 인도를 벗어난 다음 기디언이 허리를 숙이고 자갈을 몇 개 모았다. 로건은 왜냐고 묻지 않았다. 알고 있었다.

두 사람은 저 멀리 도로 쪽에서 건물로 접근했다. 벽에 창문이 없기 때문에 그들이 접근하는 방향이 안에서는 보이지 않을 것이다. 기디언은 건물 쪽을 보면서 뒷걸음질로 SUV에 다가가서 창문 안을 엿보고 아무도 없음을 확인한 다음 로건에게 전진 신호를 보냈다. 들리는 소리라고는 두 사람의 부츠가 자갈길에 가볍게 부딪치는 소리밖에 없었다.

로건은 건물 벽을 따라서 열린 문 가장자리로 다가가서 조잡한 잠망경처럼 사이드미러를 기울이자 안이 조금 비쳤다. 거울 속에는 아무런 움직임도 없었다. 넓고 텅 빈 바닥에는 여기저기 덩어리들이 있었다. 아마도 시체일 것이다. 조명과 각도 때문에 정확히 말하기는 어려웠다.

로건이 기디언을 향해 고개를 끄덕이자 그가 자갈을 문 안으로 던져 넣었다. 자갈이 바닥에 부딪치면서 큰 소리가 나서 울렸고 작은 돌이 몇 번 더 튄 다음 잠잠해졌다. 여전히 조용했다.

기디언이 다시 자갈을 던졌고 두 사람은 다시 귀를 기울였다. 총소리도, 발소리도, 목소리도 들리지 않았다. 아무것도 없었다. 두 사람은 동시에 열린 벽을 돌아서 안으로 들어가 벽에 바짝 붙었다.

문을 통해 들어오는 햇빛이 건물 안쪽 거의 30미터까지를 비추었다. 건물은 그 너머로도 이어졌지만 시체들은 그들이 서 있는 자리에서 잘 보이는 열린 공간에 널브러져 있었다.

총 7구였는데 전부 남자였고 띄엄띄엄 바닥에 흩어져 있었다. 기디언이 가만히 서서 입을 약간 벌리고 멍하니 보았다. 그는 폭력의 현장 한가운데로 걸어가더니 천천히 원을 그리며 돌았다. "여기가 맞는 거 같지? 마이클이 여기 있었어, 그렇지?"

믿을 수 없다는 듯한 어조였다. 로건이 첫 번째 시체로 다가가서 무릎을 꿇었다. "그래." 그가 말했다. "여기가 맞아."

"이거 사진으로 찍어야 돼." 기디언이 말했다. "마일스는 절대 안 믿을 거야."

로건은 맥박을 짚어봤다. 아무것도 기대하지 않았고, 역시나 아무것도 없었다. 두개골 모양이 이상했다. 건물 서까래에서 떨어지거나 차에

치인 것처럼 온몸이 부서지고 탈골된 것 같았다. "마일스는 믿을 거야." 로건이 말했다. "이런 모습을 직접, 아주 가까이에서 봤으니까."

로건이 일어나서 뒤로 돌아 기디언을 보면서 계속 설명하려 했지만 기디언의 얼굴을 보고는 입을 다물고 다른 시체에게 다가갔다.

기디언이 이 광경을 보고 받아들일 여유를 주는 것이었다. 대학살까지는 아니었다. 로건도 그 정도는 알았다. 기디언은 훨씬 더 심한 것도 보고 경험했다. 하지만 먼로는 시체만 남긴 채 사라져버렸다. 기디언은 이 모든 것이 그가 며칠 전에 싸우려고 했던 여자가 한 일임을 서서히 깨달을 것이다.

그가 어떤 일을 당할 뻔했는지 이제 와서 깨닫는 것은 좀 늦은 감이 있었지만, 아예 깨닫지 못하는 것보다는 나았다. "어떻게 된 것 같아?" 기디언이 마침내 말했다.

로건이 어깨를 으쓱했다. "이 정도의 폭력이라면 누군가가 그녀를 건드린 것 같아. 그러니까, 성적으로 말이야." 그가 다음 시체를 향해 성큼 성큼 걸어가서 무릎을 꿇고 처음 2구와 마찬가지로 맥박을 짚어 보았다. 식고 있었지만 차갑지는 않았다. "먼로는 유혈 사태를 되도록 피하려고 해." 로건이 말했다. "특히 이 정도의 유혈 사태는 말이야. 하지만 마이클로 하여금 정신을 잃고 이런 일을 하게 만드는 게 몇 가지 있어. 마이클에게 성적으로 난폭하게 구는 사람이 있으면 그는 곧 죽은 목숨이야."

"이 사람들이 다 그런 거야?"

"모르겠어." 로건이 말했다. 그는 잠시 말을 멈추고 천천히 원을 그리며 돈 다음 총알 구멍투성이가 되어서 피 웅덩이 속에 구겨져 있는 시체를 가리켰다. "저 남자." 로건이 이렇게 말하고 그를 향해 걸어갔다.

"저 사람은 칼에 베어서 과다 출혈로 죽은 것 같아. 다른 사람들은 모르겠지만 이 시체는 마이클의 특징을 다 가지고 있어. 이 사람이 누군지 모르겠지만 마이클을 정말 화나게 한 거야. 이 사람 때문이겠군."

로건은 벽에 난 총알 흔적을 가리켰다. "이 사람들은 누군가, 혹은 무언가를 향해 총을 쐈어. 이 남자는 아니야." 그는 손등으로 벽을 쓰다듬고 손가락 끝을 확인했다. "피가 튄 흔적은 없어." 그는 굳어진 피 웅덩이 너머에 피가 튄 자국이 없는지 바닥을 살폈다. "뭘 쐈는지 모르겠지만 맞추지는 못했어. 호스텔 직원을 데리고 와서 이 남자들 신원을 확인해야겠어."

"마이클은 어쩌고?" 기디언이 물었다.

"마이클은 여기 없어. 여기 7명이 전부 저 차 한 대에 타고 오지는 않았을 거 아냐. 다른 차가 있었을 거야. 그게 사라졌잖아. 그러니까 마이클은 다른 데서 죽었든지, 아니면 사람들이 더 있었는데 그들이 마이클을 다른 데로 데려갔겠지. 하지만 저기 저 남자가 대장이라면 내 생각에 마이클은 풀려나서 어딘가로 가고 있을 거야. 아마 마일스가 있는 곳으로 최대한 빨리 가고 있겠지. 우리도 그래야 할 거야."

로건이 잠깐 멈추고 이 광경을 물끄러미 바라본 다음 일어섰다. 이 지역 범죄단 집안의 우두머리가 안 보이면 곧 누군가가 살펴보러 올 것이다. "마이클이 확실히 여기 없는지 건물 뒤를 살펴보고 올게." 로건이 말했다. "가서 호스텔 직원 데려와. 이 사람들 신원 확인한 다음에 경찰들이 나타나서 우리가 다 뒤집어쓰기 전에 얼른 빠져나가자."

아직 이른 아침이라 차들이 적었으므로 먼로는 주의를 끌지 않으려고 애쓰며 최대한 천천히 차를 몰았다. 그녀가 탄 차는 창고 벽을 치는 바람에 움푹 팬 데다가 라디에이터 그릴에 피가 튀고, 뒷좌석의 방탄유리는 총을 여러 번 맞아 거미줄처럼 깨졌기 때문에 도시에서 이런 자동차를 타고 눈에 띄지 않게 움직이는 것은 쉽지 않았다. 몇 킬로미터만 더 가서 버릴 것이다.

그녀는 도로로 들어선 다음에야 창고 옆에 세워진 SUV를 보았다. 지금 생각하니 그때 돌아가서 그걸 가져오는 게 더 나았겠다 싶지만 아까는 돌아갈 생각도 못 했다.

차선을 바꿔가며 달리고 멈추기를 반복하는 동안 먼로의 마음은 뱅글뱅글 돌면서 이제부터 그녀가 해야 할 일을 차례로 정리하려 했다. 아직 결정하지 않은 부분도 있었고 순서를 정해야 하는 부분도 있었는데, 카드로 만든 집처럼 각 단계는 바로 전 단계와 균형을 맞추어야 했다. 그녀는 상황을 분명히 정리해야 했지만 아드레날린이 떨어져 행동이 느려졌기 때문에 A 지점에서 B 지점까지 안전하게 차를 몰고 가는 것 외에 다른 일에 집중하기가 어려웠다.

먼로는 음식을 좀 섭취해서 혈당치를 높여야 했다. 또 잠도 간절히 자고 싶었다. 하지만 음식을 먹는 것이 더 빠르고 쉬운 선택일 것이다. 그러려면 조금 더 기다려야 했다. 우선 호텔 방으로 돌아가서 브래드퍼드가 안전한지, 계획대로 했는지 확인해야 한다. 그녀는 단순히 직접 확인하기 위해서만이 아니라 어느 방향으로 갈지 결정할 때 도움을 받기 위해서라도 직접 가서 보고 확인해야 했다. 지금 상황에서 그녀는 최대한 빨리 브래드퍼드와 연락하거나 그에게 문제가 생겼다면 위치를 확인하고 구출해야 했다. 둘 중 하나다.

브래드퍼드가 살아 있다면, 그리고 해나를 안전하게 이 나라 밖으로 데리고 나갔다면, 로건은 딸을 만나고 싶어 할 테지만 브래드퍼드는 거절할 것이다. 그렇게 해야만 했다. 브래드퍼드는 해나의 후견인도 아니고 그녀를 집으로 데려다 주도록 법적으로 지정된 사람도 아니었다. 그는 해나를 그녀의 어머니에게 데려다 주는 것 외에는 아무 권리도 없었고, 얼른 해나에게서 손을 떼고 싶을 것이다.

일단 해나를 넘겨주고 나면 브래드퍼드는 부에노스아이레스로 돌아와서 아무리 오래 걸리더라도 먼로를 찾을 것이다. 하지만 먼로는 이 혼돈에서 빨리 벗어나고 싶었다. 그러므로 그녀는 브래드퍼드에게, 채리티보다 빨리 연락해야 했고 그녀 나름의 이유 때문에 채리티보다 먼저 해나를 만나야 했다. 어느 쪽이든 시간이 점점 부족해지고 있었다. 채리티가 몬테비데오에 도착하려면 아마도 하루 정도 시간이 걸릴 것이다. 벌써 출발하지만 않았다면 말이다.

먼로는 고개를 푹 숙인 다음 한 손으로 조각난 셔츠를 감추고 호텔로 들어갔다. 그녀는 1층의 작은 화장실로 바로 들어갔다. 자동차 룸미러로 얼굴을 봤는데 전혀 괜찮지 않았다. 입술은 부어올랐고, 양쪽 눈 모두 멍들었으며, 뺨과 이마는 멍과 얼룩이 섞여 있었다. 이걸 다 합쳐도 죽어서 백지장처럼 새하얘지는 것보다야 나았지만 이래서는 사람들 틈에 섞이기가 불가능했다.

먼로는 남녀 공용 화장실로 들어가서 문을 잠갔다. 그녀는 거울 앞에서 수돗물을 틀고 얼굴, 손, 팔에서 피를 씻어낸 다음 물속에 머리를 담가 머리카락에 남아 있는 것도 전부 씻어냈다.

찢어진 셔츠는 벗어버리고 속셔츠를 잘린 부분이 뒤쪽으로 가게 뒤집어 입은 다음 겉옷을 그 위에 입는 것이 최선이었다. 겉옷에 튄 피는 말라붙었고 대장의 목을 졸랐던 팔은 피에 흠뻑 젖었기 때문에 어떻게 할 수가 없었다. 하지만 옷이 까만색이라서 피라고 알아보기 힘들었고 무슨 얼룩으로 생각할 수 있었다. 먼로는 핏자국을 씻어내는 쪽이, 혹은 적어도 개수대에서 일부라도 닦어내는 것이 더 좋았겠지만 그러면 시간이 많이 걸릴 것이다. 게다가 그녀는 이미 사람들의 주의를 끌 만큼 화장실에 오래 있었다.

먼로는 차가운 물로 얼굴을 한 번 더 씻고 톡톡 두드려 말렸다. 부어오른 데 물은 도움이 되지 않았지만 기분은 나아졌다.

먼로는 화장실에서 나와 프런트로 가서 두들겨 맞은 얼굴에 호기심 어린 시선을 받으며 방 열쇠를 달라고 했다. 표준 절차대로 그녀는 아이를 빼내러 갈 때 아무것도 가지고 가지 않았다. 여권, 돈, 모든 개인 소지품을 다 놓고 갔다. 그녀는 이미 방이 비워졌을 거라고 생각했지만—브래드퍼드의 안전을 위해 그랬기를 바랐다—확인하고 싶었다.

프런트 직원은 그녀의 엉망진창인 얼굴을 보면서 혐오감을 감추지 못했고 도와주려는 척도 하지 않았다. 그렇다. 방값은 앞으로 일주일 후의 것까지 선불로 냈지만 먼로는 자기가 그 방을 쓰던 두 사람 중 하나임을 증명할 수 없었고, 직원도 먼로를 못 알아봤기 때문에 그가 할 수 있는 것은 아무것도 없었다.

아침에 일어난 일 때문에 먼로의 몸속에는 아직도 위험한 화학적 혼합물들이 걸러지지 않았고, 건방지고 버릇없는 사람과 우호 관계를 맺는 능력은 벌써 몇 시간 전에 사라지고 없었다.

먼로는 컨디션이 좋을 때에도 무지하고 오만한 사람과 줄다리기를 하며 힘 싸움을 하는 것을 잘 못 참았는데, 오늘은 컨디션이 좋은 날도 아니었다. 그녀는 대장의 칼을 꺼내서 편 다음 프런트에 기대서서 직원에게 일 끝나고 혼자 있는 그를 만나면 어떻게 해줄 건지 씩씩거리며 생생하게 이야기하자 그는 금세 타협했다.

먼로는 열쇠를 들고 한 번에 두 단씩 계단을 올라갔다. 그녀는 곧 이곳으로 올 사설 경호원을 피하고 결국에 나타날 경찰을 피하려면 시간을 아끼며 움직여야 했다.

먼로가 문을 열자 텅 빈 방이 나타났다. 깨끗이 비워져 있었다. 호텔 청소부가 청소하는 식으로가 아니라 특수부대원 스타일로 치워져 있었다. 그녀나 브래드퍼드가 여기에 있었다는 흔적은 전혀 없었다. 먼로는 곧장 욕실로 가서 자기 모습은 보지도 않고 변기 물탱크 뚜껑을 열었다. 그녀의 돈과 신분증도 다른 모든 것들과 함께 사라졌다.

그녀는 안심하며 뚜껑을 닫았다. 브래드퍼드는 사라졌다. 그는 프로토콜을 따랐다. 돈이나 서류가 없으면 이 나라를 빠져나가 그를 찾는 것이 약간 귀찮아지겠지만 어쨌든 다른 방법은 없었다.

먼로는 침대에 열쇠를 던지고 문을 살짝 열어본 다음 계단참 앞 반침에 숨었다. 그녀가 방에 들어온 지 1분 30초가 지났다. 계획보다 1분이나 지난 것이다. 승강기가 열리고 제복을 입은 두 사람이 급히 달려와 문 앞에 서더니 방문을 안으로 찼고, 먼로는 계단으로 빠져나갔다.

그녀는 계단을 뛰어 내려가서 로비를 급히 가로질러 인도로 나간 다음 왼쪽으로 꺾었다. 먼로는 고개를 숙이고 빠른 걸음으로 걸었다. 훔친 자동차 앞에 도착했을 때도 멈추지는 않았지만 걸음을 조금 늦추고 지나친 다음 조금 떨어진 곳에서 차에 타려는 남자에게 다가갔다.

먼로는 그의 옆구리에 칼을 대고 조수석에 타라고 명령한 다음 그의 옆자리에 탔다.

순식간에 내린 결정이었고 먼로가 정말 싫어하는 일이었다. 지금 도시를 가로지르기 위해 꼭 남의 차를 강탈할 필요는 없었다. 그녀는 다른 건 몰라도 흉악한 악당은 아니었고 자신의 곤경과 상관없는 낯선 사람을 이용하는 것은 그녀의 방식이 아니었다.

몸짓을 주의 깊게 읽고 미소를 몇 번 보내고 눈물 나는 이야기를 늘어놓으면 차를 얻어 탈 수 있었다. 하지만 누구도 프랑켄슈타인에게 친절을 베풀고 싶어 하지는 않았고, 먼로는 얼굴이 이 모양이니 강제로 차를 얻어 타거나 움직이는 표적이 되어 훔친 차를 몰고 도로를 누비는 수밖에 없었다.

먼로는 차를 급히 출발시켜 사설 경호원과 충분한 거리를 둘 만큼 미친 듯이 속력을 낸 다음, 안전할 정도로 멀어지자 여전히 빠르긴 하지만 참아줄 만한 속력으로 낮췄다.

옆자리에 앉은 남자가 눈을 휘둥그렇게 떴다. 그는 문의 일부가 되려는 듯이 최대한 멀리 떨어져서 공포 어린 얼굴로 그녀를 멍하니 보았다. 그는 상상 속의 친구에게 이야기하는 것처럼 말을 더듬으며 말도 안 되는 이야기를 늘어놓았다.

먼로가 "해치지 않아요"라고 말했지만 남자는 그녀의 말이 아무 의미가 없다는 듯이 중얼거렸다.

50대 중반 정도에 마르고 머리가 희끗희끗한 남자였는데 사업가라기보다는 공무원으로 보이는 갈색 양복을 입고 있었다. 스페인어를 잘못하는 것으로 보아 아르헨티나인은 확실히 아니었다. 먼로는 자동차들 사이를 누비면서 울음 섞인 그의 말에 집중했다. 조각조각 모아보다가 마침내 알아냈다. 남자는 주문을 외우고 있었다. 같은 문장을 계속 반복해서 속삭이고 있었다. 러시아어였다. 먼로는 이 괴상한 남자 때문에 어쩔 줄 몰라 하다가 가까스로 충돌을 피한 다음 다시 도로에 집중했다.

"야 네 스델라유 밤 니케고 플로코고." 그녀가 말했다. 극도로 긴장된 상황에서 한 언어를 쓰다가 다른 언어로 바꾸는 것은 아무 생각 없이도 할 수 있었다. 리모컨으로 라디오 채널을 바꾸거나 집에 와서 재킷을 벗는 것과 마찬가지였다.

"전 한 장소에서 다른 장소로 가야 하는 것뿐이에요." 먼로가 그에게 말했다. "도착하면 차를 돌려드릴 거예요. 약속해요."

그게 가능한지 모르겠지만 남자의 눈은 더욱 휘둥그레지고 입이 3센티미터는 벌어졌다.

적어도 이건 예상할 수 있는 반응이었다. 사람들이 외국에서 모국어를 듣고 동포를 만났다고 생각할 때 종종 있는 일이었다. 이런 상황에서는 보통 일어나지 않는 일이었지만, 그래도 이것은 익숙한 영역이었다. 그가 질문을 했다면 먼로는 판에 박힌 대답을 했을 것이다. 하지만 그는 묻지 않았다.

주문이 멈추고 남자의 손에서 힘이 빠지더니 그는 그녀와 싸우려 하지 않았고 덕분에 먼로는 침묵 속에서 운전할 수 있었다. 정말 다행이었다.

먼로는 로건의 숙소인 호스텔 앞에 조금 못 미쳐서 차를 세우고 뛰어내렸다. 문을 쾅 닫았다가 다시 문을 연 다음 머리를 집어넣고 사과했다. 그런 다음 차 문을 다시 닫고 거의 달리다시피 호스텔 뒤뜰로 갔다.

먼로는 건물 안으로 들어갔지만 굳이 주인을 찾지도, 열쇠를 달라고 하지도 않았다. 이 호스텔 방은 문틀이 얇고 잠금장치도 작아서 손잡이 왼쪽을 세게 치기만 해도 들어갈 수 있다. 먼로는 먼저 하이디의 방으로 갔다. 노크를 했다. 기다렸다. 쾅쾅 두드렸다. 기다렸다. 그런 다음 발로 찼다.

문틀이 조금 깨지면서 문이 안쪽으로 열렸고, 어느 정도는 예상한 대로 방은 비어 있었다. 먼로의 호텔방의 경우처럼 특수부대원식이 아니었다. 급히 서둘러 떠난 것처럼 비어 있었다.

먼로는 복도를 지나 로건의 방문으로 갔다. 이 방도 마찬가지일 것이라고 생각했지만 확실히 해두어야 했다. 문은 안쪽으로 열렸고 그녀는 방을 살피다가 우뚝 멈췄다. 브래드퍼드는 방을 비웠고 하이디도 가고 없었지만 로건과 기디언의 방은 아직 사람의 흔적이 있었다.

먼로는 방으로 들어가서 문을 닫고 걸쇠를 잠근 다음 침대를 만져보고 이미 차갑게 식은 것을 확인했다. 컴퓨터와 휴대용 전자 기기가 남아 있었고, 기디언의 침대 맡 탁자에는 그가 읽던 책이 있었다.

'로건과 기디언은 아직 부에노스아이레스에 있다.'

먼로는 매트리스 아래에서 돈주머니가 있는 허리띠를 찾아서 꺼냈다. 로건은 여권과 몇 100달러를 넣어놓았는데 반은 아르헨티나 페소화였다.

다른 증거들과 합쳐서 생각했을 때 두 사람이 아직 떠나지 않은 이유는 하나밖에 없었다. 먼로는 이렇게 화가 나지 않았다면 웃음을 터뜨렸을 것이다.

브래드퍼드는 계획대로 했다. 어느 정도까지는 말이다. 그런 다음 그는 로건과 기디언을 보내 먼로를 쫓게 한 것이다. 이 상황은 불만스러운 것 이상이었다. 그녀가 사랑하고 걱정하는 사람들이 이 도시에 퍼져 있었다. 먼로는 그들이 어디 있는지 전혀 몰랐고, 그들이 안전한지도 몰랐다. 그녀는 무엇보다도 그들을 쫓아가서 보호하고 싶었다. 하지만 놀이동산에서 길을 잃은 아이와 마찬가지로 그녀가 이 상황을 악화시키지 않는 유일한 방법은 계획을 따르는 것밖에 없었다. 만나기로 한 곳으로 가서 그들도 거기로 오기를 바라는 수밖에 없었다.

먼로는 페소화를 좀 빼서 주머니에 넣은 다음 펜을 찾아서 로건에게 쪽지를 써 여권에 끼웠다. 그녀는 여권과 돈을 원래 있던 곳에 다시 넣어놓은 다음 옷을 벗고 로건의 수트 케이스에서 옷을 꺼내서 갈아입었다. 그런 다음 피 묻은 옷을 배낭에 넣고 어깨에 둘러멨다. 그녀가 로건의 방에 머문 시간은 총 4분이었다.

먼로는 주 건물로 가서 여주인을 찾은 다음 그녀와 손님들의 반응을 무시하고 로건과 기디언에게 메시지를 남겼다. 두 사람이 아직 여기 있는 것으로 보아 곧 체크아웃을 할 텐데, 로건이 휴대전화를 아직 가지고서 브래드퍼드와 연락하고 있다면 그것이 브래드퍼드에게 그녀가 살아 있음을 알려줄 가장 빠른 방법일 것이다.

먼로가 로건의 방에서 가져온 돈은 항구까지 택시를 타고 가서 몬테비데오행 편도 배표를 사기에 충분했다. 몬테비데오까지는 배를 3시간만 타면 되지만 여행에 필요한 서류가 없으면 사실 배표를 살 돈은 소용없었다. 그러므로 몬테비데오까지 가려면 시간이 훨씬 많이 걸릴 것이다.

먼로가 밖으로 나오자 아까 그 러시아인이 그녀가 차를 세운 곳에 그대로 있었다. 그는 운전석으로 옮겨가서 앉긴 했지만 시동을 끈 채로 창밖을 내다보고 있었다. 먼로가 서둘러 안으로 들어간 지 10분도 안 됐지만, 폭력 범죄를 가까스로 피했다고 생각할 남자에게 10분은 열 번의 생애나 마찬가지일 테니 그녀는 이 남자가 최대한 멀리멀리 사라졌을 것이라고 생각했다. 그런 다음 아마 진한 술을 한잔 걸칠 거라고 말이다.

하지만 남자는 트라우마를 겪은 희생자 같아 보이지 않았고, 그녀가 차를 세운 곳에 그대로 앉아 있었지만 충격을 받은 것 같지도 않았다. 먼로는 속으로 욕설을 내뱉은 다음 천천히 조심스럽게 자동차로 다가갔다. 낭비할 시간이 없었지만 러시아인이 아직 여기 있었고, 그 남자를 여기까지 데려온 것은 그녀의 잘못이었으므로 그냥 가버릴 수는 없었다.

먼로가 조수석 창문을 두드리자 남자는 그녀를 기다렸다는 듯이, 그녀가 돌아와서 기쁘다는 듯이 고개를 돌렸다.

"무슨 일 있었어요?" 그가 물었다. "곤란한 일이라도 당했어요?"

남자의 질문은 먼로가 예상한 것과 달랐지만 그녀는 기회를 거절하지는 않을 것이다. "태워주시면 고맙죠." 그녀가 말했다.

남자가 조수석 문을 열어주어서 먼로는 차에 올라탔다.

"우리 러시아인들은 단결해야 해요." 남자가 이렇게 말하자, 먼로는 가장 저항이 없는 방법을 선택해서 그저 싱긋 웃었다. 그녀의 반응은 러시아인이라는 인정도 아니고 아니라는 반박도 아니었으므로 남자는 그녀의 표정을 자신이 원하는 대로 읽을 것이다. 모호함은 진실보다 훨씬 쉬웠다. 먼로가 이 남자에게 자신은 러시아에 가본 적도 없고 언어에 대한 재능이 있을 뿐이며 그가 그녀를 동포로 착각한 것은 그녀가 대학 2학년 때 4개월 동안 상트페테르부르크에서 온 남자아이와 데이트를 했기 때문이라고 설명하려면 상당한 시간이 필요할 것이다. 그냥 싱긋 웃는 게 나았다.

남자가 시동을 켜자 먼로는 항구 제일 끝에 있는 상업 선적 부두 남쪽의 부크부스 터미널로 가달라고 부탁했다. 거기서 우루과이로 가는 페리를 탈 수 있었다. 러시아인은 거기가 어디고 어떻게 가야 하는지 잘 아는 것 같았다. 그는 곧장 차들 사이로 들어가더니 방향을 묻지도 않았고, 처음 몇 분간은 침묵 속에서 운전을 했다.

"곤경에 처했다면 내가 도와줄 수 있을지도 몰라요." 러시아인이 말했다. "고국에서 이렇게 멀리 떨어져 있으니 서로 뭉쳐야지요."

"그냥 운이 나쁜 아침이었을 뿐이에요." 먼로가 말했다. "친구들을 만나기로 했는데, 걔들을 찾으면 다 잘될 거예요."

"확실합니까?" 남자가 말했다. 먼로가 고개를 끄덕이자 남자는 아무 말도 하지 않았다.

항구는 넓고 분주한 푸에르토 마데로 거리와 가까웠다. 부에노스아이레스는 초콜릿색 바다로 뛰어들어 모든 것을 끝내기로 결심했다가 마지막 순간에 마음을 바꿔 땅 끝에 건물 몇 개를 세우고 발만 살짝 담그기로 한 것 같았다.

부크부스 터미널은 현대적인 유리 설계에 선착장은 제트웨이 방식으로 2층에서부터 배가 정박하는 부두까지 이어지게 되어 있었기 때문에 페리 터미널이라기보다는 공항 같았다.

먼로는 러시아인에게 경찰과 경비원들이 서 있는 주차장을 지나 조금 더 가서 샛길에 내려달라고 부탁했다. 그는 부탁받은 대로 터미널과 표 사는 곳을 지나서 부두와 도시의 도로를 나누는 녹슨 울타리에 차를 세웠다. 먼로가 차비를 내겠다고 했지만 그는 받지 않으려 했다.

남자는 아무것도 묻지 않고 작별 인사를 했고 먼로는 고마움을 담아 악수한 다음 멀어져가는 그를 바라보았다. 그녀는 뿌리박힌 것처럼 가만히 서서 자동차가 점점 작아지다가 다른 차들과 섞여서 마침내 완전히 사라질 때까지 지켜보았다.

그런 다음 먼로는 울타리를 향해 돌아서서 더 뒤쪽으로 내려가 사람이 거의 없는 부두 끝까지 갔다. 이곳은 건물들도 낡았고, 경비도 소홀했으며, 지나가는 사람도 거의 없었다. 먼로는 거기서 적당한 지점을 발견해서 철망을 뛰어넘은 다음 직원들이 모이는 장소로 접근했다. 여기 앉아 있으면 다른 사람의 눈에 띄지 않고 자동차가 줄지어 늘어서는 모습이나 짐 나르는 직원들이 작은 트랙터나 카트를 몰면서 다음 출발을 준비하는 모습을 관찰할 수 있었다.

몬테비데오행 페리는 한 시간 뒤에 떠날 예정이었다. 먼로는 어떻게 해서든 그 배에 탈 것이다. 문제는 표를 끊는 것이 아니라 표를 살 때 필요한 신분증을 구하는 것과 출입국 심사를 통과하는 것이었다. 게다가 엉망이 된 얼굴 때문에 복잡한 문제가 생길 수도 있었다.

위쪽을 보니 유리를 통해서 배에 타려고 모여서 준비하는 승객들의 그림자가 보였다. 하지만 그들은 그녀에게 아무런 관심도 없었다. 여권은 원래 주인만 쓸 수 있었고 그렇지 않으면 다른 사람의 여권을 들고 있다가 예상치 못한 문제에 휘말릴 수도 있었다. 이상적으로 생각하면 아르헨티나 신분증을 슬쩍하는 것이 제일 좋았다. 아르헨티나 사람은 신분증만 있으면 우루과이에 갈 수 있었다. 질문도 하지 않고 의심도 하지 않는다. 그냥 예의 바르게 문을 열어주며 국경을 넘게 해준다.

먼로는 냉정하게 계산을 하면서 부둣가에서 어울리는 사람들을 관찰하며 저들은 어떤 사람들일까 생각해보았다. 이곳은 약탈자가 동정을 살 수도 있고, 방금 전의 러시아 남자처럼 옳고 그름의 흐릿한 경계 사이에서 필요한 것이나 원하는 것을 해주기도 하며, 전혀 상관없는 사람이 다른 사람 때문에 괴로움을 겪을 수도 있는 위험한 곳이었다.

먼로는 자리에서 일어나 직원 구역으로 슬쩍 다가가서 지켜보고 기다리면서 출항을 준비하느라 소란스러운 가운데 기회를 노렸다. 물품 공급 업체와 부두 노동자, 직원들이 가끔 왔다가 갔고, 먼로는 냉정한 관심을 가지고 그들을 지켜보았다.

목표물을 발견하는 데 20분이 걸렸다. 그는 페리 직원 중 하나였는데 나이는 기껏해야 서른 살 정도 되어 보였고 몸짓이나 그가 하고 있는 단순노동을 보니 수직적인 직원들 계급 중에서 제일 낮은 것 같았다.

다른 직원들과 달리 그는 승선할 때 모습을 드러내지 않아도 별로 찾는 사람이 없을 것 같았다. 더욱 다행히도 부크부스 직원이므로 서류 문제만 해결되는 것이 아니라 표를 끊을 필요도 없고 여행에 수반되는 출입국 관리 절차나 국경을 넘는 절차도 거의 없을 것이다.

페리는 출발 전 마지막으로 준비하고 있었고, 지난 10분 동안 꾸준히 배에 오르는 승객들의 행렬이 조금씩 잦아들기 시작했다. 먼로의 목표 대상은 이미 배와 항구를 연결하는 다리를 여러 번 오가면서 각종 상자들을 날랐다.

먼로는 아무렇지도 않게 어슬렁거리면서 남자가 짐을 거의 다 옮길 때까지 기다리면서 왔다 갔다 할 때 시간이 얼마나 걸리는지 쟀다. 드디어 짐이 하나만 남았고 그는 배 안으로 사라졌다.

사람의 걸음걸이와 체격, 주변 환경을 보면 많은 것을 평가할 수 있지만 겉모습은 종종 사람을 속였다. 아주 친절해 보이는 할머니가 사실은 칼로 당신을 공격할 생각만 할 수도 있다. 그러므로 모르는 상대에게 덤빌 때는 아무리 온순하고 힘이 없어 보여도 항상 위험 요소가 있는 법이었다.

남자가 돌아와서 마지막 상자를 들어 올리려고 할 때 먼로는 거기가 당연히 그녀가 있어야 할 장소인 것처럼 혼잡한 틈에 섞여 들어서 부두를 가로질러 가서 아무렇지도 않은 척 뒤에서 접근했다. 사실 먼로의 의식 속에는 이처럼 흉악한 행동에 반대하는 생각이 남아 있어서 결국에는 자신이 이렇게 나쁜 짓을 흉내 낸다면 이 세상의 악을 아무리 근절한들 무슨 소용이 있겠느냐는 경고가 늘 떠올랐다.

먼로는 칼을 약간 위로 향하게 해서 남자의 아래쪽 옆구리에 그가 칼을 느낄 수 있도록 충분히 가까이 댔다. "당신을 해치고 싶지 않아요." 그녀가 말했다. "뭘 훔치려는 것도 아니에요."

남자는 팽팽하게 긴장해서 상자를 내려놓고 몸을 펴더니 공포에 질려 숨을 몰아쉬었다. 그는 예전에도 이런 일을 겪은 적이 있는 사람처럼, 이렇게 많은 사람이 종사하는 범죄 분야에서 자신이 얼마나 중요한 역할을 하는지 이해하는 사람처럼 천천히 조심스럽게 움직였다. 그녀는 아무것도 들지 않은 팔을 그의 허리에 감고 온 길로 돌아가서 표 파는 건물의 바깥쪽을 따라서 2층 밑의 직원용 출입문으로 데려갔다. 먼로는 최대한 빨리 부두에서 벗어나 이 남자와 단둘이 있고 싶었다.

"나랑 걸어가면서 내 제안을 좀 들어봐요." 그녀가 말했다.

남자는 먼로의 요청대로 그녀와 같이 걸어가면서 아무 말도 하지 않았는데, 그녀가 긴장을 풀게 하려고 그런 것 같았다. 왜냐하면 몇 걸음 걸어간 다음 남자가 먼로의 옆구리를 세게 쳐서 칼을 떨어뜨렸기 때문이다.

먼로를 살린 것은 속도였다. 항상 속도가 그녀를 살렸다. 먼로는 반사적으로 남자의 신장 쪽을 주먹으로 치고 반대편 무릎 뒤를 찼다. 그가 비틀거리자 그녀도 그를 따라 몸을 숙였다. 그런 다음 칼을 집어 들고 남자를 일으켰는데, 이 모든 일이 아주 짧은 시간 안에 일어났기 때문에 이 남자가 발이 걸려서 비틀거리다가 균형을 되찾은 것처럼 보였다. 부두로 섞여드는 사람들도 눈치채지 못했다.

그가 무슨 말을 하자 그녀가 얼른 대답했다. 사람들에게는 그녀의 말이 더 설득력 있는 것 같았다. 그녀는 분노를 억누르고 억지로 침착함을 유지했다. 그가 벗어나려 애쓴다고 해서 탓할 이유는 없었다. 그녀도 똑같이 반응했을 것이다. 그의 잘못이라면 잘못된 때에 적당한 장소에 있었던 것밖에 없었다.

"절대 해치지 않을 거라고 맹세해." 먼로가 말했다. "하지만 당신이 이렇게 나오면 나도 어떻게 할 수가 없어, 알겠어?"

남자는 고개를 끄덕였다. 그녀가 그를 밀면서 두 사람은 계속 걸어서 건물 끝까지 갔고 거기서 눈에 잘 띄지 않는 문으로 들어갔다. 직원들이 오가는 문이었지만 지난 30분 동안은 나오는 사람밖에 거의 없었다.

작은 내부에는 좁은 복도와 양쪽의 작은 방 두 개밖에 없었다. 종이가 바스락거리는 소리와 퀴퀴한 커피와 음식 냄새가 열린 문을 넘어 통로로 밀려왔다. 복도 끝에는 화장실이나 청소 도구함을 넣어두는 창고가 있었고, 거기에서 복도는 오른쪽으로 크게 꺾여 건물 안으로 이어졌다. 먼로는 남자와 함께 닫힌 문을 향해 걸어갔다.

"열어." 그녀가 말했다. 그런 다음 먼로는 그의 뒤를 바짝 따라 한 칸짜리 화장실로 들어가서 문을 잠그고 남자에게 변기 쪽으로 가라고 손짓했다. 변기에는 뚜껑도 시트도 없었기 때문에 그는 빠지지 않으려고 다리를 벌리고 걸터앉았다.

"당신 재킷과 신분증이 필요해." 먼로가 말했다. "무력으로 이용해서 뺏을 수도 있지만, 그러면 당신한테는 고통스럽고 나한테는 지저분한 일이 되겠지. 그 대신 자발적으로 나한테 필요한 걸 주고 내가 주는 돈을 받을 수도 있어. 많진 않지만 당신 신분증을 재발급하는 데 드는 비용보다는 많을 거야. 어느 쪽을 선택하든 난 당신을 여기에 묶어놓고 갈 거야. 당신이 반항하면 어쩔 도리가 없으니까 그렇게 할 거고, 순순히 줄 경우에는 그래야 당신이 발견됐을 때 사람들한테 설명하기가 쉬울 테니까 그렇게 할 거야."

남자는 그녀를 물끄러미 보면서 턱을 앞뒤로 움직였는데, 그녀가 보기에 그것은 분노 아니면 깊은 생각을, 아니 아마도 둘 다를 드러내는 것 같았다.

"얼만데?" 마침내 남자가 말했다.

먼로는 오른손에 칼을 들고 그에게서 눈을 떼지 않고 움직임을 경계하면서 왼쪽 주머니에 손을 넣어 로건의 돈 3분의 2를 꺼냈다. 남자가 손을 내밀고 그녀가 거기 돈을 떨어뜨리자 그가 뒷주머니에 손을 넣으려고 했다. 먼로가 말했다. "멈춰."

남자가 양손을 들며 말했다. "지갑이야." 그러자 그녀는 고개를 끄덕였다. 남자가 신분증을 꺼내서 먼로에게 내밀었다.

"바닥에 떨어뜨려." 그녀가 말했다. 그는 시키는 대로 한 다음 재킷을 벗어서 과장된 동작으로 신분증 위에 떨어뜨렸다. 남자는 이제 어쩔 건데? 라는 표정으로 눈썹을 찌푸렸다.

먼로는 티셔츠도 벗으라고 했다. 그가 티셔츠를 벗자 근육 좋은 상체가 드러났다. 그녀는 남자의 사타구니에 발을 올리고 위험할 정도로 꾹 누르면서 셔츠를 집으려고 손을 뻗었다.

"움직이지 마." 먼로가 경고했다.

먼로는 칼로 티셔츠를 찢어서 끈처럼 만든 다음 남자의 무릎 사이로 고개를 숙이게 했다. 그녀는 그의 목을 발로 누르고 손목을 등 뒤로 돌려서 묶고 입에는 재갈을 물렸다. 먼로는 그가 혼자서 쉽게 풀지 못하는지 확인한 다음 일어서라고 명령했다.

먼로가 남자의 바지 버클을 풀었다. 그의 얼굴에 겁에 질린 표정이 떠오르더니 슬금슬금 뒤로 물러났다. 도망칠 곳도 없는데 도망을 치려 하는 맹목적이고 정신 나간 시도였다.

먼로는 웃음을 터뜨리면서 고개를 흔들었다. "진정해." 그녀가 말했다. "확실히 못 움직이게 하려는 것뿐이야." 먼로는 자신이 여자라는 설명은 굳이 덧붙이지 않았다.

남자는 여전히 눈을 휘둥그렇게 뜨고 있었지만 몸부림은 멈추었다.

먼로는 그의 어깨에 손을 얹고 눌러서 앉힌 다음 바지를 발목까지 내려서 발을 움직이지 못하게 했다. 잘라낸 셔츠로 양발을 같이 묶으면서 즉석에서 끈을 변기 뒤로 한 바퀴 돌려서 확실히 고정되게 만들었다. 먼로가 나가면 남자는 몸부림을 칠 테지만 이 끈들은 페리가 떠난 뒤까지도 버틸 것이다. 그녀에게 필요한 것은 그뿐이었다.

먼로는 그의 작업복 재킷을 입고 신분증을 집어든 다음 화장실 밖으로 나가서 문을 닫았다.

5분밖에 걸리지 않았다. 그녀는 부두로 돌아가서 배 옆 땅바닥에 아직 놓여 있는 상자를 어깨에 짊어지고 배 안으로 들어갔다.

먼로는 배에 오른 다음 불이 꺼지고 싸움이 끝났음을 실감하고 나서야 자신이 얼마나 심하게 떨고 있는지 깨달았다. 그녀는 아드레날린이 솟구쳤다가 떨어졌다가 다시 아드레날린이 솟구쳤고, 이제는 완전히 지쳐버렸다. 먹을 것이 필요했다. 배를 타고 가는 동안 몸을 낮추고 누워 있을 곳이 필요했다.

먼로는 배 아래층으로 갔다. 항해하는 동안 차량을 실어두는 텅 빈 공간이었는데 기계와 매연 때문에 공기가 탁했다. 짐을 옮기는 카트가 마지막 하나까지 부두로 돌아갔고, 차를 가지고 탄 승객들은 위층으로 올라갔고 아래층에는 직원 몇 명만 남아 있었다.

먼로는 자동차들 사이로 미끄러져 들어갔다. 수평대 위 구명조끼 옆에 잠시 치워둔 듯한 도시락 상자 같은 작은 용기가 있었다. 먼로는 걸음을 멈추거나 들고 있던 짐을 내려놓거나 하지 않고 용기를 집어 들고 계속 걸어서 창문이 없는 문 쪽으로 갔다. 창고였지만 텅 비어 있었고 내부는 좁고 어두웠다.

먼로는 안으로 들어가서 상자를 바닥에 내려놓고 앉은 다음 도시락 상자에서 먹을 것을 꺼내어 입에 넣었다. 그녀가 씹는 속도보다 빨리 음식을 계속 넣으면서 굶어 죽어가는 사람처럼 폭식을 했다. 단백질이 간절히 필요했지만 야채와 감자밖에 없었고, 고기 냄새도 났지만 정작 고기는 없었다.

음식은 몸의 떨림을 멈추게 하기에는 충분했지만 먹을 것에 대한 갈망을 달래기에는 충분하지 않았다. 먼로가 지고 들어온 상자를 뜯어서 열어보자 갖가지 디저트가 가득했다. 먼로는 영양이 필요한 몸에 설탕을 밀어 넣었다가는 나중에 대가를 치를 것을 알았지만 포장을 뜯어서 여러 개를 먹었다.

굶주림이 가라앉자 피로가 묵직하게 내려앉았다. 먼로는 어둡고 따뜻한 고치 같은 창고 속에서 경계를 늦추지 않으려고, 잠들지 않으려고 애썼다. 지금 그녀에게 악몽은 정말 필요 없었다. 무엇보다도 지금처럼 아주 피곤한 상태에서 잠들어버리면 깊이 잠들어서 항구에 도착했음을 알리는 소리를 놓칠 수도 있었다.

배가 흔들리는 박자에 맞춰서 덜컹거리는 소리는 듣기 좋은 선율이었다. 먼로의 정신은 저항했지만 졸리고 힘없는 그녀의 육체는 잠을 자야 한다고 주장하며 자장가 같은 소리를 들으며 완전히 깊은 잠에 빠졌다.

밤은 어두웠고 하늘에는 별도 없었다. 길게 뻗은 모래밭 저편에서 해안을 씻는 규칙적인 파도 소리가 들렸다. 이곳에는 아무도 없었다. 문명의 빛은 하나도 없었고 이 조용한 곳에 침입하는 인간도 없었다. 먼로는 혼자서 생선과 소금 냄새, 재스민의 미묘한 향기를 맡고, 살갗에 따뜻한 바닷바람을 느끼며 해먹 위에서 흔들리고 있었다.

그녀는 느낄 수 있었기 때문에 볼 수 없다거나 바다의 카덴차가 다른 소리를 모두 지워버렸다는 사실은 상관없었다. 이렇게 완전한 어둠의 공간에 정적밖에 없었다. 여기가 바로 아무것도 없는 안식처였다. 아무 것도, 그 어떤 것도, 그 무엇도…….

규칙적인 소리는 낮게 웅웅거리는 소리로 바뀌었다. 먼로는 눈을 깜빡거리다가 완전히 뜨고서 오랫동안 숨을 못 쉰 사람처럼 공기를 한껏 들이마셨다. 주변은 아직 어두웠지만 조용하지는 않았다. 먼로는 어리둥절해서 이 좁은 장소가 어디이며 왜 자신이 여기 있는지 생각해내려고 애쓰다가 기억이 떠오르고 배의 엔진이 역회전하느라 소리가 바뀌었음을 깨닫고 마음을 가라앉혔다.

페리가 항구로 들어가고 있었다. 먼로는 자신이 얼마 동안 잤는지, 여기가 무슨 항구인지 몰랐다.

그녀는 어둠 속을 더듬거리다가 아무 일도 없었음을 손끝으로 느끼고 마음을 놓았다. 칼은 주머니에 그대로 들어 있었고 용기는 그녀가 놔둔 대로 상자 위에 놓여 있었다. 찢어진 옷자락도 물건을 부순 파편도 없었다. 먼로는 어깨를 벽에 기대고 벽을 베개 삼아서 불편한 자세였지만 아주 푹 잤다. 3개월 만에 처음으로 폭력적인 꿈을 꾸지 않았다.

문 너머에서 발소리와 목소리가 새어 들어오고 자동차 엔진 소리가 다시 들리는 것으로 보아 승객들이 배에서 내리고 있었다. 먼로는 자리에서 일어나 옷에 진 주름을 펴고 머리를 손가락으로 쓸어 넘긴 다음 문을 살짝 열었다.

먼로는 기회를 기다리다가 얼른 문을 열고, 자신이 여기 있는 것이 아주 당연하다는 듯이 사람들 틈에 섞여서 걸어갔다. 그녀는 절대 뒤를 돌아보지도 않고 가끔 자신을 바라보는 시선을 무시하면서 부두로 가서 이동식 다리를 성큼성큼 걸어 내려갔다.

몬테비데오.

부두에서 보니 3~4개씩 쌓아둔 상업용 컨테이너 위로 도시의 광경이 솟아 있었다. 길어지는 오후의 시원한 공기 속에서 먼로는 발을 멈추고 공기를 들이마셨다. 도시는 서쪽으로 세 시간 거리에 있는 부에노스아이레스보다 훨씬 작았지만 그래도 인구가 200만 명이나 되었다. 브래드 퍼드를 어떻게 찾아야 할지 최소한의 단서라도 없었다면 먼로의 여정은 아주 길고 시간이 많이 드는, 건초 안에서 바늘을 찾는 일이 되었을 것이다.

몬테비데오의 부크부스 터미널은 상업용 선적과 공간을 같이 썼지만, 승객들은 부에노스아이레스에서처럼 2층에서 하선했다. 먼로는 부두에서 바로 내려 컨테이너들 사이로 더욱 깊숙이 들어감으로써 세관과 출입국 관리 사무소를 지나쳤다. 계속 걸어서 겉핥기식으로 만들어둔 보안 검문소를 지나 몇 세기나 된 건물들이 보잘것없는 반도에 늘어선 이 도시에서 가장 오래된 지역의 거리로 들어갔다.

먼로는 손을 들어 택시를 잡았다. 부에노스아이레스에서처럼 호박벌처럼 검정색과 노란색이 섞여 있었다. 그녀는 남은 돈을 거의 탈탈 털어서 중앙 우체국으로 갔다. 거리는 1.6킬로미터 정도밖에 안 됐다. 페리에서 내려서 구시가지 중심지까지는 아주 짧은 여행이었지만 먼로는 시간도 에너지도 부족했다. 그녀는 이제 여행이 얼른 끝나기를 바랐다. 택시를 탔는데도 먼로는 문 닫는 시간 직전에 아슬아슬하게 도착했다.

이곳은 몬테비데오 최대의 우체국이었지만 그것이 세든 장엄한 건물에 비하면 작았다. 우체국은 커다란 방으로 이쪽 구석에서 저쪽 구석까지 오래된 우편함이 줄지어 늘어서 있었고 중앙에는 작은 사각형 카운터가 하나 있었다. 카운터 뒤에서 우체국 직원 세 명이 일을 하고 있었다.

먼로가 제일 가까이 있는 여자에게 유치 우편물을 찾고 싶다고 하자 그녀는 옆쪽을 가리키며 기다리라고 말했다.

유치우편은 주소가 없는 사람에게 편지를 쓰면 한 달 혹은 그 이상 보관해주는 서비스였는데, 먼로가 찾으려는 우편물은 빨라야 오늘 아침에 도착했을 것이고 인편으로 전달되었을 것이다. 그녀는 카운터에 손바닥을 올리고 기다렸다. 신경이 아직 곤두서 있었지만 배에서 먹은 음식과 세 시간의 잠이 마법 같은 힘을 발휘했고, 이제는 인내심만 있으면 원하는 것을 얻을 수 있었다.

먼로는 움직이고 싶었지만 꾹 참고 꼼짝도 하지 않고 차분하고 무관심한 표정을 지었다. 40대 중반의 통통한 여직원이 전혀 서두르는 기색 없이 돌아왔다. 먼로가 자기 이름을 대면서 우편물을 요청하자 그녀는 알파벳 순서대로 정리된 여러 개의 박스를 뒤지더니 마침내 봉투 하나를 꺼냈다.

흰색 직사각형 봉투를 보자 지난 24시간의 무게와 알려지지 않은 모든 것이 먼로의 어깨에서 떨어졌다.

여직원이 신분증을 요구했지만 먼로는 신분증이 없었다. 브래드퍼드는 바보가 아니었다. 그도 먼로가 메시지를 받으려면 신분증이 필요한 것을 알았는데, 자신이 먼로의 신분증을 가져갔으니 뭔가 수를 냈을 것이다. 먼로는 겨우 남아 있는 매력을 그러모아 직원에게 아첨하면서 우선 봉투만 좀 보자고 했다. 여자는 짐짓 나무라듯이 눈썹을 찌푸리더니 계속 지켜보면서 주소가 앞으로 보이게 내밀었다.

먼로는 봉투를 잠깐 보더니 풀죽은 한숨을 내쉬었다. "제 앞으로 온 게 아니네요." 그녀는 이렇게 말한 다음 혼란스러워하는 여직원을 내버려둔 채 뒤로 돌아서 걸어 나왔다.

그녀는 우체국에서 나와 다시 택시를 잡고 기사에게 봉투에 쓰여 있던 회신 주소를 댔다. 팰러디움 호텔. 11층 프레지덴셜 스위트에 가면 브래드퍼드와 해나가 있다.

몬테비데오 역시 나무가 늘어선 대로와 유럽식 건물이 가득한 도시였지만 서쪽의 비슷한 도시 부에노스아이레스보다 작고 차분하고 깨끗했다. 몬테비데오는 크기도 작고 연기를 내뿜는 버스들 때문에 시끄러웠지만 아직도 구세계의 나른한 매력을 가지고 있었다.

먼로는 계속 동쪽으로 가서 구시가지를 벗어난 다음 신시가지로 접어들었다. 해안에서 몇 블록 떨어진 팰러디움은 곡선과 상감 세공한 유리로 만들어진 현대적이고 말끔한 호텔이었고 몬테비데오에서 비교적 고급 호텔에 속했다. 먼로는 승강기를 타고 올라가서 브래드퍼드가 있는 방향을 밝혀주는 벽 램프와 카펫을 따라 걸어갔다.

브래드퍼드는 두 사람이 함께 지낼 때 늘 그랬던 것처럼 그녀가 올 것을 미리 알고 먼로가 문 앞에 도착하기도 전에 문을 열었다. 그의 얼굴에 안도와 행복이 떠올랐고 그 외에, 맨 처음 떠오른 자연스러운 경계의 빛 아래에 뭔가 미묘한 것이 더 있었다.

먼로가 문간에 멈춰 서자 브래드퍼드가 그녀에게 손을 뻗어 끌어당기더니 양팔로 그녀를 꽉 안았다. 그녀는 브래드퍼드의 간절한 마음을 이해했다. 먼로는 브래드퍼드를 아주 겁먹게 만들었다. 하지만 이 순간 그는 비난의 말은 한마디도 하지 않았다. 브래드퍼드는 모험을 겪으며 상처를 입고 돌아온 먼로를 전부 받아들이며 안심하고 있었다.

그녀는 브래드퍼드에게 기대어 그의 어깨에 머리를 올렸다. 브래드 퍼드에게서는 기쁨과 즐거움, 친밀감은 물론이고 긴장, 화, 지난 며칠간 발산한 모든 분노의 냄새가 났다.

그는 먼로를 놓아주고 한 걸음 물러선 다음 그녀의 얼굴에 손을 올리고 말했다. "도대체 그 자식들이 당신한테 무슨 짓을 한 거야?"

"그놈들이 어떻게 됐는지 당신이 봤어야 해." 그녀가 말했다.

브래드퍼드가 먼로를 다시 끌어당겨 이마에 입맞춤을 했다. "다른 놈들이 어떻게 됐는지는 로건이 얘기해줬어."

먼로는 여전히 그의 어깨에 머리를 기대고 여전히 문간에 선 채로 말했다. "로건이 창고에 갔대? 괜찮아?"

브래드퍼드가 고개를 끄덕였다. 그가 먼로의 살갗에 대고 안심시키는 말을 속삭였다. "로건이랑 기디언은 몇 시간 전에 몬테비데오에 도착했어."

그녀는 브래드퍼드가 그녀를 찾으라고 두 사람을 보냈다는 사실을 알고 있었지만 아직 말하지 않았다.

"두 사람은 호스텔에서 창고까지 당신을 찾으러 갔다가 그곳 상황으로 보아 당신이 살아서 이쪽으로 오고 있다고 파악했어." 그는 한 손으로 먼로의 뒷목을 감싸 쥐고 한 손은 그녀의 몸에 올려둔 채 그녀의 옆얼굴에 자기 뺨을 누르더니 자세를 바꾸었다.

그는 한 팔을 그녀의 무릎 뒤로 가져가서 먼로를 들어 올리더니 현관 홀로 들어온 다음 발로 문을 밀어서 닫았다.

먼로는 웃으면서 몸을 지탱하려고 그의 목에 팔을 감고 말했다. "뭐 하는 거야?"

"당신을 욕조에 갖다 넣으려고." 브래드퍼드가 말했다. "당신한텐 그게 필요해." 그런 다음 그녀를 안고 방으로 들어갔다.

스위트에는 단단한 벽으로 나누어진 방이 두 개 있었고 공간을 나누고 사생활을 보장해주는 여러 개의 문이 있었다. 브래드퍼드는 자신을 위해서도, 해나를 위해서도 이런 방을 원했을 것이다. 해나는 침실에서 안정제를 맞고 잠들어 있었다. 두 사람이 호스텔 3층에서 빼낼 때 입고 있던 잠옷 차림이었다. 엄밀히 말해서 브래드퍼드는 열세 살짜리 소녀에게 약을 먹이고 납치해서 데리고 있는 성인이었으며 그녀를 데리고 있을 공식적인 권리도 없었다. 편한 상황은 아니었을 것이다.

먼로는 여전히 브래드퍼드의 품에 안겨서 주변을 둘러보려고 애쓰며 말했다. "한 번도 안 깼어?"

"응." 브래드퍼드가 말했다. "물 틀어. 깨끗한 옷 갖다 줄게." 그가 잠시 후에 덧붙였다 "그리고 당신만 괜찮다면 목욕하는 동안 지금까지 무슨 일이 있었는지 말해줄게."

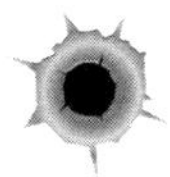

먼로는 다시 미소를 짓고 있었다. 양쪽 귀에 걸리는 비열한 웃음이었고, 브래드퍼드 역시 똑같은 미소로 답할 수밖에 없었다. 먼로의 얼굴은 엉망이었지만 브래드퍼드는 그 미소를 보면서 환희를 느꼈다. 그렇게 오랜 시간 동안 알 수 없는 고문을 겪었을 먼로가 지금 여기 안전하게 있었기 때문에 브래드퍼드는 그녀가 무사히 살아 있음을 확인하자마자 분노에 휩싸였지만 곧 아찔한 안도감으로 모든 것을 잊었다.

그는 먼로를 안고 입맞춤하고 싶은 동시에 그녀를 흔들면서 도대체 무슨 생각을 한 거냐고 묻고 싶었다. 소리를 지르며 절망감을 토해내며 지금까지 자신을 계속 괴롭힌 속이 뒤집어질 듯한 아픔을 알려주고 싶었다. 하지만 브래드퍼드는 그렇게 하지 않았다. 그러지 않을 것이다.

먼로가 말한 것처럼 때로 사랑은 그 자체로 보상이며, 그것을 더 큰 것으로 만들려는 노력은 사랑을 천천히 죽이는 것이었다. 브래드퍼드는 먼로가 위험을 장난처럼 그렇게 쉽게 여기고 아슬아슬한 위험 속에 사는 것을 전혀 개의치 않는 것이 싫었지만 이 방법밖에 없다고 받아들였다. 그는 먼로를 보호할 수 없었고, 그녀를 바꾸려고 하지도 않을 것이며, 그녀의 곁에 머물기 위해서 치러야 할 대가가 그녀를 있는 그대로 받아들이는 것밖에 없다면, 브래드퍼드는 그 대가를 기꺼이 치를 것이다.

그는 먼로를 욕실 바닥에 내려놓고 그녀를 일으켜준 다음 비켰다. 브래드퍼드는 욕조에 물이 차고 먼로가 욕조 안에 들어갈 때까지 바로 문 앞에서 기다리다가 가볍게 노크를 하고 들어가서 마지막 남은 깨끗한 옷을 개수대 가장자리에 놓았다. 자동차 트렁크에 들어 있던 이 옷 외에는 전부 부에노스아이레스에 있었다.

원래 계획은 브래드퍼드와 먼로가 전세 비행기를 타고 같이 몬테비데오로 와서 먼로와 해나가 안전하게 숨고 나면 그가 호텔로 돌아가 방을 비우는 것이었다. 계획은 그랬다.

하지만 브래드퍼드는 즉흥적으로 계획을 수정해야 했다. 그는 로건을 재촉하고 하이디를 침대에서 끌어내 돌려보낸 다음 한밤중에 부에노스아이레스의 지인에게 마지막 부탁을 했다. 아마도 그가 우루과이로 가는 비행기의 좌석에 해나를 묶고 있을 때 호텔방은 이미 깨끗하게 처리되었을 것이다.

호텔방에 있던 짐은 아직 부에노스아이레스에 있었다. 옷, 장비, 데이터, 돈, 신분증 모두 안전하게 치워져서 그가 가지러 갈 때까지 기다리고 있다. 브래드퍼드와 먼로는 돌아가야 한다. 무엇보다도 두 사람의 여권을 가지러, 또 먼로가 기디언과 거래할 때 내걸었던 데이터를 찾으러 조만간 가야 할 것이다.

해나를 빼내기 전에 전부 준비해두었기 때문에 먼로가 붙잡혔다는 공포가 가라앉자 해나를 부에노스아이레스 밖으로 안전하게 데리고 나오는 것은 쉬운 일이었고 매끄럽게 진행되었다. 치밀하게 준비해 두었기 때문이다. 연료를 가득 채운 전세기가 기다리고 있었고, 브래드퍼드는 해나의 여권을 가지고 있었지만—채리티가 우루과이에 와서 해나를 데려갈 때 필요한 것이었다—그들은 여권이 필요한 여행을 할 생각이 아니었으므로 공식적인 출입국 절차를 거칠 필요가 없도록 다 준비되어 있었다.

해나는 공항으로 가는 길에 깼다. 다시 재우는 데는 1분도 걸리지 않았지만, 고통스러운 1분이었다. 아이는 겁에 질렸다. 분명히 익숙한 곳에서 침대에 누워 잠들었는데 깨어보니 낯선 남자와 차 안에 있었던 것이다. 해나에게 안정제를 놓은 것은 아이를 옮기기 위해 필요한 일이기도 했지만 아이를 위한 것이기도 했다. 몬테비데오에 도착하자 브래드퍼드는 해나에게 수분을 공급하고 아주 느린 속도로 약을 놓아 계속 재웠다. 하지만 두 사람은 곧 아이를 깨워야 할 것이다. 그다음에는 어떻게 될까?

샤워 커튼 너머에서 목욕물이 출렁거렸다. 이 단순한 소리만 들어도 기뻤다. 먼로에게 상황을 알려주려고 기다리는 동안 이어진 침묵 속에는 더욱 큰 기쁨이 있었다. 그녀는 브래드퍼드를 무시하는 것이 아니었다. 먼로는 그가 거기 있음을 알았다. 어쩌면 브래드퍼드가 말없이 기다리는 것은 사실 그가 절대 입 밖에 내지 않은 진실을 감추기 위한 것임을 그녀도 알았을지 모른다. 그는 먼로의 곁을 떠나고 싶지 않았고 아주 오랫동안 그녀를 자기 시야에서 놓치고 싶지 않았다. 그것은 절대 이루어지지 않을 희망이었지만 지금은 먼로를 꼼짝 못하게 해놓았다. 당장은 그것으로 충분했다.

브래드퍼드는 팔짱을 끼고 욕조 맞은편 벽에 기대어 있었고, 몇 분이 더 지난 다음 이 자리에 있는 것만으로도 만족하며 마침내 입을 열었다. "해나를 '선택받은 자녀들'에서 빼내온 것이 잘한 일이라는 건 알아." 그가 말했다. "하지만 그동안 빼낼 전략만 논의했지 애를 데려오고 나서 어떻게 할 건지는 한 번도 얘기한 적 없어. 해나는 트라우마를 갖게 될 거야. 아는 사람과 같은 방에서 자고 있었는데 깨어나 보니 평생 악마라고 생각했던 사람들에게 둘러싸이게 된 거잖아. 최대한 기다리다가 깨우자마자 엄마한테 바로 데려다 줘도 별로 나아질 건 없을 거야."

"중간에 깨서 얼마나 있었어?" 먼로가 말했다.

"길진 않아, 한 1분 정도? 하지만 당신도 해나의 표정을 봤으면 정말 가슴 아팠을 거야."

"그렇게 될 거라고 짐작했어." 먼로가 말했다. "채리티는 벌써 왔어?"

"내일 오후에 올 거야." 브래드퍼드가 말했다. "하지만 로건이 계속 해나를 넘겨달라고 조르고 있어. 그래서 어쩔 수 없이 휴대전화를 꺼놨지."

"난 상상으로밖에 알 수 없지만, 로건은 정말 힘들 거야." 먼로가 말했다. 로건은 8년 동안이나 딸을 기다리다가 이제야 되찾았는데 아이의 엄마가 올 때까지 곁에서 손을 잡아줄 수도 없는 것이다. 하지만 그래야 했다. 아이를 납치해서 국경을 넘는 것은 심각한 범죄였다. 하지만 법적 보호자의 후원을 받아서 그렇게 했을 경우에는 정확히 결정하기가 어려웠으므로 법망을 피하려면 채리티를 기다려야 했다.

"어쩔 수 없어." 먼로가 말했다. "아마 이게 최선일 거야. 해나가 다른 사람을 만나기 전에 내가 먼저 그 애랑 얘기를 좀 해야 되거든. 당신을 봤을 때보다 덜 무서워할지는 모르지만, 어쨌든 난 만난 적도 있고 해나가 듣고 싶은 소식도 가지고 있으니까 좀 낫겠지."

먼로는 물을 튀기면서 일어나 샤워기를 틀었다. 커튼 뒤로 그녀의 몸이 어렴풋한 실루엣으로 비쳤다. 브래드퍼드는 그녀가 목을 길게 빼고 뒷목에 물줄기를 맞는 모습을 태연하게 지켜보았다. 그런 다음 먼로가 물을 잠그고 말했다. "아침에 해나를 깨우자. 그러면 애 엄마가 도착하기 전까지 몇 시간 있으니까 그때 얘기하면 돼."

먼로가 커튼 뒤로 손을 뻗고 뭘 달라는 듯이 손가락을 꼼지락거렸다. 브래드퍼드는 싱긋 웃으며 그녀에게 손을 닦는 작은 수건을 건넸다. 먼로는 웃으면서 수건을 도로 던졌다. "빨리 줘." 그녀가 이렇게 말하자 브래드퍼드는 커다란 목욕 수건을 건네주었다.

"오늘 뉴욕에서 다른 정보가 들어왔어." 그가 말했다. "수사에 새로운 소식이 상당히 많던데."

먼로가 샤워를 마친 다음 수건을 몸에 감고 나왔다. 뜨거운 물 때문에 피부가 분홍색으로 달아올라 있었다. "아 그래?" 그녀가 말했다.

"응." 브래드퍼드는 미소를 지으며 이렇게만 대답할 뿐 아무 말도 하지 않았다.

먼로는 손등으로 그의 팔을 때리고 싱글싱글 웃으며 말했다. "자세히 말해달라고 빌지 않을 거야. 당신이 아무리 원해도 소용없어."

"두고 보면 알겠지." 브래드퍼드가 말했다. 하지만 그의 목소리는 흐리고 낮았고, 그가 의도했던 허세가 전혀 느껴지지 않았다. 물에 젖어서 축축하고 따뜻한 먼로가 그의 바로 앞에 서 있었다. 아무리 적절하지 않은 행동이라 해도 그는 시선을 돌릴 수가 없었다. 영영 잃었다고 생각했던 그녀가 선물처럼 돌아오자 점잖음 따위는 생각할 수 없었고 지금까지 그를 억눌러왔던 자제력과 통제력이 모두 녹아내렸다.

브래드퍼드는 손을 뻗어서 그녀의 뒷목을 잡고 가까이 끌어당겨 입을 맞췄다. 먼로는 그를 밀어낼 수도 있었고 차갑게 화를 낼 수도 있었다. 하지만 브래드퍼드는 그녀를 느낄 수만 있다면 어떤 결과든 기꺼이, 고통스럽게 받아들였을 것이다. 하지만 먼로는 양손으로 그의 얼굴을 감싸더니 수건이 떨어지는 것도 신경 쓰지 않고 그의 입맞춤을 돌려주었다.

브래드퍼드는 먼로를 꼭 끌어안고 그녀를 간절히 원하며 굶주린 입술과 손가락을 움직였다. 먼로도 그에게 화답하며 그의 셔츠 안으로 손을 넣어 끌어올리기 시작했다.

두 사람은 욕실에서 시작해서 거실 소파에서 끝났다. 먼로는 몇 시인지 몰랐지만 시간이 어느 정도 지났는지 희미하게만 감지하면서 바깥이 어두워졌다는 생각만 했다. 창가 주변의 빛과 욕실 문틈으로 새어 들어오는 빛밖에 없었다.

브래드퍼드는 소파에 똑바로 누워 있었고 먼로는 그의 가슴에 머리를 올리고 옆으로 누워서 그가 규칙적으로 내뱉는 숨소리를 듣고 있었다. 그는 잠에 빠져들었다. 그와 함께 꿈나라로 가서 그와 조금 더 같이 있는 것도 유혹적인 생각이었지만 먼로는 할 일이 있었다.

이제 두 사람이 해나를 넘겨주고 일을 마무리할 때가 가까워졌지만 아직 해결되지 않은 것이 있었다. 먼로가 목장 '안식처'에서 느꼈던 딜레마는 한밤중에 그곳을 떠나지 않을 수 없었다고 해서 끝난 것이 아니었다. 일라이저는 저 멀리 보이지 않는 곳에 있지만 그가 해나를 어떻게 대했는지가 머릿속에서 지워지지 않았고, 모든 사람이 복잡하게 얽혀 있다는 문제도 마찬가지였다. 그들의 관계는 끝없는 고리처럼 서로서로 연결되어 있었다.

먼로는 내키지 않았지만 브래드퍼드를 깨우지 않으려고 조심하면서 그의 몸을 넘어가려고 했다. 그가 깨자 그녀는 기뻤다.

"어디 가?" 브래드퍼드가 속삭였다.

"하이디랑 얘기를 좀 해야 돼." 먼로가 말했다. "그런 다음에 기디언과 로건을 만나야지. 하지만 먼저 뭘 좀 먹어야겠어."

브래드퍼드는 아무 말도 하지 않았다. 먼로는 그가 무슨 갈등을 하는지 알았다. 브래드퍼드는 먼로를 혼자 보내고 싶지 않았지만 해나가 아무리 의식이 없다 해도 혼자 놔둘 수는 없었다.

먼로는 소파에서 일어나 욕실로 가서 어제 입지 않은 옷을 가져왔다. 그녀는 약간 크지만 무릎까지도 내려오지 않는 바지를 입고 셔츠를 헐렁하게 걸쳤다.

브래드퍼드는 소파 위에 가만히 누워서 눈으로 그녀를 좇다가 먼로가 옷을 다 입고 부츠까지 신고 나자 일어섰다. 텔레비전 근처로 걸어가는 그의 나신이 달빛을 받아 희부옇게 빛났다. 브래드퍼드가 휴대전화를 집어 그녀에게 던져주었다.

"그거라도 가져가면 여기 남아 있는 내 기분이 훨씬 나을 거야." 그가 말했다. "대신 아래층 식당에서 만나야 돼."

먼로가 고개를 끄덕이며 말했다. "그 정도는 괜찮을 거야." 하지만 그러면 로건 일행은 해나가 이 호텔에 있다고 의심할 것이고, 로건의 집착이 문제를 일으킬 수도 있었다. "이 방 당신이나 내 이름으로 되어 있어?" 그녀가 물었다.

브래드퍼드가 고개를 흔들고 빈손을 들어 보였다. "신분증도 신용카드도 없어. 한참 전에 방을 예약해놔서 카드키가 어디 있는지만 알면 됐거든."

먼로가 미소를 지었다. 이것이 바로 그녀가 브래드퍼드를 좋아하는 수많은 점 중에 하나였다. 그는 그녀와 생각이 너무나도 비슷했고, 한 번에 여러 가지 방향으로 계획을 세우면서 일을 처리했으며, 몇 수나 앞서 나갔다.

"이 휴대전화로 로건이랑 연락할 수 있는 거지?"

브래드퍼드가 고개를 끄덕였다.

"하이디랑은 어떻게 연락해?"

"발모랄 플라자에 있어." 브래드퍼드가 이렇게 말하자 먼로는 머릿속에 개인적인 질문이 수십 개나 떠올랐지만 아무 말도 하지 않았다.

호텔 전화번호를 알아내서 하이디의 방을 찾는 것은 쉬웠다. 먼로는 전화를 두 통 걸었다. 첫 번째는 하이디, 두 번째는 로건이었다. 먼로는 호텔 레스토랑에서 두 사람을 다 만나기로 했지만 하이디에게는 좀 이른 시간을 알려줬다. 하이디를 먼저 만나서 단둘이 이야기하고 싶었다. 전하고 싶지 않은 이야기를 해야 했다. 먼로가 할 수만 있다면 피하고 싶었던 이야기였다.

먼로는 이제부터 어떻게 할지 여러모로 궁리해봤다. 그녀는 아르헨티나에 와서 맡은 일을 완수했다. 해결되지 않은 문제들은 관계없는 일이었다. 먼로가 져야 할 짐이 아니었다. 하지만 그녀는 양심상 모른 척 그냥 넘어갈 수가 없었다. 먼로는 직접 보았고 사실을 알았다. 그런데도 행동하지 않는다면, 등을 돌리고 빤히 보이는 사실을 모른 척한다면, '선택받은 자녀들' 신도들이 공범인 것처럼 그녀도 그 모든 일의 공범이 될 것이다.

먼로가 절대 원하지 않았던 책임에서 깔끔하게 벗어나는 방법은 단 하나밖에 없는 것 같았다. 하이디에게 알리는 것도 그 방법의 일부였다. 하지만 다시 연락이 닿기를 바라던 사랑하는 아버지가 어린이 성추행범일지도 모른다는 소식을 기꺼이 감당할 수 있는 자식은 어디에도 없을 것이다. 아무리 어른이 되었다 해도, 아무리 오랫동안 연락을 끊고 지냈다 해도 마찬가지였다.

하이디의 어린 시절 경험은 먼로가 이야기할 진실을 뒷받침하겠지만, 자기 생각이 너무나 강해서 하이디는 부정하지 않을 수 없을 것이다. 그녀는 그 사실을 받아들일 수 없을 것이고, 받아들이고 싶지도 않을 것이다. 그리고 시간이 지날수록 감정적인 갈등은 심해질 것이다. 하지만 하이디에게는 결국 진실이 드러난 후 로건이나 채리티한테 이야기를 듣는 것보다 먼로에게 먼저 듣고 불신과 부정의 단계를 미리 겪는 것이 훨씬 나으리라.

결국 사실은 드러날 것이다. 그것만은 틀림없다. 해나가 무슨 일이 있었는지 부모님에게 말하지 않는다 해도 분명히 드러날 것이다. '선택받은 자녀들'에서 자라서 이제 어른이 된 사람들의 빛바랜 과거와 달리 그것은 바로 지금, 바로 여기서 일어나고 있는 일이었고 공소시효가 끝나지도 않았으니 죄인을 숨기고 보호할 수 없을 것이다. 관할권이 문제가 된다면 먼로가 직접 일라이저를 미국으로 데려가서 필요하다면 엉덩이를 걷어차서라도 법원으로 보낼 것이다. 그리고 어쩌면, 만에 하나지만,

이번만큼은 사법 제도가 보호해야 할 사람들을 정말 보호할지도 모른다. 먼로가 직접 나서서 문제를 해결할 필요가 없을지도 모른다.

먼로는 식당으로 가서 자리를 잡고 음식을 주문했다. 그녀의 몸은 아직 제대로 된 영양을 간절히 원했기 때문에 먼로는 실컷 먹었다. 식사가 거의 끝났을 때 하이디가 도착했다.

산텔모의 바에서 마지막으로 만난 지 48시간도 안 됐지만 꼭 그 사이에 일생이 흐른 것 같았다. 하이디는 평소처럼 먼로를 끌어안으며 인사했고, 진심으로 걱정하면서 어쩌다가 그렇게 멍이 들었냐고 물었다.

"못 알아볼 뻔했어요." 하이디가 말했다. "옷이랑 머리도 바뀌고 얼굴도 그래서." 그녀가 잠시 멈췄다가 다시 말했다. "전화로 미리 들었지만요." 하이디는 대답을 기다리지도 않고 갈아입을 옷이 든 작은 비닐봉지를 먼로에게 건넸다. "내 옷 중에 제일 작은 거예요."

"이거면 될 거예요." 먼로가 말했다. "혹시 해나가 원할 경우 갈아입을 옷이 있으면 좋겠다 싶어서요. 낯선 사람들을 잠옷 차림으로 만나고 싶지 않을 수도 있으니까요."

하이디가 고개를 끄덕이고 식당을 둘러보았다. "다들 어디 있어요?"

"금방 올 거예요." 먼로가 말했다. 100퍼센트 진실은 아니었지만 진실이었다.

그녀가 하이디에게 자리를 권했고 두 사람은 잡담을 나누었다. 먼로는 지난주에 있었던 일을 최대한 무심하고 아무렇지 않게 얘기했다. 이제부터 할 말에 대비해서, 하이디가 경계를 풀게 하기 위해서였다. 그녀는 해나를 아르헨티나에서 빼내기 위해 어떻게 해야 했는지 먼저 얘기했다. '안식처'들의 위치를 확인하고 해나가 어디에 있는지 파악한 후 어떤 방법으로 들어갔는지 말해주었다. 하이디로서는 전부 처음 듣는 이야기였다. 그녀는 눈을 커다랗게 뜨고 물어보고 싶은 이야기들을 꾹 참으며 앉아 있었다. 먼로가 하이디의 동생들에 대해서 이야기하자 하이디는 더욱 궁금해졌다.

"결국 모닝스타가 연락해올 거예요." 먼로가 말했다. "내가 두고 온 가방 속에서 모닝스타가 그런 건 없다고 생각했던 기록을 찾아내면 말이에요. 선불 휴대전화랑 내 번호도 넣어놨어요." 먼로의 예상대로 하이디는 기대와 기쁨이 넘치는 표정을 지었다. 먼로는 이어서 전하고 싶지 않은 소식을 꺼냈다. "하나 더, 조만간 당신 아버지 소식이 있을지도 몰라요."

먼로는 말을 멈추고 잠시 기다린 다음 계속했다. "그 소식을 듣고 당신이 놀라지 않았으면 좋겠어요."

"무슨 소식인데요?" 하이디가 물었다. 먼로는 대답하지 않았다. 침묵이 점점 더 뚜렷해지자 하이디는 먼로가 무슨 말을 하려는지 이해한 것 같았다.

"자세한 얘기는 하지 않을게요." 먼로가 말했다. "나도 자세히는 모르니까. 하지만 결국 사실이 밝혀졌을 때를 대비해야 해요, 알겠죠?"

하이디는 고개를 끄덕였다. 그녀가 여전히 말없이 생각에 잠겨 있을 때 남자들이 도착했다. 먼로가 고개를 돌리자 두 사람은 깜짝 놀라서 걸음을 멈췄다. 기디언의 반응은 로건보다 훨씬 조심스러웠다. 먼로가 말했다. "알아요. 하지만 딴사람들은 어떻게 됐는지 봤잖아."

그들은 긴장을 풀고 자리에 앉았다. 먼로는 하이디에게 혼자 생각할 시간을 주려고 기디언과 로건에게 이미 하이디에게 한 이야기를 다시 설명했다. 그러자 남자들은 자신들이 겪은 일을 얘기해주었다. 서로의 상황을 다 이야기한 다음 먼로는 찾으러 와줘서 고맙다고 말한 뒤 로건에게 말했다. "채리티한테 연락받았어?"

그가 고개를 끄덕였다. "비행기가 도착하기 전에 채리티를 데리러 갈 거야. 그런 다음 바로 너한테 갈게."

"마일스가 어디 있는지 알려줄 거야." 먼로가 말했다. "로건, 계속 기다리기만 하는 게 너한테는 정말 힘든 일이라는 거 알지만, 채리티가 도착하면 해나랑 채리티만 먼저 만나는 게 좋을 것 같아. 전부 다 같이 만나기 전에. 알겠지?"

"우선 나랑 채리티만 만나면 돼."

"넌 '전부 다'에 들어가." 먼로가 말했다. 로건이 항변하려 했지만 그녀가 고개를 저었다. 기디언과 하이디 앞에서 이런 말다툼을 하는 것은 의미가 없었고—로건에게는 아직 말하고 싶지 않은 것들이 있었다—또 기다려야 한다는 것은 괴롭겠지만 결국에는 로건도 이해할 것이다. 그때가 되면 그녀에게 고마워할지도 모른다.

먼로가 기디언에게 말했다. "당신이랑 할 얘기가 있어."

"둘이서?"

그녀가 어깨를 으쓱했다. "당신 마음이지."

기디언이 각자 침묵에 잠긴 로건과 하이디를 두고 일어섰다. 먼로와 기디언은 식당 밖으로 나가서 카펫이 깔린 엘리베이터 앞 홀로 걸어갔다.

"거래는 거래니까." 먼로가 말했다. "내가 주기로 한 데이터를 전부 줄게. 문제는 그게 부에노스아이레스에 있다는 거야. 채리티와 해나를 집으로 가는 비행기에 태우자마자 마일스와 난 전세기를 타고 부에노스아이레스로 돌아갈 거야. 당신도 같이 가도 되고, 아니면 내가 미국으로 갖다 줄 수도 있어."

기디언은 어느 쪽이 나을지 진지하게 생각하는 듯 말이 없었다.

"당장 대답할 필요는 없어." 그녀가 말했다. "그냥 당신한테 상황을 알려주고 싶었어." 먼로는 말을 멈춘 다음 몸을 쭉 펴고 가까이 다가섰다. 그녀의 움직임은 교묘했고, 겁을 주려는 것이 아니라 강조하려는 것이었다.

"당신이 뭘 어쩌든 강요하지는 않을 거야." 먼로가 말했다. "거래에 그런 건 없었으니까. 하지만 난 무슨 일인지 알 권리가 있어. 당신한테 데이터를 전부 넘김으로써 난 당신이 하는 일의 공범이 되는 거니까." 그녀가 잠시 멈췄다가 말을 이었다. "뭘 쫓는 거지, 기디언?"

그는 생각에 잠겨서 벽에 기대섰다. "누굴 좀 찾고 있어." 마침내 그가 말했다.

"누구?"

"어떤 여자."

먼로는 모호한 대답에는 놀라지 않았지만 로건에게서 들은 기디언의 과거를 생각하면 남자가 아닌 것이 놀라웠다.

"누구지?" 먼로가 다시 말했다.

"그건 중요하지 않아." 기디언이 말했다. "누군지 말한다고 뭐가 달라지는 것도 아니잖아."

"난 당신이 생각하는 것보다 훨씬 많은 걸 알아." 먼로가 말했다. "말을 하면 달라질지도 모르지."

기디언은 오랫동안 말이 없었고 먼로도 채근하지 않았다. 그녀는 벽에 등을 기대고 기디언의 옆에 서서 유심히 지켜보았다. 마침내 입을 열었을 때 그의 목소리는 낮고 조용했다. "아르헨티나에 살았던 십대 시절은 꽤 힘든 시간이었어. 많은 일이 일어났지. 내 말은, 누구에게든 소풍하는 것처럼 즐거운 일이 아니었다는 걸 당신도 잘 알 거야, 기록을 읽었으니까. 하지만 내가 겪은 건 다른 생존자들도 믿기 어려운 일이었어."

기디언은 다시 말을 멈추었다. 어디까지 얘기할까 고민하는 것 같았다. 먼로는 가만히 있었다.

마침내 기디언이 말했다. "아무튼 그런 일이 일어나고 있을 때, 거기 어떤 여자가 같이 살았는데, 그 여자는 사실을 알고 있었어. 그 여자는 어떤……." 기디언은 적절한 단어가 뭔지 모르겠다는 듯이 말을 멈췄다가 계속했다. "날 해친 사람들 중 하나의 파문 결정에 참가했지. '선택받은 자녀들'에게 파문이 어떤 뜻인지 당신도 알지?"

먼로가 고개를 끄덕였다.

"그러니까 그 여자는 모든 사실을 알고 있었지. 세월이 지나고 이제 어른이 된 수많은 아이가 그곳을 떠난 뒤에 우리가 겪은 끔찍한 일들이 사람들의 주목을 끌었고, 난 내가 겪은 일 몇 가지를 이야기했어. 그런 경험을 공개적으로 말하는 게 얼마나 힘든지 알아? 하지만 몇몇은 기꺼이 공개했지. 그러면 뭔가 달라질 거라고 생각한 거야. 경찰이나 정부, 뭐 그런 사람들이 나서서 어떻게 해줄지도 모른다고 말이지. 아니면 적어도 사람들이 '선택받은 자녀들'이 어떤 일을 하고 있는지 깨닫고 재정적 후원이라도 끊을 거라고 말이야. 스스로 구경거리가 되는 건 정말 끔찍한 일이었어. 하지만 난 다 좋은 일을 위해서라고 생각했지. 그런데 바로 그 자리에 있었던 그 여자가, 모든 걸 다 보고 내가 뭘 겪었는지 다 아는 그 여자가……." 목소리가 갈라졌다. 기디언은 헛기침을 하면서 목소리를 가다듬고 다시 말했다. "그 여자는 전국 방송에 나와서 온 세상에 대고 내가 이야기를 꾸며내고 있다고 말했어. 그런 다음 나에 대해 온갖 거짓말을 했지. 내가 하지도 않은 일을 떠벌리거나 실제로 있었던 일을 악의적으로 꼬아서 이야기했어. 하지만 그 여자는 진실을 알고 있었어. 변명의 여지도 없지. 그 여자는 인터뷰하는 사람의 얼굴을 빤히 보면서 눈도 깜짝 안 하고 거짓말을 했어!"

먼로는 잠시 침묵을 지키다가 마침내 똑같이 낮은 목소리로 말했다. "그 여자가 부에노스아이레스에 있다고 생각해?"

"거기 있어, 난 알아. 정확한 이유는 모르겠지만, 분명히 거기 있어."

"그 여자를 찾으면 어떻게 할 거야?"

"모르겠어." 기디언이 속삭이듯 말했다. "그 여자가 고통받으면 좋겠어. 고통을 겪으면서 내 눈을 보고 다시 한 번 내가 거짓말을 하고 있다고 말해보라지. 솔직히 말해서 그 여자가 죽었으면 좋겠어. 정말 그러면 좋겠어. 하지만 내가 그녀를 죽일 수 있을지 모르겠어." 기디언이 먼로를 보았다. 너무 많은 말을 했음을 깨달았기에 눈빛에 공포가 떠올랐다.

먼로는 기디언의 어깨에 손을 얹고 그의 눈을 마주 보았다. "난 당신의 고통이 어떤 건지 알아. 그 분노가 어떤 건지도 알아." 그녀가 말했다. "하지만 되돌릴 수 없는 일도 있다는 것만 기억해. 당신은 그 짐을 무덤까지 가져가야 해. 그 여자도 누군가의 딸이고, 언니고, 엄마니까."

"그 여자는 엄마가 아니야." 기디언이 말했다. 그의 말에 먼로는 뭔가를 깨닫고 한기를 느꼈다. '선택받은 자녀들'에 아이가 없는 여자는 드물었다. 부에노스아이레스에 그런 여자가 얼마나 될까?

"어떤 사람인지 설명해봐." 먼로가 말했다.

기디언이 어깨를 으쓱했다. "금발머리에 이는 뻐드렁니인지 부정교합인지 뭐 그렇고 눈은 흐릿한 갈색, 키는 165센티미터쯤 될 거야, 아마. 못생긴 편이지."

먼로는 놀라움과 분노를 느끼며 고개를 저었다. 기디언이 설명한 여자는 해나를 데려갔던 이름 모를 여자, 보호자나 감독인으로 해나와 함께 카르칸 호스텔에 있던 여자였다. 또 다른 연결 고리가 생겼다.

그날 저녁에 해야 할 일이 모두 끝난 후 먼로는 위층으로 올라갔다. 10개의 층을 천천히 올라가는 동안 그녀는 식당에서 보낸 두 시간이 그녀의 마음에 남긴 것을 전부 몰아낼 수 있었다. 한자리에 모여 앉은 네 사람 중에서 짐을 덜고 식당을 나선 사람은 분명히 먼로밖에 없었다.

예상대로 그녀가 도착하기도 전에 브래드퍼드가 문을 열었다. 그는 청바지를 입고 있었지만 나머지는 맨몸이었다. 먼로가 문 앞에 도착하자 브래드퍼드가 그녀의 손을 끌어당겨 안으로 데려온 다음 소파에 앉혔다. 문이 닫혔다.

먼로가 웃었다. 그는 그녀를 어루만지고 그녀의 입술에 자기 입술을 살짝 스치면서 말했다. "보고 싶었어."

아주 기본적이고 단순한 이 두 마디의 말은 두 사람이 인정하는 것보다 훨씬 많은 의미를 담고 있었다. 지금 이 순간 서로 맞닿은 몸이 전하는 것을 말은 절대 대신할 수 없을 것 같았다. 브래드퍼드의 손이 먼로의 몸 위를 방황했고 그녀도 마찬가지였다. 그가 그녀를 강하게 끌어당기자 그녀도 똑같이 강렬하게 입을 맞추었다.

그녀의 옷이 벗겨졌다. 피부에 닿는 그의 살갗은 따뜻했고, 소파 위에서 두 사람의 몸이 다시 한 번 뒤엉켰다. 한순간 한순간이 영원처럼 느껴졌다. 마침내 두 사람은 기진맥진하여 서로의 품에 안겨 가만히 누워 있었다.

먼로는 브래드퍼드에게 딱 붙어서 그의 어깨에 머리를 기대고 있었고 그는 그녀의 짧은 머리카락을 쓰다듬었다. 긴 침묵이 흐르고 브래드퍼드가 입을 열었다. "그 남자의 이름은 패트릭이었어."

먼로가 몸을 움직여 그의 가슴에 올린 손에 턱을 괴고 그를 마주 보았다. "내가 쓰레기통에 던진 남자?"

브래드퍼드가 고개를 끄덕였다. "데빈 패트릭. 배지를 가지고 있었지만 뉴욕 경찰은 아니었어."

"그럼?"

"가짜였어." 브래드퍼드가 말했다. "배지를 무기처럼 휘두르면서 몇 년 동안이나 그러고 다녔대. 사건을 파헤칠수록 더 많은 범죄가 드러났고, 경찰 측은 볼수록 기분이 나빠졌지. 그러니까 어떤 의미에서는 당신이 경찰한테 좋은 일을 한 거야."

"그냥 묻을 거래?" 먼로가 물었다.

"묻는다고까지는 할 수 없겠지." 그가 말했다. "아마 미결 사건으로 미뤄두겠지. 하지만 누가 증거라도 던져주지 않는 이상 애써 범인을 찾을 생각은 없는 것 같아."

먼로는 다시 그의 가슴에 머리를 얹고 말했다. "좋은 소식이네. 경찰이 더 조사하지 않아서 그렇다는 게 아니라, 내가 한 행동이 정당한 것일지도 모르니까."

"정당하다는 건 당신도 알고 있었잖아." 브래드퍼드가 말했다. "하지만 확인된 건 확실히 반가운 일이지."

먼로는 침묵에 잠겼다. 브래드퍼드가 옳았다. 확인은 반가운 일이다. 반가운 일 이상이다.

"좀 잘래?" 그가 물었다.

"아니." 먼로가 속삭였다. "오늘 밤은 안 잘 거야." 잠들기가 두려운 건 아니었다. 꿈을 꿀까 봐, 악몽이 되살아날까 봐 두렵다는 말은 아니었다. 먼로는 이제 그런 꿈을 꾸지 않을 거라고 거의 확신했다. 하지만 당장 오늘 밤에 운명을 시험해볼 만큼 강한 확신은 아니었다. 해나가 옆방에서 자고 있고 일이 거의 마무리된 지금은 그럴 수 없었다.

악몽이 사라지자 둥둥 떠다니는 듯한 달콤한 기분만이 남았다. 이런 변화가 생긴 것은 먼로가 다시 일을 맡았기 때문이거나 너무나 많은 살인을 저질러서 중압감이 사라져버렸기 때문일 수도 있었다. 하지만 먼로는 더 잘 알았다. 그녀는 제일 가까운 사람들이 자신을 있는 그대로 받아들여주기를 간절히 원했지만 스스로는 절대 그렇게 할 수 없었다. 하지만 이제 그녀는, 자신이 기억하는 한 처음으로, 스스로를 있는 그대로 받아들였다.

먼로에게는 재능이 있었다. 그녀는 그 재능에 맞서지 않고, 타고난 천성을 혐오하지 않고, 그것을 이용할 것이다. 브래드퍼드의 통찰은, 그가 해준 말은 큰 의미가 있었다. 먼로는 다른 사람에게서 인정이나 확인을 받아야 온전해질 수 있는 사람이 아니었고 그런 사람이 되지도 않을 것이지만, 이 단 하나의 약점 속에서 너무나 외로워하고 있을 때 또 다른 사냥꾼이 나타나서 말해주었다.

'때로는 살인이 잘못이 아니야.'

잠은 나중에 자도 된다. 먼로의 재능은 한 아이를 살렸고, 그 아이는 살아서 자기 경험을 이야기할 것이다. 그리고 먼로의 계획대로 일이 진행된다면 내일은 모든 일이 더 명확해질 것이다.

브래드퍼드는 이제 평화를 상징하게 된 규칙적인 숨소리를 내기 시작했다. 먼로는 소파에서 내려와 그의 손을 한 번 꼭 잡은 다음 일어섰다.

그녀는 머리 위로 셔츠를 벗고 담요를 찾아서 브래드퍼드에게 덮어준 다음 옆방으로 갔다. 먼로는 침대 끄트머리에 앉아서 마음을 조금씩 비우면서 해나가 자는 것을 보았다. 시간이 흐르고 마침내 이른 새벽이 다가왔다.

6시가 되자 먼로는 자리에서 일어나 해나의 팔에서 정맥주사를 빼고 물건을 챙겨서 거실로 나갔다. 그녀가 룸서비스를 주문하는 소리에 브래드퍼드가 눈을 떴다. 하지만 먼로는 자신이 움직이기 시작한 순간부터 그가 깨어 있었을 것이라고 생각했다. 몇 분 후 브래드퍼드가 해나의 침대 맡에 앉아 있는 그녀에게 다가왔다.

"가서 씻어." 그가 말했다. "해나가 깨려면 조금 더 있어야 될 거야. 내가 보고 있을게."

먼로는 고개를 끄덕이고 나가서 10분 동안 뜨거운 샤워를 느긋하게 즐긴 다음 돌아왔다.

"곧 일어날 거야." 브래드퍼드가 말했다. 묵직한 노크 소리가 나자 두 사람이 동시에 문으로 향해 움직였다. 해나의 눈이 파들거렸다.

"내가 가져올게." 먼로가 말했다. "시간 있을 때 얼른 씻어. 해나가 완전히 깨고 나면 채리티가 도착할 때까지 당신이랑 저 장비들은 해나 눈에 띄지 않는 게 좋겠어.”

브래드퍼드가 고개를 끄덕이고 돌아섰다. 먼로는 문까지 그를 따라 가서 접시를 가지고 해나 곁으로 돌아왔다. 이제 몇 시간만 지나면 먼로의 임무는 끝난다. 남은 일은 로건에게, 채리티에게, 하이디와 기디언에게, 그리고 다른 ‘선택받은 자녀들’의 아이들에게 맡길 것이다.

욕실 문이 열렸다 닫히고 곧이어 바깥문이 열렸다 닫히는 소리가 났다. 브래드퍼드가 나간 것이다. 마지막 문소리에 해나의 눈이 반짝 떠졌다. 눈꺼풀이 파닥거리고 서서히 의식이 돌아오면서 해나는 먼로를 향해 고개를 돌렸다.

방은 아직 어두컴컴했고 먼로는 해나가 완전히 의식을 되찾으려면 시간이 좀 걸린다는 것을 경험으로 알았다. 해나는 다시 잠들었다 깨는 것을 몇 번 더 반복한 다음에야 완전히 의식을 찾을 것이다. 먼로는 해나의 손을 잡고 꽉 쥐었다.

해나는 본능적으로 질문부터 하고 싶겠지만 육체적인 욕구가 앞설 것이다. 먼로에게는 유리한 점이었다.

“기분이 어떠니?” 먼로가 물었다.

그녀의 목소리를 듣고 해나가 고개를 돌렸다. “화장실 가고 싶어요.” 해나가 말했다. “정말 정말 급해요.”

“내가 도와줄게.” 먼로가 말했다. “아주 천천히 걸어야 돼, 알았지? 넌 지금 힘도 없고 머리도 띵하니까 조심하지 않으면 넘어질 거야.”

해나가 고개를 끄덕이고 핏속에 흐르는 약품 때문에 메마른 입술을 핥았다. 그런 다음 일어나려고 애를 썼다. 먼로는 팔로 해나의 등을 받쳐서 아이를 일으키고 중심을 잃지 않게 도와주었다. 화장실로 들어간 먼로는 형광등을 켜는 대신 문이 닫히지 않게 잡아서 빛이 들어오게 했다. 해나가 지나치게 센 빛을 피하는 동시에 먼로의 얼굴을 보고 미리 겁을 먹지 않게 하기 위해서였다.

볼일을 마치고 침대로 돌아올 때는 갈 때보다 덜 비틀거렸다. 해나가 침대에 다시 누워 눈을 감고 말했다. "여기가 어디예요?"

"몬테비데오야." 먼로가 말했다. "배고프니?"

"배고파 죽을 것 같아요." 해나가 속삭였다.

먼로는 쟁반을 침대로 가져와서 해나에게 잘 보이고 닿을 수 있는 곳에 놓았다.

해나는 먼로를 향해 고개를 돌리고 "누구세요?"라고 말했지만 접시에 담긴 각종 팍투라를 보자 의문은 금세 약해졌다.

"내 이름은 미키야." 먼로가 말했다. "하루 종일 부엌에서 같이 일했잖아, 기억나니?"

그때 이후로 시간이 얼마나 지났는지 확실하게 말해줄 필요는 없었다. 약에 취했다가 깨는 것은 잠에서 깨는 것과 달랐다. 해나는 지난 시간에 대한 감각이 없을 것이다. 아이에게 지금은 다음날 아침이었다.

해나는 기억이 나는지 고개를 끄덕였다. 몽롱함이 점차 사라지자 걱정 때문에 얼굴을 찡그렸지만 겁에 질린 것 같지는 않았다.

평생 여기저기로 옮겨 다니고 늘 낯선 사람들 손에 넘겨지던 아이를 납치한 보너스인 셈이었다.

"좀 달라 보여요." 해나가 말했다. "얼굴은 어떻게 된 거예요?"

"큰 싸움에 휘말렸어." 먼로가 싱글싱글 웃으며 말했다. "키가 3미터나 되는 남자랑 싸웠어. 아주 커서 난 의자 위에 올라가야 했지만, 아무튼 내가 흠씬 패줬어."

해나가 미소를 지었다. "사다리도 좋겠네요." 아이는 먹으면서 말을 하느라 한 입씩 베어 무는 사이사이에 질문을 했다. "여기는 어디예요? 우리가 왜 여기 있어요? 선샤인은 어디 갔어요?"

선샤인? 아, 선샤인. 기디언이 쫓는 여자의 이름이군.

"그 아줌마는 같이 안 왔어." 먼로가 말했다. 친절하고 부드럽게 돌려 말했지만 '그 여자는 널 데리고 있을 권리가 없어'라는 뜻이었다.

해나는 한 입 더 베어 먹고, 또 한 입을 먹었다. 눈은 침대를 내려다보면서 뭔가를 생각하며 정리하고 있었다. "제가 왜 여기 온 거예요? 여기 있으면 안 돼요. 허락을 안 받았잖아요. 일라이저는 어디 있어요? 모닝스타는? 엄마는요?"

"널 정말 사랑하고 만나고 싶어 하는 사람들이 있어."

해나는 아무 말도 없이 보통 그만한 아이가 먹을 수 있는 것보다 훨씬 많이 먹었다. 하지만 이런 음식은 '안식처'에서는 잘 나오지 않았다. 먼로가 이 메뉴를 고른 것도 그래서였다.

손쉬운 뇌물.

"제가 '안식처'에서 다른 데로 보내진 게 아줌마 때문이에요? 아줌마가 절 선샤인 아줌마한테서 데려왔어요?"

"응. 내가 그랬어." 먼로의 목소리는 부드러웠다. 다정했다. 이제부터할 말은 쉽지 않았지만, 먼로는 해야 했다.

해나의 얼굴이 빨개졌다. 눈물이 차올랐다. "왜요? 왜 그랬어요? 전돌아가야 해요."

"너희 아빠에 대해서 말해보렴." 먼로가 말했다.

해나의 목소리가 한 옥타브 올라갔다. 눈물은 사라지고 분노가 대신했다. "아빠가 어디 계신지 알아내려는 거라면, 나한테서는 절대 못 들을 거예요. 난 아빠가 어디 있는지 몰라요. 알아도 말 안 할 거예요. 절대 안 해요. 그건……." 적절한 단어를 찾으려 애쓰는 것처럼 목소리가 갈라졌다. "그건 하나님과 예언자 님을 배신하는 거예요."

"알았어." 먼로가 말했다. "그럼 엄마에 대해서 얘기해보렴."

"어느 엄마요?"

"진짜 엄마."

그러자 해나는 조용해졌다. 부엌에서 보았던 자신감 있고 도전적인 아이도 아니었고, 조금 전의 화가 난 아이도 아니었다. "엄마는 날 원하지 않아요." 그녀가 말했다.

"엄마가 기억나니?"

해나가 울기 시작했다. 서러운 눈물이 눈에서 턱으로, 그리고 목까지 선을 그리며 이어졌다. '안식처' 부엌에서는 허세를 부렸지만 해나는 누군가 자신을 원하기를, 그리고 자신이 누군가에게 중요한 존재가 되기를 간절히 바라는 버림받은 소녀였다. 먼로가 아이를 끌어당겨 눈물이 잦아들 때까지 꼭 안아준 다음 속삭였다. "너희 엄마가 널 원하신다고 하면? 엄마가 널 정말로 원하신다면?"

해나가 똑바로 앉더니 그녀를 밀어내고 반항적인 손짓으로 얼굴을 닦았다. "그래봤자 소용없어요." 그녀가 말했다. "엄마는 '공백' 사람이잖아요."

"'공백'은 무서운 곳이야, 그렇지?" 먼로가 말했다.

"'공백'에서는 하나님께서 우리를 보호하시거나 안전하게 지켜주시지 못해요." 해나가 말했다. "게다가 '선택받은 자녀들' 밖으로 나가면 악마한테 넘어갈지도 몰라요."

"네 엄마처럼?"

해나는 시선을 침대로 떨어뜨린 채 고개를 끄덕였다.

아이의 두려움이나 믿음에 반박하는 건 소용없었다. 무슨 말을 한들 거부반응을 일으킬 뿐이다. 해나는 때가 되면 경험에 따라서 무엇이 근거 있는 두려움이고 무엇이 근거 없는 두려움인지 배울 것이다. 그것이 유일한 방법이었다. 아이에게 지금 필요한 것은 이야기를 들어주고 아이의 감정을 인정하는 것이었다. 엄마를 다시 만나기 전에 이 과정이 꼭 필요했다.

"너한테도 그런 일이 일어날 수 있다니 정말 무서워, 그렇지?" 먼로가 물었다.

해나가 고개를 끄덕였다.

"하지만 친엄마가 '공백' 사람이라도 엄마가 널 원한다는 건 기분이 좋지 않니?"

"그래봤자 바뀌는 건 아무것도 없지만, 기분이 더 낫긴 해요."

"아빠도 널 원하신단다." 먼로가 말했다.

해나가 코를 훌쩍이더니 소매로 코를 닦았다. "알아요. 하지만 하나님 사업이 먼저예요."

"내 말은, 친아빠 말이야."

"우리 아빠가 친아빠예요." 해나가 말했지만 잠시 멈추더니 아주 확실하지 않은 듯 먼로를 보고 덧붙였다. "아닌가요?"

희망이 가득한 목소리였다. 어딘가에 정말로 자신을 원하는 부모님이 있을지도 모른다는 희망 때문에 지금까지 진실이라고 믿어온 모든 것을 제쳐두고, 구원으로 가는 길까지 등지려고 하는 버림받은 아이의 목소리였다. 조심스럽게 접근해야 하는 위험지역이었다.

"내가 모든 답을 가지고 있는 건 아냐." 먼로가 말했다. "하지만 난 너희 엄마 아빠를 오래전부터 알았어. 친아빠 말이야. 사실, 너희 친아빠는 제일 친한 친구야."

"그분들이 저를 데려오라고 아줌마를 보낸 거예요?"

"그래, 맞아." 먼로가 말했다. "너희 부모님은 아주 오랫동안 너를 찾아다녔어."

해나가 다시 울기 시작했다. 이번에는 눈물이 소리 없이 천천히 차올라 침대 커버 위로 뚝뚝 떨어졌다. 먼로는 해나가 겪고 있을 고통스러운 갈등을 이해했다. 부모님이 자신을 원한다는 생각에 마음이 놓였지만 '공백'에 대한 두려움과 자신을 보호해줄 '선택받은 자녀들' 밖으로 나간다는 두려움이 더 컸다. 먼로가 해나의 손에 자기 손을 포개자 해나가 빨갛게 충혈되고 부어오른 눈으로 올려다보았다.

"해나야, 난 지금까지 네가 어떻게 살았는지 몰라." 먼로가 말했다. "네가 어디를 갔고 누구를 만났는지, 어떤 사람들이랑 같이 살았는지 몰라. 그 대신 내가 아는 걸 말해줄게. 아주 옛날에 일어난 일들, 아마 넌 기억하지 못하는 일들일 거야. 매그덜린은 너의 이모야. 네 친엄마의 여동생이거든. 그리고 데이비드는 한때 네 친엄마의 남자친구였는데, 널 부모님에게서 납치해 갔어."

해나의 눈이 믿을 수 없다는 듯이 빛났다. 아이는 시선을 다시 베개로 내렸다. "아빠랑 저는 생긴 것도 똑같고, 성도 똑같아요. 매그덜린이 이모일지는 모르지만, 그분은 미국인이고 전 베네수엘라 사람인 걸요. 우리 아빠도 그렇고요."

"난 서로 다른 나라에서 발급한 여권이 세 개나 있어." 먼로가 말했다. "하지만 내가 나고 자란 나라의 여권은 없지. 그럼 난 어느 나라 사람일까?"

해나는 아무 말도 하지 않았다. 시선은 아직 침대에 고정되어 있었다. 먼로가 말했다. "네가 왜 그렇게 여러 곳으로 옮겨 다니는 걸까 생각해본 적 있니?"

"우린 다들 옮겨 다녀요."

"하지만 넌 더 자주 옮겨 다녔잖아, 맞지? 경찰이 데이비드를 찾고 있다는 걸 아니? 데이비드는 원래 미국 여권을 가지고 있었지만 그걸 갱신하려고 가면 체포될 거야. 너도 미국 여권을 가지고 다녔던 거 아니?"

해나가 믿을 수 없다는 눈으로 먼로를 올려다보았다. "진짜예요?"

"그럼, 다 진짜야. 지금 당장 증거는 없지만, 찾으려고만 하면 금방 찾을 수 있어."

해나는 다시 샐쭉해져서 말이 없었다.

"짧은 이야기를 하나 해줄게." 먼로가 말했다. "다 듣고 나서 질문이 있으면 대답해줄게. 그런 다음 씻고 싶으면 씻어도 돼. 갈아입을 옷도 준비해놨어. 왜냐하면 이제 곧……." 먼로는 말을 멈추고 시계로 손을 뻗었다. "……한 시간 정도 있으면 네 엄마가 저 문으로 걸어 들어오실 거거든. 친엄마야. 너의 친엄마는 너를 절대 보내고 싶지 않았고, 지난 8년 동안 너를 찾으려고 애쓰면서 너만을 위해서 모든 사랑을 아껴두셨어."

해나는 다시 눈물을 흘리지 않으려고 애를 썼고 용감한 척을 잘 해냈다. 아이가 팔짱을 꼈다. "우리 아빠라는 사람도요?"

"아빠도 그 뒤에 오실 거야."

"그런 다음에는요?"

"그런 다음에 어떻게 됐으면 좋겠니?"

해나는 창문을 보며 말했다. "전 '안식처'로 돌아가야 해요."

돌아가야 '한다'.

먼로가 물었다. "그게 정말 네가 원하는 거니?"

먼로는 해나가 예언자와 '선택받은 자녀들'을 배신하지 않고서는 대답할 수 없는 질문을 던졌다.

먼로는 해나에게 그녀를 사랑하고 원하는 부모님을 만날 기회를 줌으로써 이 작은 이브가 가장 원하는 커다란 사과를 준 셈이었다. 하지만 사과는 '공백'에서 자라는 금지된 과일, 알 수 없고 두려운 것이었다. '선택받은 자녀들' 안에서 자란 아이에게는 알지 못하는 악마를 대면하는 것보다 이미 알고 있는 악마에게 돌아가는 것이 훨씬 나았다. 해나에게는 자유로운 선택이라는 개념이 아예 없었고, 그녀의 마음이 원하는 것을 원해도 된다는 사실을 이해할 능력이 없었다. 그래서 먼로는 세게 밀어붙였다.

그녀는 데이비드 로에 대해서, 그가 어떤 방법으로 채리티와 로건에게서 해나를 빼앗아 갔는지 얘기해주었다. 그리고 그다음에 일어난 일들을 알려주었고, 채리티에 대해서는 그녀의 복잡한 성격까지 전부 이야기해주었다. 그런 다음 로건에 대한 이야기를 해주었다. 아이가 이해할 수 있는 장난스런 얘기들을 들려주자 마침내 해나는 자연스럽게 미소를 지었고 가끔 소리 내서 웃었다. 먼로는 해나의 마음의 장벽이 낮아지고 작은 유대감이 생겼으며 곧 두 사람이 같이 넘어갈 영역에 이제 조금 편안해졌다는 확신이 들자 하이디가 가져온 옷을 가지고 해나를 욕실로 데려갔다.

두 사람이 침대에 다리를 꼬고 앉아서 먼로가 다시 주문한 음식들 중에서 뭐가 제일 맛있을지 고르고 있을 때 전화벨이 울렸다. 해나의 눈이 커지고 걱정 때문에 얼굴이 찌푸려졌다. 먼로는 침대 옆에 놓인 전화를 받은 다음 수화기 너머에서 들리는 브래드퍼드의 목소리에 간단하게 대답했다. "응, 와도 돼."

먼로가 해나에게 말했다. "잠시 후면 문이 열리고 엄마가 들어오실 거야. 그러면 단둘이 시간을 보낼 수 있게 난 저 모퉁이를 돌아가서 있을게, 괜찮겠지? 난 바로 저기 있을 거야. 내가 필요하면 부르기만 하면 돼, 알겠지?"

해나가 고개를 끄덕였다. 두려움이 빤히 보였다. 먼로는 본능적으로 아이의 머리카락을 헝클어뜨렸다. 그러자 해나는 꿈틀거리면서 그녀의 손에서 빠져나오더니 헝클어진 머리를 자기 손으로 정리했다.

먼로가 웃으면서 말했다. "네 아빠랑 똑같아."

출국장은 뉴욕행 직항 비행기를 기다리는 사람들로 가득했다. 승객들은 다양해서 지저분한 옷차림에 낡은 배낭을 멘 십대와 이십대들이 부유한 사람들과 이코노미석 승객들 사이에 섞여 있었다. 이렇게 많은 사람들이 작은 공간에 빽빽하게 들어차 있었기 때문에 가축 운반차보다 조금 나은 정도였다.

먼로와 브래드퍼드는 출발 게이트에 서서 제트웨이로 걸어가는 로건과 채리티, 해나의 뒷모습을 보고 있었다. 납치되었다가 되찾은 아이의 특전은 별로 없었지만 제일 먼저 비행기에 탈 수 있는 우선 탑승이 그중 하나였다.

잠시 후 세 사람은 그렇게 가버렸다. 임무는 끝났다. 중압감도 끝났다. 꼭 경기장에서 소리를 지르던 사람들이 순식간에 조용해진 것처럼 텅 빈 느낌이 들었다.

먼로가 브래드퍼드의 어깨에 머리를 기댔다. 두 사람은 거기 잠깐 동안 서서 빈자리를 바라보았다. 잠시 후 먼로가 몇 미터 떨어져 있던 하이디와 기디언을 향해 돌아섰다. 그녀는 하이디와 포옹을 했고 기디언과 악수를 나누었다. "우린 여기서 빠져나갈게요." 먼로가 이렇게 말하고 서로 의례적인 인사를 나눈 다음 기디언을 보고 말했다. "같이 가려면 지금이 마지막 기횐데."

그가 고개를 저으며 말했다. "난 됐어."

먼로가 브래드퍼드의 팔에 팔짱을 꼈고 두 사람은 택시를 향해서 성큼성큼 걸어갔다.

기디언이 그녀를 불렀다. "어이, 먼로!" 그가 말했다.

먼로가 돌아섰다.

"고마워." 그가 말했다. "해나를 데려온 것뿐만이 아니라, 그, 전부 다 말이야."

그녀가 고개를 끄덕였다. "거래는 거래니까." 먼로가 말했다. "생각이 바뀌면 날 어디서 찾아야 하는지는 알지?"

기디언이 알고 있다는 뜻으로 검지를 이마에 댔다가 그녀를 가리켰다.

기디언이 그녀를 찾아올 가능성은 항상 있겠지만, 먼로는 해나가 돌아온 것과 그로 인해 생겨날 변화들을 통해서 기디언이 평화를 찾기를 기원했다.

국제 어린이 납치는 작은 범죄가 아닌 데다가 선샤인이라는 여자가 해나와 직접적으로 연관되어 있다는 증거는 충분했다. 기디언은 거의 10년 만에 처음으로 희망을 품었다. 채리티와 로건이 마음의 준비가 되면 모두 다 같이 달콤한 정의의 맛을 볼 수 있을 것이다.

해나가 엄마 아빠와 다시 만나는 장면은 눈물 넘치는 드라마였다. 채리티가 먼저 해나를 만났고, 로건은 20분 뒤에 거의 똑같은 장면을 연출했다. 하지만 극적인 순간은 왔다가 갔다. 두 사람의 딸이 직면해야 할 문제를 채리티와 로건보다 잘 다룰 수 있는 부모는 아마 거의 없을 것이다. 먼로라 해도 그런 사람을 찾아내기 힘들 것이다. 채리티와 로건은 '선택받은 자녀들'이 어떤 곳인지 알았다. 두 사람 모두 직접 겪었기 때문에 그들의 사고방식이 어떤 것인지도 알았고 거기서 자란 아이가 어떤 과정을 겪으며 그것을 떨쳐내는지도 알았다. 그러니 헤쳐 나갈 방법도 잘 알 것이다. 시간이 걸리겠지만 해나는 나아질 것이다. 괜찮아질 것이다.

헬멧 안에서 보는 세상은 소리를 죽인 것처럼 조용했기 때문에 아드레날린의 분출은 더욱 증폭되었다. 바퀴 밑으로 나타났다 사라지던 흰 선은 먼로가 속도를 높이자 점점 직선에 가까워졌다. 아주 이른 아침, 태양은 아직 지평선을 넘지 못했고 그녀는 탁 트이고 텅 빈 도로를 따라 태양을 향해 쏜살같이 달리고 있었다. 오토바이가 그녀를 태우고 달리고 있었지만 먼로는 그것을 느끼지 못했다. 오직 자유와 힘, 날아가는 듯한 기분만이 느껴졌다.

먼로가 눈을 뜨자 브래드퍼드가 손으로 머리를 지탱하고 호기심 어린 미소를 지으며 그녀를 지켜보고 있었다.

"꿈꾸는 것 같던데?" 그가 말했다.

그녀도 같이 미소를 지었다. 깊고 편안한 잠을 잘 때의 나른하고 만족스러운 미소였다.

"응." 먼로가 이렇게 속삭이고 다시 미소를 지었다.

"꿈을 꿨어."

옮긴이 **허진**
서강대학교 영어영문학과와 이화여자대학교 통번역대학원 번역학과를 졸업했다. 옮긴 책으로 할레드 알하미시의 『택시』, 존 리 앤더슨의 『체 게바라, 혁명적 인간』, 마더 테레사의 『마더 테레사, 나의 빛이 되어라』, 아모스 오즈의 『지하실의 검은 표범』, 수잔 브릴랜드의 『델프트 이야기』, 오드리 설킬드의 『레니 리펜슈탈, 금지된 열정』 등이 있다.

KI신서 3805

이노센트

1판 1쇄 인쇄 2012년 10월 5일
1판 1쇄 발행 2012년 10월 12일

지은이 테일러 스티븐스 **옮긴이** 허진
펴낸이 김영곤 **펴낸곳** (주)북이십일 21세기북스
부사장 임병주
MC기획1실장 김성수 **해외기획팀** 김준수 조민정
출판개발실장 주명석 **편집1팀장** 박상문 **디자인 표지** 정란 **본문** 양란희
마케팅영업본부장 최창규 **마케팅** 김현섭 강서영 **영업** 이경희 정병철
출판등록 2000년 5월 6일 제10-1965호
주소 (우 413-120) 경기도 파주시 회동길 201(문발동)
대표전화 031-955-2100 **팩스** 031-955-2151
이메일 book21@book21.co.kr **홈페이지** www.book21.com
트위터 @21cbook **블로그** b.book21.com

ISBN 978-89-509-3561-0 03840
책값은 뒤표지에 있습니다.